MARIE LEANDER

Als wir den Himmel berührten

Autorin

Marie Leander ist das Pseudonym einer deutschen Autorin und Journalistin. Geboren 1964, studierte sie Germanistik und Kommunikationswissenschaften und arbeitet heute beim Bayerischen Rundfunk. In ihrer Freizeit bereist Marie Leander gern andere Länder, vor allem nach Frankreich und Griechenland zieht es sie immer wieder. Die Autorin lebt mit ihrer Familie in München.

Marie Leander

Als wir den Himmel berührten

Roman

blanvalet

MIX
Papier aus verantwortungsvollen Quellen
FSC® C014496

Verlagsgruppe Random House FSC® N001967

1. Auflage

Dieses Werk wurde vermittelt durch die Literarische Agentur Thomas Schlück GmbH, 30161 Hannover
Redaktion: Angela Kuepper
Umschlaggestaltung: © Johannes Wiebel | punchdesign,
unter Verwendung von Motiven von Shutterstock.com
(Rodolfo Arpia; Inu; pyzata) und Loganban/dreamstime.com
AF · Herstellung: sam
Satz: Buch-Werkstatt GmbH, Bad Aibling
Druck und Bindung: GGP Media GmbH, Pößneck
Printed in Germany
ISBN 978-3-7341-0633-0

www.blanvalet.de

Liebe sei Tat.

Vincent de Paul

Südfrankreich, im Juli 2007

Es ist Nachmittag. Ich sitze auf der Bank vor meinem Haus und blicke den Hang hinunter in die Ferne. Dies ist mir die liebste Stunde des Tages: wenn die große Mittagshitze nachgelassen hat, aber die Mauer in meinem Rücken noch warm ist von der Sonne. Ich genieße die Stille, nur ein paar Zikaden zirpen hinter den Oleanderbüschen. Die Landschaft liegt vor mir ausgebreitet wie ein Flickenteppich: Wiesen und Felder in Gelb und Ocker, dazwischen die Weingärten, rechteckig und grün gestreift von den schnurgeraden Reihen der Rebstöcke. Hier und da ragen hohe schwarzgrüne Zypressen auf. Ein paar rostrote Ziegeldächer sind zu sehen, das Stück einer kleinen gewundenen Straße und dazwischen wie hingetupft lila Büsche von Lavendel. In der Ferne hinter den sanften grünen Hügeln kann ich gerade noch ein Dreieck Meer erkennen, das Wasser glitzert unter dem wolkenlosen Himmel in der Julisonne.

Ich liebe diesen Ausblick, die friedliche Stille des vorangeschrittenen Tages. Hier ist mein Zuhause. So viele Jahre schon.

Wie oft habe ich dieses Panorama gemalt in meinem Leben, oder ein Detail davon. »Ein Nachmittag in der Provence« heißt eines meiner bekanntesten Bilder. »Reben im Abendlicht« oder »Bauern im Weinberg«, »Die

Farben der Côte d'Azur«, »Morgen über dem Meer«, »Sommerliche Zypressen« und »Lavendelgarten«, die Titel meiner Gemälde lassen keinen Zweifel, womit ich mich beschäftigt habe.

Ich bin Künstler, jedenfalls war ich es einmal. Die Leute liebten meine Bilder. Ich habe sie in alle Welt verkauft und hatte viele Ausstellungen. Ich habe gut davon gelebt. Die Kritiker waren begeistert. »Ein Fest des Lichts und der Farben«, so sagte einer über eines meiner Gemälde. Und ein anderer schrieb: »Mit seinen Farben bringt er unsere Seele zum Schwingen.« Ach, was wusste dieser Mann von den Schwingungen der Seele!

Dabei waren meine kostbarsten Bilder in keiner Galerie zu sehen und in keiner Ausstellungshalle. Es hat nicht einmal jemand gewusst, dass ich diese Bilder gemalt habe. Jedenfalls fast niemand. Nur ein paar Freunde waren eingeweiht. Es waren Bilder, so wertvoll wie das Leben eines Menschen. Kein farbenfrohes Panorama, kein zartes Porträt und doch jedes ein Meisterstück. Kleine schlichte Motive nur, ein Löwe oder ein Adler, ein Kreuz, ein Eichenkranz, ein paar Buchstaben dazu, farblos fast, in Schwarz meist, manchmal Blau oder Grün, ganz selten Lila. Hunderte, vielleicht Tausende dieser Bilder habe ich gemalt, jeden Tag, wieder und wieder. Ich wurde immer besser darin. Ich habe sie hergegeben und Menschen damit glücklicher gemacht, als sie es vielleicht geworden wären, wenn man ihnen einen echten Rembrandt oder einen Picasso geschenkt hätte. Wie bemisst sich der Wert eines Kunstwerkes? Jedenfalls nicht nur in den Maßen der Leinwand, nicht nur in der Vielfalt der Farben und in der Stimmigkeit der Komposition. Kunst ist relativ. Kunst ist das, was die Welt zu einem besseren Ort macht, und ich schätze mich glücklich, dass ich dazu beitragen durfte. In schlechten Zeiten kann das Bild eines kleinen schwarzen Adlers mit verschmiertem Flügel schöner und wertvoller sein als das Bild eines Lavendelfeldes im Sonnenuntergang.

Doch das ist lange her. Irgendwann brauchte man meine kleinen Kunstwerke nicht mehr. Die Welt hat sich verändert, zum Glück, und ich habe die Menschen wieder mit wohlkomponierten Landschaften erfreut. Nun ist auch das vorbei. Seit Jahren habe ich nichts mehr gemalt, die letzte Leinwand auf meiner Staffelei ist weiß geblieben. So weiß wie meine Haare. Denn längst bin ich ein alter Mann geworden, vor ein paar Monaten habe ich meinen siebenundneunzigsten Geburtstag gefeiert. Oder sagen wir besser, ich habe ihn begangen. Ich kann es selbst kaum glauben, dass ich so alt geworden bin. Noch bin ich einigermaßen klar im Kopf, so klar, wie man sein kann, wenn man fast ein Jahrhundert überlebt hat, aber meine Hände zittern inzwischen so sehr, dass ich keinen Stift und keinen Pinsel mehr richtig führen kann. Außerdem tut mir der Rücken weh, wenn ich länger vor der Staffelei stehe. Aber ich bin nicht traurig darüber. Ich habe alle Bilder gemalt, die ich zu malen hatte, und jetzt genieße ich es, einfach hier zu sitzen und in die Ferne zu schauen, solange ich es noch kann. Denn man darf sich nichts vormachen. Irgendwann wird auch das ein Ende haben. Und dann bleiben von mir nur noch meine Bilder.

»Monsieur!«

Ich höre, wie Agata aus dem Haus kommt. Agata kümmert sich seit ein paar Jahren um mich. Sie sieht jeden Tag nach mir, sie geht einkaufen, sie macht meine Wäsche und putzt das Haus. Sie kontrolliert, ob ich all meine Tabletten eingenommen habe, was in der Tat nicht ganz einfach ist, weil es mittlerweile so viele sind. Ich komme manchmal durcheinander, obwohl sie die vielen bunten Pillen immer in ein Plastikschächtelchen sortiert, in dem es drei Fächer mit der Aufschrift »morgens«, »mittags«, »abends« gibt. Manchmal schimpft sie, wenn mir eine Tablette auf den Boden gerollt ist, was ich nicht bemerke, wenn ich meine Brille nicht aufhabe.

Vor allem aber kontrolliert Agata, ob ich überhaupt noch lebe. Es ist sonst keiner da, der das tun könnte, seitdem meine liebe Frau vor ein paar Jahren gestorben ist.

»Monsieur, da ist ein Brief für Sie. Aus Amerika.«

In ihrer Stimme mischen sich Nachdruck und Erstaunen. Sie hält mir den Umschlag hin, während ihr freundliches, rundes rotes Gesicht vor Aufregung glüht. Ich bekomme selten Post. In meinem Alter hält sich die Zahl der Korrespondenzen in Grenzen. Das Geschäftliche übernimmt mein Galerist in Marseille. Meist liegen nur Rechnungen und Werbung in meinem Briefkasten, und die Bürgermeisterin unseres Ortes schickt mir jedes Jahr eine Glückwunschkarte zum Geburtstag. Aber der ist schon eine Weile her.

Und jetzt habe ich Post aus Amerika. Wahrscheinlich ist es ein Kunstliebhaber, der Informationen über eines meiner Bilder haben möchte oder sonst was wissen will, denke ich und ziehe meine Brille aus der Hemdtasche. Aber wieso schreibt er an meine Privatadresse, die kaum jemand kennt, und nicht an die Galerie in der Stadt?

Ich brauche jedes Jahr dickere Gläser, um lesen zu können. Allmählich müsste ich mal wieder zum Augenarzt gehen. Nur mühsam entziffere ich die Buchstaben auf dem Poststempel. United States of America, lese ich. Air Mail. California. Los Angeles. Los Angeles? Ich drehe den Brief um, damit ich den Absender sehen kann. Susan Bingham. Nie gehört. Ich kenne niemanden in Los Angeles. Ich war noch nie dort. Und doch – der Name der Stadt berührt etwas tief in mir. Eine Erinnerung taucht auf, erst ganz blass, dann immer klarer. Das Gesicht einer jungen Frau auf einer Leinwand. Seltsamerweise sehe ich nicht sie selbst vor mir, nur das Bild, das ich von ihr gemalt habe. Ihre kurzen schwarzen Haare mit den hübschen Sechserlocken an den Schläfen, ihr kleines, ernstes Lächeln, die weißen Magnolienblüten auf ihrem gelben Kleid, wie sie da auf dem blauen Stuhl sitzt, den Ellenbogen auf die Armlehne, das Kinn auf ihre Hand gestützt, hinter ihr die weit offene Balkontür, die den Blick freigibt auf die sonnenbeschienenen Dächer von Marseille. Ich meine noch die leichte Sommerbrise zu spüren, die an diesem Tag durch mein Atelier wehte, als sie zum ersten Mal vor meiner Staffelei saß, als wäre das Leben ein heiterer Traum, ein ewiger, leicht beschwingter

Sommernachmittag. Als hätte all das, was danach kam, nie geschehen können.

Es war das schönste Bild, das ich je gemalt habe, das Porträt einer jungen Frau. Öl und Farbkreiden auf Leinwand. Nie vorher und nie nachher ist mir etwas so Wunderbares gelungen. Fast siebzig Jahre ist das her. Das Gemälde habe ich weggegeben, damals. Ich hatte es ja nicht für mich gemalt. Wo mag es jetzt sein, dieses Bild? Ich erinnere mich noch an jedes kleinste Detail, an jede Sommersprosse, an jeden Pinselstrich. Und an jedes Wort. Als wäre es gestern gewesen.

»Monsieur«, sagt Agata. Sie hat sich neben mich gesetzt. Ich vergesse immer, wie neugierig sie ist. »Wer ist denn diese Susan Bingham? Wollen Sie den Brief nicht aufmachen?«

Paris, im Februar 1939

An denjenigen, der diese Zeilen findet!

Ich nehme Abschied. In dieser Welt ist kein Platz mehr für Menschen wie mich. Es ist Zeit zu gehen. Das, was von mir bleibt, liegt in dieser Tasche. Möge der Finder mit dem Inhalt nach Belieben verfahren, die Mappe mit den Gedichten meinetwegen ins Feuer werfen, auf dass das Papier ihm für ein paar Minuten die kalten Füße wärmt. Dann hätte meine Dichtkunst zumindest auf diese Weise jemanden erfreut, wenn schon keiner meine Werke lesen möchte, geschweige denn veröffentlichen. Ich selbst habe es nicht übers Herz gebracht, die Früchte meiner jahrelangen Arbeit zu vernichten. Wie sehr hat mich diese Stadt enttäuscht. Mit welchen hohen Hoffnungen bin ich vor zwei Jahren nach Paris gekommen, in die Stadt der Liebe, des Lichts und des Lebens, in der Gewissheit, hier Menschen von edler Gesinnung zu finden, die den Wert meiner zärtlichen Sonette zu schätzen wissen. Tag für Tag, Woche für Woche habe ich bei Verlagshäusern und in den Redaktionen der Journale angeklopft, immer wieder und wieder, aber all meine Mühen waren vergeblich. Sosehr ich auch flehte und bat, keiner wollte meine Werke drucken. Nun ist es genug, ich bin erschöpft, mein Geld ist aufgebraucht. Ich bin ein Dichter und kein Bäcker, kein Ingenieur oder Soldat, und wenn die Welt meiner nicht bedarf, dann ist es Zeit, die Konsequenzen zu ziehen. Ich hinterlasse geordnete Verhältnisse. Meine Hotelrechnung ist bezahlt, den Koffer mit meinen Kleidern und die Schreibmaschine habe ich dem Armenhaus übergeben. Es wird mich niemand vermissen, ich habe keine Verwandten. Meine Frau ist mir vor fünf Jahren vorausgegangen, unser ungeborenes Kind hat sie mitgenommen. Es hält mich nichts mehr in diesem Leben. Ich trete meine letzten Schritte ruhig und gefasst an. Sucht nicht nach mir. Es ist mein freier Wille.

Im gelblichen Licht der Straßenlaterne las der Mann die Zeilen ein letztes Mal durch, überlegte ein letztes Mal, ob es besser gewesen wäre, seinen Namen darunterzusetzen, dann faltete er den Zettel zusammen und schob ihn zurück in die Tasche, zwischen die Mappe mit den vielen bedruckten Blättern und seinen abgenutzten schwarzen Geldbeutel. Ein paar Francs steckten noch darin und sein Ausweis, daneben ein zusammengelegtes, unbenutztes Taschentuch. Sie würden schon wissen, wenn sie ihn denn eines Tages fänden, um wen es sich handelte, und die nötigen bürokratischen Vorgänge in die Wege leiten. Und wenn nicht? Dann war ihm das auch egal. So egal wie alles andere. Einen Augenblick lang sah er sich um, dann legte er die Tasche auf eine Bank, die an der Uferpromenade unter einer Weide stand. Ein leichter Nieselregen hatte eingesetzt, dazu ein böiger Wind, der einen Fetzen Zeitung über das Pflaster trieb. Die Tasche würde in ein paar Minuten nass werden, irgendwann würde das Leder durchweichen, und die Druckschrift auf den Blättern würde sich auflösen. Falls nicht vorher jemand die Tasche finden und an sich nehmen würde. Der Mann zuckte mit den Schultern, das war nun nicht mehr seine Sache. Sollten doch auch diese Dinge den Weg alles Irdischen gehen.

Er zog den Mantel enger um seinen hoch aufgeschossenen, mageren Körper und lief zügig zur Brücke. Dort oben wurden seine Schritte langsamer. Auf dem höchsten Punkt der Brücke blieb er stehen, lehnte sich an die Brüstung und blickte hinunter. Ein paar Meter unter ihm gurgelte schwarz das Wasser der Seine. Das Licht der Straßenlaternen spiegelte sich gelblich flimmernd auf den flachen Wellen. Zu sehen war niemand, kein Licht in den Fenstern der prächtigen hohen Häuser, die die Straße säumten. Es war tiefe Nacht, erst in ein oder zwei Stunden würde der Morgen grauen. Der Mann kletterte auf die Brüstung. Es war beschwerlicher, als er erwartet hatte, er war nie sehr sportlich gewesen. Rittlings blieb er einen Moment sitzen und atmete tief ein. Er wartete, bis seine Knie nicht mehr zitterten. Dann rutschte er auf der Außenseite der Brücke hinunter, bis seine Füße auf dem schmalen Sims Halt fanden. Seine Hände umklammerten die kalte Steinmauer. Er beugte sich ein Stück vor und blickte über das Wasser. Gleich also, dachte er, werde ich wissen, wie es sich anfühlt zu sterben. Er hörte, wie ein Auto näher kam und auf die Uferstraße einbog, und erschrak. Der Lichtkegel der Scheinwerfer erhellte einen Streifen der Fahrbahn. Nur das nicht, dachte der Mann. Es ist alles beschlossen und beendet, nun soll mich keiner mehr aufhalten.

Er zögerte einen winzigen Augenblick lang, lauschte dem Klopfen seines Herzens, das so heftig pochte, als wollte es noch einmal beweisen, wie jung und lebendig es war. Er schloss die Augen. Dann ließ er los. Es war ganz einfach. Er war erstaunt, wie lange er durch die Luft flog. Als dehnten sich die letzten Sekunden seines Lebens ins Unendliche aus. Er spürte keine Kälte mehr und keine Einsamkeit, keinen Zorn, keine Furcht, keinen Schmerz. Er sah seine Mutter vor sich, jung und brünett, wie sie ihm lächelnd einen Becher Schokolade reichte, den schwarz-weiß gefleckten Hund, der ihn als kleinen Jungen tagein, tagaus begleitet hatte, die Schaukel unter dem blühenden Apfelbaum, auf der er die Nachmittage seiner Kindheit verbracht hatte. Die Bilder seines früheren Lebens vermischten sich zu einem sich rasch drehenden Karussell. Er versuchte, sich an seine Frau zu erinnern, doch noch bevor ein Gesicht in seiner Erinnerung auftauchte, schlug das Wasser über ihm mit eiskalter Wucht zusammen.

Kapitel 1

Marseille, Juli 1940

»Ich glaube, wir haben es geschafft.« Nachdem sie das Bahnhofsgebäude verlassen hatten, blieb Juline für einen Moment stehen und blickte sich um. »Jedenfalls folgen sie uns nicht. Oh, Gott sei Dank. Ich bin so froh. Ich könnte hüpfen vor Glück!«

Der Mann an ihrer Seite nickte. Er stellte den schweren Koffer ab und ließ den Rucksack von seinen Schultern zu Boden gleiten. Sodann zog er ein Tuch aus seiner Manteltasche, schob den hellen Sommerhut ein Stück höher und tupfte sich den Schweiß von der Stirn. Er sah ein wenig erschöpft, aber erleichtert aus.

»Ja, es hat den Anschein, als hätten die Polizisten keinen Verdacht geschöpft. Wahrscheinlich waren sie abgelenkt, weil du so charmant und so schön bist!«

»Ich liebe dich, Georg Hasler.« Sie lächelte ihn an, als spräche sie seinen Namen zum ersten Mal aus. Er klang hart und fremd in ihrem Mund. »Findest du, dass ich noch immer einen sehr schlimmen Akzent habe, wenn ich deinen Namen sage?«

Er schüttelte den Kopf.

»Du bist Französin, Juline. Du hast den schönsten Akzent der Welt, wenn du versuchst, Deutsch zu reden. Es tut mir leid, dass ich dir keinen Namen bieten kann, der für dich etwas einfacher auszusprechen wäre. Im Übrigen ist es unser beider Name …«

»Ich weiß.« Juline stellte sich auf die Zehenspitzen und gab ihm einen Kuss. »Es ist schon fast vier Monate her, und ich habe mich noch immer nicht daran gewöhnt, verheiratet zu sein …«

Die beiden standen vor dem Bahnhof Saint-Charles, am oberen Absatz der breiten weißen Treppe, die hinunter zum Boulevard d'Athenes führte. Die schier unendlichen Marmorstufen leuchteten in der gleißenden Sonne. Treppauf, treppab hasteten Menschen oder schleppten sich mit schwerem Gepäck am Geländer entlang. Gedämpft schallte der Stadtlärm aus den Straßenschluchten herauf: das Quietschen und Rattern einer Trambahn, das Dröhnen und Hupen der Autos, das Geschrei des Zeitungsjungen, der unten am Treppenaufgang stand und die neuesten Schlagzeilen ausrief.

Der Mann streckte die Hand aus und wies über die Mauern, Dächer, Fenster, Türen und Türme der Stadt in die Ferne.

»Sieh mal, da hinten, die Kirche Notre-Dame de la Garde, wie sie auf dem Hügel thront. Darunter muss irgendwo der Hafen liegen. Und von dort fahren die Schiffe nach Amerika.«

Es klang sehnsüchtig. Juline hörte, wie er einen Seufzer unterdrückte.

»Dahin möchtest du am liebsten, nicht wahr? Auf

einen Dampfer, der uns ganz weit wegbringt, bis nach Amerika.«

Er nickte.

»Ja. Und zwar zusammen mit dir. Fort von allem, fort von diesem irren, kranken Kontinent. Irgendwohin, wo wir in Ruhe und Frieden leben können.«

Sie schmiegte sich an ihn.

»Es ist nicht der Kontinent, der irre und krank ist. Es sind die Menschen. Und es sind noch nicht einmal alle schlecht. Es sind viele, das stimmt, aber es gibt noch immer ein paar gute Menschen.«

»Ich weiß.« Er lächelte. »Und der beste Mensch von allen bist du.«

»Ich möchte nicht nach Amerika«, sagte sie leise. »Das ist so weit weg und so fremd. Ich spreche kein Englisch.«

»Du würdest es schnell lernen. Es ist nicht schwer, und du bist doch klug. Oder wir gehen nach Kanada, da sprechen sie Französisch ...«

»Ich möchte lieber hierbleiben, Georg, zu Hause in meinem Land. Wenn es schon nicht Paris sein kann, dann wenigstens Marseille. Hier sind wir in Sicherheit, weit weg von den hässlichen Deutschen, hier sind wir im freien Frankreich.« Sie flüsterte jetzt, um sicherzugehen, dass niemand außer Georg ihre Worte hören konnte. »Es wird alles gut werden. Ganz gewiss. Irgendwann. Es kann doch nicht ewig so weitergehen. Du wirst sehen: Nächstes Jahr hat auch dieser Krieg ein Ende, und die Menschen werden sich vertragen. Wir können wieder in Paris leben, und alles wird wie früher sein. Wir sind doch nicht die Einzigen, die die

Nazis verabscheuen. Wenn sich nur genug von uns zusammentun, können wir dagegen angehen. Wir müssen die Menschen aufrütteln, ihnen Mut machen. Gemeinsam können wir etwas bewirken. Zusammen sind wir stark.«

»Ach, Juline.« Er zog sie fester an sich und gab ihr einen Kuss auf den Scheitel. »Ich liebe dich für deinen Optimismus. Für deine Gabe, in allem noch immer den Funken Gutes zu erkennen. Ich wünschte, ich wäre so zuversichtlich wie du.«

»Irgendwann werden wir in Ruhe und Frieden zusammenleben können. Und wenn es hier tatsächlich nicht klappen sollte«, fügte Juline hinzu, während sie zu ihm aufsah, »dann besteigen wir den nächsten Dampfer und fahren nach Amerika. Versprochen.«

Sie strich mit der Hand über seine Wange, die rau war von einer schnellen Rasur mit einer schlechten Klinge, als könnte sie damit seinen bekümmerten Gesichtsausdruck wegwischen.

Er löste sich von ihr, nahm ihre Hände in seine, öffnete sie und küsste ihre Handflächen.

»Wir werden sehen, wie alles wird. Aber jetzt lass uns losgehen und eine Unterkunft suchen. Da unten ist gleich ein Hotel, das sieht doch gut aus. Hotel Terminus. Dort haben sie bestimmt ein Zimmer für uns. Komm!«

Juline zögerte. »Welch ein Prachtbau! Ist das Hotel nicht ein bisschen zu vornehm für uns? Am Ende geht uns das Geld aus.«

»Aber nein, für ein paar Tage können wir uns durchaus noch ein schönes Zimmer leisten. Und währenddessen sehen wir uns in Ruhe nach einer günstigeren Bleibe um. Ich werde hier Arbeit finden. In so einer großen Stadt gibt es immer viele Stellenangebote für fleißige Leute.«

Georg nahm das Gepäck wieder auf, und sie gingen nebeneinander die Stufen hinunter.

Das Hotel Terminus lag gleich gegenüber dem Treppenaufgang an einer Straßenecke. Am Gebäude waren die meisten der hellbauen Fensterläden zum Schutz gegen die Sonne geschlossen, heruntergerollte dunkelrote Markisen spendeten vor den breiten Fensterfronten im Erdgeschoss Schatten. An kleinen, runden Rattantischen saßen Leute auf dem Gehweg vor dem Haus und tranken ihren Nachmittagskaffee. Kein Stuhl war unbesetzt. Hier und da lehnten ein Koffer oder ein Rucksack an der Hausmauer.

Juline und Georg betraten die Eingangshalle. Der weitläufige Raum mit der kunstvoll verzierten Stuckdecke war voller Menschen und erfüllt von lautem Stimmengewirr. Überall auf dem hellen Marmorboden standen Gepäckstücke herum.

»Nur für eine Nacht!«, rief jemand auf Deutsch. Der Mann klang verzweifelt. »Es muss doch möglich sein, wenigstens für eine Nacht ...«

Und ein anderer klagte: »Was hilft es mir, bis morgen zu warten, weil dann vielleicht ein Zimmer frei wird, wenn ich heute ein Bett brauche!«

Irgendwo im Raum begann ein Baby zu weinen. Eine Frau, die zwei große gescheckte Hunde an einer Leine führte, bahnte sich fluchend einen Weg durch die Menge und stürmte aus dem Hotel.

»Ein Irrenhaus ist das!«, rief sie Juline und Georg im Vorbeigehen zu. »Pagaille. Das totale Chaos. Und es ist in jedem Hotel so.« Ihr Blick fiel auf das Gepäck der beiden. »Am besten sehen Sie zu, dass Sie diese Stadt ganz schnell wieder verlassen.«

Georg nahm Juline an der Hand, und sie schoben sich vor bis zur Rezeption.

»Pardon, Monsieur!«, rief er einem der Hotelangestellten zu. Juline sah, wie er einen Francschein aus seiner Hosentasche nestelte und diskret über den Tisch reichte. »Wir brauchen ein Zimmer.«

»Tut mir leid«, sagte der Rezeptionist. »Ich habe nichts frei. Wir sind komplett ausgebucht.«

»Eine kleine Kammer genügt uns«, fuhr Georg freundlich fort. »Notfalls reicht uns auch ein einzelnes Bett. Wir sind ja beide recht schlank.«

Der Angesprochene schüttelte bedauernd den Kopf.

»Sosehr ich es auch wünschte, ich kann Ihnen nicht helfen, Monsieur. Sie sehen doch, was hier los ist. Es ist keine Pritsche mehr zu haben. Die Leute campieren bereits auf den Fluren. Vielleicht möchten Sie es morgen noch einmal versuchen? Es ist gut möglich, dass bis dahin ein paar Leute abreisen. Man sagt, es geht ein Schiff heute Abend. Nach Marokko oder Venezuela, wie ich hörte. Aber sicher ist das natürlich nicht.«

Neben Juline und Georg lehnte ein kleiner alter Mann an der Theke. Er trug einen abgewetzten Frack, doch trotz eines fehlenden Knopfes und eingerissener Taschen wirkte er würdevoll. Sein schütteres weißes Haar war gescheitelt und gekämmt, die Fingernägel sauber und ordentlich geschnitten, die Haltung aufrecht. Als einziges Gepäck führte er einen Geigenkasten mit sich.

»Man muss das Warten lernen«, erklärte er mit fester Stimme. »In diesen Zeiten lernt man Geduld und Langmut.«

»Wie meinen Sie das? Sind Sie schon länger in Marseille?«, erkundigte sich Juline.

Der Alte wiegte den Kopf.

»Länger? Was ist lang, und was ist länger! Ein paar Wochen, ein paar Monate, wer weiß. Es ist unerheblich. Die Frage ist nicht, wann man angekommen ist, sondern wann man wieder wegfährt. Ich beispielsweise habe ein Visum für Argentinien. Und Sie? Wohin wollen Sie?«

»Wir? Wir wollen nirgendwohin«, antwortete Juline verwundert. »Wir sind gerade erst angekommen. Und wir wollen hierbleiben.«

»In Marseille? Aber niemand kommt nach Marseille, um zu bleiben!«

»Warum nicht? Wir schon. Wir sind auf Hochzeitsreise. Zumindest waren wir das bis vor Kurzem. Und jetzt suchen wir ein Zimmer in der Stadt.«

Der Mann hob erstaunt die Augenbrauen.

»Eine Hochzeitsreise hier und jetzt? Welch eine erstaunliche Idee. Nun, jedenfalls sind Sie auf Ihrer Reise nicht allein. Sie sehen es ja: Die Stadt ist voller Menschen. Jedes Hotel und jedes Café platzt schier aus den Nähten. Was kein Wunder ist, nicht wahr? Die Leute kommen aus allen Winkeln Europas herbeigeströmt, seitdem dieser schreckliche Mann in Berlin an der Macht ist und vor allem, seitdem schon wieder ein

Krieg ausgebrochen ist. Alle wollen nach Marseille. Vielmehr: Alle wollen weg aus Marseille.«

Georg nickte flüchtig, während er den Geldschein, den er dem Rezeptionisten vergeblich angeboten hatte, in die Innentasche seines Mantels schob.

Juline merkte sogleich, dass es ihm unangenehm war, dem Geplauder des Alten zuzuhören, und er das Hotel gerne so schnell wie möglich verlassen würde.

»Ja, es sind schlimme Zeiten. Aber nun möchten wir Sie wirklich nicht länger aufhalten, Monsieur …«

Doch der alte Mann ließ sich nicht unterbrechen. Er schien froh, jemanden gefunden zu haben, mit dem er reden konnte. »Ich zum Beispiel komme aus Breslau«, fuhr er lebhaft fort. »Wo ich ein glückliches Leben verbracht habe. Aber die Zeiten haben sich bekanntlich für Leute wie mich geändert, und so nahm ich Abschied von meiner schönen Heimatstadt. Erst war ich glücklich, Asyl in Frankreich gefunden zu haben. Ich hatte für ein paar Jahre eine schöne Stelle als Geiger in Paris. Oh, wie ich diese Stadt liebte. Aber dann? Nun, den deutschen Besatzern geht unsereins lieber aus dem Weg. Also habe ich mich mit Hunderttausenden anderen auf die Reise begeben, als die Soldaten mit ihren Panzern anrückten. Nur weg aus Paris in den freien Süden Frankreichs, fort, fort, so weit es geht, nach Marseille, wo aber nun die Straße endet. Hier am Meer sind wir alle gestrandet, die Musiker, Dichter und Denker aus Deutschland und alle anderen Leute, die im Rest Europas nicht mehr willkommen sind, und balgen uns um Hotelzimmer und Restaurantplätze wie die Spatzen um ein paar Krumen Brot.«

»Meinen Sie, sämtliche Gästebetten in Marseille sind belegt?«, fragte Juline. »Das wäre ja schrecklich.«

Der Alte zuckte mit den Schultern.

»Die Gasthäuser sind sehr gefragt. Sehen Sie nur, selbst auf den Gängen der Hotels drängen sich die Leute. Man kann es ihnen nicht verübeln. Man ist froh, wenigstens ein Dach über dem Kopf zu haben, wenn man schon der Heimat beraubt wurde.«

»Das stimmt.« Juline nickte.

Georg warf ihr einen unruhigen Blick zu, um zu signalisieren, dass es Zeit sei, hinauszugehen. Er wollte gerade nach dem Gepäck greifen, doch der alte Geiger legte seine Hand auf Georgs Arm und sprach weiter.

»Ich habe Glück, Monsieur, man hat mir ein Nachtlager auf einer Holzbank im Lagerraum angeboten. Aber wenn es doch nur die Suche nach einem Hotelzimmer wäre! Wer legt schon Wert auf ein weiches Bett, wenn es ums Überleben geht, nicht wahr? Längst hat man andere Sorgen. Da hat diese verrückte Regierung in Vichy nicht nur einem Waffenstillstand mit Deutschland zugestimmt, sondern sich gleich auch noch verpflichtet, alle Emigranten aus Deutschland an ihre Heimat auszuliefern. Wie konnte sie das tun? Tja – und auf einmal sind all die vielen Flüchtlinge auch in Marseille nicht mehr sicher. Stecken hier fest wie in einer Mausefalle. Jetzt wollen wir nur noch das eine: auf ein Schiff und möglichst schnell und weit weg von hier …«

»Ja, aber wenn all diese Menschen weiterreisen wollen«, rief Juline, »warum fahren sie dann nicht? Weshalb sind die Hotels dann so voll?«

»Liebes Kind!« Der Alte schüttelte traurig den Kopf,

als würde er nicht begreifen, wie man so unwissend sein konnte. »Sie können sich ja nicht einfach ein Billett für die Überfahrt kaufen, Sie brauchen erst ein Visum für das Land Ihrer Träume. Aber bevor Sie dieses Visum bekommen, brauchen Sie ein Transitvisum für alle Länder, die Sie auf dem Weg dorthin durchqueren müssen. Denn jedes Land möchte sichergehen, dass die vielen Flüchtlinge nicht dort bleiben und ihnen Scherereien machen. Und damit so ein Transitvisum Gültigkeit erlangt, müssen Sie eine Ausreisegenehmigung vorlegen, wofür es freilich zunächst nötig ist, eine Aufenthaltsgenehmigung zu haben ...«

»Oh Gott!«, rief Juline erschrocken. »Aufenthaltsgenehmigung, Ausreisegenehmigung ... Was für eine Wissenschaft! Wie soll man das verstehen?«

»Nun, man tut es mit der Zeit, Madame. Ich sage ja, man lernt Geduld zu haben. Sie werden es sehen, falls Sie es noch nicht festgestellt haben. Haben Sie nicht? Nun, dann wird es Ihnen auffallen, wenn Sie durch die Stadt gehen: Diese Menschenschlangen überall! Kaum ist die Sonne aufgegangen, da stehen sie alle schon wieder an: vor dem französischen Fremdenamt, den Konsulaten der Überseestaaten und den Büros der Schifffahrtsgesellschaften. Da warten die Leute und hoffen. Versuchen, anfangs zuversichtlich und dann immer verzweifelter, die nötigen Papiere zusammenzubekommen: Identitätskarten, französische Passierscheine, spanische und portugiesische Durchreiseerlaubnisse, amerikanische oder mexikanische Einreisevisa, Schiffspassagen ... Das größte Glück besteht aus dem richtigen Stempel. Ach, und wenn man es endlich geschafft hat, wenn man das letzte ersehnte Dokument in den Händen hält, dann ist das erste oft schon wieder ungültig. Denn manchmal ändern sich Verordnungen von einem Tag auf den anderen, und keiner versteht, weshalb. So war es bei mir. Ich habe durch eine glückliche Fügung einen Arbeitsvertrag bekommen für eine Anstellung in Buenos Aires, als Erster Geiger in einem feinen Orchester. Ich hatte schon beinahe alle Papiere zusammen. Aber das Ausreisevisum! Das vermaledeite Ausreisevisum! Es hat so lange gedauert, ein Ausreisevisum zu erhalten, dass mein Transit inzwischen erloschen ist, und nun muss ich noch einmal ganz von vorn anfangen mit allem. Ich muss mich beeilen damit, sonst kündigen die in Argentinien meinen Kontrakt ...«

»Das tut mir leid. Sie Ärmster.«

»Es ist, wie es ist, Madame. Die Emigration erscheint einem ein wenig so wie dieses Brettspiel, ›Mensch ärgere dich nicht‹ heißt es. Man würfelt, und je nachdem muss man unerwartet viele Punkte vorrücken. Oder man wird komplett hinausgekegelt und muss ganz von vorn anfangen. So wie ich.«

Juline schwieg betreten.

»Es tut mir leid, Monsieur, aber wir müssen weiter«, sagte Georg drängend. In Julines Ohren klang er gerade so, als litte der alte Mann an einer schweren ansteckenden Krankheit, mit der er sich keinesfalls infizieren wollte. »Wir wünschen Ihnen Glück.«

»Das wünsche ich Ihnen auch. Vielleicht finden Sie ja in einem anderen Hotel ein Zimmer. Und fangen Sie am besten noch heute an, sich um all Ihre Ausreisedokumente zu kümmern. Irgendwann braucht sie jeder.«

»Nein, danke«, erklärte Juline. »Wir sind ja nicht auf der Flucht.«

Sie wandten sich zum Gehen, doch der alte Mann rief ihnen nach.

»Warten Sie einen Moment, bitte! Vielleicht kann Ihnen das hier noch einmal nützlich sein.«

Juline drehte sich um. In seinen zittrigen, knochigen Händen hielt er ihr einen kleinen zusammengefalteten Zettel entgegen.

»Für mich alten Mann ist das nichts«, fügte er hinzu, während er Juline das vergilbte Papier in die Hand drückte. »Viel zu viele Treppenstufen für meine kranken Knie. Aber Sie sind noch jung. Wenn Sie dort vorsprechen möchten, dann fragen Sie nach Hortense, und richten Sie bitte die allerbesten Grüße von Samuel aus.«

Juline faltete den Zettel auseinander. Eine Adresse stand darauf: »33 Place des Moulins.«

Kapitel 2

Zur gleichen Zeit am Boulevard Longchamps No. 109

Es klopfte an der Wohnungstür.

Nicolas erwachte aus einem verworrenen Traum. Eine Treppe war darin vorgekommen und eine weiße Katze, der Schrei einer Frau. Er sah ihr Gesicht vor sich, die großen erschrockenen Augen, den weit aufgerissenen Mund, wie auf diesem Bild von Edvard Munch. Ihre wirbelnden blonden Locken, ihre Hand, die vergeblich nach dem Treppengeländer griff. Dieser entsetzte Blick. Immer wieder dieser Blick. Das sich bauschende Kleid. Er hörte das Poltern auf den Holzstufen. Und dann die Stille, diese tiefe, unendliche Stille danach.

Nicolas spürte, dass er schwitzte. Sein Herz raste. Er atmete schwer. Ein wenig benommen blieb er liegen. Nicht schon wieder dieser Traum!

Noch einmal klopfte es. Energischer diesmal. Das war kein Traum. Es stand jemand vor seiner Wohnungstür.

Nicolas ließ die Augen geschlossen. Ihm schien es, als käme das Klopfgeräusch direkt aus seinem Inneren.

Als schlüge ihm jemand mit einem spitzen Hammer dreimal gegen die Schädeldecke. Er rührte sich nicht. Der Kopf schmerzte etwas weniger, wenn er still liegen blieb.

»Schlafen Sie noch, Monsieur Guyot?«

Die Stimme seiner Zimmerwirtin drang durch die geschlossene Tür. »Ich weiß, dass Sie zu Hause sind, Monsieur Guyot. Sonst hätte ich Sie weggehen sehen. Sie sind doch hoffentlich nicht krank?«

Nicolas gab ein leises unwilliges Geräusch von sich. Er wusste, dass Madame Bonnard nicht eher Ruhe geben würde, bis er ihr aufmachte.

Er öffnete die Augen einen Spalt breit. Helles Licht schien durch die beiden großen bodentiefen Fenster auf der anderen Seite des Raumes und blendete ihn, die vielen kleinen quadratischen Scheiben warfen ein grafisches Muster schräg über den Holzboden. Sein Blick fiel auf die Staffelei, die vor der Wand stand, darauf das Bild, an dem er seit Kurzem arbeitete. Eine Skizze nur, schnell hingeworfene schwarze Bleistiftstriche und ein paar dunkle Farbflecken. Boote, Wasser, Häuser, darüber dräuende Gewitterwolken.

An den Zimmerwänden lehnten auf Holzrahmen gespannte Leinwände in allen erdenklichen Formaten, daneben fertige Bilder in Öl, filigrane Bleistiftzeichnungen und ein paar luftige Aquarelle. Nur ein einziges Bild hing fertig gerahmt an der Wand mit der vergilbten Streifentapete: das Porträt einer lächelnden jungen blonden Frau in einer Wiese voller Mohnblumen.

Während sich Nicolas ächzend den verspannten Nacken rieb, betrachtete er den kleinen Holztisch in der Mitte des Raumes, auf dem das übliche Durcheinander an ausgequetschten Farbtuben, Pinseln, Stiften, Gläsern, Dosen, schmutzigen Lappen und bunt verschmierten Paletten lag, dazu ein paar ungespülte Kaffeetassen, ein überquellender Aschenbecher. Ein strenger Geruch ging von dem allen aus und bereitete Nicolas eine leichte Übelkeit. Der Blick auf den Gummibaum, der auf einem dreibeinigen Schemel stand und in einem angeschlagenen Blumentopf vor sich hin welkte, machte die Sache nicht besser. Und neben der Tür türmte sich ein Stapel alter Zeitungen auf der breiten weiß lackierten Kommode mit den vielen flachen Schubladen, auf der anderen Seite der hohe schwere Eichenschrank mit dem verstaubten Spiegel. Die dunklen Holzdielen des Zimmers waren übersät mit Farbklecksen. Auf dem fadenscheinigen Orientteppich vor seiner Schlafstätte lagen Nicolas' Kleider, irgendwann in der vergangenen Nacht, er konnte sich gar nicht mehr richtig daran erinnern, achtlos ausgezogen und fallen gelassen, ein paar Meter daneben Schuhe und Strümpfe.

Nicolas hatte sich in seinem Atelier auf dem alten, knarzenden Sofa ausgestreckt, das er seit einiger Zeit als Bett nutzte. Er hatte vor ein paar Jahren festgestellt, dass es praktischer war, direkt dort zu wohnen, wo er arbeitete. Er tat ohnehin kaum etwas anderes, als zu malen und zu schlafen. Da reichte diese karge Atelierwohnung völlig aus, der schmucklose Raum mit der kleinen Küche nebenan und dem winzigen schlauchförmigen Badezimmer draußen auf dem Gang, das er sich mit einem alten ehemaligen Admiral teilte, der, halb blind und schwerhörig, seit ein paar Wochen auf der anderen Seite des Flurs wohnte.

Die Turmuhr von Saint-Vincent-de-Paul schlug elf Mal.

»Es ist bald Mittag.« Madame Bonnards Stimme draußen im Flur klang ungeduldig. »Es war ein Besucher für Sie da. Er sagte, er sei mit Ihnen verabredet. Aber Sie haben nicht aufgemacht. Ich habe dem Herrn gesagt, er möge morgen früh wiederkommen. Es gehe um Ihre Ausstellung, hat er gesagt.«

Nicolas stöhnte leise. Monsieur Gantois, der Galerist. Verdammt, wie hatte er den Termin mit dem Galeristen verschlafen können! Wo er ihn doch zum ersten Mal in seinem Atelier besuchen wollte. Das wäre wichtig gewesen! Langsam richtete Nicolas sich auf.

»Einen Moment bitte.«

Einen Atemzug lang blieb er auf der Sofakante sitzen und versuchte, den Kopfschmerz zu ignorieren, der noch immer hinter seiner Stirn pochte, und den faden Geschmack, den er im Mund hatte. Er brauchte dringend einen Kaffee. Einen richtigen schwarzen Kaffee. Und eine Zigarette. Was war gestern eigentlich los gewesen?

Dann hob er die zerschlissene helle Leinenhose und das zerknitterte schwarze Hemd vom Boden auf, zog beides rasch an und öffnete, noch barfuß, die Tür.

»*Bonjour*, Madame Bonnard.«

Er fuhr sich mit der Hand durch die Haare, um die drahtigen dunklen Locken etwas zu bändigen, obwohl er wusste, dass das ohne Pomade einigermaßen sinnlos war.

Die Zimmerwirtin warf Nicolas ein schmales Lächeln zu. Kopfschüttelnd musterte sie erst seinen derangierten Zustand, dann das Durcheinander in seinem Atelier.

»Mir scheint«, bemerkte sie spitz, »hier müsste dringend mal wieder feucht durchgewischt werden!«

Er zuckte wortlos mit den Schultern. Das sagte sie immer, wenn sie kam. Und genau so, wie sie es immer tat, fügte sie gnädig hinzu: »Aber Sie sind ja Künstler, da will ich mal ein Auge zudrücken.«

Madame Bonnard war eine hochgewachsene hagere Dame in den späten Fünfzigern. Sie trug einen wadenlangen Tweedrock mit großen aufgesetzten Taschen und eine gestärkte weiße Bluse, die am Hals mit einer breiten, stramm gebundenen Schleife verschlossen war, dazu flache braune Schnürschuhe. Ihre ehemals braunen, inzwischen ergrauten Haare lagen in akkurat ondulierten Wellen dicht am Kopf. Sie lebte zusammen mit zwei apricotfarbenen Pudeln allein in der Erdgeschosswohnung des Hauses, nachdem ihr Mann aus dem Großen Krieg nicht mehr heimgekommen war, und verbrachte weite Teile des Tages damit, mit einem flachen Brokatkissen unter den Ellenbogen am Fensterbrett zu lehnen und auf die Straße zu sehen, wobei sie vor allem den Hauseingang im Blick behielt. Wenn längere Zeit niemand hinaus- oder hereingekommen war, dann wurde es ihr langweilig, und sie verließ ihre Wohnung und ihre beiden Aprikosenpudel, um einen Streifzug durch die vier geräumigen Etagen ihres Hauses anzutreten und die breite Holztreppe zu fegen, die Post an die Bewohner zu verteilen oder ausstehende

Mietzahlungen anzumahnen, hauptsächlich aber, um jemanden zu finden, mit dem sie reden konnte. Und mit Nicolas, so schien es ihm jedenfalls, redete sie am liebsten. Was möglicherweise vor allem daran lag, dass er nicht von morgens bis abends in einem Büro oder in einem Geschäft arbeitete wie die meisten anderen Hausbewohner, sondern tagsüber viel Zeit in seinem Atelier verbrachte. Außerdem hatte er weder eine Familie mit lärmenden Kindern um sich, noch war er schwerhörig wie der alte Admiral, was beides nicht besonders förderlich war für eine gepflegte Unterhaltung. Und Madame Bonnard liebte es, sich zu unterhalten. Dafür war sie sogar bereit, über die Unordnung in Nicolas' Zimmer hinwegzusehen.

Sie reichte ihm eine Visitenkarte.

»Die soll ich Ihnen geben, hat der Herr gesagt. Es sei dringend. Sie sollen sich unbedingt bei ihm melden, wenn Sie heute keine Zeit mehr haben. Es gehe um die Bilder für Ihre Ausstellung, sagt er.«

»Ja, ich weiß. Die Vernissage. Danke, dass Sie sich heraufbemüht haben.«

Er hätte jetzt gern Auf Wiedersehen gesagt und die Tür geschlossen, aber Madame Bonnard machte nicht den Eindruck, als hätte sie es eilig, zu ihren beiden Pudeln und dem Brokatkissen am Fenster zurückzukehren.

»Es ist doch gut, dass es auch in diesen schweren Zeiten noch Menschen gibt, die einen Sinn für Kunst haben und sich schöne Gemälde ansehen«, sagte sie nachdenklich. »Und genug Geld, um es für Bilder auszugeben. Ach, Monsieur Guyot, es sind doch wirklich schlimme Zeiten, nicht wahr? Ich weiß nicht, wohin das alles noch führen soll. Und man hat ja auch eine Verantwortung als Zimmerwirtin.«

»Ist etwas passiert?«, erkundigte sich Nicolas höflich, obwohl ihn Madame Bonnards Probleme nicht besonders interessierten. Das Einzige, das ihn im Moment interessierte, war eine Tasse starker, schwarzer Kaffee, der hoffentlich seine Kopfschmerzen dämpfen würde. Außerdem verging ohnehin kein Tag, an dem sich seine Zimmerwirtin nicht über irgendetwas beklagte. Darüber, wie schwierig es heutzutage war, ein Stück gute Seife zu bekommen, von gutem Waschmittel ganz zu schweigen, wie unhöflich der Schaffner in der Straßenbahn gewesen war, wie schlecht die Händlerin am Fischmarkt die Makrelen abgewogen hatte oder wie fürchterlich der Mistral wieder blies … Ständig hatte sie etwas zu bemängeln, doch war sie meist zufrieden, wenn Nicolas ein halbherziges, zustimmendes »Jaja, so ist das« murmelte. Aber heute schien sie eine ernsthafte Sorge umzutreiben.

»Sie kennen doch die Familie Seligman im ersten Stock«, erklärte Madame Bonnard und fuhr fort, nachdem Nicolas genickt hatte. »Nette Leute eigentlich, die Kinder machen manchmal ein wenig Lärm, aber sie sind zuverlässig, zahlen stets pünktlich ihre Wohnungsmiete, und Madame Seligman schenkt mir jedes Jahr einen Strauß Blumen zum Geburtstag. So weit, so gut. Aber heute fragte Madame Thauvin aus dem zweiten Stock, ob ich nicht wisse, dass die Seligmans jüdischen Blutes seien. Ich sagte: Madame, was geht es mich an, woran meine Mieter glauben!

Worauf sie entgegnete: Aber sie stammen aus Deutschland, und nach dem neuen Gesetz müssen neuerdings alle Deutschen gemeldet werden, zumal wenn sie Juden sind. Nun frage ich Sie, Monsieur Guyot: Was soll ich tun? Die Seligmans wohnen bald seit fünfzehn Jahren in meinem Haus, sie haben sich nie etwas zuschulden kommen lassen, ich habe ihre Kinder aufwachsen sehen. Mag sein, dass Monsieur ursprünglich aus Deutschland kommt, ich glaube, er ist einst in Hamburg zur See gefahren und irgendwann hier hängen geblieben, weil er sich in Madame verliebt hat, als sie noch eine Mademoiselle war. Mag sein, dass auch sie keine gebürtige Französin ist. Aber was soll ich sagen: Solange die Deutschen nicht mit ihren Panzern durch meine Wohnung fahren, mich nicht totschießen und mir auch sonst keinen Ärger machen, habe ich nichts gegen die Leute. Sollen andere vom Erbfeind reden. Ich bin eine liberale Französin, Marseillerin zumal. Ist es nicht das, was diese Stadt ausmacht: dass jeder herkommen kann, mit dem Schiff oder mit dem Zug, egal von woher, egal welcher Hautfarbe und welchen Glaubens, mit viel Geld im Koffer oder nur mit ein paar Cashewkernen in der Hosentasche – und sich hier unter das bunte Völkchen mischen und zu Hause sein kann. Wir fragen nicht nach der Vergangenheit. So ist Marseille.« Sie seufzte. »Aber nun das neue Gesetz. Artikel 19 des Waffenstillstandsabkommens, ich habe mich informiert. Ach, Monsieur Guyot, ich weiß nicht, was ich tun soll. Die Seligmans bei den Behörden melden? Dann werden sie womöglich abgeholt und in eines dieser Lager gesteckt, man hört schreckliche

Dinge darüber, nicht wahr? Dass die Leute auf Strohsäcken schlafen müssen, in denen es nur so von Flöhen und Wanzen wimmelt. Und das Essen soll auch ganz fürchterlich sein. Falls es überhaupt etwas zu essen gibt. Tja. Die Seligmans also nicht melden? Aber was, wenn die Behörden bei mir vorstellig werden? Dann bekomme ich am Ende Ärger, obwohl ich nur Gutes tun wollte. Und ich bin keine Frau, die gerne Ärger bekommt, das wissen Sie. Ich halte mich immer an Recht und Gesetz. Andererseits: Was haben die netten Seligmans denn verbrochen? Wie kann es ein Verbrechen sein, aus Deutschland zu stammen und jüdischen Glaubens zu sein? Ach, Monsieur Guyot, es ist ein Dilemma, verstehen Sie. Was soll ich nur tun?«

Nicolas zuckte mit den Schultern.

»Tut mir leid, Madame, woher soll ich das wissen? Ich kann Ihnen da nicht helfen. Ich bin kein Politiker, kein Pfarrer und kein Rechtsgelehrter. Ich bin Künstler.«

»Ja, aber Sie sind doch auch ein Mensch! Man hat schließlich Moral und Verantwortung.«

»Moral? Nun ja. Was heißt Moral ... Ich habe Verantwortung, ja, Verantwortung für meine Bilder, dass sie gut werden und den Leuten Freude machen.«

»Und ich? Ich möchte durchaus nicht selbst im Gefängnis landen, nur weil ich meinen Mietern gegenüber zu gutherzig bin. Ach, es sind wirklich schwierige Zeiten. Was man so alles in der Zeitung liest und im Radio hört ...«

Nicolas machte eine abwehrende Handbewegung. Er vermied es, Zeitungen zu lesen und Radio zu hören. Er wollte sich von den vielen schlechten Nachrichten der letzten Zeit nicht die Laune verderben lassen. Die täglichen Berichte von der Front, die Kommentare über die Regierungsbildung in Vichy und die Aufrufe an die Franzosen zu Gehorsam, Opferbereitschaft und Disziplin interessierten ihn nicht. Mit Erleichterung hatte er vor drei Wochen zur Kenntnis genommen, dass Frankreich mit Deutschland einen Waffenstillstand geschlossen hatte, ansonsten lebte er in seinem eigenen Kosmos. Sein Atelier war seine Welt, darüber hinaus interessierte ihn im Grunde nur, was er essen und trinken konnte und was sich als Motiv für ein Gemälde eignete. Zwar brachte ihm Madame Bonnard gelegentlich ihre Tageszeitung hinauf in sein Atelier, wenn sie sie ausgelesen hatte. Aber *Le petit Provençal* und *Le Matin* waren für Nicolas lediglich Verpackungsmaterial zum Transport seiner Bilder.

»Sie werden das Richtige tun«, erklärte Nicolas leichthin. »Da bin ich mir ganz sicher.«

Madame Bonnard schien zu zögern.

»Im Übrigen, Monsieur Guyot ...« Sie sah auf. »Was das Thema Vermieten angeht ...«

Nicolas nickte und gab sich zerknirscht. Er ahnte, was nun kommen würde. Er hatte sich schon gewundert, dass sie diese Sache nicht längst angesprochen hatte.

»Es ist bald August.« Madame Bonnard hob mahnend einen Zeigefinger. »Ihre Mietvorauszahlung ist längst überfällig. Ich weiß ja, dass Sie als Künstler über ein unregelmäßiges Einkommen verfügen, und ich mag Sie wirklich gern. Aber ein Vertrag ist ein Vertrag, so ist es nun mal. Ich habe auch meine Kosten, ich bin kein Wohltätigkeitsverein. Allmählich bin ich es leid, dass ich Sie ständig ermahnen muss.«

»Verzeihen Sie, Madame«, murmelte Nicolas. »Es ist das letzte Mal.«

»Monsieur Guyot. Das habe ich schon öfter von Ihnen gehört.« Sie stemmte die Hände in die Hüften. Dann schüttelte sie den Kopf. »Aber ich bin gnädig. Ich bin ein guter Mensch. Noch fünf Tage gebe ich Ihnen, sonst muss ich Sie bitten, Ihre Sachen zu packen und sich eine andere Unterkunft zu besorgen. So sehr ich das auch bedauern würde ...«

»Ich weiß. Sie haben recht, Madame. Keine Sorge, Sie werden Ihr Geld bekommen.«

Fragt sich nur, wie, dachte Nicolas. Wie es üblich war, musste er die Miete für sein Zimmer zweimal jährlich im Voraus bezahlen, was er noch nie pünktlich geschafft hatte. Aber bisher war es ihm mit Charme und Verhandlungsgeschick noch jedes Mal gelungen, Madame Bonnard zu besänftigen.

»Bitte haben Sie nur noch ein wenig Geduld«, bat Nicolas und lächelte so liebenswürdig, wie es ihm mit den hämmernden Schmerzen im Kopf möglich war. »Auf der Ausstellung werde ich ganz sicher ein paar Bilder verkaufen. Wenn Sie mir noch zehn Tage gewähren, dann habe ich das Geld beisammen.«

Die Vermieterin runzelte die Stirn.

»Zehn Tage? Und dann zahlen Sie? Ganz sicher?«

»Ganz sicher. Sie bekommen Ihr Geld. Mein Ehrenwort.«

»Nun ... Wenn Sie mir das hoch und heilig versprechen, dann will ich auch diesmal ein Auge zudrücken. Herrje, Sie strapazieren meine Nerven, mein lieber Monsieur Guyot. So gern ich Sie mag, meine Gutmütigkeit wird mich eines Tages noch krank machen.«

Sie wandte sich zum Gehen, dann drehte sie sich noch einmal um und sagte mit strenger Stimme, als bedauerte sie, so geduldig mit ihrem säumigen Mieter umgegangen zu sein:

»Aber nur zehn Tage. Das ist mein letztes Wort. In zehn Tagen erhalte ich meine Miete – oder Sie können sehen, wo Sie bleiben, und ich werde jemand anders hier einquartieren. Die Stadt quillt über vor Leuten, die eine Bleibe suchen. Anfragen habe ich wahrlich genug. Haben Sie mich verstanden?«

»Natürlich, natürlich«, murmelte Nicolas, froh, dass sie endlich gehen wollte. Was das Geld betraf, würde ihm schon etwas einfallen. Wenn er seine Bilder nicht an den Mann bringen konnte, würde er notfalls seine Uhr verkaufen oder den goldenen Ring und den anderen Schmuck, der seit Jahren ungetragen in der untersten Schublade der Kommode lag. »Es ist Ihr gutes Recht, Madame Bonnard. Aber Sie werden sehen, dass es nicht nötig sein wird.«

Dann schloss er die Tür hinter ihr.

Nachdem die Zimmerwirtin gegangen war, blieb Nicolas noch einen Moment unschlüssig stehen. Er wartete, bis sich die Schritte im Hausflur entfernten und er hörte, wie Madame Bonnard die Treppe hinunterging. Kurz erwog er, sich wieder ins Bett zu legen und noch ein paar Minuten weiterzuschlafen. Aber sein Verlangen nach Kaffee und einer Zigarette war größer als seine Müdigkeit. Und schließlich galt es, sich auf den Besuch des Galeristen und die Ausstellung vorzubereiten.

Nicolas schleppte sich in die Küche, wo es auch nicht besser aussah als im Atelier: Auf dem Tisch lag eine leere Champagnerflasche, daneben standen eine Flasche Pastis, noch halb voll, und ein leeres langstieliges Glas, fleckig von dunkelrotem Lippenstift. Dazu ein voller Aschenbecher, eine zerdrückte Zigarettenschachtel, ein angebissenes Stück Brot und seine Brille. Ein weiteres Glas lag zerbrochen auf dem schwarz-weiß gefliesten Küchenboden. Der eine blau lackierte Holzstuhl war umgefallen, über der Lehne des anderen hing ein cremefarbenes Stück Stoff, ein Hauch von Seide nur. Nicolas pflückte es herunter und breitete es zwischen den Händen aus. Es war ein Damenhöschen, ein Nichts von einer Unterhose mit einer schmalen Spitzenborte am Beinausschnitt.

Nicolas erinnerte sich jetzt wieder an den vergangenen Abend.

Tatjana war da gewesen, diese geschmeidige russische Tänzerin, die vor einem Jahr in sein Leben getreten war. Wie so oft hatte sie plötzlich und unerwartet vor seiner Tür gestanden. Es war fast Mitternacht gewesen, er hatte gerade schlafen gehen wollen. Sie hatte eine Flasche Champagner in der Hand gehabt und war lachend durch sein Atelier getanzt, nachdem er sie hereingelassen hatte.

»Ich bin noch nicht müde, *chéri*. Schau mal, was ich hier habe. Ein sehr freundlicher Herr hat mir Champagner geschenkt. Das war doch nett von ihm, oder?

Wo bekommt man denn heutzutage noch so etwas Köstliches her? Aber ich kann den Champagner doch nicht alleine trinken, nicht wahr? Und schon gar nicht mit einem Offizier, der aus Deutschland kommt, auch wenn er noch so großzügig ist. Ich trinke den Champagner lieber mit dir, *chéri*. Komm, lass uns feiern! Wer weiß, was morgen sein wird! *Qui sait*? Morgen sind wir nicht mehr so jung und schön wie heute.«

Und dann hatten sie gefeiert.

Tatjana kam aus Leningrad. Sie war achtundzwanzig, zwei Jahre jünger als Nicolas. Er hatte sie im Petit Poisson kennengelernt, einer kleinen zwielichtigen Bar am Hafen, als sie sich gerade von ihrer Compagnie abgesetzt hatte, mitten während einer Europatournee, bei der sie Tschaikowskis »Schwanensee« aufführten.

»Das Leben ist zu kurz, um immer nur in der zweiten Reihe zu tanzen«, hatte sie gesagt und dabei gelacht, sodass die breite Lücke zwischen ihren oberen Schneidezähnen sichtbar geworden war. »Und für die erste Reihe bin ich nicht gut genug. Man muss die Dinge sehen, wie sie sind. Ich werde die Odette ganz gewiss niemals so hinreißend tanzen können wie die große Anna Pawlowa. Sosehr ich mich auch schinde. Und bevor sie mich rauswerfen, gehe ich lieber selbst.«

Ihr Französisch war schlecht und hatte einen harten russischen Akzent, was Nicolas gefiel. Ihre Stimme war laut und rau und dunkel. Wenn sie sprach, klang es, als ernährte sie sich hauptsächlich von Whiskey und Zigaretten. Dabei bevorzugte sie Champagner und Marzipanpralinen, wie Nicolas wusste. Jedenfalls seit sie das Balletttanzen aufgegeben hatte.

»Außerdem ist der Winter da, wo ich herkomme, so schrecklich kalt und finster. Und im Sommer kann man nicht schlafen, weil es immer so hell ist, und dann fressen einen die Mücken auf. Hier ist es viel schöner. Ich liebe das Licht und die Wärme in Südfrankreich, den Wein und dieses köstliche helle Brot. Und am allermeisten liebe ich dich, Nicolas, *chéri.* Ich bleibe hier.«

Sie hatte ihre Compagnie weiterziehen lassen, nach Mailand, München, Wien und Budapest, und war in Marseille geblieben, sosehr der Ballettdirektor auch getobt hatte. Früher hatte sie auf allen großen Bühnen Europas getanzt, jetzt tanzte sie auf dem Tisch in der Hafenbar. Und manchmal auch auf dem in Nicolas' Küche.

Tatjana war keine atemberaubende Schönheit, aber Nicolas fand sie anziehend. Sie war groß und mager, hatte eine etwas zu lange schmale Nase und schräge dunkle Augen mit dünn gezupften schwarzen Brauen, die so rund und weit geschwungen waren, dass sie Nicolas immer an die Flügel eines Raubvogels erinnerten. Sie schminkte sich gern, trug immer roten Lippenstift und auf den Wangen Rouge, sooft ihr Nicolas auch sagte, dass sie ohne ihr Make-up viel schöner aussah. Ihre lackschwarzen gescheitelten Haare pflegte sie streng zurückgelegt zu tragen, mit einem geflochtenen Dutt im Nacken. Sie liebte Schmuck, vor allem wenn er glitzerte, meist trug sie mehrere Ketten um den schlanken Hals, Ohrstecker, Armbänder und Ringe an beiden Händen, und von hochgeschlossenen Kleidern in gedeckten Farben hielt sie nichts. Es störte sie nicht, wenn ihr die Männer auf der Straße nachsahen. Ganz im Gegenteil.

»Die Welt ist meine Bühne«, hatte sie gesagt, als sie das erste Mal zusammen die Canebière entlanggegangen waren, die vornehme Schlagader der Stadt mit den vielen schicken Cafés, Restaurants, Geschäften und noblen Hotels, die das Bahnhofsviertel von Marseille mit dem Hafen verband. Nicolas waren die Blicke, die andere Männer ihr zuwarfen, nicht entgangen. »Ohne Applaus kann ich nun mal nicht leben. Das verstehst du doch, *chéri*, oder?«

Er hatte nur mit den Schultern gezuckt, und sie hatte ihm einen Kuss gegeben.

»Was findest du am schönsten an deiner neuen Freundin?«, hatte sie ein paar Wochen später gefragt, als sie erneut im Petit Poisson zusammengesessen und schon ein paar Gläser Rosé zu viel getrunken hatten.

»Oh, diese Mademoiselle Tatjana ist eine wunderbare, kluge Frau«, hatte er grinsend geantwortet, »an der ich in erster Linie ihren herrlichen kleinen runden Hintern, ihre kundigen Hände und ihre lange, lebendige Zunge schätze ...«

»Du bist ein böser, böser Mann!«, hatte sie mit gespielter Empörung erwidert. »Ich werde dich nie wieder besuchen kommen.«

Aber sie hatte dabei gelacht. Für sie gab es kein größeres Kompliment, als begehrt zu werden, und eine Stunde später lagen sie doch wieder auf Nicolas' Sofa.

Vor allem mochte er Tatjana, weil sie nie vom Heiraten sprach. Was sie in den Nächten tat, in denen sie nicht bei ihm war, wollte er gar nicht wissen. Und wer ihr den Champagner geschenkt hatte und warum – auch darüber hütete er sich nachzudenken. Tatjana teilte sich ihre Wohnung im Hafenviertel mit zwei Zimmermädchen aus dem Hotel Beauveau und tauchte auf jeder Party der Stadt auf. Manchmal besuchte sie Nicolas täglich, manchmal hörte er wochenlang nichts von ihr. Es scherte sie nicht, was die anderen Leute von ihr dachten. Sie kam zu ihm, wann es ihr passte, wobei sie stets darauf achtete, das Haus erst zu betreten, nachdem Madame Bonnard am späten Abend ihren Beobachtungsposten am Fenster verlassen hatte und zu Bett gegangen war. Tatjana nahm das Leben, wie es war, und machte Nicolas keine Szene, wenn er sie jedes Mal mitten in der Nacht wieder nach Hause schickte, weil er allein sein wollte. Normalerweise. Nur gestern, da war es zum ersten Mal anders gewesen. Nach einer leidenschaftlichen Umarmung waren sie ermattet in die Kissen gesunken, und Tatjana hatte sich an ihn geschmiegt. Mit zwei Fingern hatte sie ein Herz auf seine Brust gezeichnet und gesagt: »Heute Nacht bleibe ich hier, *chéri*. Heute wollen wir zusammen einschlafen. Ich will neben dir aufwachen. Ich mach uns ein Frühstück morgen. Ich bringe dir den Kaffee ans Bett und Croissants, und dann sagst du endlich ›*Je t'aime*‹ zu mir, nicht wahr?«

Aber er hatte ihren Arm zurückgeschoben, ihr einen Kuss gegeben und gesagt: »Bitte geh nach Hause, Tatjana. Du weißt, wie sehr ich dich mag und wie sehr ich es hasse, mit einer Frau zu frühstücken. Ich bin unausstehlich am Morgen. Das willst du nicht erleben, glaub mir. Es ist besser, wenn ich für mich bin. Ich möchte alleine einschlafen und alleine aufwachen. Du kennst mich. Bitte sei so gut. Zieh dich wieder an und geh nach Hause. Du kannst ja bald wiederkommen.«

Für einen Moment hatte sie einen Schmollmund gezogen und gesagt: »Du wirst mich ganz fürchterlich vermissen morgen früh! Ich weiß, dass du mich ganz schrecklich vermissen wirst.« Aber dann hatte sie sich doch angekleidet und war gegangen. Allerdings ohne Unterhose.

Nicolas hängte das Wäschestück wieder über die Stuhllehne und zündete sich eine Zigarette an. Tatjana hat sich geirrt, dachte er, während er den Blick über die Dächer von Marseille wandern ließ. Ich vermisse sie nicht. Nicht sie.

Gedankenverloren beobachtete er zwei Täuberiche, die auf dem gegenüberliegenden Ziegeldach mit nickenden Köpfen um eine Taube herumgurrten, pickten und balzten. Als er das Fenster öffnete, um den Zigarettenrauch hinausziehen zu lassen, flogen die Vögel davon.

Kapitel 3

»Jetzt weiß ich, was der alte Mann gemeint hat. Hätte ich Rheuma in den Knien, würde ich auch nicht gern hier herumlaufen.«

Georg stellte den Koffer zum dritten Mal ab, während sie die flachen Stufen der Rue des Moulins hinaufstiegen. Sein Atem ging keuchend, und der Schweiß lief ihm in Strömen über die Stirn, obwohl kaum ein Sonnenstrahl die engen, verwinkelten Gassen des Panierviertels erhellte. »Wo sind wir hier eigentlich gelandet?«

Er sah sich um.

Schmuddelige Lokale säumten die Straßen, in denen die zwei- bis dreistöckigen Häuser dicht an dicht standen. Auf den heruntergekommenen Kneipenschildern über den Türen waren die Buchstaben kaum mehr zu entziffern: *L'ancre d'or. Vent et voiles.*

»›Der goldene Anker‹. ›Wind und Segel‹.« Georg beantwortete sich seine Frage selbst: »Es sieht so aus, als kehrten hier vor allem Seeleute ein.«

An den Hauswänden bröckelte der Putz, vor manchen Fenstern in den oberen Geschossen waren Leinen aufgespannt, an denen zerlumpte graue Wäsche baumelte. Überquellende Mülleimer an den Straßenrändern verbreiteten einen üblen Geruch. Zwischen den Blechtonnen hockten ein paar kleine Jungen mit schmutzigen Gesichtern und löchrigen Hosen und spielten mit Murmeln. Sie sprangen kreischend auf, als hinter ihnen die Tür eines Lokals aufflog und zwei betrunkene Matrosen auf die Straße taumelten, wo sie sogleich anfingen, miteinander zu raufen. Ein paar Häuser weiter hatten drei alte Frauen ihre Stühle zu einem Plausch vor die Tür gestellt und lachten über die Männer, die sich jetzt im Straßendreck wälzten. Aber die beiden waren viel zu betrunken, um einander ernsthaft zu prügeln.

»Lass uns schnell weitergehen.« Georg nahm den Koffer wieder auf. »Das scheint mir nicht gerade die beste Gegend von Marseille zu sein. Bist du dir sicher, dass wir hier nicht verkehrt sind?«

»Nein, das ist richtig, jetzt ist es nicht mehr weit.« Juline hielt einen kleinen, in dunkelrotes Leder gebundenen Reiseführer in der Hand und fuhr mit dem Finger über den aufgefalteten Stadtplan von Marseille. »Da vorn ist der Platz, den wir suchen.«

Georg nickte, und sie machten sich rasch auf den Weg. Einer der Matrosen hob den Kopf und bedachte Juline mit einem frechen Pfiff, als sie an ihm vorbeiging.

Den ganzen Tag waren die beiden durch Marseille gelaufen, von Hotel zu Hotel, in der Hoffnung, irgendwo ein kleines Zimmer zu finden. Doch der alte Geiger aus dem Terminus hatte recht behalten. Wo auch immer sie vorgesprochen hatten, stets hatten sie die gleiche Antwort zu hören bekommen: Nein, pardon, bedauere, es ist kein einziges Bett frei. Selbst im vornehmen Splendide und auch an der ersten Adresse der Stadt, im Hotel Louvre et Paix, dessen Zimmerpreise ihr Reisebudget eigentlich bei Weitem überschritten, schüttelte der Herr an der Rezeption den Kopf, als sie anfragten. Die letzten freien Zimmer seien gerade an ein paar deutsche Offiziere vergeben worden.

Schließlich hatte Juline den Zettel des alten Mannes aus ihrer Rocktasche gezogen, und sie hatten sich auf die Suche nach der angegebenen Adresse gemacht. Der Weg führte sie hinauf in das alte Viertel oberhalb des Hafens. Über steile Treppen und verwinkelte Gassen erreichten sie schließlich ganz oben die Place de Moulins, wo ein leichter Wind wehte und die im Karree gesetzten Bäume etwas Schatten spendeten, was die Sommerhitze erträglicher machte. Außerdem stand ein Brunnen auf dem Platz, aus dem frisches Wasser sprudelte. Juline und Georg tauchten ihre Hände in das kühle Nass und genossen es, mit ein paar Schlucken ihren Durst zu stillen, bevor sie weitergingen.

Vor einem schmalen, gelb gestrichenen Haus mit hellblauen Fensterläden stellte Georg schließlich den Koffer ab.

»Gott sei Dank«, murmelte er, während er den Blick über die gepflegte Fassade wandern ließ. »Hier sieht es etwas freundlicher aus.«

Er wartete, bis sich sein Atem von dem anstrengenden Aufstieg etwas beruhigt hatte, dann betätigte er den Türklopfer. Doch nicht die Tür ging auf, sondern ein Fenster in der ersten Etage. Ein Eisengitter wurde zur Seite geschoben, und eine alte Frau schaute heraus, den Kopf voller Lockenwickler.

»Was wünschen Sie?«, rief sie auf die Straße hinunter.

»*Bonjour*, Madame. Wir sind auf der Suche nach einem Zimmer«, erklärte Georg, das Gesicht nach oben geneigt. »Wir sollen Grüße von Samuel ausrichten. Er hat uns geraten, uns bei Ihnen zu melden. Sie sind doch Madame Hortense, nicht wahr?«

Bei dem Namen Samuel glitt ein Lächeln über das Gesicht der alten Dame.

»Moment!«, rief sie, und der Kopf am Fenster verschwand.

Bald darauf klirrten Schlüssel im Inneren des Hauses, und die Tür öffnete sich. Die Frau hatte sich ein Kopftuch über die Lockenwickler geschlungen und nestelte an dem Knoten unter ihrem Kinn herum. Sie war von kleiner, rundlicher Gestalt und trug trotz der Sommerhitze ein schwarzes Wollkleid mit einem gestärkten weißen Kragen. Juline schätzte ihr Alter auf mindestens siebzig, aber ihre Augen blitzten jung und lebensfroh. Mit einem warmen Lächeln begrüßte sie die beiden.

»Ja, ich bin Samuels Großcousine Hortense. *Bonjour, Madame et Monsieur.* Bitte treten Sie ein. Wie geht es Samuel? Hat er inzwischen seine Überfahrt nach Argentinien angetreten?«

»Noch nicht«, antwortete Juline, erstaunt über die unerwartete Herzlichkeit der fremden Frau. »Es gibt wohl noch kleine Schwierigkeiten mit seinen Dokumenten, wie er sagte, aber er wird sicherlich bald aufbrechen.«

»Ach, es gibt immer Schwierigkeiten mit den Dokumenten. Es gibt immer Schwierigkeiten mit allem heutzutage. Kommen Sie doch herein. Wie lange bleiben Sie in Marseille? Ich habe unter dem Dach ein kleines Kämmerchen frei, kein Luxus, aber man kann dort gut wohnen, und ich verlange nicht viel. Sie sind Freunde von Samuel, nehme ich an?«

»Nun ... nicht direkt.« Georg rang nach Worten, während er mit Juline in das Dämmerlicht des Hausflurs trat, wo es angenehm kühl war und dazu köstlich nach gebackenem Käse roch. »Wir sind am Vormittag in Marseille angekommen und haben ihn bei der Zimmersuche im Hotel Terminus kennengelernt. Da logiert er zurzeit. Wir hatten kein Glück. In der Stadt ist kein einziges Fremdenzimmer mehr zu bekommen.«

Bei dem appetitlichen Duft, der von der Küche aus durch das Haus zog, wurde es Juline ganz flau im Magen, und ihre Knie begannen zu zittern. Mit einem Mal spürte sie, wie müde und hungrig sie war nach dem langen Tag auf den Beinen.

Die alte Frau schien es zu bemerken.

»Haben Sie heute schon etwas gegessen?«, fragte sie. »Sie sehen aus, als könnten Sie eine kleine Stärkung gebrauchen. Kommen Sie mit. Ich habe gerade ein paar Croques für meine Enkel gemacht.«

Georg stellte das Gepäck im Flur ab, und sie folgten der Frau in die Küche, wo fünf Kinder reihum an einem runden Holztisch saßen und vor ihren geleerten Tellern herumkrakeelten. Das kleinste war gerade einmal den Windeln entwachsen, das größte kaum zehn Jahre alt.

»Nun aber raus mit euch, Rasselbande!«, rief Hortense den Kindern zu und klatschte in die Hände, als wollte sie eine Schar Hühner aus ihrer Küche vertreiben. »*Allez! Vite!* Ihr habt aufgegessen, nun könnt ihr im Hof spielen. Vivien! Bernard! Bewegt euch! Macht Platz, ich habe Besuch.«

Die Kinder krabbelten unter großem Getöse von ihren Stühlen und stürmten durch die geöffnete Hintertür hinaus ins Freie, wo ihr übermütiges Geschrei von den Wänden des kleinen gemauerten Innenhofes widerhallte. Hortense sammelte die benutzten Teller der Kinder ein, wischte mit einer geübten Handbewegung die Krümel von der Tischplatte auf das schmutzige Geschirr und stellte es ins Spülbecken.

»Mon Dieu«, murmelte sie währenddessen, »wie soll das nur werden, wenn noch der sechste kleine Balg da ist …«

Beim Anblick der Kinder war Juline in der Tür stehen geblieben.

»Was ist los?«, fragte Georg leise. »Du bist ja ganz blass geworden.«

Juline zuckte kraftlos mit den Schultern.

»Vielleicht möchten Sie sich nach dem langen Tag auf den Beinen ein wenig frisch machen«, bot Hortense an. »Im Flur gleich neben der Küchentür ist ein kleines Badezimmer. Da können Sie sich die Hände waschen, während ich das Essen vorbereite.«

»Danke, ja gern.«

Juline und Georg betraten den kleinen Waschraum, in dem kaum Platz für zwei war.

»Ist alles in Ordnung mit dir?«, fragte Georg noch

einmal, als sich ihre Blicke in dem winzigen runden Spiegel über dem Waschbecken begegneten.

»Ja. Nein. Ich weiß nicht. Es ist nur ... Als ich Hortenses Enkel gesehen habe, musste ich plötzlich an zu Hause denken. An meine Familie. An früher. Wie ich mit meinen jüngeren Schwestern und meinen Eltern beim Abendessen zusammensaß, damals, als die Welt noch in Ordnung war. Vor dem Krieg, bevor die Deutschen kamen. Ich frage mich, ob sie vielleicht auch gerade in der Küche sitzen und an mich denken. Ob sie mich vermissen? Ob sie sich fragen, wann ich zurückkomme von meiner Reise? Es sollten doch eigentlich nur ein paar Wochen sein ...«

Bei diesem Gedanken spürte Juline ein Brennen in den Augen, es gelang ihr aber, die Tränen zurückzuhalten. Sie wollte nicht weinen im Haus der fremden Frau, die so freundlich zu ihnen war. Und nicht vor Georg, vor allem nicht vor Georg. Nach allem, was sie miteinander geschafft hatten.

Er legte einen Arm um sie.

»Du bist erschöpft«, sagte er. »Das ist kein Wunder nach diesem anstrengenden Tag. Es wird dir besser gehen, wenn du etwas gegessen und getrunken hast. Komm!«

»Bestimmt hast du recht.« Juline wischte sich mit dem Handrücken über die Augen und versuchte zu lächeln. »Es geht sicher gleich wieder. Es war nur dieser Moment, als ich die Kinder gesehen habe ... als ich ihr fröhliches Geschrei gehört habe. Bitte mach dir keine Sorgen um mich, Georg. Ich bin glücklich, mit dir hier zu sein, wirklich. Ich bereue keine Sekunde mit dir.

Aber manchmal, weißt du … Manchmal habe ich doch ein wenig Sehnsucht nach meinen Schwestern, nach ihren Gesichtern, ihren Stimmen, ihrem Lachen.«

Georg strich ihr zärtlich über die Wange.

»Ich weiß, Juline. Ich verspreche dir, dass du sie eines Tages wieder …«

Der Satz blieb unvollendet. Juline legte ihm zärtlich einen Finger auf die Lippen und schüttelte fast unmerklich den Kopf. Denn was konnte man schon versprechen in diesen Zeiten? Worauf konnte man hoffen? Auf ein Wiedersehen mit denen, die in der fernen Heimat geblieben waren? Es gab für nichts eine Gewähr. Nicht einmal fürs Überleben. Sie wussten es beide. Sie sahen einander an und schwiegen.

»Aber nun greifen Sie bitte zu!«, rief Hortense, als sie in die Küche zurückkehrten. Sie hatte inzwischen eine große ovale Porzellanplatte auf den Tisch gestellt, darauf die mit Schinken belegten gerösteten Weißbrotscheiben, aus denen der geschmolzene Käse tropfte. Dazu gab es grüne und schwarze Oliven, Cornichons und andere in Essig gegarte Gemüsearten in kleinen Schüsseln und eine Karaffe mit hellem Wein und Wassergläser. Juline ließ sich nicht lange bitten, und mit den ersten Bissen kehrte ihr Lebensmut zurück.

»Vielen Dank, Madame, es schmeckt vorzüglich, und es tut so gut, sich ein wenig ausruhen zu können. Uns schmerzen die Füße von den vielen Kilometern, die wir heute durch die Stadt gelaufen sind.«

»Das kann ich mir vorstellen. Was verschlägt Sie denn nach Marseille?«, erkundigte sich Hortense. »Gehören Sie auch zu den armen Menschen, die Hals über

Kopf vor den Deutschen aus Paris geflohen sind, wie Samuel?«

»Oh, nein, der große schreckliche Exodus ist uns glücklicherweise erspart geblieben. Wir waren schon fort, als die Besatzer kamen. Wir ... wir waren eigentlich auf unserer Hochzeitsreise.«

»Oh – Sie sind frisch vermählt? Ich gratuliere Ihnen herzlich!«

»Vielen Dank.« Julines Stimme wurde leiser, als sie weitersprach. »Es ist eine sonderbare Hochzeitsreise. Wir haben im Frühjahr geheiratet, und ich hatte mich so sehr darauf gefreut, einmal in den Süden zu fahren, das Licht der Provence zu sehen, die blühenden Lavendelfelder und das Meer. Wir ahnten ja nicht, wie schnell sich die Welt plötzlich drehen würde, als wir Anfang Mai zu unserer Reise aufbrachen. Ja, es war Krieg, aber der schien weit weg. In Paris war praktisch nichts davon zu spüren. Wir waren überzeugt, dass die französische Grenzverteidigung den deutschen Truppen standhalten würde. Alle Franzosen waren doch davon überzeugt!«

Hortense nickte. »Oh, ja, welch ein Schock, als die furchtbare Meldung kam, dass die deutschen Panzer unseren unüberwindbaren Grenzwall überrollt hatten ...«

»Kaum dass wir aufgebrochen waren, veränderte sich alles«, fuhr Juline fort. »Wir saßen gerade in einem Café in Arles, als wir hörten, was passiert war. Und dann wurde Paris bombardiert, so viele Menschen flohen, und die Deutschen hissten ihre Flaggen in unserer Hauptstadt. Auf einmal gab es eine besetzte Zone und eine Demarkationslinie mitten durch Frankreich, die uns von den Daheimgebliebenen trennt. Nicht einmal einen Brief kann ich nach Hause schreiben, weil die Post nicht zuverlässig ist. Ich weiß gar nicht, wie es meiner Familie geht. Nur einmal konnten wir kurz miteinander telefonieren. Aber das ist schon Wochen her. Meine Mutter erzählte, dass auch unsere Wohnung getroffen worden sei. Sie war sehr besorgt und berichtete, wie es in Paris aussieht: Deutsche Truppen stampfen in grauer Kluft über die Straßen, sagte sie, die Soldaten sitzen in den paar geöffneten Kaffeehäusern, als ob sie die Hausherren wären, und werfen unseren Mädchen Kusshände zu. Es muss schrecklich sein. Auch wenn wir in Paris eine neue Wohnung finden würden, wir können unmöglich unter der deutschen Besatzung leben. Und deshalb bleiben wir vorerst hier. Wir werden das Beste daraus machen!«

Sie warf Georg einen schnellen Seitenblick zu. Er bemühte sich um ein ironisches Lächeln.

»Das werden wir. Am meisten trauere ich den guten Weinen nach, die wir in unserer Pariser Wohnung zurücklassen mussten, vor allem aber dem schönen Bild von dir, das im Wohnzimmer hing.« Er nahm Julines Hand und drückte sie lächelnd. »Aber sieh es doch mal so: Solange wir nicht zurückkönnen, geht unsere Hochzeitsreise einfach immer weiter, was könnte es Schöneres geben?«

»Das hast du lieb gesagt. Aber irgendwann«, fügte Juline hinzu, »muss dieser deutsche Spuk ja ein Ende haben. Und dann fahren wir wieder nach Paris.«

Hortense bedachte die beiden mit einem langen, prüfenden Blick.

»Vielleicht ist es besser, wenn ich nicht allzu viel über Sie weiß. Aber wenn Samuel Sie zu mir geschickt hat, werde ich Ihnen helfen. Seine Freunde sind auch die meinen. Er ist ein guter Mann, ein vorzüglicher Musiker und ein wunderbarer Mensch. Ich werde ihn vermissen, wenn er in Argentinien lebt. Nun ja, es wird wohl besser für ihn sein ... Aber nun zu Ihnen. Wie lange gedenken Sie in Marseille zu bleiben? Bis wann benötigen Sie das Zimmer?«

»Das steht noch nicht fest«, antwortete Georg. »Auf jeden Fall werde ich mir eine Anstellung in Marseille suchen. Wir sind hergekommen, weil wir denken, dass es hier in der großen Stadt bessere Möglichkeiten für mich gibt, eine Arbeit zu finden, als auf dem Land. Ich könnte mich in einem Büro nützlich machen. Wie lange wir bleiben, nun, Sie haben es ja gehört, Madame, das hängt von den politischen Umständen ab. Man weiß nie, wie sich die Dinge entwickeln.«

»Wohl wahr.« Der Blick der alten Dame wurde auf einmal ernst. »Sie haben doch ordentliche Papiere, wie ich hoffe? Sie kennen den Aufruf gewiss, es ist überall in der Stadt plakatiert: Fremde haben sich innerhalb von achtundvierzig Stunden nach ihrer Ankunft im Fremdenbüro der Präfektur einzufinden und ihre Dokumente vorzulegen. Sie sollten sich dringend darum kümmern, damit Sie eine Aufenthaltsgenehmigung für die Stadt bekommen. Sonst könnten Sie in große Schwierigkeiten geraten. Ich kann Ihnen nicht helfen, wenn es eine Polizeikontrolle gibt. Meinen letzten Mieter haben sie aus dem Bett heraus mitgenommen, weil er keine Entlassungspapiere aus dem Lager vorweisen konnte. Sie ahnen nicht, welche Scherereien das für mich zur Folge hatte. Ich hoffe, bei Ihnen …«

»Oh, bei uns ist alles in Ordnung!«, rief Juline schnell. »Wir werden gleich morgen in der Früh zur Präfektur gehen! Sagen Sie uns doch bitte, wo wir die Behörde finden.«

Nachdem Madame Hortense ihnen den Weg erklärt hatte, erhob sie sich und schob ihren Stuhl zurück.

»*Bon*. Dann zeige ich Ihnen jetzt Ihr neues Zuhause.«

Wenig später standen Georg und Juline am Fenster einer kleinen Mansardenwohnung und blickten über die roten Ziegeldächer des Panierviertels, wo sie hinter der mächtigen Kuppel der Kathedrale La Major einen dunkelblauen Streifen Meer erblickten, auf dem das Sonnenlicht glitzerte.

»Herzlich willkommen in Marseille, mein Liebling«, sagte Georg leise. »Heute hat unser neues Leben begonnen.«

Juline schlang die Arme um seine Brust und presste sich an ihn.

»Und es wird ein wunderbares Leben werden. Oh ja, ganz sicher. Ich habe gerade das Gefühl, dass alles, alles gut werden kann.«

Kapitel 4

»Dann sehen wir uns mal Ihre Herrlichkeiten an«, sagte Monsieur Gantois, als er am nächsten Vormittag neben Nicolas durch das Atelier schlenderte, die Bilder im Blick, die Nicolas bereitgestellt hatte. Er war ein wenig kurzatmig, nachdem er die vielen Treppen in den vierten Stock heraufgestiegen war. »Ich schlage vor, fünfzehn Objekte auszustellen. Wir brauchen einen schönen Querschnitt Ihrer Arbeiten.«

Der Galerist war ein kleiner, wohlbeleibter Mann Anfang sechzig, mit rosigem, rundem Schädel, dessen Haupthaar sich weitgehend verflüchtigt hatte. Die wenigen silbernen Strähnen, die ihm geblieben waren, pflegte er sich sorgfältig quer über den blanken Kopf zu kämmen. Seit Nicolas ihn kannte, war er, unabhängig von Wetter und Jahreszeit, in einen weißen Leinenanzug und ein weißes Hemd gekleidet, mit schwarzer Fliege und glänzenden schwarzen Schuhen, wobei er stets einen schwarzen Spazierstock mit silbernem Handgriff in der Form eines Entenkopfes mit sich führte, was ihm die Anmutung eines alternden Dandys gab. Er hatte sein Leben ganz und gar der Kunst verschrieben. Jedenfalls war er nie an der Seite einer

Frau gesehen worden, seitdem er als junger Mann die Galerie am Stadtrand von Marseille von seinem früh verstorbenen Vater geerbt hatte. Er war sehr beschäftigt und viel unterwegs. Wenn er gerade keine eigene Schau organisierte, reiste er zu Messen und Ausstellungen durchs Land, immer auf der Suche nach neuen vielversprechenden Künstlern, die er fördern, beziehungsweise mit denen er Geld verdienen konnte. Nicolas war mit ihm vor einigen Monaten über die Kunstakademie in Marseille in Kontakt gekommen, an der er seit einiger Zeit regelmäßig Malkurse gab, um sein Einkommen etwas aufzubessern. Er hatte lange keine Bilder mehr ausgestellt. In den vergangenen Jahren hatte er einen Bogen um den Kunstbetrieb gemacht, weil ihm die Aufgeregtheit und die Wichtigtuerei mancher sogenannter Experten zuwider war. Am wohlsten fühlte er sich, wenn er mit seinen Farben und seiner Leinwand allein war. Aber er wusste natürlich, dass die Malerei auch ein Geschäft war und dass er irgendwie seine Farben, seine Miete und seine Zigaretten bezahlen musste. Zähneknirschend hatte er deshalb zugestimmt, als der Galerist ihm eröffnet hatte, dass er eine Präsentation seiner Werke plane.

Vor jedem Gemälde blieb Monsieur Gantois stehen, trat bis auf wenige Zentimeter an die Leinwand heran, hielt sich ein Monokel vors rechte Auge, kniff das andere zu und studierte ausgiebig die Details. Dann ging er wieder ein paar Schritte zurück, klopfte mit seinem Gehstock federnd auf den Boden und gab einen Kommentar ab, bevor er sich dem nächsten Bild widmete. »Oh, sehr fein, sehr fein … *C'est formidable.* Ich bin begeistert. Fantastisches Licht ... Eine sehr gelungene Komposition ... Ah, welch eine herrliche Abendstimmung ... Und hier, diese Perspektive! Wunderbar, wunderbar, mein lieber Guyot. Was sind das für Schätze! Die Leute werden die Bilder kaufen wie verrückt, glauben Sie mir.«

Sie hatten bereits vierzehn Gemälde ausgesucht, als Monsieur Gantois vor dem Porträt der blonden Frau stehen blieb, das gerahmt an der Wand hing.

»Oh – was sehe ich denn hier? Ich bin entzückt, mein lieber Guyot. Das ist ja hinreißend. *Magnifique!* Was für ein Lächeln! Die Mona Lisa in Blond. Nur etwas hübscher, wenn ich das so sagen darf. Leonardo da Vinci möge mir verzeihen, hihi. Ein schönes Bild, ein gutes Bild. Ein fantastisches Bild. Ach, welch ein liebreizender Blick. Wie verliebt sie aussieht, wie sie da in ihrer Blumenwiese sitzt, wie glücklich. Ein Lächeln, das einem mitten ins Herz geht. Das Bild ist noch vor dem Krieg entstanden, nehme ich an? Diese Heiterkeit sieht man heutzutage bedauerlicherweise selten in den Gesichtern der Leute. *Voilà!* Diese Dame bekommt in meiner Galerie einen Ehrenplatz. Ich sehe sie da schon hängen.«

Während der Galerist sprach, war Nicolas ans Fenster getreten. Er öffnete die beiden bodentiefen Flügel; warme, staubige Luft strömte in das Atelier. Er lehnte sich gegen die hüfthohe schmiedeeiserne Balustrade des kleinen französischen Balkons, zog eine zerdrückte Schachtel Gitanes und Streichhölzer aus der Hosentasche und zündete sich eine Zigarette an. Er blies den Rauch hinaus, während er auf die Stadt blickte. Die roten Dächer leuchteten hell in der Vormittagssonne. Ein paar Schwalben zogen pfeifend ihre Runden. In der Ferne konnte er, halb verschwommen im Dunst, als Silhouette vor dem Himmel den Turm und die Kuppel von Notre-Dame de la Garde erkennen, die Kirche, die den Hügel hinter dem Alten Hafen krönte, wie Sacre-Cœur den Montmartre in Paris.

Langsam drehte er sich wieder um.

»Tut mir leid, Monsieur Gantois. Das Bild ist unverkäuflich. Das bleibt hier.«

»Das bleibt hier?«

Der Galerist fuhr herum.

»Wieso das denn? Mein lieber Guyot, mit Verlaub, sind Sie verrückt geworden? Das ist das schönste Bild im Atelier, das muss in die Ausstellung. Es wäre ein Frevel, dieses Gemälde den Kunstfreunden Marseilles vorzuenthalten. Wir werden dafür einen Preis erzielen ...« Er schnalzte mit der Zunge. »O là là, ich schätze mal ...«

»Nein, Monsieur Gantois.« Nicolas fiel ihm ins Wort. Seine Stimme klang barscher als beabsichtigt. »Es ist, wie ich es sagte: Dieses Bild ist unverkäuflich. Bitte suchen Sie sich ein anderes aus. Oder fünf andere meinetwegen. Aber das Porträt bleibt hier.«

»Sie machen einen Fehler, mein lieber Guyot. Einen riesengroßen Fehler.« Der Galerist rang ungläubig die Hände. »Weshalb wollen Sie ausgerechnet dieses Bild nicht verkaufen?«

Nicolas zuckte mit den Schultern und zog noch einmal an der Zigarette.

»Es ist privat. Es wird nicht verkauft. Das ist alles, was ich dazu zu sagen habe.«

Monsieur Gantois schüttelte so heftig den Kopf, dass seine Haarsträhnen verrutschten.

»Sie machen einen Fehler«, wiederholte er. »Ein Künstler malt schließlich nicht zum Privatvergnügen. Sie sind doch ein Profi. Sie wollen verkaufen. Ich will verkaufen. Das ist unser Geschäft.«

Nicolas presste die Lippen aufeinander und schwieg.

»Nun gut.« Monsieur Gantois seufzte. Er zog ein Taschentuch aus der Hosentasche und tupfte sich damit über die Stirn. »Sie wollen nicht verkaufen. Ich weiß nicht, warum, aber so scheint es zu sein. Verrückt. Sie sind verrückt. *Vous êtes fou.* Aber trotzdem sollten Sie das Bild der Öffentlichkeit nicht vorenthalten. Ich möchte es gerne als sechzehntes Bild in meiner Galerie ausstellen, als unverkäufliches Exemplar. Ich werde ein entsprechendes Schild anbringen. Aber Sie müssen das Bild zeigen, mein lieber Freund. Die Leute sollen sehen, was Sie können. Das Porträt wird Ihren Marktwert steigern. Seien Sie nicht dumm, Guyot. Lassen Sie mich das Bild ausstellen.«

»Meinetwegen«, knurrte Nicolas, weniger aus Überzeugung denn in der Absicht, den Besuch des Galeristen zu einem baldigen Ende zu bringen. »Wenn es Ihnen so wichtig ist, nehmen wir das Porträt mit zur Vernissage. Ich werde es ausstellen, aber nur für den einen Abend. Ich werde dieses Bild nicht verkaufen, hören Sie! Was auch immer passiert, für keinen Preis der Welt werde ich dieses Bild verkaufen.«

Kapitel 5

Am Alten Hafen war kaum ein Durchkommen. Nicolas konnte sich nicht erinnern, hier jemals solch ein Gewimmel erlebt zu haben. Der Kai war voller Menschen, die in alle Richtungen drängten und einander den Weg versperrten. Während die einen zum Hafenbüro oder zu den Verkaufsschaltern der Schifffahrtsgesellschaften strömten, waren die anderen auf der Suche nach einem Platz in einem der ohnehin schon überfüllten Cafés oder Restaurants, andere wiederum wollten etwas auf dem Fischmarkt besorgen oder waren mit vollen Taschen und Beuteln auf dem Rückweg in die Stadt. An den Ständen priesen die Händler schreiend und lärmend ihre Waren an, bemüht, einander mit ihren Stimmen zu überbieten, bevor es Nachmittag war und sie ihren Fang nicht mehr verkaufen konnten.

»Frische Ware, gute Ware. *Le meilleur poisson de la ville.* Der beste Fisch von Marseille. Heute früh noch im Meer geschwommen, heute Mittag schon in Ihrer Pfanne!«

Die glänzenden Fische lagen in gestapelten Holzkisten auf ihren Eisbetten und glotzten Nicolas mit runden toten Augen an. Hier und da zuckte noch kurz eine Schwanzflosse. In großen geflochtenen Körben strampelten dicht an dicht Hummer, Krebse und Garnelen. Der Boden war voller Pfützen aus geschmolzenem Eis. Die Luft roch nach Salz und Fisch und gekochten Krabben. Zwischen den Buden standen riesige dampfende Töpfe mit brodelndem Wasser, aus denen die Fischfrauen mit dicken gelochten Kellen Krabben schöpften. Man konnte sie, frisch gegart und noch heiß, eingewickelt in altes Zeitungspapier, für ein paar Sous kaufen und gleich essen.

»*Salut*, Nicolas!«, rief ihm einer der Händler zu. »Wie wäre es mit einem Seeteufel zum Mittagessen? Sieh, was ich hier Feines habe. Oder lieber eine Goldbrasse?«

»Nein, danke, Yves, heute nicht. Gern ein anderes Mal wieder.«

Im Hafenbecken tuckerten die Kähne der Fischer hin und her, schräge Streifen von Schaum hinter sich lassend, die einen Richtung Meer, um ihre Netze auszuwerfen, die anderen stadteinwärts, wo sie ihren Fang ans Ufer brachten. Ein paar Boote lagen festgemacht an der Mauer und wippten auf den Wellen. An langen hölzernen Querstangen hingen Netze zum Trocknen aus. Dazwischen spiegelte sich auf dem gekräuselten Wasser der blaue Himmel. Möwen flogen kreischend herum oder balgten sich um etwas Essbares, einen Fischkopf oder ein paar Hummerschalen, die jemand auf den Boden geworfen hatte. Auf der anderen Seite des Quai des Belges fuhr ratternd die Straßenbahn an den hohen Häusern vorbei, allen voran dem Restaurant du

Mont Ventoux, unübersehbar mit seinen riesigen Reklamebuchstaben, die an einem Metallgerüst vertikal an der Hausecke angebracht waren.

Nicolas ließ sich treiben, schob sich an den Ständen, Kisten, Fässern und Holzkarren entlang, bog dann in den Quai du Port ein und ging ein paar Schritte am Hafen entlang, wo es etwas ruhiger war. Dort setzte er sich auf einen Poller und zog seinen Skizzenblock und ein paar Stifte aus der Tasche.

Ein alter Fischer hatte es ihm angetan, der, weißbärtig, mit Pfeife im Mund und schwarzer Baskenmütze auf dem Kopf, in seinem Boot saß und dabei war, eines seiner Netze zu flicken. Mit schnellen Strichen zeichnete Nicolas die Szene, den ruhigen, konzentrierten Blick des Mannes und seine kräftigen Arme, die Schiffstaue, die in dicken Knäueln neben ihm auf dem Boden lagen wie große schlafende Schlangen, die grünen, weißen und braunen Glaskugeln, die in kunstvoll geknoteten Sisalbeuteln am Netz befestigt waren, die große weiße Möwe, die sich auf der Reling niedergelassen hatte und mit aufgerissenem gelbem Schnabel gellend übers Wasser schrie, die Segelboote im Hintergrund, die mit straffen Leinen am Steg befestigt waren und deren Takelage leise im Wind klirrte. Und über allem, hoch oben auf dem Hügel hinter dem Hafen, thronte Notre-Dame de la Garde, näher und klarer diesmal. Die große goldene Marienfigur auf dem Turm glänzte in der Sonne. Nicolas sah das Gemälde schon vor sich, das später im Atelier aus dieser Skizze entstehen würde, eine friedliche, bunte Hafenszene an einem sonnigen Sommertag. Das Geschrei und Gewimmel auf dem Markt, das Gedränge der vielen Menschen und das kleine graue Kanonenboot, das stramm vertäut in einer Ecke des Hafenbeckens lag – all das würde auf seinem Bild niemand zu sehen bekommen.

Als Nicolas von seinem Skizzenblock aufsah, fiel sein Blick auf ein Paar, das mit der Menschenmenge über den Hafenkai gespült wurde. Der Mann war groß und schlank, mit einer kleinen runden Nickelbrille und aus der Stirn zurückgekämmten dunklen Haaren. Er war nicht mehr ganz jung, eher vierzig als dreißig, und trug einen hellen Sommermantel, obwohl es dafür eigentlich viel zu warm war. Die Frau, die sich bei ihm eingehängt hatte, schien deutlich jünger als er, Anfang zwanzig vielleicht, eine kleine, zierliche Person in einem fliederfarbenen, gegürteten Blusenkleid. Ihre dunklen Haare trug sie zu einem dicken, langen Zopf geflochten, der ihr fast bis zu den Hüften reichte.

Nicolas beobachtete die beiden. Sie fielen ihm auf, weil sie – anders als die meisten anderen Leute hier – in größter Gelassenheit den Hafenkai entlangspazierten. Ohne Hast und Eile betrachteten sie die Angebote der Fischhändler, blieben hier und da stehen, um eine Auslage näher zu betrachten, wechselten ein paar Worte mit den Leuten am Stand, dann schlenderten sie weiter, sorglos und ziellos, wie es Nicolas erschien, als kämen sie aus einer anderen Welt. Einmal blieben sie mitten in der Menschenmenge stehen, um sich zu küssen und dann lächelnd weiterzugehen.

Nicolas senkte den Blick und widmete sich wieder der Skizze auf seinem Block. Er wollte nicht wie ein neugieriger Beobachter zweier Verliebter wirken. Doch er konnte sich nicht mehr auf seine Zeichnung konzentrieren. Irgendetwas an den beiden faszinierte ihn. Nach nur wenigen Strichen sah er wieder auf. Die beiden standen jetzt ganz in seiner Nähe. Sie hatten ihm den Rücken zugewandt und betrachteten die Boote, die übers Wasser fuhren, und die Häuser auf der anderen Seite des Hafenbeckens. Einmal streckte die Frau die Hand aus und zeigte hinüber zu der alten, stillgelegten Schwebefähre am Ausgang des Hafens, als sähe sie die riesigen stählernen Pylone und den Querträger hoch oben über dem Wasser zum ersten Mal. Der Mann legte einen Arm um ihre Schultern, und sie lehnte sich an ihn. Es war eine Geste tiefer Vertrautheit, die Nicolas einen kleinen Stich versetzte, weil sie ihn an etwas erinnerte, das er verloren hatte.

Ohne nachzudenken, schlug er ein leeres Blatt auf und begann die beiden zu zeichnen, wie sie da standen, Arm in Arm, und ihm die Rücken zuwandten, während sie aufs Wasser blickten: seine im leichten Wind wehenden Mantelschöße, ihre schmale Taille und die schlanken Hüften unter dem Kleid, dessen Rockteil sich in der Brise bewegte, die eckige Krokodilleder-Handtasche, die an einem langen Griff über ihrem Arm hing, ihre zierlichen Fesseln und die kleinen Absätze ihrer cremefarbenen Schuhe, das Profil ihres Gesichts, als sie sich erneut dem Mann zuwandte und ihn küsste, ihre schmale, gerade Nase und ihren dicken Haarzopf.

Als Nicolas sah, dass sich die beiden umdrehten und auf ihn zukamen, blätterte er rasch in seinem Skizzenblock, bis das Bild des Fischers wieder vor ihm lag. Er fühlte sich wie ertappt, als die Frau direkt vor ihm stehen blieb und ihn anlächelte. Aus der Nähe betrachtet, sah er erst, wie schön sie war. Sie hatte ein ebenmäßiges Gesicht mit dichten Wimpern und großen, hellblauen Augen, die einen beinahe unwirklichen Kontrast zu ihren fast schwarzen Haaren bildeten. Nicolas konnte sich nicht erinnern, jemals eine dunkelhaarige Frau mit solch strahlend hellen Augen gesehen zu haben. Blau wie ein stiller Gebirgssee an einem sonnigen Frühlingsmorgen, ging es ihm durch den Kopf. In Gedanken sah er seine Farbpalette vor sich, ein Tupfer Cyan lag darin und ein helles Ultramarin. Dazu hatte sie eine zarte, beinahe weiße Haut und auf der schmalen geraden Nase, wie hingeweht und kaum sichtbar, ein paar blasse Sommersprossen.

Ihr Anblick löste für einen Augenblick ein Gefühl in ihm aus, das ihn verwirrte. Es war eine warme, vertraute Empfindung, die ihm wehtat. Die Erinnerung an einen fernen Sommernachmittag in einem Mohnblumenfeld. Ich hätte sie nicht zeichnen sollen, dachte Nicolas.

»Oh – Sie malen?« Die Frau hatte sich unterdessen über seinen Skizzenblock gebeugt. »Das ist ja wunderbar. Ich liebe die Malerei. Dürfen wir einen Moment zusehen?«

Sie sprach schnell und lebhaft. In ihrer Stimme war nichts von dem breiten Singsang des Südfranzösischen. Sie kommt nicht von hier, dachte Nicolas. Aus Paris vielleicht, jedenfalls aus dem Norden. Ob sie und der Mann geflohen sind vor den deutschen Besatzern?, überlegte er. Aber die beiden sahen nicht so aus, als wären sie überstürzt aufgebrochen und tagelang in einem staubigen Treck auf den Straßen unterwegs gewesen. Dazu waren sie zu gut gekleidet und zu unbekümmert. Sie hatten nicht diese müden, grauen Gesichter und die zerlumpten Kleider wie die vielen anderen Menschen hier, die alles hinter sich gelassen und nur ihr nacktes Leben nach Marseille gerettet haben.

»Natürlich nur, wenn wir Sie nicht bei der Arbeit stören«, fügte ihr Begleiter hinzu. Er hatte einen leichten Akzent, den Nicolas nicht sofort zuordnen konnte. Deutsch, überlegte er kurz, oder schweizerisch.

»Aber keineswegs«, erwiderte Nicolas mehr aus Höflichkeit als aus Überzeugung. »Schauen Sie nur!«

Früher war es öfter vorgekommen, dass ihn die Leute ansprachen, wenn er irgendwo saß und zeichnete. Es hatte ihn nicht gestört, wenn ihn Fremde beim Arbeiten beobachteten. Ganz im Gegenteil. Es hatte ihm gefallen, wenn sie sich für seine Bilder interessierten und er mit ihnen ins Gespräch kam. Ab und zu hatte ihm jemand eine Skizze gleich auf der Straße abgekauft. Aber das war lange her. Inzwischen wollte Nicolas lieber seine Ruhe haben. Und die meisten Leute, die in Marseille unterwegs waren, hatten ohnehin anderes im Kopf. Anstatt für Kunst und Kultur interessierten sie sich nur noch für die Öffnungszeiten der Konsulate oder für die mageren Angebote in den Lebensmittelläden. Und für die Abfahrtstafeln an den Büros der Schifffahrtsgesellschaften am Kai des großen Überseehafens, wo auf einem Schwarzen Brett mit Kreide die Namen der wenigen auslaufenden Schiffe aufgelistet waren. Mit bleichen Wangen und matten Augen hasteten die Menschen an Nicolas vorbei – ohne ihn und seine Arbeiten eines Blickes zu würdigen. Umso mehr überraschte ihn das Interesse der beiden. Er spürte, dass ihn die ungewohnte Anteilnahme nervös machte. Verstohlen musterte er die Frau, die jetzt eingehend seine Skizze studierte.

»Es ist faszinierend!«, rief sie. Ihr Blick wanderte von der Zeichnung zu dem alten Fischer, der noch immer mit einem Netz in den Händen auf seinem Boot saß, und wieder zurück zu Nicolas' Skizzenblock. »Sie haben den Mann genau getroffen. Man könnte meinen, er müsste gleich den Kopf heben und zu uns aufsehen, so lebendig wirkt er auf Ihrem Bild. Findest du nicht auch, Georg?«

Der Mann nickte, und die Frau fragte:

»Haben Sie noch mehr Zeichnungen?«

Umständlich blätterte Nicolas in seinem Block und schlug die Bilder auf, die er in den vergangenen Tagen mit Kohle, Kreide oder Bleistift aufs Papier gebracht hatte: Segelboote, die sich auf dem Wasser spiegelten, den Fischhändler Yves an seinem Marktstand, einen Korb voller Austern, eine alte Frau mit Hut in einem Café, zwei kleine Jungen, die, in kurze Hosen gekleidet, mit nackten Füßen nebeneinander vor einem Mäuerchen knieten und übers Wasser blickten, den Turm der Kathedrale, die Mauern des Forts Saint-Jean, den Pharo-Palast …

»Es sind natürlich nur flüchtige Skizzen«, erklärte er. »Die eigentlichen Bilder entstehen an der Staffelei in meinem Atelier. Dort arbeite ich mit Öl- oder

Aquarellfarben in unterschiedlichen Formaten. Darf ich mich Ihnen vorstellen? Mein Name ist Nicolas Guyot. Künstler. Ich habe demnächst übrigens eine Ausstellung. Wenn es Sie interessiert, sind Sie herzlich zur Vernissage eingeladen. Am nächsten Donnerstag in der Galerie Gantois, Rue d'Antibes. Ab 19 Uhr. Vielleicht finden Sie dort ein Bild, das Ihnen gefällt.«

Es kann nicht schaden, ein bisschen Reklame zu machen, dachte Nicolas. Vielleicht würden die beiden ja tatsächlich kommen und ihm ein Bild abkaufen. Er brauchte das Geld, und das Pärchen sah aus, als könnte es sich so einen kleinen Luxus leisten.

»Ihre Bilder gefallen mir wirklich ausgesprochen gut.«

Noch ehe der Mann weiterreden konnte, frischte plötzlich der Wind auf, und eine jähe Bö ließ die Blätter des Skizzenblockes aufflattern, bis das letzte Bild zum Vorschein kam, an dem Nicolas gerade noch gezeichnet hatte.

»Ja, was ist das denn!« Die Frau stutzte und legte einen Finger auf eine Ecke des Papiers, um es festzuhalten, dann sagte sie staunend: »Das sind doch wir! Sieh nur, Georg, er hat uns gemalt, wie wir da am Wasser standen.«

»Nur eine spontane Fingerübung«, beeilte sich Nicolas zu sagen. Es war ihm unangenehm, dass die beiden dieses Bild entdeckt hatten. Ihm war, als hätte er etwas Verbotenes getan, etwas Unanständiges, für das er sich entschuldigen müsse. »Sie beide ergaben so ein hübsches Motiv vor den Booten auf dem Wasser, da konnte ich einfach nicht widerstehen …«

»Vor allem dich hat er gemalt«, sagte der Mann zu seiner Begleiterin, ohne den Blick von dem Bild zu wenden. Nicolas fuhr sich verlegen mit der Hand durchs Haar. Es stimmte. Für den Mann hatte er nur ein paar flüchtige Striche verwendet, während er die Frau auf dem Bild in jedem Detail festgehalten hatte. »Du bist sehr hübsch«, fuhr der Mann fort. »Auch wenn man fast nur deine Rückseite sieht.«

Hastig riss Nicolas das Blatt von seinem Block, rollte es zusammen und reichte es der Frau.

»Hier, bitte schön. Nehmen Sie. Es ist ja nur eine kleine flüchtige Skizze. Die ist für Sie. Ich habe sowieso keine Verwendung dafür, ich schenke sie Ihnen gern.«

»Oh, tatsächlich?« Die Frau sah ihn ungläubig an, dann glitt wieder ein Lächeln über ihr Gesicht. »Wie nett von Ihnen. Danke vielmals. Schau, Georg, jetzt haben wir wieder ein kleines Porträt von mir!«

Sie nahm ihm das Bild ab. Für einen Augenblick streiften sich ihre Fingerspitzen. Nicolas erschien es, als hätte er glühende Kohlen berührt.

»Aber jetzt wollen wir den Künstler nicht länger belästigen.« Der Mann schien es plötzlich eilig zu haben.

»Warte noch einen Augenblick, Georg!«, rief sie und reichte Nicolas die Zeichnung: »Bitte, Monsieur Guyot, könnten Sie so freundlich sein, es zu signieren? Ein Bild wird doch erst richtig zu einem Kunstwerk, wenn eine Signatur darauf ist!«

Rasch schrieb Nicolas seinen Namen darauf und gab ihr das Blatt zurück.

»Danke! So ist es perfekt. Vielleicht können wir es

ja tatsächlich einrichten, zu Ihrer Vernissage zu kommen, Monsieur Guyot.« Die Frau winkte Nicolas mit dem zusammengerollten Papierbogen zu, dann wandten die beiden sich ab.

Nicolas blickte ihnen nach, wie sie Arm in Arm am Hafenbecken entlang davonschlenderten, und vermochte nicht zu sagen, ob er erleichtert oder enttäuscht war. Er schlug den Block auf und zeichnete noch ein wenig, doch es gelang ihm nichts mehr, das ihn zufriedenstellte, zu welchem Motiv auch immer er ansetzte.

Kapitel 6

Nicolas stellte fest, dass er nun doch hungrig geworden war. Er packte den Skizzenblock und die Stifte in seine Umhängetasche und ging hinüber zu den Restaurants auf der Straßenseite des Hafenkais. Es war früher Nachmittag geworden, und draußen unter den Markisen waren alle Tische besetzt.

Er fand einen Platz in einer geräumigen Pizzeria, ganz hinten an der Wand, gleich neben dem gemauerten Pizzaofen, wo ein stämmiger, schwitzender Koch dabei war, einen Hefeteig zu bearbeiten. Der Ofen verbreitete eine glühende Hitze im Lokal; die drei Ventilatoren, die träge an der Decke rotierten, brachten kaum Abkühlung. Der große hohe Raum war erfüllt von den Gesprächen und dem Gemurmel der vielen Leute, die an den weiß gedeckten Tischen saßen. Nicolas schnappte ein paar Worte auf. Ganz in der Nähe unterhielten sich drei Männer über einen Dampfer namens Martinique, der offenbar vor Dakar auf eine Mine gelaufen war. »Untergegangen mit Mann und Maus«, sagte einer von ihnen gerade. »Und beinahe hätte auch ich ein Billett für diese Passage gehabt … Stellen Sie sich das nur vor! Dann wäre ich jetzt tot.« Derweil schwärmte jemand am nächsten Tisch von einer schönen Verkäuferin in der Hutabteilung im Kaufhaus *Les Dames*.

Nicolas winkte nach einem der Kellner, die durch die Pizzeria eilten, ihre beladenen Tabletts mit hoch erhobenen Händen durch die Stuhlreihen balancierend. Er bestellte ein Glas Rosé und eine Pizza, lehnte sich zurück und zündete sich eine Zigarette an. Gedankenlos sah er dem Pizzabäcker zu, wie er mit kräftigen Händen den Teig knetete und schlug und ihn geschickt durch die Luft wirbelte. Nicolas mochte diese Bewegung, die Gelassenheit und Routine, mit welcher der Bäcker seine Arbeit verrichtete, den Teig schließlich zu großen runden Fladen formte und mit allerlei Zutaten belegte, um ihn endlich auf einem Holzbrett an einer langen Stange übers Feuer zu schieben. Wenig später durchzog der köstliche Geruch von frisch gebackener Pizza das Lokal.

Er sah, wie der Koch plötzlich aufblickte und für einen Moment das Teigkneten vergaß. Nicolas wandte sich um, weil er sehen wollte, was den Mann von seiner Arbeit abhielt. Die Eingangstür drehte sich noch, jemand war hereingekommen. Es war die schöne junge Frau vom Hafen, die er vorhin mit ihrem Mann gezeichnet hatte und die jetzt die Aufmerksamkeit aller auf sich zog. Nicolas vergaß sogleich seinen Hunger und die Hitze im Lokal.

Sie war allein diesmal und schien jemanden zu suchen. Prüfend ließ sie den Blick umherschweifen, ging von Tisch zu Tisch und musterte eingehend jeden, der im Raum saß, auch den Mann mit den streng gescheitelten kurzen Haaren in der kantigen braunen Jacke, der über eine Zeitung gebeugt am Tresen saß und einen Kaffee trank. Jedes Mal, wenn sie feststellte, dass derjenige, den sie anschaute, nicht der Gesuchte war, wurde ihr Blick ein wenig enttäuschter.

Nach wem mag sie Ausschau halten?, überlegte Nicolas, der sie vom anderen Ende des Raumes aus beobachtete, ein wenig versteckt hinter einer Säule. Ob sie und ihr Mann unterschiedliche Dinge zu erledigen gehabt hatten und nun hier verabredet waren? Wollte sie sich mit einer Freundin treffen? Oder etwa mit einem heimlichen Liebhaber? Unsinn, das sicherlich nicht, dachte er gerade, als sie ihn entdeckte. Er nickte ihr zum Zeichen des Wiedererkennens zu, und ein Lächeln breitete sich in ihrem Gesicht aus. In schnellen Schritten schlängelte sie sich durch die Tischreihen und kam zu ihm.

»Da sind Sie ja, Monsieur Guyot!«, rief sie atemlos. »Ich habe Sie schon überall gesucht.«

»Mich?« Nicolas war verblüfft. »Wieso das? Woher wussten Sie überhaupt, dass ich hier bin?«

»Der alte Fischer saß noch in seinem Boot, als ich gerade zurückkam, an den Platz, an dem wir uns vorhin begegnet sind. Ich habe ihn gefragt, ob er wüsste, wo ich Sie finden kann. Zum Glück hatte er gesehen, dass Sie hier eingekehrt sind. Ich muss Sie dringend sprechen.«

Ihre Augen leuchteten, und ihre Wangen waren gerötet. Nicolas erschien sie noch hinreißender als vorhin. Mit Genugtuung bemerkte er die bewundernden Blicke der Männer vom Nebentisch, die ihr Gespräch über das traurige Schicksal der Martinique für einen Moment unterbrachen, um die schöne Frau anzusehen, die an seinen Tisch getreten war.

»Ich bin mehr als überrascht«, gestand er. »Aber worum geht es denn, Madame? Bitte, setzen Sie sich doch!«

Sie zögerte kurz, dann ließ sie sich ihm gegenüber auf dem Stuhl auf der anderen Seite des kleinen Tisches nieder.

»Ich habe nicht viel Zeit«, fuhr sie mit gedämpfter Stimme fort. »Mein Mann darf nichts von diesem Treffen wissen.«

Nicolas spürte ein kleines angenehmes Kribbeln im Nacken. Er ärgerte sich darüber. Warum freute er sich darüber, die fremde Frau wiederzusehen? Es gab keinen Grund dafür.

»Sie machen mich neugierig«, sagte er ernst. »Was kann ich für Sie tun?«

Für einen Moment senkte sie den Blick. Dann sah sie wieder auf.

»Sie haben vorhin gesagt, Sie malen auch richtige Bilder in Ihrem Atelier. In Öl auf einer großen Leinwand, nicht wahr?«

Nicolas nickte mit gerunzelter Stirn. »Ja. Weshalb fragen Sie?«

Sie verschränkte die Arme auf dem Tisch. Ein schmaler goldener Ring glänzte an ihrer linken Hand.

»Wäre es möglich«, fuhr sie fort und blickte ihm unverwandt in die Augen, »dass Sie mich malen? Ein richtig schönes großes Porträt von mir?«

»Sie … malen?« Nicolas gab sich keine Mühe, seine

Verblüffung zu verbergen. »Weshalb sollte ich Sie malen?«

»Na, weil Sie es können. Sie sind doch Maler! Maler malen Bilder, und ich möchte meinem Mann gern ein Bild von mir schenken.«

»Pardon, Madame.« Nicolas schüttelte den Kopf. »Aber ich bin hauptsächlich Landschaftsmaler. Ich male keine Studio-Porträts. Ich male überhaupt keine Auftragsarbeiten mehr. Tut mir leid.«

Er wich ihrem Blick aus, in dem sich Enttäuschung spiegelte.

»Können Sie nicht vielleicht einmal eine Ausnahme machen? Es wäre mir so wichtig, Monsieur Guyot.«

»Tut mir leid«, wiederholte Nicolas, ohne sie anzusehen.

»Vielleicht verstehen Sie mich, wenn ich Ihnen erzähle, warum ich möchte, dass Sie mich malen.« Ihre Stimme wurde leiser, beinahe flehend. Sie nahm das Ende ihres Haarzopfes in die Hand und zwirbelte ihn unruhig. »Sie müssen wissen, es hat schon einmal ein Porträt von mir gegeben. Ein Maler in Montmartre hatte es gemalt. Wir kommen aus Paris, mein Mann und ich, und einmal – wir gingen schon eine Weile miteinander aus –, da sind wir durch das Künstlerviertel spaziert. Wir amüsierten uns, und dann ließ ich mich bei einem der Künstler auf einem wackeligen Höckerchen nieder, damit er mich mit seinen bunten Kreidestiften porträtierte. Wir haben viel gelacht dabei, und es wurde ein hübsches Gemälde. Als es fertig war, zwinkerte Georg mir zu und sagte: ›Was für eine bezaubernde Frau lächelt mich da von der Leinwand an? Wenn es diese

Dame in Fleisch und Blut gäbe, würde ich sofort um ihre Hand anhalten.‹ Er war so lustig damals und so romantisch! Ich habe natürlich Ja gesagt, und ein paar Monate später haben wir tatsächlich geheiratet. Das Porträt hing in unserer gemeinsamen Wohnung und hat uns immer an diesen schönen Tag in Montmartre erinnert, an den Tag, an dem er mir den Heiratsantrag gemacht hat.« Einen Augenblick stockte sie, als fiele es ihr schwer, sich an die vergangenen Zeiten zu erinnern, und fuhr dann fort: »Aber als wir ein paar Wochen später zu unserer Hochzeitsreise aufgebrochen waren, griffen die Deutschen Paris an. Bei den ersten Luftangriffen Anfang Juni wurde auch das Haus getroffen, in dem wir gewohnt hatten. Ja, ich weiß, vielleicht war es gerade unser Glück, dass wir in dieser furchtbaren Zeit nicht zu Hause waren. Aber nun ist alles dahin, und wir können auch nicht mehr zurück. Verstehen Sie nun, weshalb es mir so wichtig ist, dass Sie mich malen? Mit dem Bild würden wir uns die Erinnerung an die gute alte Zeit zurückholen. Unsere Wohnung hier in der Fremde würde ein wenig mehr zu unserem neuen Zuhause werden. Georg hat in ein paar Wochen Geburtstag; stellen Sie sich vor, wie sehr er sich darüber freuen würde, wenn ich ihn mit einem Porträt von mir überraschen könnte. Ihres wird bestimmt noch hübscher als das von Montmartre, das die Deutschen zerbombt haben. Ganz sicher. Schon Ihre kleine Zeichnung von vorhin hat uns so gut gefallen. Und all die anderen Skizzen in Ihrem Block! Ich bin mir sicher, dass Sie ein wunderschönes Porträt von mir malen können. Am liebsten wäre mir ein echtes Ölbild. Ich könnte gleich morgen früh heimlich in Ihr Atelier kommen. Dann tritt mein Mann seine neue Stelle an und erfährt nicht, was ich währenddessen unternehme …«

Sie sah ihn erwartungsvoll an, lächelnd jetzt. Jeder Zweifel war aus ihrem Gesicht gewichen. Nicolas war verblüfft über ihr Selbstbewusstsein und ihre Hartnäckigkeit. Er spürte, wie ihm mit jedem ihrer Worte mehr und mehr die Kraft schwand, ihrem Ansinnen zu widerstehen. Ihm kam es ganz so vor, als müsste er sich gegen etwas behaupten, das ihn zu überrollen drohte. Einen Augenblick lang war er geneigt nachzugeben, Ja zu sagen, ja, gern, bitte kommen Sie morgen in mein Atelier, damit ich Sie malen kann. Gleichzeitig hoffte er, dass sie endlich aufstand und wegging, damit es vorbei war. Damit er sich nicht länger wehren musste, nicht länger in ihre Augen sehen musste, die so schön und faszinierend waren, so groß und von einem so unwirklichen Blau, dass es ihn nicht gewundert hätte, wenn plötzlich ein winziges weißes Segel darüber hinwegziehen würde.

»Es tut mir leid, Madame, von Ihren Schicksalsschlägen zu hören.« Nicolas räusperte sich. »Und ich freue mich, dass Ihnen meine Zeichnungen gefallen. Aber ich kann Sie nicht malen, ich bedauere. Sie müssen sich für Ihr Porträt jemand anders suchen.«

»Aber ich kenne hier doch sonst keinen Künstler. Und ich mag Ihre kleinen Zeichnungen. Bitte, Monsieur Guyot, das Bild ist mir so wichtig. Bitte, malen Sie mich!«

»Hören Sie, Madame. Ihr Vertrauen ehrt mich, aber …«

Nicolas sprach nicht weiter. Er sah das Mohnblumenfeld vor sich, den Sommernachmittag, die blonde Frau, die zwischen den hüfthohen roten Blumen übermütig herumtanzte, die ihn anlachte und sagte: »Mal mich, Nicolas, bitte mal mich! Mal ein Bild, das uns immer an diesen himmlischen Tag erinnert!« Er hatte sie gemalt. Nun hatte er ein Bild, und er würde sein Leben lang nicht aufhören können, an diesen Tag zu denken, wie sehr er sich auch verfluchte für alles, was danach geschehen war. Nie wieder, hatte er sich damals geschworen. Nie wieder würde er das Porträt einer Frau malen.

»Oh, Sie denken sicherlich, ich hätte nicht genug Geld dafür«, rief die Frau, die ihm in dieser stickigen Pizzeria gegenübersaß. »Wie viel kostet solch ein Bild? Ich werde Sie natürlich gut dafür bezahlen. Möchten Sie, dass ich Ihnen gleich heute eine Anzahlung leiste?«

Einen Wimpernschlag lang dachte Nicolas an seine Mietschulden bei der Zimmerwirtin. Doch er schüttelte den Gedanken ab.

»Nein, nein. Im Übrigen bin ich momentan mit der Vorbereitung meiner Ausstellung ziemlich beschäftigt. Ich habe gerade gar keine Zeit für aufwendige Porträtarbeiten.«

Dabei war das nicht das eigentliche Problem. Das Schlimme war: Nicolas gefiel die Vorstellung, mit der schönen blauäugigen Frau ein Geheimnis zu haben, etwas Gemeinsames, von dem ihr Mann nichts wusste. Vor allem gefiel ihm die Vorstellung, mit ihr zusammen zu sein. Sie anzusehen und mit ihr zu reden, ihre

Stimme zu hören, sie zu malen, ihr nahe zu sein, stundenlang, tagelang. Und gleichzeitig war es genau das, was er am meisten fürchtete.

»Aber, Monsieur, ich könnte Ihnen Arbeit abnehmen bei der Vorbereitung auf Ihre Ausstellung, damit Sie Zeit zum Malen haben. Was ist denn zu tun? Ich helfe Ihnen gerne. Ich bin durchaus in der Lage, mit einem Hammer umzugehen. Ich könnte mithelfen, Ihre Bilder aufzuhängen. Oder das Einladungsschreiben verfassen. Haben Sie schon Einladungen geschrieben? Ich bin gut im Schreiben. In Paris habe ich ein wenig als Journalistin gearbeitet.«

Nicolas schüttelte den Kopf.

»Sie wissen nicht, was Sie erwartet. Sie müssten in mein Atelier kommen und stundenlang stillsitzen. Es würde Tage dauern, Wochen womöglich, bis das Bild fertig ist. Es würde furchtbar langweilig für Sie.«

»Ich weiß. Das macht doch nichts.«

»Bitte insistieren Sie nicht länger.« Seine Stimme wurde schroff, er war selbst erschrocken darüber, dass er so kurz davorgestanden hatte, ihrer Bitte zuzustimmen. »Ich kann Sie nicht malen, es tut mir leid.«

»Ist das Ihr letztes Wort?«

Nicolas antwortete nicht, denn der Kellner brachte jetzt die Pizza und eine Karaffe Wein. Dazu stellte er zwei Gläser auf den Tisch. Sie winkte ab, als er ihr einschenken wollte.

»Ich denke, ich werde jetzt besser aufbrechen«, sagte sie und stand auf, als der Kellner wieder gegangen war. »Ich möchte Sie nicht beim Essen stören, und mein Mann wartet sicher schon auf mich.«

Nicolas war erleichtert, dass sie gehen wollte. Und doch spürte er gleichzeitig ein unerklärliches Bedauern, als sie sich verabschiedete. Zögerlich, wie ihm schien. Ihm entging der neugierige Blick nicht, mit dem sie die Pizza betrachtete.

»Möchten Sie vielleicht ein Stück mitessen?«, hörte er sich fragen. »Sie sehen hungrig aus, und die Pizza ist mir sowieso viel zu groß.«

Zu seiner Überraschung nickte sie.

»Ja, vielleicht, tatsächlich gern.« Lächelnd setzte sie sich wieder hin. »Aber nur ein kleines Stück. Bloß ein wenig zum Kosten. Ich würde gern wissen, wie sie schmeckt. Ich habe nämlich noch nie so etwas Merkwürdiges wie Pizza gegessen. In Paris gibt es diese Speise gar nicht.«

Nicolas war erleichtert, dass sie die Sache mit dem Porträt nicht mehr ansprach.

»Italienische Einwanderer haben sie nach Marseille gebracht«, erklärte er, während er die Pizza in kleine Dreiecke teilte. »Man sagt, sie wurde in Neapel erfunden.«

Juline nahm sich ein Stück mit der Hand vom Teller und biss ab. Der Käse zog lange Fäden. Sie behalf sich mit der anderen Hand.

»Es ist ein wenig umständlich, aber es schmeckt erstaunlich gut.« Sie kaute und lächelte gleichzeitig. »Ist es nicht verrückt, dass die Italiener Käse, Tomaten und Oliven auf ihren Kuchen legen und nicht etwa Äpfel, Birnen oder Kirschen, wie es zu erwarten wäre?«

»Ja, die Pizza ist ein sonderbares Gebäck. Aber sie ist eine köstliche Erfindung.«

»Es ist eine völlig andere Welt hier unten im Süden, so direkt am Meer, wo man meint, man müsse Afrika am Horizont erkennen …«

Ein kleiner Moment des Schweigens entstand. Nicolas trank einen Schluck Wein.

»Mein Name ist übrigens Juline«, sagte sie und wischte sich mit einer Serviette, die auf dem Tisch lag, über den Mund. »Verzeihen Sie, dass ich mich Ihnen gar nicht vorgestellt habe, bevor ich Ihnen das halbe Mittagessen weggegessen habe.«

Sie lächelte schief. Nicolas schüttelte den Kopf.

»Das macht doch nichts. Einen schönen Namen haben Sie. Juline. Er passt zu Ihnen.«

»Danke. Und vielen Dank auch für die Pizza. Aber jetzt muss ich wirklich los.«

Sie stand auf und bedachte Nicolas mit einem langen, ruhigen Blick, den er nicht deuten konnte.

»Leben Sie wohl, Juline. Ich habe mich gefreut, Ihre Bekanntschaft zu machen. Viel Glück in Marseille!«

»Danke, und Ihnen viel Glück bei Ihrer Ausstellung.«

Sie reichte ihm die Hand, und er war überrascht, wie angenehm es war, sie zu berühren. Sie hatten einander noch nicht losgelassen, als es plötzlich laut wurde an der Tür. Eine schrille Trillerpfeife ertönte, und drei Polizisten in grau-grünen Uniformen und hohen schwarzen Stiefeln betraten die Pizzeria. Handschellen und Schlagstöcke baumelten an den Gürteln ihrer Jacken.

»Dies ist eine Personenkontrolle!«, rief der eine, ein hochgewachsener Kerl mit einem akkurat gestutzten Oberlippenbart im kantigen Gesicht. »Die Papiere bitte.

Sofort. *Tout de suite!* Und zwar alle hier. Keiner verlässt das Lokal.«

»Was bedeutet das?«, flüsterte Juline erschrocken.

»Das geschieht hier neuerdings öfter. Sie haben sich doch hoffentlich bei der Präfektur angemeldet?«

Juline nickte.

»Ja, gerade heute früh. Zum Glück hat uns unsere Zimmerwirtin darauf aufmerksam gemacht.«

In der Pizzeria war es schlagartig still geworden, während die drei Polizisten von Tisch zu Tisch gingen und sich die Ausweise, Pässe und Aufenthaltsgenehmigungen ansahen, die ihnen die Leute mit bebenden Händen entgegenstreckten.

Nicolas zog seinen Ausweis aus der Hosentasche. Er hatte solche Razzien zu oft erlebt in den vergangenen Wochen und festgestellt, dass es besser war, stets das Papier mit sich zu führen. Er war seit seiner Geburt als Einwohner Marseilles gemeldet und hatte – wie er wusste – nichts zu befürchten. Auch diesmal nickte der Polizist nur kurz, als Nicolas ihm seinen Ausweis hinhielt. Das Dokument, das Juline ihm reichte, studierte er etwas ausgiebiger, dann gab er es ihr mit einem wortlosen Nicken zurück.

In diesem Moment schrie vorn an einem der Fenstertische eine Frau auf.

»Was machen Sie mit meinem Mann?«

Der schnauzbärtige Polizist hatte ihren Begleiter am Arm gepackt und riss ihn von seinem Stuhl hoch.

»Mitkommen! Auf die Wache. Sofort.«

Einer der beiden anderen Polizisten – es war derjenige, der gerade noch Nicolas und Juline kontrolliert hatte, – trat hinzu und legte dem Mann Handschellen an.

»Wer keine gültige Aufenthaltsgenehmigung vorlegen kann, wird festgenommen«, schnarrte der Bärtige und legte die Hand an den Schlagstock. »Sie kennen die Gesetze. Abführen!«

»Wieso soll ich eine Aufenthaltsgenehmigung haben!«, rief der Festgenommene. Es war ein magerer älterer Herr mit schütterem grauem Haar. Sein abgewetzter grauer Anzug schlotterte ihm um den dünnen Leib. »Ich bin doch erst gerade in Marseille angekommen, und heute Abend geht unser Schiff nach Mexiko. In vier Stunden sind wir fort. Wofür brauche ich da eine Aufenthaltsgenehmigung? Ich will mich gar nicht in Marseille aufhalten!«

»Wer keine gültige Aufenthaltsgenehmigung vorlegen kann, wird festgenommen«, wiederholte der Polizist. »Der Rest interessiert mich nicht.«

Und der andere fügte hinzu, nachdem er noch einmal die Dokumente des Mannes studiert hatte: »In Ihren Papieren steht, dass Sie vor zwei Wochen aus dem Lager in Gurs entlassen wurden. Vor zwei Wochen! Und noch immer haben Sie keine Aufenthaltsgenehmigung in Marseille. Wieso nicht? Zeigen Sie Ihre Zugfahrkarte, mit der Sie belegen können, dass Sie erst heute in Marseille angekommen sind.«

»Ich habe keine Zugfahrkarte, Monsieur. Ich bin zu Fuß gegangen, ich hatte kein Geld für den Zug. Deshalb hat es so lange gedauert.«

»Sie können ja Beschwerde einlegen. Jetzt kommen Sie erst mal mit.«

»Lassen Sie mir meinen Mann!«, schrie die Frau und sprang auf. Ihr schlichtes schwarzes Kleid war an den Ärmeln geflickt, und graue Strähnen durchzogen ihre schlaffen dunklen Haare. Trotz der Aufregung sah sie erschöpft aus. »Wir haben alle Dokumente beisammen. Französische Ausreisevisa, spanische, portugiesische und mexikanische Transitvisa, amerikanische Einreisevisa, die Tickets für die Schiffspassage. Es ist alles da. Ich bin wochenlang herumgelaufen, um die Papiere zu bekommen. Ich habe all unser Geld dafür ausgegeben. Jetzt ist mein Mann endlich da, und wir können losfahren. Bitte, lassen Sie mir meinen Mann!«

Die Polizisten kümmerten sich nicht um ihre Einwände. Sie zogen den protestierenden Mann durch das Lokal zur Tür hin, vor der ein Polizeiwagen in der Sonne stand.

»Sie dürfen ihn nicht festnehmen.« Die Frau weinte jetzt. Sie ließ die Tränen einfach über ihr rotfleckiges Gesicht laufen. »Wir müssen doch aufs Schiff! Er ist vor einer Stunde erst in die Stadt gekommen. Wie hätte er sich denn eine Aufenthaltserlaubnis besorgen sollen? Ehe er sich bei der Präfektur angestellt hätte, ehe das Dokument genehmigt und gestempelt wäre, da wären wir doch längst an Bord. Hier!« Sie lief hinter den Männern her. In ihrer hocherhobenen Rechten hielt sie zwei bedruckte Papierstreifen. »Hier sind unsere Billetts. Sehen Sie doch: Abfahrt heute Abend 18 Uhr 30 mit der La Rochelle aus Pier zwei. Hier stehen unsere Namen und sogar die Nummer unserer Kabine. Es ist alles bestätigt. Wir fahren doch. Heute Abend sind wir auf dem Meer. Sie dürfen meinen Mann nicht festnehmen. Wir verpassen das Schiff. Dann war alles umsonst!«

Ihre Stimme wurde schriller mit jedem Satz.

»Wir haben die Gesetze nicht gemacht«, erklärte einer der anderen beiden Polizisten, während er die Tür öffnete. Er war der Jüngste der drei, kaum zwanzig, blonder Flaum bedeckte sein Kinn. »Wir führen sie nur aus.«

»Haben Sie doch Mitleid mit uns!«, schrie die Frau noch, dann ließ sie sich schluchzend auf den Fußboden fallen.

»Geh du aufs Schiff, Sarah«, rief der Mann ihr zu. »Bleib nicht hier! Lass deine Passage nicht verfallen! Ich komme nach. Sie werden mich morgen wieder laufen lassen, dann kümmere ich mich um ein neues Billett. Ich sehe dich in Chicago. In ein paar Wochen. Wir werden uns finden!«

Noch während er sprach, fiel die Tür klirrend hinter ihm zu. Die Frau starrte reglos durch die Glasscheibe nach draußen, wo die Polizisten ihren Mann in den Wagen schoben und mit ihm davonfuhren.

»Ich kann nicht ohne ihn fahren«, wimmerte sie, noch immer auf dem Fußboden kniend. »Er ist doch mein Mann. Ach, nun war alles vergebens ...«

Nicolas und einer der Kellner traten zu ihr, halfen ihr auf und führten sie zurück an ihren Platz, wo sie sich mit stumpfem Blick auf den Stuhl fallen ließ und wortlos sitzen blieb, die zerknickten Billetts in der Hand. Noch immer schepperte kein Teller, klirrte kein Glas. Betreten schweigend verharrten die Leute auf ihren Stühlen. Da faltete der Mann an der Bar seine

Zeitung zusammen, drehte sich um und rief durch die Pizzeria: »So sind nun mal die Gesetze, Leute. Ihr habt es gehört, *tout le monde*. Es hat alles seine Richtigkeit. Von den Deutschen können wir Recht und Ordnung lernen. Das war längst überfällig in diesem Land. Ich kann daran nichts Schlechtes finden.«

Juline hatte währenddessen mit zusammengepressten Lippen am Tisch gesessen und den Henkel ihrer Tasche in den Händen geknetet. Jetzt erhob sie sich.

»Aber, Monsieur, was sind Recht und Ordnung ohne Herz und Menschlichkeit?«, sagte sie laut. Die Leute im Lokal sahen zu ihr auf. »Das begreife ich nicht. Warum muss ein Mensch ins Gefängnis geschleppt werden, nur weil ein Stempel in seinem Ausweis fehlt?«

Nicolas versuchte, sie aufzuhalten.

»Mischen Sie sich besser nicht ein«, raunte er und berührte ihren Arm. »Man sollte solchen Leuten nicht widersprechen. So ist das jetzt nun mal.«

Aber Juline achtete nicht auf ihn. Sie warf ihren Haarzopf in den Nacken und trat einen Schritt auf die Bar zu. Der Mann stellte seine Kaffeetasse ab, aus der er gerade trinken wollte. Er musterte Juline mit einem Blick, als hätte er gerade eine sehr große Kakerlake entdeckt.

»Es treibt sich zurzeit genug Gesindel in Marseille herum, Madame. Warum hat er keinen Stempel? Wer keinen Stempel hat, macht sich verdächtig.«

»Mein Mann ist kein Gesindel!«, empörte sich jetzt die Frau mit dem verweinten Gesicht. »Er ist ein guter, redlicher Mensch. Ein Ingenieur. Er baut Brücken.«

»So? Und warum wollen Sie dann weg von hier?«

»Weil Krieg ist in Europa, Monsieur. Er hat jetzt eine Anstellung in Chicago.«

»In Frankreich ist kein Krieg. Es gilt ein Waffenstillstand mit Deutschland. Wir haben nichts zu befürchten. Wir haben hier Frieden und Sicherheit.«

Nicolas sah, dass Juline den Kopf schüttelte.

»Was ist das für ein seltsamer Frieden, in dem zwei Menschen, die sich lieben, nicht zusammen sein dürfen!«, rief sie. »Wie können Sie es Sicherheit nennen, wenn die Leute Angst haben müssen, ins Gefängnis zu kommen, nur, weil ihnen ein Stempel im Ausweis fehlt. Und das, wo dieser Mann doch noch heute weiterreist! Und warum überhaupt fliehen all die vielen Menschen aus dem Land? Gewiss nicht, weil sie sich in Frankreich sicher fühlen.«

»Sie führen ein loses Mundwerk!«, knurrte der Mann an der Bar. »Sie sollten aufpassen, was Sie sagen, sonst landen Sie am Ende selbst im Gefängnis.«

»Noch ist die freie Rede nicht verboten«, entgegnete Juline. Sie warf Nicolas einen letzten Blick zu, bevor sie mit hocherhobenem Kopf durch die Drehtür ins Freie trat.

Kapitel 7

Es war der nächste Vormittag. Nicolas stand in seinem Atelier vor einem halb fertigen Bild, das auf einer Staffelei lehnte, eine farbverkrustete Palette in der einen und einen langen Pinsel in der anderen Hand. Er war gerade dabei, ein Gemisch aus weißer und grauer Farbe auf die Leinwand zu streichen und zu tupfen, um dem Gewitterhimmel die passende Anmutung zu geben. Doch je länger er daran arbeitete, desto unzufriedener wurde er mit dem Bild. Am liebsten hätte er es aus Zorn über seine Unfähigkeit von der Staffelei gerissen und gegen die Wand geschleudert. Und die Palette und den Pinsel gleich hinterher.

»Was ist es«, schimpfte er in Gedanken mit sich selbst, »das mich so sehr beschäftigt, dass ich mich nicht aufs Malen konzentrieren kann?«

Er war beinahe erleichtert, als es an der Tür klopfte. Vermutlich Madame Bonnard, dachte er, während er Pinsel und Palette zur Seite legte und sich die farbverschmierten Hände an einem fleckigen Fetzen Leintuch abwischte, das er sich in den Hosenbund gestopft hatte, sodass es ihm wie eine Schürze vor dem Bauch hing. Vielleicht hatte sie es sich anders überlegt und war nun nicht mehr willens, auch nur einen Tag länger auf die ausstehende Miete zu warten. Oder Monsieur Gantois wollte ihn noch einmal sprechen, weil ihm eingefallen war, dass er bei seinem letzten Besuch eine dringende Frage vergessen hatte. Möglicherweise stand auch der Admiral vor der Tür. Es kam gelegentlich vor, dass der alte Mann von der anderen Seite des Flurs herüberschlurfte und Nicolas um etwas bat. Um ein Stück Brot und etwas Käse beispielsweise, weil er vergessen hatte, rechtzeitig einkaufen zu gehen, oder weil ihm seine Rückenschmerzen gerade wieder so schwer zu schaffen machten, dass er die vielen Treppenstufen nicht hinuntersteigen konnte, um sich im nächsten Laden etwas zu essen zu besorgen. Wer auch immer der Besucher sein mochte, Nicolas war froh über die kleine Ablenkung.

Er öffnete die Tür – und vermochte im ersten Moment gar nicht zu sagen, wer da vor ihm stand. Es waren dieselben blauen Augen wie gestern, dasselbe Lächeln, dieselbe schmale Nase mit den blassen Sommersprossen. Aber irgendetwas war anders. Der Zopf war weg. Sie trug ihre dunklen Haare kurz und fransig geschnitten, beinahe wie ein Junge. Ein paar Strähnchen hingen ihr spitz in die Stirn, und an den Schläfen rollten sich zwei kleine sichelförmige Löckchen. Die Frisur ließ ihre Augen noch größer und noch heller erscheinen.

»*Salut*, Monsieur Guyot«, sagte Juline. »Verzeihung, dass ich störe.«

»Sie? Sind Sie das? Was haben Sie … Ich meine, wie kommen Sie denn überhaupt hierher?«

Nicolas ärgerte sich darüber, dass er ins Stammeln geraten war. Er war sich nicht sicher, was ihn mehr verblüffte: dass ihm Juline so unvermittelt hier an seiner Wohnungstür gegenüberstand oder dass ihre Haare so kurz waren.

Sie lächelte.

»Einfach die Stufen herauf. Es sind fünfundsiebzig. Ich habe sie gezählt.«

»Ja, aber woher wissen Sie überhaupt, dass ich hier wohne?«

Er starrte noch immer ungläubig auf ihre kurzen Stirnfransen.

»Ich hoffe, Sie sind mir nicht böse. Ich bin Ihnen gestern nachgeschlichen. Ich habe mich am Hafen hinter einem Karren versteckt und gewartet, bis Sie die Pizzeria verließen. Dann bin ich Ihnen gefolgt, und als ich sah, dass Sie einen Schlüssel für die Haustür haben, war ich mir sicher, dass Sie hier wohnen und nicht nur jemanden besuchen.«

»Sie haben mir nachspioniert?«

Juline nickte. Ihr Lächeln wurde schmaler, beinahe ein wenig schuldbewusst.

»Ja. Verzeihen Sie. Aber anders ging es nicht. Ich muss Sie unbedingt noch einmal sprechen. Schon gestern Abend habe ich vor dem Haus gestanden, aber ich wagte nicht, Sie zu besuchen. Heute war ich mutig genug. Ich habe die Dame, die im Erdgeschoss aus dem Fenster sah, nach Ihnen gefragt, und sie hat mich eingelassen. Ich habe gesagt, dass ich einen Termin bei Ihnen habe, weil ich Ihnen für ein Gemälde Modell sitzen soll. Es tut mir leid, ich musste ein wenig schwindeln …«

»Das haben Sie ihr gesagt? Was fällt Ihnen ein? Ich habe Ihnen doch gestern erst erklärt, dass ich Sie nicht malen werde.«

»Ich weiß. Darf ich trotzdem hereinkommen?«

Nicolas zögerte einen Augenblick. Dann zog er die Tür weit auf und ließ Juline eintreten. Es war vermutlich besser, ihr hier drinnen klarzumachen, dass ihr Ansinnen heute genauso vergeblich sein würde wie tags zuvor, als diese Diskussion im Hausflur zu führen.

»Danke«, sagte Juline leise.

Sie trug ein luftiges, ärmelloses gelbes Seidenkleid, das mit großen weißen Magnolienblüten bedruckt war, dazu zierliche weiße Sandalen, die über den Knöcheln mit einem dünnen Riemen verschlossen wurden. Durch die offenen Spitzen waren ihre glänzenden Zehennägel zu sehen. Die kurzen Haare ließen sie noch jünger und unbeschwerter wirken. Ein zarter Duft von Maiglöckchen und Jasmin umwehte sie. Nicolas erschien sie noch bezaubernder als am Tag zuvor. Und gleichzeitig ärgerte er sich über sie, weil sie ihn so frech überrumpelt hatte.

»So sieht es also im Atelier eines Malers aus.« Julines Stimme klang andächtig, während sie sich umsah. Sie war gleich neben der Tür stehen geblieben, die Hände ineinandergelegt wie zum Gebet.

»Was haben Sie mit Ihrem Zopf gemacht?« Nicolas schloss die Tür hinter ihr.

»Oh ja.« Juline fuhr sich mit der Rechten durch die Frisur, als müsste sie sich vergewissern, dass der längste Teil ihrer Haare tatsächlich nicht mehr da war. »Den habe ich abgeschnitten. Besser gesagt, der

Perückenmacher hat ihn mir abgeschnitten. Es ging sehr schnell, und ich habe eine Menge Geld dafür bekommen. Ich hätte so schöne kräftige Haare, sagte er. Irgendeine Frau in dieser Stadt wird bald sehr glücklich sein, weil sie eine ganz wunderschöne Perücke aus meinem Zopf bekommen wird.«

»Sie … Sie haben Ihre Haare verkauft? Aber, um Himmels willen, Juline, wieso das denn?«

»Ich brauchte das Geld.« Juline öffnete die Handtasche, die ihr am Arm hing. »Zusammen mit dem, was ich noch in meiner Reisekasse gefunden habe, sind es fünfhundert Francs. Hier!«

Sie zog ihren Geldbeutel heraus und wollte ihn öffnen, aber Nicolas hielt sie davon ab.

»Bitte lassen Sie das!«

»Fünfhundert Francs«, wiederholte Juline. »Reicht das für ein Porträt? Wenigstens als Anzahlung?«

Er starrte sie ungläubig an.

»Sie haben Ihre Haare verkauft, um ein Porträt bezahlen zu können?«

Juline nickte. »Ich habe gedacht, wenn ich Ihnen ganz viel Geld biete, dann werden Sie sicher nicht mehr Nein sagen. Es ist ja Ihr Beruf, das Malen. Also habe ich überlegt, wie ich schnell eine Menge Francs verdienen kann. Denn ein Einkommen habe ich hier nicht, und ich kann ja schlecht meinen Mann bitten, für sein eigenes Geburtstagsgeschenk zu bezahlen. Und so bin ich darauf gekommen, mir die Haare abschneiden zu lassen. Es ist mir nicht ganz leichtgefallen, das muss ich gestehen. Aber noch wichtiger ist es mir, das Porträt zu bekommen.«

»Aber ... Aber was hat denn Ihr Mann dazu gesagt«, entfuhr es Nicolas, »dass Sie Ihren Zopf haben abschneiden lassen?«

Sie zuckte mit den Schultern.

»Tatsächlich hat er sich ein wenig gewundert. Um genauer zu sein, er hat sehr gestaunt. Aber ich sagte ihm, in Amerika seien kurze Haare bei Frauen jetzt sehr in Mode, und mein Mann liebt Amerika. Außerdem ist diese Frisur doch so praktisch. Man braucht viel weniger Shampoo als mit langen Haaren. Und Haarwaschmittel ist ja so schwer zu bekommen momentan ... Nun ja, jedenfalls weiß ich, dass mein Mann mich auch mit der neuen Frisur schön findet. Und noch genauso liebt wie vorher. Oh, da bin ich mir ganz sicher. Ich kann mir nicht vorstellen, dass irgendein Haarschnitt, irgendein Legen, Wellen oder Föhnen ihn dazu bringen könnte, mich auch nur einen Hauch weniger zu lieben. Ich bin ja derselbe Mensch geblieben. Und außerdem: Meine Haare wachsen so schnell. In ein paar Jahren werde ich aussehen wie vorher.«

Nicolas spürte, wie ihm angesichts ihrer Unbekümmertheit ein Lächeln über das Gesicht glitt. Es fühlte sich ungewohnt an, beinahe schmerzhaft, nach der langen Zeit, in der er nicht mehr gelächelt hatte.

»In ein paar Jahren? Das ist eine lange Zeit!« Er schüttelte den Kopf, ohne Juline aus den Augen zu lassen. »Nun, tatsächlich sehen Sie auch mit der neuen Frisur sehr hübsch aus, falls mir dieses Kompliment erlaubt ist.«

»Danke. Und auf dem Porträt können Sie mich ja einfach mit langen Haaren malen. Dann passt es später noch, wenn ich wieder meine alte Frisur habe. Sie wissen ja sicher noch, wie ich vorher ausgesehen habe.«

»Nein, das geht leider nicht. Ich kann nicht malen, was nicht da ist. Ich muss Sie so porträtieren, wie Sie aussehen.«

»Oh, das war eine Zusage!« Juline klatschte in die Hände. »Ha! Sie malen mich, nicht wahr? Sie malen ein Porträt von mir? Danke! Danke, ich freue mich so sehr!«

Sie lachte wie jemand, dem ein besonders kesser Streich gelungen ist. Nicolas zuckte mit den Schultern, als könnte er selbst nicht glauben, was er da gerade gesagt hatte.

»Nun gut, ich werde eine Ausnahme machen. Es wird mir wohl nichts anderes übrig bleiben, wenn Sie schon Ihr Haar dafür verkauft haben. Sie sind die verrückteste Frau, die mir je begegnet ist, das können Sie mir glauben.«

Dabei wusste er, dass er bereits in dem Moment kapituliert hatte, in dem Juline vor seiner Tür stand. Vielleicht sogar schon in dem Moment, in dem er ihr am Hafen zum ersten Mal in die Augen gesehen hatte.

»Bon. Also dann. Reden wir darüber, was für ein Porträt Sie sich vorgestellt haben.«

»Darf ich mich erst ein bisschen umsehen?«, fragte sie.

»Aber ja.«

»Ich war nämlich noch nie in einem Künstleratelier. Ich bin sehr gespannt auf Ihre Bilder.«

Juline ließ den Blick durch den Raum wandern. Dann schlich sie auf Zehenspitzen über das Parkett, um mit ihren Absätzen kein Geräusch auf dem Holzboden zu machen. Als schliefe jemand im Raum, den sie nicht wecken wollte.

»Darf ich Ihnen etwas zu trinken anbieten?«, fragte Nicolas, während Juline die Bilder betrachtete. »Einen Kaffee vielleicht? Ich habe noch ein paar geröstete Bohnen.«

»Kaffee aus echten Kaffeebohnen? Oh, nur zu gern. Ich habe schon lange keinen richtigen Kaffee mehr getrunken. Bei uns gibt es nur noch Ersatzkaffee, und ich kann dem Geschmack von gerösteten Gerstenkörnern einfach nichts abgewinnen.«

»Wer kann das schon.«

Seltsam beschwingt betrat Nicolas seine Küche.

Dass es immer schwieriger wurde, gute Lebensmittel zu bekommen, war etwas, das Nicolas in diesem Sommer am allermeisten störte. Zwar waren einige Waren, wie Fleisch und Alkohol, schon seit Monaten rationiert. Aber wegen der hohen finanziellen Verpflichtungen, die Frankreich durch den Waffenstillstand mit Deutschland vor Kurzem eingegangen war, hatte sich die Versorgungslage der eigenen Bevölkerung zusehends verschlechtert. Lieferanten waren angehalten, vorrangig die Deutschen zu bedienen. In Marseille war die Lage insgesamt zwar noch relativ gut, aber inzwischen wurden manche Lebensmittel – zumindest vorübergehend – auch hier knapp. In den Schaufenstern entdeckte Nicolas immer öfter Schilder mit dem Hinweis, welche Sachen im Laden gerade nicht vorrätig waren. Manchmal, dachte er, wäre es einfacher bekanntzugeben, was es überhaupt noch zu kaufen gibt.

Echter Bohnenkaffee zum Beispiel war mittlerweile eine Rarität. Nicolas schien es, als hätten die großen Hotels und vornehmen Cafés der Stadt sämtliche Kaffeevorräte Südfrankreichs aufgekauft. Denn in den schicken Etablissements konnte man für viel Geld noch beinahe jeden Luxus bekommen, während es für die normalen Bürger in den Läden fast nur noch Ersatzkaffee gab, der hauptsächlich aus Getreide oder getrockneten Erbsen bestand und grässlich schmeckte, egal wie viel Milch und Zucker man hineintat. Sofern man überhaupt noch Milch und Zucker zu Hause hatte.

Nicolas setzte einen Kessel Wasser auf den Herd. Dann öffnete er die zerbeulte Blechdose, in der er den Kaffee aufbewahrte, und schüttete ihren Inhalt vorsichtig auf die Tischplatte. Er fischte aus dem Haufen blassgelber Erbsen die wenigen Kaffeebohnen heraus, die er darin noch fand, und gab sie in die Mühle. Es reichte gerade für eine kleine Tasse echten schwarzen Kaffees.

Als er ins Atelier zurückkam, saß Juline auf einem der blauen Holzstühle vor dem offenen Fenster und betrachtete die Bilder, die Nicolas für die Vernissage bereitgestellt hatte. Sie nahm ihm das Tässchen ab und atmete mit geschlossenen Augen den Duft des heißen Kaffees ein.

»Hmm. Köstlich! Wie habe ich das vermisst!«

Sie umfasste die kleine Tasse mit beiden Händen und trank in winzigen Schlucken. Das Vormittagslicht ließ ihre Haut rosig und perlmuttern schimmern, wie das Innere einer Muschelschale. Ihre kurzen dunklen Haare glänzten in der Sonne. Nicolas musste sich eingestehen, dass er sich darauf freute, sie zu malen. Wesentlich mehr darauf freute, sie zu malen als den Gewitterhimmel, an dem er gerade noch gearbeitet hatte. Er fühlte sich inspiriert durch ihre Gegenwart, unerwartet wach und lebendig wie schon lange nicht mehr.

»Das ist ein großartiges Porträt, das dort an der Wand hängt.« Juline sprach, ohne die Tasse von ihren Lippen zu nehmen. »Wenn man sie ansieht, hat man das Gefühl, sie blickt einem direkt ins Herz. Verraten Sie mir, wer die schöne Dame im Mohnblumenfeld ist?«

Die Frage traf Nicolas unerwartet.

»Das«, sagte er knapp, »ist meine Frau.«

»Ah.« Julines Blick streifte Nicolas' Hände, wo sie einen Ring zu suchen schien, doch da war keiner. »Sie haben eine wunderschöne Frau. Es ist ein wunderschönes Bild von einer wunderschönen Frau. Sie sieht sehr glücklich und verliebt aus.«

»Ja. Das war sie auch. Das waren wir beide.«

Juline zögerte, bevor sie weitersprach.

»Es muss schön sein, jemanden zu malen, den man liebt. Und schön sein, gemalt zu werden von jemandem, den man liebt.«

Sie sah ihn an, als wartete sie auf eine Erklärung. Nicolas nahm ihr die leere Kaffeetasse ab und stellte sie auf den Tisch neben die Farbtuben, Paletten und Pinselgläser. Ihr hellroter Lippenstift hatte einen kleinen halbmondförmigen Abdruck am Porzellan hinterlassen.

»Ja«, sagte er nur.

Juline war wieder aufgestanden. Sie schlenderte

durch das Atelier. Vor dem Tisch blieb sie stehen und ließ den Blick über die Malutensilien wandern. Sie hob eine der ausgequetschten Tuben hoch und las das Etikett.

»Gebrannte Umbra. Die ist fast leer, da müssen Sie bald eine neue kaufen.«

Es war ihm, als zögerte sie, mit der Besprechung des Porträts zu beginnen. Als wollte sie jedes noch so kleine Detail des Ateliers in sich aufnehmen, bevor es losging, und Nicolas war es recht, dass sie sich Zeit ließ.

»Wie ist das so beim Malen, Monsieur Guyot? Hat man da eine Lieblingsfarbe?«

Blau, dachte Nicolas. Das klare, helle Blau Ihrer Augen … Aber laut sagte er: »Nein, natürlich nicht. Was für ein Gedanke! Würden Sie einen Schriftsteller fragen, ob er einen Lieblingsbuchstaben hat, einen Musiker, ob ihm eine bestimmte Note die liebste ist? Auf die Komposition kommt es an, auf das harmonische Zusammenspiel aller Farben, aller Buchstaben, aller Noten. Das ist Kunst.«

Juline nickte. »Ich verstehe. Ich mag die Farbe von frischen Himbeeren am liebsten, dieses helle, weiche Rosarot, kurz bevor sie reif sind. Aber ich male ja auch nicht.«

Sie wanderte weiter durch den Raum, betrachtete Bild um Bild, bis sie wieder bei dem Porträt der Frau im Mohnblumenfeld angekommen war.

»Ist Ihre Frau Ihre Muse beim Malen? Künstler haben immer eine Muse, hat mir mal jemand erzählt. Kommt sie Sie oft in Ihrem Atelier besuchen?«

Nicolas sah zum Fenster hinaus, als könnte er dort eine andere Antwort finden. »Nein«, sagte er. »Nicht mehr.«

»Nicht? Das kann ich gar nicht verstehen. Warum nicht? Ist es ihr hier langweilig geworden?«

»Sie … sie ist vor ein paar Jahren gestorben.«

»Oh, mein Gott. Das habe ich nicht gewusst.« Juline fuhr herum und schlug sich die Hände vor den Mund. Eine flammende Röte überzog ihr Gesicht. »Es tut mir leid, dass ich gefragt habe. Ich hätte nicht so neugierig sein dürfen.«

»Schon gut. Das macht nichts. Woher hätten Sie es auch wissen sollen.«

»Es muss ein schrecklicher Verlust für Sie sein. Ach, ich weiß gar nicht, was ich sagen soll. Ich bin sehr schlecht im Trösten.«

»Machen Sie sich keine Vorwürfe. Ich brauche keinen Trost mehr. Es ist schon so lange her. Irène – sie hatte einen Unfall vor drei Jahren.«

Seine Stimme schien ihm selbst merkwürdig. Er hatte Irènes Namen schon lange nicht mehr ausgesprochen.

»Das tut mir sehr leid für Sie.« Juline flüsterte beinahe. »Es gibt nichts Schlimmeres, als einen geliebten Menschen zu verlieren. Ich könnte mir das gar nicht vorstellen, ein Leben ohne …« Sie brach ab. »Verzeihung. Wie taktlos von mir.«

»Das Leben geht weiter«, bemerkte Nicolas und rang sich ein halbherziges Lächeln ab.

»Ja, ich weiß.« Juline nickte ernst. »Es ist das Wesen des Lebens, dass es gelegentlich unerfreuliche

Wendungen nimmt. Man darf sich aber vom Schicksal niemals unterkriegen lassen. Man muss immer wieder aufstehen. Das weiß ich selbst nur zu gut. Ich hoffe, Sie sind inzwischen wieder einigermaßen glücklich?«

»Nun, so glücklich, wie ein Mann nur sein kann, der die große Ehre hat, eine so schöne Frau wie Sie malen zu dürfen.« Nicolas hatte seine Fassung wiedergefunden. Er bemühte sich um einen geschäftsmäßigen Klang seiner Stimme, als er fortfuhr: »Aber Sie sind ja nicht hergekommen, um mit mir über vergangene Zeiten zu reden. Sie möchten ein schönes Porträt für Ihren Mann, und Sie werden es bekommen. Kommen Sie, setzen Sie sich wieder auf den blauen Stuhl am Fenster. Oder möchten Sie lieber, dass ich Sie zeichne, während Sie auf dem Sofa liegen? Vielleicht mit einem Buch in der Hand? Oder lieber mit einer Blume? Ich werde zunächst ein paar Kohleskizzen von Ihnen anfertigen, und danach entscheiden Sie, wie ich das eigentliche Bild malen soll. Was haben Sie sich vorgestellt? Ein Ganzkörperporträt? Halbfigur? Nur Ihr Gesicht? Und welches Format? Sie wünschen ein Ölbild, sagten Sie. Oder vielleicht doch lieber ein Aquarell?«

»Oh, so viele Möglichkeiten gibt es? Darüber habe ich mir noch gar keine Gedanken gemacht. Ich weiß nicht. Was meinen Sie?«

Nicolas zuckte mit den Schultern. Es war genau die Reaktion, die er erhofft hatte. Er spürte, wie er sich entspannte.

»Probieren wir es aus. Ich habe den ganzen Tag lang Zeit. Die ganze Woche meinetwegen. So lange Sie möchten. So lange, bis Sie mit Ihrem Bild zufrieden sind.«

»Haben Sie immer so viel Geduld mit den Menschen, die sich von Ihnen malen lassen wollen?«

»Aber selbstverständlich«, log Nicolas. Er kannte sich in diesem Augenblick selbst kaum wieder. Wie sehr verabscheute er es normalerweise, wenn sich fremde Leute länger in seinem Atelier aufhielten, wenn sie sich hier umschauten wie in einem Zoo und ihn mit ihren Fragen löcherten. Er mochte eigentlich überhaupt keine Besucher. Außer Tatjana gelegentlich für ein paar Stunden. Lieber wollte er seine Ruhe haben und allein sein. Das war einer der Gründe, weshalb er keine Porträts mehr malte und keine Auftragsarbeiten annahm, weshalb er so lange jede Vernissage abgelehnt hatte.

Mit Juline war es anders. Er wusste nicht, warum, aber diesmal hatte er es nicht eilig. Ganz im Gegenteil. Er wollte nicht, dass sie ging. Er wollte Juline um sich haben, in ihre Augen sehen, die heute die Farbe eines Gletschersees an einem windstillen Sommermorgen hatten. Er wollte ihre Stimme hören, ihr Lachen, das Geräusch ihrer Absätze auf dem Holzboden, das Rascheln ihres Seidenkleides neben sich und diesen Duft von Maiglöckchen und Jasmin einatmen, der sie umgab. Mit Juline war etwas Leichtes und Heiteres in sein Atelier gekommen. Er hatte das Gefühl, wieder freier atmen zu können, seit sie da war. Buntheit, Licht und Helligkeit waren auf einmal nicht mehr nur das, was er mithilfe von Pinseln und Farbtuben auf die Leinwand brachte. Es schien ihm, als wäre er lange durch einen dichten Nebel gelaufen, wie es ihn hin und wieder gab in der Stadt, wenn der Mistral das Meer vor Marseille abgekühlt hatte und die warme Luft, die vom Mittelmeer her kam, die Küste in weißen Wolkendampf hüllte. So wie sich das Sonnenlicht mit steigenden Temperaturen dann allmählich wieder seinen Weg durch den Dunst bahnte, bis plötzlich alles wieder hell und strahlend war, als hätte es den Nebel nie gegeben … So, dachte Nicolas, fühle ich mich jetzt.

Er setzte die Brille auf, schob seine Staffelei an den richtigen Platz und stellte einen großen Skizzenblock darauf. Er zeichnete Juline, schlug das Blatt um und zeichnete sie erneut und erneut, zeichnete sie, wie sie auf dem Sofa saß, wie sie sich gegen eine Staffelei lehnte, wie sie ein Buch las, wie sie aus dem Fenster blickte. Er setzte mit spitzem Kohlestift Strich um Strich auf das Papier, er sah auf zu ihr und wieder zurück auf das Blatt, wo ihr Gesicht Konturen annahm. Mit jeder rasch gezogenen Linie, jeder Schraffur, jedem Wischen und Radieren kam Juline deutlicher zum Vorschein. Immer wieder überprüfte er mit schnellem Blick, ob die Zeichnung noch mit der Wirklichkeit übereinstimmte, ob Winkel, Lichteinfall und Perspektive passten. Er spürte, wie ihn die Arbeit beruhigte und beglückte. Er zeichnete ihr Lächeln, ihre Augen, ihre Nase, ihre Wangen, ihre kleinen Locken an den Schläfen, das winzige Grübchen am Kinn, dann ihr gelb-weißes Magnolienkleid mit den kleinen festen Brüsten darunter, ihre Arme, ihre Hände, die immer in Bewegung waren – »Bitte halten Sie still«, sagte er manchmal –, ihre Beine, die Füße in den zierlichen

Riemchensandalen, immer wieder, Blatt um Blatt, Skizze um Skizze, wie im Rausch, obwohl er von Anfang an gewusst hatte, welches Motiv am schönsten war.

»Das hier«, sagte Juline denn auch, als die frühe Nachmittagssonne draußen auf die Dächer schien und sie nebeneinander auf dem Holzboden saßen, die vielen Kohlebilder vor sich ausgebreitet, die Nicolas in den vergangenen Stunden von ihr gezeichnet hatte. Sie legte den Finger auf die erste Skizze. »Das hier gefällt mir am besten. Wo ich auf dem Stuhl am Fenster sitze, und im Hintergrund sieht man die Häuser von Marseille. Ich glaube, so würde das Bild meinem Mann gefallen. Meinen Sie nicht auch?«

Nicolas nickte.

»Ja, Sie haben recht. Das ist das schönste von allen.«

Sie vereinbarten, dass sie am nächsten Vormittag wiederkommen würde, damit er mit dem Malen des eigentlichen Porträts anfangen konnte.

Als Juline gegangen war, kam Nicolas das Atelier öde und verlassen vor. Die Einsamkeit überkam ihn wie ein Schmerz. Er packte seinen Skizzenblock ein und ging dahin, wohin er immer ging, wenn er nicht allein sein wollte.

Kapitel 8

Estelle stand hinter der halbrunden, hölzernen Bar und polierte Weingläser mit einem rot karierten Küchentuch, als Nicolas das Petit Poisson betrat. An der Wand in ihrem Rücken reihten sich auf verspiegelten Regalen Flaschen mit den unterschiedlichsten Getränken und Gläser in allen möglichen Formen und Größen. Kaum einer der gedrechselten hohen Hocker vor dem fleckigen, zerkratzten Tresen war noch frei, und an all den kleinen runden Tischen im Lokal saßen Gäste, Männer zumeist, hier und da in Gesellschaft eines jungen, leicht bekleideten Mädchens. Es war laut hier drinnen. Das Reden, Rufen und Lachen der Leute wurde noch übertönt durch scheppernde Swingmusik, die aus den Lautsprechern eines alten, eiernden Grammophons drang. Dichter Zigarettenqualm waberte durch den Raum, in dem zwei kugelförmige Pendelleuchten aus Porzellan ein milchiges Licht verbreiteten. Zwischen ihnen baumelte unter der vergilbten Decke ein mannslanger ausgestopfter Schwertfisch mit aufgerissenem Maul. Auch die schwarzen, holzvertäfelten Wände des Lokals waren über und über mit maritimen Gegenständen dekoriert: Ausrangierte Fischernetze hingen zwischen gerahmten Bildern von alten Segelbooten, hier ein rostiger Anker, da ein Steuerrad, und über einem alten schwarzen Klavier am anderen Ende des Raums prangte ein mit einem zerschlissenen Hanfseil umwickelter, ausgeblichener Rettungsring mit dem kaum noch zu entziffernden Aufdruck »Titanic«. Nicolas bezweifelte, dass dieses Ding tatsächlich von dem gesunkenen Ozeandampfer stammte und vor fünfundzwanzig Jahren an der Plage de la Pointe Rouge angeschwemmt worden war, wie Estelle immer behauptete. Aber der Rettungsring war ihm ein vertrauter Anblick, wie all die anderen Dinge, die, so verrückt und chaotisch wie sie selbst, Estelles Kneipe schmückten und ihm ein wenig das Gefühl gaben, nach Hause zu kommen.

»Mein lieber Freund, Nicolas, *chèr ami*, dass du mich auch mal wieder besuchst …«

Estelle warf das Tuch zur Seite und kam hinter dem Tresen hervor, um Nicolas mit zwei Wangenküsschen zu begrüßen, die ihr eigene Geruchswolke aus Schweiß und Chanel No 5 verbreitend. Sie trug ein sehr kurzes, schwarz und rot gestreiftes Corsagenkleid, das nur den nötigsten Teil ihrer üppigen Brüste bedeckte. Ihre mahagonirot gefärbten Locken hatte sie kunstvoll zu einer Hochfrisur drapiert, die Nicolas entfernt an ein Krähennest erinnerte. Am Ansatz wuchs bereits das Schwarz ihrer eigentlichen Haarfarbe nach. Längliche dunkelgrüne Opale baumelten an ihren großen Ohrläppchen, und bis auf ihre ochsenblutrot gefärbten Lippen war sie ungeschminkt.

»*Salut*, Estelle! Schön, dich wiederzusehen!«

Er kannte sie seit ihrem gemeinsamen ersten Schultag. Estelle war Korsin und damals erst wenige Wochen zuvor mit ihrer Familie nach Marseille gezogen, wo ihr Vater sich als Hafenarbeiter verdingte. Sie war eine Außenseiterin gewesen in der Klasse und hatte so gar nichts Zartes und Mädchenhaftes an sich gehabt. Furchtlos und unerschrocken hatte sie es mit den größten Jungen aufgenommen und war keiner Prügelei ausgewichen, bis die Kinder sie akzeptiert hatten. Als er bemerkt hatte, dass sie von zu Hause niemals Geld für das Mittagessen in der Schule mitbekam, hatte Nicolas seines mit ihr geteilt, weniger aus Nächstenliebe denn aus Neugier, um das schöne fremde Mädchen kennenzulernen. Daraus war eine Freundschaft geworden, Liebe nicht. Sie kannten einander viel zu gut, um sich ineinander zu verlieben. Estelle hatte es nicht lange in der Schule ausgehalten, der Unterricht hatte sie gelangweilt. Sie wollte Geld verdienen, sie wollte niemals so arm sein, wie ihre Mutter es zeitlebens gewesen war, und niemals von einem gewalttätigen, Schnaps trinkenden Mann abhängig. Estelle wusste, womit sie Geld verdienen konnte, sie kannte die Hafenarbeiter gut genug. Sie war kaum zwanzig Jahre alt, als sie das Petit Poisson übernahm, eine verlotterte Spelunke mit schmuddeligen Separees im ersten Stock, deren Wirt heillos überschuldet war. Binnen Kurzem brachte sie den Laden in Schwung, putzte die Räume und sorgte dafür, dass die Mädchen ordentlich gewaschen waren, wenn sie zur Arbeit kamen. Auch wenn sich ihre beruflichen Wege getrennt hatten, blieb Nicolas Estelles Kneipe treu. Keine Eltern mehr und auch sonst einige Schicksalsschläge erlebt zu haben, das verband sie.

»Wo hast du so lange gesteckt, mein Lieber? Ich habe dich vermisst.«

»Ach, Estelle, hier und dort, ich hatte viel zu tun«, entgegnete Nicolas ausweichend. »Ist Paul schon da?«

»Er sitzt hinten am Piano und kann sich gerade nicht entscheiden, ob er mit dem neuen Mädchen raufgehen oder hier unten bei seinem Hund bleiben soll.«

»Bei seinem Hund?« Nicolas drehte sich um und versuchte, auf der anderen Seite der vollen, verqualmten Kneipe etwas zu erkennen. »Seit wann hat Paul einen Hund?«

»Seit heute. Er kam gerade erst mit dem Tier herein. Eine bemitleidenswerte Kreatur. Hoffentlich bringt mir das Vieh keine Flöhe ins Lokal ... Paul!«

Sie schaltete die Musik aus und brüllte den Namen mit einer Kommandostimme durch den Raum, die einem Seeräuberkapitän zur Ehre gereicht hätte. Augenblicklich brachen sämtliche Gespräche ab, und alle Köpfe drehten sich zu ihr um.

Ihr Ruf galt einem Mann mit Strohhut, der im hinteren Teil der Bar am Klavier saß, ohne aber zu spielen. Neben ihm lehnte ein junges, grell geschminktes Mädchen mit kinnlangen hellblonden Haaren, das ein noch knapperes Kleid trug als Estelle, dazu schwarze Netzstrümpfe und spitze, geschnürte Stiefel. Auf dem Fußboden neben dem Klavierhocker lag zusammengerollt ein braun-weiß geschleckter Hund.

Als er seinen Namen hörte, drehte sich der Mann am Klavier um. Mit der einen Hand nahm er sich den Hut vom Kopf und schwenkte ihn, um Nicolas zu begrüßen. Mit der anderen gab er dem Mädchen einen Klaps auf den Allerwertesten, worauf sie sich abwandte und mit aufreizend langsamen Schritten und schwingenden Hüften zur Bar schlenderte. Dort gesellte sie sich zu einem Hafenarbeiter, der, ein Bierglas in der Hand, in ölverschmierter Joppe und Filzkappe an der Theke lehnte.

Paul war der Dritte im Bunde. Auch ihn kannte Nicolas schon seit Kindertagen. Die beiden waren im selben Haus in der Marseiller Vorstadt aufgewachsen, hatten zusammen auf der Straße Fußball und Fangen gespielt, waren in dieselbe Schulklasse und später zusammen an die Akademie der Künste gegangen. Während sich Nicolas dem Studium der Malerei gewidmet hatte, hatte sich Paul zur Musik hingezogen gefühlt und die Pianoklasse besucht. Im Gegensatz zu Nicolas hatte er sein Studium allerdings nie beendet. Denn noch mehr als die Musik liebte Paul die Frauen, wenn sie seinem Klavierspiel lauschten und ihn unverhohlen bewunderten. Er wies keine von ihnen zurück. »Ich bin Künstler«, pflegte er zu sagen. »Künstler sind eben so.« Im dritten Semester hatte er die Tochter seiner Zimmerwirte geschwängert, was sie allerdings erst festgestellt hatte, als es zu spät dafür gewesen war, sich anders zu entscheiden. Da der Vater des Mädchens Paul sehr überzeugend angedroht hatte, ihn andernfalls zu erschlagen, hatte er das Mädchen geheiratet. Er hatte sein Studium abgebrochen und war allabendlich als Barpianist durch die Hotels und Kneipen von Marseille getingelt, um Frau und Kind zu ernähren und die Miete für ihre winzige finstere Souterrainwohnung zu bezahlen. Doch durch die ständigen

Geldsorgen, das oft kränkelnde Kind, Pauls nächtliche Engagements und seine Neigung, das Treuegelübde gelegentlich etwas großzügiger auszulegen, als es seiner Frau lieb war, hatte ihre Ehe von Anfang an unter keinem guten Stern gestanden. Noch vor dem ersten Geburtstag des Kindes war die junge Mutter zurück zu ihren Eltern gezogen und hatte die Scheidung eingereicht. Wenig später heiratete sie einen Offizier der französischen Armee, mit dem sie nach Algerien zog, und Paul sah weder seine Frau noch sein Kind jemals wieder. Doch er schien nichts zu vermissen und lebte so weiter wie immer, wobei er allerdings darauf achtete, nie mehr in die Verlegenheit zu geraten, eine seiner Freundinnen heiraten zu müssen.

»Es gibt so viele wunderbare Frauen in der Welt«, sagte er manchmal. »Wie soll ich mich da entscheiden? Entweder müsste man sie alle heiraten – oder gar keine.«

Paul war ein schlanker, hübscher Bursche mit rotblonden Locken und wachem Blick aus großen blauen Augen, die immer etwas Kindliches an sich hatten, wie Nicolas fand. Sein ehemals schönes, kantiges Gesicht war allerdings ein wenig blass und schwammig geworden in jüngster Zeit, was all den durchfeierten Nächten seines Lebens geschuldet war, dem Alkohol, den vielen Zigaretten und dem weißen Pulver, das er ab und zu schnupfte, um auch am dritten Morgen ohne Schlaf munter und gut gelaunt aufzuspielen und die Leute in der Bar zu begeistern, damit sie ihm das Trinkgeld in großen Scheinen aufs Klavier legten, bis durch die trüben Scheiben des Lokals die ersten Sonnenstrahlen auf die Tasten fielen. Doch war er noch immer amüsant und schlagfertig, er hatte sein strahlendes Lächeln nicht verloren und verstand es, mit seinem Charme Frauen jeden Alters um den kleinen Finger zu wickeln.

»*Ça va*, guter Freund!«

Paul erhob sich, als Nicolas herankam. Nachdem er ihn begrüßt hatte, setzte er sich den Strohhut wieder auf. Sein Anzug hatte schon bessere Zeiten gesehen, das Revers war fleckig und der Saum an den Ärmeln abgestoßen. Dazu hatte er ausgetretene Schuhe ohne Socken an.

»Du siehst aus wie ein Landstreicher«, tadelte Nicolas. »Hast du nicht in den Spiegel geguckt, als du heute früh das Haus verlassen hast?«

Paul grinste breit.

»Ich hatte keine Zeit, in den Spiegel zu schauen, als ich ging. Ihr Mann stand schon im Flur. Ich musste durchs Schlafzimmerfenster raus und die Feuertreppe hinunter ...«

»Mensch, Paul, deine Amouren werden dir eines Tages noch den Hals brechen.«

»Dann soll es so sein. Aber ich kann mir wenigstens am Ende meines Lebens nicht vorwerfen, etwas verpasst zu haben. Du weißt doch, man bereut weniger die Dinge, die man getan hat, als diejenigen, die man nicht getan hat. Und die vergangene Nacht war es ganz sicher wert.«

Nicolas schüttelte den Kopf. Diese Unterredung hatten sie schon öfter geführt. Er zog sich einen freien Stuhl heran und setzte sich.

»Und was ist das da für einer?«, fragte er und wies

auf den Hund, der jetzt den Kopf hob und die Ohren spitzte, als ahnte er, dass die Rede von ihm war.

»Ich muss gestehen, ich habe keine Ahnung, welche edlen Rassen sich in ihm vereinigt haben. Ich nehme an, von sämtlichem Hundegeblüt, das es auf der Welt gibt, fließen ein paar Tropfen durch seine Adern.«

»Ja aber, wie kommst du an ihn? Ich kann mich nicht erinnern, dass du jemals den Wunsch nach einem Hund geäußert hättest.«

»Es war eher so, dass er zu mir kam. Ich fand ihn heute Vormittag an den Docks am Überseehafen. Der arme Kerl ist irgendwann mal unter die Räder gekommen, eine Trambahn, hieß es, und hat nur noch drei Beine. Ein paar Männer wollten ihn gerade ersäufen, als ich vorbeikam. Ich konnte es nicht mit ansehen, der arme Hund hat gezappelt und gejault und gewinselt, dass es einem durch Mark und Bein ging. Jede Kreatur hat ein Recht auf Liebe, nicht wahr? Auch wenn sie recht hässlich ist und nur humpeln kann. Aber deshalb kann man das arme Tier doch nicht umbringen! Seine Verletzung ist längst verheilt, und er hat sich damit arrangiert. Ich hab ihn mitgenommen – und jetzt ist er hier.«

Paul beugte sich herab und streichelte den Hund, der solche Berührungen offenbar nicht gewohnt war und am ganzen Leib zu zittern begann. »Sei brav, Voltaire, du guter Hund, gib Pfötchen … Ach, nein, verzeih, das kannst du natürlich nicht, wie solltest du, mit deinen drei Beinen.«

»Voltaire? Wieso nennst du das Tier ausgerechnet Voltaire? Das ist doch ein Hund und kein Philosoph.«

Paul richtete sich wieder auf.

»Hätte ich ihn besser Moses nennen sollen? Weil ich ihn aus dem Wasser gerettet habe?« Er grinste. »Aber das ist ein jüdischer Name, und damit sollte man besser vorsichtig sein in diesen Zeiten, nicht wahr? Also Voltaire. Ich habe kürzlich von einer wissenschaftlichen Untersuchung gehört, derzufolge der Name den Charakter prägt. Ich möchte einen klugen Hund haben, einen klugen und lustigen Hund. Da ist der berühmteste Philosoph Frankreichs genau der richtige Namensvetter. Nicht wahr, Voltaire?«

Aber der Hund hatte sich mit geschlossenen Augen neben dem Klavierhocker zusammengerollt, die Schnauze auf die intakten Vorderpfoten gelegt und reagierte nicht.

»Nun ja, er wird sich schon an seinen Namen gewöhnen.«

Nicolas schüttelte den Kopf.

»Du bist und bleibst verrückt, mein Freund. Sieh lieber zu, dass du dein eigenes Leben in Ordnung bringst, und bürde dir nicht noch die Verantwortung für ein krankes Tier auf!«

»Zu spät, lieber Nicolas. Ich befürchte, ich habe Gefallen gefunden an diesem struppigen kleinen Krüppel. Ich weiß nicht, wie alt er ist, wie krank er ist und wie lange er noch zu leben hat. Aber in der Zeit, die ihm noch bleibt, soll er es gut haben bei mir. Apropos …« Er hob den Kopf und rief laut in Richtung Bar: »Estelle, bitte sei so gut und bring eine Schüssel mit Wasser für Voltaire – und für unseren Freund und mich eine Flasche Rosé.«

Nicolas betrachtete das stumpfe Fell des abgemagerten Hundes, dessen Brustkorb sich fast unmerklich hob und senkte.

»Womöglich schafft es ausgerechnet dieses verunstaltete Tier, was keine deiner vielen schönen Frauen je geschafft hat: dass du ein Wesen dieser Welt treu und ergeben liebst.«

Paul zuckte mit den Schultern.

»Ich glaube, er ist mir seelenverwandt. Ich schätze, er hat seinen Vater auch nie kennengelernt, und seine Mutter hat ihn sicher ebenso schnell in die Welt entlassen wie die meine mich, weil sie mit ihrem eigenen Leben genug beschäftigt war. Ich kann ihn verstehen, den einsamen kleinen Streuner.«

»Du hattest immer Freunde«, gab Nicolas zu bedenken. »Estelle und mich. Vom ersten Schultag an.«

»Ich weiß. Ich danke euch dafür. Und jetzt habe ich auch einen Hund. Es war nicht geplant. Er liebt mich seit dem Augenblick, als ich ihn aus dem Bottich fischte, und ich ihn. Ich bin noch immer selbst überrascht, wie das passieren konnte.«

»So ist das mit der Liebe«, mischte sich Estelle in das Gespräch ein, die mit einem Tablett in den Händen herangekommen war. Es war beladen mit zwei Gläsern, einer Flasche Wein und einem mit Wasser gefüllten Blechnapf. Sie stellte das Tablett auf dem Klavier ab, zog den Korken aus der Flasche und goss die Gläser randvoll. Dann nahm sie den Wassernapf und schob ihn vorsichtig zwischen die Holzbeine des Klavierhockers. Der Hund sah auf, schnupperte zunächst misstrauisch an der Schüssel und begann dann geräuschvoll zu trinken. »Die Liebe trifft einen immer unvorbereitet. Sie macht, was sie will. Ein Körnchen genügt, und schon ist das ganze große Gebäude aus Wille und Verstand verschüttet …«

Estelles Worte lösten ein merkwürdiges Sehnen in Nicolas aus. Rasch trank er ein paar Schlucke Wein, als könnte er seine Verwirrung damit hinunterspülen.

»An dir ist auch eine Philosophin verloren gegangen, Estelle«, bemerkte Paul und hob sein Glas. »Auf die Liebe!« Und zu dem Hund gewandt, sagte er: »Auf dein Wohl! *Santé*, Voltaire!«

Doch noch bevor er einen Schluck trank, sah er die anderen beiden spöttisch grinsend an. »Meint ihr, die Frauen werden mich jetzt noch mehr lieben? Mich, den Kerl, der heldenhaft einen leidenden Hund vor dem sicheren Tod gerettet hat?«

Estelle schüttelte missbilligend den Kopf.

»Ach, Paul, warum kannst du nicht aufhören, von allen Frauen geliebt werden zu wollen. Was für ein Loch musst du im Herzen haben!«

»Oh ja, ich verblute … vor Sehnsucht nach der einzig wahren großen Liebe.«

»Mach dich darüber nicht lustig, Paul. Mit Gefühlen darf man nicht spielen.«

»So?« Paul legte den Kopf schräg. »Aber Geschäfte machen darf man mit ihnen?« Er wies mit einem Nicken auf das junge Mädchen an der Bar, das dem Hafenarbeiter gerade in eindeutiger Absicht einen Arm um die Hüfte legte. »Und was ist mit deinen Dirnen?«

»Das ist etwas ganz anderes«, antwortete Estelle ernst. »Denn hier besteht eine klare Vereinbarung: Ich gebe dir eine Stunde Zärtlichkeit, und du bezahlst. Das hat nichts mit Gefühlen zu tun. Wer in meinen Laden kommt und mit einem der Mädchen im Separee verschwindet, weiß, worauf er sich einlässt. Ja, das ist ein Geschäft. Und es ist einträglich für beide Seiten. Die Mädchen und ich, wir verdienen Geld, und die Männer erfüllen sich ein paar Sehnsüchte. Ich kann nicht erkennen, was daran verwerflich sein sollte. Im Übrigen bin ich gut zu meinen Mädchen. Sie verdienen anständig, haben geregelte Ruhepausen, und ich schicke sie jede Woche zum Arzt. Das ist beileibe keine Selbstverständlichkeit. Und ich halte sie nicht fest: Sie dürfen sich jederzeit eine andere Arbeitsstelle suchen, wenn ihnen danach ist.«

»Du brauchst dich nicht zu rechtfertigen«, sagte Nicolas. »Wir wissen, dass du eine gute Seele bist.«

»Die gute Seele von Marseille.« Paul hatte sein Glas bereits leer getrunken und goss sich Wein nach. »Wir sind stolz auf dich.«

Jemand rief nach ihr, und Estelle ging zurück zur Bar. Paul stellte sein Glas auf dem Klavier ab und ließ die langen schlanken Finger über die Tasten laufen, erst in einer wilden Jazz-Improvisation, aus der Nicolas schließlich Ray Venturas »Tout va très bien, Madame la Marquise« heraushörte, ein Chanson, der in den vergangenen Sommern landauf, landab aus allen französischen Radios erklungen war.

»Hör zu, Paul«, setzte Nicolas an. »Ich muss dich um einen Gefallen bitten. Du erinnerst dich, wie ich dir kürzlich von der Ausstellung erzählt habe?«

»Oh ja, selbstverständlich.« Paul sprach, ohne sein

Klavierspiel zu unterbrechen. »Du hast diese Vernissage nächste Woche, bei der alles, was in der Stadt Rang und Namen hat, erscheinen wird. Die Hautevolee von Marseille bewundert die Kunstwerke meines guten alten Freundes Nicolas Guyot. Die Leute werden deine Bilder von den Wänden reißen und jeden Franc bezahlen, den du verlangst. In schlechten Zeiten soll man in Kunst investieren, habe ich gehört. Wer weiß, was Geld und Aktien morgen noch wert sind. Aber ein schönes Gemälde ist immer ein schönes Gemälde. Und so schlecht wie diese Zeiten sind, wirst du das Geschäft deines Lebens machen. Bald wirst du reich und berühmt sein und hochmütig auf deinen armen alten Freund herabschauen, bevor du ihn endgültig vergessen wirst …«

Paul ließ Ray Venturas schwungvolle Melodie unvermittelt in ein paar dramatische Moll-Akkorde übergehen. Doch er grinste dabei.

»Unsinn, Paul. Ganz im Gegenteil. Ich brauche dich. Könntest du auf meiner Vernissage Piano spielen? Wir möchten Musik hören während der Veranstaltung, schöne leichte Musik, etwas Heiteres, damit die Leute gute Laune bekommen. Damit sie für einen Abend vergessen, was aus unserem Land geworden ist. Ja, damit sie glücklich sind und meine Bilder kaufen. Und dich für ihre nächste Party engagieren. Der Galerist wird dir für den Abend ein kleines Honorar zahlen, und du darfst dich an den Getränken schadlos halten. Ist das ein Angebot?«

»Welche Getränke gibt es, und was soll ich spielen?«, fragte Paul statt einer Antwort. Er war schon bei seinem nächsten Musikstück angelangt. »Das hier vielleicht? ›Bilder einer Ausstellung‹ von Mussorgski.«

Leichthändig glitten seine Finger über die Tasten, und ein paar Leute an der Bar drehten sich erstaunt zu ihm um, als ein paar Takte des klassischen Klavierzyklus durch das Lokal klangen.

»Was dir Freude macht. Gern etwas von Ray Ventura. Die Leute lieben diese beschwingte Musik. Auf jeden Fall Melodien, die eine gute Stimmung machen. Du weißt am besten, was passt. Denk dir ein Programm aus. Für eine Stunde vielleicht. Ich lasse dir völlig freie Hand.«

»*D'accord*. Wenn schöne Frauen dabei sind und es etwas Gutes zu trinken gibt, mache ich immer mit.«

»Danke, Paul.«

»Darf's auch was Amerikanisches sein? Was hältst du von Glenn Miller? Wenn ich ›In the Mood‹ spiele, besteht allerdings die Gefahr, dass die Leute lieber tanzen, als deine Bilder zu betrachten!«

Schon wieder flogen Pauls Finger über die Tasten, und die muntere Swing-Melodie brachte die Leute an der Bar dazu, mit den Füßen zu wippen.

»Ja, das klingt wunderbar. Hauptsache, es geht den Gästen gut, und sie genießen den Abend!«

Nicolas war erleichtert, dass Paul ihn bei seiner Vernissage unterstützen würde. Es tat ihm gut zu wissen, dass er seinen alten Freund an diesem Abend an seiner Seite haben würde. Er musste sich eingestehen, dass ihm ein wenig unwohl war bei dem Gedanken an die Veranstaltung. Natürlich war er froh, dass Monsieur Gantois seine Bilder ausstellen würde. Er hoffte, dass es tatsächlich Leute gab, die ihm ein paar Gemälde zu einem guten Preis abkauften, damit er seine Mietschulden bei Madame Bonnard bezahlen konnte. Nicolas war nie ein Geschäftsmann gewesen. Er hatte es immer geliebt zu malen, die Welt mit neugierigem Blick zu betrachten, um ein schönes Motiv zu finden, mit Farben auf der Leinwand zu experimentieren. Aber der Umgang mit fremden Menschen war ihm ein notwendiges Übel, etwas, das er immer weniger mochte, vor allem, wenn es dabei um Geld ging. Ein Künstler ist auch immer ein bisschen ein Verkäufer, hatte Irène stets gemahnt. Es gehört dazu, dass du dich ab und zu auf Menschen einlassen musst, die dir vielleicht persönlich zuwider sind. Aber das sind deine Kunden. Sie kaufen dir wohl kaum ein Bild ab, wenn du garstig zu ihnen bist. Du musst sie ja nicht lieben, aber sei freundlich zu ihnen …

Seit Irènes Tod fiel ihm das noch schwerer. Die Vorstellung, mit Dutzenden fremden Leuten in einem Raum zu stehen und sich mit ihnen über seine Kunst unterhalten zu müssen, das war wie ein Albtraum für Nicolas.

Unvermittelt beendete Paul die schwungvolle Klaviermusik und stand auf. Er klopfte Nicolas freundschaftlich auf die Schulter, als erahnte er seine Gedanken. Mit der anderen Hand nahm er die Weinflasche vom Klavier und goss die beiden Gläser noch einmal voll.

»Keine Sorge! Wir werden eine tolle Party aus deiner Vernissage machen.«

Kapitel 9

In einer merkwürdigen Hochstimmung hatte Juline Nicolas' Atelier verlassen. Es war nicht nur die Freude darüber, dass er schließlich doch zugestimmt hatte, ihr Porträt zu malen, die ganze Atmosphäre hatte sie beflügelt. Das war etwas anderes gewesen als damals bei dem alten Künstler in Montmartre, der ihr Bild schnell und kommentarlos aufs Papier gebrachte hatte. Wie aufmerksam und aufwendig dagegen ging Nicolas vor, als wäre ihm dies das wichtigste Gemälde seines Lebens. Es war aufregend gewesen zu sehen, wie das Porträt, das sie Georg schenken würde, ganz allmählich Konturen annahm. Erst waren es nur ein paar unscheinbare schwarze Striche, Punkte und Bögen auf einem Blatt Papier gewesen, aus denen dann immer klarer und unverwechselbarer ihr eigenes Gesicht hervorgetreten war, ihre Gestalt, ihre Körperhaltung. Ein wenig Magie schien darin zu liegen. Ein Künstler ist immer auch ein Zauberer, dachte sie, während sie wie beseelt die Treppenstufen hinuntersprang. Nach dem stundenlangen Stillsitzen war sie froh, sich endlich wieder bewegen zu können.

Doch sie spürte, dass es nicht nur die Aufregung

über das entstehende Kunstwerk war, das dieses sonderbare Glücksgefühl in ihr auslöste. Noch immer sah sie Nicolas' Gesicht vor sich, sein zurückhaltendes Lächeln und die Schatten von Traurigkeit, die über seinen Augen lagen. Sie dachte an das Bild seiner verstorbenen Frau, das als einziges an der Wand gehangen hatte, fast wie eine Reliquie. Und an seinen konzentrierten Blick, als er vor der Staffelei gestanden und sie mit den Augen des Malers betrachtet hatte. Sie meinte noch die Nähe seines Körpers zu spüren, wie in den Minuten, als sie später nebeneinander auf dem Fußboden gesessen und die Skizzen betrachtet hatten. Das freudige Glänzen in seinem Blick, als sie feststellten, dass sie sich sofort darin einig waren, welches Motiv das beste war. Und wie er sie angesehen hatte, als er sie bat, morgen wiederzukommen. Bei dieser Erinnerung begann ihr Herz ein wenig heftiger zu klopfen. Sie hatte in diesem Moment eine Vertrautheit und eine Wärme verspürt, mit der sie nicht gerechnet hatte.

Was ist los mit mir?, fragte sie sich, während sie die schwere Haustür aufzog und hinaus auf die Straße trat. Ich bin eine glücklich verheiratete Frau. Wie kann es sein, dass mich dieser Mann so beschäftigt?

Sie versuchte, die Gedanken an Nicolas abzuschütteln, aber es gelang ihr nicht.

Wahrscheinlich ist es die Hitze, ging es ihr durch den Kopf. Ich komme aus Paris, ich bin dieses Mittelmeerklima und die hohen Temperaturen einfach nicht gewohnt. Sie bringen mich ganz durcheinander. Ich hätte Nicolas um ein Glas Wasser bitten sollen. Ich bin so durstig …

Dennoch schritt Juline vergnügt die Straße hinunter, wo das Pflaster in der Augusthitze flirrte. Kein Lufthauch wehte. In den oberen Etagen der Häuser waren zum Schutz vor dem grellen Sonnenlicht alle Fensterläden geschlossen. Sie bemühte sich, im Schatten der Bäume und der heruntergelassenen Markisen zu bleiben, doch schon bald klebte ihr das Kleid am Körper. Eine Trambahn näherte sich rumpelnd und quietschend und hielt an einer Haltestelle, gerade als sie vorbeiging.

Heute habe ich Glück, dachte sie und sprang kurz entschlossen durch die geöffnete Tür in den Waggon. Doch sie stellte augenblicklich fest, dass das keine gute Idee gewesen war. Die Bahn war voll bis auf den letzten Sitzplatz, die Menschen stauten sich in dem schmalen Gang. Es war noch heißer hier als draußen, die Luft zum Schneiden dick und stickig, obwohl sämtliche Fenster aufgeschoben waren. Es roch nach einer Mischung aus schlechtem Atem, Schweiß und Parfum. Juline wäre am liebsten gleich wieder ausgestiegen, aber der Weg war versperrt. Ein paar Schuljungen waren herbeigelaufen und hatten sich im letzten Moment auf das Trittbrett der Bahn geschwungen.

»Bitte durchrücken!«, rief der Fahrer von vorn durch den Waggon. »Bleiben Sie nicht an den Türen stehen, es ist Platz für alle da.«

Es entstand eine Bewegung in der Menschenmenge, Juline wurde weiter in den Wagen hineingedrängt und rempelte mit einer jungen Frau zusammen, die neben ihr stand.

»Verzeihung!«, murmelte Juline, während die Bahn

losfuhr, und die Frau, kaum älter als sie, nickte ihr verständnisvoll zu.

»Pas de problème!«

Sie sah ein wenig müde, aber zufrieden aus. Dichte dunkle Locken quollen unter dem geblümten Tuch hervor, das sie über den Kopf geschlungen und im Nacken zusammengeknotet hatte. Woher mag sie kommen, und wohin mag sie unterwegs sein?, überlegte Juline und betrachtete die andere verstohlen. Jedenfalls hat sie sicher nicht den Vormittag im Atelier eines Künstlers verbracht. Vermutlich kommt sie gerade von der Arbeit und fährt jetzt nach Hause zu ihrer Familie. Bei diesem Gedanken durchfuhr Juline ein vertrauter Schmerz. Wie sehr wünschte sie, ihren Eltern und Schwestern erzählen zu können, was sie in den vergangenen Wochen alles erlebt hatte. Vielleicht fühle ich mich deshalb so zu Nicolas hingezogen, ging es ihr durch den Kopf, weil ich Sehnsucht nach Gemeinschaft und nach Freunden habe. Das Verlangen, irgendwo dazuzugehören.

»*Pardon*, Madame.« Ein junger Mann, der vor der Frau mit dem Kopftuch auf einem Einzelplatz saß, erhob sich und zog sich die feldgraue Uniformjacke glatt. »Sie wirken erschöpft. Möchten Sie sich vielleicht hinsetzen?«

Für einen Moment schien die andere dankbar zu lächeln, doch im nächsten Augenblick war ihre Miene plötzlich wie versteinert, und sie zuckte zurück.

»Nein, danke!«, sagte sie kühl und richtete den Blick an dem Mann vorbei aus dem Fenster, als wäre er gar nicht da. »*Non, merci.* Ich stehe sehr gut.«

Juline war über diese Reaktion so verblüfft, dass sie es versäumte, sich selbst hinzusetzen. Eine korpulente ältere Dame schob sich von hinten heran und ließ sich erleichtert seufzend auf dem frei gewordenen Platz nieder.

»Wenn Sie sich nicht ausruhen wollen«, sagte sie tadelnd, »dann mach ich das. Man darf doch so einen freundlichen jungen Herrn nicht brüskieren.«

Die junge Frau mit dem Kopftuch warf der älteren einen Blick zu, in dem eine so tiefe Verachtung lag, dass Juline erschrak.

»Aber weshalb wollten Sie sich denn nicht setzen?«, fragte sie leise.

»Bevor ich mir von so einem den Platz anbieten lasse«, stieß die andere mit zusammengepressten Zähnen hervor, »stehe ich mir lieber die Beine in den Bauch.«

Juline konnte sich ihren Sinneswandel nicht erklären. Sie sah sich mit gerunzelter Stirn zu dem Uniformierten um, der inzwischen ein paar Schritte weiter im Gang stand, den rechten Arm hochgereckt, mit der Hand eine der ledernen Halteschlaufen fassend. Da entdeckte sie die rote Armbinde, die der Mann an seiner Jacke trug. Es war ein großes schwarzes Hakenkreuz darauf.

Der Anblick des verhassten Emblems ließ sie erschauern. Als sie sich wieder etwas gefasst hatte, raunte sie der anderen zu: »Was macht denn der hier? Sind die Nazis jetzt auch schon in Marseille?«

Die junge Frau mit dem Kopftuch zuckte mit den Schultern. Ihre Stimme klang verbittert, als sie leise antwortete:

»Natürlich sind sie das. Die Wehrmacht hat Soldaten hergeschickt. Da steht ja einer von ihnen.«

»Aber was tun sie in der Stadt? Wir befinden uns hier im freien Teil Frankreichs.«

»Wenn es doch so wäre! Es nennt sich zwar das freie Frankreich, aber die Deutschen haben trotzdem den Daumen drauf. Sie lassen sich über alles informieren, was hier passiert. Kein Dokument, keine Anmeldung, keine Passagierliste, die ihren Augen verborgen bleibt. Sie haben ihre Leute in der Stadt. Eine Art geheime Polizei. Sie nennt sich Gestapo. Und unsere Regierung sagt zu allem Ja und Amen.«

»Welch ein beunruhigender Gedanke.«

Es war das erste Mal seit ihrer Ankunft in Marseille, dass Juline mit einer Gleichaltrigen ins Gespräch kam. Die Fremde sah sehr sympathisch aus mit ihren großen dunkelbraunen Augen und den vollen, schön geschwungenen Lippen, und Juline hätte sie gern näher kennengelernt. Schnell überlegte sie, wie sie die kleine Unterhaltung fortsetzen könnte.

»Mein Mann und ich«, berichtete sie mit gesenkter Stimme, »wir sind so froh, in Marseille zu sein. Es war eher ein Zufall, dass wir auf Reisen waren und nicht miterleben mussten, wie die Deutschen zu Hause in Paris ihre Bomben abwarfen und einmarschierten. Aber was wird nun?«

»Ich weiß es nicht«, antwortete die andere ebenso leise. »Man muss vorsichtig sein. Es heißt, sie seien schon dabei, sich in der Rue Paradis ein geheimes Polizeibüro einzurichten.« Sie lachte kurz und bitter auf. »Ausgerechnet an dieser Adresse …«

»Woher wissen Sie das alles?«

Aber die Frau legte nur einen Finger auf ihre Lippen und antwortete nicht mehr.

Juline hätte gern mehr erfahren. Doch sie wusste, wie gefährlich es war, in der Öffentlichkeit über solche Dinge zu sprechen. Ein Wort zu viel konnte eine Katastrophe heraufbeschwören, wenn die Falschen es zu hören bekamen. Verstohlen musterte Juline die andere. Wer war diese Frau? Was wusste sie? Woher hatte sie ihre Informationen? Und was gab ihr den Mut, dem Soldaten mit der Hakenkreuzbinde am Arm so stolz die Stirn zu bieten?

Juline war so tief in Gedanken versunken, dass sie zusammenfuhr, als die junge Frau sie noch einmal ansprach.

»*Pardon*, Madame. Wo müssen Sie aussteigen?«

»Ich? Oh. Am Alten Hafen.«

»Ah, das trifft sich gut. Ich auch. Haben Sie Zeit für eine Limonade?«

Juline nickte verwundert.

»Oh ja, gern.«

Einerseits freute sie sich auf das Gespräch mit der Fremden, die sie neugierig gemacht hatte und die sie durch ihr großes Selbstbewusstsein beeindruckte. Vorhin war ihr selbst schon kurz der Gedanke gekommen, die sympathische Frau auf einen Kaffee einzuladen, aber sie hätte es nie gewagt, die andere tatsächlich darauf anzusprechen. Andererseits war Juline ein wenig misstrauisch. Sie hatte sich noch nie mit jemandem verabredet, den sie gerade erst in der Straßenbahn kennengelernt hatte. Die Frau erwiderte noch etwas, doch ihre

Worte wurden durch das Rattern der Bahn verschluckt, die sich in diesem Moment geräuschvoll um die Ecke schob und am Alten Hafen unmittelbar vor dem Restaurant du Mont Ventoux zum Stillstand kam. Die Türen der Bahn öffneten sich zischend, und Juline schob sich mit vielen anderen Menschen hinaus ins Freie, wo sie der typische Hafengeruch empfing, nach Meerwasser und Schmieröl. Trotzdem atmete sie tief durch. Es tat gut, die stickige Enge der Bahn verlassen zu haben.

Ein paar Schritte weiter, auf der Terrasse des Café Samaritaine, fanden sie einen freien Tisch unter einem der weißen Sonnenschirme mit Blick auf das geschäftige Treiben am Hafen, wo sie sich niederließen.

»Vermutlich sind Sie überrascht, dass ich Sie gebeten habe mitzukommen«, sagte die andere. »Aber ich habe gerade ein wenig Zeit, und ich finde, wenn man jemandem begegnet, der einem sympathisch ist, dann sollte man nicht zögern, denjenigen kennenzulernen. Es gibt so viele Idioten auf der Welt.«

»Danke«, murmelte Juline verblüfft, »dass ich offenbar nicht zu den Idioten gehöre. Sie meiner Meinung nach übrigens auch nicht.«

Die Frau grinste.

»Soweit unser erstes Urteil. Und ob wir recht haben mit unserer Meinung übereinander, können wir jetzt bei einem Glas Limonade herausfinden.«

Juline konnte nicht anders, sie musste lächeln über die resolute Art der anderen.

»Sie sind ja sehr geradeheraus. Jetzt wundert es mich nicht mehr, dass Sie den Sitzplatz des deutschen Soldaten abgelehnt haben.«

Die Frau zuckte gleichmütig mit den Schultern.

»Ich bin übrigens Florence. Lehrerin für englische Literatur und Sprache hier in Marseille. Und du?«

»Oh – das ist ja wunderbar. Ich habe auch Literatur studiert, zu Hause in Paris. Mein Name ist Juline.«

Sie berichteten einander, was sie gelernt und gelesen hatten, ein Wort ergab das andere, und als der Kellner ihnen die bestellte Limonade brachte, waren sie bereits in ein lebhaftes Gespräch vertieft. Sie stellten bald fest, dass sie nicht nur dieselben Bücher mochten, sondern auch dieselben Theaterstücke und Kinofilme.

»In Paris habe ich manchmal kleine Kritiken für die Zeitung verfasst«, rief Juline eifrig. »Und sie wurden auch gedruckt!«

Die andere hob die Augenbrauen.

»Ah, das ist ja interessant. Du schreibst?«

»Nun ja, es waren nur kleine Artikel. Aber es ist mir immer ein Vergnügen gewesen, meinen eigenen Text in der Zeitung zu lesen und mir vorzustellen, wie viele unbekannte Menschen er anspricht.«

Florence nickte.

»Ja«, sagte sie nachdenklich. »Das ist sicher ein ganz bemerkenswertes Gefühl. Würdest du hier in Marseille gerne weiter als Journalistin arbeiten?«

»Sehr gern. Aber im Moment ist das wohl unmöglich. Ich kenne fast niemanden in der Stadt. Mein Mann und ich, wir sind erst vor Kurzem hier angekommen und müssen uns noch zurechtfinden. Zum Glück hat er schon eine Arbeitsstelle gefunden und verdient etwas Geld. Es ist weiß Gott nicht das lustige Leben, das wir früher geführt haben. Ach, ich hasse dieses schlimme Durcheinander, das dieser Hitler mit seinem furchtbaren Krieg angerichtet hat. Ich wünschte, die Deutschen wären nie nach Paris gekommen, und wir könnten dort in Ruhe weiterleben. Warst du schon einmal in Paris?«

»Nein, bis dahin bin ich leider noch nicht gekommen.«

»Ich glaube, du würdest es lieben! Wenn die Zeiten anders wären, dann würde ich dich einladen, und du könntest mich dort besuchen kommen. Wir würden zusammen ins Kino gehen und mit einem Ausflugsboot über die Seine fahren. Im Kaufhaus Lafayette würden wir schicke Kleider kaufen und anschließend im Café de Flore einen Kaffee trinken, und zwar einen richtigen Bohnenkaffee, der auch so schmeckt, wie er heißt! Und dann würden wir den Eiffelturm hinauffahren, und ich würde dir zeigen, wie riesengroß und bezaubernd unsere wunderschöne Hauptstadt ist … Ach, Florence, es würde dir dort gefallen. Manchmal habe ich richtig Heimweh!«

Florence legte ihre Hand auf Julines.

»Das wundert mich gar nicht, und ich wünsche genauso wie du, dass diese finsteren Zeiten bald ein Ende haben, damit du wieder nach Hause fahren kannst. Aber Marseille ist auch eine wunderschöne Stadt. Bist du schon oben an der Kirche Notre-Dame de la Garde gewesen, um die herrliche Aussicht auf die Stadt zu genießen? Oder mit einem Schiff zu den Frioul-Inseln hinausgefahren?«

Juline schüttelte den Kopf.

»Nein, bislang stand uns noch nicht der Sinn nach

derlei Vergnügungen. Aber wir werden es bestimmt bald machen.«

Als Juline ihr Limonadenglas geleert hatte, war es ihr, als hätte sie eine Freundin in Marseille gefunden. Wie sehr hatte sie es in den vergangenen Wochen vermisst, wieder einmal mit einer gleichaltrigen Frau zu reden. Seit sie vor zweieinhalb Monaten Paris verlassen hatten, war sie nur noch mit Georg zusammen gewesen. So sehr sie ihn auch liebte – und sie wusste, dass er alles tat, damit sie sich hier in der Fremde wohlfühlte –, aber ein vertrauliches Gespräch von Frau zu Frau zu führen, das konnte er ihr nicht bieten.

Heute ist wirklich mein Glückstag, dachte Juline und lächelte. Erst der aufregende Vormittag im Atelier und jetzt mit dieser netten Frau hier im Café …

Florence schien die Unterhaltung genauso zu genießen wie Juline.

»Ich bin froh, dass ich dich kennengelernt habe. Die Welt wäre ein besserer Ort, wenn sich alle Leute so gut verstünden wie wir.«

»Nicht nur die einzelnen Leute! Am besten wäre es, wenn alle Völker der Welt in Frieden miteinander leben könnten, Florence. Für immer. Das wäre der einzig wahre Sieg. Aber das ist wohl nur ein Traum. Jedenfalls solange es Menschen wie diesen Hitler und seine Anhänger gibt.«

Florence sah sie einen Moment lang schweigend an. Dann sagte sie: »Man muss das Äußerste versuchen, um das Mögliche zu erreichen.«

Juline bemerkte, dass sich Florences Blick verändert

hatte. Mit tiefem Ernst sah sie ihr in die Augen. Es war Juline, als läge plötzlich ein Zittern in der Luft.

»Wie meinst du das?«, fragte sie leise.

Statt einer Antwort legte Florence einen Geldschein auf den Tisch und beschwerte ihn mit ihrem leeren Limonadenglas, damit ihn der leichte Wind nicht davontrug.

»Kann ich dir vertrauen?«, fragte sie. Juline schluckte. Die ungezwungene Heiterkeit, mit der sie gerade noch über Ausflüge und andere Vergnügungen in Paris und Marseille gesprochen hatten, war verschwunden.

»Aber ja, natürlich kannst du mir vertrauen. Warum fragst du?«

»Das wirst du schon sehen. Komm mit!«, sagte Florence und stand auf. Juline folgte ihr verblüfft.

Florence schlug den Weg in Richtung Quai de Rive Neuve ein. Schweigend ging Juline neben ihr her. Sie spürte, dass es irgendetwas gab, das sie an der anderen Frau wie magisch anzog. Es war so leicht gewesen, sich mit ihr zu unterhalten. Während ihres Gesprächs im Café Samaritaine hatte sie so etwas wie eine Seelenverwandtschaft gespürt. Aber war es das tatsächlich? Oder täuschte sie sich, weil ihre Sehnsucht nach einer gleichaltrigen Freundin in der Fremde so groß war? Was mochte Florence mit ihr vorhaben, und warum sprach sie nicht darüber?

Unsicherheit erfasste Juline. Was wusste sie eigentlich wirklich von der anderen? Würde Georg es gutheißen, dass sie mit einer Fremden mitging? Mit einer Frau, die sie vor einer Stunde erst in der Straßenbahn kennengelernt hatte? Aber warum nicht, gab Juline sich trotzig selbst die Antwort, ich bin ja kein Kind mehr. Wir sind uns ähnlich, wir lieben dieselben Bücher, wir haben die gleichen Ansichten über den Krieg. Was soll schon passieren?

Ein wenig beklommen war ihr dennoch zumute, als sie in eine der schmalen Seitengassen des Hafenviertels einbogen. Vor einem unscheinbaren Geschäft in der Rue de la Croix blieb Florence stehen. Es war ein Buchladen. *Le Ciel des Rêves* stand in akkurat aufgemalten weißen Buchstaben auf dem himmelblauen Holzschild über dem kleinen Schaufenster, in dem sämtliche Werke von Marcel Proust auslagen, dekoriert mit kleinen Sträußen von Lavendel. Welch ein schöner Name für einen Buchladen, dachte Juline. Der Himmel der Träume.

Ohne zu zögern, öffnete Florence die blau lackierte Eingangstür, worauf ein Metallglöckchen anschlug, und die beiden traten ein. Der kleine Laden war nur spärlich beleuchtet, es roch säuerlich, nach Staub und Papier. Bücher reihten sich auf roh gezimmerten, deckenhohen Holzregalen ringsum an den Wänden und lagen in Stapeln auf abgenutzten Holzhockern. Der alte Dielenboden knarrte, als Juline und Florence über den durchgelaufenen Teppich auf die Ladentheke zugingen.

»*Bonjour*, Monsieur«, sagte Florence zu dem wohlbeleibten älteren Herrn, der hinter dem Verkaufstisch stand und gerade dabei war, einen Karton mit Büchern auszupacken. »Ich hatte einen Gedichtband bei Ihnen bestellt. Lektüre für die Freunde der Lyrik.«

Der Buchhändler sah auf. Er bedachte Juline mit einem kurzen fragenden Seitenblick, und als Florence fast unmerklich nickte, sagte er:

»Also gut. *Bon.* Bitte kommen Sie mit, *Mesdames.*« Er öffnete an der Wand hinter der Theke eine schmale Tapetentür, die Juline zuerst gar nicht bemerkt hatte. Sie meinte Stimmengemurmel zu hören, das aus dem Nebenzimmer drang, und zögerte. Ihr Herz raste plötzlich, als wollte es zerspringen, und alle möglichen Gedanken schwirrten ihr durch den Kopf: Wo war sie hier hineingeraten? Was hatte es mit dem Gedichtband auf sich? War das ein verbotenes Buch? Und wieso war sie sich eigentlich so sicher, dass die Frau mit dem Kopftuch eine von den Guten war? Vielleicht wäre es besser fortzulaufen, bevor etwas Schlimmes passierte.

»Treten Sie ein!«, sagte der Buchhändler. »Die anderen sind schon da.«

Kapitel 10

Tabakqualm umwaberte den ausgestopften Schwertfisch bis über die Rückenflosse. Die Luft im Petit Poisson war zum Schneiden dick, geschwängert von Bier- und Schnapsdunst, von billigem Parfum und dem Geruch der Bienenwachskerzen, die Estelle auf einigen Tischen entzündet hatte. Es war Abend geworden. Auf dem Klavier standen bereits zwei leere Flaschen Wein, und Paul machte sich gerade daran, die dritte zu öffnen.

»Lass uns trinken, solange es noch etwas zum Trinken gibt!«, rief er Nicolas zu und warf den Korken in hohem Bogen lässig durch den Raum, worauf sich an einem Tisch am anderen Ende des Lokals eine männliche Stimme empörte und eine kurze Rangelei entstand. »Estelle hat mir vorhin erzählt, dass der Alkohol demnächst strenger rationiert werden soll. Dann gibt es nur noch dreimal in der Woche billigen Fusel, sagt sie. Wir werden wohl immer öfter mit Wasser vorliebnehmen müssen. Oder mit Zitronenlimonade wie ein Schuljunge. Eine grässliche Vorstellung. Und derweil sitzt dieser Herr Hitler gemütlich in Berlin, lässt sich kistenweise unseren Château Lafite-Rothschild und den besten Dom Perignon schicken und lacht über uns Franzosen, die wir uns auf diese ungeheuerliche Waffenstillstandsvereinbarung eingelassen haben. Wie ich die Deutschen hasse, diese verfluchten *boches*, und alle, die mit ihnen gemeinsame Sache machen!«

»Pst«, mahnte Nicolas. »Sei nicht so laut, Paul. Neuerdings kann man schon für ein falsches Wort Ärger bekommen. Und man weiß nie, wer am Nebentisch sitzt. Sie haben ihre Spitzel mittlerweile überall.«

»Sollen sie doch lauschen«, entgegnete Paul trotzig und reichte Nicolas das aufgefüllte Glas. »Ich bin noch immer davongekommen.«

Nicolas trank einen Schluck, dann stellte er das Glas wieder ab. Auch wenn er langsamer getrunken hatte als Paul, so spürte er doch, wie ihm der Wein bereits ein wenig in den Kopf gestiegen war, nachdem er weder gefrühstückt noch zu Mittag gegessen hatte, weil er so sehr mit Juline und den Vorbereitungen für das Porträt beschäftigt gewesen war.

»Sieh dir mal das hier an, Paul!«

Nicolas öffnete seine Maltasche und nahm die Mappe mit den Skizzen heraus. Er zog ein Blatt hervor und reichte es Paul. Es war der Entwurf für Julines Porträt, das Bild, auf dem sie auf dem Stuhl vor dem geöffneten Fenster saß und aus dem das Ölbild entstehen sollte. »Wie gefällt es dir? Meinst du, die Perspektive ist ...«

Paul nahm ihm die Skizze aus der Hand und stieß einen leisen, anerkennenden Pfiff aus.

»Oh, was ist denn das für eine Hübsche! Was interessiert mich da die Perspektive? Verdammt noch mal, sie sieht großartig aus. So schön wie Schneewittchen. Wer ist das?«

»Sie heißt Juline. Sie hat mich beauftragt, ein Porträt von ihr zu malen. Das hier ist nur die Vorzeichnung. Findest du, dass sie in Ordnung ist? Das Porträt muss perfekt werden.«

»Du hast dich darauf eingelassen, wieder ein Porträt zu malen? Eine Auftragsarbeit? He, ich dachte, du wolltest nur noch frei und unabhängig arbeiten.«

»Ja, ich weiß. Das habe ich ihr auch gesagt, aber sie bestand sehr nachdrücklich darauf.«

»So eine hübsche Mademoiselle hätte ich auch nicht zurückgewiesen.« Paul sah grinsend auf. »Was bist du doch für ein beneidenswerter Mensch. Da darfst du stundenlang mit dieser entzückenden Frau zusammensitzen, sie die ganze Zeit ansehen, ausgiebig und ungeniert sämtliche Rundungen ihres Körpers betrachten, und sie bezahlt dich auch noch dafür!« Er lachte schallend. »Wer weiß, was sich daraus noch entwickelt! Ich nehme an, sie kommt jetzt öfter in dein Atelier? So ein Porträt braucht schließlich seine Zeit, nicht wahr? Ah, wenn ich du wäre, dann würde ich es besonders langsam angehen lassen, damit sie möglichst oft zu Besuch kommt. Vermutlich würde ich länger für dieses Porträt brauchen als Michelangelo und seine Leute für das Deckengemälde der Sixtinischen Kapelle.« Paul trank einen Schluck, um dann augenzwinkernd fortzufahren: »Hast du schon versucht, diese Dame davon zu überzeugen, ein Aktbild von ihr zu malen? Die vollendete Schönheit einer Frau kommt doch erst richtig zur Geltung, wenn sie ihre Kleider abgelegt hat ...« Wieder lachte er. »Ach, Nicolas. Ein Maler müsste man sein! Da kommen die schönsten Frauen in dein Atelier und ziehen sich gleich aus, ohne dass du auch nur einen Finger gerührt hast, während ich armer Musikant erst stundenlang das Piano bearbeiten und den Damen alle erdenklichen Komplimente machen muss, bevor sie mich endlich ...«

»Hör auf, Paul. Du bist ja betrunken!«

»Ja, und das ist ein sehr angenehmer Zustand, lieber Freund. Das Leben ist erheblich besser zu ertragen mit ein paar Gläsern Rosé im Bauch. Prost, Nicolas.« Er hob sein Glas. »Wie traurig wäre das Dasein ohne den Suff und ohne die Frauen. Auf den Wein, auf die schönen Mädchen, auf die Kunst und auf die Liebe. Und auf die Kunst der Liebe natürlich auch!«

»Unsinn, Paul. Was redest du denn da von Liebe? Ich male ein Bild von ihr. Mehr nicht.«

»Mehr nicht? Ach, Nicolas, du wärest ein Frosch und kein Mann, wenn du beim Anblick dieser Frau nicht an etwas anderes denken würdest!« Mit einem theatralischen Seufzer betrachtete Paul erneut die Skizze. »Ich jedenfalls würde sofort schwach werden. Nach meinem Geschmack könnte sie vielleicht etwas mehr Busen haben, aber diese Beine! Und die großen Augen, wie sie einen anlächeln! Hat dich diese Juline wirklich so kess angesehen, als du sie gezeichnet hast? Oder hat dich deine Fantasie übermannt?«

»Ich zeichne, was ich sehe«, entgegnete Nicolas. »Im Übrigen gilt ihr Lächeln auf diesem Bild vermutlich nicht mir, sondern ihrem Mann. Denn das Porträt soll ein Geschenk für ihn werden.«

»Oh, Mademoiselle ist eine Madame. Ich verstehe. Was sie im Übrigen nicht weniger hinreißend macht. Ganz im Gegenteil. Die verbotenen Früchte sind doch immer am süßesten.«

Paul legte das Skizzenblatt auf dem Notenständer des Klaviers ab und betrachtete Julines Gesicht, während er sich eine Zigarette anzündete. Nicolas drehte sein Weinglas in den Händen.

»Benimm dich, Paul. Mach dir besser nicht solche Gedanken, sonst bringst du dich noch in eine peinliche Situation. Vermutlich wirst du sie auf meiner Vernissage kennenlernen. Sie hat gesagt, dass sie kommen möchte, und ihr Mann wird sicher auch dabei sein. Und übrigens, erzähle ihm bloß nicht, dass sie mir Modell sitzt. Das Porträt soll eine Überraschung für ihn sein. Ich bitte dich.«

»Warum sollte ich mich benehmen?« Paul grinste anzüglich und blies Rauch in die Luft. »Habe ich mich jemals davon abhalten lassen, eine hübsche Frau zu verführen, bloß weil sie verheiratet war? Das macht die ganze Sache doch nur noch interessanter. Der gute Gatte braucht es ja nicht zu erfahren.«

»Da kennst du Juline schlecht. So eine ist sie nicht.«

»Woher willst du das wissen? Hast du es versucht? Hat sie dich abblitzen lassen? Pech für dich! Mir wäre das nicht passiert.«

»Sprich nicht so über sie, Paul!«

»Ach, komm, Nicolas! Das Leben ist zu kurz für Anstand und Moral. Sie würde gewiss auf ihre Kosten kommen in meinen Armen. Ich weiß doch, wie man mit Frauen umgeht. Noch nie hat sich eine beklagt hinterher.«

»Du solltest heute nichts mehr trinken, Paul. Wie du wieder redest!«

Nicolas stand auf, nahm die angebrochene Weinflasche, die auf dem Klavier stand, ging zur Bar und stellte sie zusammen mit seinem halb leer getrunkenen Weinglas auf den Tresen.

»Lass uns eine Wette abschließen!«, rief Paul, als Nicolas zurückkam, und stürzte den Rest Wein in seinem Glas hinunter. »Wer es schafft, diese süße Braut zu verführen, spendiert dem anderen eine Flasche Champagner. Das ist es mir wert. Bist du dabei?«

»Natürlich nicht. Was soll der Blödsinn?« Nicolas nahm das Skizzenblatt vom Notenständer und schob es wieder in seine Tasche.

»Sei kein Spielverderber. Seit wann bist du so schüchtern? Bedenke, dass du ein paar Tage im Vorteil bist, während ich Madame erst auf deiner Vernissage kennenlernen werde.«

Erneut hob Paul das Weinglas an seine Lippen, setzte es aber rasch wieder ab und blickte enttäuscht hinein, nachdem er festgestellt hatte, dass es leer war.

»Was für ein verrücktes Spiel«, fügte er hinzu. »Dabei kenne ich diese Juline überhaupt nicht. Ich habe noch nie um eine Frau geworben, von der ich nur ein Bild gesehen habe. Mein lieber Freund, du bist ein sehr großer Künstler. *Chapeau!*«

»Vielleicht wäre es besser gewesen, ich hätte das Bild nicht mitgebracht«, murmelte Nicolas. »Ich habe es dir gezeigt, weil ich normalerweise deinen künstlerischen Sachverstand schätze. Aber den hast du heute offenbar im Wein ersäuft.«

Er hatte plötzlich das Bedürfnis, das Petit Poisson zu verlassen und allein zu sein. Er brauchte dringend frische Luft. So gern er normalerweise mit Paul zusammen war, sosehr er seine Ausgelassenheit und seinen Übermut auch mochte, sosehr stieß ihn Pauls Gerede heute ab.

»Vergiss die Wette!«, sagte Nicolas. »Ich gehe jetzt nach Hause. Ich bin müde. Und du solltest auch bald aufbrechen. Du bist jetzt schon voll wie eine Haubitze. Trink bloß keinen Wein mehr heute. Sonst findest du nicht mehr heim!«

»Ich finde immer heim«, entgegnete Paul und bleckte grinsend die Zähne. »Notfalls habe ich doch jetzt jemanden, der mich nach Hause führt, nicht wahr, Voltaire?«

Der Hund, der die ganze Zeit über still unter der Klavierbank gedöst hatte, hob den Kopf von den Vorderpfoten und spitzte die Ohren. Nicolas kraulte ihm zum Abschied den Nacken.

»Bis bald, ihr zwei. Pass gut auf dein Herrchen auf, Voltaire. Salut!«

»Salut, Nicolas!« Paul hob die Hand. »Unsere Wette gilt!« Und in Richtung Bar rief er: »Estelle, stell schon mal eine Flasche Champagner kalt!«

Nicolas schüttelte den Kopf und machte eine abwehrende Handbewegung. Dann trat er hinaus in die Nacht.

Kapitel 11

Der hohe, helle Raum erstrahlte im Licht eines riesigen, vierundzwanzigarmigen Kronleuchters. Er war erfüllt vom Gemurmel der vielen Gäste, die zu Nicolas' Vernissage in die Galerie Gantois gekommen waren und nun die sechzehn Bilder betrachteten, die an den beiden langen weißen Wänden aufgereiht waren. In der Mitte der einen Wand – etwas höher angebracht als die anderen und mit dem Hinweisschild »Unverkäuflich« versehen – hing das Porträt der blonden Frau im Mohnblumenfeld.

Als einziges Möbelstück neben ein paar kleinen Stehtischen stand ein glänzender aufgeklappter Flügel aus Nussbaumholz im Raum, an dem aber niemand spielte. Zwei junge Männer in dunkler Livree eilten mit silbernen Tabletts umher und servierten Getränke in langstieligen Gläsern.

Georg nahm dankend zwei davon entgegen und reichte eines Juline. Ihre Gläser stießen mit leisem Klingen zusammen.

»Ich bin so froh, dass wir hergekommen sind.« Juline hakte sich bei Georg ein, und mit den Getränken in der Hand schlenderten sie durch den Saal. »Wir sind so lange nicht mehr ausgegangen! Wie lange ist es her, dass wir zum letzten Mal auf einer Party waren? In Paris gab es an jedem Wochenende irgendwo etwas zu feiern. Ach, wie habe ich das vermisst.«

Die großen Doppeltüren auf der anderen Seite des Saales waren weit geöffnet und gaben den Blick frei auf die weitläufige Gartenanlage der Villa, die im milden Licht des frühen Abends lag: Unterhalb der großen Terrasse mit der breiten Balustrade säumten kugelig gestutzte Buchsbäume und kleine verzierte Steinsäulen die weißen Kieswege, die rechts und links an einer sattgrünen Rasenfläche entlang zu einem kreisrunden, von Rosenbüschen umrahmten Springbrunnen führten. Hinter der hoch sprudelnden Wasserfontäne war ein kleiner tempelartiger Pavillon zu erkennen, der – über ein paar Treppenstufen zu erreichen – am anderen Ende des Gartens stand, umgeben von einem Wald aus mediterranen Pflanzen, Palmen, Zypressen und Lorbeerbäumen.

Juline entdeckte Nicolas, der rauchend an einer der geöffneten Terrassentüren lehnte und hinausblickte.

»Sieh nur, Georg, da ist der Künstler. – Guten Abend, Monsieur Guyot! *Bonsoir!*«

Nicolas fuhr herum.

»Oh, *bonsoir!* Sie sind tatsächlich gekommen, Sie beide. Das freut mich. Das freut mich wirklich sehr. Herzlich willkommen zur Vernissage!«

Juline war sich nicht ganz sicher, aber es schien ihr, als stiege eine feine Röte der Verlegenheit in seinem Gesicht auf, als sie einander zur Begrüßung die Hand gaben. Hatte sie sich zuvor noch ein wenig Sorgen gemacht, er könnte Georg gegenüber versehentlich ihren heimlichen Besuch in seinem Atelier ausplaudern, so war sie sich jetzt sicher, dass er an diesem Abend nichts davon erwähnen würde und sie ihr kleines Geheimnis bewahren konnte.

»Vielen Dank für Ihre Einladung«, sagte Georg. »Ich glaube, wir haben uns Ihnen noch gar nicht vorgestellt. Mein Name ist Georg Hasler, und das ist meine Frau Juline. Wir sind erst kürzlich aus Paris gekommen und freuen uns über einen Abend in so angenehmer Gesellschaft.«

Noch immer ließ sich Nicolas nichts anmerken.

»Es ist mir eine Ehre. Bitte genießen Sie die Vernissage!«

Juline wollte noch etwas sagen, aber die Stimme des Galeristen unterbrach ihr Gespräch.

»Mesdames et Messieurs«, schallte es laut durch den Saal. »Herzlich willkommen, liebe Kunstfreunde, im Hause Gantois. Ganz besonders freue ich mich, dass uns der Künstler mit seiner Anwesenheit beehrt. Nicolas Guyot!«

Applaus unterbrach die Ansprache. »Von Herzen begrüße ich außerdem die geschätzten Vertreter der Stadt Marseille, Bürgermeister Cado, Kulturkommissar Drouville, Polizeipräsident Arnaud und Staatsanwalt Fabron …«

»Du lieber Himmel«, murmelte Juline. »Da haben sich ja die Richtigen versammelt. Ist das hier eine Vernissage oder ein Gerichtsprozess!«

»Pst, mein Liebling«, machte Georg. »Es wird nicht besser, wenn du dich darüber ärgerst.«

»Ich will Sie, verehrter Nicolas Guyot, und Sie alle, liebe Gäste, gar nicht langweilen mit einer ausufernden Rede«, fuhr der Galerist unterdessen fort. »Dies soll ein unterhaltsamer Abend werden, genießen Sie bei Wein und Musik den Anblick der Gemälde unseres geschätzten Künstlers. Nicolas Guyot ist ein aufstrebender junger Maler, dessen Bilder – da bin ich mir sicher – in einigen Jahren in der Kunstwelt weit über Marseille hinaus Beachtung finden werden. Der Künstler verweigert sich der Abstraktion, der sich viele Zeitgenossen derzeit zuwenden ...«

»Jawohl!«, rief einer der Besucher durch den Raum. »Was für ein unerträgliches Gekleckse manche Leute da heutzutage fabrizieren. Und sie halten sich tatsächlich noch für Künstler! Ha, eine Frechheit ist das!«

Juline sah sich nach dem Mann um, der da gesprochen hatte. Es war ein drahtiger kleiner Mann mit stark pomadierten schwarzen Haaren und einem quadratischen dunklen Bärtchen über der Oberlippe. »In Deutschland nennt man so etwas völlig zu Recht entartete Kunst«, schimpfte er.

Der Galerist ließ sich durch den Zwischenruf nicht beirren. »Und dennoch sind seine Arbeiten hochmodern und strotzen vor Ausdruckskraft«, fuhr er ungerührt fort. »Guyot hat seinen eigenen Stil entwickelt, er malt unsere Welt auf eine neue, radikale Weise, sinnlich, farbig und klar konturiert. Der präzise Bildaufbau verleiht seinen Gemälden eine Dringlichkeit, der wir uns als Betrachter nicht entziehen können. *Mesdames et Messieurs*, lassen Sie sich verführen! Malerei beginnt da, wo die Worte aufhören. Eine Leinwand ist der Ort der Träume und der Sehnsucht, des Wunsches zu begreifen, zu begegnen, zu bewundern, zu entfliehen. Nur wenige verstehen es, diese Idee so vorzüglich umzusetzen, wie der Künstler, der heute unter uns ist und uns einige seiner beachtlichsten Werke zum Kauf anbietet. Meine sehr verehrten Damen und Herren, träumen Sie mit uns, genießen Sie mit uns! Entfliehen wir für einen Abend der herben Realität unserer Gegenwart in die wunderbare Welt von Nicolas Guyot. In die Welt des Lichts und der Farben unserer geliebten Provence …«

Der Rest seiner Rede ging im Applaus des Publikums unter.

»Vive la France!«, rief jemand, aber diesmal konnte Juline nicht erkennen, wer es war.

Nicolas bedankte sich bei dem Galeristen für die freundliche Ansprache. Schon bald war er umringt von Besuchern, die sich mit dem Künstler unterhalten wollten, und Juline kam sich in seiner Nähe ein wenig überflüssig vor. Sie ließ den Blick über die Blumenrabatten des Gartens schweifen. Durch die geöffnete Terrassentür strömte der Duft von Rosenblüten in den Saal.

»Das hier ist auch ein Ort der Sehnsucht und der Träume«, sagte sie leise zu Georg. »So ein wunderschönes Anwesen. Ein kleines Paradies ist das. Man mag kaum glauben, dass es in diesen unruhigen Zeiten, in all dem Chaos dieser Stadt, noch so ein ruhiges, friedliches Fleckchen gibt.«

»Ja.« Georg nickte. »Du hast recht. Hier ist es, als wäre die Zeit stehen geblieben.«

»Ist es nicht tröstlich zu wissen, dass es immer irgendwo auf der Welt einen Ort des Friedens gibt, eine Oase der Schönheit und der Ruhe? Und sei er noch so klein und fern. Man muss sich den Gedanken daran bewahren, wenn man meint, dass die Welt in Hass und Feindschaft zu versinken droht.«

Georg nahm sie in den Arm.

»Du bist meine Oase, Juline. Solange es dich gibt, ist das Gute in der Welt noch nicht verloren.«

Sie schmiegte sich an ihn.

»Das hast du lieb gesagt, Georg. Zusammen schaffen wir alles.«

»Ja, ich weiß.«

»Sieh nur«, rief Juline und richtete sich auf. »Ich glaube, jetzt gibt es Musik!«

Auf einen Wink von Monsieur Gantois hin hatte sich der Pianist, der bislang mit einem Glas in der einen und einem Strohhut in der anderen Hand lässig an der gegenüberliegenden Wand gelehnt hatte, auf dem Bänkchen vor dem Instrument niedergelassen. Nun begann er zu spielen, und mit den ersten Akkorden verstummte das Reden und Raunen im Saal. Wie gebannt lauschten die Besucher der Vernissage seiner quicklebendigen Pianoversion von Glenn Millers »In the Mood«.

Juline konnte nicht anders, sie musste im Takt der Melodie mit dem Fuß wippen. Der Swing schien ihren ganzen Körper bis in ihr tiefstes Inneres zu erfassen. Sie spürte, wie ein unerwartetes Glücksgefühl sie durchrauschte.

»Komm!«, rief sie und stellte ihr Weinglas auf einen

der kleinen Stehtische, die im Raum verteilt waren. Sie nahm Georg das Glas ab und fasste seine Hand. »Lass uns tanzen!«

»Aber Juline, das hier ist eine Kunstausstellung und keine Tanzparty!«

»Wer sagt das?« Juline warf lachend den Kopf in den Nacken. »Es ist das, was wir daraus machen, und ich habe gerade große Lust zu tanzen. So wie früher.«

Und dann tanzten sie. In dem Augenblick, in dem sie und Georg begannen, über das Parkett zu wirbeln, vergaß Juline alles um sich herum. Marseille, Nicolas, ihr Porträt, die Ausstellung, das alles hatte keine Bedeutung mehr. Plötzlich war sie wieder in Paris, in einem der vielen Tanzcafés und Klubs, wo sie früher so gern die Samstagabende verbracht hatte, mit ihren Freundinnen zunächst, später zusammen mit Georg. Bis in den frühen Morgen hatten sie getanzt und gelacht, und für ein paar Stunden hatte es nichts anderes gegeben als die Musik, die ihre Seele zum Vibrieren brachte und ihre Beine zu steuern schien wie ein Automat. Jetzt war es wieder so. Der Pianist spielte all die verrückten, schwungvollen amerikanischen Jazz-Stücke, die sie so sehr liebte und die sie viel zu lange nicht mehr gehört hatte. Juline genoss es, Georgs Arme zu spüren und den Gleichklang, mit dem sie im Rhythmus der Musik über das Parkett tanzten. Mit bebendem Herzen nahm sie wahr, dass die anderen Leute sie teils lachend, teils kopfschüttelnd beobachteten. Hin und wieder begegnete ihr der Blick des Pianisten, der ihr amüsiert zuzwinkerte, und sie lächelte übermütig zurück.

»Heute bin ich glücklich«, rief sie Georg zu. »Heute vergesse ich alles andere. Das Leben ist schön! Wir müssen viel öfter zum Tanzen gehen!«

Als der Pianist schließlich eine Pause machte und die letzten Töne verklungen waren, brachen die umstehenden Besucher der Vernissage in begeisterten Applaus aus. Atemlos blieb Juline stehen, drückte glücklich Georgs Hand und lachte verlegen über die ungewohnte Aufmerksamkeit.

»Respekt!«, rief der Pianist. »Ginger Rogers und Fred Astaire könnten es nicht besser machen! Man sieht, dass Sie ein eingespieltes Team sind.«

»Danke!«, rief Juline und wischte sich mit den Fingerspitzen einen Schweißtropfen von der Schläfe. Sie strahlte über das ganze Gesicht. »Sie spielen wundervoll. Da macht das Tanzen erst richtig Spaß.«

In diesem Moment trat jemand aus der Schar der Zuschauer hervor und baute sich breitbeinig neben dem Flügel auf. Es war ein großgewachsener, korpulenter Mann in einer stramm sitzenden Polizeiuniform und hohen Stiefeln. Sein rundes Gesicht war von gesunder rosiger Farbe und wurde von einem ausladenden weißen Schnauzbart geziert, der an den Enden spitz nach oben gezwirbelt war. Sein blanker, von einem dünnen bleichen Haarkranz gesäumter Schädel glänzte im Licht des Kronleuchters. Betont laut und langsam klatschte er als Einziger noch in die Hände und bleckte die großen weißen Zähne zu einem freudlosen Grinsen.

»Was für eine beeindruckende Vorstellung«, sagte er, während er Juline und Georg mit seinem Blick fixierte. »Wirklich beeindruckend. Die Herrschaften verfügen über erstaunliche Fähigkeiten, das Tanzbein zu schwingen. Allerdings frage ich mich …« Bei diesen Worten wandte er sich um und richtete die Augen auf den Mann am Flügel. »Ich frage mich, ob Sie nichts Besseres spielen können als diese amerikanische Affenmusik.« Seine Stimme wurde lauter, er machte nun keinen Hehl mehr aus seiner Verachtung. »Haben wir hier in Frankreich nicht hervorragende Musiker mit Seele und Gespür für herzerwärmende Melodien? Haben Sie keine französischen Chansons in Ihrem Repertoire, Monsieur? Oder sind Sie etwa schon ganz verdorben durch diesen amerikanischen Quatsch?«

Juline hielt den Atem an und hatte das Gefühl, dass es ihr alle anderen Leute im Raum gleichtaten. Der Galerist drehte unruhig den Knauf seines Spazierstockes in der Hand. Nur einer der Besucher nickte zustimmend, es war der Mann, der während der Rede des Galeristen über die moderne Kunst geschimpft hatte.

»Jawohl«, rief er nun mit rüder Stimme. »Der Herr Polizeipräsident hat völlig recht. Unfranzösische Musik ist das. So etwas sollte verboten werden in unserem Land. Was für einen Negertanz Sie da aufführen! Jeder wahre Franzose schämt sich ja schon beim Zusehen.«

»Aber, meine Herren«, warf der Galerist ein und rang aufgeregt die Hände. Sein Spazierstock war ihm aus der Hand gefallen. »Monsieur Arnaud, Monsieur Fabron, verehrter Herr Polizeipräsident, verehrter Herr Staatsanwalt, es ist doch nur Musik. Warum sollten wir an diesem Abend nicht ein paar fröhliche amerikanische Klänge hören? Was ist schlecht daran? Haben wir den Amerikanern nicht auch so wunderbare Dinge wie die Elektrizität und die Glühbirnen zu verdanken?« Er zeigte hinauf zum Kronleuchter. »Niemand empört sich über das elektrische Licht. Ganz im Gegenteil. Warum also sollten wir uns nicht auch an ihrer Swingmusik erfreuen?«

»Weil es keine richtige Musik ist«, ereiferte sich Staatsanwalt Fabron, der Mann mit dem dunklen Bärtchen, und stieß grimmig die Faust in die Luft. »Sie ist entartet! Von diesem Geklimper und Gehopse werden die Menschen schwachsinnig, krank und kriminell. Sie schädigen die französische Volkskraft. Die Deutschen machen es richtig. Jawohl! Sie haben diese abscheuliche Swingmusik gleich ganz verboten. Die Nationalsozialisten wissen, wie man den Untergang des Abendlandes verhindert!«

Juline sah, dass Georg bei den Worten des Staatsanwaltes kreidebleich geworden war. Kaum gelang es ihm, seine Erregung zu verbergen. Er hatte die Lippen aufeinandergepresst und hielt ihre Hand fest umschlungen wie ein Schraubstock. Sie spürte, wie ihr Herz heftig klopfte vor Zorn. Es war nicht nur der Zorn über das verächtliche Gerede der beiden Männer, es war auch die Empörung darüber, dass das große Glücksgefühl, die überschäumende Lebensfreude, die sie eben noch beim Tanzen gespürt hatte, so plötzlich ausgelöscht worden war.

»Aber meine Herren«, wiederholte Monsieur Gantois. »Beruhigen Sie sich bitte! Wir wollen doch an diesem schönen Abend keine politischen Debatten beginnen, nicht wahr? Nationalsozialismus, Kommunismus,

Pazifismus, das ist an diesem Abend doch egal. Wir wollen einfach nur ein paar angenehme Stunden miteinander verbringen, vereint in der Liebe zur bildenden Kunst.«

»Nein, das ist eben nicht egal!«, murmelte Juline mit wütend zusammengezogenen Augenbrauen. »Ich denke eher, dass die Nationalsozialisten den Untergang des Abendlandes bewirken! Und alle, die mit ihnen kooperieren, tun das ebenfalls!«

»Juline«, mahnte Georg leise. »Bitte reg dich nicht auf. Das hat doch keinen Sinn.«

»Was sagte Madame? Bitte lassen Sie Ihre Gattin ruhig aussprechen.« Polizeipräsident Arnaud trat auf Juline zu und sah ihr direkt in die Augen. Er verzog das Gesicht zu einem Lächeln, das sie an den Blick eines Haifisches erinnerte. Sie konnte seinen Atem riechen, eine Mischung aus altem Zigarrenrauch und Mundwasser.

»Mich interessiert, was die junge Dame zu sagen hat«, setzte er hinzu. »Ich liebe politische Diskussionen, ganz frei und offen. Habe ich das richtig gehört, dass Sie die Politik unserer Regierung kritisieren? Dass Sie die Waffenstillstandsvereinbarung mit Deutschland für falsch halten?«

»Natürlich habe ich nichts gegen einen Waffenstillstand, Monsieur.« Juline war erschrocken darüber, dass der Polizeipräsident ihre kritischen Worte gehört hatte. Doch sie ließ sich nichts anmerken. Trotzig hielt sie seinem Blick stand. »Ich hasse den Krieg wie jeder andere vernünftige Mensch. Aber vielleicht hätte man etwas besser verhandeln sollen.« Sie nahm wahr, wie im Publikum ein paar Leute nickten, und wurde mutiger. »Ich habe etwas dagegen, dass wir uns von den Deutschen in den Würgegriff nehmen lassen. Dass sie uns ersticken und aushungern mit den Bedingungen, die sie gestellt haben. Manche Leute sagen, das ist kein Waffenstillstand, sondern Erpressung. Frankreich hat sich Nazi-Deutschland vollständig unterworfen. So sehr unterworfen, dass wir sogar bereit sind, alle Menschen auszuliefern, die in den letzten Jahren aus Deutschland geflohen sind und bei uns Schutz gesucht haben.«

»Juline, halt ein, Juline!«, raunte Georg, aber sie schüttelte den Kopf und sprach energisch weiter. Es war ihr, als brächen sich all die Worte der Wut und Enttäuschung, die sie so lange mühsam zurückgehalten hatte, in diesem Moment Bahn.

»Diese Kooperation ist schändlich. Freiheit, Gleichheit und Brüderlichkeit, das war immer unser Wahlspruch. Aber was ist davon noch übrig geblieben? Knechtschaft und Ungerechtigkeit. Angst herrscht in diesem Land. Die Leute laufen fort, weil sie gejagt werden wie Freiwild.«

»Soso.« Der Polizeichef hatte Juline nicht aus den Augen gelassen während ihrer kleinen Ansprache. »Vielen Dank für Ihre offenen Worte. Aber haben Sie sich auch schon mal gefragt, weshalb diese Leute verfolgt werden?« Er fuhr fort, ohne ihre Antwort abzuwarten, noch immer das kalte Lächeln im Gesicht. »Ich will es Ihnen sagen, verehrte Madame: weil es Verbrecher, Verräter, Freimaurer und Kommunisten sind.«

»So ist es«, pflichtete der Staatsanwalt ihm bei.

Seine Stimme klang schnarrend vor Empörung. »Solche Leute verbreiten Lügen und hetzen die anderen auf. Man hört es ja auch heute Abend. In diesen Zeiten sind Disziplin, Opferbereitschaft und Gehorsam erste Bürgerpflicht. Man muss die Gesellschaft schützen vor diesen widerwärtigen, kranken Elementen, die etwas anderes behaupten.«

»Und mir scheint«, setzte der Polizeichef nach, während Juline noch nach Luft schnappte, »Sie sind bereits ein wenig infiziert von dieser unerfreulichen Krankheit, Madame.« Sein Blick wanderte zu Georg hinüber. »Sie sollten besser auf Ihre hübsche kleine Frau aufpassen. Sie macht sich keine Freunde mit ihrem vorlauten Mundwerk, und wir wollen doch nicht, dass sie Ärger bekommt, nicht wahr?«

Für einen Augenblick war es totenstill im Saal geworden, dann hob der Galerist seinen Spazierstock auf und stieß ihn energisch auf den Boden.

»Nun wollen wir diese hochinteressante Diskussion aber wirklich beenden!«, rief er betont fröhlich. »Unser Pianist möchte sicher noch ein wenig Musik machen, nicht wahr, Paul?«

»Aber gern doch …«

Im nächsten Moment klang die Melodie von Ray Venturas »Tout va très bien, Madame la Marquise« durch den Saal, so schwungvoll und fröhlich, als wäre nichts gewesen.

»Und nun, meine Herren, darf ich Sie bitten, Ihr Augenmerk auf die herrlichen Bilder unseres Künstlers zu legen.«

Ohne Juline eines weiteren Blickes zu würdigen,

folgten der Polizeichef und der Staatsanwalt der Aufforderung des Galeristen und wandten sich den ausgestellten Gemälden zu.

»Bitte sei vorsichtiger«, sagte Georg und legte einen Arm um Julines Schulter. »Ich liebe deine Impulsivität, aber du darfst das Schicksal nicht herausfordern! Es ist keine gute Idee, sich mit den Vertretern von Polizei und Staatsanwaltschaft anzulegen. Wir sollten hier besser nicht auffallen.«

»Aber man kann doch solche Dinge nicht unwidersprochen lassen! Hätte ich mir bei diesen ungeheuerlichen Worten die Ohren zuhalten sollen? Nein. Die beiden Herren sollen ruhig wissen, dass es in diesem Land Menschen gibt, die sich nicht alles gefallen lassen.«

»Glaub mir, Juline, das wissen sie sehr wohl. Und genau deshalb reagieren sie so wütend auf alle, die sich ihnen in den Weg stellen.«

Juline zuckte mit den Schultern.

»Wenn sich ihnen nur genug Leute in den Weg stellen, können wir sie aufhalten. Ich habe genau gesehen, dass einige Leute im Publikum ganz und gar meiner Meinung waren.«

Kapitel 12

Später am Abend, nachdem der offizielle Teil der Vernissage längst beendet war, standen Nicolas und der Galerist mit den letzten paar Besuchern draußen auf der Terrasse zusammen. Juline und Georg waren dabei und auch Paul. Die Stimmung war gelöst, seitdem die offiziellen Vertreter der Stadt die Veranstaltung verlassen hatten. Auf der Balustrade reihten sich gläserne Windlichter mit brennenden Kerzen, die einen hellen, warmen Schein verbreiteten. Nicolas fühlte sich wie ausgelaugt nach den vielen Gesprächen, die er den ganzen Abend über mit unbekannten Menschen geführt hatte. Er sehnte sich nach der Abgeschiedenheit seines Ateliers. Doch er wusste, dass es unhöflich gewesen wäre, die Vernissage zu verlassen, bevor nicht der letzte Gast gegangen war. Und dann war da noch dieses unerklärliche Gefühl, das ihn davon abhielt aufzubrechen, solange Juline hier war.

»War es ein erfolgreicher Abend für Sie?«, erkundigte sich Georg bei dem Galeristen.

»Oh ja«, antwortete Monsieur Gantois. »In der Tat. Wir haben bereits einige der schönsten Gemälde verkauft.« Und zu Nicolas sagte er: »Es gibt sogar einen

Interessenten, der nur zu gerne das Bild der blonden Dame im Mohnblumenfeld erwerben möchte.«

Nicolas runzelte die Stirn.

»Hat dieser Mann denn das Schild nicht gelesen? Sie haben ihn doch sicherlich noch einmal darauf hingewiesen, dass es unverkäuflich ist?«

»Nun ja, aber er ist weiterhin stark interessiert daran.«

»So? Wer ist es denn?«

»Der Herr Polizeipräsident! Er sagte, er sei durchaus bereit, eine sehr hohe Summe zu bezahlen. Sie sollten es sich noch einmal überlegen, lieber Freund, ob Sie das Gemälde nicht doch hergeben.«

»Da gibt es nichts zu überlegen«, entgegnete Nicolas. »Ich verkaufe dieses Bild nicht, das habe ich Ihnen gesagt, egal wie viel der Herr Polizeipräsident dafür bietet!«

»Ausgerechnet der!«, murmelte Juline. »Ich bin froh, dass Sie mit diesem unsympathischen Menschen nicht ins Geschäft kommen wollen, Monsieur Guyot. Sehr gut! Dem und diesem Staatsanwalt würde ich gar nichts verkaufen. Von Leuten mit einer solchen politischen Gesinnung würde ich nicht mal was geschenkt nehmen!«

»Verzeihen Sie, dass ich mich einmische, Madame.« Einer aus der Runde, der das Gespräch bislang schweigend verfolgt hatte, sprach sie an, ein Mann in dunklem Anzug und Krawatte, eine schwarze runde Hornbrille im ernsten Gesicht. Mit seinen großen, melancholisch blickenden Augen erinnerte er Nicolas ein wenig an den amerikanischen Komiker Buster Keaton.

Tatsächlich hatte sein Französisch einen starken amerikanischen Akzent. Doch seine Stimme klang ernst. »Ich bewundere Ihre Aufrichtigkeit. Diese politische Haltung ist in Frankreich selten zu hören in diesen Zeiten. Aber Sie sollten tatsächlich etwas vorsichtiger sein mit solchen Äußerungen in der Öffentlichkeit.«

»Ich bin nicht feige«, entgegnete Juline und betrachtete den Fremden misstrauisch. »Weshalb sagen Sie mir das? Und wer sind Sie, wenn ich fragen darf?«

»*Pardon*, Madame. Ich bin Journalist, mein Name ist Walter, ich bin vor Kurzem aus New York nach Marseille gekommen und habe hier ... Nun, ich habe sozusagen beruflich hier zu tun. Details tun jetzt nichts zur Sache. Nur so viel: Ich bin etwas herumgereist und habe vor ein paar Jahren auch in Deutschland gearbeitet. Ich habe miterlebt, wie man dort mit Menschen umgeht, die den Machthabern ein Dorn im Auge sind, und ich muss Sie warnen. Wenn die französische Regierung mit diesen Leuten kooperiert, sollten Sie besser vorsichtig sein. Die Lage ist ernst. Solche Widerworte gegenüber der Staatsgewalt, das ist kein Kinderspiel.«

»Das weiß ich«, sagte Juline. »Aber man darf doch nicht immer den Mund halten! Manchmal hat man die Pflicht, sich einzumischen.«

»Ich teile Ihre politischen Ansichten, Madame, aber in Ihrem eigenen Interesse rate ich Ihnen, vorsichtiger zu sein.«

»Danke, Walter.« Georg nickte ihm zu. »Ich verstehe, was Sie meinen. Es ist manchmal ein schmaler Grat zwischen Leichtsinn und Mut, zwischen Feigheit und Vorsicht.«

»Man muss auch mal was riskieren«, wandte Juline ein. »Sonst denken die anderen ja, sie können machen, was sie wollen.«

»Das gefällt mir«, schaltete sich Paul in die Unterhaltung ein, während er sich eine Zigarette anzündete. »Ich mag mutige Frauen. Es gibt ohnehin zu viele Langweiler auf der Welt. Was meinst du, Nicolas?«

Nicolas nahm ein amüsiertes Blinzeln in Pauls Augen wahr und ahnte, dass seine Worte nichts mit Julines politischer Meinung zu tun hatten. Von einer plötzlichen Mattigkeit gepackt, zuckte er mit den Schultern.

»Die Zeiten sind verdammt unübersichtlich geworden. Was ist falsch, und was ist richtig? Man muss aufpassen, dass man sich nicht aufreibt zwischen all den Fronten. Es tut mir leid, aber ich habe keine Zeit für Politik. Ich bin ein Künstler. Und ich bin sowieso überzeugt davon, dass das Schicksal jedes Menschen vorherbestimmt ist. Was nützt es da, sich für oder gegen irgendetwas zu engagieren? Am Ende kommt immer dasselbe raus.«

Juline schüttelte energisch den Kopf.

»Aber nein, wie können Sie so etwas sagen? Man darf sich doch nicht alles gefallen lassen! Man macht sich mitschuldig, wenn man Unrecht erträgt, ohne es zu bekämpfen.«

»Ich befürchte, wir werden die großen Fragen der Menschheit heute nicht klären können.« Monsieur Gantois legte den Kopf schräg und lächelte in die Runde. »Wie wäre es mit einem Glas Wein?«

Mit diesen Worten winkte er einen der livrierten

Herren herbei, die mit beladenen Tabletts am Hauseingang warteten.

Es war fast Mitternacht, als mit Juline und Georg die letzten Gäste aufbrachen.

»Wir sehen uns morgen in Ihrem Atelier«, sagte sie leise zu Nicolas, nachdem sie sich vergewissert hatte, dass ihr Mann gerade damit beschäftigt war, sich von Monsieur Gantois zu verabschieden. »Und vielen Dank, dass Sie Georg nichts über mein Porträt verraten haben.«

»Aber natürlich nicht, das habe ich Ihnen doch versprochen. Ich freue mich auf morgen.«

Er sah ihr nach, wie sie an Georgs Seite den Ausstellungssaal verließ und sich die hohe schwere Holztür hinter den beiden schloss. Erst als er den spöttisch grinsenden Blick von Paul auffing, der mit einem vollen Weinglas in der Hand vor dem zugeklappten Flügel saß, da wandte er sich ab.

Nicolas meinte noch immer, Julines Händedruck zu spüren, als der Galerist ihn zu sich bat und mit ihm die Liste durchging, auf der er dokumentiert hatte, welche Bilder er bereits verkauft hatte und bei welchen er noch mit einem Interessenten in Verhandlung stand.

»Es war ein überaus erfolgreicher Abend, mein verehrter Guyot«, schloss der Galerist, faltete den Papierbogen zusammen und schob ihn zusammen mit einem Füllfederhalter in die Innentasche seines Sakkos. *»Cela c'est super bien passé!* Möchten Sie sich das mit dem Porträt vielleicht doch noch mal …«

»Nein«, antwortete Nicolas schroff. »Das möchte ich nicht.«

Seufzend nahm Monsieur Gantois das unverkäufliche Bild vom Haken. Einen Augenblick verharrte sein Blick auf dem Lächeln der blonden Frau.

»Na gut, dann nehmen Sie es wie vereinbart mit nach Hause, auch wenn es mir schwerfällt. Ach, ach, es ist ein Jammer. *C'est dommage*. Was für ein hübsches Sümmchen Geld uns da entgeht … Aber nun ja, es ist Ihre Entscheidung.«

Nicolas nahm dem Galeristen das Bild ab, bedankte sich für die Veranstaltung und sah sich nach Paul um. Zu seinem Erstaunen stellte er fest, dass dieser den Ausstellungssaal verlassen hatte, ohne sich von ihm zu verabschieden. Sein Weinglas stand halb geleert auf dem Flügel. Er ging ihm nach und traf Paul schließlich im Hausflur. Doch er war verändert. Etwas schien ihn zu erschüttern. Das schelmische Grinsen, das den ganzen Abend in seinem Gesicht gestanden hatte, war verschwunden. Mit versteinerter Miene stand er neben der geschlossenen Eingangstür, den Strohhut in den Händen wringend, als wollte er etwas erwürgen. Seine linke Wange war fleckig gerötet.

»Paul!«, rief Nicolas erschrocken. »Was tust du hier? Was ist los?«

Paul begann im Hausflur auf und ab zu gehen. Dann blieb er plötzlich stehen und sah Nicolas wütend an.

»Sie hat es gewagt, mich zu schlagen.« Er schleuderte den Hut zu Boden. »Diese kleine Pariser Göre hat es gewagt, die Hand gegen mich zu erheben. Geohrfeigt hat sie mich. Mich!«

»Ich verstehe nicht. Wer hat was getan?«

»Na, wer schon! Juline.«

»Juline hat dich geschlagen? Das ist unmöglich. Warum sollte sie so etwas tun? Was ist passiert?«

»Nichts ist passiert.« Paul bückte sich und hob den Hut wieder auf. »Nichts«, murmelte er, »außer, dass ich ihr ein Kompliment gemacht habe. Ein schönes Kompliment von Mann zu Frau.«

»Nur das?« Nicolas runzelte ungläubig die Stirn. »Wieso sollte sie dich deshalb ohrfeigen?«

»Nun, sie hat es getan.« Umständlich klopfte Paul den Staub von seinem Hut. Er war jetzt etwas ruhiger. »Ich traf sie zufällig hier im Flur und kam mit ihr ins Gespräch, als sie das Haus verlassen wollte. Sie hatte wohl noch einmal die Toilette aufgesucht, während ihr Mann schon nach draußen gegangen war. Ich hielt sie auf und sagte ihr, wie sympathisch ich sie finde, wie sehr ich ihr Temperament schätze. Und ich fragte sie, ob sie wisse, dass sie die schönste Frau sei, die derzeit in Marseille unterwegs ist, woraufhin sie ein wenig errötete und sich artig bedankte und dann sagte, ich sei der beste Pianist, den sie seit Langem gehört habe. Ob ich auch andernorts spiele und ob es möglich sei, eines meiner Konzerte zu besuchen. So unterhielten wir uns noch ein bisschen. Über meine Musik und deine Bilder. Ich glaube, sie hatte ganz vergessen, dass ihr Mann draußen auf sie wartete. Jedenfalls hat sie mich angelächelt. Und zwar mit einem sehr speziellen Lächeln. Oh ja. Ich sage dir, Nicolas, es war ein eindeutiges Lächeln, dieser leicht geöffnete Mund, diese blitzenden Augen, der geneigte Kopf, dieser verführerische Blick …«

»Paul, was redest du da!«

»Es waren klare Signale. Ich weiß doch, wie Frauen aussehen, wenn sie ein wenig herumschäkern wollen. Wenn sie sich geschmeichelt fühlen und es genießen, von einem attraktiven Mann umschwärmt zu werden, zumal von einem Musiker, zu dessen Melodien sie vorhin noch in den siebten Himmel getanzt sind. Wenn sie bereit sind für einen kleinen Kuss, einen kleinen harmlosen Kuss, aus dem möglicherweise mehr werden kann, wenn man es behutsam anstellt. Ein kleines süßes Abenteuer möglicherweise, weil man des eigenen Ehemannes schon ein wenig überdrüssig ist nach all den Jahren. Weil man dem Charme des gut aussehenden und lebensfrohen Pianisten nicht widerstehen kann, der einem das bezaubernde Gefühl zurückgibt, dass das Leben doch noch die eine oder andere kleine pikante Wendung bereithält ...«

»Paul ...«, warf Nicolas noch einmal ein, aber der ließ sich nicht unterbrechen.

»Ja, all das hat sie mir mit ihrem Lächeln gezeigt. Es war eine Einladung, der Wunsch nach mehr, das Verlangen, begehrt zu werden als Frau. Als junge schöne Frau, die sie ist. Nicht als gelangweilte Gattin eines spindeldürren Herrn mit merkwürdigem Akzent in der Stimme. Der im Übrigen viel zu alt für sie ist, wenn du mich fragst. Und deshalb habe ich sie geküsst. Ein kleiner, hingehauchter Kuss war es nur, unschuldig geradezu, kaum dass ich ihre Lippen berührt habe. Ich weiß doch, wie man Frauen beim ersten Kuss behandeln muss. Sanft und zärtlich. Nicht mehr als eine Verheißung darf es sein, die das süße Verlangen nach mehr auslöst ...«

»Bist du verrückt geworden?« Nicolas fasste Pauls Schulter und schüttelte sie entrüstet. »Du hast Juline geküsst? Kein Wunder, dass sie dich geohrfeigt hat.«

»Lass mich los!« Paul verzog das Gesicht zu einem grimmigen Lächeln. »Sie wollte es doch auch. Ich kenne mich aus mit den Frauen. Sie war ganz hingerissen von mir.«

»Offenbar nicht. Sonst hätte sie sich nicht gewehrt. Du hast dich getäuscht.«

»Und weshalb hat sie mich dann so erwartungsvoll angesehen?«, stieß er hervor. »Sag's mir!«

»Du hast ihren Blick falsch gedeutet. Sie ist viel zu gutherzig und viel zu wohlerzogen, als dass sie jemanden mit einem abweisenden Blick bedenken würde. Jedenfalls solange es kein Nazi ist …«

»Und wenn schon. Noch nie hat mich eine Frau geschlagen. Es war doch nur ein kleiner, harmloser Kuss. Ein Theater hat sie gemacht, als wäre ich ihr ans Mieder gegangen. Diese dumme Göre! Das wird sie noch bereuen.«

»Sie ist keine Göre. Sag so was nicht! Du bist im Unrecht.«

»Wir sind eine Wette eingegangen, Nicolas, du und ich. Und ich beabsichtige nicht, diese Wette zu verlieren.«

»Oh Gott, Paul, darum geht es dir? Das ist nicht dein Ernst! Das war ein schlechter Scherz, weil du betrunken warst. Im Übrigen bin ich auf diese Wette gar nicht eingegangen. Und wenn – dann wäre es bei dieser Sache niemals darum gegangen, Juline Gewalt anzutun.«

Paul machte eine wegwerfende Handbewegung.

»Ohne Eifer und Hingabe gewinnt man keinen Blumentopf. Erfolg hat nur derjenige, der kämpft. So ähnlich hat es Juline doch selbst gesagt. Glaub mir, man muss etwas auf sich nehmen, wenn man sein Ziel erreichen will. Besonders was Frauen angeht. Frauen mögen Draufgänger, das weiß ich schon lange. Sie lieben Männer, die ihre Stärke zeigen, die etwas für sie riskieren. Wer nichts wagt, bleibt für immer ein Verlierer.«

»Aber da gibt es Grenzen, Paul. Und du hast sie schon wieder überschritten!«

»Grenzen? Pah! Das sagst du, weil du feige bist und inkonsequent. Wie hast du vorhin noch gesprochen: Das Schicksal jedes Menschen sei vorherbestimmt, es nütze nichts, sich für irgendetwas zu engagieren? Ja, so handelst du. Du lässt dich treiben, ohne Ziel und ohne Plan. Du hast keine Begierde und kein Verlangen. Dir ist alles egal. Es ist dir auch egal, was andere Menschen tun. Du zuckst mit den Schultern und schaust weg. Lässt selbst die Nazi-Schergen machen, was sie wollen, wie sehr sie auch die Menschen schikanieren. Wir erleben es doch täglich in unserer Stadt. Kein Tag vergeht, ohne dass irgendwo jemand festgenommen wird, keiner weiß, warum. Bloß, weil ein paar Leute Macht haben und andere nicht. Aber darüber siehst du großzügig hinweg. *Mais tu t'en fous.* Nun gut, so bist du eben. Du hast deine Gründe, weshalb dir alles gleichgültig ist. Aber wieso empörst du dich dann ausgerechnet über mich, nur weil ich versuche, mir zu nehmen, was ich möchte?«

»Das …« Nicolas rang nach Worten. »Das ist etwas anderes.«

»So? Ist es das? Ich finde nicht. Es geht um Kampfgeist und Leidenschaft. Jawohl.« Paul verzog einen Mundwinkel zu einem schiefen Grinsen. »Vielleicht verzeihe ich ihr die Ohrfeige sogar, wenn sie beim nächsten Mal etwas umgänglicher ist. Diese Frau ist einfach zu appetitlich, als dass ich sie aufgeben würde. Wenn ich es mir recht überlege, hat mich ihr Widerstand erst richtig angestachelt. Du weißt ja, wie sehr ich heißblütige Frauen liebe.«

»Rede doch keinen Blödsinn, Paul. Das klingt abscheulich. Du hast schon wieder zu viel getrunken. Du solltest vorsichtiger mit dem Alkohol sein. Du wirst immer so hitzig, wenn du trinkst.«

Paul lachte jetzt.

»Ich bin eben ein temperamentvoller Mann.« Er setzte sich den zerbeulten Strohhut auf und verließ das Haus.

Kapitel 13

Nicolas schlief schlecht in dieser Nacht. Abwechselnd sah er Julines Lächeln und Pauls verzerrtes Grinsen vor sich, und dann träumte er wieder von der blonden Frau an der Treppe. Mehrmals erwachte er schweißnass und mit rasendem Herzen.

»Ich glaube, ich muss mich bei Ihnen entschuldigen«, sagte er am nächsten Vormittag, als Juline wieder bei ihm im Atelier saß. »Mein Freund Paul hätte Sie niemals anrühren dürfen. Er hat mir erzählt, was gestern Abend auf der Vernissage passiert ist. Eigentlich ist er ganz in Ordnung, aber wenn er zu viel getrunken hat, dann weiß er manchmal nicht mehr, wer er ist. Vor allem, wenn es um Frauen geht. Manchmal schäme ich mich, dass er mein Freund ist. Es tut mir leid.«

»Es ist nicht an Ihnen, mich um Verzeihung bitten zu müssen, lieber Monsieur Guyot. Ich hatte schon bemerkt, dass der Mann mehr Wein getrunken hatte, als ihm guttat. Aber ich hätte ihn nicht ohrfeigen sollen. Ich hätte mich erst gar nicht auf ein Gespräch mit ihm einlassen dürfen.«

»Es steht einer Frau zu, sich zu wehren, wenn ein Mann sie bedrängt.«

»Ja, man muss sich immer wehren. Das muss man in der Tat.«

Nicolas spürte, dass ihr noch etwas auf der Zunge lag. Aber sie sprach nicht weiter. Auch er schwieg und konzentrierte sich auf seine Arbeit. Eine Weile war es still im Raum. Zu hören war nur das leise schmatzende Geräusch des Pinsels, mit dem Nicolas die Farbe auf seiner Palette anrührte und dann in Tupfen und Strichen auf die Leinwand brachte. Manchmal gab er ihr in die Stille hinein kleine Anweisungen.

»Können Sie das Kinn etwas anheben? Nicht so hoch, ein wenig nach rechts, ja, so. – Bitte spreizen Sie den kleinen Finger nicht ab, sonst sieht die Pose geziert aus …«

Nach einigen Minuten entspannte sich Juline. Ihre Gesichtszüge wurden weicher.

»So ist es gut«, sagte Nicolas.

Eine Weile saß sie still da, und er malte. Dann schien sie unruhig zu werden.

»Darf ich Sie etwas fragen?«

»Nur zu. Wir können uns gern unterhalten, wenn Sie dabei nicht allzu lebhaft gestikulieren.«

»Ich werde mich bemühen. Verraten Sie mir, wie die Kunst in Ihr Leben gekommen ist? Es ist doch ein ganz besonderer Beruf. Haben Sie das Malen immer schon geliebt?«

Nicolas ließ den Pinsel sinken, als müsste er sich auf die Antwort konzentrieren.

»Ja«, sagte er. »Schon als kleiner Junge.«

»Bitte verraten Sie mir, wie Sie ein Künstler geworden sind. Das interessiert mich.«

Nicolas erzählte, stockend zunächst, doch mit jedem Satz wurde er lebhafter, als wäre er erleichtert, nach einer langen Zeit des Schweigens seine Erinnerungen endlich mit jemandem teilen zu können.

»Bei uns zu Hause gab es ein Kunstalbum mit eingeklebten Reproduktionen von Gemälden berühmter Maler. Schon als kleines Kind liebte ich es, darin zu blättern und mich in die Landschaften von Cezanne und Monet zu träumen. Sie müssen wissen, mein Vater war sehr streng. Wenn ich von der Schule keine guten Noten nach Hause brachte, bekam ich Stubenarrest und durfte nicht draußen mit den anderen Kindern spielen. Meine Mutter schmuggelte dann immer das Kunstbuch in mein Zimmer, damit ich mich nicht langweilte. Irgendwann begann ich, die Bilder abzumalen. Ich merkte, dass ich gut darin war, und bald suchte ich mir meine eigenen Motive draußen in der Stadt und bei den Besuchen bei meiner Großmutter auf dem Land. Das Zeichnen war wie ein Aufatmen, wie eine Befreiung von der Autorität meines Vaters. Ich erinnere mich, wie fasziniert ich von meiner Fähigkeit war, etwas, das es in der Wirklichkeit gab, auf dem Papier wiederzugeben. Wenn sich andere Kinder von ihrem Taschengeld Süßigkeiten kauften, dann kaufte ich Stifte und Radiergummis. Das größte Geschenk war für mich, als meine Mutter mir zu meinem vierzehnten Geburtstag einen Pinsel und drei Tuben Ölfarben schenkte. Rot, gelb und blau. Sie sagte, damit kannst du alle Farben der Welt malen. Es war wie eine Offenbarung. Mit den Jahren ist die Malerei zu meiner Sprache geworden. Wenn ich nicht malen oder zeichnen könnte – ich käme mir vor, als wäre ich stumm.«

»Das haben Sie schön gesagt. Ein wenig kann ich Sie verstehen. Zwar kann ich nicht malen, aber ich habe für meine jüngeren Schwestern früher manchmal kleine Geschichten geschrieben und sie ihnen abends im Bett vorgelesen. Es hat mich so glücklich gemacht, mit Wörtern und Buchstaben meine eigene Welt zu erschaffen, Figuren und Fabeltiere, die nach meinem Willen handelten. Ich stelle mir vor, dass es in der Welt der Farben ähnlich ist.«

»Ja, es beseelt den Menschen, schöpferisch tätig zu sein. Sich mit den Dingen zu befassen, die da aus den Tiefen der Seele emporquellen, und etwas daraus zu schaffen, sei es ein Bild, eine Geschichte oder ein Musikstück …«

Juline lächelte.

»Kein Wunder, dass es Ihr Beruf geworden ist.«

Nicolas wiegte den Kopf, während er die Leinwand betrachtete.

»Eigentlich ist das Künstlersein kein Beruf. Nicht im eigentlichen Sinne. Ein Beruf bedeutet, einen Auftrag zu haben, eine genau festgelegte Aufgabe. Die gibt es in der Kunst nicht. Kunst schwebt frei im Raum. Mir gibt niemand eine Aufgabe. Niemand außer mir selbst.«

»Deshalb wollten Sie mich anfangs nicht malen, nicht wahr? Weil ich Sie bedrängt habe.«

Nicolas nickte.

»Ja, so lange nicht, bis es mein eigenes Bedürfnis wurde.« Er überlegte einen Augenblick, dann fügte er hinzu: »Ein Porträt zu malen ist eine sehr intime Angelegenheit, wissen Sie. Es kann heikel sein, denn das Malen einer Person bringt in gewisser Weise Wahrheiten an den Tag, die durchaus unerfreulich sein können. Manch einer findet sich nicht schön genug auf dem Bild oder sonst wie schlecht getroffen. Das ist das Risiko, dem sich der Künstler und das Modell aussetzen. Es kann aber auch sein, dass mich der Mensch nicht inspiriert, der von mir gemalt werden möchte. Was für eine Qual wäre es, mit so jemandem Stunden und Tage in der Enge des Ateliers zusammenzusitzen! Wie sollte da ein gutes Bild gelingen? Nein, darauf lasse ich mich schon lange nicht mehr ein. Ich entscheide selbst, wen oder was ich male, auch wenn diese Entscheidung vielleicht unbequem ist oder jemanden vor den Kopf stößt. Aber alles andere wäre gegen meine Natur.«

»Das finde ich sehr interessant. Was ist es, das einen Menschen oder einen Gegenstand auszeichnet, den Sie malen möchten?«

»Oh, das ist schwer in Worte zu fassen. Ich male, was ich für schön halte. Es ist ein ganz persönliches Empfinden. Es mag seltsam klingen, aber ich male, was ich entdecken möchte.«

»Was Sie entdecken möchten? Das verstehe ich nicht. Sie sehen doch vor sich, was Sie auf die Leinwand bringen werden. Mich zum Beispiel, wie ich hier sitze.«

»Das schon, ja. Aber ich bin kein Fotograf. Ich besitze keinen Automaten, der Sie mit einem Klick auf einen Knopf abbildet. Sie sehen ja, wie lange das hier dauert. Jedes Gemälde gleicht der Erforschung eines unbekannten Geländes. Ich mag die Lebendigkeit einer Landschaft, einer Wolkenformation oder auch die eines Gesichts. Die Herausforderung besteht darin, ins Ungewisse zu steuern. Zwar weiß ich, welches Motiv ich malen möchte und wie es in etwa einmal aussehen soll, aber der Weg bis zur Fertigstellung ist ein Abenteuer. Manchmal fährt der Pinsel wie von selbst über die Leinwand, manchmal erscheint mir das Malen so zäh, als müsste ich durch kniehohen Morast waten. Es will und will nicht gelingen. Aber man darf niemals aufgeben. Die Kunst besteht darin, sich auf seine eigene Orientierung zu verlassen, unerschütterlich an sich zu glauben, trotz aller Zweifel, die es zwischendurch immer mal wieder gibt, an der Überzeugung festzuhalten, dass die wochenlange Arbeit am Bild all diese Mühe wert ist.«

»Oh, ja, so ähnlich ging es mir manchmal, wenn ich einen komplizierten Artikel für die Zeitung geschrieben habe. Manchmal dachte ich, es ist so schwierig, das kann nichts werden. Aber ich habe weitergeschrieben und weitergeschrieben, und irgendwann haben sich die Worte zu einem guten Text gefügt. So muss es auch mit den Farben sein.«

»Ja. Es braucht Ausdauer. Wer sich mit dem Malen nicht auskennt, mag denken, das Leben des Künstlers sei eine lustige, lockere Angelegenheit, ein fröhliches Dasein, ungebunden, ohne jeden Zwang. Welch ein Irrtum. Das Malen erfordert eine gehörige Portion Disziplin. Man muss sich selbst disziplinieren, das ist das Schwierigste … Aber ach, was erzähle ich denn da.« Nicolas unterbrach sich. »Verzeihen Sie, dass ich Sie langweile mit meinem theoretischen Geschwätz. Sie haben für ein Porträt bezahlt und nicht für einen Vortrag.«

»Aber nein, Sie langweilen mich keineswegs. Ich höre Ihnen sehr gerne zu. Es gefällt mir, wenn Sie über Ihre Arbeit als Künstler reden.«

»Vielen Dank, Sie sind sehr freundlich. Ich glaube, für einen Moment habe ich gedacht, in der Kunstakademie zu stehen und meine Studenten zu unterrichten.«

»Das tun Sie auch?«

»Ja. Gerade leite ich an den Freitagen wieder einen Kurs in der Sommerakademie.« Er lächelte. »Für alle Studenten, die nicht wissen, was sie mit ihrer freien Zeit in den Semesterferien anfangen sollen.«

»Wie interessant.«

Nicolas nahm den Pinsel auf und konzentrierte sich wieder auf das Malen.

»Darf ich sehen, wie weit Sie mit dem Bild sind?«, fragte Juline, nachdem sie wieder eine Weile stillgesessen hatte, und Nicolas nickte. Sie stand auf, reckte ein wenig die Glieder und trat zu ihm an die Staffelei. Auf der Leinwand waren ihre Augen sowie ein Teil ihrer Stirn und ihrer Nase zu sehen. Den größten Teil bedeckten noch immer die schwarzen Striche und Schraffuren der ursprünglichen Kohlezeichnung.

»Oh!«, rief Juline. »Meine Augen! Wie aufregend, da blickt eine Person aus dem Bild hervor. Es ist, als wäre noch jemand im Atelier. Ich erkenne mich. Wenn das Bild fertig ist, wird es ein wenig so aussehen, als schaute ich mich selbst im Spiegel an.«

»Es macht mich sehr glücklich, dass Sie das sagen. Genau so soll es sein. Es geht mir nicht darum, dass Ihnen das Bild ähnelt, dass es so aussieht wie Sie. Ich möchte Sie nicht imitieren, sondern zeigen. Das Porträt auf der Leinwand, das sind Sie.«

»Ja, so wird es sein. Meine Augen sind schon da.«

Juline kam jetzt fast jeden Vormittag in sein Atelier. Wie selbstverständlich rückte sie den blauen Stuhl auf die vier Kreidemarkierungen, die Nicolas am ersten Tag auf den Holzboden gemalt hatte, damit er bei jeder Sitzung auf derselben Position stand, und nahm darauf Platz, den Ellenbogen auf der Armlehne, ihr Kinn auf die Hand gestützt. Sie mochte den Geruch von Staub und Leinöl, die träge Stille im Atelier. Unten auf der Straße fuhren die Autos herum, ratterten die Trambahnen über die Schienen, Leute hasteten an den Häusern entlang und belebten die Geschäfte und Restaurants. Die übliche lärmende Betriebsamkeit der Stadt. Aber hier oben war alles ruhig und friedlich. Als ob das Leben selbst eine kleine Pause einlegte. Sogar die Staubflocken, die im schrägen Sonnenlicht tanzten, schienen sich langsamer zu bewegen als anderswo. Manchmal erschien es Juline, als befände sich Nicolas' Atelier jenseits von Zeit und Raum. Nichts von allem, was sie sonst umtrieb und beschäftigte, was ihr Sorgen machte, was sie unter Druck setzte – nichts von alledem hatte hier noch eine Bedeutung. Nichts war mehr wichtig in diesem Raum außer dem allmählichen Entstehen eines Bildes.

Nicolas' Arbeit begann stets mit der gleichen Prozedur. Nachdem er das Maltuch von der Staffelei gezupft und sich in den Hosenbund gesteckt hatte, suchte er aus dem Stapel seiner Paletten eine passende heraus und kratzte mit einem Messer hier und da etwas verkrustete Farbe herunter. Dann wühlte er auf dem Tisch in einem Haufen von Farbtuben herum, bis er die passenden gefunden hatte, drückte aus jeder einen Klecks auf die Palette, gab ein paar Tropfen Terpentinöl dazu und mischte verschiedene Farben an. Er arbeitete mit drei Pinseln gleichzeitig. Während er den einen zum Malen benutzte, klemmten zwei weitere mit einer anderen Farbe zwischen den Fingern der anderen Hand unter der Palette. Schnell und geschickt wechselte er zwischen den verschiedenen Pinseln hin und her. Heute waren es vor allem Gelbtöne, die er auf die Leinwand auftrug, safran-, bernstein-, rapsfarben, dazu Vanille- und Elfenbeinweiß.

»Was malen Sie gerade?«, fragte Juline, die Nicolas jedes Mal wieder aufs Neue fasziniert bei seinen Verrichtungen beobachtete.

Er sah sie an. Ihre Blicke begegneten einander.

»Die Magnolien auf Ihrem Kleid.«

Sie lächelte.

Mit jedem Tag wurden die Kohlestriche auf dem Bild weniger, und es wuchsen die bunten, gesprenkelten Flächen der Ölfarbe.

»Wundert sich Ihr Mann nicht, dass Sie an den Vormittagen immer unterwegs sind?«, fragte Nicolas einmal, während er neue Farbe anmischte.

Juline schüttelte den Kopf.

»Wie soll er sich wundern? Er ist ja bei der Arbeit.

Er hat eine Aushilfsstelle im Büro der Sodafabrik in L'Estaque. Das ist nicht ganz der Beruf, den er normalerweise ausübt. Aber es ist gut, dass er ein wenig Geld verdient. Nun ja, erst vorgestern hat er sich erkundigt, wie ich mich den Tag über beschäftige, ob ich mich wohl recht langweile, wenn er fort ist. Ich habe ihm verraten, dass ich ein Geheimnis habe, das mit seinem Geburtstag zusammenhängt. Daraufhin hat er nicht mehr gefragt.«

»Erzählen Sie mir von sich, Juline. Wie haben Sie gelebt in Paris?«

Er sprach sie jetzt mit dem Vornamen an. So viele Stunden schon hatte er sie aufmerksam und konzentriert beobachtet, dass er jede Sommersprosse in ihrem Gesicht und jeden Fleck im Blumenmuster ihres Kleides genau zu kennen glaubte. Viel zu vertraut war ihm ihre Gestalt, als dass er sie weiter mit »Madame« hätte anreden mögen.

»Muss ich immer dasselbe Kleid tragen?«, hatte sie einmal gefragt, und er hatte genickt. Einen Tag später hatte sie fröstelnd auf dem blauen Stuhl gesessen.

»Was ist los?«, hatte er gefragt. »Frieren Sie etwa?«

»Ich musste doch mal mein Kleid waschen, und es ist noch nicht trocken«, antwortete sie. An diesem Tag malte er nicht. Er legte ihr eine seiner Jacken über die Schultern und kochte ihr Kaffee.

Juline erzählte ihm viel von ihrem Leben in Paris, von ihrer Familie, von ihren Freunden, von den Besuchen im Kino und im Theater, und ihre Stimme klang sehnsüchtiger, je länger sie von ihren Erinnerungen sprach. Von dem nächtlichen Lichtermeer der Großstadt, den Spaziergängen in den Tuilerien, den Bouquinisten am Seineufer, von der prächtigen Kathedrale Notre-Dame, den Parks und Cafés …

»Jedenfalls war das alles so, bevor der Krieg ausbrach«, schloss sie seufzend. »Bevor die Deutschen kamen. Ach, wer weiß, wie es jetzt in der Stadt aussieht und wann ich zurückkehren kann.«

»Aber die Kämpfe sind doch vorbei. Warum gehen Sie nicht nach Paris, wenn Sie Ihr Zuhause so sehr vermissen?«

Juline senkte den Kopf.

»Ich kann nicht. Wir können nicht. Nicht, solange die Deutschen in Paris das Sagen haben.«

»Warum? Sie sind Französin, Ihr Mann ist Schweizer. Sie haben doch nichts zu befürchten.«

Juline warf Nicolas einen langen Blick zu, dann erhob sie sich von dem blauen Stuhl, schob ihn näher an die Staffelei heran und setzte sich wieder hin.

»Sie müssen mir versprechen, dass Sie mit niemandem darüber reden«, sagte sie mit gesenkter Stimme. Sie drehte den Kopf noch einmal und blickte zur geöffneten Balkontür hinaus, wie um sich zu vergewissern, dass da draußen niemand war, der ihre Worte hören konnte.

Nicolas sah sie verwundert an.

»Nein, natürlich nicht, wenn Sie es sagen. Was ist los? Warum tun Sie so geheimnisvoll?«

»Weil es ein Geheimnis ist.«

»Noch ein Geheimnis? Dann hätten wir schon zwei. Wir teilen bereits das Geheimnis, dass ich hinter dem Rücken Ihres Mannes ein Bild von Ihnen male.«

Das sollte scherzhaft klingen, doch Juline verzog keine Miene.

»Es ist etwas anderes. Etwas Ernstes.« Sie holte Atem, als müsste sie für das, was sie zu sagen hatte, Anlauf nehmen wie für einen weiten Sprung. »Mein Mann ist nicht der, für den er sich ausgibt.«

»Nicht?« Nicolas ließ die Hand mit dem Pinsel sinken und sah zu ihr auf. »Wie soll ich das verstehen?«

Juline schien noch einen Augenblick zu zögern, dann fuhr sie fort: »Georg Hasler ist nicht sein richtiger Name. Und er kommt auch nicht aus der Schweiz.«

»Verzeihung. Ich begreife immer weniger.«

»Natürlich nicht. Wie sollten Sie auch. Es ist eine lange und komplizierte Geschichte. Sein wahrer Name ist David. David Goldblum.«

»Oh«, machte Nicolas erschrocken. »Ich glaube, ich verstehe.«

Sie nickte.

»Ja. Er ist Jude, ein Deutscher. Er stammt aus Berlin, wo er für eine Zeitung gearbeitet hat. In seinen Artikeln hat er sich von Anfang an kritisch mit dem Werdegang Hitlers und der NSDAP auseinandergesetzt. Damit hat er sich in Deutschland nicht gerade viele Freunde gemacht, wie Sie sich vorstellen können. Während der Machtergreifung 1933 war David gerade bei einer Vortragsreise durch Frankreich. Es war sein Glück. Er ist nicht mehr nach Deutschland zurückgekehrt. Er ahnte wohl, was da kommen würde. Wahrscheinlich hätten ihn die Leute in Berlin längst ins Gefängnis geworfen oder Schlimmeres mit ihm gemacht. Er fing beim Pariser Tageblatt an zu arbeiten. Vielleicht kennen Sie die

Zeitung? Ein liberales Blatt, in dem deutsche Journalisten von Frankreich aus versuchten, den Nationalsozialismus politisch zu bekämpfen. Na ja, die Redakteure haben zwar wunderbare kluge und bissige Texte verfasst, aber es hat nicht viel geholfen, wie wir alle wissen. Nun, in dieser Zeitung wurden ab und zu Rezensionen von Theateraufführungen in Paris veröffentlicht, auch ich habe öfter welche geschrieben, und so habe ich eines Tages David in der Redaktion kennengelernt. Ich habe ihn sofort bewundert, nicht nur für sein großes Wissen, was Politik und Geschichte angeht, für seine Beobachtungsgabe und seine klugen Aufsätze, sondern auch für seinen Humor, der zwar manchmal bitter ist, der aber zeigt, dass David sich nicht unterkriegen lässt. Ich liebte ihn bald. Für seinen Mut und dafür, dass er, der große bedeutende Journalist, sich in mich, die kleine, ahnungslose Studentin, verliebt hat.«

»Letzteres wundert mich nicht«, murmelte Nicolas, als Juline für einen Moment schwieg. »Wobei ich mir nicht vorstellen kann, dass Sie jemals klein und ahnungslos waren.«

»Mit Davids Erfahrung konnte ich es jedenfalls nicht aufnehmen. Ich war knapp neunzehn, als ich ihn kennenlernte, fünfzehn Jahre jünger als er. Wie auch immer. Mit dem Kriegsausbruch 1939, als die deutschen Exilanten in Frankreich interniert wurden, sank die Auflage der Zeitung, und im vergangenen Februar musste das Blatt schließlich den Betrieb einstellen.«

»Wie traurig. Aber was war mit David? Wie hat er es geschafft, den Deutschen zu entgehen, als sie im Frühjahr Paris einnahmen? Wurde er nicht interniert?«

»Nein. Wir hatten unfassbares Glück. Jetzt kommt der neue Name ins Spiel. Es war vor eineinhalb Jahren, ein halbes Jahr vor Beginn des Krieges. David und ich waren in einer Februarnacht auf dem Heimweg von einer Party. Wir hatten den Geburtstag eines Kollegen gefeiert und gingen zu Fuß die Seine entlang. Die Zeitungsredaktion war erst vor ein paar Tagen geschlossen worden, und wir überlegten, wie es mit uns weitergehen sollte. Es war kalt, und es regnete, und wir teilten uns einen Schirm. Obwohl die Feier schön gewesen war – wir hatten im Kreise lieber Freunde gut gespeist und ein bisschen Wein getrunken –, waren wir doch traurig und nachdenklich. Einer von Davids Cousins war kurz zuvor von München nach Paris geflohen und hatte Schreckliches aus der Heimat berichtet. Die Leute werfen die Schaufenster von jüdischen Geschäften ein, erzählte er, sie plündern und legen Feuer, zerstören Synagogen und Friedhöfe, sie misshandeln und verhaften wahllos Frauen und Männer. Der Terror gegen die Juden nehme unvorstellbare Ausmaße an. Er sagte, als Jude werde man nie wieder in Deutschland leben können. Man müsse so weit weg, wie es nur irgendwie gehe, am besten auf die andere Seite des Atlantiks, nach Amerika. Und dahin ist er wenige Tage später dann auch tatsächlich ausgereist. David überlegte in jener Nacht, ob es nicht vernünftig wäre, dem Cousin zu folgen und den Rest des Lebens in den USA zu verbringen. Mir war es, als stieße er mir ein Schwert in die Brust. Ich hatte so große Angst, ihn für immer zu verlieren. Ich konnte mir nicht vorstellen, ohne ihn zu leben, aber ich konnte mir auch nicht vorstellen, im fremden Amerika zu leben, fernab von meiner Familie und allen anderen, die ich liebe.«

»Und dann?«, fragte Nicolas leise, als Juline für einen Moment erschöpft Atem holte.

»Dann sahen wir diese Tasche auf einer Bank liegen«, fuhr sie fort, »eine flache Aktenmappe auf einer Bank am Uferweg. Sie war schon ganz nass vom Regen. Wir blickten uns um, ob wir jemanden sähen, dem die Tasche gehören könnte. Aber da war niemand. Ich habe die Tasche an mich genommen, um sie am nächsten Tag zur Polizei zu bringen. Vielleicht würde dem Eigentümer ja über Nacht einfallen, dass er sein Gepäck verloren hatte, und er würde sich dort melden. Zu Hause öffneten wir die Tasche, um zu sehen, was darin war, und um die Sachen zu trocknen. Wir fanden einen Stapel beschriebenes Papier im Innern, bei dem die Tinte schon ein wenig verlaufen war von der Nässe. Es waren Gedichte, irgendetwas Gereimtes über die Einsamkeit des Menschen und die Schönheit der Natur. ›Zärtliche Sonette‹, stand auf einem Zettel. Man konnte den Text auf den oberen Blättern kaum mehr entziffern. Und wir fanden einen Brief. Er steckte zusammengefaltet an der Seite der Tasche und war vom Regen weitgehend unbeschadet geblieben. Es war ein Abschiedsbrief – der Abschiedsbrief eines Mannes, der mit seinem Leben endgültig abgeschlossen hatte. Offenbar war er der Verfasser dieser vielen Gedichte. Wie er schrieb, war er nach Paris gekommen, um einen Verleger für seine Werke zu finden, aber seine Suche war vergeblich geblieben. Ein einsamer, unglücklicher Mensch, der an all den Schicksalsschlägen, die ihn getroffen hatten, zerbrochen war. Seine Frau und sein Kind waren gestorben, und weitere Verwandte hatte er offenbar nicht. Wir nahmen an, dass der Mann in die eiskalte Seine gesprungen war. Es war ja gleich eine Brücke neben der Bank. Jedenfalls hatte er etwas in dieser Art in seinem Brief angekündigt. David und ich machten uns Vorwürfe, dass wir nicht besser nach dem Besitzer der Tasche gesucht hatten. Vielleicht hätten wir ihn im Wasser treiben sehen, wenn wir genauer hingeschaut hätten. Vielleicht hätten wir sein Leben retten können. Aber hätte er das gewollt? Aus dem Brief des Fremden ging hervor, dass er des Lebens überdrüssig sei. Und nun war es ohnehin längst zu spät. Vielleicht, meinte David, haben andere Leute ihn gefunden und gerettet. Aber vielleicht auch nicht. Vielleicht hat erst einen oder zwei Tage später jemand irgendwo seine Leiche aus dem Wasser geholt. Die Leiche eines unbekannten, namenlosen Mannes, den niemand vermisst. Wir haben es nie erfahren.«

Juline schluckte und schloss für einen Moment die Augen. Das Erzählen und die Erinnerung an das Erlebte schienen sie anzustrengen. Dann fuhr sie fort:

»Wir fanden noch etwas in der Tasche. Eine fast leere Geldbörse lag darin – und ein Ausweis. Der hatte unter dem Papierstapel gelegen und war trocken geblieben. Der Mann, der sich das Leben genommen hatte, war demnach ein gebürtiger Schweizer und hieß Georg Hasler.«

»Ich verstehe«, murmelte Nicolas noch einmal. Juline nickte.

»Das Unglaublichste war, der Mann auf dem Foto sah

David ähnlich. Dasselbe kantige Kinn, dasselbe dunkle Haar, dieselben schmalen Lippen, dieselben großen Augen, sogar die Körpergröße, die im Pass angegeben war, stimmte bis auf drei Zentimeter. Nur das Haar trug er länger, und er hatte einen Bart. Aber sonst sah er beinahe aus wie ein älterer Bruder Davids. Auch das Alter passte bis auf zwei Jahre. Ich fand es unheimlich. Immerhin war dieser Mann vermutlich tot. Aber David meinte, das sei ein Wink des Schicksals. ›Wir werden diese Tasche nicht zur Polizei bringen‹, sagte er. ›Wir werden niemandem erzählen, dass wir sie gefunden haben. Denn den armen Teufel können wir nicht mehr retten. Aber vielleicht rettet er mich, rettet er unsere Zukunft und unsere Liebe. Sein Tod soll nicht umsonst gewesen sein, mag ihm sein Leben auch noch so sinnlos erschienen sein.‹ – Ich verstand sofort, was er meinte. In dieser Nacht hat David die Identität des fremden Mannes angenommen. Als Staatsangehöriger der neutralen Schweiz kann er sich unbehelligt in Frankreich bewegen. Niemand stört sich seitdem an seinem Akzent, niemand drangsaliert ihn, niemand will ihn einsperren, weil er jüdisch ist. Denn das weiß keiner. Der Journalist David Goldblum aus Berlin ist seit dieser Nacht verschollen.« Juline schöpfte noch einmal tief Atem, bevor sie leise weitersprach. »Es gibt Gerüchte, David Goldblum sei nach der Party in die Seine gestürzt und ertrunken, man hat eine männliche Leiche entdeckt, die ihm ähnlich sah. War es ein Unglück? War es Selbstmord? Wer weiß, was mit David Goldblum passiert ist … Verstehen Sie, Monsieur Guyot?«

Nicolas nickte stumm.

»Wer aber lebt«, erzählte Juline weiter, »das ist Georg Hasler, ein unbekannter Schriftsteller aus Basel – und als diesen habe ich David dann auch geheiratet. Nur eine Handvoll allerbester Freunde ist eingeweiht. Nicht mal mein eigener Vater weiß, wer Georg in Wirklichkeit ist. Gott bewahre! Er würde toben, wenn er wüsste, dass ich einen Deutschen geheiratet habe. Einen *boche*, gegen dessen Vater er womöglich im letzten Krieg gekämpft hat. Mein Vater hasst noch immer alle Deutschen. Einem Schweizer Schwiegersohn hat er dagegen gern seinen Segen gegeben.« Juline lächelte ein kleines, ernstes Lächeln, das schnell wieder verschwand. »Wobei ich nicht weiß, wann ich meinen Vater, meine Familie und meine Freunde in Paris je wiedersehen werde. Wir waren im Frühjahr gerade zu unserer Hochzeitsreise aufgebrochen, als die Deutschen die Grenze überrannten und innerhalb kürzester Zeit auch Paris einnahmen. Natürlich waren wir froh, dass wir das alles nicht miterleben mussten, die Bombennächte, das Feuer, die Panzer auf den Straßen, die große Flucht vor den deutschen Truppen. Nun sind wir hier, halbwegs in Sicherheit, aber wir können nicht mehr zurück. Für meinen Mann wäre das viel zu gefährlich.«

»Was für eine unglaubliche Geschichte, die Sie und David erlebt haben …«

»Georg!«, rief Juline schnell. »Er heißt Georg. Bitte vergessen Sie seinen alten Namen. Ich versuche das auch gerade. Selbst in den vertrautesten Momenten darf ich ihn niemals mehr David nennen. Es wäre einfach zu riskant, wenn mir irgendwann in der Öffentlichkeit sein wahrer Name herausrutschen würde.«

»Ja, Sie haben recht. Georg. Natürlich.«

»Und noch eine Bitte: Erzählen Sie bloß niemandem, was Sie gerade gehört haben. Niemandem auf der ganzen Welt. Es wäre lebensgefährlich.«

Sie blickten einander schweigend an. Nicolas sah, dass sich auf Julines Stirn winzig kleine Schweißtropfen gebildet hatten. Er selbst hätte nicht sagen können, ob ihm heiß oder kalt war, so sehr hatte ihn ihr Bericht erschüttert.

»Ich bin erstaunt«, setzte er an, um dann fortzufahren: »Nein, mehr als das: Ich fühle mich geehrt, dass Sie mich in dieses brisante Geheimnis eingeweiht haben. Seien Sie versichert, dass ich in dieser Sache schweigen werde wie ein Grab. Aber wie kann es sein, dass Sie mir dermaßen vertrauen? Wir kennen uns erst seit wenigen Tagen. Woher nehmen Sie die Gewissheit, dass ich die Sache nicht auffliegen lasse, Ihren Mann an die Behörden verrate? Es spränge sicherlich ein schöner Betrag für mich heraus. Denunziation soll ja ganz gut bezahlt werden.«

Juline schüttelte den Kopf. Es lag nicht die geringste Unsicherheit in ihrem Blick.

»Ich habe Vertrauen zu Ihnen. Vollstes Vertrauen. Ich hatte es vom ersten Augenblick an, als wir uns am Alten Hafen begegneten. Ich weiß, dass Sie ein Geheimnis für sich behalten können und diese Sache niemandem weitererzählen werden. Ich spüre das. Wissen Sie, ein richtig guter Künstler, so wie Sie einer sind, Monsieur Guyot, einer, der mit der ganzen Seele in seinen Bildern aufgeht, kann kein schlechter Mensch sein.«

Nicolas spürte ein leichtes Beben in der Magengegend. Den Drang, Juline in den Arm zu nehmen und fest an sich zu drücken und ihr zu versichern, dass alles gut werden würde. Dass er sie selbstverständlich niemals verraten würde. Dass er alles Menschenmögliche tun würde, damit sie und ihr Mann bis ans Ende ihrer Tage in Glück und in Frieden leben konnten. Doch er rührte sich nicht, hielt noch immer in der einen Hand die Palette, in der anderen den Pinsel mit der schwarzen Farbe.

»Danke.« Seine Stimme klang rau. »Bitte nennen Sie mich nicht mehr Monsieur Guyot. Mein Name ist Nicolas.«

Juline nickte.

»Ich weiß«, sagte sie leise.

Es war vollkommen still im Atelier. Trotz der geöffneten Fenster drang kein Geräusch von draußen herein. Kein Auto und keine Trambahn fuhren unten vorbei. Selbst die Spatzen in den Bäumen am Boulevard Longchamps schienen für einen Augenblick zu schweigen – da klopfte es plötzlich an der Tür. Nicolas fuhr hoch, als wäre er gerade aus einem tiefen Traum aufgewacht.

»Oh, erwarten Sie noch Besuch?«, erkundigte sich Juline flüsternd. Sie rückte den Stuhl wieder ein wenig zum Fenster hin, als wollte sie bewusst Abstand schaffen zwischen sich und Nicolas.

Er zuckte mit den Schultern.

»Nein, eigentlich nicht.«

»Ich hoffe, ich komme nicht ungelegen?« Monsieur Arnauds Bass dröhnte unvermittelt durch die geschlossene Tür. »Man sagte mir, der Künstler sitze in seinem Atelier bei der Arbeit. Darf ich hereinkommen?«

»Ausgerechnet er …«, flüsterte Juline erschrocken. »Was sucht denn dieser unangenehme Mensch hier? Haben Sie ihn hergebeten? Hoffentlich hat er unser Gespräch nicht mitgehört.«

Nicolas legte Pinsel und Palette ab.

»Das kann ich mir nicht vorstellen«, raunte er ihr zu. »Durch die geschlossene Tür ist bestenfalls ein Gemurmel zu verstehen – so leise, wie wir miteinander gesprochen haben. Und ich versichere Ihnen, diesen Herrn habe ich ganz sicher nicht eingeladen.«

Nicolas stand auf, um zur Tür zu gehen. Doch nach wenigen Schritten zögerte er und kehrte zur Staffelei zurück. Er zog ein großes, fleckiges Tuch hervor, das am Querbalken des Holzgestells hing, breitete es aus und hängte es über das angefangene Bild.

»Vielleicht ist es besser, wenn das hier erst mal unter uns bleibt«, murmelte er.

Juline nickte erleichtert.

»Ja. Danke.«

»Hallo!« Es klopfte noch einmal. »Hier ist Kundschaft!«

Nicolas öffnete die Tür.

»*Bonjour*, Monsieur Arnaud. Ich bin überrascht. Was führt Sie zu mir?«

»Nun, ich hatte in der Nähe zu tun und dachte, ich nutze die Gelegenheit, um mich in Ihrem Atelier ein wenig umzusehen – und um mit Ihnen einen angemessenen Preis für das Porträt der schönen blonden Frau auszuhandeln.«

Er lachte selbstgefällig und trat ein. Als er Juline entdeckte, stutzte er kurz, als könnte er sich nicht daran erinnern, wo er dieses Gesicht schon einmal gesehen hatte.

»Oh – der Herr Künstler hat Besuch, wie ich sehe. *Bonjour*, Mademoiselle. Lassen Sie sich durch mich nicht stören.«

Während er das Atelier mit großen Schritten durchmaß, knallten die Absätze seiner schweren Schuhe laut wie Hammerschläge auf dem Holzboden. Suchend sah er sich um, bis er Irènes Porträt fand, das inzwischen wieder an seinem angestammten Platz im Atelier hing.

»Ah, da ist es ja, mein Lieblingsgemälde.« Er blieb stehen, die Daumen lässig in die Gürtelschlaufen seiner Uniformjacke eingehängt. »Ich habe mich heute früh noch einmal in der Galerie umgesehen und war erstaunt, das Bild dort nicht mehr vorzufinden. Man sagte mir, der Künstler habe es bereits abgehängt. Wirklich, eine ausgezeichnete Arbeit.«

»Vielen Dank, Monsieur Arnaud. Aber Sie wissen ja, dass das Bild unverkäuflich ist.«

Der Polizeichef drehte sich um und klopfte Nicolas jovial auf die Schulter.

»Jaja. Ich merke schon, mein lieber Monsieur Guyot, Sie verstehen nicht nur etwas von der Malerei, Sie verstehen auch etwas vom Geschäft. Indem Sie behaupten, das Bild stünde nicht zum Verkauf, versuchen Sie den Preis nach oben zu treiben. Das ist Ihr gutes Recht, und ich habe Vergnügen daran zu feilschen. Sie haben Glück. Ich bin durchaus bereit, eine ordentliche Summe für dieses Bild auszugeben.«

»*Pardon*, Monsieur Arnaud.« Nicolas gelang es kaum, das zornige Beben in seiner Stimme zu unterdrücken, so sehr empörte ihn das anmaßende Auftreten des ungebetenen Gastes. »Wie gesagt, es gibt keinen Preis, zu dem ich das Bild verkaufen werde. Ich befürchte, Sie werden sich ein anderes Motiv aussuchen müssen.« Er sah sich kurz im Raum um, dann zeigte er auf eine großformatige Leinwand, die neben der Staffelei lehnte und auf der eine provenzalische Landschaft dargestellt war. »Wie wäre es mit diesem Bild, Monsieur Arnaud? Hier sehen Sie auch ein Mohnblumenfeld im Hintergrund. Oder dieses …« Er wies auf ein weiteres Bild. »Vielleicht eher ein maritimes Sujet, Segelboote im Abendlicht …«

Aber Monsieur Arnaud sah gar nicht hin.

»Nein, danke. Diese Bilder können Sie an jemand anderen verkaufen. An Ihre junge Besucherin meinetwegen. Ich interessiere mich nur für das Porträt. Wissen Sie was, mein lieber Guyot? Wenn ich mir einmal etwas in den Kopf gesetzt habe, dann lasse ich nicht locker, dann bekomme ich es auch. Das bringt mein Beruf als Polizist so mit sich. Ich bin ein Jagdhund, der Blut geleckt hat. Ich habe es mir partout in den Kopf gesetzt, das Bild dieser Dame zu besitzen. Ich erhöhe mein Angebot. Zweitausend Francs, mein lieber Guyot. Zweitausend Francs für die schöne Blondine. Wie gefällt Ihnen meine Offerte? Ich weiß, ich bin großzügig. Um das zu verdienen, muss ein fleißiger Arbeiter in unserem schönen Land fast einen Monat lang schuften. Sind Sie dabei?«

»Sie haben doch gehört, was der Künstler gesagt

hat«, mischte sich Juline in das Gespräch ein, als Nicolas nicht antwortete. »Das Bild ist unverkäuflich. Egal, wie viel Geld Sie bieten. Möglicherweise ist Ihnen das unbegreiflich, aber es gibt Menschen, denen andere Dinge wichtiger sind als Geld.«

»Mademoiselle«, Monsieur Arnaud lächelte sie so nachsichtig an wie ein altgedienter Lehrer seine neue Schülerin. »Sie sind noch jung und gutgläubig, Sie können noch nicht wissen, wie diese Welt funktioniert. Und ich sage Ihnen, Sie irren sich. Es gibt nichts Wichtigeres als Geld in unserer Welt. Ohne Geld funktioniert überhaupt nichts. Oder haben Sie schon mal ein Pfund Butter allein mit Ihrem hübschen Lächeln bezahlt?«

»Darum geht es nicht«, erwiderte Juline mit hoch erhobenem Kopf. »Es geht um die Freiheit, um die Freiheit eines jeden Menschen, zu tun und zu lassen, was er möchte. Das ist übrigens ein kostbares Gut, das recht selten geworden ist in diesen Zeiten …«

Monsieur Arnaud schürzte die Lippen und gab ein paar tadelnde Schmatzlaute von sich. Kopfschüttelnd hob er einen Zeigefinger.

»Ah, jetzt weiß ich wieder, weshalb Sie mir so bekannt vorkommen. Sind wir einander nicht erst kürzlich auf der Vernissage begegnet? Die leidenschaftliche Tänzerin mit der großen Klappe. Da ist es wieder, das freche Mundwerk, obwohl Sie doch so ein hübsches Köpfchen haben. Dieses unerfreuliche Missverhältnis ist mir schon während unseres kleinen Disputs bei der Ausstellung aufgefallen. Ich rate Ihnen dringend, weniger vorlaut zu sein. Ich selbst bin ja ein überaus großzügiger Mensch, aber es gibt Leute in unserer Stadt, die nicht so gutmütig sind wie ich. Die Kollegen vom Büro zur Bekämpfung antinationaler Umtriebe zum Beispiel. Die kennen kein Pardon. Die stecken so freche kleine Kommunistinnen wie Sie gern mal für eine Nacht oder zwei ins Gefängnis. Oder gleich ins Lager. Ich kann Ihnen versichern, da geht es nicht besonders gemütlich zu.«

»Monsieur …«, setzte Nicolas an, während Juline grimmig schwieg. Doch Monsieur Arnaud ließ ihn nicht zu Wort kommen.

»Vergessen wir unseren kleinen Exkurs in Politik und Juristerei und widmen uns lieber wieder den schönen Künsten. Ich erhöhe mein Angebot und biete zweitausendzweihundert. Zweitausendzweihundert Francs für Ihr bezauberndes Porträt. – Ach herrje«, fügte er kopfschüttelnd hinzu. »Ich muss verrückt sein, ich muss absolut verrückt sein, Ihnen so viel Geld zu bieten. Aber ich kann nicht anders, ich muss diese Dame besitzen. Und was nützt es Ihnen, mein lieber Guyot, wenn das schöne Bild hier in Ihrem Atelier verstaubt! Ist es nicht besser, es hängt in meinem Büro? Wo die Leute das Bild sehen und staunen und fragen, wer hat denn diese wunderschöne Frau gemalt? Aha, sagen sie dann, Nicolas Guyot heißt der Künstler – und dann kommen sie in Scharen zu Ihnen gelaufen und kaufen Ihnen alle anderen Bilder ab. *Voilà.* Ist das nicht ein gutes Geschäft? Eigentlich …«, schloss er mit einem breiten, süffisanten Lächeln, das seine großen weißen Zähne blitzen ließ, »eigentlich sollte *ich* Geld dafür bekommen, dass ich

Ihr Bild bei mir aufhänge. Als Provision sozusagen.« Er lachte dröhnend.

»Wie gesagt«, erklärte Nicolas kühl. »Das Bild ist privat und wird nicht verkauft. Bitte suchen Sie sich etwas anderes aus.«

Im Bruchteil einer Sekunde veränderte sich Arnauds Gesichtsausdruck. Seine freundliche Miene verschwand hinter einer zornigen Grimasse, und seine Augen begannen gefährlich zu funkeln. Für einen Moment presste er verärgert die Lippen zusammen. Dann stieß er wütend aus:

»Wissen Sie eigentlich, mit wem Sie es zu tun haben, Monsieur? Ich bin der Polizeipräsident dieser Stadt. Man pflegt mir im Allgemeinen nicht zu widersprechen. Und auch Ihnen würde ich das nicht raten. Ich habe allerbeste Kontakte zum Innenministerium. Ich kann dafür sorgen, dass Sie nie wieder eine Ausstellung in diesem Land haben werden, wenn ich das will. Das kostet mich weniger als zweitausend Francs, das kostet mich nur einen Anruf. Wollen Sie das riskieren?«

Er baute sich kaum eine Armlänge entfernt vor Nicolas auf. Nicolas sah, wie die Spitzen seines weißen Schnurrbarts zitterten. Sein rundes, glänzendes Gesicht war gerötet vor Zorn.

»Bitte echauffieren Sie sich nicht«, bat Nicolas ruhig. »Das ist ungesund.«

»Das ist ungesund? Das ist – das ist …« Monsieur Arnaud rang nach Worten. Dann wandte er sich ab und marschierte mit wenigen großen Schritten zur Tür. Mit der Klinke in der Hand drehte er sich noch einmal um. Seine Stimme war ruhiger jetzt.

»Vielleicht ist es heute noch nicht an der Zeit für unser kleines Geschäft, mein lieber Monsieur Guyot. Aber ich habe Geduld. Ich werde wiederkommen. Glauben Sie mir – eines Tages werden Sie mein Angebot nicht mehr abschlagen können.«

»Ist das eine Drohung?«, fragte Juline, nachdem er gegangen war, und sie hörten, wie seine Absätze die Holztreppe hinunterpolterten.

»Ich weiß es nicht.« Nicolas zuckte mit den Schultern. »Womit sollte er mir drohen?«

Kapitel 14

»*Mesdames et Messieurs,* vielen Dank für Ihre Aufmerksamkeit. Ich wünsche Ihnen ein angenehmes Wochenende. Wir sehen uns spätestens am nächsten Freitag wieder.«

Nicolas schob ein paar Blätter auf dem Pult zusammen und klappte die Mappe zu. Die Studenten, die eine Stunde lang im Hörsaal der Kunstakademie seinem Vortrag gelauscht hatten, klopften anerkennend mit den Fingerknöcheln auf die hölzernen Tische an ihren Plätzen. Dann erhoben sie sich unter anschwellendem Geplauder von ihren Klappstühlen. Bald war der große Raum erfüllt von lauten Stimmen, vom Zuschnappen der Taschenverschlüsse und vom Geräusch vieler Schritte. Wie immer war sein Kurs in der Sommerakademie gut besucht, sein Thema »Das Licht in der Malerei« sprach viele und nicht nur Kunststudenten an, die sich auch außerhalb des Semesters in der Ferienzeit weiterbilden wollten.

Nicolas sah sich um. Meistens war es so, dass der ein oder andere Student sich nach der Vorlesung noch mit einer persönlichen oder weiterführenden Frage direkt an ihn wandte, aber heute war niemand an ihn herangetreten. Er wollte sich gerade die Tasche umhängen, als er bemerkte, wie ein kleiner weißer Zettel auf sein Pult segelte. Erstaunt sah er auf und stellte fest, dass viele weitere Zettel durch den Raum schwebten. Der ganze Hörsaal war erfüllt von kleinen weißen Zetteln, die von oben herabsegelten wie riesige Schneeflocken im Winter. Unter den Studenten entstand eine Unruhe, schwankend zwischen Belustigung und Verwunderung. Einige von ihnen zeigten hinauf zur Galerie, wo die Tür zum Treppenhaus zuklappte. Stimmen riefen durcheinander: »Da war jemand. Jemand hat die Zettel von dort oben heruntergeworfen. Ich konnte nicht erkennen, wer es war. Es ging alles so schnell.«

Zu sehen war auf der Galerie niemand mehr.

Nicolas hob den Zettel auf, der auf seinem Pult gelandet war, und las den einen Satz, der mit Schreibmaschine auf das Blatt gedruckt war: »Man macht sich mitschuldig, wenn man Unrecht erträgt, ohne es zu bekämpfen.«

Er stutzte. Der Satz kam ihm bekannt vor, aber er wusste im ersten Moment nicht, woher.

»Verzeihung, Monsieur!«

Nicolas sah auf. Nun standen doch zwei junge Studenten vor ihm, einer von ihnen trug eine abgewetzte karierte Kappe auf dem Kopf, die Oberlippe des anderen zierte ein schmales Bärtchen.

»Haben Sie das gesehen? Der ganze Hörsaal ist voller Zettel.«

Die beiden hielten ein paar der Flugblätter in den Händen.

Nicolas nahm ihnen die Zettel ab. Auf jedem stand

etwas mit Schreibmaschine aufgetippt, aber es waren verschiedene Botschaften. »Noch ist Frankreich nicht verloren«, las Nicolas auf dem einen. Auf den anderen Zetteln stand: »Es gibt noch Hoffnung«, und »Wir sind nicht allein«. Und dann: »Keine Kollaboration mit den Deutschen.« Alle Flugblätter endeten mit denselben Worten: *Vive la France libre!* Es lebe das freie Frankreich.

Und da fiel ihm ein, woher er den Satz des ersten Zettels kannte. Er spürte, dass sein Mund trocken wurde. Man macht sich mitschuldig, wenn man Unrecht erträgt, ohne es zu bekämpfen. Genau das hatte Juline zu ihm gesagt, während ihrer Diskussion auf der Vernissage. Es mochte Zufall sein, aber vielleicht ... Nicolas wagte nicht, diesen Gedanken zu Ende zu denken. Gab es tatsächlich eine Verbindung zwischen Juline und den Leuten, die diese Zettel in den Hörsaal geworfen hatten? Ob sie womöglich selbst die Verfasserin war? Er sah Julines Gesicht vor sich, wie sie in seinem Atelier vor ihm gesessen und wie er sich mit ihr über Kunst unterhalten hatte. Wie sie bei der Ausstellungseröffnung aufgetreten war und wie sie bei ihrem Besuch in seinem Atelier Monsieur Arnaud zurechtgewiesen hatte. Er sah sie vor sich, wie sie nach der Razzia in der Pizzeria dem Mann an der Bar die Stirn geboten hatte. Ja, sie war mutig, und sie scheute sich nicht davor, ihre Meinung zu vertreten. Das wusste er. Aber war sie mehr als das? War Juline nicht nur eine selbstbewusste, kunstinteressierte junge Ehefrau, die ihrem Mann ein schönes Geburtstagsgeschenk machen wollte, sondern tatsächlich eine politische Aktivistin, die in der Öffentlichkeit Flugblätter verteilte und zum Protest gegen die Regierung aufrief?

»Was sollen wir damit machen?«, fragte der Student mit der Kappe.

Nicolas zuckte ratlos mit den Schultern, als eine Studentin dazukam, ein blasses, hoch aufgeschossenes Mädchen, dessen Augen hinter einer dünnen Nickelbrille wütend funkelten.

»Man sollte diese Leute bei der Polizei anzeigen!«

Sie hielt Nicolas mit spitzen Fingern, als wollte sie möglichst wenig mit dem Papier in Berührung kommen, ein weiteres Flugblatt entgegen. Ihre Stimme bebte vor Entrüstung, als sie weitersprach. »Das sind Vaterlandsverräter. Ins Gefängnis gehören solche Leute. Wenn ich nur wüsste, wer diese widerwärtigen Botschaften hier verteilt hat!«

Nicolas las laut, was auf dem Zettel stand: »Hoch leben Charles de Gaulle und die Engländer, nieder mit den Nazis.«

»Wer ist denn dieser Charles de Gaulle?«, fragte einer der beiden Studenten seine aufgebrachte Kommilitonin.

»Hast du nicht von ihm in der Zeitung gelesen?«, gab diese verärgert zurück. »Während unsere Regierung zum Wohle Frankreichs eine Friedensvereinbarung mit den Deutschen ausgehandelt hat, ist dieser feige General nach London geflohen. Jetzt versucht er die Leute von dort aus gegen unseren geliebten Marschall Pétain aufzuhetzen. Er hält dort Reden im Radio, in denen er gegen die Kapitulation protestiert und uns zum Widerstand gegen unsere eigene Regierung aufruft. Stellt euch das vor!«

Der Student mit der Kappe nickte bedächtig.

»Davon habe ich gehört. Aber mein Bruder sagt auch, dass es keine besonders gute Idee war, sich in die Abhängigkeit Deutschlands zu begeben. Das sei keine Kapitulation gewesen, sondern der Weg in die Sklaverei.«

»Das ist Unsinn!«, fiel ihm die Studentin ins Wort. »Der gute Pétain sorgt für Frieden und Ordnung in Frankreich, für die Einheit des Vaterlandes. Er hat sich schon im Großen Krieg als Held hervorgetan, und alle lieben ihn. Jedenfalls tun das alle klugen Franzosen. Dein Bruder ist genauso dumm und dreist wie dieser de Gaulle mit seinem blöden Geschwätz. Und diese Leute hier unterstützen den Vaterlandsverräter auch noch, indem sie seine Botschaften verbreiten.«

Der andere Student machte eine abwertende Handbewegung. »*Mon Dieu*, wen interessiert denn hier in Marseille, was irgendjemand im fernen London erzählt …«

»Wehret den Anfängen!«, rief die Studentin und wedelte mit dem Flugblatt in der Hand. »Ihr seht doch, dass de Gaulle hier schon einige Leute mit seinen kranken Ideen angesteckt hat. Solche Umtriebe müssen im Keim erstickt werden. Ich hoffe, Sie melden diesen Vorfall bei der Polizei, Monsieur Guyot. Ich werde es auf jeden Fall tun. Eingesperrt gehören solche Leute. Mehr noch, man sollte sie am besten gleich …«

Sie sprach nicht weiter, sondern fuhr sich in einer schnellen Bewegung mit dem Finger über die Gurgel.

Dann steckte sie sich das Flugblatt in die Rocktasche und stapfte davon.

Nicolas spürte eine leichte Übelkeit, als er ihr nachsah.

»Sammelt die Papiere ein«, sagte er mit heiserer Stimme zu den beiden Studenten, die betreten vor seinem Pult stehen geblieben waren. »Alle. Schnell. Bringt sie mir, ich … ich kümmere mich darum.«

Nicolas stopfte sämtliche Flugblätter, die er zu fassen bekam und die ihm die beiden Studenten reichten, in seine Mappe. Am Ende war sie so voll, dass er sie nicht mehr schließen konnte. Er presste die Tasche an seinen Körper und verließ hastig den Hörsaal.

Er hatte vergessen, wie drückend heiß es draußen geworden war. Als Nicolas das kühle Akademiegebäude verließ, traf ihn die Hitze wie ein Faustschlag. Doch trotz der Schwüle waren noch nicht alle Studenten nach Hause gegangen. Einige von ihnen standen tuschelnd im Hof. Sie hatten sich im lichten Schatten eines Seidenbaumes versammelt, dessen prächtige rosarote Blütenbüschel wie Puderquasten auf dem filigranen Blattwerk saßen und in der Sonne einen zarten Duft verströmten. Als Nicolas an den jungen Leuten vorbeiging, schien es ihm, als unterbrächen sie ihr Gespräch und senkten die Köpfe. Er sah in ihre Gesichter, unscheinbare blasse Studentengesichter. Ob das die Leute waren, die die Flugblätter von der Galerie geworfen hatten und hier bereits ihre nächste Aktion planten? Oder standen hier die anderen zusammen, diejenigen, die sich über die regimekritischen Botschaften empörten und nun überlegten, wie man den

Urhebern am besten auf die Schliche kommen konnte? Er fand keine Antwort darauf, die jungen Leute blieben stumm, als Nicolas vorbeiging. Und weder Juline noch die Studentin mit der Nickelbrille standen dabei.

Plötzlich hatte Nicolas es eilig, nach Hause zu kommen. Er musste dringend wissen, was es mit diesem General de Gaulle auf sich hatte.

In seinem Atelier angekommen, ließ er die Mappe fallen, sobald er die Tür hinter sich geschlossen hatte. Es riss den Stapel alter Zeitungen von der Kommode, verteilte sie auf dem Fußboden und durchblätterte sie wieder und wieder, doch nirgendwo fand er, was er suchte. Da fiel sein Blick auf ein Paket, das er für den Transport vorbereitet hatte. In ein paar alte Ausgaben des *Petite Provençal* gewickelt, lehnte ein Bild am Schrank, um das der Galerist nach der Vernissage noch zusätzlich gebeten hatte. Nicolas knotete die Schnüre auf und faltete die Zeitungen auseinander, bis er die richtige Ausgabe entdeckte. Das Papier war hier und da ein wenig zerrissen, aber Nicolas gelang es, den Artikel wieder zusammenzusetzen. Es waren zwei Spalten in der Mitte der Titelseite.

»Ein Appell von General de Gaulle«, stand fett gedruckt in der Überschrift und darunter: »London, 18. Juni – Die BBC teilt mit: Der französische General de Gaulle, der sich gegenwärtig in London aufhält, hat folgende Erklärung abgegeben: Die französische Regierung hat den Feind gefragt, zu welchen Bedingungen der Kampf gestoppt werden könnte …«

Nicolas überflog den weiteren Text. »Gewiss wurden wir überschwemmt von der Übermacht des Feindes …

Aber ist das letzte Wort gesprochen? Muss die Hoffnung weichen? Ist die Niederlage endgültig? Nein! ... Glaubt mir, ich weiß, wovon ich rede, und sage euch, dass für Frankreich nichts verloren ist ... Denn Frankreich ist nicht allein! ... Allen Leiden zum Trotz gibt es in der weiten Welt doch Mittel, eines Tages unsere Feinde zu vernichten ... Was auch geschieht, die Flamme des französischen Widerstands darf nicht erlöschen ...«

Nicolas ließ die Zeitung sinken. Er öffnete seine Mappe und nahm die Flugblätter heraus. Er las sie alle, Satz für Satz, und dann war ihm klar: Die Studentin mit der Nickelbrille hatte recht gehabt. Wer immer diese Zettel geschrieben und im Hörsaal verteilt hatte, er oder sie musste den Aufruf von de Gaulle gekannt haben. Teils wortwörtlich wurde seine Botschaft wiedergegeben. Nur wenige Sätze stammten nicht aus der Rede de Gaulles. Unter anderem der, den Juline während der Vernissage gesagt hatte und der auf dem Zettel stand, den Nicolas als Erstes entdeckt hatte. »Man macht sich mitschuldig, wenn man Unrecht erträgt, ohne es zu bekämpfen.« Nicolas betrachtete die Worte lange, jeden einzelnen Buchstaben. War es tatsächlich Juline gewesen, die hier zum Widerstand gegen die Regierung aufrief?, fragte er sich erneut. Und was noch wichtiger war: Brachte sie sich damit in Gefahr?

Nein, antwortete er sich selbst. Das konnte nicht so gefährlich sein, wie die Studentin mit der Nickelbrille behauptet hatte. Sogar die Tageszeitung hatte über de Gaulles Radioansprache berichtet. In Marseille lebte man schließlich im freien Teil Frankreichs. Es war

Julines gutes Recht, ihre Meinung zu äußern. Es gab keinen Grund, sich um sie Sorgen zu machen.

Nicolas sammelte die Zeitungen, die er in seiner Hast über den Fußboden verteilt hatte, wieder auf und legte sie zusammen. Da fiel sein Blick auf die aktuelle Ausgabe des *Marseille Matin*, die auf dem Sofa lag. Sie war heute früh erschienen, und Madame Bonnard musste sie während seiner Abwesenheit hereingebracht haben. Die dicke Schlagzeile auf dem Titelblatt war unübersehbar: »De Gaulle wegen Fahnenflucht und Hochverrats verurteilt. Französisches Militärgericht verhängt die Todesstrafe.«

Nicolas lief ein kalter Schauer über den Rücken. Er las nicht weiter. In fieberhafter Eile raffte er die Flugblätter zusammen und warf sie in der Küche in einen gusseisernen Kochtopf. Er riss ein Streichholz an, dass es aufflammte, warf es auf den Papierhaufen und sah mit Erleichterung zu, wie die Flugblätter verbrannten. Erst als er das Fenster geöffnet hatte, um den Rauch hinausziehen zu lassen, wurde er ruhiger.

Kapitel 15

Als Nicolas das Petit Poisson betrat, schlug ihm ein ungewohnter Geruch entgegen. Der dichte Tabakqualm mischte sich mit Aromen des Orients, mit Koriander- und Kümmeldünsten, dazu lag ein Duft von frischer Minze und Ingwer in der Luft. Das Lokal war voller Leute, Estelle nicht zu sehen. An ihrer Stelle stand Paul an der Bar und begrüßte den Freund mit erhobener Hand.

»Na«, sagte Nicolas und schlug ein. »Bist du wieder nüchtern?«

»So gut wie.« Paul grinste. »Kann mich kaum mehr an den Abend der Vernissage erinnern. Das muss der Schreck über die Ohrfeige gewesen sein. Ist es nicht so, dass man bei besonders schockierenden Erlebnissen die Erinnerung daran verliert?«

Er lachte.

»Mach dich nicht lustig über die Sache, Paul. Du bist derjenige, der übergriffig geworden ist.«

»Ach, Nicolas. Sei doch nicht so pingelig! Juline wird es verschmerzen. So wie ich sie kennengelernt habe, ist sie hart im Nehmen. Wie sie diesen beiden Nazi-Freunden auf der Vernissage die Stirn geboten hat, das war durchaus beeindruckend. Ich mag Frauen, die sich was trauen. Wenn sie im Bett auch nur halb so forsch ist wie bei dieser Unterhaltung …«

»Mensch, Paul. Die Frau ist verheiratet. Kannst du nicht einmal an was anderes denken?«

»Nein, leider nicht. Sie geht mir einfach nicht aus dem Kopf. Ich habe irgendwie das Gefühl, dass ich mit ihr noch nicht fertig bin.«

»Das solltest du aber sein. Glaub mir, sie ist nicht deine Kragenweite.«

»Wieso?«

Nicolas schwieg einen Moment nachdenklich. Er hatte noch nie ein Geheimnis vor Paul gehabt. Seit er denken konnte, hatte er sich stets auf den Freund verlassen können und ihm alles anvertraut. Aber galt das auch dieses Mal? Zögerlich antwortete er: »Du hast doch gemerkt, dass sie Prinzipien hat. Nicht nur, was Männer angeht. Auch politisch. Sie weiß, was sie will – und was sie nicht will. Da ist sie konsequent. Und verdammt mutig.«

»Du sprichst in Rätseln. Weißt du etwas, das ich nicht weiß? Was willst du mir sagen?«

»Ach, nichts.«

»Komm schon, Nicolas, da ist doch was. Das spüre ich. Ich kenne dich lange genug, um zu merken, dass dich etwas beschäftigt. Was treibt unsere bezaubernde Juline, wenn sie nicht gerade hinreißend Swing tanzt oder sich von dir malen lässt?«

Pauls helle Augen waren erwartungsvoll lächelnd auf Nicolas gerichtet. Sie waren ihm ein so vertrauter Anblick. Wie viele tausend Male hatte er schon in diese Augen geblickt, während er berichtet hatte, was ihn in tiefster Seele beschäftigte! Wie viele Stunden und Tage hatte Paul an seiner Seite gesessen, damals nach Irènes Tod. Er war der Einzige außer Estelle gewesen, der ihn aufgefangen hatte, als er in dieses tiefe schwarze Loch zu stürzen drohte. Niemand kannte ihn so gut wie Paul. Und niemand kannte Paul so gut wie Nicolas. Er wusste, dass sich hinter seinen frechen Sprüchen, seinen Flirts und Affären ein zutiefst verunsicherter, einsamer Mann verbarg, der niemals zugeben würde, wie sehr er manchmal unter Anfällen von Schwermut und Niedergeschlagenheit litt.

»Versprichst du mir, dass du das für dich behältst?«, fragte Nicolas.

Paul legte sich übertrieben feierlich die Hand auf die Brust und sah ihn mit geneigtem Kopf an: »Würde ich dich je belügen und betrügen, alter Freund?«

»Ich bin mir nicht sicher. Du bist und bleibst ein Schlawiner, Paul!«

»Blödsinn.« Er wurde ernst. »Ich bin der beste Freund, den du je hattest, auch wenn wir über den Umgang mit Frauen nicht immer einer Meinung sind. Jetzt sag schon!«

»Ich weiß es ja selbst nicht genau. Aber es könnte sein, dass Juline zu den Leuten gehört, die regierungskritische Parolen in der Stadt verbreiten und dazu aufrufen, General de Gaulle zu unterstützen. Neulich haben sie sogar während meiner Vorlesung in der Kunstakademie Flugblätter von der Galerie geworfen.«

Paul pfiff leise durch die Zähne.

»Das wundert mich gar nicht. Sie hat ja bei der Ausstellung keinen Hehl aus ihrer Meinung gemacht.«

»Ja, aber sich dem organisierten Widerstand anzuschließen, das ist noch mal etwas anderes.«

»Stimmt.« Paul grinste wieder. »Weißt du was, Nicolas? Diese Frau wird mir immer sympathischer.«

»Bitte vergiss sie! Vergiss alles, was ich dir gerade erzählt habe!«

»Ich bezweifle, dass mir das gelingen wird.«

Nicolas sah auf, weil Estelle durch die schwingende Küchentür hinter die Bar trat. Er war erleichtert, das Gesprächsthema wechseln zu können.

»*Salut*, Estelle!«, rief er. »Was ist denn hier los? Es duftet großartig in deiner Kneipe. Führst du jetzt auch ein Restaurant?«

Estelle lächelte. »Ja. Du weißt doch, Essen und Trinken hält Leib und Seele zusammen.«

Paul nickte. »Estelle ist neuerdings der Ansicht, dass der Mensch von Schnaps und Liebe allein nicht leben kann und gelegentlich auch etwas für den Magen braucht. Deshalb hat sie Rachid eingestellt.«

»Rachid?«

»Ihr neuer algerischer Koch.« Paul wies mit dem Kopf in Richtung Küche. »Estelle lässt nichts unversucht, um aus dem Petit Poisson einen Laden zu machen, der sämtliche Bedürfnisse eines Mannes befriedigt. Deshalb gibt es neuerdings auch etwas zum Essen.« Augenzwinkernd fügte er hinzu: »Ich rechne damit, dass sie demnächst auch einen Rennwagen-Verleih anbietet …«

»Idiot!«, rief Estelle und schüttelte lachend den Kopf.

»Du Blödmann! Aber wie du siehst, Nicolas, lohnt sich mein neues Engagement.« Sie machte eine weite Handbewegung in den Gastraum. »So voll war es bei mir schon lange nicht mehr. Rachid gibt sein Bestes. Möchtest du den Lammeintopf probieren?«

Paul setzte hinzu: »Ich habe schon gegessen. Keine Ahnung, was Rachid alles in den Topf geworfen hat und wie er an die Zutaten gekommen ist, aber es schmeckt wunderbar.«

Nicolas zuckte unschlüssig mit den Schultern.

»Na, setz dich«, rief Estelle. »Du siehst etwas mitgenommen aus.« Sie sah sich in der Kneipe um. »Da drüben ist noch ein Platz am Tisch frei. Ich bin sicher, der Herr hat nichts dagegen. Er scheint mir recht einsam zu sein.«

Sie zeigte auf ein dürres, altes Männlein, das allein an einem kleinen Tisch direkt neben dem Klavier saß. Weniger aus Hunger denn aus Höflichkeit gegenüber Estelle und ihrem neuen Koch nahm Nicolas ihre Empfehlung an, ließ sie und Paul an der Bar zurück und bahnte sich einen Weg durch das eng gestellte Mobiliar.

»*Pardon*, Monsieur, gestatten Sie mir, dass ich mich zu Ihnen setze? Es ist sonst kein Stuhl mehr frei im Lokal.«

Der Alte sah auf.

»Aber selbstverständlich, junger Mann, nehmen Sie bitte Platz. *Bonjour*, Monsieur. Ich habe gern ein wenig Gesellschaft.«

Nicolas betrachtete ihn verstohlen, während er sich niederließ. Der Mann war gekleidet, als wäre er vor langer Zeit auf dem Weg in die Oper verloren gegangen. Die langen Schöße seines abgetragenen Fracks hingen rechts und links an den Seiten des Stuhls herab. Er trug ein nicht mehr ganz weißes Hemd und eine ebensolche Fliege, die so schlaff wirkte, als wäre sie schon viele Tausend Mal gebunden worden. Zwischen dem obersten und dem zweiten Knopfloch seines Hemdes steckte der Zipfel einer großen verwaschenen Serviette, die ihm bis auf den Schoß reichte und schon ein wenig bekleckert war. Der Mann aß Austern, die sich – bereits geöffnet – vor ihm auf dem Teller türmten. Er spießte sie mit der Gabel auf, eine nach der anderen, verzehrte sie, zügig wie Brot, scheinbar ohne besonderen Genuss. Zwischendurch trank er Champagner aus einem hohen Glas, in großen Schlucken, als wäre es Wasser. Die angebrochene Flasche stand auf dem Tisch, neben ihr ein weiteres, unbenutztes Glas. Ein schwarzer Geigenkasten lehnte auf dem Stuhl neben ihm.

»Ich verfuttere mein Reisegeld«, sagte der Alte plötzlich, ohne dass Nicolas etwas gefragt hätte. Er unterbrach das Essen für einen Moment und sah auf, während er die Gabel noch in der Hand hielt, die Zinken wie einen Dirigierstab auf Nicolas gerichtet. »Sie ahnen nicht, wie teuer so eine Überfahrt nach Amerika ist. Man bekommt ziemlich viele Austern und noch mehr Champagner dafür. Ich hatte auch nach Kaviar gefragt, aber diese Delikatesse führt man hier im Lokal momentan leider nicht.«

»Aber wieso ...«

»Ich brauche mein Budget nicht mehr. Meine Pläne haben sich geändert. Bitte bedienen Sie sich!«

Der Mann schob Nicolas die Champagnerflasche und das leere Wasserglas zu. Verblüfft über die merkwürdige Erscheinung des alten Mannes goss Nicolas sich etwas ein und nahm einen Schluck.

»Was ist geschehen?«

Der Alte schien tatsächlich erfreut zu sein über Nicolas' Gesellschaft und begann wortreich zu erzählen.

»Nun, ich bin schon vor einigen Wochen in diese schöne Stadt gekommen, in der Hoffnung, in Kürze nach Amerika aufbrechen zu können. Aber so schnell geht das bedauerlicherweise nicht, wie ich erfahren musste. Also habe ich gewartet, wie wir jetzt alle warten, wir Heimatlosen. Auf eine Antwort, auf einen Bescheid vom Amt, auf die Genehmigung, endlich abreisen zu können. Ich hatte einen Vertrag für eine Anstellung in Übersee. Bei einem guten Orchester in Buenos Aires, ich bin Musiker, wie Sie sicherlich ahnen.« Er wies auf den Geigenkasten neben sich. »Und ich wäre wirklich gern dorthin gereist. Aber dann hat sich die Beschaffung der nötigen Dokumente verzögert, und ich konnte nicht weg, obschon ich bereits das Billett für die Schiffspassage hatte. So ist es ja immer irgendwie. Es fehlen ein paar Papiere, der entscheidende Stempel, die richtige Unterschrift, was weiß ich. Bei mir war es die Ausreisegenehmigung. Sie kam und kam nicht. Stattdessen habe ich heute früh einen Brief aus Argentinien erhalten. Sie können nicht länger auf mich warten, schrieben sie, das Orchester muss Musik machen. Sie haben einen anderen Geiger eingestellt. So ist es nun. Alles perdu. Und so sitze ich hier und verprasse mein Geld, das ich gespart hatte für die

Überfahrt und für mein neues Leben in Buenos Aires. Denn es gibt kein neues Leben in Buenos Aires.«

»Aber, Monsieur, weshalb tun Sie das?«, rief Nicolas. »Warum versuchen Sie nicht, woanders eine Anstellung zu finden? Es gibt doch viele Orchester in dieser Welt.«

»Oh, das ist nicht so einfach, junger Mann, es gibt auch viele andere Geiger in dieser Welt, die gern musizieren, und ich habe nicht mehr viel Zeit.«

»Wieso? Sind Sie krank?«

»Nein, das nicht.« Der Mann senkte die Stimme, bevor er weitersprach. »Aber in der Tat bin ich ein wenig erschöpft. Unsereins fühlt sich wie ein gehetztes Wild, verstehen Sie? Und allmählich werde ich des Flüchtens müde. Gewisse Leute sähen es gerne, wenn ich nach Deutschland verfrachtet würde. Aber ich habe durchaus kein Verlangen, dorthin zurückgeschickt zu werden. Zweimal bin ich den Herrschaften schon entwischt, habe mich rechtzeitig von Breslau nach Paris abgesetzt und von dort hierher, als die Besatzer an die Seine kamen. Aber es steht zu befürchten, dass mir das kein drittes Mal gelingen wird. Es ist tragisch, finden Sie nicht? Ich war so kurz davor, Europa zu verlassen und in Sicherheit zu sein. Und jetzt? Endstation. Ich sitze in Marseille wie in einer Mausefalle. Weil ein Stempel fehlt.« Nach einer kleinen Pause setzte er hinzu: »Sie sind Franzose, nicht wahr?«

Nicolas nickte schweigend.

»Genießen Sie Ihr Leben, junger Mann. Genießen Sie es, frei und sorglos in den Tag hineinleben zu können. Das ist ein großes Geschenk.«

Noch einmal nickte Nicolas, beklommen diesmal.

»Und weil ich nicht weiß, wie lange ich noch zu leben habe«, fuhr der alte Mann fort, »koste ich alles aus, was es gibt. Wissen Sie, dass ich bis zu diesem Tag noch nie Austern gegessen habe?«

Nicolas betrachtete den Alten, wie er die Gabel zur Seite legte und Zitronensaft über die Austern träufelte, dann eine Muschel vom Teller nahm und sie schlürfte.

»Ich glaube«, sagte der Mann nachdenklich, »im Grunde mag ich gar keine Austern, egal, auf welche Weise ich sie esse.«

»Ich auch nicht«, entgegnete Nicolas leise.

Der Alte lächelte. Es fehlte ihm ein Zahn.

»Findet ihr nicht auch, dass es Zeit ist für ein bisschen Musik?«

Es war Paul, der diese Frage laut und in bester Laune durch das Lokal johlte. Ohne eine Antwort abzuwarten, schlenderte er zum Klavier hinüber, klappte den Deckel auf, setzte sich auf die Bank und begann zu spielen. Augenblicklich war das Petit Poisson erfüllt von Rina Kettys »J'attendrai«. Dazu sang Paul mit seiner eigenwilligen rauen Stimme das sentimentale Lied vom sehnsüchtigen Warten auf die Rückkehr des Geliebten:

»J'attendrai … Le jour et la nuit, j'attendrai toujours ton retour …«

Nicolas sah, wie der alte Mann nach den ersten Takten der Musik das Essen unterbrach und dann den Teller mit den Austern zurückschob. Er drehte sich um und starrte Paul an, als traute er seinen Ohren nicht.

Schließlich erhob er sich, zog die Serviette ab und warf sie auf den Tisch. Er holte die Geige und den Bogen aus dem Kasten und stellte sich neben das Klavier, um wenig später in die Melodie einzufallen. Mit geschlossenen Augen und voller Hingabe begleitete er Pauls Klavierspiel und seinen Gesang mit der Geige. Es klang ein wenig schief, weil die Saiten nicht gestimmt waren. Aber die Leute im Lokal lauschten atemlos. Nach zwei Strophen ließ er unvermittelt das Instrument sinken, während Paul weiter auf dem Klavier klimperte. Der alte Mann schlich zurück zu seinem Tisch. Vorsichtig legte er Geige und Bogen zurück in den Kasten. Er klappte den Deckel zu, legte einen Geldschein neben den halb leer gegessenen Teller mit den Austern und schlich zur Tür. Als er ihm einen Abschiedsgruß zunickte, sah Nicolas, dass dem Alten die Tränen über das ausgemergelte Gesicht liefen.

»Paul hätte nicht so ein trauriges Lied spielen dürfen.«

Estelle kam mit einem Tablett heran, als der Mann gegangen war, und räumte das Geschirr zusammen. Sie seufzte. »Wie kann er so ein schrecklich trauriges Lied vom Warten singen, wo mein Laden voll ist von Leuten, die verzweifelt auf irgendetwas warten. Seit Tagen, seit Wochen vielleicht schon warten, und möglicherweise gar nicht mehr wissen, worauf. Nicht wissen, ob sie jemals ihre Heimat oder ihre Liebsten wiedersehen werden. Oder ob sie wenigstens ein Billett für die Reise nach Wasweißichwohin erhalten.«

Estelle nahm Nicolas das geleerte Glas ab, füllte es mit dem Rest des Champagners auf und legte die leere

Flasche auf das Tablett. Nicolas drehte das Glas nachdenklich in der Hand, ohne zu trinken.

»Was ist nur mit unserem Land passiert, Estelle? All die fremden Menschen in der Stadt, so viele Schicksale, so viel Leid. Der Geiger hier, der die Austern bestellt hat … Was er mir erzählt hat, das ist so tragisch.«

Estelle, die gerade zur Theke zurückgehen wollte, hielt inne. Sie stellte das beladene Tablett auf dem Tisch ab und sah Nicolas an.

»Was ist los mit dir? Seit wann interessierst du dich für die Sorgen anderer Leute? Warst du nicht immer derjenige, der gesagt hat: Ich habe an meinem eigenen Kummer genug zu tragen? Bestenfalls hast du dich darüber beklagt, wie schwierig es ist, den passenden Grün- oder Blauton auf deiner Palette zusammenzumischen, wenn man die richtige Farbtube gerade nicht kaufen kann …«

Nicolas schwieg und trank einen Schluck Champagner. Dann sagte er: »Es ist ja nicht nur das Gespräch mit dem Alten hier, was mich bedrückt. Ich hatte ein paar unerfreuliche Begegnungen in den letzten Tagen. Ich habe nachgedacht. Was sind das für unsympathische Leute, die neuerdings das Sagen haben bei uns? Kennst du Philippe Arnaud, den Vize-Polizeichef? So ein großer Typ mit eckigem kahlem Schädel, der sitzt ihm auf den Schultern wie ein Pflasterstein.«

Estelle schüttelte den Kopf.

»Ich habe von ihm gehört, aber ich befürchte, das ist einer der wenigen Herren dieser Stadt, die mich in meinem Etablissement noch nicht besucht haben.«

»Er will sich unbedingt Irènes Porträt ins Büro

hängen«, fuhr Nicolas fort. »Er bietet viel Geld und droht mir gleichzeitig, ich würde nie wieder etwas ausstellen dürfen, wenn ich es ihm nicht verkaufe. Was maßt sich dieser Mann eigentlich an? Ist er Napoleon?«

»Vermutlich hält er sich dafür. Und nun? Wirst du ihm das Bild verkaufen?«

»Natürlich nicht«, entgegnete Nicolas heftig. »Du weißt, dass ich mich im Leben nicht davon trennen werde. Es ist das Letzte, was mir von Irène geblieben ist.«

Estelle bedachte ihn mit einem langen, sanften Blick.

»Vielleicht würdest du besser über deinen Schmerz hinwegkommen, wenn du nicht jeden Tag in ihr Gesicht sehen würdest. Wie lange ist es her? Drei Jahre jetzt, oder? Das Leben geht weiter, Nicolas. Jeden Morgen fängt ein neuer Tag an. Jeder Tag bietet die Chance für ein neues Leben. So wie ich Irène kennengelernt habe, bin ich mir sicher, sie würde nicht wollen, dass du ihr ewig nachtrauerst. Warum verkaufst du das Bild nicht einfach und öffnest dein Herz?«

»Würdest du deinen rechten Arm oder dein linkes Bein verkaufen? So geht es mir mit dem Bild. Es ist ein Teil meines Lebens, ein Teil von mir.«

Estelle setzte sich Nicolas gegenüber auf den Stuhl und verschränkte die Arme auf dem Tisch.

»Ich habe neulich von einer seltsamen Geschichte gehört. Ein Mann hat sich in den Bergen verirrt und ist in eine Felsspalte gestürzt. Dabei verklemmte er sich einen Finger unglücklich zwischen den Steinen und konnte ihn nicht mehr herausziehen. Niemand wusste, wo der Mann war, niemand konnte ihn retten. Er selbst konnte sich nicht befreien. Was glaubst du, was dieser Mann gemacht hat?«

»Ich weiß es nicht. Vermutlich ist er verhungert.«

»Das wäre er ganz sicher, wenn er nicht den Mut aufgebracht hätte, sein Messer aus der Tasche zu ziehen und sich selbst den Finger abzutrennen.«

»Hör auf, Estelle, das ist ja grausam.«

»Ja, grausam war es in der Tat, aber so hat er überlebt. Und bei dir ist es nur ein Bild.«

»Es täte genauso weh«, sagte Nicolas trotzig.

»Denk mal darüber nach.«

»Sprich nicht weiter davon, bitte.«

Estelle nickte.

»Wie ist eigentlich deine Vernissage gelaufen?«, erkundigte sie sich, als sie ihm wenig später das Essen brachte.

»Ich habe ein paar Bilder verkauft. Der Galerist ist sehr zufrieden. Das Publikum war gemischt, ein paar unangenehme Leute waren dabei. Dieser Arnaud, von dem ich gerade erzählte, der mich wegen Irènes Porträt nicht in Ruhe lässt, und ein kleiner Staatsanwalt. Alain Fabron, ein unsympathischer Typ. Redet von entarteter Kunst, als wäre er Hitler persönlich.«

»Staatsanwalt Fabron? Ah, ja. Angeblich mischt er in der Politik mit. Wie ich hörte, strebt er eine Karriere in der Volkspartei an. Tja, das Schlimme ist, dass gerade solche Leute heutzutage in dieser Hinsicht viel Erfolg haben.«

»Kennst du ihn?«

Estelle lächelte. »Nicht besonders gut. Ich weiß nur von seinen Karriereplänen und dass das nicht leicht sein wird für ihn.«

»Wieso sagst du das? Was ist mit ihm?«

»Ich kann dir versichern, er ist nicht der harte Hund, für den er sich ausgibt. Eher ein Mitläufer. Ich glaube, dass seine Grobheit eine Maske ist, hinter der er sein zurückhaltendes, ängstliches Wesen versteckt.«

Nicolas runzelte die Stirn.

»Ein zurückhaltendes Wesen? Bist du dir sicher, dass wir denselben Mann meinen?«

»Ganz sicher. Er war ein paar Mal hier im vorigen Jahr. Hat an der Bar gestanden und große Reden geschwungen. Schneidig anzusehen ist er ja mit seinem akkuraten Haarschnitt und dem feschen Bart, aber im Grunde ist er schüchtern wie ein Schuljunge. Wenn sich eines meiner Mädchen zu ihm gesellt hat, dann hat er kaum mehr den Mund aufbekommen. Einmal, nach drei oder vier Drinks, ist er mit einer von ihnen raufgegangen. Aber die beiden waren schnell wieder unten. Manchmal klappt es eben nicht. So was kommt vor.« Sie räusperte sich. »Na ja, eines Abends stand er wieder an der Bar, als der Bursche reinkam, der mir immer die Weinkisten in den Keller trägt. Es war ein entsetzlich heißer Tag, der Kerl hatte kein Hemd an. Er trug je einen Kasten auf seiner breiten Schulter, und seine Armmuskeln wölbten sich, als wäre er Apoll höchstpersönlich. Dabei lief ihm der Schweiß in Strömen über den nackten Oberkörper, sodass seine Haut glänzte, als wäre er eingeölt. Himmel, da hättest du Alains Augen sehen sollen, Nicolas! Plötzlich ging ein

Strahlen über sein Gesicht, wie ich es bei ihm nicht für möglich gehalten hätte. Seine Augen begannen zu leuchten vor Lust und Lebensfreude, während er dem anderen nachsah, wie der durchs Lokal schritt, mit dem kleinen strammen Hintern in der Hose. Ach, Nicolas, da war mir auf einmal klar, was mit dem Mann los ist. ›Monsieur‹, sage ich leise zu ihm, ›jetzt verstehe ich, dass es vergebliche Liebesmüh ist, wenn meine Mädchen mit Ihnen poussieren …‹ Er erschrak ganz fürchterlich und errötete aufs Heftigste, und da wusste ich, dass ich nicht irrte. Ich sagte ihm, vielleicht möge er mal im La Mirage vorbeischauen, drüben bei den Matrosen am Überseehafen. Er solle nach Serge fragen und ihn schön von Estelle grüßen. Da würde er seinesgleichen kennenlernen … ›Aber Madame,‹ entgegnete er und gab sich entrüstet, wand sich wie ein Fisch an der Angel, ›was reden Sie denn da.‹ Ich sagte ihm, sein kleines Geheimnis sei bei mir gut aufgehoben. Er könne sich darauf verlassen, dass ich niemandem etwas verraten werde. – Nun«, schloss Estelle. »Seitdem ist er nie wieder hier gewesen. Und ich habe mein Versprechen gehalten und niemandem davon erzählt, jedenfalls bis zu diesem Moment.«

Nicolas verharrte einen Augenblick ungläubig schweigend.

»Du meinst, dieser Alain Fabron liebt – Männer?«

Estelle nickte.

»Ja, und er quält sich damit, diese Neigung geheim zu halten. Es wäre eine Katastrophe für ihn, würde das an die Öffentlichkeit gelangen. Jedenfalls könnte er seine große Karriere vergessen. Bei den Faschisten ist die *liberté,* wie wir alle wissen, nicht besonders verbreitet, und schon gar nicht in dieser Hinsicht. Denkst du, sie würden einen Schwulen je in die Parteiführung wählen? – Aber nun lass uns nicht länger darüber reden. Paul kommt zurück. Er sollte solche Sachen besser nicht erfahren, er kann in letzter Zeit manchmal seinen Mund nicht halten, vor allem, wenn er zu viel getrunken hat.«

Kapitel 16

An der Hauswand neben der Eingangstür stand eine Reihe von Koffern, als Nicolas zurückkam. Auf dem größten saß Camille, der jüngste Sohn der Seligmans, und schlug rhythmisch mit den Absätzen seiner Schuhe dagegen, während er einen Spatzen beobachtete, der vor ihm über den Gehweg hüpfte. In den Händen hielt er ein rotes Spielzeugauto aus Blech.

»Camille!«, rief Nicolas. »Was tust du da? Was ist hier los?«

Er ahnte die Antwort und war dennoch erschrocken, als Camille sie ihm gab, mit einem fröhlichen und ahnungslosen Lächeln im Gesicht.

»Wir müssen verreisen, Monsieur Guyot. Heute Morgen waren zwei Männer bei uns zu Besuch. Sie haben gesagt, dass sie uns gleich abholen kommen, und wir mussten ganz schnell alles zusammenpacken. Papa ist schon weg. Und Mama und Odette sind noch oben und holen die letzten Sachen.«

Wie aufs Stichwort traten die beiden aus der Haustür. Madame Seligman trug einen schweren Korb in den Händen, dessen Inhalt mit einem Geschirrtuch abgedeckt war. Camilles Schwester, gerade dem Alter entwachsen, in dem Mädchen mit Puppen spielen, hielt ein paar Bücher im Arm, die sie mit einem Gürtel zusammengebunden hatte.

»Was ist passiert, Madame?«, erkundigte sich Nicolas. »Und wo ist Ihr Mann?«

Die Nachbarin sah ihn an, mit tiefen dunklen Rändern unter den müden Augen. Sie war gezeichnet von Sorgen und Schlaflosigkeit.

»Meinen Mann haben sie schon vorhin abgeholt«, antwortete sie. »Die Kinder und ich, wir werden in ein anderes Lager gebracht.«

»Mein Gott, wie furchtbar. Hat Madame Bonnard etwa …«

»Nein, nicht Madame Bonnard. Madame Thauvin war diejenige, die uns den Behörden gemeldet hat. Und ich glaube, sie hat sogar das Gefühl, das Richtige getan zu haben.«

Nicolas nickte stumm.

»Aber warum sind Sie nicht geflohen?«, fragte er schließlich leise. »Wenn man Ihnen doch schon Zeit zum Packen gegeben hat.«

Madame Seligman zuckte mit den Schultern.

»Wie soll das gehen? Wohin sollte ich fliehen mit den Kindern? Und wie sollte ich dann je meinen Mann wiederfinden? Wir hoffen einfach, dass sich die Dinge bald wieder normalisieren und dass man uns dann freilässt. Wir haben ja nichts verbrochen.«

Ein Lastwagen kam in großer Geschwindigkeit die Straße entlanggerast und hielt mit quietschenden Bremsen vor dem Haus. Seine offene Ladefläche war mit einer hohen grauen Plane überspannt, die an den Seiten ein Stück hochgerollt war. Darunter saßen schweigend und mit ernsten Gesichtern ein paar Frauen und Kinder zwischen ihrem Gepäck. Zwei Uniformierte stiegen aus der Fahrerkabine.

»Familie Seligman?«, rief der eine. Die Frau nickte. Der Mann ließ den Blick über die Reihe von Koffern wandern.

»Das ist zu viel Gepäck«, stellte er fest. »Pro Person ein Koffer.«

»Aber, Monsieur«, wandte Madame Seligman ein. »Wir wissen nicht, wie lange wir fortbleiben. Die Kinder brauchen doch …«

»Pro Person ein Koffer«, wiederholte der Mann unwirsch. »Der Rest bleibt hier.«

»Ich kann auch einen Koffer tragen«, rief Camille und sprang auf. »Ich bin schon groß.«

Er reichte Nicolas sein Blechauto.

»Bitte, Monsieur Guyot. Bitte passen Sie auf mein Auto auf, bis ich wiederkomme. Es steckt ein Schlüssel darin, damit man es aufziehen kann, und dann fährt es von selbst. Sie dürfen den Schlüssel aber nicht verlieren. Sonst funktioniert es nicht.«

»Na klar. Ich verstehe.« Nicolas nahm das Spielzeug in die Hand. »Ich passe gut darauf auf.«

»Danke. Jetzt habe ich die Hände frei und kann beim Gepäcktragen helfen. Sie dürfen auch gerne einmal mit dem Auto spielen. Aber wenn wir wieder zu Hause sind, dann komme ich gleich zu Ihnen und hole mir mein Auto wieder ab.«

»So machen wir das, Camille.« Nicolas versagte beinahe die Stimme. »Das ist eine gute Idee.«

Camille hob den kleinsten Koffer auf. Er musste all seine Kräfte aufbieten, um ihn vom Boden zu heben. Ächzend schleppte er ihn zum Wagen, wo ihm einer der Uniformierten das Gepäck abnahm und es auf die Ladefläche warf.

Madame Seligman und Odette nahmen je einen Koffer und brachten sie ebenfalls zum Wagen, bevor sie alle drei zu den anderen Leuten auf die Ladefläche stiegen. Ein Koffer war an der Hauswand stehen geblieben.

»Ich kümmere mich darum«, rief Nicolas, als er den bangen Blick bemerkte, den die Nachbarin ihm zuwarf. »Machen Sie sich um den Koffer keine Sorgen. Auf Wiedersehen, Madame, auf ganz bald. Ich wünsche Ihnen …«

Der Rest seines Satzes ging im Dröhnen des angeworfenen Motors unter. Dann setzte sich der Wagen in Bewegung und rollte in zunehmender Geschwindigkeit die Straße hinunter. Noch lange sah Nicolas Camilles kleine Kinderhand, die aus der Plane herausschaute und ihm winkte. Er presste das Blechauto an seine Brust und sah dem Lastwagen nach, bis er hinter der nächsten Straßenecke verschwand.

Kapitel 17

»Lass uns heute an den Strand fahren«, schlug Georg beim Frühstück vor. Es war ein früher Sonntagmorgen. Draußen in den engen Straßen des Panierviertels war es noch ruhig. Juline ließ die Kaffeetasse sinken, aus der sie gerade einen Schluck nehmen wollte.

»Aber wir sind doch für heute mit den anderen verabredet! Wir müssen die nächste Flugblattaktion vorbereiten. Und du wolltest deinen Artikel für die *Vérité* fertig schreiben. Wie kannst du das vergessen? Wir haben keine Zeit für Strandbesuche.«

Georg schüttelte den Kopf. »Das habe ich nicht vergessen. Aber wir müssen vorsichtig sein. Das Spektakel in der Kunstakademie hat eine Menge Wirbel ausgelöst. Ich hörte in der Bäckerei, wie die Leute darüber reden. Wir wollen besser nichts riskieren und sollten eine kleine Pause einlegen. Ich habe das Treffen abgesagt.«

»Warum denn? Was soll schon passieren? Wir sind vorsichtig und reden leise. Madame Hortense ahnt nicht, was wir hier oben besprechen. Ein paar Studenten treffen sich und diskutieren miteinander. Das ist doch nichts Ungewöhnliches. Wer soll uns da verdächtigen?«

»Madame Hortense ist nicht die Einzige im Haus. Was ist mit den Leuten in den anderen Wohnungen? Wenn da jemand an unserer Tür lauscht? Die Polizei hat ihre Spitzel überall. Und die Behörden sind misstrauisch geworden. Vor allem gegen Fremde. Wer aus dem Norden nach Marseille gekommen ist, ist grundsätzlich verdächtig. Sie wissen jetzt, dass da im Untergrund etwas vor sich geht, was sie nicht unbeobachtet lassen können. Wenn sich die Wogen etwas geglättet haben, machen wir weiter.«

»Na gut. Das kann ja nicht so lange dauern.«

Juline trank einen Schluck aus ihrer Tasse, verzog aber gleich das Gesicht.

»*Mon Dieu*, hoffentlich gibt es bald wieder richtigen Kaffee. Wie sehr ich dieses grässliche Ersatzgebräu verabscheue.«

Georg blickte sie ernst an.

»Der schlechte Kaffee ist weiß Gott nicht unser größtes Problem.«

»Ich weiß. Entschuldige, es ist geradezu lächerlich, sich darüber zu beklagen. Aber manchmal vermisse ich unser früheres schönes, ruhiges Leben doch …«

Er nahm ihre Hand.

»Heute machen wir uns einen schönen, ruhigen Tag am Strand. Nur du und ich und der Blick aufs Meer.«

»Ach, das klingt wunderbar. Ja, wenn wir schon nicht arbeiten können, dann sollten wir wirklich versuchen, diesen Tag ein wenig zu genießen.«

Wenig später stiegen sie am Alten Hafen in die Trambahn Linie 83. Sie fanden zwei freie Plätze nebeneinander im hinteren Teil des Waggons. Alle Fensterscheiben waren aufgeschoben, aber der Fahrtwind wehte nur heiß und träge herein wie Wüstenluft. Georg trug die Badetasche und den kleinen, zusammengeklappten Sonnenschirm auf dem Schoß, den Madame Hortense ihnen ausgeliehen hatte. Juline lehnte den Kopf an seine Schulter und genoss den Blick durch die breiten Fenster, vor denen erst das Hafenpanorama mit dem Wald von Masten und zusammengerollten Segeln der ankernden Schiffe vorüberzog, dann das imposante Fort Saint-Nicolas mit seinen gewaltigen, in der Sonne gleißenden Mauern und der hoch über dem Hafenausgang gelegene Pharo-Palast mit seinem prächtigen Park. Südlich des Hafenviertels passierten sie die eleganten Villen von wohlhabenden Öl- und Seifenfabrikanten und anderen gut betuchten Geschäftsleuten des vergangenen Jahrhunderts am Straßenrand. Da hatte die Bahn längst die Stadt verlassen und rollte die Corniche entlang, die schmucke Küstenstraße, die zur Rechten bald spektakuläre Blicke auf das türkisfarbene Meer freigab. Auf der linken Seite der Fahrbahn ragten steile, helle Felswände in den azurblauen Himmel, dazwischen dorniges graues Gestrüpp und flach wuchernde, dickblättrige Pflanzen, aus denen rosarote Blüten leuchteten.

Nachdem sie eine halbe Stunde lang gefahren und an den verschiedenen Haltestellen immer wieder Leute zu- und ausgestiegen waren, rief der Fahrer schließlich: »Terminus! Endstation Pointe Rouge. Bitte alle aussteigen.«

Die Tram hielt am Ende der befestigten Straße, wo hinter ein paar knorrigen Kiefern rundgespülte Felsen flach zum Meer abfielen. Zischend öffneten sich die Türen.

»Ah, was für eine herrliche Luft hier draußen!« Juline atmete tief ein, nachdem sie die stickige Bahn verlassen hatten. Sie ließ den Blick über das ruhige tiefblaue Meer wandern und über den breiten Strand, auf dem reger Betrieb herrschte. Die Leute hatten ihre bunten Badelaken und Picknickdecken ausgebreitet, hier und da steckten bunte Sonnenschirme im groben Sand. Ein paar Mädchen standen im Kreis, die Füße im Wasser, und warfen einander einen Ball zu, andere Kinder tauchten und tobten durch die flachen Wellen, die sanft ans Land rollten. Weiter hinten auf dem Strand ließen zwei Jungen einen roten Drachen in den Himmel steigen. Während der Papierflügel kunstvolle Schleifen drehte, sprang ein kleiner weißer Hund heran und versuchte, sobald sich der Drachen dem Boden näherte, kläffend und hopsend das Spielzeug zwischen die Zähne zu bekommen. Doch jedes Mal, wenn er den Drachen beinahe erwischt hatte, schwang dieser sich wieder hinauf in Richtung Himmel. Juline lächelte über das unsinnige Treiben des kleinen Hundes.

Vor einer aus groben Brettern zusammengebauten Strandbar waren dicht an dicht zwei Reihen blauweiß gestreifte Sonnenschirme aufgestellt, alle Tische und Stühle darunter waren besetzt. Laute Stimmen und übermütiges Gelächter drangen bis zur Straße herauf.

Zwei Männer, die ebenfalls aus der Bahn gestiegen waren, standen unschlüssig am Straßenrand, als wüssten sie noch nicht, wie sie diesen Tag verbringen sollten, während eine stämmige junge Frau mit einem Picknickkorb in jeder Hand und vier kleinen Kindern im Schlepptau energisch auf den Strand zumarschierte.

Juline und Georg beobachteten das bunte Durcheinander.

»Ist es nicht unglaublich«, sagte Juline leise, »dass es Leute gibt, die ein ganz normales Leben führen? Die im Wasser planschen und lachen, als gäbe es nirgendwo Krieg, Angst und Verfolgung. Sie genießen ihr Leben in vollen Zügen. Mir kommt es hier vor wie in einer anderen Welt.«

Georg nickte.

»Wir wollen unser Leben heute auch genießen. Aber am Strand ist so schrecklich viel Lärm und Trubel. Lass uns lieber noch etwas weiter spazieren. Vielleicht finden wir irgendwo ein Plätzchen am Meer, an dem es etwas weniger turbulent zugeht.«

Er wies mit einem Kopfnicken auf einen kleinen gewundenen Pfad, der sich oberhalb des Meeres Richtung Süden dahinschlängelte.

»Du hast recht. Wir wollen lieber allein sein und den Tag in Ruhe verleben.«

Juline ließ ihre Hand in Georgs gleiten. Sie wandten sich vom Strand ab und schlugen den staubigen Weg ein, immer an der kniehohen weißen Steinmauer entlang, hinter der wilder Thymian, Myrte, Rosmarin und gelber Ginster blühten. Die Luft war erfüllt von üppigem Kräuterduft, der sich mit dem Salzgeruch des Meeres vermischte. Sie wanderten schweigend, immer mit Blick auf das Wasser, dessen tiefes Blau am Horizont mit der Farbe des Himmels verschmolz. In der Ferne ragten die kahlen Zacken einiger kleiner felsiger Inseln auf. Schon nach wenigen Schritten hatten Juline und Georg den Lärm des großen Strandes hinter sich gelassen, und ein paar Wegkehren weiter war nichts mehr zu hören als das ruhige, regelmäßige Geräusch der Wellen, die an das steinige Ufer schlugen, und das Sausen des Windes, der vom Meer her kam und sich in den Zweigen des Ginsters verfing. Hier und da erklang das rhythmische Zirpen einer Grille. Obwohl es erst Vormittag war, brannte die Sonne vom Himmel, und Georg krempelte bald die Ärmel seines Hemdes hoch. Juline genoss die schwere trockene Hitze auf der Haut.

»Ich kann mir nicht vorstellen, jemals wieder zu frieren«, sagte sie lachend. »Aber es wäre doch schön, wenn ich einen Sonnenhut dabeihätte.«

Georg blieb stehen und stellte die Tasche ab.

»Damit kann ich leider nicht dienen, aber ich habe immerhin etwas zu trinken für dich.«

Er holte eine Wasserflasche heraus und reichte sie Juline, die rasch ihren Durst löschte, bevor er selbst einige große Schlucke nahm.

Sie waren fast eine Stunde gegangen, ohne einem Menschen zu begegnen, als sie in der Nähe eines kleinen Fischerhafens eine schmale, von Felsen eingerahmte Bucht entdeckten, in der das flache Wasser türkisfarben schimmerte. Ein paar steinerne Stufen führten von der Straße hinunter zu einem kieseligen Strand, den sie ganz für sich hatten. Jenseits der Bucht ragte eine felsige Landzunge ins Meer, auf der zwischen den vom ewigen Wind flach gedrückten Sträuchern die Häuser einer kleinen Ortschaft zu sehen waren.

»Hier ist es himmlisch!« Juline lief voraus, die kleine Treppe hinunter. »Viel schöner als an dem großen Strand, wo all die Leute liegen.«

Sie breiteten Decke und Handtücher aus und schlüpften in ihre Badekleidung. Während Georg den Sonnenschirm aufspannte und neben der Badetasche in den Sand steckte, rannte Juline schon ins Wasser. Mit einem Juchzer ließ sie sich in die Wellen fallen.

»Komm!«, rief sie. »Es ist schrecklich kalt, aber wunderbar!«

Georg schwamm auf sie zu. Als er sie erreicht hatte, umfasste er ihre Taille und hob sie hoch in die Luft, bis sie die Füße auf seinen Hüften abstellen konnte, um von dort ins Wasser zu springen. Lachend und prustend tauchte Juline auf, und Georg fasste ihre Hände. So tobten sie durch die Wellen, bis sie außer Atem waren. Schließlich legte Juline die Arme um seinen Hals, und eng umschlungen ließen sie sich im Wasser treiben.

»Ich liebe dich, Juline«, sagte er, sein Mund nah an ihrem Ohr. »Ich bin so glücklich, dass ich dich gefunden habe. Wenn es nicht zynisch wäre, würde ich sagen, dass es doch etwas Gutes hatte, dass Hitler mich aus Berlin vertrieben hat, sonst wäre ich dir nie begegnet.«

»Da hast du recht. Es ist mehr als absurd, Hitler für irgendetwas dankbar sein zu müssen. Aber jetzt sind wir zusammen glücklich und bleiben es für immer und ewig, was auch passiert.«

»Ja, uns gelingt alles, wenn wir nur zusammen sind.«

Als sie einander küssten, war es Juline, als besiegelten sie erneut ein feierliches Versprechen.

Wenig später lagen sie Hand in Hand auf der Decke und ließen sich in der Sonne trocknen. Das Salz kitzelte auf ihrer Haut. Juline blinzelte zum wolkenlosen Himmel hinauf und betrachtete drei Möwen, die dort oben kreischend herumflogen.

»Danke!«, sagte sie. »Danke, dass du die Idee zu diesem Ausflug hattest. Es tut so gut, für ein paar Stunden aus Marseille herauszukommen. Wie still und friedlich es hier ist, ohne das Gelärme und Getümmel der Stadt. Ich bin froh, dass wir hergefahren sind. Was für ein traumhafter Tag. Ich werde ihn für immer im Gedächtnis behalten, so wie man einen kostbaren Ring in eine Samtschatulle legt, um sich wieder und wieder daran zu erfreuen. Ich will mich an das alles hier erinnern, wenn ich irgendwann einmal traurig sein sollte: an das Geräusch der Wellen, an die salzige Luft, an die tausend Schattierungen von Blau. Als wären wir in einem anderen Leben gelandet. Hier am Meer fühlt sich alles richtig an, es kommt mir so vor, als hätten Wind und Wasser all meine Sorgen weggepustet und meine Seele durchgespült.«

Georg lachte leise, aber liebevoll.

»Du bist ja eine Poetin, Juline.«

»Das weißt du doch. Vor allem liebe ich Gedichte.«

Sie rollte sich zu ihm herüber und küsste ihn. Sie

spürte, dass er mehr wollte als einen Kuss, aber sie protestierte. »Doch nicht hier«, flüsterte sie. »Was ist, wenn jemand kommt?«

»Wer soll denn schon kommen?«

»Was weiß ich. Lieber nicht ...«

Er küsste sie sanft, aber bedrängte sie nicht. Eng umschlungen dösten sie eine Weile in der Sonne. Schließlich richtete Georg sich auf und öffnete die Badetasche.

»So, es ist höchste Zeit für unser Picknick.«

Er nahm zwei Äpfel heraus, ein Stück Käse, etwas Weißbrot und sogar eine Flasche Wein.

»Oh, deshalb war deine Tasche so schwer! Wie bist du an diese Köstlichkeiten gekommen?«

»Ich habe keine Kosten und Mühen gescheut, um der Frau, die ich liebe, einen traumhaften Tag zu bereiten.«

»Das hast du geschafft. Danke!«

»Und, *voilà* – ich habe sogar daran gedacht, zwei Gläser und einen Korkenzieher mitzunehmen!«

Georg öffnete die Flasche und goss Wein in die beiden Gläser.

»Auf unser Wohl«, sagte er feierlich, als er sein Glas erhob. »Auf unsere Zukunft. Auf den Erfolg unserer Sache. Auf ein Leben in Freiheit.«

»Auf unsere Liebe. Auf den schönsten Tag, den ich seit Langem erlebt habe.«

Georg nahm einen Schluck, dann senkte er das Glas und sagte: »Sieh mal, die beiden Männer da oben an den Stufen. Sind das nicht die beiden, die vorhin mit uns in der Straßenbahn gesessen haben?«

Juline drehte sich um.

»Ja. Sie sind mit uns an der letzten Haltestelle ausgestiegen. Wahrscheinlich suchen sie auch einen versteckten Platz zum Baden. Schade, dass sie diese Bucht hier entdeckt haben. Ich wäre lieber mit dir allein geblieben. Es ist nicht mehr so romantisch, wenn auch andere Leute hier am Strand liegen.«

»Sie sehen eigentlich gar nicht aus wie zwei Burschen, die zum Baden gehen«, wunderte sich Georg. »Mit ihren ernsten Gesichtern. Sie haben keine Tasche dabei, kein Handtuch, keinen Sonnenschirm. Was wollen sie hier? Und überhaupt, wer geht schon mit so schweren Stiefeln zum Strand …«

Juline nickte. »Stimmt. Es ist merkwürdig. Jetzt kommen sie die kleine Treppe herunter, aber sie haben gar keinen Blick für das schöne Meer.«

»Ich habe kein gutes Gefühl«, raunte Georg und schien von einer plötzlichen Unruhe gepackt. »Gar kein gutes Gefühl. Sieh nur, wie sie uns anstarren. Sie kommen direkt auf uns zu.«

»Das muss nichts heißen. Vielleicht haben sie sich verlaufen und erhoffen sich Auskunft von uns.«

»Ich weiß nicht. Das gefällt mir nicht. Das gefällt mir überhaupt nicht. Ich wünschte …«

Georg brach ab. Die Schritte der beiden Männer knirschten über den Kies. Einen Fußbreit vor der Picknickdecke blieben sie stehen.

»*Bonjour* Madame, *bonjour* Monsieur«, sagte der eine von ihnen. Seine Stimme klang hart und blechern. »Verzeihen Sie die Störung. Sind Sie Georg und Juline Hasler?«

Kapitel 18

Ganz gegen seine Gewohnheit stellte Nicolas am Sonntagabend seinen Wecker und stand am folgenden Tag um sechs Uhr früh auf. Übers Wochenende war Juline nicht ins Atelier gekommen, und er musste sich eingestehen, dass er sich darauf freute, sie heute wiederzusehen. Leise die Melodie von »Tout va très bien, Madame La Marquise« vor sich hin pfeifend, machte er Ordnung im Zimmer, fegte den Boden, wobei er die Kreidemarkierungen für den blauen Stuhl ausließ, wischte den Tisch ab und reinigte die Paletten und Pinselgläser. Er spülte das schmutzige Geschirr, das sich in der Küche stapelte, verstaute die Bettdecke von seinem Sofa im Schrank, schnitt die verdorrten Blätter des Gummibaums ab und goss Wasser auf die trockene Blumenerde. Am liebsten hätte er auch noch die staubigen Fensterscheiben geputzt, aber da er nicht wusste, wie das zu bewerkstelligen sei, und er Madame Bonnard am frühen Morgen deshalb nicht belästigen wollte, beließ er es dabei, die vier bodentiefen Fensterflügel weit zu öffnen, sodass Licht und Luft hereinströmten.

So, dachte er, als er sich drei Stunden später ein

wenig erschöpft von der ungewohnten Arbeit zum ersten Kaffee und zur ersten Gitane des Tages auf den blauen Stuhl niederließ und sich zufrieden umsah, während er den Zigarettenrauch in die Luft blies. Nun kann sie kommen.

Aber sie kam nicht.

Es wurde zehn, es wurde elf, aber Juline tauchte nicht zum vereinbarten Termin auf. Nicolas hielt es bald nicht mehr auf dem Stuhl. Er lief wie ein gefangener Panther in seinem Atelier auf und ab. Er rauchte eine Zigarette nach der anderen und fragte sich erst, weshalb sie sich wohl verspäten mochte, und dann – nachdem er eine weitere Stunde vergeblich gewartet hatte –, weshalb sie nicht kam. War sie krank geworden? Hatte sie einen Unfall gehabt? Oder hatte sie ihrem Mann von den heimlichen Besuchen in seinem Atelier berichtet, und er hatte es ihr verboten, weiterhin herzukommen? War womöglich mit ihm etwas passiert? War seine Identität aufgeflogen? Es gab Tausend Gründe, weshalb Juline verhindert sein konnte, ihre Verabredung einzuhalten. Nur an den einen Grund, dass ihre Abwesenheit etwas mit den Flugblättern in der Kunstakademie zu tun haben könnte, weigerte sich Nicolas zu denken.

Er zog das Tuch von Julines unfertigem Porträt, trat einen Schritt zurück und betrachtete das Bild, auf dem sie noch immer zu einem Teil in Farbe, zum Teil in Gestalt von Kohlestrichen zu sehen war. Das Gesicht war schon beinahe fertig, ihr leicht geöffneter, lächelnder Mund, die schmale Nase, die Augenpartie, wenngleich noch ohne Brauen. Das strahlende Blau ihrer Iris hatte er gut getroffen. Er wusste es, ohne dass sie vor ihm saß. Erstaunt stellte er fest, wie vertraut ihm der Anblick ihres Gesichts war.

»Wo bist du?«, murmelte er.

Nicolas nahm Pinsel, Palette und Farbtuben zur Hand und mischte einen hellen Hautton an, um ihre Wangen weiter herauszuarbeiten. Aber schon nach wenigen Pinselstrichen ließ er die Geräte wieder sinken und legte sie zurück auf den Tisch. Es war unmöglich, an ihrem Bild zu arbeiten, ohne Juline vor sich zu haben. Er konnte sie nicht malen, ohne ihre kleinen Bewegungen und ihr lebhaftes Mienenspiel zu sehen, ohne ihre Stimme zu hören und ihr Lachen. All diese kleinen Gesten, die Bewegungen ihrer Lippen und Augen, der wechselnde Tonfall, während sie miteinander sprachen ... All das ist es, was ein Bild zu einem lebendigen Porträt macht, dachte Nicolas, und nicht zur Kopie einer Wachsfigur.

Er vermochte den Blick nicht von der Leinwand zu wenden, von der ihn Julines Augen lächelnd ansahen. Vielleicht, dachte er, und dieser Gedanke erfüllte ihn mit einer sonderbaren Traurigkeit, vielleicht wird dieses Bild für immer unvollendet bleiben. Was ist, wenn ich sie nie mehr wiedersehe?

Was ihn am meisten erschreckte, war die Tatsache, dass er Juline vermisste. Mehr noch, dass ihn ihre Abwesenheit beunruhigte, dass er sich Sorgen um sie machte. Nicolas warf das Tuch wieder über die Leinwand, als könnte er dadurch die Gefühle auslöschen, die Julines Bild in ihm ausgelöst hatten.

»Was ist bloß los mit mir?«, schimpfte er lautlos mit

sich selbst, während er aufs Neue rauchend im Atelier auf und ab lief. »Was geht mich diese Frau an? Sie ist nur eine Kundin, eine Fremde bloß, die mich beauftragt hat, ein Bild von ihr zu malen. Ein Geburtstagsgeschenk für ihren Ehemann im Übrigen. Es ist ein Geschäft wie viele andere auch. Nun gut, womöglich wird nichts aus diesem Geschäft. Womöglich bleibe ich auf meinen Kosten sitzen. Na und? Eine Leinwand und ein paar Tuben Farbe … *Et alors?* Was rege ich mich auf! Ich hatte sie doch ohnehin nicht malen wollen. Ich hasse Auftragsarbeiten. Es ist gut so, wie es ist.«

Er versuchte froh darüber zu sein, dass Juline ihn versetzte, aber es gelang ihm nicht. Er vermisste sie so sehr, dass es wehtat.

Als es um kurz vor zwölf klopfte, stürzte Nicolas zur Tür, riss sie auf – und prallte erschrocken zurück, als er sah, dass Tatjana vor ihm stand.

»Aha«, machte sie spöttisch, als sie seinen verdutzten Gesichtsausdruck wahrnahm. »So sehnsüchtig hast du mich ja noch nie erwartet.«

»Komm!«

Nicolas hauchte ihr einen Kuss auf die Wange, legte den Arm um ihre Schultern und schob sie zurück in den Flur.

»Lass uns gehen. Ein Kaffee irgendwo draußen würde mir jetzt guttun. Es ist so stickig hier oben unter dem Dach, ich brauche dringend frische Luft.«

Mit diesen Worten zog er die Tür hinter sich ins Schloss.

»Weshalb die Eile? Hast du ein Geheimnis vor mir?«,

fragte Tatjana, während sie nebeneinander die Treppe hinuntergingen. Ihre Stimme klang vergnügt und unbeschwert. »Man könnte fast meinen, du möchtest etwas in deinem Atelier vor mir verbergen. Ich sehe es dir an deiner Nasenspitze an, *chéri*. Du planst eine Überraschung für mich, nicht wahr? Oh, ich weiß es! Du malst jetzt endlich ein Bild von mir. Endlich, endlich. Das ist es, habe ich recht?«

Nicolas war erleichtert, dass ihnen in diesem Moment der Admiral auf den Stufen entgegenkam und er Tatjana deshalb eine Antwort schuldig bleiben konnte.

»*Bonjour*, Monsieur«, sagte Nicolas liebenswürdig. »Alles in Ordnung heute?«

Der alte Mann schnaufte vor Anstrengung und krallte sich mit der rechten Hand ans Geländer, während er die Treppe hinaufstieg. Er nickte den beiden nur kurz zu und murmelte einen Gruß. Dieser Augenblick hatte gereicht, um Tatjana auf andere Gedanken zu bringen.

»Gehen wir ins Pain et Chocolat«, sagte sie. »Ich habe gehört, dass sie dort heute früh eine Lieferung echter Kaffeebohnen bekommen haben. Das wäre wunderbar. Hoffentlich ist das nicht nur ein Gerücht. Denkst du, es wäre möglich, dass sie es in der Stadt verbreiten, um Kundschaft anzulocken? So etwas soll es geben. Man weiß gar nicht mehr, was man heutzutage glauben soll.«

»Probieren wir es aus.« Nicolas war erleichtert, dass Tatjana nicht mehr von dem Porträt sprach. »Einen Pastis werden sie auf jeden Fall für uns haben.«

Wenig später saßen sie auf der Straßenterrasse eines

kleinen schäbigen Bistros am Cours Belsunce, betrachteten die vorbeifahrenden Autos, die ratternden Trambahnen und die Leute, die auf den Gehwegen auf und ab hetzten, und tranken abgestandene Pfefferminzlimonade. Die Sache mit der Kaffeelieferung hatte sich tatsächlich als Falschmeldung herausgestellt, wie so oft. Und nicht einmal ein Pastis war heute zu bekommen, wie der Wirt schulterzuckend erklärt hatte. Aber morgen, behauptete er, morgen gäbe es sogar wieder Champagner, das habe ihm der Großhandelsvertreter soeben versichert.

Die Leute im Lokal lächelten nur. Niemand glaubte ihm. So etwas hörte man jeden Tag irgendwo in der Stadt. Es war genauso wie mit den vielen anderen wilden Behauptungen, die in diesem Sommer durch Marseille schwirrten. Nichts von alledem stimmte. Dabei ging es nicht nur um Lebensmittel, es ging um Politik, um den Krieg, um die Lage der Tausenden von Flüchtlingen in der Stadt. Morgen kommen die deutschen Panzer nach Südfrankreich, hieß es einmal hinter vorgehaltener Hand, und tags darauf behauptete jemand, ganz im Gegenteil, die Engländer seien gerade dabei, die Deutschen aus Paris zu vertreiben, und bald habe es mit der Besatzung ein Ende. Mal war zu hören, es gebe ab sofort dreimal täglich eine direkte Schiffsverbindung von Marseille nach New York, während ein anderer aus sicherer Quelle erfahren haben wollte, dass der Überseehafen noch heute komplett geschlossen werden würde und der Bahnhof Saint-Charles im Übrigen auch. Es kursierten Berichte über abenteuerliche Fluchtversuche im doppelten Boden eines Gemüselasters, über mysteriöse Schiffe, die nie ankamen und nie abfuhren, und über großherzige Visabestimmungen im Konsulat eines Landes, dessen Namen niemand zuvor gehört hatte … Es waren absurde Meldungen, die das Durcheinander und die aufgeheizte Atmosphäre in der Stadt widerspiegelten, die Stimmung unter den vielen Flüchtlingen, die zwischen Hoffnung und Verzweiflung schwankte, mal Zuversicht verbreitete, mal in Zynismus umschlug. Nicolas hatte sich daran gewöhnt, dem Gerede keinen Glauben mehr zu schenken, egal, ob es um Kaffee oder Champagner, um Frontberichte oder Schiffsverbindungen ging. Im Moment interessierte ihn nichts, was über den Rand seines Limonadenglases hinausging. Zumindest solange ihm keiner sagen konnte, weshalb Juline ihn heute versetzt hatte.

Auch als ein Zeitungsjunge mit knielangen Hosen und einer flachen Schirmmütze auf dem Kopf die Straße heraufkam und mit heiserer Stimme die neueste Schlagzeile ausrief, hätte Nicolas ihn am liebsten gar nicht beachtet. Doch der Bursche schrie so hartnäckig, dass er nicht zu überhören war. »Sonderausgabe. *Édition spéciale*!«, verkündete er und wedelte dabei mit hoch erhobenem Arm so heftig mit der Zeitung, dass er sich beinahe selbst die Kappe vom Kopf gerissen hätte. »Razzia im Hafenviertel!«

»Oh!«, machte Tatjana erschrocken und stellte ihr Limonadenglas ab. »In meiner Nachbarschaft ist etwas passiert. Deshalb habe ich den ganzen Abend lang diesen schrecklichen Lärm und die vielen Polizeipfeifen gehört. Ich muss unbedingt wissen, was da los war. – He, Bursche, was kostet ein Blatt?«

Sie gab ihm ein paar Münzen, und der Junge legte eine Zeitung auf den Tisch, um gleich darauf rufend und winkend zum nächsten Lokal weiterzugehen.

Nicolas' Blick fiel auf den groß aufgemachten Bericht, der fast die ganze Titelseite einnahm. Sein Verstand weigerte sich zu glauben, was er dort sah. Aber in seinem tiefsten Inneren wusste er sofort, dass diese Nachricht kein Gerücht war. Sie erklärte, weshalb Juline heute nicht zu ihm ins Atelier gekommen war.

»Staatsfeindliche Revolte gestoppt!«, stand da in feuerroten Lettern. »Polizei hebt Widerstandsnest in Marseille aus. Drahtzieher sitzen in Haft.«

Unter dem fett gedruckten Text waren zwei Polizeifotos zu sehen. Das eine zeigte Juline, aber es war nicht die lebensfrohe, selbstbewusste Juline, wie Nicolas sie kennengelernt hatte. Mit ernstem, leerem Blick und zusammengepressten Lippen sah sie ihn aus der Zeitung an, ihre kurzen Haare waren zerzaust, der Kragen ihrer Bluse eingerissen. Vor ihrer Brust hielt sie ein Pappschild, auf dem eine fünfstellige Nummer, ihr Name und das Datum der Festnahme zu lesen waren. Dass der Mann auf dem anderen Foto Georg war, erkannte Nicolas erst auf den zweiten Blick. Er sah noch schlimmer aus als Juline. Sein rechtes Auge war zugeschwollen und durch einen großen schwarzen Bluterguss entstellt, unter Georgs Nase entdeckte Nicolas Spuren von getrocknetem Blut. Auch er trug ein Pappschild in der Hand, das die polizeilichen Daten dokumentierte.

Trotz der Hitze des Tages spürte Nicolas, wie ihm ein kalter Schauer über den Rücken lief, als hätte jemand ein Glas mit Eiswürfeln in seinem Kragen entleert.

»Was haben die zwei denn verbrochen?« Tatjana breitete die Zeitung aus und beugte sich neugierig darüber. »Sind das Mörder? Ist Marseille wieder sicherer, jetzt, wo die beiden im Gefängnis sitzen?«

»Nein«, antwortete Nicolas tonlos. »Ich befürchte, Marseille ist nicht sicherer geworden. Ganz im Gegenteil.«

»Wieso? Das begreife ich nicht, wo man die beiden Verbrecher doch gefasst hat. Sei so nett und lies mir den Artikel vor«, bat Tatjana. »Ich verstehe das geschriebene Französisch nicht so gut.«

Nicolas betrachtete Julines bleiches Gesicht auf dem Foto, dann den Bluterguss unter Georgs Auge. Langsam, Wort für Wort, las er Tatjana den Zeitungsbericht vor:

»Bei einer Razzia gegen Landesverräter hat die Polizei von Marseille einen Mann und eine Frau festgenommen. Sie stehen in dringendem Tatverdacht, eine Revolte gegen die Regierung von Marschall Pétain angezettelt zu haben. Durch Flugblätter, die sie in der Stadt verteilten, riefen sie die Bevölkerung zum Widerstand und zum zivilen Ungehorsam auf. Bei den beiden mutmaßlichen Drahtziehern handelt es sich um Georg und Juline Hasler, einen Schweizer Schriftsteller und seine Ehefrau, eine Studentin aus Paris. Die beiden sind getarnt als Hochzeitsreisende in die Stadt gekommen und haben hier ein Netzwerk von militanten Regimekritikern aufgebaut. Sie wurden an einer versteckten Bucht nahe dem Ort Les Goudes festgenommen, wo sie offenbar gerade weitere Aktionen zur Destabilisierung Frankreichs planten. Die Beschuldigten wurden umgehend ins Gefängnis Les Baumettes gebracht. Wie Staatsanwalt Alain Fabron erklärte, soll ihnen in Kürze wegen antinationaler Umtriebe der Prozess gemacht werden. Es droht ihnen …«

Die Buchstaben verschwammen vor Nicolas' Augen. Er las nicht mehr weiter.

»… die Todesstrafe«, vollendete Tatjana laut den Satz. *»›Peine de mort‹«*, wiederholte sie mit Blick auf den Zeitungsartikel. »Das Wort verstehe ich.«

Nicolas meinte für einen Moment, ersticken zu müssen. Als hätte ihm jemand eine Glasglocke über den Kopf gestülpt, die ihm die Luft zum Atmen nahm. Er hörte die Motorengeräusche auf der Straße nicht mehr und auch nicht das Gemurmel der Leute an den Nebentischen, er hörte nur noch, wie er keuchte, wie sein Herz wild und dumpf gegen den Brustkorb hämmerte. Gleichzeitig war er wie gelähmt, nicht in der Lage, einen klaren Gedanken zu fassen, auch nur einen Finger zu regen oder einen Fuß. Nicht einmal seine Augäpfel vermochte er zu bewegen. Er konnte nur noch wie gebannt auf den letzten Satz des Artikels starren: *»Ils sont menacés de la peine de mort.«*

Juline drohte die Todesstrafe.

»Was ist mit dir, *chéri*? Stimmt was mit der Limonade nicht?« Tatjana war die Veränderung in Nicolas' Gesichtsausdruck nicht entgangen. »Sag, was ist passiert?«

Es dauerte ein paar Sekunden, bis Nicolas seine Stimme wiederfand.

»Ich kenne die beiden. Sie waren auf meiner Vernissage.«

»Tatsächlich?«, rief Tatjana erschrocken. »Da waren Verbrecher auf deiner Vernissage?«

Nicolas schüttelte stumm den Kopf. Tatjana besah sich die beiden Fotos noch einmal eingehend.

»Uh, die beiden sehen wirklich furchtbar aus. Ich nehme an, sie haben sich gewehrt bei ihrer Festnahme, und die Polizisten haben nicht lang gefackelt. Hast du dich mit ihnen auf der Ausstellung unterhalten? Hoffentlich hast du dich damit nicht verdächtig gemacht. Bist du deshalb beunruhigt? Aber du konntest ja nicht ahnen, was für Verbrecher das sind, *chéri*. Oder hast du das gewusst?«

»Sie sind keine Verbrecher.« Nicolas senkte die Stimme zu einem Flüstern. »Verbrecher sind die anderen Leute. Diejenigen, die mit den Deutschen paktieren und andere bespitzeln. Die dafür sorgen, dass Leute wie Juline und ihr Mann mundtot gemacht werden und ins Gefängnis kommen.«

Er schwieg, erschrocken über seine eigenen Worte. Jetzt hob er doch den Blick von der Zeitung und sah sich um. Hatte jemand anders außer Tatjana hören können, was er gesagt hatte? Sein Herz schlug noch immer heftig. Wie es aussah, konnte man sich neuerdings schon mit Worten in Lebensgefahr bringen. Er musste vorsichtig sein.

Mit zusammengepressten Lippen betrachtete er die Leute, die an den anderen Tischen saßen, vertieft in eine Unterhaltung, in ihre Zeitungslektüre oder auch nur in der Betrachtung ihres Getränkes. Welche

Schicksale, Sehnsüchte, Enttäuschungen und Erwartungen mochten all diese Menschen hierhergetrieben haben? Und welche Verpflichtungen? Was taten sie hier? Wer waren sie wirklich? Die beiden Frauen in den dunklen Kleidern und den ausgetretenen Schuhen da drüben, warteten sie darauf, dass ein letztes Dokument abgestempelt wurde, damit sie heute Abend noch ihr Schiff besteigen konnten, das sie ans andere Ende der Welt bringen würde? Oder lauschten sie dem Gespräch am Nebentisch, um gleich mit der Nachbarin darüber zu tratschen? Und der Mann dahinten, der sich eine Zigarette nach der anderen anzündete, wartete er auf eine heimliche Geliebte, die er lange nicht gesehen hat? Oder war er von der Gestapo geschickt worden, um in Erfahrung zu bringen, ob es in diesem Lokal gefährliche Umtriebe gab, denen man nachgehen musste? War einer von ihnen derjenige, der Juline und Georg belauscht und verraten hatte? Was war passiert? Waren die beiden zu laut, zu unvorsichtig gewesen, während sie eine ihrer Flugblattaktionen planten? Wieso waren sie aufgeflogen? Und weshalb waren sie so übel zugerichtet worden? Nicolas' Gedanken drehten sich so schnell im Kreis, dass er Kopfschmerzen davon bekam.

»Du bist auf einmal so still, *chéri*. Worüber denkst du nach? Ich glaube, du brauchst dir keine Sorgen zu machen. Du konntest nicht wissen, was diese Leute im Schilde führten, als du bei deiner Vernissage mit ihnen gesprochen hast. Ich denke nicht, dass du deshalb Probleme bekommen wirst …«

Tatjana legte eine Hand auf seinen Arm. Nicolas umklammerte das Glas mit der lauwarm gewordenen Pfefferminzlimonade, als müsste er sich daran festhalten, um nicht zu ertrinken.

Plötzlich ließ er das Glas los. Er sprang auf und schob so heftig den Stuhl zurück, dass er mit der Lehne gegen die Hauswand prallte.

»Verzeih, ich muss weg, Tatjana. Sofort. Ich habe etwas sehr Wichtiges zu erledigen.«

»Aber, Nicolas, du hast deine Limonade ja kaum angerührt ...«

»Ein anderes Mal. Entschuldige bitte. Es ist wirklich dringend.«

Er hauchte ihr einen Abschiedskuss auf die Wange und ließ sie verblüfft zurück.

Kapitel 19

»Es tut mir leid, Monsieur, Staatsanwalt Fabron ist nicht zu sprechen. Er hat heute den ganzen Tag lang Verhandlungen.«

Die Vorzimmerdame schlug ein dickes, zerlesenes Terminbuch auf, das vor ihr auf dem Tisch lag, und blätterte darin. »Aber hier. Sie haben Glück. Ich kann Ihnen für übermorgen einen Termin eintragen. Ein Mandant hat gerade abgesagt. Um 16 Uhr 30 kann sich der Monsieur Staatsanwalt eine halbe Stunde Zeit für Sie nehmen.«

»Madame, ich muss den Staatsanwalt sofort sprechen«, entgegnete Nicolas ungeduldig. »Es eilt. Ich kann nicht bis übermorgen warten.«

Die Frau auf der anderen Seite des Bürotisches zuckte mit den Schultern und schlug das Buch wieder zu.

»Ich befürchte, das werden Sie müssen, Monsieur. Alle haben es immer eilig. Aber hier wird korrekt gearbeitet. Staatsanwalt Fabron ist sehr beschäftigt zurzeit. Wie sollte er sich auf die vielen Prozesse vernünftig vorbereiten, wenn ständig jemand mit irgendwelchen Extrawünschen dazwischenkäme. Ohne meinen Kalender gibt es keinen Termin. Punktum.«

»Können Sie mir wenigstens sagen, in welchem Verhandlungssaal er heute zu tun hat? Ich muss ihn nur kurz sprechen. Nur fünf Minuten in der Zigarettenpause. Ich bitte Sie, Madame. Es ist wirklich wichtig …«

Nicolas kramte in seiner Hosentasche und zog einen Geldschein heraus. Es war ein größerer Schein, als er erwartet hatte. Trotzdem legte er ihn auf den Tisch.

Die Sekretärin zögerte. Dann gab sie nach und griff nach der Note.

»Na gut. Saal 129. Erster Stock. Und sagen Sie ihm bitte nicht, dass Sie das von mir wissen.«

»Danke, dass Sie kooperativ sind!«

Nicolas verließ das Büro des Staatsanwaltes und machte sich in dem weitläufigen Gerichtsgebäude auf die Suche nach Saal 129. Die hohe Tür war geschlossen, als er ankam, dumpf klangen von innen Stimmen heraus in den Flur. Offenbar war die Verhandlung in vollem Gange, doch worum es ging, war hier draußen nicht zu verstehen. Wartend ging Nicolas an der langen Fensterfront auf und ab. Ein Bediensteter mit einer Aktenmappe unter dem Arm kam vorbei und musterte ihn, ohne etwas zu sagen. Gelegentlich öffnete sich die Tür eines der anderen Gerichtssäle, Menschen traten heraus und strömten unter angeregtem Geplauder durch den Gang. Dann war es wieder still. Es dauerte fast eine Stunde, bis endlich die Tür zu Nummer 129 aufging. Nur wenige Menschen kamen heraus. Offenbar war diese Verhandlung keine große Sache gewesen. Nicolas war enttäuscht. Wie er sich eingestehen musste, hatte er ein wenig darauf gehofft, dass es dabei um Juline gegangen war und dass er sie hier zumindest kurz sehen würde. Aber natürlich war das mehr als unwahrscheinlich. Immerhin kam als einer der letzten Prozessteilnehmer tatsächlich Staatsanwalt Fabron aus dem Saal.

»Verzeihung, Monsieur.« Nicolas stellte sich ihm in den Weg. »Bitte warten Sie einen Augenblick.«

Der Staatsanwalt blinzelte irritiert, als müsste er überlegen, woher er den Mann kannte, der ihn hier so unvermittelt ansprach. Dann schlich sich ein fragendes Lächeln in seine Gesichtszüge.

»Ah, Sie sind's, Monsieur Guyot, der Künstler. Welch eine Überraschung, Sie hier anzutreffen. Haben Sie im Gericht zu tun? Ich hoffe doch, dass Sie keinen Ärger haben …«

»Nein, es geht nicht um mich. Ich muss Sie dringend sprechen.«

»Oh. Das ist jetzt aber ungünstig. Bedauerlicherweise habe ich im Moment gar keine Zeit für eine kleine Plauderei, die nächste Verhandlung wartet auf mich. Bitte lassen Sie sich von meiner Vorzimmerdame einen Termin geben. Ich glaube, in der nächsten Woche …«

»Das geht nicht. Ich habe ein Anliegen, das sich nicht aufschieben lässt. Hören Sie mich bitte an, es dauert nur ein paar Minuten.«

Doch der Staatsanwalt winkte ab und ging auf eine Gruppe Anwälte zu, die in ihren Roben am Treppenabgang standen und sich miteinander unterhielten. »Da ist leider nichts zu machen. Haben Sie noch einen schönen Tag, Monsieur Guyot!«

Nicolas lief ihm nach.

»Sie müssen mich anhören. Sie wollen doch sicher nicht, dass Ihr kleines pikantes Geheimnis publik wird – oder?«

Fabron fuhr herum. Hektische Flecken färbten seine ohnehin schon rosigen Wangen noch röter.

»Wo ... wovon sprechen Sie? Was soll der Unsinn!«

Erschrocken sah sich der Staatsanwalt zu den anderen um, die – noch immer ins Gespräch vertieft – inzwischen die Stufen hinunterstiegen.

»Wir wissen beide, wovon ich rede, nicht wahr?«, fuhr Nicolas unerbittlich fort. »Oder ist es hier im Haus bereits bekannt, dass Sie gelegentlich im La Mirage einkehren?«

»Schweigen Sie still! Was fällt Ihnen ein, in aller Öffentlichkeit solche dreisten Behauptungen aufzustellen. Was denken Sie sich denn!«

Ihre Blicke trafen einander. Fabrons Augen flackerten. Nicolas holte tief Atem. Hoffentlich hatte sich Estelle nicht geirrt mit ihrer Beobachtung. Wenn sie verkehrt lag mit ihrer Einschätzung bezüglich Fabron und seiner Liebe zu Männern, dann konnte er hier nichts ausrichten, außer sich selbst zum Narren zu machen. Aber er wusste: Wenn irgendjemand sich mit Männern auskannte, dann war es Estelle. Nicolas beschloss, aufs Ganze zu gehen.

»Monsieur Fabron, Ihr Geheimnis ist bei mir gut aufgehoben. Ich werde weder Ihren Vorgesetzen noch sonst jemanden in dieser Stadt darüber informieren, dass Sie sich gern mit den schwulen Matrosen im La Mirage vergnügen. Sofern Sie mir einen kleinen Gefallen tun ...«

Fabron schnappte nach Luft.

»Das ist doch Blödsinn. Sie sind ja irre. Was sind denn das für groteske Behauptungen. Lügen, nichts als Lügen. Lassen Sie mich in Ruhe.«

Seine Wangen waren jetzt kreidebleich geworden.

»Ich habe Beweise.« Nicolas bluffte. »Es gibt ein paar eindeutige Fotografien aus dem La Mirage, und es würde Ihnen sicherlich nicht angenehm sein, wenn ich dem Generalstaatsanwalt einen Abzug davon zusenden würde. Oder gleich dem Justizminister.«

»Sie sind infam!«, stieß Fabron hervor. »Unterstehen Sie sich. Und reden Sie nicht über solche Dinge hier in der Öffentlichkeit, wo jeden Augenblick jemand vorbeikommen und das hören kann.«

»Einverstanden. Aber wir reden. Und zwar jetzt. Können wir uns hier irgendwo ungestört unterhalten?«

Fabron wies mit einem Nicken auf eine Holztür mit der Aufschrift »Messieurs«. Der Toilettenraum war leer, als sie eintraten. Fabron öffnete die beiden Kabinen, um sicher zu sein, dass auch von dort niemand zuhörte. Er klappte die Luke zu, lehnte sich an die Fensterbank und verschränkte die Arme vor der Brust.

»Also, Sie Erpresser. Was wollen Sie von mir?«

»Es wird Ihnen nichts passieren, Monsieur Fabron, das verspreche ich Ihnen, wenn Sie mir einen Wunsch erfüllen.«

»Es wird mir wohl nichts anderes übrig bleiben. Sprechen Sie! Was wollen Sie? Stecken Sie in Schwierigkeiten? Brauchen Sie einen Anwalt? Brauchen Sie Geld? Ich zahle Ihnen, was Sie wollen, wenn Sie den Mund halten. Und die Fotos vernichten. Sie ruinieren meine Karriere, Sie Lump, wenn Sie die veröffentlichen.«

»Ich weiß. Aber es geht nicht um mich. Es geht um das Paar, das man gestern am Strand bei Les Goudes festgenommen hat. Juline und Georg Hasler. Sie hatten das Vergnügen, die beiden auf meiner Vernissage kennenzulernen.«

»Ich weiß. Diese Landesverräter. Sie hetzen die Leute auf. Sie stellen die Autorität unserer Regierung infrage. Mit ihren Intrigen säen sie Zweifel in den Herzen der Franzosen, und die Kräfte der Erneuerung verlieren den Mut.«

»Nein, Monsieur, es ist genau andersherum. Menschen wie die Haslers geben den Franzosen ihren Mut zurück. Den Mut, sich aufzulehnen gegen den Pakt mit den Deutschen, gegen die Unterdrückung durch die Nationalsozialisten. Weil sie davon überzeugt sind, dass alle Menschen von Geburt an gleich viel wert sind. Dass kein Herrscher das Recht hat, Menschen zu unterdrücken, zu verhaften oder zu töten, nur weil sie eine andere Meinung haben.«

»Was reden Sie denn da für einen Unsinn? Wir leben in einem souveränen Staat mit einer unabhängigen Regierung.«

Fabron stand vom Fensterbrett auf, streckte den rechten Arm aus und begann zu deklamieren, wobei seine laute Stimme von den gekachelten Wänden des Toilettenraums widerhallte: »Mit Liebe zum Vaterland, mit eiserner Disziplin, mit Hingabe und tiefstem Vertrauen zu unserem geliebten Marschall Pétain werden wir das ewige Land Frankreich zu seiner neuen

Bestimmung führen. Und alle Menschen, die sich dem in den Weg stellen, werden hinweggefegt werden von der Entschlossenheit unserer Führer und vom Sturm der Begeisterung im Volke.«

Fabron hielt inne. Er wirkte erschrocken über die Lautstärke und den schnarrenden Klang seiner eigenen Stimme. Er ließ den Arm sinken und setzte sich wieder auf die Fensterbank.

»Jedenfalls ist das ein widerliches Pack, diese Haslers und ihre Leute«, fuhr er etwas leiser fort. Er schnaufte ein wenig, als hätte er sich sehr angestrengt. Dann zog er ein Tuch aus der Innentasche seines Sakkos und tupfte sich den Schweiß von der Stirn. »Sie sabotieren die stolze Zukunft Frankreichs. Wir sind froh, dass wir sie dingfest gemacht haben. Und die anderen bekommen wir auch noch. Was wollen Sie überhaupt von den Haslers?«

»Ich möchte, dass die beiden freikommen.«

Kapitel 20

Durch das vergitterte Fenster oben in der Wand sah Juline nichts als die schattige, fensterlose Mauer des Gebäudes, das nur wenige Meter gegenüberlag. Die Eisenstäbe vor der Scheibe teilten die graue Wand draußen in sechs kleine Rechtecke. Kein Sonnenstrahl fiel in ihre Zelle. Der schmale Raum, den sie sich mit zwei anderen gefangenen Frauen teilte, lag im trüben Licht. Die kahlen Wände waren bis in Kopfhöhe bekritzelt. Mit Nägeln, Kohlestücken und Lippenstift hatten frühere Insassen Botschaften dort hinterlassen. *»Eduard, je t'aime«*, entzifferte sie und an einer anderen Stelle: *»Pourquoi suffrir?«* Oh, ja, dachte Juline, warum muss man leiden? Eine Stelle der Wand war über und über bedeckt mit kleinen nebeneinandergesetzten Strichen, als hätte jemand die Tage gezählt, die er oder sie in diesem Kellerraum verbracht hatte. Es waren sehr viele. Juline fröstelte. Die Zelle war spärlich eingerichtet mit drei Schlafstellen, einem wackeligen Hocker und einem Blecheimer für die Notdurft in der Ecke, der heute noch nicht geleert worden war und einen üblen Geruch verbreitete. Juline hätte gern das Fenster aufgerissen und frische Luft hereingelassen, aber es lag zu hoch unter der Zimmerdecke, als dass sie es hätte erreichen können, selbst wenn sie den Hocker daruntergeschoben hätte, und es war auch kein Griff daran. Sie saß mit angezogenen Beinen auf der flachen, harten Strohmatratze, die ihr die Gefängniswärterin zugewiesen hatte, und war noch immer wie benommen vom Schock der vergangenen Stunden. Wie lang war es her, dass sie am Strand gelegen hatten, ahnungslos, die Sonne und das frische Wasser genießend? War das wirklich erst gestern gewesen? Es schien ihr eine Ewigkeit vergangen seitdem.

Juline schloss erschöpft die Augen. Dieser wunderschöne Tag hatte sich urplötzlich in den schrecklichsten Tag ihres Lebens verwandelt. Sie sah wieder die beiden Männer vor sich, die plötzlich aufgetaucht waren. Sie hörte ihre kalten Stimmen: »Georg und Juline Hasler, Sie sind festgenommen wegen des Verdachts auf Verabredung zum Landesverrat. Bitte kommen Sie mit!«

Wie ein Albtraum erschien ihr das alles: wie die Männer sie vom Strand weggeführt und wenig später in einen Polizeiwagen geschubst hatten, wie sie zum Gefängnis gebracht worden waren, wo man sie und Georg getrennt hatte. Sie erinnerte sich daran, wie man ihr Fußfesseln angelegt hatte und sie in einem kahlen, fensterlosen Raum verhört worden war. »Wer gehört noch zu Ihrer Gruppe? Nennen Sie uns die Namen. Wo treffen Sie sich?« Wie sie die Zähne zusammengebissen und geschwiegen hatte, so sehr sie die beiden Polizisten sie auch bedrängt und bedroht hatten. Wie die Aufseherin sie schließlich grob gepackt, durch die langen Gänge des Gefängnisses geschleppt und in diese Zelle gestoßen hatte. Noch immer schallte das laute metallische Geräusch durch Julines Kopf, das sie gehört hatte, als die drei schweren Riegel vorgeschoben wurden. Klack-klack-klack! Wie endgültig es geklungen hatte.

Juline war wie betäubt. Sie vermochte nicht zu sagen, wie lange sie schon hier saß. Man hatte ihr die Armbanduhr abgenommen. Sie hatte jedes Zeitgefühl verloren.

Zwischendurch war es dunkel gewesen. Das musste die Nacht gewesen sein, aber sie konnte sich nicht daran erinnern, geschlafen zu haben. Einmal war die Wärterin hereingekommen und hatte einen Blechnapf mit Suppe gebracht und etwas Brot. Juline hatte nichts angerührt. Der Geruch des Essens, vermischt mit dem Gestank aus dem Blecheimer, verursachte ihr heftige Übelkeit.

Sie sah auf, weil sie spürte, dass die Frau, die ihr gegenübersaß, sie beobachtete. Es war eine dralle Mittvierzigerin mit groben Gesichtszügen, rotfleckiger Haut und ungepflegten Haaren, der das Grinsen trotz der Trostlosigkeit der Gefangenschaft nicht aus dem Gesicht gewichen war.

»Na?«, fragte die andere schließlich. »Weshalb haben sie dich eingebuchtet?«

»Weil ich Flugblätter verteilt habe«, entgegnete Juline. Und fügte, ein wenig trotzig, hinzu: »Und dabei habe ich nicht nach einer entlaufenen Katze gesucht.«

»Ah, verstehe.« Die andere nickte. »Eine Politische. Da kennen sie keinen Spaß hier. Ich bin übrigens Louise.«

»Juline.«

Die Frau war ihr nicht besonders sympathisch. Aber andererseits tat es gut, ein paar Worte mit einem Menschen zu wechseln, vor dem man keine Angst haben musste. »Und warum bist du hier, Louise?«

»Diebstahl. Ich hab auf dem Markt in Vauban einen Schinken geklaut. Jedenfalls habe ich's versucht, ist leider schiefgegangen. Das Teil ist mir aus dem Rock gerutscht. Ich dachte, das wäre ein gutes Geschenk für die Hochzeit meiner Patentochter. Was Feines zu essen kann man immer gebrauchen, und Geld für so was habe ich nicht. Blöderweise haben sie mich schon öfter erwischt, wenn ich was hab mitgehen lassen. Deshalb haben sie mich hergebracht. Aber ich schätze, sie werden mich bald wieder gehen lassen. Ein bisschen Papierkram, dann komm ich hier raus. Das kenne ich schon. Bloß zur Hochzeit morgen werde ich es wohl nicht mehr rechtzeitig schaffen. Das ist wirklich Pech.«

»Und sie da?«

Juline wies mit einem Nicken auf die dritte Gefangene im Raum, eine hagere Frau unbestimmten Alters mit fest zusammengepressten Lippen und tiefen Ringen unter den Augen, die stumm und mit überkreuzten Beinen auf ihrer Matratze unter dem Fenster saß, die Arme vor der Brust verschränkt. Sie starrte mit versteinerter Miene vor sich hin, während sie unentwegt mit dem Oberkörper vor und zurück wiegte.

»Die spricht nicht«, antwortete Louise. »Sie war schon hier, als ich kam. Ich glaube, sie ist ein bisschen plemplem. Was kein Wunder ist, wenn du mich fragst. Jeder wird verrückt, der länger als eine Woche in dieser Zelle sitzt. Ich habe gehört, sie soll ihren Schwiegervater umgebracht haben. Das hat mir eine beim Hofgang erzählt, die es von einer anderen erfahren hat. Er hat ihr Gewalt angetan, sagte die, immer wieder, aber niemand hat ihr geglaubt. Und als er es noch mal getan hat, da hat sie ein Küchenmesser genommen – und zack! Jetzt tut er ihr nicht mehr weh. Aber ich weiß nicht, ob die Geschichte stimmt. Es wird hier viel geredet, und man erfährt alles immer nur aus zweiter oder dritter Hand. Im Knast ist es noch schlimmer als in der Stadt. Tausend Gerüchte schwirren umher, und du weißt nicht, was davon der Wahrheit entspricht.«

Juline nickte, erschöpft vom Zuhören, entsetzt vom Zustand der Zelle, erschüttert über das Schicksal der seltsamen dritten Frau – und voller Angst, weil sie nicht wusste, wie es mit ihr selbst und mit Georg weitergehen würde.

»Sag, Louise, hast du vielleicht auch etwas über meinen Mann gehört? Wir wurden zusammen festgenommen und hergebracht, aber dann trennte man uns. Er heißt …« Sie schluckte. »Er heißt Georg Hasler, er ist Schweizer. Sie sind schrecklich grob mit ihm umgegangen. Bei der Vernehmung waren sie mit ihm im Nebenzimmer, und ich habe gehört, wie sie ihn geschlagen haben. Ich mache mir schreckliche Sorgen. Ich muss wissen, wie es ihm geht. Du kennst ja wohl schon einige Leute hier im Gefängnis. Vielleicht kannst du beim nächsten Hofgang etwas herausbekommen?«

»Ich werde mich umhören, in der Freistunde heute

Nachmittag.« Louises Augen begannen trotz des trüben Lichts in der Zelle zu leuchten. »Ich mag es, etwas zu tun zu haben. Das ist nämlich das Allerschlimmste im Gefängnis, dass man vor Langeweile beinahe stirbt.«

Juline nickte.

»Willst du nicht selbst mit hinauskommen?«, fuhr Louise fort. »Es ist die beste Stunde des Tages. Ein bisschen frische Luft zu schnappen und mal was anderes zu sehen, als nur diese grässlichen vier Wände hier, das lasse ich mir nicht entgehen.«

Aber Juline schüttelte den Kopf. Trotz der Enge, der Düsterkeit und des schrecklichen Geruchs in der Zelle erschien ihr die Vorstellung hinauszugehen, mit den anderen gefangenen Frauen im Gänsemarsch durch den trostlosen Hof zu marschieren und von den Aufseherinnen womöglich traktiert zu werden, noch erniedrigender.

Sie legte sich erschöpft auf die Strohmatratze, rollte sich zusammen wie ein Embryo und versuchte ein wenig zu schlafen, sie war so schrecklich müde und so hellwach gleichzeitig. Aber ein Zwicken im Oberschenkel ließ sie hochfahren.

»Aua. Was war das? Etwas hat mich gebissen!«

»Ach«, kam Louises Antwort. »Das wird eine Wanze gewesen sein. Oder ein Floh. Diese grässlichen Strohmatratzen hier sind voller Ungeziefer. Am ersten Morgen, als ich hier aufgewacht bin, hatte ich siebenundzwanzig Bisse. Am Anfang tut es weh, aber mit der Zeit gewöhnt man sich daran.«

Erschrocken setzte sich Juline aufrecht hin, zog den Rock hoch und betrachtete die drei roten Flecke auf der Innenseite ihres Oberschenkels. Angewidert zog sie die Beine an und schlang die Arme um ihre Knie.

»Entspann dich«, sagte Louise. »Jetzt sitzt du schon genauso verkrampft da wie die Verrückte.«

Juline sah hinüber zu der dritten Frau, die noch immer schweigend und sich hin und her wiegend auf ihrer Matratze saß, in derselben Haltung wie sie, die dunklen Augen weit aufgerissen, sodass ihr Kopf aussah wie ein Totenschädel. Juline erschauerte. Sie ließ ihre Knie los und streckte die Beine aus.

»Oh Gott. Man muss hier wirklich aufpassen, dass man nicht verrückt wird.«

Sie versuchte, sich zu entspannen, aber ein merkwürdiges Zittern überlief ihren Körper, als litte sie an hohem Fieber. Als die Wärterin das nächste Mal kam und etwas zu trinken und zu essen brachte, versuchte Juline ein paar Schlucke Suppe zu sich zu nehmen. Aber ihr Magen rebellierte, und sie erbrach sich in den Blecheimer.

»Macht nichts«, erklärte Louise tröstend. »So geht es allen in den ersten Tagen.«

Juline begann, die Scheu vor den anderen Frauen abzulegen. Es blieb ihr nichts anderes übrig, als den Eimer als Toilette zu benutzen, obwohl die beiden ihr dabei zusahen.

»Warum hat man hier nicht wenigstens einen Vorhang aufgehängt«, klagte sie. »Dann hätte man ein bisschen Privatsphäre.«

»In keiner Gefängniszelle gibt es Vorhänge«, erklärte Louise grinsend. »Sonst könnten wir sie ja in Streifen reißen und uns daran aufhängen.«

Juline stöhnte.

»Du kennst dich aus. Wie oft warst du schon im Gefängnis?«

»Ich habe aufgehört zu zählen. Vier Mal, fünf Mal. Ich weiß es nicht mehr. Immer nur für ein paar Tage. Immer wegen Diebstahls. So kleine Fische wie mich, weißt du, die lassen sie jedes Mal schnell wieder laufen.«

Schritte draußen auf dem Gang und das Klirren von Schlüsseln unterbrachen ihr Gespräch.

»Auf geht's.« Louise stand auf. »Der Höhepunkt des Tages steht an: sechzig Minuten frische Luft mit Ausblick auf Ziegelmauern und fünfundvierzig andere traurige Gesichter.«

»Vergiss nicht, dich nach meinem Mann zu erkundigen«, rief Juline ihr nach. Ein wenig ängstigte sie sich, allein mit der merkwürdigen dritten Frau in der Zelle zurückzubleiben, doch die andere beachtete sie gar nicht und beschäftigte sich weiterhin damit, wortlos ihren Körper hin und her zu wiegen. Trotzdem war Juline erleichtert, als Louise eine Stunde später vom Hofgang zurück in die Zelle gebracht wurde.

»Ich glaube, es sieht gut aus!«, rief Louise und ließ sich auf ihre Matratze fallen.

»Hast du etwas über Georg herausgefunden?« Juline spürte, wie ihr Herzschlag in einen aufgeregten Galopp überging bei dem Gedanken, zu erfahren, wie es ihm in den letzten Stunden ergangen war.

Louise wartete einen Moment, bis die Wärterin draußen den letzten schweren Riegel krachend vor die Tür geschoben hatte, bevor sie weitersprach.

»In so einem Fall gilt: Keine Nachricht ist eine gute Nachricht. Mit deinem Mann scheint alles in Ordnung zu sein, über einen Georg Hasler war draußen nichts zu erfahren. Das ist ein positives Zeichen. Denn wenn ihm etwas Schlimmes passiert wäre, dann hätte sich das herumgesprochen. Aber keine, die ich gefragt habe, wusste mit diesem Namen etwas anzufangen.«

»Gott sei Dank!«, rief Juline. »Ich danke dir, dass du dich erkundigt hast. Ich hatte solche Sorgen, dass sie ihn schwer verletzt haben könnten. Es war so furchtbar zuzuhören, wie sie ihn geschlagen haben. Das kannst du dir nicht vorstellen. Immer wieder und immer wieder habe ich diese dumpfen Schläge gehört und sein Stöhnen. Er sollte verraten, wer noch zu unserer Gruppe gehört, riefen die Polizisten immer wieder, aber er hat eisern geschwiegen.«

»Ein tapferer Mann. Da hat er aber Glück gehabt, dass er noch mal davongekommen ist. Ich weiß, dass sie mit politischen Gefangenen gar nicht zimperlich umgehen. Wenn sie etwas wissen wollen, schrecken sie vor keiner Brutalität zurück.«

»Es ist entsetzlich. Warum tun sie das?«

Louise zuckte mit den Schultern.

»Vermutlich haben sie Angst. Große Angst, dass sie den Protest bald nicht mehr im Griff haben, dass er sie irgendwann mal aus ihren dicken weichen Sesseln spülen könnte. Bastarde sind das.« Sie schwieg einen Augenblick, dann fuhr sie fort: »Einen von euch hat es aber dann doch ganz übel erwischt.«

Juline runzelte erschrocken die Stirn.

»Wie das? Wen aus unserer Gruppe haben sie denn

noch gefangen genommen? Mein Mann und ich, wir waren doch ganz allein, als sie uns aufgriffen.«

Sie dachte an Florence und die anderen. Ob es Henri erwischt hatte oder Jean-Claude? Oh Gott, was mochte passiert sein?

»Bloß ein Jude aus Deutschland«, antwortete Louise und begann ihre Schuhriemen aufzuschnüren. »Er hat sich wohl unter einem falschen Namen in Marseille versteckt. So hat es mir jedenfalls eine im Hof erzählt.«

Juline spürte, wie das Blut aus ihrem Gesicht wich.

»Was sagst du da? Ein Jude aus Deutschland?«

»Ja, ein Typ, der sich schon vor Jahren mit diesem Hitler angelegt hat. Hat eine Weile in Paris gelebt. Wenn ich es richtig verstanden habe, gehört er auch zu diesen Leuten, die Flugblätter gegen die Nazis in der Stadt verteilen. Vielleicht kennst du ihn ja. Er heißt David Goldmann oder Goldblum.«

»David Goldblum?« Juline erkannte ihre eigene Stimme nicht mehr. »Woher wussten die … Was … Was ist mit ihm?«

Louise schüttelte seufzend den Kopf.

»Den haben sie wohl bös zugerichtet beim Verhör. Der wollte auch nichts preisgeben. Schlimme Geschichte. Ganz schlimme Geschichte. Aber, wie gesagt, man weiß nie so genau, was tatsächlich passiert ist. Es ist ja nur das, was die Frauen beim Hofgang erzählen.«

»Aber was erzählen sie denn?« Juline war aufgesprungen und hatte Louises Arm gepackt. Sie schrie jetzt. »Sag schon! Wie geht es ihm? Was haben sie mit David gemacht?«

»So ganz genau weiß ich es nicht. Die eine Frau behauptet, der Mann habe versucht zu fliehen, und deshalb hätten sie ihn erschossen. Eine andere will gehört haben, dass man ihn beim Verhör erschlagen hat. Einer von der Gestapo soll es gewesen sein. Und dann soll der noch gesagt haben: ›Gebt eine Zeitungsmeldung raus! Die ganze Stadt soll erfahren, dass er tot ist. Das wird diesen verdammten Schweinehunden eine Lehre sein!‹«

Mit einem erstickten Schrei sackte Juline zusammen, und ihr wurde schwarz vor Augen.

Als sie wieder zu sich kam, war es finster in der Zelle. Nur eine trübe Notlampe über der Tür glomm und tauchte den Raum in ein grünliches Licht. Für ein paar Sekunden wusste sie nicht, wo sie sich befand. Doch als sie Louise sah und die andere Frau, die noch immer mit dieser seltsamen wiegenden Bewegung unter dem Fenster hockte, da fiel ihr wieder ein, was geschehen war, und sie begann zu schluchzen.

»He«, hörte sie Louises Stimme neben sich. Sie spürte, wie die andere ihren Arm streichelte. »Endlich wachst du wieder auf. Du hast mir vielleicht einen Schrecken eingejagt. Fällst einfach in Ohnmacht. Ich war drauf und dran, Alarm zu schlagen. Stundenlang hast du keinen Mucks von dir gegeben. Ich dachte schon, jetzt bist du auch tot. Verdammt! Wenn nachher das Essen kommt, dann musst du was zu dir nehmen. Egal, wie eklig es schmeckt. Man muss hier vernünftig bleiben, sonst wird man krank und verrückt. Und schließlich willst du doch irgendwann deinen Mann wiedersehen.«

Juline richtete sich auf. Sie fuhr sich mit dem Handrücken über die Augen. »Wie soll ich ihn je wiedersehen, wenn sie ihn erschlagen haben?«

»Was redest du denn da! Gestorben ist doch bloß dieser Jude aus Deutschland.«

»Aber das ist doch mein Mann, Louise. Georg ist David. Begreifst du? Er hat einen anderen Namen angenommen, weil …«

Sie unterbrach sich. Es war besser, nicht zu viel darüber zu verraten, auch jetzt nicht. Denn woher sollte sie wissen, wem sie in diesen Kerkermauern vertrauen konnte und wem nicht? Ängstlich flüsternd setzte sie hinzu: »Ich weiß nicht, wie sie das herausbekommen haben.«

»Oh mein Gott, ich verstehe. *Merde!* Es tut mir so leid, Juline. Was habe ich dir da nur erzählt!«

»Die Wahrheit, Louise. Du kannst nichts dafür.«

»Vielleicht stimmt das alles ja gar nicht, Juline, vielleicht ist es bloß blödes Gerede. Ich werde mich gleich am Nachmittag noch einmal erkundigen. Es ist bestimmt nur eine Falschmeldung, weißt du. Die Frauen reden so viel hier im Knast. Sie plappern allen möglichen Unsinn. Was sollten sie sonst auch machen …«

Juline schüttelte den Kopf.

»Aber die Frauen wussten doch so viele Details. Das kann sich niemand ausgedacht haben. Jemand hat Davids Identität herausgefunden, ich weiß nicht, wie das gelingen konnte. Und ein Gestapomann hat ihn verhört. Das habe ich doch selbst mitbekommen. Oh Gott. Er war so grausam. Ich habe die Schläge gehört, Louise, und auch seine Schmerzensschreie. Es tat mir in der

Seele weh. Ich hatte solche Sorgen, dass er schwer verletzt wird. Aber dass sie ihn umbringen …«

Sie sprach nicht weiter. Sie fand keine Worte mehr, als hätte sie nichts als eine schwarze Wolke im Kopf.

Louise legte schweigend den Arm um sie. Da hörte die Frau am Fenster plötzlich auf, sich hin und her zu wiegen. Abrupt hielt sie still und richtete ihren Blick aus tiefen dunklen Augen auf Juline.

»Für jeden von uns gibt es einen Morgen, den wir nicht mehr erleben werden«, sagte sie mit merkwürdig heiserer Stimme, als hätte sie sehr lange nicht mehr gesprochen. »Also genieße jeden Morgen, der dir gehört, als wäre es dein letzter.«

Juline lief bei den Worten ein kalter Schauer über den Rücken, aber Louise machte nur eine scheuchende Handbewegung.

»Jetzt red nicht solchen Unsinn! Du erschreckst Juline noch mehr mit deinen blöden Kalendersprüchen. Wie soll sie diesen Morgen genießen? Reicht es nicht schon, dass ich ihr so was Schlimmes erzählt habe? Halt einfach die Klappe!«

Die andere entgegnete nichts. Sie wandte den Blick wieder ab, starrte auf die Wand und begann ihren Oberkörper hin und her zu wiegen wie zuvor.

»Sie hat ja recht«, murmelte Juline. »Ich habe nicht daran gedacht, als ich noch in Freiheit und mit David glücklich war, dass diese wunderbare Zeit einmal ein Ende haben könnte. Ich habe mein Glück für selbstverständlich genommen.«

Durch einen Tränenschleier sah Juline aus dem Fenster, wo ein kaum merkliches Dämmerlicht auf der gegenüberliegenden Mauer den baldigen Anbruch des neuen Tages ankündigte. Ein Tag ohne David. Ein Tag ohne Hoffnung. »Ich habe mich nicht einmal von ihm verabschiedet«, flüsterte sie.

»Vielleicht ist es ja doch ein Irrtum.« Louise drückte ihre Hand. »Es ist ganz bestimmt nur ein Irrtum. Ach, ich wünschte, ich hätte es dir nicht erzählt.«

»Ja«, sagte Juline tonlos. »Vielleicht ist es nur ein Irrtum.«

In diesem Moment waren draußen auf dem Flur energische Schritte zu hören. Ein Schlüsselbund klirrte, jemand sperrte das Türschloss auf, und dann wurden die drei Riegel zurückgeschoben. Erschrocken sah Juline, wie eine Wärterin in die Zelle blickte.

»Juline Hasler«, sagte sie barsch. »Mitkommen!«

Juline stand auf.

»Was wollen Sie von mir? Wohin soll ich gehen?«

»Sie haben kein Recht, Fragen zu stellen. Folgen Sie mir! *Allez!*«

Juline warf Louise einen fragenden Blick zu, aber diese antwortete nur mit einem ratlosen Schulterzucken. Dann zog die Aufseherin Juline aus der Zelle, warf die Tür hinter ihr ins Schloss und versperrte sie wieder. Mit zitternden Knien folgte Juline der Frau durch den langen, gefliesten Gang, der auf beiden Seiten gesäumt war von schweren eisernen Zellentüren. Die kahlen Wände warfen das Echo ihrer Schritte zurück. Gerade erst, so schien es Juline, war sie diesen Weg in die andere Richtung gegangen. Wie lange war das her? Drei Stunden? Oder drei Tage? Sie vermochte es nicht zu sagen.

»Wohin bringen Sie mich?«, fragte Juline erneut.

»In die Krankenstation«, erhielt sie jetzt zur Antwort.

»Wieso das? Ich bin doch nicht krank.« Juline dachte an den Floh, der sie gebissen hatte. »Oder soll ich gegen Tollwut geimpft werden?«

»Tollwut? Unsinn. Sie hätten sagen müssen, dass Sie an offener Tuberkulose leiden, als man Sie hergebracht hat. Sie stecken uns ja alle Gefangenen an.«

»Ich leide gar nicht an offener Tuberkulose, wie kommen Sie denn darauf? Das muss eine Verwechslung sein.«

»Es hat keinen Sinn zu lügen, Madame. Der Bericht Ihres Arztes liegt uns vor.«

Juline schwieg verwundert. Aber der Gedanke, die grässliche verwanzte Strohmatratze in der stinkenden Zelle gegen ein frisch bezogenes Krankenhausbett zu tauschen, neben dem vielleicht ein leicht geöffnetes Fenster etwas frische Luft brachte, erfüllte sie mit Erleichterung. Wie auch immer es zu dieser Verwechslung gekommen sein mochte …

Sie folgte der Wärterin, die eine schwere Gittertür aufschloss und wieder versperrte, nachdem sie hindurchgegangen waren. Sie bogen rechts ab, stiegen eine Treppe hinauf und liefen dann einen weiteren Gang entlang, der wiederum an einer vergitterten Tür endete. Zu Julines großer Verblüffung wartete dahinter Staatsanwalt Fabron auf sie.

»Danke«, sagte er zu der Aufseherin, nachdem diese Juline durch die Tür gebracht und das Gitter hinter sich wieder verschlossen hatte. »Sie können gehen, Madame. Ich übernehme die Gefangene ab hier.«

Mit einem kurzen Gruß verabschiedete sich die Frau.

»Monsieur Fabron«, stammelte Juline. »Sie hier? Was ist los? Warum muss ich so dringend in die Krankenstation gebracht werden? Und warum von Ihnen? Was wollen Sie von mir? Es ist beinahe noch mitten in der Nacht.«

Monsieur Fabron wartete, bis die Aufseherin verschwunden war. Das Klirren des schweren Schlüsselbundes in ihren Händen schallte noch lange durch den Flur. Dann griff er in seine Hosentasche und zog eine silberne Armbanduhr und ein Lederband heraus, an dem zwei Schlüssel baumelten.

»Bitte sehr, Madame, hier haben Sie Ihre persönlichen Dinge zurück.«

Mit ungläubigem Staunen nahm Juline die vertrauten Sachen entgegen.

»Was ist los?«, fragte sie noch einmal, während sie sich das Schlüsselband wie eine Kette um den Hals hängte und die Uhr um ihr Handgelenk band. »Warum bringen Sie mich in die Krankenstation? Sie müssen mir das erklären!«

»Ich muss Ihnen gar nichts erklären. Halten Sie den Mund, und folgen Sie mir einfach.«

Er drehte sich um und marschierte den Flur hinunter. Juline hatte Mühe, mit ihm Schritt zu halten.

In diesem Trakt des Gebäudes gab es keine Zellen mehr. Die Türen waren aus Holz, normale Bürotüren, jeweils mit einem kleinen Messingschild versehen, in das ein Name eingraviert war, und die Fenster hatten keine Gitter vor den Scheiben. Sie gaben den Blick frei auf den erwachenden Morgen. Juline sah, wie ein zartviolettes Licht den Nachthimmel aufzuhellen begann. Doch sie wandte sich schnell wieder ab und rief Monsieur Fabron zu:

»Was ist mit meinem Mann passiert? Man hat mir gesagt, dass er beim Verhör erschlagen wurde. Stimmt das? Haben ihn die Leute von der Gestapo umgebracht? Sagen Sie es mir! Was wissen Sie?«

»Es geht Sie nichts an, was ich weiß. Ich bin nicht hier, um Ihnen Fragen zu beantworten.«

»Bitte, Monsieur Fabron«, flehte Juline.

»Ich weiß nur, dass Sie heute in die Krankenstation verlegt werden sollten, weil man bei Ihnen eine offene Tuberkulose diagnostiziert hat. Und während Sie überstellt wurden, ist es Ihnen bedauerlicherweise gelungen, aus dem Gefängnis zu entkommen. Es ist wirklich ein außerordentliches Missgeschick.«

Er warf ihr einen rätselhaften Blick zu, den Juline nicht deuten konnte.

»Ich ... ich begreife nicht, Monsieur Fabron. Ich begreife ganz und gar nichts.«

»Das, Madame, ist nun wirklich nicht mein Problem.«

Vor einer hohen Eisentür am Ende des Flurs blieb Monsieur Fabron stehen. Er zog ein Tuch herunter, das dort an der Türklinke hing, und reichte es Juline.

»Legen Sie es sich über Kopf und Schultern! Das ist besser für uns beide.« Er öffnete die Tür, es war ein rückwärtiger Ausgang des Gefängnisgebäudes, und von draußen wehte ein kühler Nachtwind herein. Ohne ein weiteres Wort schob er Juline hinaus auf die Straße. Verwirrt blieb sie stehen, in der Erwartung, dass Monsieur Fabron ihr weitere Anweisungen geben würde. Es war totenstill hier draußen. Zu sehen war niemand, kein Licht leuchtete in den Fenstern der gegenüberliegenden Häuser. Nur ein paar frühe Vögel waren zu hören um diese Zeit. Juline fröstelte und zog sich das Tuch enger um die Schultern.

»Am besten«, sagte Monsieur Fabron noch, »Sie kehren der Stadt so schnell wie möglich den Rücken. Man wird nach Ihnen fahnden, sobald Ihre Flucht bemerkt wird. Leben Sie wohl, Madame, und legen Sie sich besser nicht mehr mit der Obrigkeit an. Ich hoffe, dass wir uns nicht wiedersehen.«

Mit diesen Worten warf er die Tür hinter ihr ins Schloss.

Juline fuhr herum und hämmerte mit der flachen Hand gegen die Tür, bis ihre Handballen schmerzten.

»Monsieur Fabron, was ist mit meinem Mann geschehen?«

Doch vergeblich. Niemand öffnete ihr. Zitternd blickte sie sich um. Sie begriff gar nichts. Was war hier gerade passiert? Weshalb hatte Fabron sie aus dem Gefängnis geschmuggelt? Ausgerechnet dieser Fabron, der sie doch so sehr hasste. Vor allem aber: Wie sollte sie leben, ohne zu wissen, was mit David war? Sie spürte, wie sie bei diesem Gedanken am ganzen Leib bebte.

Dann entdeckte sie die Gestalt, die sich auf der anderen Straßenseite aus dem Schatten eines Hauseingangs löste.

Kapitel 21

Julines Lächeln war erloschen. Verschwunden waren das Strahlen ihrer Augen, ihre gewinnende Heiterkeit, ihre mitreißende Zuversicht. Ihr Gesicht war zu einer fahlen Maske erstarrt, die Haut wächsern und bleich, beinahe grünlich unter dem trüben Licht der Straßenlaterne. Ihre Wangen waren eingefallen, und tiefe dunkle Schatten lagen unter den Augen. Nicolas hätte sie beinahe nicht wiedererkannt, als er sie in der Morgendämmerung an der unscheinbaren eisernen Tür in Empfang nahm.

»Keine Zeugen, keine Fragen«, hatte Monsieur Fabron ihm tags zuvor eingeschärft, »nur Sie und die Frau am Hinterausgang des Gefängnisses. Und dann geht die Fahndung raus. Sehen Sie zu, dass Sie Land gewinnen, dass sie verschwindet, ich möchte die Frau nie wiedersehen – und Sie auch nicht. Für ihren Mann kann ich leider nichts mehr tun.«

Man hatte ihr ein großes Tuch über Haare und Schultern gelegt, damit sie nicht sofort erkannt wurde. Es würde sich nicht vermeiden lassen, dass die Zeitungen über ihre angebliche Flucht berichteten. Sie würden natürlich Fotos von ihr veröffentlichen. Sie würde auf einer Polizeiliste stehen, auf Aushängen in Ämtern und Läden. Wieder einmal. Aber darüber wollte Nicolas heute noch nicht nachdenken.

»Wie geht es meinem Mann?«

Das waren ihre ersten Worte, nachdem sie eine Weile schweigend nebeneinander durch die stillen Straßen der Stadt gelaufen waren. Doch er antwortete nicht.

»Weißt du, wie es ihm geht?«, fragte Juline wenig später noch einmal.

»Nein«, log Nicolas und sah sie nicht an dabei. Er konnte ihr unmöglich die Wahrheit sagen, nicht hier draußen, während sie am Alten Hafen vorbeikamen, wo ein paar letzte Zecher aus den Kneipen taumelten und mit schweren Zungen etwas von der Liebe und von der Weite des Meeres sangen. Während die ersten Fischer ihre Netze richteten und ihre Boote für die Ausfahrt vorbereiteten oder zurückkamen vom nächtlichen Fang draußen vor den Frioul-Inseln und dem Felsen des Chateau d'If.

Wortlos gingen sie die Canebière hinauf durch das bleiche silberblaue Licht des anbrechenden Morgens. Er hatte den Arm um ihre Schultern gelegt, um sie zu stützen, sie wirkte so schwach und zerbrechlich, als drohte sie bei jedem Schritt zu straucheln und zu stürzen, unfähig, jemals wieder aufzustehen. Ihr Arm um seine Hüfte, als wären sie ein Liebespaar. Was hätte er vor drei Tagen dafür gegeben, mit ihr so eng umschlungen durch die Stadt zu gehen. Und jetzt? Er dachte nicht einmal daran.

»Aber du hast doch mit ihnen geredet, Nicolas. Haben sie dir nichts von meinem Mann erzählt?«

»Nein.«

Wenn ich sie noch einmal anlüge, dachte Nicolas bitter, dann wird irgendwo ein Hahn krähen. Später werde ich ihr die Wahrheit sagen müssen. Bei diesem Gedanken zog sich sein Magen schmerzhaft zusammen.

Er sah, dass sie weinte. Lautlos, ohne zu schluchzen. Vor Erschöpfung. Vor Angst. Vor Sorge um den Mann, den sie liebte. Tränen liefen über ihr Gesicht, aber sie wischte sie nicht weg. Nicolas reichte ihr ein Taschentuch, doch sie zerknüllte es nur in ihren Händen. Warum sollte sie nicht weinen. Wenn es einen Grund zu weinen gab, dann diesen. Diesen Grund, den sie ahnte, von dem sie aber erst nachher erfahren würde. Nachher, wenn sie in seinem Atelier auf dem zerschlissenen bordeauxroten Sofa sitzen würden.

Madame Bonnard war noch nicht auf ihrem Fensterposten, als sie das Haus erreichten. Selbst für sie war es noch zu früh zum Aufstehen. Nicolas atmete erleichtert auf. Diese Begegnung blieb ihnen glücklicherweise erspart. Er verspürte keine Lust, irgendjemandem irgendetwas zu erklären.

Sie schlichen die Treppe hinauf. Nie zuvor war ihm aufgefallen, wie stark die alten Stufen knarzten bei jedem Schritt und wie laut das Geräusch im leeren Treppenhaus widerhallte. Als sie den zweiten Stock erreicht hatten, ging eine Wohnungstür auf, einen Spaltbreit nur. Nicolas' Blick begegnete dem von Madame Thauvin. Mit müden Augen sah sie ihn an, misstrauisch. Mit einer Hand hielt sie ihren wattierten gelben Morgenrock zusammen, die großen Füße nackt.

Verdammt, dachte Nicolas, während er mühsam ein »*Bonjour*, Madame« herauskrächzte, ausgerechnet Madame Thauvin, die Frau, die die Seligmans verraten hatte. Warum war sie schon wach um diese Uhrzeit? Lag sie etwa jede Nacht auf der Lauer, um nur kein Geheimnis dieses Hauses zu verpassen und es dann brühwarm der Polizei zu melden? Doch die Nachbarin nickte Nicolas nur wie beiläufig zu, hob die Morgenzeitung von ihrer Fußmatte auf, bedachte Juline mit einem kurzen, herablassenden Blick und schloss die Tür wieder. Geräuschlos. Liebeskram, dachte sie wahrscheinlich. Der Künstler und seine Frauengeschichten, das kennt man ja …

Und dann saßen sie auf Nicolas' altem Sofa. Schweigend. Noch immer hielt er Juline im Arm. Zusammengesunken kauerte sie neben ihm, hatte die Hände in seine gelegt wie ein Küken, das ängstlich unter die Flügel einer Henne schlüpfte. Er spürte, dass sie zitterte. Ihre Augen starrten in die Ferne, auf irgendeinen unbestimmten Punkt. Nicht auf die Staffeleien im Atelier, nicht durch die geöffneten Fensterflügel auf die Dächer der Stadt, über die jetzt die ersten milden Strahlen der Morgensonne krochen. Juline blickte in eine Welt, die Nicolas verborgen blieb, in ein tiefes schwarzes Nichts. Aber sie weinte nicht mehr.

»David ist tot, nicht wahr?«

Ihre Frage schlug in die Stille des Raumes wie ein Donnerschlag.

»Ja«, antwortete Nicolas.

Sie nannte ihn David jetzt, nicht mehr Georg. Es machte keinen Unterschied mehr, wie er hieß.

»Ich habe es gehört. Meine Zellennachbarin hat es mir erzählt.«

»Es tut mir leid, Juline. Es tut mir so leid. Ich hatte auch ihn herausholen wollen, aber da war es schon zu spät.«

Er spürte, wie ihre Hände kalt wurden. Als entwiche alles Blut daraus. Als wäre der letzte kleine Funken Hoffnung erloschen, den sie noch gehabt hatte, während sie die Frage stellte. Die Hoffnung, dass Nicolas Nein sagen würde. Dass sie sich getäuscht hatte. Dass alles nur ein böses Gerücht war. Dass ihr Mann noch lebte und dass alles ein gutes Ende nehmen würde.

»Ich möchte ihn gerne noch einmal sehen.«

»Das geht nicht, Juline.« Schon wieder diese Übelkeit, dieser harte Klumpen im Bauch, weil er ihr etwas verwehren musste. Nicht einmal Abschied nehmen von ihrem toten Geliebten durfte sie. »Sie behaupten, dass du aus dem Gefängnis geflohen bist, weil einer der Wärter betrunken war, während sie dich in den Krankentrakt gebracht haben. Du kannst nicht zurück. Und ich weiß auch nicht, wohin sie seine ... wohin sie David gebracht haben.«

Juline nickte stumm.

»Möchtest du etwas essen?«, fragte er nach einer Weile des Schweigens.

Sie schüttelte den Kopf. Natürlich nicht.

»Kaffee trinken? Oder Wasser?«

Nein. Kein Kaffee. Kein Wasser. Kein Schnaps. Nichts. Nur sitzen. Nichts sagen. Nichts denken. Am liebsten nicht einmal mehr atmen. Aber sie atmete. Nicolas spürte, wie sich ihre Brust hob und senkte. Er hätte ihr so gerne etwas Tröstliches gesagt. Aber es gab keinen Trost in diesem Moment. Es gab nur sie beide und den neuen Tag, der draußen gerade begonnen hatte, die Sonnenstrahlen, klarer und heller jetzt, die das Rot der Ziegeldächer zum Leuchten brachten, das heisere Gurren einer Taube auf dem Dach, das Gezeter der Spatzen und das anschwellende Dröhnen und Rumpeln der Motoren unten in der Straße.

»Ich war auch wie versteinert, damals, als Irène starb«, erzählte Nicolas, während er Julines Hände festhielt. »Ich war unfähig, mich zu rühren. Ich kniete den ganzen Tag lang neben ihr am Fuß der Treppe. Ich habe keinen Arzt gerufen. Ich wusste sofort, dass sie tot war. Ich kann nicht vergessen, wie merkwürdig verdreht ihr Kopf war. Kein Blut. Sie hatte sich beim Sturz das Genick gebrochen. Ich sehe sie vor mir, wie sie da lag am Fuß der Treppe, mit diesem erschrockenen Gesicht und diesen leblosen Augen, jeden Tag und jede Nacht sehe ich sie so vor mir. Aber das war nicht mehr Irène. Es lag nur noch ein Körper da, der aussah wie ihrer. Mit ihrem Gesicht, ihrer Haut, ihren Haaren, ihrem Kleid. Eine leere Hülle nur, etwas Fremdes. Sie selbst war verschwunden. Wohin? Ich weiß es nicht. Trotzdem konnte ich nicht von ihrer Seite weichen. Ich sah sie an. Ich schrie sie an. Ich küsste sie. Ich hoffte, dass ich mich irrte. Ich hoffte, dass das alles nur ein grauenhafter Albtraum sei. Ich glaube sogar, dass ich betete. Aber sie rührte sich nie mehr. Es war kein Albtraum. Sie war tot.«

»Das ist schrecklich, Nicolas. Ganz furchtbar. Aber du konntest Abschied nehmen von ihr.«

»Ja. Ich konnte sie beerdigen. Auf dem kleinen Friedhof von La Valière d'Azur, einem Dorf in der Provence, wo wir damals lebten. Und dann habe ich alles im Haus zerschmettert, das mir in die Hände kam. Ich war so wütend, über mich, über mein Schicksal. Alles, was mich an sie erinnern würde, habe ich zerstört. Nur das eine Bild nicht.«

Die Turmuhr von Saint-Vincent-de-Paul schlug sieben Mal.

»Ich bin müde«, sagte Juline. »Ich möchte mich ausruhen.«

Sie streckten sich auf dem Sofa aus, er zog sie an sich, ihr Kopf lag an seiner Brust. Nach ein paar Minuten schlief sie tatsächlich ein. Nicolas lauschte ihren Atemzügen. Sie waren tief und gleichmäßig. Einmal seufzte sie im Schlaf und gab ein kleines klagendes Geräusch von sich. Er atmete den Geruch ihrer Haare ein. Es war kein Maiglöckchenduft mehr darin. Es roch salzig, mit einem Hauch von etwas, das ihn an Rosmarin erinnerte. Er sehnte sich danach, sie zu küssen, aber er wagte es nicht, sie mit seinen Lippen zu berühren, um sie nicht zu wecken. Er lag da, regungslos, und spürte die Wärme ihres Körpers. Dann endlich konnte er weinen, ließ stumm die Tränen, die er seit Irènes Tod zurückgehalten hatte, fließen.

Kapitel 22

Juline schlief bis zum Mittag. Nicolas hatte sich nach einer Weile vorsichtig aus ihrer Umarmung gewunden und war leise aufgestanden, ohne sie zu wecken. Er versuchte wieder ein wenig an ihrem Porträt zu arbeiten. Aber er war nicht zufrieden. Selbst die Farbe des blauen Stuhls schien eine andere zu sein, wenn Juline nicht darauf saß.

Das Zwölf-Uhr-Geläut der Kirchturmuhr weckte sie. Langsam richtete sie sich auf. Sie blickte sich in Nicolas' Atelier um, als sähe sie es zum ersten Mal.

»Wie hast du mich eigentlich aus dem Gefängnis bekommen?«

Nicolas legte den Pinsel zur Seite und wischte sich die Hände an einem Stück Tuch ab.

»Ich hatte etwas über Fabron in Erfahrung gebracht, von dem er keinesfalls wollte, dass es an die Öffentlichkeit dringt. Er ist ein schwacher Mensch. Er war sofort kooperativ, als ich damit drohte, die Geschichte ein wenig herumzuerzählen.«

»Du hast ihn erpresst? Das ist gut. Das ist sehr gut.« Sie nickte befriedigt.

»Ja. Wir haben uns etwas ausgedacht, womit wir

dich aus dem Gefängnis schmuggeln können, ohne dass er sein Gesicht verliert. Vermutlich wird es schon in der Nachmittagsausgabe der Zeitungen stehen, dass du auf dem Weg in den Krankentrakt fliehen konntest, weil einer der Wächter betrunken war.«

»Wie hast du es angestellt, dass sie mich in den Krankentrakt bringen?«

»Ich habe mithilfe meiner guten alten Freundin Estelle ein falsches Attest besorgt. Es gibt einen Arzt in Marseille, der einem für eine Flasche exquisiten Cognac und eine Schachtel bester Zigarren jede Krankheit bescheinigt, die man haben möchte. Dir attestierte er eine offene Tuberkulose. Unschöne Sache, höchst ansteckend, du musstest sofort aus der Zelle gebracht werden.«

»Ah. Ich verstehe. Und währenddessen konnte ich fliehen, behaupten sie.«

Nicolas nickte.

»Ja, das ist die offizielle Version. So behält Fabron seine weiße Weste, und du bist frei.«

»Ich danke dir.« Sie stand auf und umarmte ihn heftig. »Ich wusste, dass du ein guter Mensch bist. Aber ich wusste nicht, dass du so weit für mich gehen würdest.«

Nicolas nickte beklommen. Es lagen ihm Worte auf den Lippen, von denen er wusste, dass er sie jetzt nicht sagen durfte. Sanft strich er über ihre Haare. Dieser Wunsch, ihren Nacken zu küssen … Aber er tat es nicht.

»Ich musste dich da rausholen. Der Gedanke, dass du in einer engen, dreckigen Zelle sitzt und dass dir ein Prozess wegen Landesverrats gemacht werden würde, war mir unerträglich. Ich kenne dich gut genug, um zu wissen … Ach, Juline … um zu wissen, dass du eine wunderbare Frau bist, die diese Welt bereichert. Jedenfalls mein Leben bereichert.«

Nicolas sah über Julines Schulter auf Irènes Porträt, während er das sagte. »Mein Leben hat wieder einen Sinn bekommen, als ich anfing, dich zu malen. Ich hatte vergessen, wie es sich anfühlt, glücklich zu sein.«

»Und David? Warum wolltest du dann auch David herausholen?«

»Weil du ihn liebst.« Nicolas' Stimme klang rau. »Ich bin kein Unmensch. Wie könntest du glücklich sein, wenn der Mann, den du liebst, im Gefängnis bleibt?«

»Danke«, sagte sie noch einmal und löste sich aus der Umarmung. »Danke, dass du das für mich getan hast.«

»Ich habe nicht eine Sekunde lang gezweifelt. Es tut mir leid, dass ich für David nichts mehr tun konnte.«

Nicolas ging in die Küche und kam mit zwei Tassen heißem Kaffee zurück.

»Ich habe leider nur noch geröstete Gerstenkörner.«

Er reichte ihr eine Tasse, die sie jetzt nicht mehr ablehnte, auch wenn sich ihr Gesicht bei jedem Schluck widerwillig zusammenzog.

»Ich werde weitermachen«, sagte sie, an den Tisch gelehnt, die Tasse in beiden Händen haltend. »Nach Davids Tod erst recht. Er darf nicht umsonst gestorben sein.«

Nicolas begriff sofort, worauf sie hinauswollte.

»Du meinst diese Flugblattaktion?«

Juline nickte.

»Ja, all das. Wir sind sieben. Jedenfalls waren wir sieben. Ich weiß nicht genau, wen sie noch verhaftet haben und ob sie noch jemanden …« Sie sprach das Wort nicht aus und presste für einen Moment die Lippen zusammen, als könnte sie so den Schmerz zurückhalten, ihn hinunterschlucken wie eine gallebittere Medizin. »… ob wir noch jemanden verloren haben. Wir haben uns zusammengetan, weil wir uns diese Schikanen nicht länger gefallen lassen wollten. Was sind das für Franzosen, die mit den Deutschen unter einer Decke stecken und gegen die eigenen Leute arbeiten? Verfluchte Nazi-Marionetten. Eine junge Lehrerin hat die Sache ins Rollen gebracht, ich habe sie in der Trambahn kennengelernt. Sie hat Papier in ihrer Schule mitgehen lassen, und irgendwo hat sie später auch einen Apparat zum Vervielfältigen von Schriften aufgetrieben. Er funktioniert nicht mehr einwandfrei, aber er reicht uns. Wir waren gerade dabei, die erste Ausgabe einer Widerstandszeitung zu erstellen. Die Flugblattaktion sollte nur der Anfang sein. Wir wollen die Leute aufrütteln und ihnen Mut machen, dem Kurs von General de Gaulle zu folgen. David wollte außerdem ein paar Gedichte dieses Schweizer Schriftstellers veröffentlichen, dessen Identität er angenommen hatte. Er sagte, das sei er dem Mann schuldig, schließlich habe er ihm so viel zu verdanken …«

An dieser Stelle versagte Juline die Stimme.

»Aber es hat ja nichts genützt«, flüsterte sie. »Letztlich hat es ihm nichts genützt. Sie haben ihn doch gefunden. Ach, Nicolas. Und es ist meine Schuld. David wollte weggehen aus Europa. Er wollte eigentlich nach Amerika. Er sagte, auch in Frankreich sei er nicht mehr sicher. Aber ich habe nicht gewollt. Ich wollte hierbleiben. Ich hatte Angst vor dem fremden Land. Ich sagte ihm, wir leben hier doch im freien Teil Frankreichs. Hier in Marseille haben die Deutschen nichts zu sagen. Ich wusste nicht, wie sehr ich mich irrte. Mir zuliebe hat David unsere Ausreise nicht weiter betrieben. Jetzt bereue ich es. Wenn wir nach Amerika gefahren wären, würde er noch leben. Ich bin schuld an seinem Tod, weil ich nicht mutig genug war, in einem fremden Land zu leben. Es ist furchtbar.«

Ein heftiges Schluchzen schüttelte sie.

»Nein, Juline, du bist nicht schuldig. Du nicht. Schuld sind diejenigen, die ihn geschlagen haben, die mit den Nazis kooperieren.«

»Trotzdem. Wenn ich ihn nicht dazu überredet hätte hierzubleiben, wäre das alles nicht geschehen.«

»Möchtest du darüber sprechen? Wie ist das passiert? Wo haben sie euch gefasst?«

»Am Strand.« Ihre Stimme war ruhiger jetzt. »Wir haben einen Ausflug gemacht, David und ich, draußen in der Nähe von Les Goudes. Wir fanden eine einsame Bucht und waren glücklich miteinander. Es war so ein schöner Tag, es war der schönste Tag, den wir seit Langem erlebt haben. Alles war friedlich, das endlose blaue Meer, die Sonne, der wolkenlose Himmel, der Blick zum Horizont mit den kleinen Felseninseln im Wasser … Für einen Vormittag haben wir alles andere vergessen, auf einmal gab es keinen

Krieg, keine Verfolgung, nur ihn und mich, das reine Glück. Es fühlte sich an, als wären wir tatsächlich auf einer Hochzeitsreise. Wir badeten im Meer und lagen auf unseren Handtüchern, wir waren ganz beseelt – und dann standen da auf einmal die beiden Männer am Strand. Sie hatten schon in der Trambahn hinter uns gesessen und waren mit uns ausgestiegen. Ich hatte mir nichts dabei gedacht. Aber sie müssen uns gefolgt sein, schon von unserer Wohnung aus. Jedenfalls waren sie plötzlich da, fragten nach unseren Namen, und dann zogen sie auf einmal ihre Pistolen hervor und brüllten: Aufstehen, Hände hinter den Kopf, keine Bewegung! Sie tasteten uns nach Waffen ab, und dann nahmen sie uns mit. Oben auf der Straße stand schon ein großes dunkles Auto, in das sie uns brutal hineinstießen. Ich weiß nicht, woher das Auto kam. Das hatte ich vorher nicht gesehen. Am Steuer saß ein weiterer Mann. Sie mussten unsere Festnahme vorbereitet haben. Vermutlich beobachteten sie uns schon eine ganze Weile. Sie warteten nur auf den passenden Moment. Und den bescherten wir ihnen, da draußen am Strand, allein, ohne jeden Zeugen … Wir durften nicht einmal in unserer Wohnung vorbeifahren, um Kleidung und Waschzeug zu holen. Sie brachten uns auf die Polizeiwache. Dort verhörten sie uns, jeden von uns einzeln. Ich musste mich vor einer Aufseherin zwischendurch splitternackt ausziehen, damit sie auch ganz sicher sein konnten, dass ich nichts Verbotenes unter meinen Kleidern verberge. Und dann haben sie mich in die Zelle gebracht. Ich habe David nicht mehr gesehen.«

Julines Stimme war mit jedem Satz leiser geworden. Ein Zittern durchlief ihren Körper.

»Ich begreife es nicht. Wir waren immer so vorsichtig. Wir haben die Treffpunkte gewechselt, wir haben jedes Mal neue Codewörter benutzt. Es ist unmöglich, dass irgendjemand etwas über uns herausbekommen hat. Ich frage mich, ob sich einer aus unserer Gruppe hat umdrehen lassen. Vielleicht hat uns einer verraten, weil ihm jemand viel Geld geboten hat? Eigentlich kann ich mir das nicht vorstellen. Aber ich weiß nicht, wie sie uns sonst hätten auf die Spur kommen können.«

»Vielleicht war einer von euch zu unvorsichtig beim Verteilen der Flugblätter. Es war gefährlich, sie nach meiner Vorlesung in den Hörsaal zu werfen. Wenn euch da jemand erkannt hätte ...«

Ein kleines müdes Lächeln huschte über Julines Gesicht.

»Das war meine Idee gewesen. Ich wusste ja, dass du an diesem Tag da unten am Pult stehen würdest und wollte dir beweisen, wie tapfer ich bin. Nach unserem Gespräch auf deiner Vernissage hoffte ich sehr, dass du erkennen würdest, wer diese Flugblätter verfasst hat. Ach, wie eitel ich doch war. Wie übermütig. Jetzt weiß ich, dass die Aktion nicht besonders klug war, höchst riskant jedenfalls. Aber ich fühlte mich so mutig an jenem Tag, so stark und siegesgewiss. Wir hatten kurz zuvor die Rede von de Gaulle im BBC-Radio gehört und waren wie berauscht von Zuversicht. Wie froh und stolz ich war, als ich die Flugblätter über die Brüstung warf. Voller Optimismus, dass bald wieder bessere Zeiten anbrechen würden. Ich dachte, wenn ich die Blätter unter den Studenten verteile, dann hat dieser schreckliche Nazi-Spuk bald ein Ende, so wie ein Feuer gelöscht wird, wenn man einen großen Kübel Wasser daraufschüttet ... Oh, wie war ich naiv und dumm. Ich ahnte nicht, dass wir gegen Bestien kämpfen, die auch vor Mord und Totschlag nicht zurückschrecken.«

Erneut wurde Juline von Weinkrämpfen geschüttelt. Nicolas nahm ihr die geleerte Kaffeetasse ab und legte schweigend den Arm um sie.

»Aber ich werde nicht aufgeben!«, stieß sie schluchzend hervor. »Nachdem sie David umgebracht haben, werden sie mich kennenlernen. Ich werde weitermachen. Ich habe nichts mehr zu verlieren.«

»Doch«, sagte Nicolas leise. »Du hast etwas zu verlieren. Deine Gesundheit. Dein Leben.«

Sie schüttelte heftig den Kopf.

»Ich widme mein Leben dem Widerstand. Ich werde für ein neues und besseres Frankreich kämpfen. Zusammen mit den Briten können wir die Deutschen besiegen. Ich glaube an diese Idee. Sie ist das Einzige, das mir im Moment noch Trost und Hoffnung gibt. Ich werde dafür sorgen, dass sich viele Leute unserer Gruppe anschließen. Es werden immer mehr sein, jeden Tag mehr, bis wir in der Überzahl sind. Bis wir so stark sind, dass Pétain und seine Leute die Macht abgeben müssen und General de Gaulle zurückkommt.«

Sie ballte die Faust. Nicolas legte seine Hand darauf.

»Du musst vorsichtig sein. Du bist nicht freigesprochen. Wenn sie dich erwischen, landest du wieder da, wo ich dich herausgeholt habe, und ich bin mir nicht sicher, ob mir das ein zweites Mal gelingt.«

»Ich weiß. Ich werde vorsichtig sein. Aber aufgeben werde ich nicht.« Ihre Stimme klang trotzig.

»Bestimmt haben sie eure Wohnung durchsucht«, überlegte Nicolas. »Konnten sie dort etwas Verdächtiges finden? Flugblätter? Dokumente? Adressen?«

Juline schüttelte den Kopf.

»Das zum Glück nicht. Wir waren so vorsichtig, zu Hause keine Schriftstücke aufzubewahren. Wir wollten unsere Vermieterin und ihre Enkelkinder nicht in Gefahr bringen. Man muss ja immer mit einer Razzia rechnen – und wenn es nur darum geht, dass die Gültigkeit unserer Papiere kontrolliert wird. Wie neulich in der Pizzeria.«

Als wäre dies das Stichwort gewesen, gab Julines Magen ein leises, knurrendes Geräusch von sich.

»Bist du hungrig?«, fragte Nicolas. »Ich habe noch ein paar Eier, Tomaten und ein kleines Stück gepökelten Speck in der Küche. Soll ich uns Omeletts machen?«

Juline nickte. Sie begleitete Nicolas in die kleine Küche, wo sie sich gegen das Fensterbrett lehnte und beobachtete, wie er die Eier in einer Blechschüssel aufschlug, Tomaten und Zwiebeln klein schnitt und den schmalen Streifen Speck in einer Pfanne schmelzen ließ. Als der Duft der gebratenen Eierspeise durch den Raum zog, schloss Juline die Augen. Sie begann zu schwanken, und er half ihr, sich langsam auf einem der Stühle niederzulassen.

»Verzeih«, murmelte sie. »Ich bin etwas wackelig auf

den Beinen. Ich habe gar nicht bemerkt, wie hungrig ich bin. Ich habe seit drei Tagen nichts mehr gegessen. In der Zelle gab es nur ranzige Hühnerbrühe und verschimmeltes Brot. Das habe ich nicht herunterbekommen.«

Sie verschlang ihr Omelett, ohne aufzusehen, und als Nicolas ihr noch zwei Aprikosen reichte, aß sie auch die.

»Ich muss zurück in unsere Wohnung«, sagte sie plötzlich und stand auf. Nicolas hielt sie zurück.

»Wieso? Auf keinen Fall! Womöglich warten die Gestapo-Leute dort. Du läufst geradewegs in die Falle. Du kannst unmöglich in eure Wohnung zurückkehren. Jedenfalls nicht jetzt. Nicht, bevor etwas Gras über die Sache gewachsen ist.«

»Aber ich muss, unbedingt.« Juline biss sich auf die Unterlippe, dann sprach sie mit zitternder Stimme weiter: »Es liegt doch noch etwas in der Wohnung, das auf keinen Fall in die falschen Hände geraten darf. Ein kleiner Stadtplan, auf dem ich die Treffpunkte unserer Gruppe markiert habe, damit wir hinfinden. Wenn jemand diesen Plan in die Hände bekommt, braucht er nur die angekreuzten Adressen zu besuchen, und er hat den Rest unserer Gruppe.«

Nicolas nickte.

»Ich verstehe. Das ist ein Problem. Aber ich helfe dir. Ich gehe in eure Wohnung und hole den Plan.«

»Das kann ich nicht von dir verlangen. Das ist zu gefährlich. Was ist, wenn sie dich auch festnehmen?«

»Das ist besser, als wenn sie dich erwischen. Mir können sie nichts vorwerfen, solange niemand weiß, dass du bei mir bist. Aber ich werde vorsichtig sein. Wo genau liegt dieser Stadtplan?«

»Im Badezimmer. Auf dem kleinen Regal steht ein Bastkörbchen, in dem ich meine ...« Juline senkte den Blick und fuhr fort: »... in dem ich meine Hygieneartikel aufbewahre. Darin habe ich den Stadtplan versteckt.«

»Gut. Ich werde ihn finden.«

»Ich danke dir.«

Juline zog das Lederband mit den beiden Schlüsseln aus ihrer Bluse.

»Hier.« Sie nannte ihm die Adresse und reichte ihm das Band. »Die hat mir Fabron zurückgegeben. Seit ich als Kind einmal einen Schlüssel verloren habe, trage ich ihn immer um den Hals. Dieser ist für die Haustür und der kleinere für unsere Wohnung ganz oben unter dem Dach. – Aber was wirst du sagen, wenn dir Madame Hortense begegnet?«

»Dann fällt mir etwas ein.«

In diesem Moment flammte draußen ein greller Blitz auf, fast gleichzeitig krachte ein Donner los.

»Bleib noch!« Erschrocken fasste Juline seine Hand. »Geh jetzt nicht raus!«

Das Gewitter hatte sich angekündigt, ein schnelles, heftiges Gewitter, wie es im Sommer in Marseille bisweilen vorkam. Vom Meer her waren seit dem Mittag schwefelgraue Wolken aufgezogen, die tief und schwer über der Stadt hingen. Mit dem Donnerkrachen öffneten sich die Schleusen des Himmels. Ein Rauschen lag in der Luft. Die Tropfen hämmerten auf das Hausdach wie Maschinengewehrsalven, Wasser strömte gurgelnd durch die Regenrinne, und an den Straßenrändern flossen knöchelhohe Sturzbäche, weil die Abwasserrohre die plötzlichen Wasserfluten nicht fassen konnten.

Juline und Nicolas standen schweigend am Fenster und beobachteten, wie sich die Äste der Platanen unten am Straßenrand im Sturmwind bogen. Blätter, Zweige und abgerissene Blüten wirbelten herum. Der pechschwarze Himmel wurde immer wieder von zuckenden Blitzen erhellt, und pausenloser Donner ließ die Hauswände erbeben. Wie mechanisch legte Nicolas den Arm um Julines Schultern, wie er es bei Irène immer getan hatte, weil sie sich vor Gewittern gefürchtet hatte.

»Wie gut, dass ich jetzt nicht draußen sein muss.« Juline schien es ähnlich zu gehen. »Ich hasse Gewitter.«

Ihre Worte waren Nicolas so vertraut. Beinahe hätte er gelächelt. »Hier drin kann dir nichts passieren.«

»Ja, ich weiß, aber ich mag das Blitzen und Donnern trotzdem nicht. Sieh nur, wie schrecklich finster es ist, wie es rauscht und stürmt da draußen. So stelle ich mir den Weltuntergang vor. Als würde irgendein zorniger Gott mit seiner Faust das Universum zertrümmern, weil diese Welt so schlecht geworden ist. Ich kann mir gerade nicht vorstellen, dass jemals wieder die Sonne vom blauen Himmel scheint.«

»Aber sie wird, Juline. Es ist gleich vorbei.«

»Ich weiß, dass ein Gewitter mit feuchter Luft und Hitze zu tun hat, aber unheimlich ist es doch: unsichtbare Kräfte, die hinter den Wolken verborgen sind und plötzlich und brachial losschlagen, heimtückisch, lebensgefährlich, wenn man nicht aufpasst und sich rechtzeitig in Sicherheit bringt. Ist es mit dem Nazi-Terror nicht genauso? Wie perfide diese Verbrecher im Geheimen arbeiten, bevor sie mit aller Wucht losschlagen. Und dabei sind sie noch um einiges infernalischer als ein Gewitter – und weit weniger berechenbar.«

»Ja, aber irgendwann wird auch ihre Zeit zu Ende sein, so wie ein Gewitter irgendwann aufhört. Sie werden sich nicht ewig an der Macht halten können. Ich bin ganz sicher, Juline. Und sieh nur, ich glaube, da hinten wird der Himmel schon wieder heller.«

»Ach, könnte diese Schreckensherrschaft so schnell vorbeigehen wie ein Gewitter«, murmelte sie.

Nicolas hatte recht. Genauso unmittelbar, wie der Regen eingesetzt hatte, ebbte er wieder ab. Der Donner wurde schwächer, und die Blitze ließen nach. Dann rissen die Wolken auf, und schon nach ein paar Minuten schien die Sonne wieder von einem klaren Himmel, als hätte es den Gewittersturm nie gegeben. Nur einzelne schwere Tropfen schlugen noch vom Dach auf die Fensterbank. Doch die beiden blieben am Fenster stehen, reglos und schweigend, geblendet vom gleißenden Sonnenlicht, das von den regennassen Dächern, Blättern und Fensterscheiben reflektiert wurde.

Schließlich nahm Nicolas den Arm von ihrer Schulter.

»Es ist vorbei. Ich gehe jetzt, Juline. Bin gleich wieder da.«

»Bist du dir sicher? Bitte pass auf dich auf!«

Juline brachte ihn zur Tür, wo er sich mit einem raschen Kuss auf die Stirn von ihr verabschiedete. Eine flüchtige, unwillkürliche Geste, über die er selbst erschrak. Aber Juline schien sie kaum registriert zu haben. Während er die Treppe hinunterlief und aus dem Haus trat, war es ihm, als brannten seine Lippen in der Erinnerung an die Berührung ihrer Haut.

Das Gewitter hatte keine Abkühlung gebracht. Das Regenwasser verdampfte auf dem heißen Straßenpflaster, und die Stadt lag wie in tropischem Dunst. Nicolas lief zügig in Richtung Hafen. Schon nach wenigen Schritten klebte ihm vor Schweiß und Luftfeuchtigkeit das Hemd am Leib. Als er am Petit Poisson vorbeikam und draußen über der Eingangstür den eisernen Fisch an seiner rostigen Kette baumeln sah, überkam ihn kurz die Lust, hineinzugehen und ein Glas eiskalten Rosé zu trinken, oder besser zwei oder drei. Nur trinken und vergessen. Aber er gab dem Bedürfnis nicht nach, sondern eilte weiter die engen Gassen und Treppen des Panierviertels hinauf, wo eine klebrige Hitze zwischen den düsteren Hauswänden stand. Nicolas wäre fast über einen Blumentopf gestolpert, der zertrümmert unter einem Balkon auf dem Boden lag.

Auf der Place des Moulins war die Luft frischer durch den leichten Wind, der dort oben wie so oft wehte, wenngleich von den fünfzehn Mühlen, die dem Platz einst ihren Namen gegeben hatten, längst nicht mehr viel zu sehen war. Nach dem Gewitter war das von Bäumen gesäumte Geviert übersät mit Blättern, abgeknickten Ästen und anderem Unrat.

An dem Brunnen mitten auf dem Platz knieten zwei

Mädchen, um ihre Eimer mit Wasser zu füllen. Nicolas trat dazu, hielt die Hände unter den kühlen Wasserstrahl und trank ein paar Schlucke. Auf dem Boden des Brunnenbeckens lag ein Blatt Zeitung, das der Gewittersturm hineingeweht haben musste. Als er darauf Julines Namen in dicken Buchstaben las, schob er den Ärmel hoch und fischte vorsichtig das Papier aus dem Wasser. Es war das Extrablatt des Tages, in dem detailliert über Julines angebliche Flucht aus dem Gefängnis berichtet wurde. Nicolas breitete die nasse Zeitung, so gut es ging, auf dem Boden aus und las. Der Artikel schilderte die Ereignisse genau so, wie er es mit Monsieur Fabron besprochen hatte. Angeblich war der Wachmann, der Julines Flucht durch seine Trunkenheit ermöglicht hatte, bereits entlassen worden. Der nächste Satz ließ Nicolas erschauern: »Ein Mann, der zusammen mit der jetzt flüchtigen Frau gefasst worden war, entzog sich einer Verurteilung durch Freitod in seiner Zelle.«

Nicolas biss sich auf die Lippen. Das widersprach dem, was Fabron ihm erzählt hatte. Versuchte hier etwa jemand zu vertuschen, dass der Gestapomann David beim Verhör erschlagen hatte? Oder hatte er sich in seiner Verzweiflung über seine ausweglose Situation tatsächlich aufgegeben? Was war die Wahrheit und was eine Lüge? Nicolas las weiter, doch er fand keine Antwort auf seine Fragen. Der Zeitungsartikel endete mit einem Fahndungsaufruf, in dem Julines Aussehen genauestens geschildert wurde mit der Bitte, sich umgehend an die nächste Polizeidienststelle zu wenden, sobald man der gesuchten Person ansichtig werde. Nicolas fröstelte. Er zerknüllte das nasse Papier und warf es in einen Mülleimer, der unter einem der Bäume neben dem Brunnen stand.

Vor dem Haus Nummer 33 hielt er einen Moment inne, bis sich sein Puls etwas beruhigt hatte.

Obwohl er beim Aufsperren der Haustür versuchte, möglichst kein Geräusch zu machen, konnte er ein leises Schnappen nicht verhindern. Aber es schien ihn niemand zu hören. Von irgendwoher schallte Kinderlärm durch das Erdgeschoss und dann eine laute Frauenstimme, die sie – »Bernard! Vivien! So seid endlich still! *Asseyez-vous!*« – zur Ruhe gemahnte.

Im Dämmerlicht des Hausflures schlich Nicolas die schmale, steile Stiege hinauf. Ein Teppich, der über die Stufen gespannt war, dämpfte das Geräusch seiner Schritte. Oben stellte er fest, dass ihm jemand zuvorgekommen war. Die Tür zur Mansardenwohnung war angelehnt, das Schloss aufgebrochen und unbrauchbar. Nicolas zögerte. Brachte er sich womöglich gerade selbst in Gefahr? Wäre es nicht besser, schnell umzukehren, bevor er entdeckt wurde? Er hielt den Atem an und legte ein Ohr an den Türspalt, um zu lauschen, ob jemand in der Wohnung war, doch kein Geräusch, keine Silbe klang heraus, alles blieb still. Vorsichtig schob er die Tür ein Stück weit auf und schaute hinein. Zu sehen war niemand. Aber das ganze Zimmer war durchwühlt.

»Ich bin zu spät«, schoss es ihm durch den Kopf.

Sämtliche Schranktüren waren geöffnet und Schubladen herausgerissen, Bücher, Zeitschriften, Schuhe, Kleider, Wäsche, alles war auf dem Boden verstreut.

Sogar die Kissen von den beiden Sesseln waren heruntergerissen worden, genauso wie im Schlafzimmer die Bettdecken, Laken und Matratzen. Vorsichtig schritt Nicolas durch die beiden kleinen Räume, bemüht, weder auf die Kleidungsstücke zu treten, noch mit dem Kopf gegen die niedrigen Dachschrägen zu stoßen.

Welche Leute auch immer diese Wohnung durchsucht hatten, im Bad hatten sie weniger Verwüstungen angerichtet, wie Nicolas erleichtert feststellte, als er den kleinen gekachelten Raum betrat. Zwar lagen alle Handtücher auf dem Boden, aber auf der schmalen gläsernen Konsole über dem Waschbecken stand wie unberührt ein Porzellanbecher mit zwei Zahnbürsten und einer Zahnpastatube darin, daneben Cremetiegel, zwei Lippenstifte und eine Puderdose. Auf einem halbrunden Rattanregal in einer Ecke des Badezimmers fand er das Bastkörbchen, von dem Juline erzählt hatte. Nicolas hob den Deckel an und zog unter Wattebäuschen, Damenbinden und Heftpflastern einen kleinen zusammengelegten Stadtplan heraus, den er sich unbesehen in die hintere Hosentasche schob.

Als er das Badezimmer verließ, blickte er sich noch einmal unschlüssig um. Julines Magnolienkleid lag zerknittert vor dem geöffneten Schrank, es war schmutzig, bedeckt mit den schwarzen Abdrücken von groben Schuhsohlen. Von einer plötzlichen Eingebung getrieben, hob Nicolas es auf, warf den zerbrochenen Bügel weg, schüttelte ein wenig den Staub ab und legte es, so gut es ging, zusammen. Er fand einen leeren Rucksack neben dem Schrank und steckte das

Kleid hinein. Dazu nahm er wahllos ein paar Blusen, einen Rock, eine Strickjacke und Strümpfe vom Boden auf, dann einige Seidenhemden, Unterhöschen und Büstenhalter, wobei er sich wie ein Voyeur vorkam, als er Julines duftig zarte, spitzenbedeckte Wäsche in die Hände nahm. Er schob die Wäscheteile schnell in den Rucksack, als würde er sich sonst daran die Finger verbrennen.

Unter dem Wohnzimmertisch entdeckte er zwei gerahmte Fotos. Das Glas des einen Bilderrahmens war gesprungen. Es war das Hochzeitsfoto von Juline und David. Man sah sie im Fond eines Autos sitzen, sie im weißen Hochzeitskleid, einen Schleier auf dem Kopf, der gekränzt war von einem Myrtenzweig. Er trug einen festlichen schwarzen Anzug, in der Brusttasche ebenfalls ein Myrtenzweiglein. Sie hatten die Köpfe aneinandergelegt und lachten den Fotografen an. Ein Bild voller Freude und Übermut. Nicolas steckte es in die Seitentasche des Rucksacks, ebenso wie das zweite Bild, das Juline als junges Mädchen im Kreise ihrer Familie zeigte. Die Eltern blickten ernst und aufmerksam in die Kamera, während Juline und ihre drei kleinen Schwestern vergnügt dem Fotografen zuwinkten. Außerdem entdeckte er einen Stapel Briefe auf dem einen Nachtschränkchen und auf dem anderen die zusammengerollte Skizze, die Nicolas Juline am Tag ihres Kennenlernens geschenkt hatte. Vorsichtig schob er die Briefe und das zusammengerollte Bild zu den Fotografien in den Rucksack. Dann kehrte er noch einmal ins Bad zurück und betrachtete die Tuben und Tiegel auf der Konsole. Weil er nicht wusste, wem von beiden welche Zahnbürste gehörte, nahm er alles mit.

Zurück an der Wohnungstür, hielt Nicolas einen Moment inne. Er drehte sich noch einmal um, trat ans Fenster und sah hinaus. Sein Blick ging weit über die Dächer des Panierviertels, die im Sonnenlicht des Nachmittags in allen Schattierungen von Ockergelb leuchteten. Hier und da schimmerte es feucht vom Regen. Eine Kuppel der Kathedrale war gerade noch zu erkennen, ein Streifen Meer und das felsige Ufer auf der anderen Seite der weiten Bucht von Marseille. Drinnen im Zimmer hingen auf beiden Seiten des Fensters gelb-grün gestreifte Vorhänge, und auf der Fensterbank welkte ein Margeritenstrauß in einer bauchigen blauen Vase vor sich hin.

Das also war Julines Zuhause in Marseille – gewesen. Hier hatte sie mit David gelebt, wenn auch nur ein paar Wochen lang. Wie oft mochte sie mit ihm an diesem Fenster gestanden und hinausgeblickt haben? Was mochten sie dabei gedacht und geredet haben? Welche Zukunftspläne hatten sie geschmiedet? Wie hoffnungsfroh mochten sie gewesen sein! Und jetzt?

Nicolas schüttelte diese Gedanken ab. Das war vorbei. Jetzt galt es, sich um andere Dinge zu kümmern. Er blickte sich noch einmal im Zimmer um, ob es noch etwas gab, das Juline dringend benötigen mochte, aber er fand nichts, hängte sich den prallvollen Rucksack um und schlich aus dem Haus.

Nicolas sah den Mann sofort. Er stand auf der anderen Seite der Place des Moulins unter einem der Bäume, den Rücken gegen den Stamm gelehnt, und rauchte eine Zigarette, als wartete er auf jemanden. Einen Augenblick lang zögerte Nicolas, nachdem er aus der Tür getreten war, doch der andere schien ihn kaum zu beachten. Als Nicolas die Treppen der Traverse des Cartiers hinuntergestiegen war und sich bückte, um ein gelöstes Schuhband zuzubinden, hörte er Schritte hinter sich. Unwillkürlich wandte er den Kopf zur Seite und erkannte den Mann, der gerade noch unter dem Baum gestanden hatte und jetzt langsam hinter ihm die Stufen herunterkam. Ihre Blicke trafen sich, und Nicolas spürte, dass er nervös wurde.

»Das hat nichts zu bedeuten«, versuchte er sich zu beruhigen. »Warum sollte er nicht hier entlanggehen. Dass er denselben Weg nimmt wie ich, ist bestimmt nur ein Zufall. Das heißt nicht zwangsläufig, dass er mich verfolgt.«

Aber er konnte das mulmige Gefühl, das ihn beim Anblick des Fremden überkommen hatte, nicht abschütteln.

Nicolas wartete, bis der andere an ihm vorbeigegangen war. Dann hastete er die Treppen wieder hinauf, als wäre ihm eingefallen, dass er etwas vergessen hatte. Zurück auf der Place des Moulins, hielt er einen Moment inne, um sich den Rucksack über die andere Schulter zu hängen. Aus den Augenwinkeln sah er, dass auch der andere Mann umgekehrt war und die Treppe wieder heraufstieg.

»Merde.«

Nicolas stieß einen leisen Fluch aus. Was für eine Dummheit war es doch gewesen, Julines Wohnung aufzusuchen. Er hätte sich denken können, dass das Haus beobachtet wurde. Julines Verfolger warteten nur darauf, dass entweder sie selbst oder einer ihrer Freunde noch einmal in die Wohnung ging, um ein paar Habseligkeiten zu holen. Wenn er jetzt nach Hause ginge, würde er Julines Verfolger direkt zu ihrem Versteck führen.

Nicolas überquerte den Platz, eilte auf der anderen Seite wieder hinunter und lief im Zickzack durch die schmalen, finsteren Gassen des Panierviertels, treppauf, treppab, planlos, ziellos, bis er sich beinahe selbst verlaufen hätte. Normalerweise mied er diese Gegend von Marseille, das schmutzige Viertel der Halsabschneider, Hehler und Zuhälter. Aber jetzt ging es nur darum, den Fremden abzuschütteln, der ihm, wovon Nicolas überzeugt war, noch immer nachlief. Er meinte, die Schritte des Fremden hinter sich zu hören. Doch er wagte nicht, sich ein weiteres Mal umzusehen.

Es roch feucht und muffig zwischen den Hausmauern. Der Gewittersturm hatte einige der Mülltonnen am Straßenrand umgestoßen und den Unrat durch die Gosse gespült. Ein streunender Hund lief zwischen den Abfällen herum, fand hier und da etwas zu fressen. Vor einer der Spelunken, die die engen Straßen säumten, standen zwei schäbig gekleidete Frauen und boten Nicolas mit eindeutigen Gesten ihre Dienste an. Er eilte rasch vorbei. Doch als ihn wenige Häuser weiter wieder eine Dirne ansprach, kam ihm eine Idee. Er fasste sie an der Hand und zog sie mit sich in die Schenke.

»Wo ist euer Hinterausgang?«, fragte er atemlos. »Ihr

habt doch ganz gewiss noch eine Tür, die nicht vorn zur Straße führt.«

Die Frau funkelte ihn böse an.

»Was soll das? Mein Macker schlägt mich, wenn du mir kein Geld gibst.«

Nicolas zog einen Schein aus seiner Hosentasche.

»Reicht das?«

Sie nahm das Geld und schob es in den tiefen Ausschnitt ihres knappen Kleides.

»Komm.«

Kurz darauf schlich Nicolas durch den Hinterhof, schob ein Tor auf und trat hinaus auf die rückwärtige Gasse. Mit einem schnellen Blick vergewisserte er sich, dass der Fremde hier nicht auf ihn wartete, dann machte er sich auf den Heimweg.

Noch ein paar Mal sah er sich verstohlen um, aber der andere war verschwunden. Unten am Alten Hafen sprang Nicolas auf eine Trambahn und mischte sich am Ende des Waggons unter einen Trupp demobilisierter Soldaten, Armeeangehörige aus den französischen Kolonialgebieten, mit leuchtend roten Fes auf dem Kopf, nordafrikanische Söldner in weiten Pluderhosen und schwarze Westafrikaner mit Turbanen, die von einem goldenen Stern zusammengehalten wurden.

Nach ihm betrat niemand die Bahn. Jetzt war er endgültig überzeugt, nicht mehr verfolgt zu werden, und ließ sich erschöpft auf einem Sitz nieder. Sein Atem wurde ruhiger. Je näher Nicolas seinem vertrauten Viertel kam, desto größer wurde seine Erleichterung. Vielleicht hatte er sich das alles ja nur eingebildet. Vielleicht war es wirklich nur ein Zufall gewesen, dass der Fremde vor Julines Haus gestanden hatte und ihm nachgegangen war. Vermutlich waren seine Nerven überreizt, und er sah Gespenster. Alles war gut. Es gab nicht den geringsten Grund, sich aufzuregen, Juline war in Sicherheit.

Als Nicolas in sein Atelier zurückkam, war es Abend geworden. Juline lag schlafend auf dem Sofa. Die Decke, die sie aus dem Schrank geholt und über sich ausgebreitet hatte, war verrutscht und bedeckte nur noch ihre Hüften, sie gab den Blick frei auf das dünne seidene Unterhemd, das sie trug. Ihr Rock, ihre Bluse, die weißen Söckchen und ihr Büstenhalter hingen ordentlich über der Lehne des blauen Stuhls, darunter standen akkurat nebeneinander ihre aufgeschnürten flachen Leinenschuhe. Die Sonne war hinter den Hausdächern versunken und tauchte das Atelier in ein mildes rötliches Licht. Nach seinem hektischen Herumlaufen in den übel riechenden Gassen des Panierviertels erschien ihm seine eigene Wohnung wie ein Hort der Ruhe und des Friedens. Er sah, dass Camilles Blechauto auf dem Boden vor dem Sofa stand. Während seiner Abwesenheit musste Juline damit gespielt haben. Was mochte ihr durch den Kopf gegangen sein, überlegte Nicolas, als sie den kleinen Schlüssel aufgezogen und dem Spielzeug zugesehen hatte, wie es schnurrend über die Holzdielen gerollt war? Ob sie sich gefragt hatte, was es mit diesem Auto auf sich hatte? Und wann würde Camille es je wieder in den Händen halten? Seufzend stellte Nicolas das Spielzeug zurück auf die Kommode.

Er betrachtete Julines Gesicht, das im Schlaf gelöst und unbekümmert wirkte, beinahe ein wenig zu lächeln schien. Er hätte sie gern gezeichnet, wie sie dalag, so ruhig und entspannt, den rechten Arm angewinkelt, darauf den Kopf gebettet wie auf ein Kissen. Im Ausschnitt ihres Hemdes wölbte sich der Ansatz ihrer Brust. Das eine Bein hatte sie angewinkelt, das andere ausgestreckt, es ruhte auf der hinteren Armlehne des Sofas. Nicolas nahm einen Stift und den Skizzenblock zur Hand und schlug ein leeres Blatt auf. Doch bevor er auch nur einen Strich auf das Papier gesetzt hatte, legte er den Block zurück. Die schlafende Juline wirkte so unschuldig und verletzlich. Es wäre ihm wie ein Verrat erschienen, ihre Wehrlosigkeit auszunutzen, um ein Bild von ihr zu malen. Deshalb beließ er es dabei, sie anzusehen, als müsste er sich ihr Gesicht, ihre ganze Gestalt für immer einprägen, damit er sich später an jede Einzelheit erinnern konnte, an ihr Ohrläppchen, an ihre Nasenflügel, an ihre Lippen, an die kleine Grube unter ihrem Hals, an die weiße Haut ihrer Brust, an den kurzen Nagel ihres Daumens, an ihre kleinen Zehen mit den wie Perlen glänzenden Nägeln, an alles an ihr, für die Zeit, in der sie nicht mehr bei ihm sein würde.

Nicolas kam der Abend in den Sinn, an dem Tatjana ihn zum ersten Mal besucht hatte. Sie hatten einander gerade erst im Petit Poisson kennengelernt und gebrannt vor Lust und Begierde, kaum dass sie die Tür hinter sich zugeworfen hatten. Ohne Umschweife waren sie auf dem Sofa gelandet, hatten einander die Kleider vom Leib gerissen und sich geliebt, laut und hemmungslos, immer wieder, bis es draußen hell wurde. Dann hatte er sie gebeten zu gehen. Tatjana hatte gelacht. Sie werde gehen, hatte sie gesagt, während sie ihre verstreuten Kleider aufsammelte und sich anzog, aber nur, um morgen wiederzukommen. Und das hatte sie getan. Nach einem Jahr waren ihre Besuche seltener geworden. Nicolas fiel auf, dass er sie nie gefragt hatte, weshalb.

Jetzt lag Juline auf seinem Sofa, wie hingegossen, wie die schlummernde Venus auf dem Gemälde von Giorgione und Tizian, ging es Nicolas durch den Kopf – allerdings nicht nackt, sondern in Unterwäsche. Er spürte, dass er Juline begehrte, wie er lange keine Frau mehr begehrt hatte, sehr viel mehr als jemals Tatjana. Aber er wusste, dass er sie nicht anrühren würde, nur mit seinen Blicken. Es war ein anderes Begehren diesmal. Er hatte den Wunsch, sie in den Arm zu nehmen, um sie zu beschützen, das Grauen der Welt von ihr fernzuhalten. Ihr Lächeln wieder aufleben zu lassen. Auch wenn er nicht wusste, wie er das anstellen sollte.

Juline bewegte sich im Schlaf und stieß wieder diesen kleinen klagenden Laut aus. Nicolas hätte gern etwas getan, um ihr einen schönen Traum zu bescheren.

»Alles wird gut«, murmelte er fast unhörbar. »Alles wird gut, du wunderschöne tapfere Frau. Irgendwann wirst du wieder glücklich sein. Ich weiß nicht, wann und wie, aber ich verspreche dir, ich werde alles dafür tun.«

Es war wie ein Gebet.

Er machte kein Licht, als es draußen dunkel wurde.

Später legte er sich vor dem Sofa auf den alten, ausgetretenen Teppich, ein zusammengerollter Wollpullover diente ihm als Kopfkissen und ein ausgebreiteter Mantel als Decke. Es war ein ungemütliches Lager, er spürte die Härte des Holzbodens unter sich und konnte lange nicht einschlafen.

Was für ein Narr bin ich doch, dachte er, nachdem er sich zum zehnten Mal auf die andere Seite gewälzt hatte, vergeblich auf der Suche nach einer bequemen Schlafposition. Das Sofa war breit genug für zwei, er hätte Juline bitten sollen, ihm ein wenig Platz zu machen …

Aber im Grunde war er glücklich, wie er da auf seinem alten Teppich lag, in der Gewissheit, dass Juline es bequem hatte und gerade tief und sorglos schlief, wenigstens für ein paar Stunden den Schmerz über Davids Tod nicht spürte und sich keine Gedanken darüber zu machen brauchte, wie es mit ihr weitergehen sollte. Morgen, dachte Nicolas, morgen wird mir etwas einfallen.

Kapitel 23

Der Geruch von Gerstenkaffee weckte Nicolas. Die Sonne stand hell im Zimmer.

Juline war schon aufgestanden und angekleidet, als er sich mit schmerzenden Knochen von seinem unbequemen Nachtlager erhob. Er ging in die Küche, wo sie gerade dabei war, sämtliche Schranktüren zu öffnen und wieder zu schließen, offenbar auf der Suche nach sauberen Kaffeetassen.

»Im Schrank links oben neben dem Fenster«, sagte Nicolas.

Sie drehte sich zu ihm um.

»Oh, du bist wach. Guten Morgen! Es tut mir leid, dass du die Nacht auf dem Boden verbringen musstest. Warum hast du mich nicht geweckt? Wir hätten auf dem Sofa ein wenig zusammenrücken können.«

»Schon in Ordnung. Du hattest den Schlaf weit nötiger als ich.«

Sie hatte die Tassen gefunden, goss Kaffee hinein und reichte eine davon Nicolas. Er trank einen Schluck, dann stellte er die Tasse ab und zog ein Streichholzbriefchen sowie eine zerdrückte Schachtel Gitanes aus der Tasche seines Hemdes.

»Darf ich?«

Juline nickte nur, während sie ihren Kaffee trank.

Nicolas klopfte eine Zigarette heraus und zündete sie an. Er schob die Fensterscheibe auf und blies den Rauch hinaus.

»Sie haben eure Wohnung an der Place des Moulins durchsucht. Sie haben alle Schränke und Schubladen aufgerissen, sogar die Matratzen haben sie von den Bettgestellen gezogen.«

Julines Gesicht blieb unverändert.

»Damit war zu rechnen. Sie müssen gewusst haben, wo wir wohnen. Irgendwie ist unsere Identität aufgeflogen. Sie haben uns nicht zufällig bis zu dieser Bucht verfolgt. Was ist mit dem Stadtplan? Haben sie den gefunden?«

»Nein. Den habe ich mitgebracht. Frische Kleidung auch, Zahnbürste und Handtücher. Die Briefe und die Fotos. Es steckt alles im Rucksack.«

»Die Fotos auch? Das ist gut. Ich danke dir. Ich danke dir von Herzen.«

»Mag sein, dass ich mich irre, aber gestern war es mir, als hätte jemand vor eurem Haus gestanden und wäre mir nachgegangen. Vielleicht habe ich mir das auch nur eingebildet. Jedenfalls habe ich ihn abgehängt.« Nicolas zog an der Zigarette. »Ich mache mir Sorgen um dich. Sie werden dich suchen. Sie werden alle Plätze durchkämmen, an denen du dich aufgehalten hast. Vielleicht kommen sie irgendwann auch auf mein Atelier. Vergiss nicht, dass Philippe Arnaud dich hier gesehen hat, als er mich bedrängt hat, Irènes Porträt zu verkaufen.«

»Das wird er in der Tat nicht vergessen haben«, murmelte Juline. »Hätte ich mich doch nicht auf diesen kleinen Disput mit ihm eingelassen.«

»Das wärest nicht du gewesen, wenn du nicht widersprochen hättest.«

»Was soll ich tun? Soll ich zu Madame Hortense zurückkehren? Jetzt, wo sie das Apartment durchsucht haben, kommen sie vielleicht nicht wieder …«

Nicolas schüttelte den Kopf. »Auf keinen Fall. Womöglich beobachten sie das Haus, weil sie erwarten, dass du dorthin zurückkehrst. Vorerst kannst du hier bei mir bleiben.«

Er drückte seine halb aufgerauchte Zigarette aus.

»Ich werde uns ein paar Croissants zum Frühstück besorgen«, sagte er. »Warte mit der zweiten Tasse Kaffee. Ich beeile mich.«

»Kann ich ein Bad nehmen, während du unterwegs bist? Ich fühle mich entsetzlich schmutzig. Gestern Abend war ich zu müde zum Baden, aber ich möchte sauber sein, wenn ich die frischen Kleider anziehe, die du mitgebracht hast.«

»Aber natürlich, ja. Es gibt ein Badezimmer draußen auf dem Flur. Ich zeige es dir.«

Schon als Nicolas seine Wohnungstür öffnete und den Kopf hinausstreckte, hörte er, wie der alte Admiral auf der anderen Seite des Ganges in seiner Wohnung rumorte.

»Es ist frei. Warte, ich habe noch etwas für dich.«

Nicolas kramte in der untersten Schublade seiner Kommode, holte ein Stück Seife heraus und wickelte es aus dem Pergamentpapier.

»Oh, was für ein Luxus!« Juline nahm ihm die Seife ab und schnupperte daran. »Lavendel! Wie kann es sein, dass du ein Stück echte Lavendelseife besitzt? Man bekommt doch jetzt – wenn überhaupt – nur noch diese schreckliche harte Kernseife, bei der man das Gefühl hat, sich mit dem Schmutz gleich die ganze Haut abzureiben.«

Nicolas zuckte mit den Schultern.

»Sagen wir, sie hat auf dich gewartet. Es ist ein Wunder, dass sie überhaupt noch nach Lavendel riecht.« Dass er diese Seife vor langer Zeit einmal für Irène gekauft hatte, brauchte Juline nicht zu erfahren. Vermutlich konnte sie es sich denken.

»Lass dir Zeit mit dem Baden«, fügte er hinzu. »Ich bin gleich wieder da.«

Alfonse, dachte Nicolas. Bei Alfonse werde ich Croissants bekommen. Alfonse war der Bäcker seines Vertrauens, seit er die kleine Atelierwohnung angemietet hatte. Früher, als Irène noch lebte und öfter mit ihm hier übernachtet hatte, war er regelmäßig in der Früh zu Alfonse gegangen, dessen kleine Boulangerie gleich an der nächsten Straßenecke lag, und hatte Baguettes oder Croissants gekauft, oder Pain au chocolate, was Irène besonders geliebt hatte. Aber seit Nicolas' Frühstück hauptsächlich aus Kaffee und Zigaretten bestand, waren seine Besuche dort seltener geworden.

»*Bonjour*, Alfonse.«

Beim Eintreten registrierte Nicolas, dass sich im Laden etwas verändert hatte. In den langen hölzernen Regalen hinter der Verkaufstheke und in der hohen Glasvitrine, in der sich normalerweise Brioches, Navettes und andere süße Köstlichkeiten stapelten, herrschte an diesem Morgen gähnende Leere. Nur ein paar Baguettes lagen im Regal und kleine ovale Brote mit dunkler Kruste.

»Nicolas!«, rief Alfonse, und seine runden rosigen Wangen strahlten. Er hob kurz die weiße Mütze vom Kopf. »Ich habe dich ewig nicht gesehen. Sieh dich um und wähle aus meinem reichhaltigen Angebot.«

Seine Stimme klang spöttisch.

»Was ist los, Alfonse? Bist du heute nicht zum Backen gekommen? Zwei Croissants hätte ich gern.«

Der Bäcker schüttelte den Kopf.

»Bedaure, werter Freund. Wie sollte ich Croissants backen, wo es doch im Moment keine Butter zu kaufen gibt! Ich habe überlegt, es ersatzweise mit Motorenöl zu versuchen, aber ich befürchte, das würde den Geschmack etwas verfälschen … Verzeih.« Er verzog das Gesicht zu einem schiefen Grinsen. »Mir scheint, ich bin ein wenig zynisch geworden, aber die Versorgungslage ist einfach katastrophal. In der vorigen Woche war alles noch zu bekommen, und jetzt … Nichts mehr.«

»Das kann man wohl sagen«, mischte sich eine Kundin ein, die hinter Nicolas den Laden betreten hatte. »Deine Makronen gestern waren ungenießbar, Alfonse. Eine Zumutung. Als hättest du Sand und Sägemehl zusammengerührt.«

»Es tut mir leid, Madame, im Moment ist kaum noch feines weißes Mehl zu bekommen. Man muss sich mit Kleie behelfen. Die gibt es auf dem Markt glücklicherweise noch reichlich.«

»Kleie!« Die Dame verzog angewidert das Gesicht. »Unvorstellbar. Damit haben wir für gewöhnlich die Schweine gefüttert – und jetzt essen wir diesen Abfall selbst? Pfui Teufel! Was ist mit diesem Land passiert!«

»Man muss mit der Zeit gehen, Madame. Bedanken Sie sich bei unseren deutschen Freunden.«

Alfonse zuckte ungerührt mit den Schultern. Nicolas dachte an die verschimmelten Brote, von denen Juline erzählt hatte, und murmelte: »Es gibt Menschen, die sich glücklich schätzen würden, wenn sie wenigstens Kleie zu essen bekämen.«

»Ich kann dir nur ein Baguette anbieten.« Alfonse seufzte.

»Vielleicht gibt es beim Kollegen gegenüber an der Ecke noch Croissants. Ich hörte, wie er sich kürzlich damit brüstete, auf verschlungenen Wegen, über die er nicht näher Auskunft geben wollte, zwei Kilo Butter erbeutet zu haben.«

»Das werde ich probieren, danke, Alfonse.«

Nicolas suchte eine Bäckerei nach der anderen im Viertel auf, aber er hatte kein Glück. Nirgendwo waren Croissants zu bekommen. Überall erhielt er die gleiche Antwort: Keine Butter, keine Croissants. Gerade als er überlegte, zu Alfonse zurückzukehren, um wenigstens ein mit Kleie gestrecktes Baguette für Julines Frühstück zu kaufen, raunte ihm ein Mann, der in einer Boulangerie gerade zwei kleine dunkle Brote in seinen Einkaufskorb steckte, zu:

»Vielleicht haben Sie im Hotel Louvre et Paix Glück. Ich hörte aus zuverlässiger Quelle, dass man dort heute früh ein paar Bleche köstlichste frische Croissants gebacken hat. Angeblich logiert dort zurzeit eine Gruppe deutscher Offiziere. Denen werden natürlich nur die besten Speisen gereicht. Fragen Sie in der Küche nach Pascal. Das ist mein Bruder, vielleicht kann er Ihnen etwas Genießbares zukommen lassen. Zu einem guten Preis, versteht sich.«

»Ich danke Ihnen vielmals!«

Nicolas hastete die Canebière hinunter.

Vor dem monumentalen Entrée der Hausnummer 63 verharrte er einen Moment und ließ den Blick über die vier übergroßen marmornen Frauenskulpturen wandern, welche die hohen halbrunden Eingangstüren einrahmten und den in Stein gemeißelten Namen des Hotels auf ihren Köpfen zu tragen schienen: Grandhotel de la Louvre et de la Paix.

Ein Bediensteter in Livree öffnete eine Tür, und Nicolas trat ein. Noch nie hatte er dieses prächtige Hotel von innen gesehen, und die Eingangshalle, ein imposanter Palast aus Glas, Gold und Mahagoni, verschlug ihm beinahe den Atem. Schwere Kristalllüster hingen von der Decke herab, und auf dem hellen Marmorboden dämpften dicke Teppiche die Schritte der vielen Menschen, die den Saal bevölkerten. An den Wänden standen deckenhohe Palmen und ausladende Bananenstauden in kupferbeschlagenen Kübeln und gaben dem Eingangssalon ein exotisches Ambiente. Fast alle der tiefen dunklen Ledersessel, die zwischen kleinen verschnörkelten Tischen vor den Fenstern standen, waren besetzt. Die Leute tranken Kaffee oder Wein, lasen die neuesten Frontberichte in den Zeitungen, spielten Karten oder lauschten dem Pianisten, der am anderen Ende des Raumes an einem schwarz lackierten Flügel musizierte.

»*Pardon*, Monsieur.«

Nicolas trat auf einen Kellner zu, der gerade einen der Tische aufgeräumt hatte und nun sein mit Geschirr beladenes Silbertablett hinaustragen wollte. »Wo ist denn bitte der Eingang zur Küche?«, erkundigte er sich. »Ich müsste einen gewissen Pascal aufsuchen.«

Der Kellner, ein junger, bleicher Bursche, zwinkerte nervös mit seinen rot geränderten Augen.

»Nun, Monsieur, ich bin mir nicht sicher, ob es den Gästen unseres Hauses gestattet ist …«

Nicolas zog ein paar Münzen aus seiner Hosentasche, die er dem Kellner in die Hand steckte.

»Gewiss werden Sie mir den Zugang zur Küche gestatten, nicht wahr?«

Der Junge errötete heftig, dann nickte er.

»Aber ja doch. Bitte kommen Sie mit, Monsieur.«

Himmel, dachte Nicolas, während er dem Burschen durch die verschlungenen Gänge des Hotels in den Küchentrakt folgte, was für eine Odyssee für ein Frühstück; vielleicht hätte ein Kleiebrot von Alfonse auch gereicht … Aber er hatte sich nun mal in den Kopf gesetzt, Juline mit einem Croissant zu erfreuen, und jetzt würde er das auch tun.

Der junge Kellner stieß die doppelte Schwingtür zur Hotelküche auf, worauf der Geruch nach allen kulinarischen Köstlichkeiten Frankreichs herauswehte. Nicolas konnte sich kaum erinnern, wann er das letzte Mal den Duft eines so vorzüglichen Coq au Vin genossen hatte. Doch als er dem Kellner in die Küche folgen wollte, hielt der ihn zurück.

»Warten Sie hier draußen. Ich werde Pascal rufen.«

Kurz darauf stand ein vierschrötiger Mann vor Nicolas, eine hohe weiße Kochmütze auf dem kantigen Kopf, die helle Kochjacke war mit ein paar rötlichen Spritzern versehen.

»War etwas mit dem Essen nicht in Ordnung?«, fragte er unwirsch. »Wir tun hier, was wir können.«

»Darum geht es nicht. Ich bin kein Gast des Hauses. Ihr Bruder schickt mich. Er sagte mir, dass ich bei Ihnen Croissants bekommen kann. Vermutlich gibt es hier die einzigen in ganz Marseille.«

Die abweisende Miene des Kochs wurde freundlicher.

»Kein Problem. Ich denke, ich könnte ein paar Croissants abzweigen. Was bieten Sie mir?«

Nicolas reichte ihm einen Zehn-Francs-Schein.

Der Koch blickte auf das Geld, dann auf die gewölbte Brusttasche an Nicolas' Hemd.

»Und die Zigaretten«, sagte er mit einem Kopfnicken.

Seufzend zog Nicolas die Packung Gitanes heraus. Es fehlte nur die eine Zigarette, die er heute früh geraucht hatte. Es war seine letzte Packung. Es würde schwierig werden, noch einmal die guten Zigaretten zu bekommen. Trotzdem reichte er dem Koch die Schachtel, und als dieser noch einmal auffordernd nickte, gab er ihm auch das Päckchen Streichhölzer dazu. Der Koch ließ alles in die große Tasche seines Kittels gleiten und verschwand wieder in der Küche, um kurz darauf mit einer Papiertüte in der Hand zurückzukehren.

»Es wäre besser, wenn Sie es nicht in der Stadt verbreiten, wie Sie an die Croissants gekommen sind«, erklärte er und reichte Nicolas die Tüte. »Die Hotelleitung geht mir an den Kragen, wenn sie erfährt, dass in der Küche dieses noblen Hauses ein reger Schwarzmarkt blüht.«

»Natürlich nicht«, versicherte Nicolas und hielt die Nase über die Tüte. Die Croissants waren noch warm und dufteten wunderbar nach frischer Butter.

Nicolas eilte aus dem Hotel wie beflügelt. Wie dumm von mir, ich hätte diesen Koch im Louvre et Paix gleich auch nach Bohnenkaffee fragen sollen, ging es ihm an der nächsten Straßenecke durch den Kopf. Aber nun mochte er auch nicht mehr umkehren. Auch wenn ihn die Croissants geradezu ein Vermögen gekostet hatten: Allein die Tatsache, dass er es geschafft hatte, dieses köstliche Backwerk für Juline zu erstehen, erfüllte ihn mit einer Hochstimmung, wie er sie lange nicht mehr gespürt hatte.

Doch das Gefühl versiegte abrupt, als ein großer schwarzer Wagen mit dunkel getönten Scheiben neben ihm anhielt. Ein Fenster wurde heruntergekurbelt, vier Männer in feldgrauer Uniform saßen darin.

»*Pardon,* Monsieur!«, rief der eine von ihnen und beugte sich zu Nicolas heraus. Der deutsche Akzent in seiner Stimme war nicht zu überhören. »Wir hätten da mal eine Frage.«

Nicolas sah das Hakenkreuzemblem an der Feldbluse des Mannes und erschauerte. Zögernd blieb er stehen, die rechte Hand um die Tüte mit den Croissants gekrallt.

»Ja, bitte«, brachte er hervor. Er spürte, wie ihm der Schweiß ausbrach. Wer waren diese Männer? Hatten die sein Schwarzmarktgeschäft im Hotel beobachtet? Oder waren sie ihm wegen Juline auf der Spur?

»Wie kann ich Ihnen helfen?«

Seine Stimme klang kratzig, als hätte er keinen Tropfen Speichel mehr im Mund.

»Können Sie uns sagen«, fragte der Mann im Auto, »wo die Präfektur ist?«

»Die – Präfektur?« Nicolas schluckte. »Sie suchen den Weg zur Präfektur?«

»Ja«, blaffte der Mann. »Ist mein Französisch so schwer zu verstehen? Vielleicht wäre es Ihnen lieber, ich spräche Deutsch?«

Trotz der hämischen Antwort spürte Nicolas, wie ihm ganze Felsbrocken vom Herzen fielen vor Erleichterung. Offenbar war es nur ein Zufall, dass die Männer ihn ansprachen. Obwohl die Präfektur in der Rue de Rome gerade mal einen dreiminütigen Fußweg von hier entfernt war, beschrieb er dem Mann am Autofenster die Route so umständlich wie er konnte. Der bedankte sich knapp und verabschiedete sich mit einer militärischen Geste. Noch während er die Scheibe wieder hochkurbelte, fuhr der Wagen weiter.

Nicolas sah dem Auto nach. Er lächelte dünn. Das war sein kleiner bescheidener Beitrag zum Widerstand: dass er die Deutschen auf ihrem kurzen Weg zur Präfektur einmal kreuz und quer durch die Stadt schickte, auf dass sie sich heillos verfahren würden.

Juline würde stolz auf ihn sein, wenn er ihr davon berichtete.

Nicolas nahm zwei Stufen auf einmal, als er die Treppen zu seiner Wohnung hinaufhastete. In Gedanken sah er Julines Gesicht vor sich, wie sie vielleicht ein wenig lächelte beim Anblick der Croissants. Wie sie sich – einen Moment lang zumindest – freute, dass sie so etwas Köstliches zu essen bekam. Sie musste längst fertig sein mit dem Bad und war sicher hungrig, er hatte so lange gebraucht für seinen Einkauf. Fast eine Stunde war vergangen. Sicherlich hatte sie schon den Tisch in der Küche gedeckt und frischen Kaffee gekocht.

Als er in der obersten Etage ankam, zog Lavendelduft aus der geöffneten Tür des Badezimmers durch den Flur, vermischt mit einem Hauch von Honig. Für den Bruchteil einer Sekunde dachte er, Irène wäre wieder da. Es traf ihn wie ein Schlag. So hatte es immer gerochen, wenn sie gebadet hatte. Damals.

Aber der Gedankenfunke zerbarst, noch bevor er wirklich sein Bewusstsein erreicht hatte. Irène würde diese Seife nie wieder benutzen. Irène war für immer gegangen. Der vertraute Schmerz fuhr ihm durch die Brust, und mit ihm kam die Erinnerung. Doch diesmal wehrte er sich nicht gegen die Bilder und Klänge, die in seinem Kopf auftauchten: Irènes Gesicht, lachend und unbeschwert. Ihre blonden Locken im Wind. Das kleine alte Steinhaus mit seinen geduckten, weinumrankten Mauern und den hellblauen Fensterläden. Die schattige Terrasse mit der weiß lackierten Holzbank gleich neben der Tür. Der Blick über die sanft abfallende Landschaft der Provence, Lavendelfelder, Weinstöcke, Olivenbaumhaine. Am Horizont zwischen den blassgrünen Hügeln ein Dreieck Meer. Das Zirpen der Zikaden in den Ginsterbüschen, der endlose blaue Sommerhimmel, das Flirren der Hitze. Die Mohnblumen in den Ritzen der geschichteten Steinmauern. Der Geruch von wildem Thymian in der Luft. Die Stille des Nachmittags.

Plötzlich erfasste ihn ein Gefühl von Heimweh. Und da wusste er, wo Juline in Sicherheit wäre. Es gab nur einen Ort, an dem niemand nach ihr suchen würde. Sein Haus in La Valière, das er nicht mehr betreten hatte, seit Irène dort ums Leben gekommen war. Er würde zurückkehren, sich den Gespenstern der Vergangenheit stellen, weil es um Juline ging. Weil der Schutz ihres Lebens wichtiger war als der Schmerz seiner Erinnerung. Vor drei Jahren war er von dort nach Marseille geflohen, weil er gehofft hatte, dass ihn das Getriebe der großen Stadt seinen Kummer vergessen ließe. Es hatte nichts genützt. Der Gedanke an Irènes Tod quälte ihn noch immer. Aber jetzt würde er zurückkehren.

Die Vorstellung, mit Juline hinauszufahren in das kleine Dorf in der Provence, auf der Bank vor dem Haus zu sitzen, den Blick in die Ferne gerichtet, die Umgebung mit allen Sinnen wahrnehmend, sie dort fernab vom Getriebe der großen Stadt in Sicherheit zu wissen, erfüllte ihn mit einem Glücksgefühl. Er war wie berauscht.

»Juline!«, rief er und riss die Wohnungstür auf. »Es tut mir leid, dass es so lange gedauert hat. Ich bin wieder da.«

Doch er erhielt keine Antwort.

Noch bevor er einen Fuß in sein Atelier gesetzt hatte, sah er, dass Juline fort war. Der Rucksack stand nicht mehr neben der Tür, und das Bettzeug auf dem Sofa war aufgeräumt. Er stürmte durch den Raum und stieß die Küchentür auf. Niemand. Die beiden Kaffeetassen standen sauber auf dem Abtropfgitter neben der Spüle.

»Juline?«

Er schrie ihren Namen durch die leere Wohnung. Er kniete sich vor das Sofa, er riss die Schranktür auf, um zu sehen, ob sie sich womöglich einen absurden Scherz mit einem Versteckspiel erlaubte. Aber Juline blieb verschwunden.

Fassungslos starrte Nicolas auf den blauen Stuhl, der ein wenig verrutscht neben den Kreidemarkierungen stand. Er entdeckte einen Zettel auf dem Tisch. Juline hatte ein Blatt aus seinem Skizzenblock herausgerissen und mit dem Kohlestift hastig etwas darauf geschrieben. Es waren nur wenige Worte.

Lieber Nicolas!

Vielen Dank für alles, aber ich kann hier nicht bleiben. Es ist besser für uns beide, wenn ich gehe. Verzeih, dass es so schnell gehen muss.

Leb wohl, Juline

Kapitel 24

»Hier.«

Estelle schob Nicolas ein Glas Rosé über den Tresen. Er war der einzige Gast im Petit Poisson. Sämtliche Stühle standen mit der Sitzfläche nach unten auf den Tischen, und der Holzboden glänzte hier und da noch feucht vom Durchwischen. Unter einem der Tische lag Pauls Hund und döste.

»Trink das, Nicolas, bevor ich gleich meinen Laden aufmache! Das entspannt deine Nerven.«

»Wieso hast du Wein im Haus? Ich dachte, Alkohol wird neuerdings rationiert. Heute ist Mittwoch. Heute ist eigentlich alkoholfreier Tag.«

»Das stimmt. Aber noch sind ja keine Gäste da, und für besonders schwere Fälle von Liebeskummer habe ich immer ein paar Flaschen im Keller.«

»Liebeskummer? Was redest du! Ich habe doch keinen Liebeskummer.«

Estelle lachte auf. Aber es klang nicht fröhlich.

»Was soll es denn sonst sein, mein Lieber, nach allem, was du mir erzählt hast! Nie seit Irènes Tod hast du so innig und rührend von einer Frau gesprochen. Du siehst aus, als sei dein Herz gebrochen, jetzt, wo Juline fort ist. Und glaub mir, ich weiß, wie Männer mit gebrochenen Herzen aussehen.«

»Unsinn, Estelle. Es ist nicht Liebe. Es ist nur … Ich weiß nicht, was es ist. Verantwortung, Sorge, Pflichtbewusstsein, Loyalität … Was weiß ich.«

Estelle schüttelte ungläubig lächelnd den Kopf.

»Ich sage es ja – Liebe.«

Nicolas betrachtete den Wein, der in seinem Glas schaukelte. »Weshalb ist sie weggegangen? Ich begreife es nicht. Ich war gut zu ihr. Sie war sicher bei mir. Wie kann es sein, dass sie so plötzlich fortmusste? Du bist eine Frau, verstehst du das?«

»Vielleicht hat ihr das Bild auf einmal nicht mehr gefallen, das du von ihr gemalt hast?« Estelle zwinkerte ihm zu. »Die Leute sind ja manchmal empfindlich …«

»Ach, Estelle, das glaubst du doch selbst nicht.«

»Wer weiß! Erinnerst du dich an damals, als dir die Frau des Bezirksbürgermeisters Modell saß? Wie verärgert sie darüber war, dass du ihre großen Ohren so akkurat wiedergegeben hattest. ›Hätten Sie die nicht ein wenig kleiner und hübscher malen können?‹, hat sie geschimpft und sich geweigert, ihr Bild zu bezahlen. Dabei fanden wir doch, dass du sie bereits sehr schmeichelhaft dargestellt hattest. Ach, die Eitelkeit bringt die Leute bisweilen um den Verstand.«

»Das ist so viele Jahre her. Ich weiß wohl, weshalb ich keine Auftragsarbeiten für Porträtmalerei mehr annehme. Aber an Juline gibt es nichts zu beschönigen. Sie ist schön, so wie sie ist. In natura und auf dem Bild. Außerdem hat sie mich bei jedem Strich, den ich auf die Leinwand gebracht habe, beobachtet. Sie war damit einverstanden, wie ich sie gemalt habe. Nein, das Porträt kann sie nicht wütend gemacht haben. Vor allem nicht so plötzlich. Solange ich auch darüber nachdenke, ich finde keinen Grund, weshalb sie es auf einmal bei mir nicht mehr ausgehalten hat.«

»Sicherlich war alles ein Missverständnis, und sie taucht bald wieder auf.«

»Ich hoffe es. Ich begreife nicht, warum sie gegangen ist. Sie ist in Gefahr. Man sucht in der Stadt nach ihr. Ich habe Angst, dass man sie aufgreift und wieder in die Zelle steckt.«

»Den hier könnt ihr auch gleich in die Zelle stecken!«

Auf der anderen Seite des Raumes hatte sich eine Tür geöffnet, und eines von Estelles Mädchen trat schimpfend und mit offenem Mieder in den Schankraum. Ihre hohen Stiefel trug sie in der Hand. Hinter ihr stolperte Paul herein und versuchte vergeblich, einen Arm um die Frau zu legen.

»Nimm deine Finger weg, du Flegel, mit dir will ich nichts mehr zu tun haben …«

»Ginette, was ist passiert?«

Estelle kam hinter dem Tresen hervor, fasste den schwankenden Paul am Arm und führte ihn zu einem Barhocker, auf dem er sich mühsam niederließ. Von dem Lärm aufgeschreckt, erhob sich Voltaire, trottete auf den Tresen zu, die Hundeleine hinter sich herschleifend, und ließ sich neben Paul nieder.

»Der Kerl ist sturzbetrunken. Erst nimmt er meine Dienste in Anspruch, obwohl wir noch gar nicht geöffnet haben, und dann will er mir kein Geld zahlen. Behauptet, es sei doch aus Liebe geschehen …«

Die letzten Worte sprach Ginette mit theatralisch verstellter Stimme, wobei sie die Augen verdrehte. »Na, ich erspare euch die Einzelheiten.«

Sie begann, ihr Mieder zuzuschnüren.

»Ich weiß nicht, weshalb sie sich aufregt«, sagte Paul mit schwerer Zunge. Seine Augen schimmerten glasig. »Was für eine Frau ist das, die anfängt zu zetern, wenn man ihr seine Liebe gesteht.«

»Das ist Blödsinn, Paul«, keifte das Mädchen zurück. »Das wissen wir beide. Ich kenne dich gut genug. Liebe? Pah! Du bist bloß geizig!«

»Streitet euch nicht!«, ging Estelle dazwischen. »Wir reden später darüber. Ich mache dir erst mal einen Kaffee, Paul.«

»Ich hasse Kaffee, vor allem, wenn er nicht aus echten Bohnen ist. Bleib mir bloß vom Leib mit diesem grässlichen Erbsengebräu!« Und zu Nicolas gewandt, sagte er, während er ihm grinsend auf die Schulter klopfte:

»Aber ein Fläschchen Champagner würde mir gefallen. Unser Herr Künstler hier spendiert uns heute einen guten Tropfen. Was hast du noch im Keller, Estelle? Hol deine beste Flasche heraus. Nicolas lädt uns alle ein. Er hat eine Wette verloren. Oder eher gewonnen. Herzlichen Glückwunsch, mein lieber Freund! Du hast dieses Prachtweib tatsächlich rumgekriegt. Wer hätte das gedacht!«

Nicolas starrte Paul an, der ihm jetzt mit hochgerecktem Daumen zunickte. Wie im Zeitlupentempo gelangten die Worte des Freundes in sein Bewusstsein, Silbe für Silbe. Doch er wehrte sich dagegen, wollte nicht wahrhaben, was er gerade gehört hatte.

»Was hast du gesagt?« Er flüsterte, dann schrie er Paul an: »Sag das noch mal!«

»Na, du hast doch hoffentlich unsere Wette nicht vergessen, mein Wertester. Eine Flasche Champagner ist fällig, wenn Juline schwach wird. Die Rechnung geht auf den, der sie zuerst ins Bett bekommt. Und du willst doch wohl nicht behaupten, dass ihr zwei nicht eine unterhaltsame Nacht miteinander erlebt habt, oder?«

Nicolas spürte, wie ihm bei Pauls Worten alle Farbe aus dem Gesicht wich.

»Ich habe diese Wette niemals abgeschlossen. Und wie kommst du überhaupt darauf, dass Juline und ich …?«

Er ahnte die Antwort, noch bevor Paul sie ausgesprochen hatte, und Verzweiflung erfasste ihn, nahm ihm den Atem wie eine gewaltige, tosende Flutwelle.

»Ich wollte dir heute früh einen Besuch abstatten«, erzählte Paul und verzog den Mund zu einem obszönen Grinsen. »Aber gerade als ich die Treppe raufgekommen war und an deine Wohnungstür klopfte, da trat ein himmlisches weibliches Wesen aus dem Badezimmer. Ihre hübschen Haare waren noch ganz strubbelig und tropften vor Nässe, die Haut noch feucht. Oh, es war ein überaus erotischer Anblick, das muss ich sagen! Juline hatte wohl gerade erst ihr Bad beendet. Ah, was für ein herrlicher Duft von Lavendel und Honig sie umgab. Und das Handtuch, das sie sich umgeschlungen hatte … Oh, das ließ ihren herrlichen Körper mehr als nur erahnen. Offenbar hatte sie gedacht, du kämest mit dem Frühstück zurück, Nicolas. So hat sie es mir jedenfalls gesagt. Sonst hätte sie in diesem delikaten Aufzug sicher nicht die Badezimmertür geöffnet. Ganz erschrocken und verwirrt war die süße Kleine bei meinem Anblick.« Paul lachte dröhnend. »Es war mehr als eindeutig, dass da etwas zwischen euch gelaufen ist letzte Nacht. *Chapeau!* Meine Hochachtung, Verehrtester! Du hast gewonnen.«

»Du – du warst heute früh in meiner Wohnung?«

Nicolas starrte den Freund mit wachsendem Entsetzen an. Er hatte das Gefühl, zu Eis erstarrt zu sein. »Hast du – hast du ihr etwa von dieser Wette erzählt?«

Das Grinsen in Pauls Gesicht wurde noch breiter.

»Aber ja, lieber Nicolas. Ich hielt es für angemessen, Juline mit der Wahrheit zu konfrontieren. Das ist ja wohl nur fair. Sonst glaubt sie am Ende noch, dass du sie tatsächlich liebst, und man möchte ja nicht, dass sich die Damen falsche Hoffnungen machen, nicht wahr?«

Nicolas hätte Paul in diesem Augenblick gern einen Faustschlag verpasst. Mitten ins Gesicht. Aber er blieb stehen, wo er war, vor Wut zitternd am ganzen Körper.

»Du verdammter Schuft!«, brachte er schließlich heraus.

»He«, rief Paul. »Wie redest du mit mir?«

Nicolas antwortete nicht. Mit wütend zusammengepressten Lippen sah er Paul an.

»Aber Nicolas ... Weshalb regst du dich so auf? Es war doch nur eine kleine Wette. Ein Spaß zwischen alten Freunden. Was ist los mit dir?«

»Es gab keine Wette, Paul. Ich habe keine Wette gewonnen, verdammt noch mal. Ich habe Juline Unterschlupf gegeben, nachdem ich sie aus der Polizeizelle herausgeschmuggelt habe. Diese Wette, das war eine abscheuliche, menschenverachtende Idee von dir. Nie im Leben hätte ich mit Juline geschlafen, nur um eine Wette zu gewinnen. Und genauso wenig hätte ich gedacht, dass du diese hässliche Idee ernst meinst. Ich schäme mich, dass ich dich nicht energischer davon abgebracht habe. Ich habe Juline nicht angerührt. Das kannst du dir nicht vorstellen, nicht wahr? Aber so ist es. Ich habe sie beschützt, weil sie in Lebensgefahr steckt. Irgendjemand hat der Polizei verraten, dass sie für den Widerstand Flugblätter verteilt. Sie war im Gefängnis. Den Mann, den sie liebt, haben sie deshalb totgeschlagen. Und wenn sie Juline jetzt finden, dann machen sie vielleicht das Gleiche mit ihr. Sie ist weg, Paul. Ich habe keine Ahnung, wo sie ist. Sie ist gegangen, nachdem du ihr von dieser blöden Wette erzählt hast. Womöglich glaubt sie jetzt, dass es mir nur darum ging, sie ins Bett zu bekommen. Ich weiß nicht, ob sie aus Zorn über diese dumme Wette gegangen ist, oder aus Angst. Oder weshalb sonst. Auf jeden Fall ist sie weg. Oh Gott, Paul, wie konntest du das nur tun!«

»Du meinst …« Pauls Grinsen erlosch. »Die erschlagen die Leute, die diese Flugblätter verteilen?«

»Ja, oder sie verurteilen sie zum Tod durch den Strang. So steht es in der Zeitung. Und genau das droht Juline, weil du sie aus meiner Wohnung vertrieben hast. Du herzloser Mensch. Wie konntest du je mein Freund sein!«

»Was ist nur aus dir geworden, Paul!« Estelles Stimme klang bitter. »Du hast dich schuldig gemacht.«

»Das habe ich nicht gewollt. Das habe ich wirklich nicht gewollt. Ich hab doch nicht gewusst, dass sie so mit den Leuten umgehen.« Pauls Stimme klang jämmerlich. »Ich hatte ihr nur einen kleinen Schreck einjagen wollen, weil ich mich so sehr darüber geärgert hatte, dass sie mir damals auf der Vernissage diesen Kuss verweigert hat. Ich … ich war wütend auf sie. Ich hab mir gesagt, das wird sie mir büßen.« Jetzt begann er zu schluchzen. »Ich habe gedacht, wenn ich der Polizei einen kleinen Tipp gebe, dann holen sie Juline zum Verhör, und sie bekommt einen Schreck, und dann lassen sie sie wieder laufen …«

»Paul!«, schrie Nicolas. »Wovon sprichst du da?!«

Paul heulte jetzt wie ein Kind.

»Als du mir erzählt hast, dass sie Flugblätter verteilen, Nicolas, da wusste ich sofort, wie ich mich an ihr rächen könnte …«

»Sag, dass das nicht wahr ist! Sag, dass du sie nicht an die Polizei verraten hast! Nein, Paul, so ein hinterhältiger, grausamer, hundsgemeiner Mensch kannst nicht einmal du sein! Wir waren doch Freunde.«

Doch Paul nickte unter Tränen.

»Ich habe das nicht gewollt«, wimmerte er. »Ich habe doch nicht gewollt, dass sie ihren Mann totschlagen. Ich … ich war betrunken, und dann kam mir diese Idee. Ich bin zur Polizei gegangen und habe gesagt, ich kenne da zwei Leute aus Paris, einen Schriftsteller aus der Schweiz und seine kleine süße Frau, die werfen gerne Flugblätter durch die Kunstakademie und fordern die

Studenten auf, die Reden von de Gaulle im französischen Radio aus London zu hören. Ich wusste nicht, was ich tat. Ich wollte sie nur ein bisschen erschrecken.«

»Mein Gott, Paul«, stammelte Nicolas. »Was für eine bodenlose, scheußliche Dummheit. Wieso habe ich dir bloß davon erzählt …«

Auch Estelle stand ungläubiges Entsetzen ins Gesicht geschrieben. »Wie sollst du dafür jemals Vergebung finden?«

»Ich werde ihr helfen.«

Paul rutschte von seinem Barhocker. »Ich gehe jetzt zur Polizei und mache alles wieder gut. Ich sage ihnen, dass Juline unschuldig ist und dass ich mir das mit den Flugblättern nur ausgedacht habe, weil ich mich an ihr rächen wollte. Ein dummer Streich. – Komm, Voltaire, wir gehen.«

Der Hund sprang auf und schüttelte sich. Paul nahm die Leine in die Hand.

»Warte, Paul …« Estelle versuchte, ihn zurückzuhalten. »Warte lieber, bis du nüchtern bist. Sonst machst du alles nur noch schlimmer.«

»Es kann nicht schlimmer werden. Ich bin schuld am Tod eines Menschen, was kann schlimmer sein als das?«

»Nichts«, entgegnete Nicolas grimmig und sah zu, wie Paul von Tisch zu Tisch schwankend die Bar durchquerte.

»Bleib hier!«, rief er schließlich, als Paul die Tür erreicht hatte und sich Halt suchend an den Knauf krallte. »Estelle hat recht. Es hat keinen Sinn, wenn du in deinem Zustand zur Polizei gehst …«

Paul drehte sich noch einmal um. »Mein Zustand ist ausgezeichnet!«

Er grinste jetzt wieder, aber er sah unglücklich dabei aus. »Ihr werdet sehen, es wird alles gut. Ich kümmere mich darum. Dann komme ich zurück, und wir trinken alle miteinander eine Flasche Champagner. Und ich werde nie wieder um irgendetwas wetten.«

Er schob die Tür auf, worauf der Lärm des Hafenviertels in die Bar brandete, ließ den Hund hinauslaufen und schwankte hinterher. Dann fiel die Tür zu, und es war wieder still.

Estelle und Nicolas sahen einander schweigend an.

»Vielleicht hätte ich besser auf ihn aufpassen müssen«, sagte sie schließlich. »Er sollte nicht immer so viel trinken. Der Alkohol macht ihn kaputt. Und dieses grässliche Pulver. Im Grunde ist er doch immer ein lustiger, netter Mensch gewesen.«

Nicolas nickte.

»Ja, das war er. Früher.«

Er ließ den Kopf sinken und fuhr sich mit den Händen durch die Haare. »Ich hätte ihm nicht mehr vertrauen dürfen, Estelle. Ich hätte ihm nichts von Juline erzählen dürfen. Oh Gott, wieso habe ich das nur getan? Wir wissen doch beide, dass Paul nicht mehr der Alte ist.«

In diesem Moment kreischten draußen die Bremsen der Trambahn, gleichzeitig gab es einen dumpfen Schlag. Menschen schrien auf, und dann war für einen Moment nur noch das Jaulen eines Hundes zu hören.

Nicolas und Estelle stürzten hinaus auf die Straße. Direkt vor dem Haus stand die Bahn, davor eine schreiende und weinende Traube von Menschen und mittendrin Voltaire, der jetzt aus Leibeskräften bellte. Der Trambahnfahrer hatte sein Führerhäuschen verlassen und starrte entsetzt auf den Boden.

»Holt ihn doch da raus!«, brüllte jemand. »So beeilt euch doch!« Und ein anderer rief: »Mein Gott, so viel Blut. Wir brauchen einen Arzt! Schnell, wir brauchen einen Arzt.«

Nicolas schubste die Leute zur Seite und drängte sich nach vorn, bis er sah, was geschehen war. Paul lag unmittelbar vor der Bahn reglos auf den Schienen, die Augen offen, Arme und Beine merkwürdig verdreht. Unter seinem Kopf breitete sich eine Blutlache aus und versickerte in den Ritzen zwischen den Pflastersteinen. Voltaire saß neben ihm und kläffte ohne Unterlass.

»Er ist mir einfach vor den Wagen gelaufen«, stammelte der Bahnfahrer, der den Blick nicht von Pauls regloser Gestalt wenden konnte, und knetete seine Kappe in den Händen. »Er hat nicht nach links und nicht nach rechts geschaut. Er kam aus der Kneipe gestürmt wie ein Irrer und ist mir direkt vor die Bahn gerannt. Ich habe sofort gebremst, aber es war zu spät. Ich konnte nichts mehr machen …«

Paul wurde am 15. August auf dem Friedhof Saint Pierre begraben. Schweigend folgte die kleine Trauergemeinde dem Priester und den Sargträgern auf dem langen, schnurgeraden Kiespfad, vorbei an schier endlosen Reihen von Gräbern. Kreuze aus hellem Sandstein ragten zwischen Olivenbäumen, Zypressen und Pinien in den Himmel. Durch die Bäume fiel fleckiges Sonnenlicht auf den Weg. Vor einem frisch ausgehobenen Grab machten sie halt. Nicolas hielt stützend Estelles Arm, die heute ein hochgeschlossenes schwarzes Kleid und über dem Kopf ein schwarzes Tuch trug und lautlos, aber unentwegt weinte, während Pauls Sarg langsam hinuntergelassen wurde. Fast alle ihrer Mädchen aus dem Petit Poisson waren zur Beerdigung gekommen, so züchtig gekleidet wie Estelle, sogar Ginette, mit der sich Paul an seinem letzten Tag noch so heftig gestritten hatte. Sie alle hatten Geld zusammengelegt für einen Kranz aus gelben Rosen und Chrysanthemen, der auf dem schlichten Holzsarg lag. Es hing eine weiße Schleife daran, auf der nur drei Worte standen: *Repose en paix*. Ruhe in Frieden. Mehr, dachte Nicolas, kann man einem treulosen Freund auf seiner letzten Reise nicht wünschen.

»Wirst du ihm verzeihen?«, fragte Estelle, als sie später im Petit Poisson zusammensaßen und ohne Appetit in ihren Tellern mit dünner Bohnensuppe rührten. Nicolas zuckte mit den Schultern.

»Ich weiß nicht. Vielleicht. Irgendwann.«

Sie aßen schweigend.

»Was wird nun aus Voltaire?«

Nicolas schob den Teller zurück. Der Hund lag unter dem Tisch, ohne den Knochen anzurühren, den Estelle ihm gegeben hatte. Seit Pauls Tod hatte er kaum mehr etwas gefressen.

»Ich behalte ihn hier«, erklärte sie. »Meine Kneipe war Pauls zweites Zuhause, und das gilt auch für

Voltaire. Das arme Tier vergeht fast vor Kummer und kann nicht begreifen, wieso der einzige Mensch, der je gut zu ihm war, plötzlich verschwunden ist. Aber er wird darüber hinwegkommen. Er ist ein guter Hund, er kann mir hier ein wenig Gesellschaft leisten.«

»Ja, es ist gut, wenn der Mensch Gesellschaft hat.«

Estelle sah Nicolas prüfend an.

»Du vermisst sie noch immer, nicht wahr?«

»Juline? Ach, Estelle! Wie könnte ich aufhören, sie zu vermissen.«

»Hast du noch mal etwas von ihr gehört?«

Nicolas schüttelte den Kopf.

»Ich auch nicht«, sagte Estelle.

Erstaunt blickte Nicolas auf.

»Warum solltest du?«

»Nun, ich habe Erkundigungen eingeholt. Ich habe da so meine Verbindungen, wie du weißt.«

»Und? Welche Informationen hast du bekommen?«

»Nur so viel, dass sie jedenfalls nicht im Gefängnis sitzt. Mein Informant hätte es erfahren, wenn Juline wieder verhaftet worden wäre. Wo sie sich aufhält, konnte er mir allerdings nicht sagen. Immerhin – Juline ist auf freiem Fuß. Noch. Aber das kann morgen schon ganz anders aussehen. Denn ob sie da, wo sie sich gerade aufhält, in Sicherheit ist, das weiß ich nicht.«

Nicolas nickte beklommen.

»Danke, Estelle. Ich hoffe es für sie. Weißt du, ob ihr Mann schon beerdigt wurde und wo?«

»Nein, von ihm habe ich nichts gehört. Ich habe versucht herauszubekommen, wie er gestorben ist und wo er begraben wird. Aber man erfährt nichts darüber. Gar nichts. Es ist fast so, als gäbe es ihn überhaupt nicht.«

»Das ist merkwürdig. Vermutlich führt die Gestapo irgendetwas im Schilde.«

Estelle zuckte mit den Schultern. »Möglicherweise.«

Kapitel 25

Am Tag nach Pauls Beerdigung stand Nicolas wieder an seinem Pult im großen Saal der Kunstakademie und unterrichtete die Studenten des Sommerkurses. Es war sein letzter Vortrag, bevor in ein paar Wochen das reguläre Wintersemester beginnen würde. Anders als sonst war er heute müde und unkonzentriert. Die Ereignisse der vergangenen Tage hatten ihn mehr aufgewühlt, als er sich eingestehen wollte, und es kostete ihn einige Mühe, sich seine Erschöpfung nicht anmerken zu lassen. Er war erleichtert, als endlich auch die letzte Unterrichtsstunde vorbei war und er sich von den jungen Leuten verabschieden konnte. Rasch packte er seine Sachen ein. Es war ein heißer Tag. Der Akademiesaal, in dem es normalerweise auch im Sommer angenehm kühl war, erschien ihm heute so aufgeladen wie ein Backofen. Er war durstig und wollte schnellstmöglich nach Hause.

Nicolas sah auf. Einer seiner Studenten stand vor ihm, in Anzug und Krawatte gekleidet, verlegen eine Mappe in den Händen drehend. Er erkannte ihn wieder. Es war einer der beiden, die ihm damals dabei geholfen hatten, die Flugblätter aufzusammeln, ein schmächtiger junger Bursche mit tiefliegenden dunklen Augen und ordentlich zurückgekämmtem, welligem Haar. Heute trug er keine Kappe auf dem Kopf.

»Verzeihen Sie, Monsieur«, sagte er schüchtern. »Wäre es vielleicht möglich, dass ich Ihnen etwas zeige? Ich habe ein wenig gemalt über den Sommer. Nichts Großes. Ein paar Aquarelle.« Mit jedem Satz, den er sprach, errötete er heftiger vor Aufregung. Nicolas sah ihm an, wie viel Überwindung es den Jungen kostete, ihn in dieser Sache anzusprechen. »Mein Name ist Frédéric. Mein Großvater hinterließ mir Farben und Pinsel, und als ich Ihre Vorlesungen hörte, da bekam ich Lust, mich selbst daran zu probieren. Ob Sie so freundlich wären, sich meine Bilder einmal anzusehen? Ich – ich habe sie noch niemandem gezeigt. Nun wüsste ich gern, ob ich Talent habe. – Ich hoffe, ich komme nicht ungelegen«, fügte er noch hinzu.

»Aber keineswegs, zeigen Sie nur.« Nicolas unterdrückte einen Seufzer.

Der Student legt seine Mappe auf das Pult und schlug sie auf. Nicolas blätterte zügig durch die Papiere. Dass ihn der Junge jetzt aufhielt, kam ihm gar nicht zupass. Aber er wollte nicht unhöflich sein, und im Grunde freute er sich natürlich darüber, dass er diesen jungen Menschen mit seinen Vorträgen für die Malerei begeistert hatte. Die Bilder waren tatsächlich nicht schlecht. Frédéric hatte vor allem Stadtansichten gemalt, blumengeschmückte Balkone, Boote, die am Hafenkai dümpelten, die Kirche Notre-Dame de la Garde im Abendlicht ...

»Schön«, sagte Nicolas gelegentlich und dann: »Wirklich gut. Ja. Ein gelungener Farbverlauf.«

Doch als er das nächste Blatt aufschlug, stutzte er. Das Aquarell zeigte den Blick aus einem geöffneten Fenster über das ockerfarbene Mosaik von Dächern im Sonnenlicht, auf der linken Seite war eine Kuppel der Kathedrale von Marseille zu erkennen, dahinter das Meer und im Dunst das felsige Ufer auf der anderen Seite der Bucht. Was ihn am meisten verblüffte, war die blaue Vase, die im Zimmer auf der Fensterbank stand, darin ein Strauß blühender Margeriten. Die gelb-grün gestreiften Vorhänge an beiden Seiten des Fensters schienen leicht in der Sommerbrise zu wehen.

»Mein Gott«, entfuhr es Nicolas. »Wo – wo haben Sie das gemalt?«

»Gefällt es Ihnen?«, fragte Frédéric eifrig. »Das ist eines meiner Lieblingsbilder. Es ist ein ganz besonderer Ort für mich, den ich da gemalt habe, wissen Sie, und ich bin einigermaßen stolz, wie gut es mir gelungen ist, ihn wiederzugeben: Die vielen Schattierungen von Orange und Ocker auf den Dächern, das war wirklich nicht einfach, und dann dieser Kontrast zu dem tiefen Blau des Meeres und des Himmels … Finden Sie auch, dass es gut geworden ist?«

Nicolas nickte. Er hatte kaum zugehört. Beim Anblick des Bildes hatte er das Gefühl, mitten in Julines Wohnung zu stehen.

»Ist das der Ausblick aus Ihrem Zimmer?«, fragte er mit kratziger Stimme und dachte dabei: Es kann ein Zufall sein. Es gibt Tausende Dachkammern im Panierviertel. Tausende Zimmer mit Aussicht über die Häuser, die Kathedrale und das Meer. Das Bild könnte in jedem Mansardenzimmer irgendwo an der Place des Moulins gemalt worden sein. Juline ist sicher nicht die einzige Frau in Marseille, die sich eine blaue Vase mit Margeriten auf die Fensterbank gestellt hat. Und was die gelb-grün gestreiften Vorhänge angeht: Nun, es gibt die verrücktesten Zufälle.

»Nein«, antwortete Frédéric. »Das Bild habe ich in der Wohnung von Freunden gemalt.«

Nicolas bemühte sich, gelassen weiterzusprechen, obwohl sein Herz so sehr hämmerte, dass es beinahe schmerzte.

»Es ist Ihnen wirklich gelungen. Die Perspektive, die Farben, das Licht, alles ... Sehr gut. Ein schöner Ausblick. Haben Sie noch mehr Bilder aus dieser Wohnung?«

Nicolas sah, wie der Junge plötzlich erblasste. Er klappte seine Mappe zu.

»Nein, nur dieses eine, und ich ... ich werde in dieser Wohnung auch sicher nichts mehr malen. Es ist ... Nun, meine Freunde sind aus dieser Wohnung ausgezogen. Vielleicht hätte ich Ihnen dieses Bild besser nicht zeigen sollen.«

Er presste die Mappe an seinen Körper, als wollte er mit aller Macht verhindern, dass Nicolas sich die Blätter noch einmal ansah.

»Schon gut«, sagte Nicolas und versuchte zu verbergen, dass er mindestens genauso erschüttert war wie der Junge. Er legte eine Hand auf Frédérics Schulter. »Sie haben da ein paar wunderschöne Aquarelle gemalt, sie gefallen mir wirklich gut. Machen Sie unbedingt weiter.

Vielleicht möchten Sie sich an der Kunsthochschule bewerben?«

»Oh, nein, ich bin Student der Mathematik. Habe gerade mein zweites Semester beendet. Aber ich interessiere mich für Kunst. Deshalb habe ich Ihren Sommerkurs besucht. Nun male ich gelegentlich ein wenig zum Zeitvertreib. Ihre Vorträge haben mir sehr gut gefallen, ich glaube, ich habe viel gelernt.«

»Das sieht man. Ja, Sie haben Talent. Ich freue mich, dass Sie mir Ihre Bilder gezeigt haben.«

Ein Lächeln huschte über Frédérics Gesicht.

»Danke, Monsieur Guyot. Ihr Lob bedeutet mir sehr viel. Aber nun muss ich los. Auf Wiedersehen!«

Nicolas sah Frédéric nach, wie er durch die leeren Bankreihen eilte, am Ende des Saales die Tür aufstieß und hinausstürzte. Einen Augenblick blieb er wie betäubt neben dem Pult stehen. Dann kam ihm eine Idee. Rasch schob er die letzten Papiere zusammen, steckte sie in die Tasche und eilte dem Jungen nach. Er folgte ihm durch die Eingangshalle der Akademie, durch die offen stehende Tür und die breite Freitreppe hinunter, durch den Hof, der erfüllt war vom Duft des allmählich verblühenden Seidenbaumes, dann durchs Tor und die Straße entlang. Er achtete darauf, ausreichend Abstand zu halten, damit Frédéric ihn nicht bemerkte. Als der Junge einmal stehen blieb, um an einem Zeitungskiosk durch die aktuellen Gazetten zu blättern, versteckte sich Nicolas hinter einer Plakatsäule und wartete, bis er weiterging. An der nächsten Ecke stieg Frédéric kurz entschlossen in eine Trambahn, Nicolas gelang es im letzten Moment, in den hintersten

Waggon zu springen, bevor sich die Türen schlossen. Frédéric hatte sich gleich vorn hinter dem Fahrer auf einen Platz gesetzt und sah aus dem Fenster. Die Bahn ratterte die Canebière hinunter. Am Alten Hafen stieg er wieder aus. Nicolas folgte ihm, erst den Quai des Belges, dann den Quai de Rive Neuve entlang. Kurz vor dem Aufgang der Schwebefähre bog der Junge in eine Seitenstraße, wo er seine Schritte verlangsamte, sich suchend umsah und schließlich vor einem kleinen Geschäft stehen blieb. Es war ein Buchladen, der sich Le Ciel des Rêves nannte. Frédéric ließ den Blick über das Ladenschild wandern, wie um sich zu vergewissern, dass er hier richtig war. Dann trat er ein.

Enttäuscht blieb Nicolas zurück. Ein Buchladen! Der Junge wollte sich nur ein Buch kaufen. Mehr nicht. Wieso war er sich eigentlich so sicher gewesen, dass Frédéric ihn zu Juline führen würde? Wie in einem billigen Detektivroman. Nicolas ärgerte sich über seinen Optimismus, der ihn in der vergangenen halben Stunde beflügelt hatte. Am liebsten wäre er gleich wieder umgekehrt. Doch er blieb unschlüssig auf der anderen Straßenseite stehen und betrachtete die Eingangstür des Ladens. Der Junge hatte Julines Zimmer gemalt, er musste etwas über sie wissen. Nicolas beschloss zu warten, bis Frédéric herauskam, und ihn dann weiterzuverfolgen. Er würde nicht aufgeben. Er würde dem Jungen so lange nachlaufen, bis er herausgefunden hatte, was ihn mit Juline verband.

Unmittelbar nachdem Frédéric im Laden verschwunden war, näherte sich eine Frau mit einem Kinderwagen dem Geschäft. Sie ließ den Wagen vor der

Tür stehen, ging hinein und kam wenige Minuten später mit einem Buch in der Hand wieder heraus. Merkwürdig, dachte Nicolas, weshalb wird diese Kundin schneller bedient als Frédéric, der doch vor ihr den Laden betreten hat?

Als die Frau mit dem Kinderwagen weiterging, sprach Nicolas sie an.

»Verzeihen Sie, Madame. Ich warte auf den jungen Mann im Anzug, der vor Ihnen im Laden gestanden hat. Ist er dort noch länger beschäftigt?«

»Oh – das weiß ich nicht. Aber es ist gut möglich. Ich glaube, er gehört zu einem Literaturzirkel, der dort heute zusammenkommt.«

»Ein Literaturzirkel?«

»Ja. Aber das ist nur eine Vermutung. Genaueres kann ich Ihnen nicht sagen. Ich kenne den jungen Mann ja gar nicht.«

»Bitte«, insistierte Nicolas. »Es ist wichtig für mich. Ich – ich muss wissen, ob es sich lohnt, hier draußen auf ihn zu warten.«

»Nun. Ich denke, Sie werden ein wenig Geduld haben müssen. Als ich eintrat, fragte der junge Mann den Buchhändler gerade, ob die anderen Freunde der Lyrik schon da seien. Das kam mir etwas seltsam vor, denn es war ja zu sehen, dass sonst niemand im Laden war. Aber was weiß ich.« Sie zuckte mit den Schultern. »Vielleicht gibt es ja noch ein Hinterzimmer, ich habe nicht darauf geachtet.«

»Und dann? Was hat der Buchhändler über die anderen Leute gesagt?«

»Nichts. Jedenfalls habe ich nichts gehört. Der Buchhändler antwortete nicht darauf, als er meiner gewahr wurde. Er bat den jungen Mann, einen Augenblick zu warten, und bediente zuerst mich.« Die Frau krauste unwillig die Stirn. »Weshalb interessiert Sie das? Sind Sie von der Polizei?« Mit gesenkter Stimme fuhr sie fort: »Meinen Sie, es ging um schmutzige Bücher? Eigentlich kenne ich den Buchhändler nur als sehr anständigen Mann, ich kann mir gar nicht vorstellen, dass er einen geheimen Literaturzirkel für unanständige Bücher betreibt. Obwohl ... Der junge Mann sagte noch, er sei schon gespannt auf die zärtlichen Sonette, die heute vorgetragen werden sollten. Ich habe mir nichts dabei gedacht. Aber vielleicht hat er damit ja Schmuddelliteratur gemeint!«

Nicolas spürte, dass er zu schwitzen begann. Zärtliche Sonette. Diesen Begriff hatte er irgendwann schon einmal gehört. Hatte nicht Juline davon gesprochen? Doch er konnte sich nicht mehr daran erinnern, wann und in welchem Zusammenhang. Sein Herz schlug heftiger. Was passierte da gerade im Le Ciel des Rêves? Ging es tatsächlich um schmutzige Bücher, oder hatte Frédéric ein anderes Geheimnis? Eines, das womöglich mit Juline zusammenhing?

»Nein, nein, ich bin nicht von der Polizei«, sagte er schnell. »Vielen Dank für Ihre Informationen. Sie haben mir sehr geholfen. Ich denke, Sie haben recht. Wenn es sich um einen privaten Literaturkreis handelt, lohnt es sich sicher nicht, hier draußen auf ihn zu warten. *Au revoir!*«

»Au revoir!« Die Frau nickte zum Abschied und beschleunigte ihre Schritte. Nicolas sah ihr einen Augen-

blick nach, während die Räder des Kinderwagens über das Straßenpflaster rumpelten, dann kehrte er um. Vor dem Buchladen blieb er stehen. Er blickte durch das Schaufenster hinein, konnte aber bis auf den Buchhändler niemanden im Laden sehen. Wo war Frédéric geblieben?

Ein Metallglöckchen klingelte, als er die Tür öffnete.

»*Bonjour,* Monsieur«, sagte er zu dem Buchhändler. Er atmete schwer vor Aufregung, als er weitersprach. »Ich … ich bin der Neue in Ihrem Literaturkreis.«

Der Buchhändler fuhr hoch und starrte Nicolas ungläubig an.

»Was sagten Sie?«

Vielleicht irre ich mich, ging es Nicolas durch den Kopf. Vielleicht leide ich tatsächlich an Hirngespinsten. Vielleicht bilde ich mir das alles nur ein, und es gibt überhaupt keine Geheimversammlung, die sich als Literaturzirkel tarnt. Vielleicht habe ich einfach nur zu viel Fantasie. Am Ende möchte sich Frédéric tatsächlich bloß ein obszönes Buch aussuchen, das der Händler im Laden nicht ausstellen darf.

Vielleicht aber auch nicht.

»Ich gehöre zu Ihrem Literaturkreis«, wiederholte Nicolas nachdrücklich und blickte dem Buchhändler unverwandt in die Augen. »Freunde der Lyrik. Zärtliche Sonette. Ich weiß, dass die anderen schon da sind.« Und dann fügte er auf gut Glück hinzu: »Frédéric erwartet mich.«

Als er diesen Namen aussprach, entspannte sich die erschrockene Miene des Buchhändlers, und er nickte langsam. *»D'accord.«* Daraufhin murmelte er: »Davon hat er mir gar nichts gesagt«, und öffnete eine unscheinbare Tapetentür in der Wand hinter der Ladentheke.

»Bitte, Monsieur, kommen Sie mit.«

Nicolas folgte ihm in ein winziges fensterloses Büro. Darin war kaum Platz für einen Schreibtisch, einen Stuhl und ein kleines hüfthohes Regal. Die Wände waren über und über verhängt mit Plakaten, auf denen für Bücher, Konzerte und Theateraufführungen geworben wurde.

Fünf Augenpaare sahen Nicolas erschrocken an, als er eintrat. Frédéric saß, mit dem Rücken an die Wand gelehnt, auf einem flachen Kissen auf dem Boden, neben ihm der andere Student, mit dem Nicolas nach der Flugblattaktion in der Akademie ebenfalls geredet hatte. Auf dem Schreibtisch saß eine junge Frau, die gerade noch lebhaft gestikulierend gesprochen hatte, bei Nicolas' Eintreten aber mitten im Satz und mit offenem Mund verstummt war. Neben ihr lehnte ein junger Mann am Regal, ein stämmiger Bursche, etwa in Nicolas' Alter, dessen Kinn von einem dichten dunklen Bart bedeckt war und der einen Stift und einen Notizblock in den Händen hielt. Auf dem einzigen Stuhl im Raum thronte mit übereinandergeschlagenen Beinen Juline und starrte Nicolas an, als wäre er ein Gespenst.

Die junge Frau auf dem Schreibtisch hatte ihre Stimme als Erste wiedergefunden.

»Wer sind Sie?«, rief sie. »Wie kommen Sie hier herein? Ist das eine Razzia?«

Und der Bärtige fügte wie aus der Pistole geschossen

hinzu, während er den Notizblock zuschlug: »Wir sind ein privater Literaturzirkel. Uns eint die Liebe zur Lyrik. Wir wollen ungestört über schöne Gedichte reden. Daran ist nichts Verwerfliches.«

Es klang, als hätte er diese Sätze auswendig gelernt. Nicolas war sich sicher, dass er log.

»Der Herr – er … er wusste vom Literaturkreis«, stotterte der Buchhändler, der jetzt offenbar erkannte, dass niemand mit Nicolas' Besuch gerechnet hatte. »Er fragte nach den Freunden der Lyrik und sagte, Frédéric erwarte ihn schon.«

Der Student war leichenblass geworden.

»Sind Sie … sind Sie mir gefolgt, Monsieur Guyot?«

Nicolas nickte.

»Ja. Aber das hier ist keine Razzia, seid unbesorgt. Ich habe nichts mit der Polizei zu tun. Ihr könnt mir vertrauen.«

Er hatte nur Blicke für Juline, die ihn noch immer erschrocken und ungläubig ansah. Sein einziger Gedanke war: Gott sei Dank, sie lebt, sie ist frei, ich habe sie wiedergefunden. Er spürte, wie ihm Tränen der Erleichterung kamen. Aber es gelang ihm, sie wegzublinzeln.

»Juline!«, rief er, als wären die anderen gar nicht im Raum. »Was ist los? Weshalb bist du weggegangen? Bist du wütend auf mich? Es tut mir leid, dass Paul dir das mit dieser scheußlichen Wette erzählt hat! Ich bin niemals eine solche Wette eingegangen. Glaub mir, Paul war betrunken, er hat Blödsinn erzählt. Meinst du tatsächlich, ich hätte all das auf mich genommen und dich aus dem Gefängnis geholt, nur weil ich eine Nacht mit dir verbringen wollte?«

Juline schüttelte den Kopf.

»Nein, das hätte ich nie von dir gedacht. Natürlich nicht. Dazu kenne ich dich inzwischen zu gut.«

»Aber weshalb bist du dann gegangen? So plötzlich. Ich habe mir schreckliche Sorgen um dich gemacht.«

Juline stand auf und trat auf ihn zu.

»Pauls Besuch hat mich nicht dazu gebracht, meine Meinung über dich zu ändern, Nicolas. Aber er hat mir gezeigt, dass es keine gute Idee ist, wenn du mich in deiner Wohnung versteckst. Ich vertraue Paul nicht. Wie könnte ich, nach dem, was am Abend der Vernissage vorgefallen ist. Ich halte ihn für einen nachtragenden und unberechenbaren Menschen, jedenfalls für jemanden, dem man besser kein Geheimnis anvertrauen sollte. Wenn er weiß, dass ich bei dir bin, dann ist das nicht nur für mich gefährlich. Am Ende könnte er auch dich in große Gefahr bringen, wenn er herumerzählt, dass du eine Frau beherbergst, die von der Polizei gesucht wird.«

Nicolas nickte stumm.

»Es tut mir leid, dass ich so schnell aufgebrochen bin«, fuhr Juline fort. »Aber ich war plötzlich in Panik. Als Paul gegangen war, dachte ich, er läuft schnurstracks zur Polizei und verrät uns. Ich hatte keine Zeit zu verlieren. Ich musste fort. Nicht nur meinetwegen. Auch um dich zu schützen.«

Ihre großen hellen Augen waren auf Nicolas gerichtet. Er wich ihrem Blick aus, unterdrückte das heftige Verlangen, sie zu berühren, sie in den Arm zu nehmen.

»Ach, Juline. Was soll ich dazu sagen! Es ist so viel passiert. Paul war einmal ein guter Freund, aber das

Leben hat ihn verändert, und zwar nicht zum Besseren. Das hätte ich bedenken müssen. Es war mein Fehler. Ich hätte Paul niemals von eurer Flugblattaktion erzählen dürfen. Und noch viel weniger hätte er euch an die Polizei verraten dürfen …«

Mit stockender Stimme berichtete er, was geschehen war und welches Schicksal Paul schließlich ereilt hatte.

»Wir haben ihn gestern beerdigt«, schloss Nicolas. »Glaub mir, er hat bitter gebüßt für seinen Verrat.«

Er sah, dass Julines Lippen nach seinem Bericht vor Erregung bebten, doch sie sagte nichts. Er blickte sich im Raum um, als hätte er die Anwesenden völlig vergessen und sähe sie jetzt zum ersten Mal. Niemand sprach ein Wort. Einen Moment lang war es still, bis das Bimmeln der Ladenglocke hereinklang.

»Das ist für mich«, murmelte der Buchhändler. »Entschuldigt mich.« Er verließ das Büro, um den neuen Kunden zu bedienen, wobei er es nicht versäumte, leise die Tür hinter sich zu schließen.

»Und wer bist du?«, fragte die junge Frau schließlich, die noch immer auf dem Tisch saß, und pustete sich eine Haarsträhne aus der Stirn. Sie sah Nicolas stirnrunzelnd an.

»Das ist Nicolas Guyot«, antwortete Juline an seiner Stelle. »Er ist der Maler, dem ich Modell saß für das Porträt, das ich David schenken wollte. So haben wir uns kennengelernt. Er hat mich aus dem Gefängnis geholt und in seinem Atelier versteckt. Er ist einer von den Guten. Auch wenn er unsere Sache an einen falschen Freund verraten hat.«

Nicolas sah ein Funkeln in ihren Augen.

»Verzeihst du mir?«, fragte er.

Statt einer Antwort umarmte sie ihn so heftig, dass es ihm fast den Atem nahm. Er schlang die Arme um sie und hätte sie am liebsten nie mehr losgelassen.

»Ich hatte solche Angst um dich.« Er schloss die Augen und atmete den Geruch ihrer Haare ein, während er sprach, einen Geruch, von dem er sicher war, ihn unter Tausenden von Gerüchen für den Rest seines Lebens wiederzuerkennen. »Und ich habe dich entsetzlich vermisst. Wo bist du gewesen die ganze Zeit?«

»Florence hat mich aufgenommen«, antwortete Juline und löste ihre Arme von Nicolas' Hals. Die junge Frau auf dem Schreibtisch hob die Hand zu einem kurzen Gruß.

»Bei mir ist genug Platz für zwei, seit mein Verlobter zum Arbeiten nach Deutschland abkommandiert wurde«, erklärte sie. Ihre Stimme klang bitter. »Bis vor ein paar Monaten hat er als Deutschlehrer hier im Lyzeum gelehrt, jetzt arbeitet er auf dem Rübenacker eines Bauern in Ostpreußen. Gott weiß, wann er zurückkommen wird. Bis dahin kann Juline bei mir wohnen.«

»Du bist nicht sicher in Marseille«, sagte Nicolas zu Juline. »Die französische Polizei und die Gestapo fahnden nach dir. Du musst raus aus der Stadt. Komm mit mir nach la Valière. Das ist ein Dorf in der Provence, eine gute Autostunde von hier. Ich habe ein Haus dort, es steht schon lange leer. Du kannst darin wohnen, und niemand wird da nach dir suchen.«

Juline schüttelte den Kopf.

»Aber ich will nicht weg aus Marseille. Ich bin kein Feigling.«

»Das hat nichts mit Feigheit zu tun. Es ist nur vernünftig. Hier in Marseille werden sie dich irgendwann finden. Und damit gefährdest du die ganze Gruppe.«

»Ich bin vorsichtig«, erklärte sie kurz angebunden.

»Das reicht nicht. Ich habe dich auch gefunden.«

Sie runzelte die Stirn.

»Wie hast du das überhaupt angestellt? Woher wusstest du, dass Frédéric dich zu mir führen würde?«

»Er hat mir seine Aquarelle gezeigt. Eines muss er in eurer Wohnung an der Place des Moulins gemalt haben, den Ausblick aus dem Fenster habe ich sofort wiedererkannt. Da wusste ich, dass eine Verbindung zwischen euch besteht. Ich hatte Glück, dass er nach meiner Vorlesung nicht nach Hause, sondern direkt zu eurem Treffen gegangen ist.« Und an Frédéric und den anderen Studenten gewandt, sagte er: »Ihr wart doch dabei, als Juline in der Akademie die Flugblätter von der Galerie geworfen hat. Kanntet ihr euch zu dieser Zeit schon? Damals hatte ich den Eindruck, ihr wäret über die Aktion genauso überrascht wie ich.«

»Das waren wir auch«, antwortete Frédéric und wies auf den bärtigen Mann, der am Regal lehnte. »Aber mein Bruder Henri ist schon länger politisch aktiv und kannte Juline und David. Durch ihn sind mein Kumpel und ich in diese Gruppe geraten. Die Flugblätter haben uns neugierig gemacht. Wir haben angefangen, uns für Politik zu interessieren, und je mehr wir darüber erfahren haben, desto wichtiger fanden wir es, uns an dem Protest zu beteiligen.«

»Kluger kleiner Bruder.« Henri gab Frédéric einen anerkennenden Klaps auf die Schulter. »Genau so soll es sein. Deshalb verteilen wir die Flugblätter.«

»Henri ist der Chefredakteur unserer Untergrundzeitung«, erklärte Florence. »Wir kennen uns schon einige Jahre. Er ist der beste Freund meines Verlobten. Und Juline und ich kamen kürzlich zufällig in der Trambahn ins Gespräch. So haben wir nach und nach alle zusammengefunden.«

»Und der Buchhändler?«, erkundigte sich Nicolas. »Ist er auch eingeweiht?«

Florence nickte.

»Ja. Jean-Claude ist ein redlicher Mann. Anfangs hatten wir verschiedene Treffpunkte. Aber wir verabreden uns nur noch hier, seit Juline und David ...« Sie stockte. »Nun, seitdem die Wohnung an der Place des Moulins sozusagen verbrannt ist.«

»Ich habe dir gesagt, Nicolas, dass ich weitermachen werde.« Julines Stimme klang fest. »Jean-Claude kann unter der Hand alle Bücher und Zeitschriften beschaffen, die wir brauchen. Auch solche, die offiziell verboten sind. Das ist wichtig für uns. Wir wollen alles wissen. Man kann sich nur dann eine eigene Meinung bilden, wenn man mehr erfährt als lediglich die Propaganda der Regierung und die offiziellen Verlautbarungen der Behörden.«

»Deshalb nennen wir unsere Untergrundzeitung *La Vérité*«, erklärte Henri. »Die Wahrheit. Wir rufen die Bürger von Marseille dazu auf, nicht alles zu glauben, was in den Zeitungen steht. Vor allem sollen die Leute jeden Abend Radio London einschalten und de Gaulles

Ansprachen hören. Die machen Mut. Wir wollen, dass Frankreich wieder ein stolzes, freies und unabhängiges Land wird. Wir wollen keinen Staatschef, der nach Hitlers Pfeife tanzt. Wir wollen, dass es wieder etwas Vernünftiges zu essen gibt in unseren Geschäften. Ist es nicht ein Irrsinn, dass wir die besten Produkte unserer Landwirtschaft an die Deutschen liefern müssen? Und vor allem: Was ist mit den vielen Juden und den anderen Flüchtlingen in unserer Stadt, die Angst haben müssen, nach Deutschland ausgeliefert zu werden, falls es ihnen nicht rechtzeitig gelingt, ein Schiff nach Amerika zu besteigen? Wie konnte Marschall Pétain da einwilligen und einen solchen Vertrag unterschreiben? Charles de Gaulle hat recht: Zusammen mit den Briten und den Amerikanern könnte Frankreich den Deutschen ganz sicher die Stirn bieten.«

»Aber Henri!«, rief Nicolas erschrocken. »Wir sind alle froh, dass die Kämpfe vorbei sind. Keiner möchte einen neuen Krieg mit Deutschland!«

»Natürlich nicht. Ich auch nicht. Aber die Frage ist doch, ob ein Leben unter der Knute der Nazis nicht langfristig das größere Übel ist …«

»Bitte lasst uns nicht über den Krieg reden.« Juline hob abwehrend die Hände. »Es hat schon zu viele Tote gegeben. Erst einmal geht es darum, möglichst viele Leute für unsere Sache zu gewinnen. Denn nur wer stark ist, kann etwas bewegen. Und fürs Erste wollen wir etwas mit Worten bewegen.«

»Fürs Erste …«, murmelte Henri.

»Wir hoffen, dass wir die erste Ausgabe unserer Zeitung in der nächsten Woche herausbringen können«, fügte Florence hinzu. »Bis dahin verteilen wir unsere Flugblätter. Heute Nacht kleben wir sie an Laternenpfähle, Hauswände und Baumstämme.«

»Mein Gott«, entfuhr es Nicolas. »Das ist lebensgefährlich. Habt ihr nicht die Bekanntmachungen gelesen? Auf Hochverrat gilt die Todesstrafe. Was ist, wenn euch jemand dabei beobachtet?«

Florence zuckte mit den Schultern. »Wir müssen eben gut aufpassen. Aber es ändert sich nichts in diesem Land, wenn man vor lauter Angst nur die Hände in den Schoß legt.«

»Nein«, rief Nicolas aufgebracht, »aber es ändert sich auch nichts, wenn man erschossen wird!«

Er sah, wie Juline bei diesem Wort zusammenzuckte, und bereute, dass er so heftig geworden war.

»Tut mir leid«, murmelte er.

»Wir planen ja nicht nur die ganz großen, gefährlichen Widerstandsaktionen.« Zum ersten Mal sprach jetzt der andere Student. »Manchmal sind es nur ganz harmlose, symbolische Sabotageakte. Wir haben Marschall Pétain auf allen Plakaten, die wir in der Stadt entdeckt haben, über seinen weißen Schnauzbart ein kleines schwarzes Bärtchen gemalt und auf seine Glatze diese schräge schwarze Haarsträhne, sodass er aussieht wie Hitler. Oder wir malen das V-Zeichen. V wie *victory,* de Gaulles Kampagne für den Sieg.«

»Kinderkram«, murmelte Henri spöttisch.

»Und wir Frauen setzen uns nicht hin, wenn uns ein deutscher Soldat einen Platz in der Trambahn anbietet«, fuhr Florence fort. »Das ist stummer Widerstand. Und dafür kann uns keiner ins Gefängnis stecken.«

Nicolas dachte daran, wie er kürzlich die deutschen Offiziere in die Irre geleitet hatte, als sie ihn nach dem Weg fragten. Trotz aller Sorge um Juline durchflutete ihn ein warmes Gefühl von Kameradschaft und tiefer Verbundenheit mit den anderen.

»Jetzt weißt du, weshalb ich die Stadt nicht verlassen kann«, sagte Juline. »Ich kämpfe in Davids Namen weiter. Bist du dabei?«

Es blieb Nicolas erspart, eine Antwort zu geben. Der Buchhändler Jean-Claude schob leise die Tür auf und steckte seinen Kopf ins Zimmer.

»Bewegt euch nicht vom Fleck«, flüsterte er, den Zeigefinger über die Lippen gelegt. »Und seid leise. Draußen stehen drei Gendarmen vor dem Schaufenster und sehen sich meine Proust-Gesamtausgabe an. Falls einer von denen auf die Idee kommt, hereinzukommen und ein Buch zu kaufen – oder mir zu sagen, dass das Ausstellen dieser Bücher verboten ist, was weiß ich –, dann darf er keinen Mucks aus diesem Büro hören. Wenn sie neugierig werden und Juline hier entdecken, kann ich nichts mehr für euch tun.«

Die anderen nickten stumm, und Jean-Claude zog die Tür wieder zu. Als kurz darauf die Glocke an der Ladentür klingelte und sie hörten, wie der Buchhändler die neuen Kunden begrüßte, begann Juline am ganzen Körper zu beben. Nicolas legte erneut seine Arme um sie und zog sie an sich. Niemand sprach. Die Worte, die im Laden gewechselt wurden, drangen nur als unverständliches Gemurmel durch die Tür. Einmal wurden die Stimmen lauter, jemand näherte sich der Tapetentür – und entfernte sich wieder. Erst als die Registrierkasse rappelte und das Türglöckchen ein zweites Mal klingelte, während Jean-Claude betont laut *»Au revoir, Messieurs«* rief, da löste sich Julines Anspannung ein wenig, und sie flüsterte:

»Ich hasse Räume, die kein Fenster haben. Ich fühle mich wie in einer Falle.«

Kapitel 26

Als sie die Stadt hinter sich gelassen hatten, schien Juline ruhiger zu werden. Sie saß neben Nicolas in Jean-Claudes kleinem Lieferwagen, der Fahrtwind wehte warm durch die offenen Fenster herein. Immer höher schraubte sich das Auto die gewundene Passstraße Richtung Cassis hinauf. Hier und da spendeten Pinien und Olivenbäume ein wenig Schatten, dann wieder führte die Straße an steilen weißen Felswänden entlang, die in der Hitze des Sommers zu glühen schienen.

Juline lehnte sich in ihrem Sitz zurück und schloss die Augen. Nicolas betrachtete sie lächelnd mit einem raschen Seitenblick, bevor er sich wieder auf die Fahrbahn konzentrierte.

Mit Juline an seiner Seite nach La Valière zu fahren, das kam ihm noch immer so vor, als träumte er. Er war so erleichtert gewesen, als sie sich schließlich doch bereit erklärt hatte, mit ihm die Stadt zu verlassen und sich für eine Weile in seinem alten Haus zu verstecken. Nachdem Juline erkannt hatte, wie sehr sie sich durch die Nähe der Gendarmen bedroht gefühlt, wie sehr sie sich geängstigt hatte, da hatten ihr Florence, Henri und die anderen gar nicht mehr lange gut zureden müssen. Es war ihr selbst klar geworden, dass es viel zu gefährlich gewesen wäre, in Marseille zu bleiben. Nicht nur für sie, sondern für die ganze Gruppe. Ihr Gesicht war auf Plakaten überall in der Stadt zu sehen. In den Zeitungen war ihr Name zu lesen. Nach ihr wurde wegen Landesverrats gefahndet, und damit waren alle, die mit ihr zusammen gesehen wurden, ebenfalls verdächtig.

»Wenn wir auch ins Gefängnis kommen, ist unsere Sache erledigt. Wer soll dann den Widerstand organisieren?«

Henris Argument hatte sie schließlich vollends überzeugt.

»Ihr könnt meinen Wagen haben«, hatte Jean-Claude zu Nicolas gesagt und den Schlüssel aus der Schreibtischschublade geholt. »Ich habe darin früher immer die Kartons mit den Büchern von Marseille in meine Filiale nach Aix gebracht. Inzwischen hat meine Tochter den anderen Laden übernommen, und ich brauche den Wagen kaum noch. Es ist gut, wenn das Auto ab und zu mal wieder benutzt wird, bevor es verrostet. Und Benzin ist auch noch im Tank.«

Der Wagen war so himmelblau lackiert wie die Eingangstür zu seinem Laden, und an den Seiten stand in den gleichen weißen Buchstaben wie über dem Schaufenster der Name des Geschäftes: *Le Ciel des Rêves*.

Der Motor ratterte und dröhnte, während das Auto über die steile Schotterpiste bergauf rumpelte. Hinter den Sitzen lag ihr Gepäck auf der Ladefläche, Julines Rucksack und Nicolas' Tasche, daneben ein Karton mit den wenigen Lebensmitteln, die er auf die Schnelle hatte kaufen können, außerdem ein paar Skizzenblöcke und Stifte.

Auf dem höchsten Punkt des Passes hielt Nicolas an.

»Komm«, sagte er und schaltete den Motor aus. »Ich möchte dir etwas zeigen.«

Sie stiegen aus und traten an den Straßenrand. Ein leichter Wind sauste.

»Oh«, sagte Juline nur.

Die Aussicht, die sich ihnen hier bot, war spektakulär. Gleich neben der Fahrbahn fiel ein mit kargem Gesträuch bewachsener Felshang steil ab und bot einen freien Blick hinunter auf Marseille, auf die weißen Häuser, dicht an dicht, das tiefblaue Meer, auf dem ein paar Boote unterwegs waren, und die Frioul-Inseln.

»Wenn du genau hinsiehst, erkennst du auf der kleinen Insel das Chateau d'If«, erklärte Nicolas und streckte die Hand aus, um ihr die Richtung zu zeigen. »In diesem Gemäuer wurde angeblich der Graf von Monte Christo gefangen gehalten.«

Juline nickte.

»Wie hoch oben wir sind! Wie weit weg schon von Marseille! Es tut gut, die Stadt mit so viel Abstand zu betrachten. Wie klein und friedlich sie von hier oben aussieht. Man mag sich kaum vorstellen, wie da unten gerade in diesem Augenblick die Leute durch die Straßen wimmeln und reden und rufen, wie die Autos lärmen und die Straßenbahnen rattern. Irgendwo da unten sitzen Florence und die anderen jetzt zusammen und schmieden neue Pläne, steht Hortense in ihrer Küche und schimpft mit ihren Enkeln. Da sitzen die Leute am

Hafen und essen gefüllte Auberginen und trinken Zitronenlimonade. Irgendwo in einem Hotelzimmer oder in einem Café erzittern ein paar Leute gerade, weil sie in eine Razzia geraten sind. Louise und die komische wippende Frau hocken auf ihren Strohmatratzen in der Gefängniszelle.« Sie seufzte leise. »Und irgendwo da unten weiß jemand, wo David begraben ist …«

Nicolas nahm ihre Hand.

»Aber du lebst, Juline.«

»Ja.«

Er spürte, wie sie den Druck seiner Hand erwiderte, und es erfüllte ihn eine warme Woge von Glück. Ein paar Augenblicke lang verharrten sie schweigend und blickten hinunter auf die weiße Stadt.

»Hast du hier schon mal gestanden und gemalt?«

»Ja, ich habe diesen Ausblick gemalt. Aber das ist lange her. Das Bild ist längst verkauft.«

»Sicher bist du oft mit Irène hier gewesen. Ihr habt hier angehalten und hinuntergeschaut, wenn ihr nach La Valière gefahren seid, könnte ich mir vorstellen.«

»Manchmal, ja.«

»Wie wird es für dich sein, wieder zurückzukommen?«

»Ich weiß es nicht. Ich bin seit ihrem Tod nicht mehr da gewesen.«

»So lange nicht! Seit drei Jahren steht das Haus leer?«

»Ja. Bisher habe ich nie den Mut gefunden, wieder dorthin zu fahren, aus Angst, dass mich der Kummer überwältigt, wenn ich den Ort sehe, an dem sie gestorben ist.«

»Und jetzt?«

»Jetzt ist es wichtiger, dass du in Sicherheit bist.«

»Ich danke dir, Nicolas.«

Sie wandte sich ihm zu, stellte sich auf die Zehenspitzen und hauchte ihm einen Kuss auf die Wange.

»Juline«, sagte er, aber mehr kam nicht über seine Lippen.

Sie stiegen wieder ins Auto, das bald die schmale Straße hinunter nach Cassis rollte, wo sie es kurz in Erwägung zogen, am Hafen einen Kaffee zu trinken, diesen Plan aber sofort wieder verwarfen, als sie einen Polizisten auf einem Fahrrad bemerkten, der die Straße entlangradelte. Deshalb fuhren sie gleich weiter, hinaus aus dem Ort und dann durch eine karge Landschaft, die Bergflanken überzogen mit dem Grün einer kniehohen Macchia. Dazwischen ragten fast senkrecht schroffe weiße Felsen auf. Auf der anderen Seite der Fahrbahn bot sich ein grandioser Blick hinunter zur Küste, wo sich die Wellen weiß aufschäumend an den Felsen brachen.

»Es ist unglaublich schön hier«, sagte Juline staunend. »Ich möchte am liebsten überall anhalten und schauen.«

»Ja, das möchte ich auch. Aber es ist besser, wenn wir erst mal dafür sorgen, dass du in Sicherheit bist.«

»Es ist ein schöner Weg in die Sicherheit.«

»Es ist nicht der direkte Weg«, erklärte Nicolas. »Ich meide die großen Straßen, auf denen wir möglicherweise in eine Polizeikontrolle geraten könnten. Deshalb brauchen wir auch etwas länger.«

Später wand sich die Straße landeinwärts. Sie fuhren an Olivenhainen vorbei und an terrassenförmig angelegten Weingärten, eingefasst in helle Steinmauern. Es ging wieder bergan durch eine hügelige grüne Landschaft und kleine unscheinbare Dörfer, in denen der Wagen über buckliges Kopfsteinpflaster holperte, entlang an kleinen, blumengeschmückten Häusern aus rohem Stein. Hin und wieder säumten lichte Kiefernwälder die staubige Straße, dann wieder ausgedörrte gelbe Wiesen und Felder, an deren Rand Zypressen in den Himmel ragten.

»Sieh nur«, sagte Nicolas, nachdem sie fast zwei Stunden gefahren waren, und wies mit der Hand nach vorn. »Da oben ist La Valière. Gleich sind wir da.«

Der Ort lag in der Ferne auf einem Hügel, wie eine Kappe auf einem Kopf. Die kleinen sandfarbenen Häuser standen eng aneinandergeschmiegt, gekrönt von einem Burgturm, der elfenbeinfarben in den kornblumenblauen Himmel ragte. Sie folgten einem engen sandigen Weg, der in einem leichten Bogen bergauf führte. Die Fahrbahn wurde begrenzt durch ein geschichtetes Mäuerchen, in den Ritzen zwischen den flachen Steinen wuchsen Mohnblumen, Mauerpfeffer und Steinkraut. Hier und da huschte eine Eidechse davon, als das Auto knatternd vorbeifuhr.

Bald hatten sie den Ort erreicht, und Nicolas steuerte den Wagen durch schmale schattige Gassen und über einen kleinen baumbestandenen Marktplatz, auf dem ein Springbrunnen leise vor sich hin sprudelte. Er bog in eine Seitenstraße ab, die bald wieder aus dem Dorf hinausführte, sich durch blühende Ginsterbüsche und Weinstöcke schlängelte und einen freien Blick auf die weite grüne Landschaft bot, mit ihren sonnigen Wiesen, Feldern und Wäldern und den Hügeln, die in der Ferne beinahe bläulich schimmerten.

Vor einem schlichten kleinen Steinhaus ließ Nicolas den Wagen ausrollen.

»Wir sind da.«

Im Schatten einer hohen Zeder kam das Auto zum Stehen. Jäh verstummte das Brummen des Motors, und eine tiefe, friedliche Stille breitete sich aus. Durch die offenen Fenster war nur noch das Flüstern des Windes zu hören, der sanft durch die Äste der Zeder strich, und eine Grille, die irgendwo in den Ginsterbüschen zirpte. Ein würziger Geruch von Kräutern lag in der Luft.

Nicolas spürte, wie ihm das Blut in den Schläfen pochte, während er zu dem Haus hinüberblickte, das so lange sein Zuhause gewesen war und an das zu denken er sich drei Jahre lang verwehrt hatte.

Das Haus sah so aus, wie er es damals verlassen hatte – und doch ganz anders. Die hellblauen Läden an allen Fenstern waren noch immer geschlossen. Wilde Weinreben hatten eine Mauer in Beschlag genommen, ungezügelt rankten sie sich bis aufs Dach hinauf. Das kleine Fenster auf dieser Seite war unter dem dichten Blattwerk kaum mehr zu sehen. Im Garten stand hüfthoch das Unkraut, fingerdicke Efeuranken umschlangen die Stämme der drei Olivenbäume auf der Wiese neben dem Haus. Die hohen Terrakottatöpfe, in denen Irène stets sorgsam ihre roten und weißen Oleanderbüsche, ihre Orangenbäumchen, Kamelien und Bougainvilleen gepflegt hatte, lagen umgestürzt und zerbrochen am Boden, die Pflanzen waren überwuchert von Gras und Gestrüpp und nicht mehr auszumachen. Nur der Lavendel hatte überlebt und sich als dicker silbrig-lilafarbener Busch vor dem Haus ausgebreitet, wenngleich die meisten Blüten bereits verblüht waren. Auf der Stufe vor dem Eingang lagen die Reste eines zertrümmerten Ziegels, den der Sturm irgendwann mal vom Dach gefegt haben musste, und die hüfthohe Mauer aus hellem Sandstein, die das Grundstück umgab, war an einigen Stellen zusammengefallen.

»Und?«, fragte Juline leise. »Wie geht es dir hier?«

»Es ist merkwürdig.« Nicolas betrachtete das Haus. Sein Puls pochte jetzt nicht mehr so heftig. Er öffnete die Autotür und stand auf. »Mir ist, als käme ich nach einer langen Krankheit endlich wieder heim.«

Er stieg die drei Stufen zum Eingang hinauf und schloss die Tür auf. Im Haus roch es muffig, als er und Juline eintraten. Nicolas riss alle Fenster auf und klappte die Läden zurück. Eine dicke Staubschicht lag auf den Möbeln und wirbelte im Luftzug auf. Das Haus war klein. Im Erdgeschoss gab es neben dem Flur nur ein winziges Badezimmer und einen Raum, der gleichzeitig als Küche und Wohnzimmer fungierte. Neben dem Gasherd und einigen Schränken stand ein grober quadratischer Holztisch mit vier lederbezogenen Stühlen darin, außerdem gab es einen Kamin, in dem noch ein paar verkohlte Holzscheite lagen. Durch eine zweiflügelige Tür konnte man hinaus in den hinteren Teil des Gartens treten. Auf der anderen Seite des Raumes führte eine steile Holztreppe mit engen Stufen hinauf in ein weiteres Zimmer unter dem Dach.

Juline, die Nicolas ins Wohnzimmer gefolgt war, blieb am Fuße der Treppe stehen.

»War es hier?«, fragte sie.

Nicolas trat zu ihr, mit langsamen Schritten, als kostete es ihn große Überwindung, sich der Treppe zu nähern.

»Ja.« Seine Stimme klang brüchig. »Hier unten hat sie gelegen. Sie hatte keine Chance.«

Juline betrachtete die hellen Steinfliesen auf dem Boden, als suchte sie nach Spuren des Unfalls. Nichts ließ erkennen, welches Drama sich hier vor drei Jahren abgespielt hatte. Dann hob sie den Kopf und blickte die Treppe hinauf.

»Und was ist oben?«, fragte sie und setzte einen Fuß auf die erste Stufe. »Bestimmt hat man da eine ganz wunderbare Aussicht aus den Fenstern.«

»Halt! Geh nicht hoch!«

Nicolas fasste sie am Arm und hielt sie zurück. Erschrocken blickte sich Juline zu ihm um.

»Warum nicht? Was ist los?«

»Die Stufe! Die oberste Stufe ist locker. Du darfst die Treppe nicht betreten. Nicht jetzt. Niemand darf diese Treppe betreten. Es ist zu gefährlich. Komm, lass uns hinausgehen!«

Er nahm ihre Hand, und sie folgte ihm zur Tür, die ein schrilles Quietschen von sich gab, als er sie öffnete. Sie traten hinaus auf die Terrasse, einen mit flachen grauen Steinen gepflasterten Platz, über dem eine mit dichtem Weinlaub bewachsene Pergola Schatten spendete. Faustgroße Trauben mit winzigen grünen Früchten hingen aus dem hölzernen Gestänge herab, umschwirrt von ein paar Wespen. Aus den Ritzen zwischen den Steinplatten am Boden sprossen kniehohes hartes Gras, Löwenzahn und anderes Unkraut, das sich auch im Rest des rückwärtigen Gartens ausgebreitet hatte.

Hinter einem verwilderten Kräuterbeet und ein paar Sträuchern, an denen die letzten Rosen blühten, war die niedrige Mauer, die das Grundstück umgab, kaum mehr auszumachen. Sie war überwuchert von dornigem Gestrüpp.

Trotzdem verschlug es Nicolas den Atem, als er nach all den Jahren seiner Abwesenheit das vertraute Panorama erblickte, das sich ihm jenseits des vernachlässigten Gartens bot: den weiten Blick über Felder, Weingärten und Wiesen, die gelb, rot und violett gesprenkelt waren von blühenden Sonnenblumen, Mohn und Lavendelbüschen. Dunkle Zypressen und silbrig schimmernde Olivenbäume säumten eine schmale sandige Straße, die sich ein Stück durch die sanft abfallende Landschaft schlängelte. Hier und da leuchteten die rostroten Ziegeldächer einiger kleiner Häuser durch das Grün der Bäume, und zwischen den waldigen Hügeln am Horizont konnte Nicolas das ferne Glitzern des Meeres erkennen. Die sinkende Sonne hatte alles in ein mildes orangefarbenes Licht getaucht.

»Oh Gott, ist das schön hier!«, rief Juline aus, die neben ihm stehen geblieben war. »Jetzt begreife ich, weshalb du ein Maler geworden bist. Was für Farben! Was für ein Licht! Am liebsten möchte ich auch zum Pinsel greifen und dieses Panorama festhalten. Es ist unbeschreiblich.«

»Ja«, antwortete Nicolas. Noch immer hatte er ihre Hand nicht losgelassen. »Das hier war mir immer der liebste Anblick. Die Weite der Landschaft im Nachmittagslicht.«

Schweigend standen sie und schauten und staunten, und schließlich begann Nicolas mit leiser Stimme zu erzählen:

»Hier haben wir gestanden, Irène und ich, an dem Tag, an dem wir dieses Haus zum ersten Mal betreten hatten. Es war ein Zufall gewesen, dass wir es entdeckt hatten. Wir waren auf einem Wochenendausflug in der Gegend, und im Vorbeifahren entdeckten wir das Schild an der Straße: *À vendre.* Zu verkaufen. ›Lass uns das ansehen!‹, rief Irène. Es war eigentlich nur ein Spaß gewesen. Wir hatten unser Leben lang in Marseille gelebt und kannten das Land lediglich von unseren Wochenendausflügen. Aber dann standen wir hier, wir blickten hinunter, und es verschlug uns die Sprache, so wie dir jetzt. Wie wussten sofort, dass wir dieses Haus kaufen würden. Wir zogen von Marseille hierher und liebten unser Zuhause. Wir waren so glücklich in unserem kleinen Nest auf dem Land, fern vom Trubel der großen Stadt. Irène fand eine Stelle als Lehrerin im Dorf, und ich malte. Ich genoss es, ich war wie im Rausch. Ich konnte nicht aufhören. Ich malte dieses Panorama zu jeder Tages- und zu jeder Jahreszeit – und nicht nur das. Ich fuhr mit dem Fahrrad durch die Gegend, ich fand täglich neue Motive. Es gab so viele. Ich malte wie ein Besessener. Ich wähnte mich im Paradies …«

Mit einem tiefen Seufzer unterbrach er seine Erzählung.

»Kein Wunder.« Juline nickte. »Es ist das Paradies. Hier in der Nähe ist sicher auch Irènes Porträt entstanden, oder?«

»Ja, es war im Sommer 1936. Eine aufregende Zeit. Nach wochenlangen großen Streiks im ganzen Land hatte die neue Regierung dafür gesorgt, dass es erstmals für alle Beschäftigten bezahlten Urlaub gab in Frankreich. Zwei Wochen Ferien, das war etwas ganz Besonderes. Viele Leute reisten zum ersten Mal in ihrem Leben ans Meer oder wanderten durch die Berge. Wir aber mieden den Trubel in den Badeorten und blieben hier, für uns gab es nichts Schöneres. Wir waren in bester Stimmung. Eines Nachmittags fuhren wir mit den Fahrrädern herum, auf der Suche nach einem Picknickplatz. Wir fanden ihn nicht weit von hier, auf einem Mohnblumenfeld hinter dem nächsten Dorf. Es war Sonntag, die Welt lag still und friedlich vor uns, und wir genossen jede Sekunde. Ich erinnere mich noch, als wäre es gestern gewesen, wie ich da saß, mit meinem Skizzenblock auf dem Schoß, und zeichnete. Irène sagte: ›Mal doch nicht immer nur Landschaften, das ist doch langweilig, mal mich!‹ Und ich malte sie. Ich dachte, ich könnte mein ganzes großes Glück für immer festhalten, wenn ich es auf eine Leinwand bannte. Ich versprach ihr, das Porträt nie zu verkaufen, so wie ich mich auch nie von meinem Ehering trennen wollte. Wir dachten, unser Leben würde immer nur voller Freude und Vergnügen sein. Aber dann … Nun, ich konnte unser Glück nicht für immer bewahren.«

»Dann starb Irène?«

Nicolas nickte.

»Im Jahr darauf. Ich war gerade einigermaßen erfolgreich geworden. Die Leute liebten meine Gemälde. Sie verkauften sich gut. Da wurde ich stolz und übermütig. Mir ging es nur noch darum zu malen. Alles andere vernachlässigte ich. Auch Irène. Und das Haus ... Nach ihrem Tod zog ich weg von hier, zurück nach Marseille, in der Hoffnung, vergessen zu können, aber es ist mir nicht gelungen. Ich hatte keine Freude mehr am Malen, und das sah man meinen Bildern an. Sie wurden flüchtig und oberflächlich, sie gingen nicht mehr so gut, aber das war mir egal. Ich hielt mich von den Menschen fern und zog mich in mein Atelier zurück. Im vorigen Jahr wollte ich mich zum Militär melden und in den Krieg ziehen, aber man nahm mich nicht, weil ich ein wenig kurzsichtig bin. Ach, Juline. Wer weiß, was aus mir geworden wäre, wenn meine Freunde Paul und Estelle nicht stets zu mir gehalten und sich um mich gekümmert hätten! Wie viele Nächte habe ich neben Paul gesessen und mit ihm geredet. Immer und immer wieder. Und er hat mir jedes Mal aufs Neue zugehört und mir Hoffnung gegeben. ›Auch wenn du es jetzt nicht glaubst‹, sagte er oft, ›irgendwann wird dieser übergroße Schmerz verheilen.‹ Damals war er der treueste Freund, den du dir vorstellen kannst.« Nicolas hielt einen Moment inne, in Gedanken versunken. Dann fuhr er fort: »Dank seiner und Estelles Hilfe bekam ich allmählich wieder Boden unter den Füßen, aber ich habe trotzdem nie aufgehört, Irène zu vermissen.«

»Natürlich nicht. Wie könntest du! Niemals kann

man jemanden vergessen, den man einmal geliebt hat. Diese Menschen leben immer in uns.«

»Ja, so ist es wohl.«

»Erzählst du mir, wie sie gestorben ist?«

»Sie hatte einen Unfall, das weißt du doch.«

Juline sah ihm forschend ins Gesicht.

»Lag es an der lockeren Treppenstufe, dass Irène gestürzt ist?«

Nicolas nickte. »Die Stufe war schon so lange kaputt. Es ist ein altes Haus, und wir hatten uns daran gewöhnt, dass wir bei der obersten Stufe besonders vorsichtig auftreten mussten. Irène hatte mich oft gebeten, sie endlich zu reparieren. Aber ich sagte immer: ›Warum soll ich mich um diese blöde Stufe kümmern?‹ Wenn man weiß, dass sie locker ist, kann man sie problemlos betreten. Was ist schon dabei? Ich wollte lieber malen. ›Ich bin Künstler‹, sagte ich zu ihr, ›ich bin doch kein Handwerker. Bestell dir einen Schreiner, wenn es dich stört, dass die Stufe wackelt.‹ Wir standen oben auf dem Treppenabsatz und gerieten in Streit. Irène beklagte sich, dass ich ein Egoist sei, dass mir mein Malen wichtiger sei als alles andere, wichtiger auch als ihre Sicherheit. Es sei doch kein Hexenwerk, diese Stufe zu reparieren, klagte sie. Mit einem Hammer und ein paar Nägeln sei das doch schnell gemacht. Ich rief: ›Wenn es so einfach ist, warum richtest du diese dämliche Stufe nicht einfach selbst?‹ Da schimpfte sie und rief, das würde sie jetzt auch machen. Sie drehte sich um und wollte hinuntergehen, aber da war auf einmal diese Katze im Weg. Die weiße Katze unserer Nachbarn schlich sich oft zu uns ins Haus, wenn die Tür im Sommer offen stand. Irène gab ihr manchmal etwas Milch zu trinken. Sie hatte die Katze nicht gesehen, die um ihre Beine herumstrich, so wütend war sie auf mich. Jedenfalls geriet sie ins Straucheln, sie trat auf die wackelige Stufe und verlor das Gleichgewicht. Sie fand keinen Halt mehr und stürzte. Ich sprang auf, aber ich bekam Irène nicht mehr zu fassen. Ich konnte nur zusehen, wie sie die Treppe hinunterfiel. Ich sehe sie vor mir, ganz oft, in meinen Träumen. Ich sehe ihr Gesicht vor mir, ihr erschrockenes, schmerzverzerrtes Gesicht. Und ich höre ihren Schrei, ihren schrecklichen Schrei und das Poltern, während sie hinunterstürzte. Und dann nichts als Stille, diese lähmende, furchtbare Totenstille, als sie dalag, am Fuß der Treppe. Das schrille Jaulen der Katze, die in einem Satz zur Tür hinaussprang. Ich habe Albträume davon, immer wieder. Seit drei Jahren sehe ich in meinen Träumen, wie Irène stirbt. Es ist grauenhaft, Juline. Ich kann nichts dagegen tun. Denn es ist meine Schuld, dass sie gestorben ist. Wenn ich rechtzeitig die Stufe repariert hätte, dann würde sie noch leben. Es quält mich so sehr. Wie konnte ich das Wichtigste in meinem Leben sterben lassen?«

Juline sah ihn lange an. Dann fragte sie: »Sind wir beide schuld am Tod der Menschen, die wir am meisten lieben?«

Sie schüttelte langsam den Kopf. »Ich habe nachgedacht, Nicolas. Du hast gesagt, es sei nicht meine Schuld, dass David umgekommen ist. Dann ist es auch nicht deine Schuld, dass Irène starb. Sie hätte die Stufe selbst festnageln können. Oder einen Handwerker rufen. Sie hätte in ihrem Zorn nicht blindlings die Treppe hinunterlaufen dürfen. Und die Nachbarn hätten besser auf ihre Katze aufpassen müssen. Ja, und du hättest nicht immer nur an deine Bilder denken dürfen. Jeder trägt seinen Teil am Schicksal. Wie auch ich einen Teil daran trage, dass sie David erschlagen haben, weil ich nicht mit ihm nach Amerika fahren wollte. Wir können uns für den Rest unseres Lebens quälen mit dem Gedanken, was geworden wäre, wenn wir anders gehandelt hätten. Oder wir akzeptieren das Geschehene und hadern nicht länger mit unserem Schicksal, sondern versuchen ein gutes Leben zu führen. Denn wir können die Dinge nicht mehr ungeschehen machen. Aber wir können uns in Zukunft klüger verhalten. Es war ein Unfall, Nicolas. Ein schrecklicher Unfall. Bitte mach dir keine Vorwürfe mehr, du hast dich drei Jahre lang gequält mit diesem Gedanken, du hast lange genug gelitten.«

Nicolas fühlte, wie sich bei ihren Worten etwas in ihm veränderte. Es schien ihm, als schmölze ein harter kalter Kern in seinem Herzen, als löste sich eine Starre auf, die ihn seit Jahren gelähmt hatte. Es war nicht die Nachmittagssonne, die ihm schräg ins Gesicht schien, nicht Julines Körper, der sich eng an seinen schmiegte, es war eine ruhige, samtene Wärme, die tief aus seinem Innersten kam.

»Danke für deine Worte, Juline. Sie trösten mich sehr. Seit ich dir begegnet bin, scheint der Schmerz über Irènes Tod kleiner geworden zu sein.«

»So geht es mir auch. Du bist wie ein Verband für meine wunde Seele. Ich glaube, ohne dich wäre ich vor

Kummer über Davids Tod selbst gestorben. Aber nun weiß ich, dass das Leben trotz aller Schicksalsschläge weitergeht. Welch ein Glück, dass wir einander begegnet sind. Als hätten sich die Scherben eines zerbrochenen Lebens neu zusammengefügt. Auch wenn ich das Geheimnis nicht begreife: Wie ist es möglich, dass man gleichzeitig so viel Schmerz und so viel Glück fühlen kann?«

»Ich weiß es nicht, Juline. Ich weiß es auch nicht. Aber, ja, genau so ist es.«

Es sah sie an, und ein scheues Lächeln stahl sich in ihr Gesicht. Plötzlich war eine Nähe zwischen ihnen, als hätte jemand eine Glaswand weggezogen, die sie bislang getrennt hatte.

Nicolas schlang die Arme um Juline und drückte sie an sich. »Ich liebe dich, Juline«, stieß er hervor. »Ich habe seit drei Jahren auf dich gewartet.«

Er fand ihre Lippen und küsste sie, spürte, wie sie sich ihm öffnete und seinen Kuss erwiderte mit einer Heftigkeit und Leidenschaft, die ihm den Atem nahm.

Später, als der Abend dämmerte, breitete Nicolas auf der Wiese hinter dem Haus eine Decke aus. Im Keller fand er noch eine Flasche Rotwein, Korkenzieher und zwei Gläser, die er in seiner Verzweiflung damals nicht gegen die Wand geschmettert hatte. Außerdem trug er in einem Korb die Lebensmittel heraus, die er auf die Schnelle in Marseille noch gekauft hatte, etwas Brot, Salami, ein Stück harten Käse und einige Tomaten. Juline pflückte ein paar Weinbergpfirsiche von einem Baum, der an der Gartenmauer stand.

»Sieh nur, sie sind reif.«

Sie formte ihre Hände wie eine Schale und zeigte ihm die Früchte, die darin lagen. Nicolas nahm einen Pfirsich und betrachtete ihn lächelnd. »Diesen Baum haben Irène und ich gepflanzt, ein paar Tage nachdem wir hier eingezogen waren. Nie hat der Baum Früchte getragen, ich war schon drauf und dran gewesen, ihn abzusägen, weil er so nutzlos im Garten herumstand. Aber dann kam alles anders und – nun ja, nach Irènes Tod habe ich ihn sich selbst überlassen.«

»Die Pfirsiche haben eben ihre Zeit gebraucht«, erwiderte Juline, griff sich ebenfalls eine der saftigen Früchte und biss hinein. »Du warst einfach zu ungeduldig mit ihnen.«

»Ja, möglicherweise hast du recht. So wie alles seine Zeit braucht. Auch ein Herz benötigt eine Weile, um vom Schmerz zu genesen, damit es wieder Liebe empfinden kann.«

Später lagen sie rücklings auf der Decke, satt und zufrieden vom Essen. Sie waren beseelt vom Wein, vor allem aber von den unerwarteten Gefühlen, die sie füreinander entdeckt hatten.

Sie hielten sich an den Händen und sahen hinauf in den klaren violetten Abendhimmel, an dem bald der erste Stern aufleuchtete, ein einzelner, hell strahlender Punkt nur, doch rasch wurden es mehr und mehr, bis sich das weiß flimmernde Band der Milchstraße über das tiefschwarze Firmament spannte.

»Was für ein Sternenzelt!«, sagte Juline ehrfürchtig. »Wie ein mit Abertausenden Diamanten besticktes

Seidentuch. Ich glaube, ich habe noch nie einen so herrlichen Nachthimmel gesehen. Und es werden immer mehr Sterne, je länger man hinaufschaut. Jetzt begreife ich die Unendlichkeit. Mir wird beinahe schwindelig davon. Ach, Nicolas, es ist atemberaubend, als gäbe es hier draußen Millionen Sterne mehr als über Paris oder Marseille.«

»Die Sterne sind immer da. Aber sie verblassen im Licht der Großstadt. Nur hier in den Bergen, wo keine Laternen und elektrischen Lampen die Straßen und Häuser beleuchten, können unsere Augen die unermesslich vielen kleinen Himmelskörper wahrnehmen.«

»In Paris waren die Nächte in den vergangenen Monaten auch immer finster. Die Straßenbeleuchtung blieb ausgeschaltet, und alle Fenster mussten verdunkelt werden, um möglichen Luftangriffen der Deutschen kein Ziel zu bieten. Aber dort habe ich nie auf den Sternenhimmel geachtet. Wer sieht schon hoch in den Himmel, wenn er in einer Stadt wie Paris lebt? Unvorstellbar, dass Nacht für Nacht da oben ein solch verschwenderisches Funkeln herrscht, egal, was hier unten auf der Welt Düsteres geschieht.«

»Ich glaube«, fuhr Nicolas fort, nachdem er einen Moment nachgedacht hatte, »manchmal muss man Abstand nehmen von dem, was einem vertraut ist, um zu erkennen, was wirklich da ist.«

Er spürte, wie Juline seine Hand drückte.

»Ich bin da«, sagte sie in die Stille der Nacht hinein, in der nur das Zirpen der Zikaden zu vernehmen war und das monotone Pfeifen, das ein Käuzchen in der Ferne ausstieß.

»Ja, Juline, hier sind wir, du und ich, und dieser Sternenhimmel über uns.«

»Wie hell und nah die Sterne leuchten. Es hat fast den Anschein, als bräuchte man nur die Hand auszustrecken, um sie zu berühren.«

Nicolas küsste sie lächelnd.

»Ich brauche die Sterne nicht, um den Himmel zu berühren, wenn ich dich im Arm halte, geliebte Juline.«

Kapitel 27

Am nächsten Morgen erwachte Nicolas von einem lauten Klopfgeräusch. Es war ein dröhnendes Hämmern, welches das kleine Haus erzittern ließ. Er fuhr von seinem Kopfkissen hoch. Die Treppe, dachte er für den Bruchteil eines Augenblicks, es fällt schon wieder jemand die Treppe hinunter. Der Platz neben ihm war leer. Erschrocken sprang er aus dem Bett und riss die Schlafzimmertür auf.

Juline kniete ein paar Stufen weiter unten auf der Treppe und sah zu ihm hoch. Sie lächelte, sagte aber nichts, denn zwischen ihren Lippen klemmten drei Nägel, die langen Spitzen nach außen gekehrt. Sie hielt einen Hammer in der Hand und war gerade dabei, einen Nagel in die oberste Stufe einzuschlagen. Zwei steckten schon drin.

»Was … was tust du da?«, entfuhr es Nicolas.

Juline nahm die Nägel aus dem Mund und legte sie auf den Boden. »Oh, ich repariere die kaputte Treppenstufe. Im Keller habe ich das passende Werkzeug dafür gefunden. Ich bin schon so früh aufgewacht und konnte nicht mehr einschlafen. Da dachte ich, es wird Zeit, dass jemand die Stufe befestigt, jetzt, wo das Haus wieder bewohnt ist. Es tut mir leid, dass ich dich geweckt habe. Meine Reparatur sieht ein wenig unprofessionell aus, das muss ich gestehen. Ich habe nicht viel Erfahrung mit Schreinerarbeiten. Vielleicht sollten wir demnächst mal einen Handwerker beauftragen, damit er das richtig macht. Aber immerhin wackelt das Brett jetzt nicht mehr, und es wird hoffentlich nie wieder jemand diese Treppe hinunterstürzen.«

Mit diesen Worten schlug sie erneut auf den Nagel ein und trieb ihn tief ins Holz.

Nicolas nahm ihr den Hammer aus der Hand.

»Lass mich das machen. Das ist Männerarbeit.«

Juline lachte. »Unsinn. Wie du siehst, verfügt auch so manche Frau über ein wenig handwerkliches Geschick. Aber gut. Wenn du hier weitermachst, dann kümmere ich mich inzwischen um das Frühstück.«

Sie reichte ihm den Hammer. Im Aufstehen gab sie ihm einen Kuss und lief die Treppe hinunter.

Nicolas und Juline erlebten Tage voller unerwarteter Leichtigkeit. Sie waren beide erstaunt, wie gut es ihnen tat, der Stadt den Rücken gekehrt zu haben. Hier oben im Dorf schien es ihnen, als wären Krieg, Besatzung, Tod und Verfolgung nicht mehr als Schrecken aus längst vergangenen Zeiten. Sie fühlten sich so frei und sorglos, als hätten sie alles, was sie bedrückt und beunruhigt hatte, in Marseille zurückgelassen. Es war wie ein neues Leben. Voller Tatendrang machten sie sich daran, Haus und Garten wieder in Ordnung zu bringen. Nachdem sie die Treppenstufe repariert hatten, begannen sie das Unkraut im Garten zu jäten und die wild gewachsenen Weinranken an der Hausmauer zu stutzen, damit mehr Licht durch die Fenster fiel. Nicolas sorgte dafür, dass das Dach vernünftig gedeckt war, und an den zusammengebrochenen Teilen der Mauer schichtete er die Steine wieder auf. Juline brachte das Kräuterbeet in Ordnung. Sie fuhren mit Jean-Claudes Lieferwagen in den nächsten größeren Ort und kauften in einer Gärtnerei neue Oleanderbüsche und Hortensien.

»So«, sagte Juline, nachdem sie einige Tage lang schwer gearbeitet hatten, und betrachtete ihre schwieligen, schmutzigen Hände und die schwarzen Streifen von Dreck und Erde unter ihren Fingernägeln. »Ich bin mir nicht sicher, ob ich die jemals wieder sauber bekomme, aber Haus und Garten sehen so aufgeräumt und behaglich aus, als wären sie nie unbewohnt gewesen.«

Sie hatte recht. Aus dem verlassenen, heruntergekommenen Gebäude war wieder ein Zuhause geworden. Die Fenster waren nicht länger von staubigen Spinnweben verhängt, auf dem Tisch lag ein sauberes Tuch, in den Küchenregalen blitzte das Geschirr, und auch die Vorratsregale waren wieder aufgefüllt.

Sie schliefen viel, als müssten sie wochenlange, von Kummer und Schlaflosigkeit gezeichnete Nächte nachholen. Ganze Vormittage verbrachten sie im Bett und liebten sich unter dem weit geöffneten Fenster, während ein leichter Wind die weißen Vorhänge wehen ließ und die Sonne auf ihre Kopfkissen schien.

»Ich liebe es, die Wärme des Morgenlichts auf meiner Haut zu spüren«, sagte Juline einmal, worauf Nicolas antwortete:

»Und ich liebe es, die Wärme deines Körpers auf meiner Haut zu spüren. Zu jeder Tageszeit. Manchmal, wenn ich nachts wach werde und dein schlafendes Gesicht sehe, dann freue ich mich auf den Morgen, darauf, dass du die Augen aufschlägst und mich ansiehst. Nie hätte ich in den vergangenen Jahren gedacht, dass ich es wieder lieben würde, in den Armen einer Frau einzuschlafen und aufzuwachen.«

Sie beugte sich über ihn und strich mit den Fingerkuppen zärtlich über seine Wangen, seine Nase und seine Lippen.

Er küsste ihre Fingerspitzen.

»Danke, dass du darauf bestanden hast, dass ich das Porträt von dir male. Ich glaube, ich habe mich am Anfang deshalb so sehr dagegen gewehrt, weil ich spürte, wie wichtig du mir werden würdest.«

»Wirst du das Bild zu Ende malen?«

»Ich weiß nicht. Soll ich?«

Sie zuckte ratlos mit den Schultern. Nicolas sah, wie sich der Ausdruck ihrer Augen veränderte. Er kannte diesen Schatten, der sich hin und wieder über ihren Blick legte, in Momenten, in denen ihre wiedergewonnene Zuversicht dahinschmolz und sich Schmerz und Trauer den Weg zurück in ihre Seele bahnten. Er wusste, dass sie jetzt an David dachte.

»Er wurde mir so plötzlich und ohne Vorwarnung entrissen. Vielleicht wäre der Schmerz weniger groß gewesen, wenn David krank geworden wäre. Wenn ich ein paar Wochen Zeit gehabt hätte, mich an den Gedanken zu gewöhnen, dass ich ihn verliere. Meinst du, sein Tod wäre dann leichter zu ertragen gewesen?

Oder wäre die lange Ungewissheit, dieses Schwanken zwischen trügerischer Hoffnung und bitterer Enttäuschung, noch quälender gewesen?«

»Das habe ich mich damals nach Irènes Unfall auch gefragt. Ich weiß es nicht.«

»Ich hoffe, wir werden es nie erfahren!« Erschrocken schlang Juline die Arme um seinen Hals und presste sich an ihn. »Dich will ich nicht mehr verlieren, nie mehr, weder auf die eine noch auf die andere Weise.«

Sie bedeckte sein Gesicht mit heftigen Küssen.

»Erzähl mir«, flüsterte sie schließlich, »erzähl mir alles von Irène, wie ihr euch kennengelernt habt und was du an ihr geliebt hast.«

Und Nicolas erzählte, wie er und Irène sich zum ersten Mal begegnet waren, zu Schulzeiten schon, als sie in dieselbe Klasse gingen. Wie sie sich ineinander verliebt hatten, während eines Schulausflugs nach Avignon, er, der schwärmerische, zurückhaltende Junge, Sohn aus ärmlichen Verhältnissen, und sie, die lebhafte, bildschöne junge Frau aus gutem Hause, Tochter des Direktors der Zementfabrik. Wie sie sich gegen alle Widerstände behaupteten, wie sie heirateten und miteinander lebten und träumten und wie er sie verloren hatte. Sich an all das zu erinnern und davon zu erzählen zerriss Nicolas jetzt nicht mehr das Herz. Denn er wusste, dass Juline Ähnliches mit David erlebt hatte.

Glück, dachte er, heißt, die gleichen Empfindungen zu teilen. Eine neue Liebe löscht die Gefühle für die Verstorbenen nicht aus. Ganz im Gegenteil. Heute kann ich alles, was ich mit Irène erlebt habe, noch mehr schätzen, weil ich nicht mehr allein bin, nicht mehr mein ungerechtes Schicksal beklage. Ich bin glücklich und dankbar, dass ich Juline begegnet bin. Und Dankbarkeit fühlt sich besser an als Wut und Enttäuschung.

»Lass uns aufstehen«, sagte er schließlich, nachdem sie noch lange schweigend im Bett gelegen und ihren Gedanken nachgehangen hatten. »Es ist Zeit, dass ich dir etwas zeige.«

Nicolas hatte tags zuvor die beiden Fahrräder repariert, die jahrelang unbenutzt an der Hauswand gelehnt hatten und unter dicken Unkräutern kaum mehr zu sehen gewesen waren. Er hatte die Reifen aufgepumpt, die rostigen Ketten geölt und alles geputzt, bis die Räder glänzten.

»Komm mit!«, bat er Juline nach dem Frühstück.

Die Sonne stand hoch am Himmel, als sie auf die Räder stiegen und zum Friedhof fuhren, der etwas abseits neben der kleinen Kirche am anderen Ende des Dorfes lag. Dort lehnten sie die Räder an die Mauer, und Nicolas öffnete das schmiedeeiserne Tor, das mit einem leisen Quietschen aufging. Sie waren die einzigen Besucher. Mittagsglut lag über dem Gräberfeld. Die Luft war erfüllt vom Konzert der Zikaden und vom heißen, harzigen Geruch der Kiefern jenseits der Friedhofsmauer.

Schweigend gingen sie den schmalen, sonnigen Kiespfad entlang, vorbei an teils jahrhundertealten Grabsteinen, deren verwitterte Buchstaben kaum mehr zu erkennen waren, teils an neueren Gräbern, auf denen frische Blumen lagen, die bereits nach Wasser dürsteten. Vor einem der schmalen Einzelgräber in der hintersten Ecke des Friedhofs blieb Nicolas stehen. Es sah vernachlässigt aus und war mit nichts als struppigem

Efeu überwachsen. Bis auf das große I des Anfangsbuchstabens war der Name auf dem niedrigen Grabstein kaum mehr zu erkennen.

»Hier ist Irène begraben?«, fragte Juline leise und lehnte den Kopf an Nicolas' Schulter. Er nickte.

»Ja. Wie du siehst, war ich lange nicht mehr hier. Ich habe es in all den Jahren nie übers Herz gebracht, ihr Grab zu sehen. Nun ist es ganz überwuchert.«

Sie fasste nach seiner Hand.

»Aber es gibt ein Grab und einen Grabstein. Du hast einen Ort, an dem du um sie trauern kannst. Ich wünschte, ich hätte einen solchen Ort für David.«

»Ich weiß. Es tut mir leid, dass du deinen Mann nicht beerdigen konntest.«

»Heute Nachmittag, wenn es etwas kühler geworden ist, kommen wir noch einmal her und schneiden das Efeu zurück. Und wir könnten auch ein wenig Lavendel auf das Grab pflanzen.«

Nicolas legte einen Arm um Juline.

»Lass uns Irènes Grab auch zu einem Gedenkort für David machen.«

Sie standen noch lange aneinandergeschmiegt und schweigend vor dem Grab, bis sie vor der sengenden Hitze kapitulierten und den Friedhof verließen.

Allmählich begann Nicolas sich wieder heimisch zu fühlen in La Valière.

»Was hältst du davon, wenn wir einen kleinen Ausflug unternehmen, Juline?«, fragte er am nächsten Tag. »Wir könnten irgendwo ein Picknick machen.«

»Oh, das ist eine gute Idee. Ich pflücke uns noch ein

paar Pfirsiche. Und auf dem Feld hinter der Gartenmauer habe ich, glaube ich, einen Apfelbaum gesehen.«

Während Juline sich um das Obst kümmerte, besorgte Nicolas im Dorf frisches Brot und etwas Käse. Anders als in den großen Städten waren hier auf dem Land die Lebensmittel noch nicht knapp geworden. Die Bauern und Winzer verkauften ihre Ware unter der Hand an die Leute im Dorf, außerdem herrschte ein reger Tauschhandel. Im einzigen Laden des Ortes waren die Regale gut gefüllt.

»Wie schön, dass du wieder da bist, Nicolas!«, rief Madame Bouchon und wickelte ein großes Stück Käse in Pergamentpapier. Ein ehrliches Lächeln glitt über das Gesicht der kleinen, stämmigen Frau. Sie legte noch ein paar dunkle Feigen dazu. »Wir haben dich vermisst in all den Jahren. Was für eine Freude zu sehen, dass du deinen Kummer überwunden hast und dass wieder Leben in deinem Haus ist.«

Es tat ihm gut, so willkommen zu sein.

»Danke, Madame, ich bin auch froh, wieder hier zu sein.«

»Bleibst du jetzt länger im Dorf?«

»Ich weiß es noch nicht. Darüber habe ich mir noch keine Gedanken gemacht.«

»Wie ich hörte, ist da wieder eine Frau bei dir eingezogen? Ich bin froh, dass du nicht mehr allein bist. Wir würden uns freuen, wenn du sie uns einmal vorstellst. Maurice, der Wirt vom L'Olive, hat sich auch schon nach dir erkundigt. Erinnerst du dich an die kleine Brasserie am Marktplatz? Du und Irène, ihr wart da früher so oft.«

»Aber ja, natürlich erinnere ich mich. Sag Maurice einen lieben Gruß von mir. Ich komme ganz sicher bald bei ihm vorbei.«

Dass Julines Anwesenheit den Dorfbewohnern nicht entgangen war, beunruhigte Nicolas ein wenig. Doch er verscheuchte den Gedanken sofort. Letztlich überwog seine Freude, willkommen zu sein und sich zwischen den alten Mauern des Örtchens und bei seinen Einwohnern geborgen zu fühlen. Marseille und die Fahndungsplakate waren weit weg. Die Leute hier interessierten sich nicht für das Leben in der Stadt, sondern in erster Linie für ihre Familien, für die Ernte, für das Wetter und fürs Essen. Nicolas konnte sich nicht daran erinnern, dass jemand im Dorf irgendwann mal mit ihm über Politik geredet hätte. Und wenn doch? Er vermochte sich beim besten Willen nicht vorzustellen, dass auch nur einer von den Leuten aus La Valière ein Anhänger der Nazis war.

Er nahm seine Einkäufe entgegen, legte das Geld auf den Tresen und verabschiedete sich mit dem Versprechen, bald wiederzukommen.

Den Rest des Tages verbrachten Nicolas und Juline damit, durch die hügelige Landschaft zu radeln, im Schatten eines Olivenbaumes die Picknickdecke auszubreiten und den Ausblick über Wiesen und Felder zu genießen – und das große, stille Glück, einander gefunden zu haben.

Nach dem Essen setzte sich Nicolas mit seinem Skizzenblock und einem Kohlestift in der Hand an den Stamm des Baumes, um ein wenig zu zeichnen. Juline machte es sich vor ihm zwischen seinen Beinen bequem, Rücken, Kopf und Schultern an seine Brust gelehnt, und beobachtete, wie er, die Arme um sie geschlungen und den Skizzenblock auf ihrem Bauch haltend, malte.

»Du hast schöne Hände«, sagte sie. »Ich könnte dir den ganzen Tag beim Malen zusehen. Ich mag es, wie auf dem weißen Blatt Papier eine Landschaft entsteht. Erst ist es nur ein schwarzer Strich, ein Bogen oder eine Schraffur, und ich frage mich, was daraus wohl werden soll. Dann tritt immer klarer ein Bild hervor. Und plötzlich ist es, als gäbe es den Hügel dahinten, jenen Baum und diesen Weinstock zweimal auf der Welt. Einmal in Wirklichkeit und einmal auf deinem Papier. So ähnlich habe ich es schon erlebt, als du mich im Atelier porträtiert hast. Aber es gefällt mir noch besser, wenn ich dir beim Malen aufs Blatt schauen kann.«

Sie machten ein Spiel daraus. Nicolas begann eine Zeichnung, und Juline versuchte möglichst schnell zu erraten, was er sich als Motiv ausgesucht hatte. Das Bauernhaus im Schatten der hohen Zedern. Der Picknickkorb mit dem angebissenen Brot und dem letzten Pfirsich darin. Ihre leeren, umgeworfenen Weingläser im Gras. Eine bizarre Wolke am Himmel. Ein Schmetterling, der sich auf der violetten Blüte einer Distel niedergelassen hatte. Julines nackte Füße.

»Es sieht so einfach aus«, rief sie. »Man braucht doch nur zu malen, was man sieht …«

Nicolas reichte ihr den Block und den Stift, und Juline begann einen Olivenbaum zu zeichnen, der nicht weit entfernt in der Wiese stand und dessen knorriger Stamm schräg in die Höhe gewachsen war. Doch schon nach wenigen Augenblicken warf sie die Malsachen ins Gras.

»Dein Stift ist kaputt!«, rief sie lachend. »Er malt nicht, was ich will. Ich habe mein Bild ganz klar vor Augen, aber das, was ich aufs Papier bringe, sieht ganz anders aus.«

»Wenn du magst, zeige ich dir, wie es geht. Aber du wirst Geduld brauchen.«

»Ich bin mir nicht sicher, ob ich Talent zum Malen habe. Ich glaube, ich bin besser im Schreiben.«

»Das ist gut möglich. Jeder kann das, was er gelernt hat und was er gern tut.«

Ganz behutsam begannen sie, sich Gedanken über eine gemeinsame Zukunft zu machen.

»Vielleicht finde ich eine Anstellung hier im Dorf«, überlegte Juline eines Morgens, während sie beim Frühstück auf der Terrasse saßen. »Oder im Nachbarort. Ich könnte in einem Büro aushelfen. Ich kann eine Schreibmaschine bedienen. Vielleicht gibt es hier in der Nähe sogar eine kleine Zeitungsredaktion? Das wäre wunderbar. Dann könnte ich wieder als Journalistin arbeiten.«

Ihre Augen leuchteten voller froher Erwartung, doch Nicolas bremste ihre Träumereien.

»Wir sollten besser vorsichtig sein. Hier oben erscheint Marseille zwar weit weg, aber vergiss nicht, dass in der Stadt nach dir gefahndet wird. Was ist, wenn einer aus dem Dorf nach Marseille fährt und dich dort auf einem der Plakate erkennt? Ich habe zwar Vertrauen zu den Leuten in La Valière, aber es ist besser, hier in der Gegend nicht allzu viel Aufmerksamkeit zu erregen. Im Moment gibt es außerdem keinen Anlass, sich finanzielle Sorgen zu machen. Ich habe auf der Ausstellung meine Bilder gut verkauft. Von dem Geld können wir beide eine Weile leben.«

»Es geht mir gar nicht so sehr ums Geld. Ich könnte Flugblätter schreiben und sie heimlich im Ort verteilen, nachts, wenn es niemand sieht. Es ist wichtig, dass auch die Leute auf dem Land wissen, was gerade in Frankreich passiert. Ich habe mir geschworen, mit den Widerstandsaktionen weiterzumachen, egal wo ich bin.«

»Bitte nicht, Juline. Was ist, wenn dich jemand dabei erwischt? Du solltest besser nichts riskieren.«

»Ach«, sagte sie seufzend. »Ich wünschte, ich könnte wieder etwas Sinnvolles tun.«

Er nahm ihre Hand und sah sie an.

»Du hast etwas Sinnvolles getan. Du hast mir den Glauben an die Liebe zurückgegeben.«

Sie lächelte, doch Nicolas entging nicht, dass ein kleiner Schatten ihre Augen verdunkelte.

»Komm«, sagte er später. »Lass uns zusammen ins Dorf gehen, du sollst dich nicht länger verstecken müssen. Du bist ja hier keine Gefangene. Und die Leute fragen ohnehin schon nach dir.«

Sie schlenderten durch den Ort, und als sie durstig wurden, suchten sie die kleine Brasserie am Marktplatz auf. Maurice, der Wirt, ein kleiner kräftiger Mann, dessen langer grauer Schnurrbart Nicolas seit jeher an ein Walross denken ließ, stürzte aus seinem Lokal, als sich die beiden an einem Tisch unter dem schattigen Blätterdach eines ausladenden Maulbeerbaums niederließen.

»Nicolas! Was sehen meine altersschwachen Äuglein! Du bist zurückgekehrt, wie schön. Und noch schöner, mit Verlaub, ist die junge Mademoiselle an deiner Seite! *Bonjour et bienvenue au village!* Was darf ich euch bringen? Zwei Pastis, wie früher?«

Nicolas warf Juline einen Seitenblick zu, aber es schien sie nicht zu stören, Irènes Rolle einzunehmen, und sie nickte. Wenig später brachte Maurice die Getränke. Auch sich selbst hatte er ein Glas Pastis mitgebracht. Ächzend ließ er sich den beiden gegenüber auf den freien Stuhl fallen und trank einen Schluck.

»Erzähl doch mal, wie es dir ergangen ist in den letzten Jahren«, rief er dann und fuhr gleich fort, ohne eine Antwort abzuwarten: »Ich kann gut verstehen, dass du der Stadt den Rücken gekehrt hast. Da geht es ja neuerdings zu wie in einem Tollhaus. Diese vielen Menschen! Dieses Durcheinander! Diese Polizeikontrollen! Erst vor zwei Wochen habe ich meinen Bruder in Marseille besucht und geriet gleich in eine Razzia, was für ein Ärger. Ich kam zwar am Ende wieder glücklich nach Hause, aber eines sage ich dir: Diese Stadt werde ich vorerst nicht mehr betreten.« Er stützte den Kopf in die Hände und stöhnte: *»Ah non, ah non, la France c'est ne plus la France.* Ich habe allen Leuten hier im Ort gesagt, es ist besser, keinen Fuß mehr nach Marseille zu setzen. Wie schön und gemütlich haben wir es doch hier oben, nicht wahr?«

Nicolas nickte, erleichtert, dass Maurice nichts von den Fahndungsplakaten in Marseille erwähnte. Und da er wusste, wie beliebt und einflussreich der Wirt im Dorf war, konnte er sich einigermaßen sicher sein, dass die Leute in La Valière vorerst einen Bogen um die Stadt schlagen und nichts von der Fahndung nach Juline mitbekommen würden. Er setzte an, um etwas zu sagen, aber Maurice plauderte schon wieder weiter.

»Es trifft sich gut, dass du wieder hier bist, Nicolas. Ich brauche neue Menükarten.«

Er hob eine abgegriffene Speisekarte vom Tisch, die unter dem Porzellanaschenbecher gelegen hatte.

»Sieh nur, meine Karten sind seit zehn Jahren im Gebrauch und schon ganz und gar zerknickt und zerlesen, die Schrift ist kaum mehr zu entziffern, und einige der Speisen habe ich längst nicht mehr im Angebot. Wie wäre es, wenn du mir neue Speisekarten zeichnest? Du bist doch Künstler. Es ist sicher ein Leichtes für dich, ein paar Motive zu malen, ein Weinglas, eine Handvoll Oliven, eine Schüssel Bouillabaisse. Und eine schöne Schrift hast du doch sicherlich auch. Was hältst du davon? Ich bekomme ein Dutzend neue Karten und ihr dafür Gratisgetränke für den Rest des Jahres. Kann ich auf dich zählen?«

Nicolas grinste.

»Wenn du die Pappen besorgst, die ich bemalen soll, dann helfe ich dir gern. Aber dir ist schon klar, dass wir jetzt täglich kommen und Champagner ordern?«

»Oh, ihr werdet mich doch nicht ruinieren?« Maurice hob entrüstet den Zeigefinger, doch er lachte dabei. »Im Übrigen ist Champagner ein so rares Gut geworden, dass ich leider keinen mehr vorrätig habe. Aber wie auch immer. Ich bin entzückt, lieber Nicolas, dass du deinem alten Freund zur Seite stehst. Ich habe schon einen Stapel Pappen in der Küche. Ich bringe sie dir und die Preisliste mit meinen Speisen und Getränken gleich dazu. Du kannst sofort loslegen.«

Noch bevor er das erste Glas Pastis geleert hatte, machte Nicolas ein paar Probezeichnungen in seinem Block und entwarf verschiedene kunstvolle Schriften, bis Maurice mit einem Vorschlag zufrieden war.

»Perfekte Buchstaben hast du gezeichnet, Nicolas. Sie sehen aus wie gedruckt! Ich werde die schönsten Speisekarten der ganzen Region haben, wenn du fertig bist.«

Nicolas und Juline besuchten Maurice jetzt täglich zum Mittagessen. Die Abende verbrachten sie auf der Terrasse hinter dem Haus, und während Nicolas in akkurater Schrift das Speisenangebot und die Preise vom L'Olive auf die Karten zeichnete, ließ es sich Juline nicht nehmen, über neue Botschaften und Aktionen nachzudenken, mit denen sie den Leuten hier im Dorf den Widerstand näherbringen konnte.

»Ich muss etwas tun«, sagte sie, als ihr Nicolas' besorgter Blick begegnete. »Du bist beschäftigt, aber ich kann es nicht leiden, untätig herumzusitzen.«

»Bitte bring dich nicht in Gefahr!«

»Nein, natürlich nicht. Ich überlege ja nur, was man tun könnte.«

»Ich zeichne gerade die letzte Karte. Morgen bringe ich den Stapel zu Maurice, und dann machen wir wieder einen Ausflug, in Ordnung? Hier in der Nähe gibt es noch so viel zu sehen und zu erleben. Wir könnten ein Weingut besuchen oder sogar mal nach Saint-Tropez fahren, solange noch Sprit im Tank ist.«

Sie nickte.

»Das wäre schön.«

Nicolas nahm sie in die Arme und küsste sie.

»Alles wird gut, liebste Juline. Du weißt, dass ich dir das versprochen habe.«

Tags darauf fuhren sie noch einmal zum Marktplatz. Sie lehnten ihre Räder an den Rand des Brunnens und setzten sich im L'Olive an einen Tisch. Es war früher Mittag, und sie waren die einzigen Gäste.

»*Salut,* Maurice«, rief Nicolas, als der Wirt zur Tür herausschaute.

»Zwei Pastis, wie immer?«, fragte Maurice.

»Ja, gern, und Hunger haben wir auch.«

»Sehr gut. Ich kann euch heute gefüllte Zucchini empfehlen.«

»Das klingt köstlich. Und sieh, was ich hier für dich habe!«

Er legte die fertigen Speisekarten auf den Tisch, die mit einem roten Seidenband zusammengeschnürt waren.

»Ah, wunderbar. Du machst mich glücklich!« Mit einem breiten Lächeln nahm Maurice den Stapel an sich. »Vielleicht finde ich ja doch noch eine Flasche Champagner im Keller.« Er zwinkerte Nicolas zu. »Ich werde gleich einmal nachsehen gehen. Oder hat Madame andere Wünsche?«

Juline hatte dem Gespräch der beiden gar nicht zugehört. Gedankenverloren hatte sie den Blick über den Marktplatz schweifen lassen.

»Was hängt denn da für ein Plakat?« Sie wies mit der Hand auf ein bedrucktes Blatt, das auf der anderen Seite des Platzes an einer Straßenlaterne befestigt war.

»Das war gestern noch nicht da. Ich glaube, da ist ein Foto drauf. Ist das eine Ankündigung? Vielleicht gibt es demnächst eine Kunstausstellung oder eine Theateraufführung im Dorf. Das wäre interessant. Ich würde gerne hingehen.«

»Theater?« Maurice, der gerade dabei war, mit einem Tuch den Staub vom Tisch zu wischen, sah kurz auf. »Ich glaube eher nicht. Vorhin waren zwei Polizisten hier, die haben das aufgehängt. Aber ich habe es mir noch nicht angesehen. Wahrscheinlich suchen sie wieder irgendwelche Vaterlandsverräter oder wen sie dafür halten. Als wenn sich irgendein politischer Flüchtling ausgerechnet in unserem kleinen friedlichen Dorf verstecken würde.«

Kopfschüttelnd verschwand er im Lokal. Nicolas und Juline sahen einander erschrocken an.

»Polizisten? Polizisten haben das aufgehängt?« Ihre Stimme zitterte. Nicolas stand auf und trat auf den Laternenmast zu. Es traf ihn wie ein Keulenschlag.

Flucht aus dem Gefängnis, stand in dicken schwarzen Lettern auf dem Plakat. »Dringend gesucht wegen Anstiftung zum zivilen Ungehorsam. 1000 Francs Belohnung für Hinweise, die zur Ergreifung der Täterin führen.«

Darunter das Polizeifoto von Juline, das er schon aus dem Zeitungsartikel von ihrer Festnahme kannte. Für einen Moment schien sein Herz auszusetzen. Ohne den weiteren Text zu lesen, riss er das Plakat mit einem Ruck herunter und zerknüllte es in seinen Händen. Dann stopfte er sich das Blatt in die Hosentasche.

»Was ist los?«, flüsterte Juline, als er sich wieder an

den Tisch setzte. »Du bist ja käseweiß. Was steht denn da drauf?«

»Sie suchen dich«, antwortete Nicolas tonlos. »Es ist dein Bild darauf.«

»Mich? Hier?«, wisperte Juline mit erstickter Stimme. »Sie suchen mich sogar hier im Dorf? Und ich dachte …« Sie brach ab.

Nicolas nickte.

»Vermutlich plakatieren sie gerade ganz Frankreich mit deinem Konterfei«, sagte er düster.

»Mein Gott, bin ich denn nirgendwo mehr sicher?«

Nicolas sah die plötzliche tiefe Verzweiflung, die aus ihren Augen sprach. Er nahm ihre Hand.

»Hab keine Angst, es wird dir nichts geschehen. Das werde ich nicht zulassen. Aber nun komm, lass uns lieber schnell verschwinden, bevor dich irgendwer erkennt!«

Noch bevor Maurice mit den Getränken zurückkam, waren die beiden auf ihre Räder gestiegen und davongefahren. Im Haus angekommen, ließ sich Juline auf den Boden sinken, nachdem die Tür ins Schloss gefallen war. Zitternd kauerte sie sich hinter der Tür zusammen.

»Was soll nun werden?«, fragte sie.

Nicolas kniete sich neben sie und küsste ihre zitternden Lippen, aber er wusste keine Antwort.

Nachdem er Juline nach Hause gebracht hatte, radelte er noch einmal langsam durch das Dorf, durch jede Straße. Er entdeckte noch vier weitere Plakate – am Postamt, an der Bushaltestelle, am Stamm einer großen Platane am Ortseingang und eines an der Burgmauer. Er riss alle herunter und warf sie zu Hause in den Kamin, wo er sie verbrannte.

Er fand Juline auf der Bank hinter dem Haus. Sie hatte die Beine angewinkelt, die Arme um die Knie geschlungen und ihr Kinn daraufgestützt. Mit leerem Blick starrte sie in die Ferne.

Als er sich zu ihr setzte, blickte sie ihn an und versuchte ein kleines, müdes Lächeln, aber er sah, dass sie geweint hatte. Er küsste ihre Wange und schmeckte die salzige Tränenspur auf seinen Lippen.

»Jetzt hatte ich gerade angefangen, wieder glücklich zu sein«, murmelte sie. »Ich hatte gerade angefangen, das alles zu lieben – diese Landschaft hier, den Duft von Lavendel und wildem Thymian. Das Geräusch des Windes in den Zedern. Dieses Haus. Das Leben. Dich. Nach Davids Tod hätte ich es nicht für möglich gehalten, noch einmal so zu empfinden.«

Nicolas legte den Arm um sie, und Juline lehnte ihren Kopf an seine Schulter. Er schloss die Augen und sog den Duft ihrer Haare ein.

»So geht es mir auch. Mir ist, als hätte ich jahrelang einen zentnerschweren Blechpanzer vor meiner Brust getragen, der jetzt abgesprungen ist. Nun weiß ich wieder, was es heißt, frei zu atmen. Zu leben. Glücklich zu sein. Ich will uns das bewahren. Ich möchte, dass wir zusammen sein können, ohne Angst und Kummer zu haben.«

»Aber wie soll das gehen, wenn ich im ganzen Land gesucht werde?«

Ihre Frage hing unbeantwortet in der Luft – bis Juline sich mit einem Ruck aufrichtete.

»Vielleicht gibt es einen Ausweg, Nicolas.« Ihre Stimme klang aufgeregt. »Ich muss fort. Weit weg aus diesem Land. David hatte recht, als er vorschlug, nach Amerika zu gehen. Nur da bin ich sicher vor Verfolgung.«

»Aber, Juline ...« Nicolas war es, als schlösse sich eine eiserne Faust um seinen Hals. »Nach Amerika? Ich will dich nicht verlieren.«

»Ich dich auch nicht, Nicolas. Ganz sicher nicht. Ich möchte ja auch nicht alleine dorthin. Sag, könntest du dir vorstellen, ein neues Leben anzufangen und mit mir in Amerika zu leben? In New York? In Chicago oder San Francisco? Irgendwo in den Staaten. Ganz egal, wo. So lange, bis in Europa der Krieg zu Ende ist. Bis in Frankreich endgültig wieder Frieden herrscht. Richtiger Frieden, bei dem niemand Angst haben muss, verraten, eingesperrt und totgeschlagen zu werden. Bitte, sag Ja, Nicolas, denn ohne dich gehe ich nicht weg.«

Nicolas sah das Flehen in ihrem Gesicht, den Blick aus ihren großen klaren Augen, die fragend auf ihn gerichtet waren. Er dachte an sein Atelier mit dem unvollendeten Porträt Julines auf der Staffelei und die sonnenbeschienenen Dächer von Marseille draußen vor den Fenstern, er dachte an Monsieur Gantois und die Vernissage, an seine Vorlesungen in der Kunstakademie. Auch an Estelle dachte er und das Petit Poisson, an Pauls Beerdigung, an das Haus, in dem er aufgewachsen war, an den Alten Hafen, wo ihm jedes Boot und jeder Marktstand vertraut waren, an den Blick über das Meer oder zur Kirche Notre-Dame de la Garde hinauf.

Er dachte an Irènes Grab, an die Leute hier im Dorf. Und während ihm das alles durch den Kopf ging, ließ er den Blick über die schnurgeraden Reihen der Weinreben, über die Wiesen und die grünen Hügel in der Ferne schweifen. Dies war sein Land. Dies war das Panorama, das er so sehr liebte, so sehr wieder liebte! Ein Ausblick, den er vermisst hatte in den vergangenen Jahren in Marseille. Er war zurückgekommen. Wie glücklich es ihn machte, wieder hier zu sein nach all den Jahren der Einsamkeit. Wie ruhig und zufrieden er geworden war in der vertrauten Umgebung mit Juline an seiner Seite. Nie wieder hatte er woanders leben wollen. Aber als er in ihr Gesicht blickte und ihre Augen sah, die voller Hoffnung auf ihn gerichtet waren, da wusste er, dass es etwas gab, das ihm lieber war als jede noch so pittoreske Landschaft, lieber als alle Freunde, als sein Erfolg als Maler, lieber als sein Leben.

»Juline, Liebes, ich könnte es mir vorstellen, überall mit dir zu leben. Egal wo. Auch in Amerika.«

Mit unerwarteter Heftigkeit schlang sie die Arme um ihn.

»Bleib bei mir, Nicolas. Bitte. Es gibt keine andere Möglichkeit für uns.«

Sanft strich er über ihren Rücken.

»Ich weiß. Ich gehe, wohin du gehst, Juline.«

»Du wirst bestimmt auch in Amerika Bilder verkaufen können, und ich werde Englisch lernen.«

Nicolas nickte.

»Alles wird gut.«

Sie löste ihre Arme von ihm und sah ihn an. In ihrem Blick mischten sich Zuversicht und Bangnis.

»Jetzt bin ich also auch ein Flüchtling wie all die anderen Menschen in Marseille, die nur noch das eine Ziel haben: von hier wegzukommen. Der alte Mann, den wir nach unserer Ankunft im Hotel Terminus getroffen haben, hatte es vorausgesehen. Irgendwann kommt für jeden die Zeit, in der er abreisen möchte. Aber …« Sie stöhnte leise. »Wie soll das gehen? Die Polizei kontrolliert alle Straßen und ganz gewiss jeden Passagier, der auf einen Überseedampfer steigen will – falls mich nicht vorher schon jemand verrät, der mich unterwegs erkennt und die Belohnung bekommen möchte. Und außerdem, ach, Nicolas, man kann ja nicht so einfach ein Billett kaufen, wie ich hörte. Man braucht unendlich viele Genehmigungen, Stempel und Papiere, bevor man an Bord gelassen wird.«

»Keine Sorge, Juline. Lass dich nicht entmutigen! Ich werde Estelle fragen. Sie kennt alle und jeden in Marseille. Sie wird eine Lösung finden. – Hör zu, Liebes. Du musst dich ein paar Tage hier im Haus verstecken. Öffne niemals die Tür, wenn jemand anklopft. Bleib hinten im Garten, wenn du frische Luft brauchst. Es ist genug zum Essen da für dich. Und es liegen auch noch ein paar Flaschen Wein im Keller. Ich fahre zurück nach Marseille und kümmere mich darum. Ich habe dir versprochen, dass ich dafür sorgen werde, dich in Sicherheit zu bringen, und ich halte mein Versprechen. Wir werden es schaffen, dieses Land zu verlassen, und wir werden in Amerika glücklich werden.«

»Ich danke dir, Nicolas. Ich danke dir so sehr. Ich liebe dich.«

»Ich dich auch. Warte hier auf mich. Ich bin bald wieder da.«

Er gab Juline einen zärtlichen Kuss.

»Bitte pass auf dich auf, Nicolas, und bleib nicht so lange weg. Ich vermisse dich schon jetzt.«

Kapitel 28

Voltaire begrüßte Nicolas mit wedelndem Schwanz, als er das Petit Poisson betrat. Er strich dem Hund über das gescheckte Fell, das dank Estelles Pflege glatt und glänzend geworden war. Mit wachen Augen sah Voltaire auf zu dem Besucher.

»Das Tier hat es gut bei dir«, rief er Estelle zu.

»Ja. Das hat es. Voltaire hat den Verlust Pauls besser verwunden als ich. Auch wenn er sich zuletzt wie ein Schurke benommen hat, so fehlt er mir doch. Und der neue Pianist spielt nicht halb so gut wie er.«

Sie wies mit einem Nicken zu dem kleinen gedrungenen Mann, der am Piano saß und sich mehr schlecht als recht an dem Klassiker *Je te veux* versuchte.

»Wie geht es dir, Nicolas? Du siehst glücklich aus. Wo warst du denn?«

»Das ist eine lange Geschichte. Ich muss mit dir reden. Vertraulich. Hast du einen Moment Zeit?«

Estelle zog die Augenbrauen hoch. Sie nickte.

»Komm mit. In meinem Zimmer sind wir ungestört.« Und zu einem der Mädchen, die am Tresen lehnten, rief sie mit energischer Stimme: »Lucie, ich bin für ein paar Minuten nicht zu sprechen. *Compris?*«

Das angesprochene Mädchen nickte, während es Nicolas mit einem überaus erstaunten Blick musterte.

Nicolas folgte Estelle aus dem Gastraum hinaus durch einen schmalen dunklen Flur und eine hölzerne Treppe hinauf in den ersten Stock des Hauses, wo Estelle die letzte einer ganzen Reihe von Türen öffnete, die sich rechts und links des Ganges befanden.

»Das hätte ich auch nicht gedacht«, sagte sie und zwinkerte Nicolas zu, während sie ihn mit einer Geste bat einzutreten, »dass ich einmal mit dir hier oben im Separee landen würde.«

»Ich hoffe, du stellst mir die Zeit mit dir nicht in Rechnung«, gab Nicolas schief grinsend zurück.

»Nein, keine Sorge. Ich möchte nur sicherstellen, dass uns niemand belauschen kann. Im Übrigen überlasse ich diese Art von Geschäften meinen Mädchen.«

Das Zimmer war klein und mit einer golden schimmernden, opulent gemusterten Tapete ausgekleidet. Als einzige Möbelstücke standen ein schwarzer Plüschsessel mit gedrechselten Beinen, ein schmaler Schrank und ein großes Bett darin, das mit einer glänzenden dunkelroten Seidendecke bedeckt war. Vor dem Fenster hingen rote Samtvorhänge, sodass der ganze Raum in rötliches Dämmerlicht getaucht war.

Estelle zog die Vorhänge auseinander und öffnete die Fensterflügel, sogleich strömten helles Licht und frische Luft herein. Irgendwo in der Ferne trötete ein Schiffshorn. Nicolas ließ sich auf dem Sessel nieder, und Estelle setzte sich ihm gegenüber auf die Bettkante.

»Was kann ich für dich tun, mein Lieber? Bist du in Schwierigkeiten?«

Nicolas nickte.

»Nicht ich, eigentlich.«

Estelle sah ihm forschend ins Gesicht.

»Geht es um Juline? Ich habe die Fahndungsplakate gesehen. Sie hängen in der ganzen Stadt.«

»Ich weiß. Deshalb brauche ich deine Hilfe.«

»Sag schon. Worum geht es?«

Nicolas berichtete, wie er Juline wiedergefunden hatte, und freute sich, als er sah, dass Estelle erleichtert lächelte.

»Ich bin nach La Valière zurückgekehrt, Estelle. Mit Juline.«

»Du lebst in eurem alten Haus? Mein Gott, nach drei Jahren hast du dich wieder hinaufgetraut? Es geschehen noch Wunder! Wie kann das sein?«

»Es war der einzige Ort, an dem sich Juline verstecken konnte. Es … es war auf einmal ganz einfach. Und jetzt gibt es nichts Wichtigeres, als sie in Sicherheit zu wissen. Durch sie habe ich es geschafft, über Irène hinwegzukommen. Juline und ich …«

Nicolas versagte die Stimme. Aber er brauchte nicht weiterzureden. Ein freudiges Strahlen glitt über Estelles Gesicht.

»Ihr liebt einander? Oh, Nicolas, mein lieber Nicolas, ich kann nicht glauben, was ich da höre. Wie sehr ich mich darüber freue. Ich habe es dir gleich angesehen, dass du verändert bist. Aber ich hatte nicht gewagt zu hoffen, dass du dein Herz tatsächlich wieder für eine Frau geöffnet hast. Ach, mein lieber Freund.

So hat es sich für euch beide doch noch glücklich gefügt. Auch für Juline, so schwer, wie das Schicksal sie gebeutelt hat …«

»Ja. Ich kann es dir nicht beschreiben. Es fühlt sich an, als wäre ich neu geboren worden. Nein, mehr als das, Estelle. Als wäre ich ein neuer Mensch in einem neuen Universum. Es gibt keine Worte, um zu erklären, wie ich mich fühle. Und Juline, ich glaube, nein, ich weiß, es geht ihr genauso. Wir hätten beide nicht gedacht, dass wir uns wieder verlieben könnten. Es ist, als hätte uns das Leben überrumpelt. Aber nun …« Ein Schatten fiel über sein Gesicht. »Du hast die Fahndungsplakate gesehen. Juline ist auch oben im Dorf nicht sicher. Selbst dort haben sie ihr Foto ausgehängt. Es war ein verdammter Schock, als wir die Plakate entdeckten.«

»Oh Gott«, murmelte Estelle. »Das kann ich mir denken.«

»Ach, du kannst dir nicht vorstellen, wie sehr ich wünschte, sie hätte sich niemals dieser Widerstandsbewegung angeschlossen. Wie sehr ich wünschte, dass sie weniger mutig gewesen wäre.«

Estelle schüttelte den Kopf.

»Du würdest sie nicht lieben, Nicolas, wenn sie weniger mutig wäre. Gerade deswegen hast du solche Gefühle für sie. Weil sie tapfer ist. Weil sie sich nicht unterkriegen lässt. Weil sie bereit ist, sich für die gute Sache in Gefahr zu begeben.«

»Vermutlich hast du recht. Ja, ich liebe sie für ihren Mut. Aber das Risiko ist zu groß, hier haben wir keine Zukunft. Mir scheint, es gibt keinen Ort in diesem

Land, in dem Juline vor Verfolgung sicher ist. Wir müssen weg von hier. Weg aus Marseille, weg aus Frankreich. Es fällt mir schwer, es dir zu sagen, Estelle, aber wir werden nach Amerika gehen. So wie es alle anderen tun, die vor den Nazis fliehen. Juline ist jetzt eine von ihnen, und ich werde mitgehen. Nur dort haben wir eine Chance, miteinander glücklich zu werden.«

Estelle war blass geworden. Ihr Gesicht nahm einen bekümmerten Ausdruck an, wie ihn Nicolas zum letzten Mal am Tag von Pauls Beerdigung an ihr gesehen hatte.

»Nach Amerika? Oh, Nicolas. Das ist so weit weg.«

»Ja. Ich weiß. Ich habe mir nie vorstellen können, woanders zu leben als hier in Marseille oder in La Valière. Aber ich bin entschlossen zu gehen. Auch wenn ich die beste Freundin, die ich je hatte, für eine sehr lange Zeit nicht wiedersehen werde. Gott gebe, dass dieser scheußliche Nazi-Spuk bald vorbei ist und wir zurückkommen können.«

Er reichte ihr die Hand, und Estelle nahm sie in ihre. Nicolas sah, wie eine Träne in ihren Augenwinkeln glitzerte.

»Wir kennen uns, seit wir denken können, Nicolas. Niemand kann so tief in meine Seele schauen wie du, und ich glaube, für mich gilt dasselbe, was dein Innerstes angeht. Ich kann mir ein Leben, in dem du nicht ab und zu im Petit Poisson vorbeischaust, nicht vorstellen. Erst stirbt Paul, und nun verlässt mich ein weiterer guter Freund, der älteste, den ich habe. Es bricht mir das Herz, Nicolas, aber …« Sie griff sich ins Dekolleté, zog ein Taschentuch hervor und schnäuzte sich. »Aber ich verstehe dich. Oh ja. Weiß Gott, ich verstehe dich.«

Er sah, wie sie sich um ein Lächeln bemühte, während sie sich die Tränen aus den Augen tupfte. »Es macht mich glücklich zu sehen, dass du deinen Kummer über Irènes Tod überwunden und eine neue Liebe gefunden hast.«

»Danke, Estelle. Glaub mir, es war keine leichte Entscheidung für mich.«

»Ich glaube dir.« Sie stopfte das Taschentuch zurück in ihr Bustier und richtete sich auf. »Aber nun lass uns nach vorn schauen. Was kann ich für dich tun?«

»Kannst du uns helfen, an die nötigen Dokumente zu kommen? Niemand wird Juline eine Ausreisegenehmigung geben. Sobald sie in irgendeiner Behörde vorstellig wird, wird man sie verhaften. Ich kann es nicht riskieren, dass sie noch einmal ins Gefängnis geworfen und gequält wird.«

»Ich verstehe. Du brauchst falsche Papiere für sie.«

»Ja, Estelle. Alles, was nötig ist. Du hast die richtigen Kontakte. Du weißt, wer uns helfen kann, die Ausreise zu organisieren.«

»Falls überhaupt noch ein Schiff fährt«, gab sie zu bedenken. »Das Meer ist vermint. Viele Schifffahrtsgesellschaften haben ihre Routen eingestellt. Aber ich werde mich erkundigen.«

»Danke, Estelle. Ich wusste, dass du uns nicht im Stich lassen würdest.«

Sie überlegte einen Moment. Dann sagte sie:

»Es gibt da einen Amerikaner in Marseille. Ein Journalist namens Walter. Er ist erst vor Kurzem herübergekommen und hat ein Netzwerk aufgebaut, um verfolgte

Menschen zu retten. Soweit ich weiß, hat er schon vielen Flüchtlingen Visa und Tickets für die Ausreise besorgt. Er logiert im Hotel Splendide. Du solltest Kontakt zu ihm aufnehmen.«

»Walter, sagtest du? Dieser Name kommt mir bekannt vor. Ich glaube, der Mann war auf meiner Vernissage. Ich habe ein paar Worte mit ihm gewechselt, ich erinnere mich. Er mahnte Juline, vorsichtig zu sein, als sie sich kritisch über die gegenwärtige politische Lage äußerte. Das könnte dieser Mann gewesen sein.«

»Das war er ganz gewiss. Ein aufrechter Kerl. Seine Mission ist es, Künstler, Schriftsteller, Wissenschaftler und andere Intellektuelle, die in Deutschland auf der Fahndungsliste stehen, vor der Gestapo zu retten und nach Amerika zu bringen, damit sie in Europa nicht in Internierungslagern enden oder gar getötet werden.«

»Ein ziemlich heikles Unterfangen.«

»Ja. Natürlich arbeitet er konspirativ. Offiziell betreibt er einen Wohltätigkeitsverein. Wenn öffentlich wird, was da in seiner Hotelsuite tatsächlich vor sich geht, kann er die Koffer packen. Mindestens. Ich werde versuchen, in Erfahrung zu bringen, welche Zimmernummer er hat, damit du dich nicht an der Rezeption nach ihm erkundigen musst. Ich denke, es ist besser, nicht allzu viel Wirbel in dieser Sache zu machen. Sonst wird man im Hotel noch misstrauisch. Komm morgen um diese Zeit noch einmal zu mir. Dann weiß ich hoffentlich mehr.«

Estelle stand auf und öffnete eine Schranktür. Sie zog ein Bündel heraus, ein buntes Tuch, dessen vier Ecken zusammengeknotet waren.

»Hier«, sagte sie und legte es ihm auf den Schoß. »Nimm das für Juline mit.«

Nicolas löste den Knoten. Eine kupferrote Lockenperücke, ein schwarzer, breitkrempiger Sonnenhut und eine Brille mit dunklen, runden Gläsern lagen vor ihm.

»Was ist das?« Er hob die Brille hoch.

»Eine Sonnenbrille. Ein wohlmeinender Freund hat sie mir vor einiger Zeit aus den USA geschickt. Sehr praktisch, damit die Augen nicht durch helles Licht geblendet werden. Aber genauso praktisch ist so ein Ding, weil man sein Gesicht dahinter ein wenig verstecken kann.«

Estelle setzte sich die Brille auf, und Nicolas lächelte.

»Du siehst damit aus wie ein großer Käfer.«

»So soll es sein.« Estelle nahm die Brille wieder ab und legte sie zu der Perücke und dem Sonnenhut auf das Tuch. »Eine kleine Verkleidung ist bisweilen recht hilfreich. Schließlich soll nicht immer jeder gleich wissen, dass es *la maquerelle* vom Petit Poisson ist, wenn ich etwas zu erledigen habe. Ich denke, mit einer neuen Frisur und einer dunklen Brille wird auch Juline nicht gleich erkannt werden.«

»Du bist wunderbar, Estelle. Ich weiß gar nicht, wie ich dir danken soll.«

»Ein Freundschaftsdienst, Nicolas. Das ist das Mindeste, was ich tun kann, um wiedergutzumachen, was Paul mit seinem Verrat angerichtet hat. Ich habe mich immer ein wenig verantwortlich für ihn gefühlt. Auch für seine Fehler. Ich war ihm die große Schwester, die er nie hatte.«

»Es blieb ihm nicht viel Zeit, aber ich hoffe, dass er zumindest das, was er Juline angetan hat, am Ende bereut hat.«

Nicolas knotete das Bündel zusammen und nahm es in die Hand. Estelle ging zur Tür, doch noch bevor ihre Finger den Riegel berührten, blieb sie stehen.

»Hast du eigentlich schon die Sache mit Alain Fabron gehört?«

»Alain Fabron? Der Staatsanwalt? Nein, was ist passiert? Wie sollte ich irgendetwas von ihm gehört haben, da oben im Dorf.«

»Er hat Frankreich verlassen. Er ist heimlich geflohen.«

»Alain Fabron ist geflohen? Warum das?«

»Offenbar hatte er zu große Angst, dass er wegen seines Liebeslebens Probleme bekommen könnte. Sicher denkt er, wenn du weißt, dass er schwul ist, dann wissen das möglicherweise auch andere. Ich habe aus sicherer Quelle erfahren, dass er zu Fuß über die Pyrenäen gegangen ist. Verkleidet als Frau, damit er auch ganz sicher nicht erkannt wird! Es muss eine höllische Strapaze gewesen sein, in den ungewohnten Kleidern und Schuhen über die steilen, steinigen Ziegenpfade zu klettern. Aber er hat es wohl geschafft. Er soll inzwischen Lissabon erreicht haben.«

»Verkleidet als Frau …« Nicolas schüttelte den Kopf. »Ungeheuerliche Zeiten sind das. Er muss schreckliche Angst gehabt haben. Aber ich denke, es war nicht wegen seiner Homosexualität, nicht nur. Vor allem wird er gefürchtet haben, es könnte herauskommen, dass er es war, der Juline die Flucht aus dem

Gefängnis ermöglichte. Was ihm dann gedroht hätte, wäre erheblich schlimmer gewesen als zwei wundgelaufene Füße. Nun, wie auch immer. Alain Fabron ist fort – und glaub mir, Estelle, es tut mir überhaupt nicht leid, dass ich mein Wissen ausgenutzt habe, um ihn unter Druck zu setzen. Juline ist es wert. Ich weine ihm keine Träne nach!«

Zur selben Zeit saß Juline auf der Bank vor dem Haus in La Valière, die Hände im Schoß, und starrte mit tränennassem Gesicht vor sich hin. Sie war keineswegs so zuversichtlich, wie sie sich Nicolas gegenüber gegeben hatte. Mit jeder Minute, die verging, nachdem er sie zum Abschied geküsst, in Jean-Claudes Lieferwagen gestiegen und Richtung Marseille abgefahren war, sank ihr Mut. Würde es ihm gelingen, die nötigen Papiere zusammenzutragen? Würden sie eine Schiffspassage nach Amerika bekommen? Welchen Hafen würden sie ansteuern? Und was dann? Wie sollten sie sich in der Fremde zurechtfinden? Wäre es nicht besser, sich der Polizei zu stellen, damit wenigstens Nicolas unbeschwert in seiner geliebten Heimat weiterleben konnte? Was würden ihre Eltern sagen, wenn sie ihnen schrieb, dass sie plante, nach Amerika zu gehen, vielleicht nur für ein paar Jahre, vielleicht für den Rest ihres Lebens? Wie ging es ihrer Familie eigentlich? Würde sie ihre Schwestern je wiedersehen? Und ihre Freundinnen in Paris? Auf einmal fühlte sie sich so allein und verlassen wie noch nie in ihrem Leben. Juline dachte an David und dass sie nicht einmal wusste, wo man seinen geschundenen Leichnam begraben hatte –

und bei diesem Gedanken wurde sie von einem so heftigen Schmerz gepackt, als hätte jemand ihr Herz mit Stacheldraht verschnürt.

Ein dröhnendes Geräusch in der Ferne ließ sie aufschrecken. Sie entdeckte einen Lastwagen unten auf der staubigen Straße. Mit hohem Tempo fuhr er bergan auf das Dorf zu, eine helle Staubfahne hinter sich herziehend. Als der Wagen näher kam, sah sie, dass es sich um einen Militärtransporter handelte. Auf beiden Seiten der offenen Ladefläche waren längs zur Fahrtrichtung Bänke angebracht. Soldaten saßen darauf, Helme auf den Köpfen, die Waffen hoch aufgerichtet in der Hand. Juline erschauerte bei diesem Anblick. Schnell lief sie ins Haus und verriegelte die Tür hinter sich. Einen Moment lang verharrte sie atemlos, dann rannte sie die Treppe hinauf und stürzte ins Schlafzimmer. Dort streifte sie die Schuhe von den Füßen und warf sich aufs Bett. Sie vergrub ihr Gesicht in Nicolas' Kopfkissen, das nach ihm roch, so gut, so vertraut schon und doch so anders als das Kopfkissen, das früher neben ihrem gelegen hatte. Sie schlang die Arme darum und lauschte reglos dem Hämmern ihres Herzens, während draußen der Militärwagen am Haus vorbeirumpelte.

Kapitel 29

Auf dem Flur vor der Tür von Zimmer Nummer 319 im Hotel Splendide sah es aus wie im Warteraum eines Zahnarztes. Nicolas hatte nicht erwartet, so viele Menschen dort anzutreffen. Er schätzte sie auf etwa zwei Dutzend. Mit bangen Gesichtern, als litten sie große Schmerzen oder fürchteten sich vor der Behandlung eines Doktors, lehnten sie an der Wand des fensterlosen Ganges oder hockten auf dem Fußboden. Kleine Messinglampen an der vertäfelten Decke malten helle Lichtkreise auf den rot gemusterten Teppichläufer. Zu Nicolas' großer Überraschung war ein weißer Zettel an der Zimmertür angebracht. »Amerikanisches Büro für Flüchtlingshilfe« stand darauf in französischer und englischer Sprache.

Trotz der vielen Menschen war es still im Hotelflur. Niemand sprach. Nur gelegentlich waren das Scharren von Füßen, ein Räuspern oder Husten zu vernehmen.

»Mon Dieu«, entfuhr es Nicolas. »Warten Sie alle auf Monsieur Walter?«

Ein alter Mann in einem zerlumpten Frack, dessen schütteres weißes Haupthaar im Schein der Flurlampe gelblich schimmerte, sah auf und nickte ihm zu. Nicolas erkannte den Musiker, der im Petit Poisson zu Pauls Klavierklängen Geige gespielt hatte. Der Instrumentenkasten lehnte neben ihm an der Wand.

»Ja, Monsieur. Ein Engel hat uns Mister Walter geschickt, auf dass wir wieder Hoffnung haben, dieses ungastliche Land zu verlassen. Er ist mit seiner Hilfsorganisation bei den französischen Behörden akkreditiert und berät uns aufopferungsvoll in allen Formalitäten. Nun bin ich doch froh, dass ich nicht mein komplettes Reisebudget in Austern investiert habe.« Er zwinkerte Nicolas zum Zeichen des Wiedererkennens zu.

»Ich wusste nicht, dass das hier eine offizielle Amtsstube ist.«

»Nun.« Das alte Männlein grinste. »Die Franzosen sind vermutlich froh, dass es diesen amerikanischen Wohltätigkeitsverein gibt. So bleibt es ihnen erspart, sich um jedes einzelne kleine Anliegen all der Leute selbst zu kümmern. Zu viele Menschen benötigen Hilfe, was nicht erstaunlich ist, wenn Sie mich fragen, denn es ist eine wahre Wissenschaft, die eigene Ausreise zu arrangieren. Ich weiß, wovon ich rede.« Und als er Nicolas' fragenden Blick bemerkte, setzte er hinzu: »Es ist den Leuten ja nicht grundsätzlich verboten, Frankreich zu verlassen. Nicht allen jedenfalls. Es ist nur …« Er senkte den Blick und sprach leise weiter. »Es ist nur für manche von uns ein wenig komplizierter als für andere.«

Nicolas wartete. Eine Stunde verging, dann noch eine. Gelegentlich ging die Zimmertür auf, und jemand trat heraus, um mit einem erschöpften, aber zumeist erleichterten Lächeln im Gesicht Richtung Treppe davonzueilen. Dann verschwand der nächste Wartende hinter der schweren Mahagoniholztür. Doch die Menschenschlange im Flur wurde nicht kürzer. Ganz im Gegenteil. Für jeden Besucher, der Walters Zimmer verließ, kam mindestens ein weiterer heran und reihte sich – mancher tief seufzend, mancher klaglos – in die Schar der Wartenden ein. Nach einer Weile erhielt auch der alte Geiger Zutritt. Er blieb sehr lange im Zimmer, und als er schließlich herauskam, da schien es Nicolas, als hätten sich die Furchen in seinem Gesicht noch tiefer in die Haut gegraben. Schweigend nickte er Nicolas zum Abschied zu und schlich fort, den Geigenkasten eng an seinen mageren Körper gepresst.

Der Vormittag ging dahin, der Nachmittag brach an. Menschen kamen und gingen, und je länger Nicolas die Betriebsamkeit vor dem Hotelzimmer beobachtete, desto bedrückender erschien ihm die Atmosphäre. Über wie viele menschliche Schicksale wurde hinter Tür Nummer 319 entschieden! Jeder Einzelne, der Walters Rat suchte, hatte seine eigene Geschichte, hatte seine eigenen Gründe, Frankreich so schnell wie möglich zu verlassen. Nicolas sah in die Gesichter der Wartenden. Wer von ihnen durfte sich Hoffnung machen, wessen Zuversicht würde bald erlöschen? Und was war dann? Es waren ja nicht nur Hoffnungen, sondern ganze Menschenleben, die Gefahr liefen, zerstört zu werden, wenn ihnen niemand half.

Menschen wie Juline. Bei diesem Gedanken ertrug er es kaum mehr, noch länger warten zu müssen. Dann endlich war es an ihm, einzutreten.

Walter saß auf einem blauen Polsterstuhl vor der Frisierkommode, auf der eine kleine Reiseschreibmaschine stand, und erhob sich, als Nicolas eintrat. Sie erkannten einander sofort wieder.

»Monsieur Guyot!«, rief Walter aus und reichte ihm die Hand. »Welch eine Überraschung, Sie hier zu sehen! Was verschafft mir die Ehre?«

Walter hatte sein Jackett über der Stuhllehne abgelegt und die Ärmel seines weißen Hemdes hochgekrempelt. Schweiß stand ihm auf der hohen Stirn, denn obwohl die weiße Jalousie heruntergerollt war und beide Fensterflügel weit geöffnet waren, lag eine heiße, stickige Luft im Zimmer. Die Decken und Kissen auf dem Doppelbett waren weggeräumt. Stattdessen war die Matratze über und über bedeckt mit bedruckten Blättern, Karteikarten, Zettelkästen, Reisepässen in verschiedenen Farben und aus verschiedenen Staaten sowie Briefbögen mit handgeschriebenen Notizen. Auf dem Nachttisch lagen ein paar Stifte, ein Notizbuch und zwei Stapel mit Geldscheinen, Nicolas erkannte Francs und amerikanische Dollars. Eine junge Frau, die ihre wasserstoffblonden Locken zu einem hohen Pferdeschwanz zusammengebunden hatte, kniete vor dem Fenster und war gerade dabei, einige Seiten in einen Aktenordner zu heften. Ein halbes Dutzend weitere Ordner standen bereits nebeneinander aufgereiht an der Wand.

»Darf ich vorstellen: Meine Assistentin, Miss Mary-Jane Bloomfield. Ohne ihre Hilfe wäre das Chaos hier gar nicht zu bewältigen. – Mary-Jane, das ist Nicolas Guyot, der Maler, von dessen Ausstellung ich dir kürzlich erzählt habe.«

Die junge Frau sah kurz auf und schenkte Nicolas ein schnelles freundliches Lächeln. Er registrierte eine winkelförmige rosa Narbe auf ihrer rechten Wange und fragte sich, wie sie sich diese Verletzung zugezogen haben mochte.

»*Bonjour,* Monsieur, wie schön, Sie kennenzulernen«, sagte Mary-Jane zu Nicolas' Erstaunen in akzentfreiem Französisch. »Ich hoffe, Walter kann Ihnen helfen.« Dann widmete sie sich wieder ihrem Aktenordner.

»Wie Sie sehen, müssen wir ein wenig improvisieren«, erklärte Walter entschuldigend, als er Nicolas' verwunderten Blick bemerkte, und strich sich mit gespreizten Fingern wie mit einem Kamm eine dunkle Haarsträhne aus der Stirn. »Ein Hotelzimmer ist nun mal kein Büro. Als ich vor ein paar Wochen in New York aufbrach, hatte ich nicht damit gerechnet, hier von so vielen Menschen sehnsüchtig erwartet zu werden. Dann ließ der Himmel Mary-Jane meinen Weg kreuzen. Sie ist Engländerin und vor einem Jahr nach Paris gekommen. Eigentlich arbeitet sie als Schauspielerin. Aber auch sie ist vor den Deutschen geflohen und wollte von Marseille zurück nach London. Sie ist ein patentes Mädchen. Ich konnte sie davon überzeugen, dass sie hier gebraucht wird, nicht zuletzt wegen ihrer ausgezeichneten Sprachkenntnisse. Mary-Jane ist mit einem französischen Kindermädchen aufgewachsen, wissen Sie. Das ist sehr hilfreich für unsere Gespräche mit den hiesigen Ämtern.«

»Was tun Sie hier, Walter?«, erkundigte sich Nicolas und setzte sich auf den zweiten Polsterstuhl, den der

Amerikaner ihm hinschob. Noch immer ließ er seine Blicke ungläubig durch das Zimmer wandern.

»Uns ist zu Ohren gekommen, dass …« Walter unterbrach sich und fuhr dann fort: »Nun, das amerikanische Außenministerium hatte den Eindruck, dass die französischen Behörden ein wenig überfordert sind mit den unerwartet vielen Ausreisewilligen. Und da die meisten Menschen hier in die USA übersiedeln wollen, hielt man es für das Beste, ihnen gleich vor Ort zu helfen. Wir unterstützen die Leute, wenn sie finanzielle Probleme haben, und beraten sie in Visaangelegenheiten. Das hier ist ein amtlich genehmigter Wohltätigkeitsverein.«

»Also ist das hier alles legal?«

Walter schenkte ihm ein breites Lächeln, das seine großen weißen Zähne aufblitzen ließ.

»Nun. Wäre mein Bemühen illegal, würde ich doch sicherlich kein Schild an die Tür hängen, um darauf aufmerksam zu machen, nicht wahr?«

Nicolas war sich nicht sicher, ob er ein Zwinkern in Walters Augen wahrgenommen hatte.

»Aber der alte Geiger«, sagte er mit gesenkter Stimme. »Ich weiß, dass er ein jüdischer Flüchtling ist. Leute wie er dürfen Frankreich nicht verlassen. Es gilt ein Gesetz, wonach sie an Deutschland ausgeliefert werden müssen. Ich habe gesehen, dass er hier bei Ihnen im Zimmer war, und ich weiß zufälligerweise, dass er seit Wochen versucht, in die USA auszuwandern. Helfen Sie ihm dabei? Ich bin mir sicher, dass das nicht legal wäre …«

Eine feine Röte färbte Walters Wangen. Er räusperte

sich. In einer nervösen Geste schob er sich die Brille höher auf die Nase. Seine Stimme war verändert, sie klang kühl, als er entgegnete: »Kommen Sie von der Gestapo? Hat man Sie hergeschickt, damit Sie mir auf die Finger schauen? Ist es das, was Sie wollen? Glauben Sie mir, Sie werden hier nichts finden.«

»Nein, nein, ich bin kein Spitzel. Keineswegs. Ganz im Gegenteil.« Nun war es an Nicolas, nervös zu werden. »Ich brauche selbst Ihre Hilfe.«

»Na, Gott sei Dank.«

Walter ließ sich wieder auf den Stuhl vor der Frisierkommode fallen. »Wie können Sie mich so erschrecken! Ich hatte schon an meiner Menschenkenntnis gezweifelt. Ich hatte mir nicht vorstellen können, dass Sie ein Nazi-Spitzel sind. *Well.* Also gut, Nicolas. Was kann ich für Sie tun?«

»Es geht um die Frau, die auf meiner Vernissage war, Juline, Anfang zwanzig, kurze dunkle Haare und weiß Gott nicht auf den Mund gefallen. Erinnern Sie sich? Sie hatten sie gemahnt, vorsichtig zu sein mit ihrer Kritik an Pétain und den Nazis.«

Walter nickte.

»Oh ja, natürlich erinnere ich mich an die junge Dame. Eine beeindruckende Person. Aber ich würde sie auch kennen, wenn ich an diesem Abend nicht mit ihr ins Gespräch gekommen wäre. Jeder Mensch in Marseille kennt ihr Gesicht. Schließlich hängt ihr Fahndungsfoto beinahe an jedem zweiten Laternenmast. Es ist eine Tragödie, dass sie ins Visier der Polizei geraten ist. So eine bewundernswerte kluge und mutige Frau. Frankreich braucht mehr von solchen

Menschen, wenn sich das Land aus dem Würgegriff der Nazis befreien möchte. Wissen Sie etwas über sie?«

Nicolas zögerte. Konnte er diesen beiden Menschen tatsächlich sein Geheimnis anvertrauen? Walter schien ein redlicher Mensch zu sein. Aber was war mit dieser Mary-Jane? Würde sie zur Polizei gehen und sich die tausend Francs auszahlen lassen, wenn sie erfuhr, wo sich Juline gerade versteckte? Nicolas warf der Frau verstohlen einen Blick zu, aber sie war mit ihrem Aktenordner beschäftigt und schien kaum zuzuhören. Außerdem war sie Walters engste Mitarbeiterin, und der Amerikaner hätte sie sicherlich nicht eingestellt, wenn er Zweifel an ihrer Zuverlässigkeit hätte.

Nicolas beschloss, offen zu reden. Es gab keine andere Möglichkeit. Walter war seine einzige Chance, um Juline außer Landes zu bringen. Mit stockender Stimme und flachem Atem berichtete Nicolas, was sich in den vergangenen Tagen ereignet hatte.

»Sie und ihr Mann sind vor Kurzem aus Paris nach Marseille gekommen. David war als kritischer jüdischer Journalist schon vor Jahren aus Deutschland geflohen. Irgendwann hatte er sich einen Schweizer Pass besorgt und lebte seitdem, getarnt als Bürger einer neutralen Nation, einigermaßen in Sicherheit. Er und Juline schlossen sich hier in Marseille einer Widerstandsbewegung an und wurden verraten – was leider auch meine Schuld war. Ich habe einem Freund vertraut, der sich als nicht vertrauenswürdig entpuppt hat. Er hat dafür gesorgt, dass die beiden ins Gefängnis kamen. Mir ist es gelungen, Juline zu befreien, ich habe den Staatsanwalt bestochen, und mithilfe einer fingierten Tuberkuloseerkrankung konnte sie entkommen. Aber ihr Mann hat es nicht geschafft. Er ist in der Haft gestorben. Es ist tragisch. Juline konnte ihren Mann nicht beerdigen, sie hat nicht einmal seinen Totenschein erhalten. In dieser Sache kann sie ja schlecht auf dem Amt vorstellig werden. Sie hat keine Zukunft mehr in Frankreich, denn die Gestapo und deren Leute suchen überall nach ihr. Nicht nur in Marseille. Im Moment lebt sie versteckt in meinem Haus auf dem Land. Aber auch dort kann sie nicht bleiben. Die Gefahr ist zu groß, dass sie entdeckt wird. Ich möchte ihr helfen, das Land zu verlassen, Walter. In Amerika ist sie sicher. Und ich werde mitgehen. Ich lasse sie nicht allein, wir … wir haben uns ineinander verliebt. Wir beide haben jeder einen geliebten Menschen verloren, das hat uns zusammengebracht. Und wir wollen miteinander weiterleben. In den USA. Können Sie uns die nötigen Dokumente besorgen?«

Walter bedachte ihn mit einem langen Blick und schwieg. Dann nickte er langsam.

»Ich werde versuchen, Ihnen zu helfen. Ihnen beiden. Eigentlich bin ich im Auftrag des amerikanischen Außenministeriums nach Marseille gekommen, um gefährdete Künstler und Wissenschaftler zu retten. Wir haben uns gedacht, es darf nicht sein, dass die Deutschen ihre klügsten und besten Leute mundtot machen. Auf meiner Liste standen ursprünglich die Namen von einhundertzwanzig Personen, die ich innerhalb von drei Wochen ausfindig machen und nach Amerika bringen sollte. Inzwischen sind es Tausende! Meine Rückfahrt war für den elften August geplant.

Aber das Billett ist verfallen. Es ist noch so viel zu tun. Dass diese Mission derart schwierig werden würde, dass so viele Menschen kommen und uns um Hilfe bitten würden – das hatten wir bei unserer Planung völlig unterschätzt. Sie haben ja selbst gesehen, wie es vor der Zimmertür zugeht. Mein Budget ist schneller zusammengeschrumpft, als ich es erwartet hätte. Ich habe bereits an Washington gekabelt, dass mir das Geld ausgeht …«

»Das Finanzielle sollte kein Problem sein.« Nicolas fiel ihm ins Wort. Er öffnete die Schultertasche, in der er normalerweise seine Malutensilien verstaute, und griff hinein. »Sofern Sie nicht nur Bargeld annehmen.«

Er legte zwei goldene Ringe neben die Schreibmaschine auf die Frisierkommode, eine Perlenkette, einen goldenen Armreif, silberne Ohrstecker mit kleinen Smaragden darin und eine silberne Armbanduhr. »Das ist der Schmuck meiner verstorbenen Frau. Ich hoffe, der Wert dieser Stücke reicht aus, um die Kosten zu begleichen.«

»Oh, ja, ganz gewiss. Mehr als das. *Oh my god.* Sind Sie sicher, dass Sie diese Sachen weggeben möchten?«

»Absolut sicher. Könnte ich etwas Besseres damit tun, als das Leben eines geliebten Menschen zu retten?«

»Das reicht, um mehr als ein Menschenleben zu retten.«

»Umso besser. Bringen Sie Juline und mich damit nach Amerika, und behalten Sie den Rest für andere Menschen in Not.«

»Danke. Sie sind sehr großherzig.«

»Wie geht es nun weiter?«

»Zunächst braucht Juline einen falschen Pass mit einem anderen Namen. Ich kümmere mich darum. Wie ist es mit Ihrer Identität? Haben die Behörden auch Sie im Visier?«

Nicolas schüttelte den Kopf.

»Nein, nicht dass ich wüsste.«

»Gut. Das macht es etwas einfacher. Sie benötigen beide ein Visum für die USA, ein Ausreisevisum aus Frankreich, Transitvisa für Spanien und Portugal. Und Tickets für die Überfahrt. Ich stehe in Kontakt mit dem amerikanischen Konsulat in Marseille. Die Leute dort sind recht kooperativ. Aber wir sollten uns beeilen. Man kann nie wissen, wann sich die Situation ändert. Und wenn sie sich ändert, dann gewiss nicht zum Besseren.«

»Wie lange wird es dauern, bis Sie alle Unterlagen zusammen haben?«

Walter zuckte mit den Schultern.

»Ich tue mein Bestes, aber ich kann Ihnen nichts versprechen. Wir bleiben in Kontakt. Wo kann ich Sie finden?«

Nicolas nannte ihm die Adresse seines Ateliers, und Walter schrieb sie in sein Notizbuch.

»Kommen Sie übermorgen wieder zu mir. Dann weiß ich vermutlich schon etwas mehr.«

Nicolas stand auf und drückte Walter die Hand.

»Ich danke Ihnen. Sie sind ein Engel. Der alte Geiger hatte recht. Ich hoffe, sie können auch ihm helfen?«

Walter nickte seufzend.

»Wir arbeiten daran. Es wird nicht einfach, aber wir tun alles, was wir können.«

Nach seinem Besuch im Zimmer 319 des Hotels Splendide wäre Nicolas am liebsten zurück zu Juline nach La Valière gefahren, um ihr zu berichten, was er in die Wege geleitet hatte, vor allem aber, um sie in den Arm zu nehmen und an sich zu drücken. Der Gedanke, dass sie allein in dem kleinen Haus saß und sich nicht auf die Straße wagen durfte, erfüllte ihn mit Sorge und Kummer. Aber der Tank in Jean-Claudes Wagen war beinahe leer, und es gab weit und breit kein Benzin mehr zu kaufen. Er war sämtliche Tankstellen in seinem Viertel abgefahren, aber überall erhielt er die gleiche Auskunft: Derzeitig kein Kraftstoff vorrätig. Nicolas beschloss, Juline einen Brief zu schicken, und eilte nach Hause. Sein Stift flog nur so über die Seiten, als er schrieb, was er erlebt hatte und auf welche Weise Walter ihnen beiden helfen würde, ein neues Leben in den USA zu beginnen. Er faltete das Blatt zusammen und schob es in einen Briefumschlag – dann zerriss er beides zutiefst erschrocken in winzige Schnipsel. Was hatte er sich nur dabei gedacht? Er durfte ihr auf keinen Fall einen Brief schicken! Was für eine fatale Gedankenlosigkeit, ihren Namen und ihre gegenwärtige Adresse auf das Kuvert zu schreiben! Das Fahndungsplakat mit ihrem Namen hing sicher in jedem Postamt aus. Einfacher hätte er es ihren Verfolgern nicht machen können, ihr auf die Spur zu kommen. Und nicht nur das: Sicher hätten die Leute von der Gestapo den Brief gelesen, und dann wären auch Walter und sein Undercover-Einsatz aufgeflogen. Nicolas spürte, wie sein Herz vor Entsetzen raste – und auch vor Erleichterung, dass ihm sein verhängnisvoller Fehler noch rechtzeitig aufgefallen war. Und wenn er einen anderen Namen wählte und den Brief zu seinem Haus in La Valière schickte?, überlegte er kurz. Nein, Juline war viel zu anständig, um einen Brief zu öffnen, der nicht an sie adressiert war. Davon war Nicolas überzeugt. Und es war sowieso besser, nichts über Walters geheime Aktivitäten schriftlich festzuhalten, man wusste nie, wer diesen Brief in die Hände bekam. Es half nichts. Er musste warten, bis er Juline wiedersah, um ihr von allem zu berichten. Vielleicht konnte Estelle ihm in den nächsten Tagen helfen, ein paar Liter Benzin zu besorgen.

Er setzte sich vor die Staffelei und betrachtete Julines Porträt, an dem er so lange nicht mehr gearbeitet hatte. Was alles war geschehen, seit er die ersten Kohlestriche auf die Leinwand gesetzt hatte! Wie gut kannte er dieses Gesicht inzwischen, das auf dem Bild so zurückhaltend lächelte. Er wusste, wie es aussah, wenn sie weinte, wenn sie lachte, wenn sie wütend war. Wusste, wie ihre Haut roch, wie es sich anfühlte, ihre Lippen zu küssen, und wie sich ihre lustvollen Seufzer anhörten, wenn sie einander liebten.

»Ach, Juline«, murmelte er. »Für wen soll ich das Bild eigentlich noch fertig malen?«

Doch es störte ihn, das Porträt unvollendet zu lassen. Es fehlte nicht mehr viel, aber wie sollte er es zu Ende bringen, ohne dass Juline vor ihm auf dem blauen Stuhl saß?

Etwas, das Tatjana ihm vor langer Zeit erzählt hatte, kam ihm in den Sinn. »Musik«, hatte sie damals gesagt, »die du nur durch deine Ohren wahrnimmst, bleibt kalt und stumpf; du musst sie im Herzen spüren, dann füllt sie dich aus, und du kannst tanzen.« War es mit der Malerei nicht genauso? Juline füllte sein Herz so sehr aus, dass er meinte, es müsse bersten. Er würde das Porträt fertigstellen, auch wenn sie gerade kilometerweit entfernt von ihm war.

Er mischte die Farben an und malte. Bei jedem Strich und jedem Farbtupfer, den er auf die Leinwand setzte, fühlte er sich ihr näher. Er meinte ihre Stimme zu hören. Er sah sie vor sich, wie sie sich bewegte, wie ihr Kleid wippte, wenn sie ging, wie sie sprach, sich mit der Hand durch die Haare fuhr oder nach einem Weinglas griff, sich einen Pfirsich aus dem Picknickkorb nahm. Er kannte jede ihrer Gesten. Er arbeitete ohne Pause, fand immer wieder hier und da noch eine winzige Stelle im Bild, mit der er nicht zufrieden war, mit dem Schattenwurf einer Falte des Magnolienkleides zum Beispiel und mit dem Glanz des linken kleinen Fingernagels. Er malte und malte, als säße Juline in Fleisch und Blut vor ihm, solange er Farbe auf die Leinwand aufbrachte, und würde sich zurück in ein stummes, zweidimensionales Bild verwandeln, sobald er damit aufhörte.

Erst als es Abend geworden war und das Licht im Atelier schwächer wurde, legte Nicolas Pinsel und Palette zur Seite. Er stand auf, trat einen Schritt zurück, um die Leinwand mit etwas Abstand zu betrachten. Er nickte erschöpft.

»Ja, nun ist es gut. Nun ist es sehr gut. Ach, Juline. David würde dieses Bild lieben.«

Kapitel 30

Es war gegen Mitternacht, als Nicolas ein Geräusch an der Wohnungstür hörte. Erschrocken fuhr er aus dem Halbschlaf hoch.

»Chéri!« Von draußen war Tatjanas energisches Flüstern zu hören. »*Chéri*, mach auf, ich bin's.«

Für einen Augenblick zögerte er, doch dann stand er auf und öffnete die Tür. Tatjana umarmte und küsste ihn.

»Estelle hat mir erzählt, dass du wieder da bist«, rief sie munter. »Wo warst du nur so lange? Ich habe dich schrecklich vermisst! Wie konntest du mir das antun? Schon dreimal bin ich hergekommen in den letzten Wochen, und nie warst du hier.«

»Das ist eine komplizierte Geschichte«, erwiderte Nicolas vage, während Tatjana eintrat, eine Flasche Wein in der Hand, und verblüfft die Bettdecke auf dem Sofa betrachtete, das im fahlen Mondschein lag.

»Du hast doch wohl hoffentlich nicht schon geschlafen? Der Tag ist ja noch gar nicht zu Ende! Es ist gerade die richtige Zeit, um zu feiern.«

Lachend knipste sie den Lichtschalter an, und Nicolas kniff die Augen zusammen angesichts der plötzlichen Helligkeit im Zimmer. Tatjana tänzelte mit wiegenden Hüften durch den Raum, wie sie es immer tat, wenn sie zu ihm kam. Mit der einen Hand hielt sie die Weinflasche in die Höhe, mit der anderen hob sie den Saum ihres kurzen Kleides an, sodass Nicolas ihre schwarzen Strumpfhalter sehen konnte.

»Aber was gibt es denn zu feiern?«

»Na, dass ich dich endlich wiederhabe! Ich hatte mir schon Sorgen um dich gemacht. Das letzte Mal, als wir zusammen waren, bist du aufgesprungen und davongelaufen, als du den Bericht über diese beiden Verbrecher in der Zeitung gesehen hast.«

»Es waren keine Verbrecher, Tatjana.«

»Egal, wer es war. Jedenfalls hat dich die ganze Sache so sehr erschreckt, dass du gleich selbst abgetaucht bist. Du brauchst mir gar nicht zu erzählen, was dahintersteckt. Es ist manchmal besser, wenn man nicht alles voneinander weiß.« Sie lachte, sodass ihre Zahnlücke sichtbar wurde. »Die Hauptsache ist, dass du gesund und munter wieder zu Hause bist. Sieh mal, ich habe uns etwas zum Trinken mitgebracht. Holst du uns Gläser, oder trinken wir den Wein gleich aus der Flasche? Sie ist schon auf.«

»Ach, Tatjana. Ich weiß nicht recht ...« Nicolas blieb unschlüssig stehen.

»Also lieber keine Gläser? Auch gut.«

Tatjana zuckte mit den Schultern und setzte sich die Flasche an den Mund, um einen Schluck Wein zu trinken.

»Halt!«, rief Nicolas. »Was tust du denn da! Warte, ich hole uns Gläser.«

Er ging in die Küche und hatte gerade die Schranktür geöffnet, als er ein heftiges Klirren hörte. Er stürzte zurück ins Atelier und sah Tatjana, die vor Julines Porträt stand und fassungslos auf das Bild starrte. Die Weinflasche war ihr aus der Hand gefallen und auf dem Boden in tausend Splitter zersprungen. Aus einer roten Lache stieg der säuerliche Geruch von Wein auf.

»Was ist das?«, rief sie. Ihre Stimme klang schrill. »Nicolas, was für ein Bild ist das? Ist das nicht … Das ist doch diese Frau, die Frau von deiner Vernissage, die sie festgenommen haben!«

»Ja.« Er näherte sich der Staffelei, blieb aber mit etwas Abstand stehen, um mit den nackten Füßen nicht in die Glasscherben zu treten. »Sie bat mich, ein Porträt von ihr zu malen.«

»Sie bat dich, ein Porträt von ihr zu malen?«, wiederholte Tatjana keuchend. »Wie kann das sein, dass du sie gemalt hast? Als ich dich gebeten habe, mich zu malen, da hast du Nein gesagt. Hast behauptet, du malst keine Porträts mehr. Wegen deiner verstorbenen Frau. Aus Kummer oder Treue oder was immer es war. Weil du dir irgendwas geschworen hattest. Ich habe nie ganz begriffen, warum. Aber ich habe nicht weiter gefragt. Künstler sind ja manchmal etwas merkwürdig, wie man weiß. Und jetzt? Jetzt malst du diese Frau. Wieso gerade diese Frau? Was hat die da, das ich nicht habe? Wieso hast du sie gemalt und nicht mich?«

Ihre Stimme war mit jedem Wort lauter geworden.

»Tatjana, bitte schrei nicht so, du weckst die Leute im Haus auf!«

Tatjana schien ihn gar nicht zu hören.

»Und weißt du was? Das neue Bild ist wunderschön. Ich bin ja nicht blind. Es ist noch viel schöner als das Bild deiner verstorbenen Frau, es ist das schönste Bild, das du je gemalt hast. Das allerschönste Bild. Aber nicht ich bin es, die darauf zu sehen ist. Dabei bin ich doch die schönste Frau von Marseille.« Tatjana begann vor der Staffelei auf und ab zu laufen. Die Absätze ihrer Schuhe knirschten auf den Scherben der Weinflasche. »Oh, Nicolas, du sollst mich malen. Ich will, dass du mich malst. Jetzt sofort. Aber ich werde nicht auf diesem langweiligen Stuhl sitzen. Und ich werde auch nicht so ein komisches Blumenkleid tragen wie die da. Mich sollst du in meiner allerschönsten Schönheit malen.«

Tatjana begann ihr Kleid aufzuknöpfen.

»Am schönsten ist eine Frau, wenn sie nackt ist, nicht wahr? Alle Männer mögen eine Frau lieber, wenn sie nackt ist. Damit kenne ich mich aus. Und ich weiß, dass es bei dir genauso ist. Oh ja, das weiß ich sehr genau. Es ist zwar schon eine Weile her, seit ich das letzte Mal bei dir war, aber ich erinnere mich nur zu gut daran!«

»Tatjana, bitte …«

»Da gibt es nichts zu bitten, *chéri*.«

Sie schlüpfte aus dem Kleid und warf es auf den Tisch. Dann hakte sie sich den Büstenhalter auf.

»Schau, so sollst du mich malen. Ich werde mich auf dein Sofa legen, und du malst ein Bild von mir. Soll ich mir das Höschen auch noch ausziehen? Gewiss sollte ich das tun, du magst es, wenn ich kein Höschen trage.«

»Nein, Tatjana, bitte lass das, zieh dich wieder an. Was tust du denn da? Ich kann dich jetzt nicht malen.«

»Warum kannst du mich nicht malen? Da stehen noch ein paar Malpappen an der Wand, und es liegen jede Menge Pinsel und Farbtuben auf dem Tisch. Du hast zwei gesunde Hände, wie ich sehe. Warum also solltest du mich nicht malen? Sag es mir, Nicolas! Warum solltest du mich nicht malen?«

Sie ließ sich auf sein Sofa fallen und begann zu schluchzen. Nicolas blieb für einen Augenblick erschrocken stehen, dann ging er langsam zu ihr hin. Er setzte sich neben sie und legte den Arm um ihre nackten Schultern.

»Ich kann nicht«, antwortete er leise. »Ich kann dich nicht malen.«

»Aber warum nicht, Nicolas, warum? Ich bin doch auch schön.«

»Ja, Tatjana, du bist wunderschön. Aber das ist es nicht.«

»Was ist es denn?«

Noch während Nicolas nach einer Antwort suchte, sagte Tatjana:

»Du liebst mich nicht. Ist es das?«

»Ja, vielleicht.«

Sie schluchzte jetzt nicht mehr.

»Und du kannst nur eine Frau malen, die du liebst?«

»Ich glaube, ja.«

Ein leichtes Zittern ging über ihren Körper. Nicolas zog die Bettdecke heran und wickelte Tatjana darin ein.

»Du hast mir nie etwas versprochen, Nicolas, aber es tut trotzdem weh.«

»Verzeih mir, Tatjana. Ich wollte dich nicht verletzen.«

»Warum liebst du sie – und nicht mich?«

»Letzten Endes kann man nie sagen, weshalb man jemanden liebt und einen anderen nicht. Genauso wenig, wie man erklären kann, weshalb man gewisse Speisen mag und manche weniger. Der eine liebt die Schärfe von Ingwer oder den seifigen Geschmack von Koriander. Aber warum? Darauf gibt es keine Antwort.«

»Ich liebe dich«, sagte Tatjana leise. »Aber vielleicht ist meine Liebe nicht die Art von Liebe, nach der du dich gesehnt hast. Und vielleicht habe ich jemanden in dir geliebt, der du gar nicht bist.«

»Du hast immer auch andere Männer geliebt, nicht wahr?«

Sie nickte.

»Ja, ab und zu ist mir jemand begegnet, der mich glücklich gemacht hat für eine Nacht oder für ein Wochenende. Aber wenn ich morgens in seinen Armen aufgewacht bin, habe ich mir immer gewünscht, ich wäre bei dir.«

Nicolas küsste ihre Wange.

Tatjana schob die Decke zur Seite. Sie stand auf und sammelte ihre Kleider wieder ein. Als sie sich angezogen hatte, blieb sie noch eine Weile vor Julines Porträt stehen.

»Und diese Frau also liebst du?«

Nicolas nickte.

»Ich habe die vergangenen Tage mit ihr verbracht.«

»Du hast mit ihr geschlafen, du bist mit ihr zusammen aufgewacht, du hast mit ihr den ersten Kaffee am Morgen getrunken? All das?«

Noch einmal nickte Nicolas. Mühsam rang sich Tatjana ein Lächeln ab.

»Dann liebst du sie wirklich.«

»Ja. Ganz sicher. Ach, Tatjana, können wir trotzdem Freunde bleiben? Ich möchte von dir hören. Ich möchte immer wissen, wie es dir geht.«

»Ich weiß nicht, Nicolas. Ich denke, ich werde in der nächsten Zeit lieber einen Bogen um dich machen. Es tut mir nicht gut, dich zu sehen und zu wissen, dass alles vorbei ist. Dass du jetzt die da …« Sie zeigte auf Julines Porträt, sprach aber nicht weiter.

»Trotz allem, du musst mir einen Gefallen tun, Tatjana.«

»Vielleicht. Was ist es?«

»Bitte erzähle niemandem von dem Bild. Erzähle niemandem irgendetwas von Juline.«

Tatjana sah ihn lange an, als arbeitete etwas in ihr.

»Ich könnte sie in Schwierigkeiten bringen und dich auch, stimmt's?«

»Ja, in sehr große Schwierigkeiten.«

Sie sah ihn an, und schließlich gewann das Lächeln in ihrem Gesicht die Oberhand.

»Du hast Glück, dass ich dich liebe, *chéri*. Und dass ich nicht nachtragend bin.«

»Danke, Tatjana. Dafür liebe ich dich. Anders, als du es dir vielleicht wünschst, aber es ist auch eine Art von Liebe.«

Tatjana lachte schon wieder.

»Red keinen Blödsinn, *chéri*. Mit dieser Art von Liebe kannst du mir gestohlen bleiben! Und jetzt gib mir einen Besen, damit ich die Sauerei hier wegkehren kann!«

Kapitel 31

Am Vormittag besuchte er Estelle im Petit Poisson, um ihr zu berichten, wie es ihm bei Walter ergangen war, und um sie zu fragen, wo er Benzin für den Lieferwagen bekommen könnte.

»Ich werde mich erkundigen«, sagte sie. »Aber versprechen kann ich dir nichts. Im Moment ist die Versorgungslage wirklich düster.«

»Juline kann sich nicht ewig in dem Haus verschanzen«, gab Nicolas zu bedenken. »Die Essensvorräte, die ich besorgt habe, reichen nur für ein paar Tage. Wir können nicht riskieren, dass sie zum Einkaufen ins Dorf geht. Wenn man sie dort erkennt und verrät, war alles vergeblich.«

Estelle nickte. Nicolas dankte ihr und machte sich auf den Weg zu Jean-Claudes Buchladen, um auch ihn über den Stand der Dinge zu informieren. Doch sein Geschäft war geschlossen. An der Tür hing ein Schild: *Je reviens tout de suite* – »Bin gleich wieder da«. Das »v« in dem Wort *reviens* schien Nicolas besonders dick gemalt worden zu sein, so als sollte es an de Gaulles Victory-Zeichen erinnern. Aber, so dachte er, wahrscheinlich bilde ich mir das nur ein.

Nicolas wartete ein paar Minuten, doch als Jean-Claude nicht auftauchte, machte er sich auf den Heimweg. Er war erst ein paar Meter gegangen, als er an einer Mauer ein Plakat entdeckte. Es zeigte Marschall Pétain mit seinem typischen dunkelroten, kantigen hohen Hut vor einer wehenden französischen Flagge, darunter die Worte *Revolution Nationale.* Doch über den weißen Bart des Staatschefs hatte jemand ein schwarzes Hitlerbärtchen gemalt. Nicolas musste lächeln. Nun war er sich ganz sicher. Es gab sie also tatsächlich noch, Frédéric und die anderen, die mit ihren Nadelstich-Aktionen gegen die Regierung protestierten. Nicolas fand auf dem Heimweg noch fünf andere Plakate, auf denen neben offiziellen Verlautbarungen der Regierung Parolen des Widerstands zu lesen waren: *Vive la France libre!,* hatte jemand darübergekritzelt.

Es stimmte ihn zuversichtlich, dass ihre Sache weiterging, dass sich die Gruppe durch Julines und Davids Schicksal nicht hatte entmutigen lassen. Er freute sich, Juline davon zu erzählen.

Madame Bonnard empfing ihn an der Haustür. Sie lehnte an ihrem Lieblingsplatz, auf dem Brokatkissen am Fenster, je einen der Pudel an der Seite.

»*Bonjour,* Monsieur Guyot! Da sind Sie ja. Gerade war eine junge Dame hier und hat einen Brief für Sie abgegeben.«

»Eine junge Dame?« Nicolas runzelte die Stirn. Sicher war Tatjana noch einmal zurückgekommen. Was mochte sie von ihm gewollt haben? »Wie sah sie aus? Eine große schlanke Frau? Trug sie dunkle, straff nach hinten gebundene schwarze Haare?«

»Nein, sie war blond. Eine recht hübsche blonde Frau eigentlich. Wenn sie nicht diese lange Narbe im Gesicht hätte.«

Mary-Jane Bloomfield. Offenbar gab es Nachricht von Walter, und er hatte seine Sekretärin hergeschickt. Es klang wichtig.

»Danke, Madame. *Merci beaucoup.*«

Nicolas nahm der Zimmerwirtin das Kuvert ab und stürmte die Treppen hinauf. Kaum in seiner Wohnung angekommen, riss er den Umschlag auf und faltete den Zettel auseinander, der darin gelegen hatte.

Lieber Nicolas, stand da in dunkelblauer Tintenschrift. *Die Dinge haben sich verändert. Bitte kommen Sie so bald wie möglich zu mir. Walter.*

Der Briefbogen zitterte in Nicolas' Händen.

Die Dinge hatten sich verändert? Welche Dinge? Was hatte sich verändert? Es klang nicht gut. Es klang, als gäbe es ein unvorhergesehenes Problem.

Sein Blick fiel auf Julines Porträt.

»Alles wird gut!«, rief er dem Bild zu. »Alles wird gut, Juline. Es ist nur ein kleines Problem – und für jedes Problem gibt es eine Lösung. Ich bin bald wieder bei dir!«

Die Schlange vor dem Zimmer 319 schien Nicolas noch länger als am Tag zuvor. Sie reichte fast bis zur Treppe zurück. Ein Zimmermädchen, das seinen Wagen mit Putzmitteln und Stapeln von frischer Wäsche durch den Flur schob, schimpfte, weil es wegen der vielen Menschen kaum vorbeikam. Die Wartenden machten Platz für die Frau. Einige, die auf dem Boden gesessen hatten, standen auf, andere traten zur Seite, und unter verärgertem Gemurmel rollte sie den Wagen vorbei. Nicolas nutzte die kleine Unruhe, um sich vorzudrängen, und riss die Tür zu Walters Büro auf, ungeachtet der empörten Rufe und Verwünschungen, die die wartenden Menschen im Flur ihm nachriefen. Er ertrug die Vorstellung nicht, sich anzustellen und schon wieder stundenlang darauf zu warten, dass er an der Reihe war.

Ein nicht mehr ganz junges Paar saß im Zimmer auf der Bettkante, wohlhabend offensichtlich, denn die Frau trug mehrere Lagen Perlenketten um den Hals, und trotz der Hitze krallte sie sich mit ihren Händen an einem schweren dunklen Pelzmantel fest, der quer über ihrem Schoß lag. An sämtlichen ihrer Finger steckten Ringe, teils mehrere, sogar am Daumen.

»Es ist keine Kabine mehr frei?«, rief sie mit spitzer Stimme, gerade als Nicolas eintrat. »Weder in der ersten noch in der zweiten und auch nicht mal mehr in der dritten Klasse? Nein, Monsieur Walter, eine Koje in einem Schlafraum, das kommt für uns nicht infrage. Mein Mann leidet an Schlaflosigkeit, und ich bin auch ein wenig nervös, das ist unmöglich …«

»Madame, ich bitte Sie«, wandte Walter ein, der vor ihnen auf einem Stuhl saß und offenbar gerade dabei gewesen war, etwas auf ein Blatt in seiner Schreibmaschine zu tippen. Er klang besorgt. »Wir haben keine Wahl. Das ist im Moment die einzige Möglichkeit für Sie, aus Europa wegzukommen. Ihre Ausreisevisa sind ausgestellt, die Billetts gedruckt. Alles ist bereit. Riskieren Sie besser nicht …«

In diesem Moment bemerkte er den neuen Besucher.

»Nicolas!« Walter sah verblüfft auf. »Da sind Sie ja schon.« Und seiner Sekretärin rief er zu: »Mary-Jane, bitte kümmere dich um diese Herrschaften hier! Es gibt eine kleine Irritation wegen der Kabinenbuchung.«

Mary-Jane kniete diesmal nicht mehr auf dem Boden, sondern saß auf einem Polsterstuhl vor dem Fenster an einem gläsernen Tisch und war gerade dabei, einen Stapel Formulare auszufüllen. Als Nicolas genauer hinsah, entdeckte er, dass es sich bei der Tischplatte um den abgeschraubten Spiegel der Frisierkommode handelte, den Mary-Jane auf zwei gegenüberstehende Stühle gelegt hatte.

»Klar!«, rief sie und kam herüber. »Madame, ich empfehle Ihnen dringend, die Kojen im Schlafraum nicht abzulehnen«, erklärte sie der Dame mit dem Pelzmantel freundlich, nachdem sie Nicolas mit einem kurzen Nicken begrüßt hatte. »Es ist besser, sich für ein paar Tage in Bescheidenheit zu üben, als den Nazis in die Hände zu fallen. Und was Ihren Pelzmantel angeht ...«

»Nein, nein, nein. Von dem trenne ich mich nicht. Das ist ein wertvolles Stück, den habe ich noch aus Baden-Baden.«

»Kommen Sie!« Walter stand auf, legte die Hand auf Nicolas' Schulter und schob ihn in das Badezimmer. »Hier können wir ungestört reden.«

Zu Nicolas' Verblüffung saß ein voll bekleideter Mann in der leeren Badewanne und diktierte etwas, das ein anderer, der auf dem Bidet saß, in eine Schreibmaschine tippte, die er auf den Oberschenkeln balancierte.

»Wie Sie sehen, Nicolas«, sagte Walter, »beschäftige ich inzwischen etwas mehr Personal, was die Arbeit in unseren beengten Räumlichkeiten weiß Gott nicht bequemer macht. Aber die Leute da draußen brauchen uns, auch wenn manche den Ernst der Lage noch nicht ganz zu erkennen scheinen.« Er verdrehte die Augen und wies mit dem Daumen zurück ins Zimmer, wo die Dame mit dem Pelzmantel saß. Zu den Männern im Bad sagte er: »Bitte, liebe Kollegen, lasst uns einen Moment allein«, worauf sich der Mann in der Wanne mit einem »Aber ja, doch, Chef« ächzend aus seiner unbequemen Position erhob. Nachdem die beiden das Badezimmer verlassen hatten, schloss Walter die Tür hinter ihnen. Dann drehte er den Hahn auf, sodass das Wasser in die Wanne rauschte.

»Und falls hier jemand eine Wanze installiert haben sollte, um uns abzuhören, dann vernimmt er jetzt nur noch verzerrte Geräusche.«

Er ließ sich auf dem Rand der Wanne nieder, und Nicolas setzte sich neben ihn.

»Was ist passiert, Walter? Weshalb diese Vorsichtsmaßnahmen? Sie schrieben, die Dinge hätten sich verändert.«

»Das haben Sie, mein lieber Nicolas.« Walter nahm die Brille ab und rieb sich mit Daumen und Zeigefinger nachdenklich über den Nasenrücken. »Ich habe eine wichtige Information erhalten – *well*, es ist im Grunde eine gute Nachricht, einerseits …«

»Eine gute Nachricht? Walter, weshalb spannen Sie

mich auf die Folter? Haben Sie Visa für Juline und mich erhalten? Hat es mit den Billetts für unsere Überfahrt schon geklappt? Wir reisen gern im allgemeinen Schlafraum. Das ist kein Problem für uns.«

Nicolas begegnete Walters Blick. Voller Ernst sah er ihn mit seinen grauen Augen an.

»Es geht um David«, sagte er ruhig.

»Oh. Haben Sie etwas in Erfahrung gebracht? Wissen Sie, wo er begraben liegt? Konnten Sie einen Totenschein bekommen? Es wäre so wichtig für Juline …«

»Es gibt keinen Totenschein und kein Grab, Nicolas. David ist nicht gestorben. David lebt.«

»David …«

Nicolas versagte die Stimme. Für einen Augenblick – oder für fünf Minuten, Nicolas verlor in diesem Moment jedes Zeitgefühl – hielt er den Atem an.

»Sie irren sich!«, schrie er dann. »Das kann nicht sein. Es stand in der Zeitung, dass er gestorben ist …« Er brach ab, als er sah, dass Walter den Kopf schüttelte.

»Das war eine Falschmeldung. Eine bewusste Falschmeldung der Gestapo, um Davids Mitstreiter zu demoralisieren und den Widerstand zu schwächen. Sie töten keine Menschen, solange sie noch Hoffnung haben, Informationen von ihnen erhalten zu können, Nicolas. David wurde schwer verletzt. Sie haben ihn gequält und gefoltert, um alles über die Widerstandsgruppe herauszubekommen, doch soweit ich erfahren habe, hat er nichts verraten.«

»Aber woher … woher wissen Sie das, Walter? Wer sagt Ihnen, dass es diesmal keine Falschmeldung ist?«

Nicolas' Stimme war so leise und brüchig, dass sie gegen das rauschende Wasser kaum zu vernehmen war.

»Ich habe einen Wachmann im Les Baumettes bestochen, einen kleinen, schlecht bezahlten Gefängniswärter, der sich nie im Leben solche hübschen Smaragdohrringe für seine Verlobte würde leisten können.« Nicolas stöhnte leise, während Walter fortfuhr: »Der Junge hat mir schon öfter einen Gefallen getan in den vergangenen Wochen. Ich schätze, er hat ein ganz gutes Auskommen, seit er heimlich mit mir zusammenarbeitet. Ich habe ihn gleich gestern Nachmittag noch aufgesucht. Eigentlich wollte ich dafür sorgen, dass Juline wenigstens die Sterbeurkunde ihres Mannes erhält, damit sie irgendwann einmal, wenn sich die Weltlage wieder beruhigt hat, alle bürokratischen Dinge in die Wege leiten kann, die nötig sind nach einem Todesfall. Falls sie …« Er sah Nicolas an. »Falls sie zum Beispiel wieder heiraten möchte. Ich bat den Burschen, sich darum zu kümmern. Und dann erfuhr ich heute früh, dass alles ganz anders ist. Dem Mann ist es gelungen, Kontakt mit David aufzunehmen. Sehen Sie, was er aus seiner Zelle schmuggeln konnte!«

Walter griff in die Brusttasche seines Hemdes und holte einen kleinen, zusammengerollten Streifen Zeitungspapier hervor. Er reichte ihn Nicolas, der ihn mit flachem Atem auseinanderbreitete. Es war eine ausgerissene Ecke des *Petit Provençal* von gestern. Das Datum war deutlich zu erkennen.

Geliebte Juline, meine allerliebste Frau!

Ich weiß nicht, wie lange ich hier noch gefangen gehalten werde, wann und ob es einen Prozess geben wird, aber ich bleibe zuversichtlich. Zu wissen, dass du in Freiheit bist und weiter für unsere Sache kämpfst, macht mich stark. Ich weiß, dass wir immer mehr Unterstützung bekommen. Der Widerstand wächst. Lasst euch nicht entmutigen, liebe Freunde, aber bitte gebt Acht auf euch. Liebste Juline, ich liebe dich, ich vermisse dich, ich sehne den Tag herbei, an dem ich dich wieder in die Arme schließen kann. Möge er bald kommen. Pass gut auf dich auf und sei vorsichtig in allem, was du tust.

Tausend Küsse,

Dein David

Die Buchstaben verschwammen vor Nicolas' Augen. Ihm drehte sich der Magen um. Nur mit Mühe konnte er einen Würgereiz unterdrücken. Wie benommen rollte er das Papier wieder zusammen und drehte es in den Händen. Sein Kopf schien so leer, als wäre noch nie in seinem Leben auch nur ein Gedanke darin gewesen.

Walter legte die Hand auf Nicolas' Arm. »Was immer Sie nun empfinden mögen, Nicolas, es tut mir leid. Für Juline ist es hoffentlich eine gute Nachricht. Ihr Mann lebt, das ist das Wichtigste, nicht wahr? Sie ist keine Witwe, sondern noch immer eine verheiratete Frau. Was das für Ihre gemeinsame Flucht in die USA bedeutet, das zu entscheiden überlasse ich Ihnen beiden …«

Nicolas nickte wie in Trance.

»Und jetzt gehen Sie an die frische Luft«, sagte Walter. »Mit Verlaub, Sie sehen grässlich aus. Gehen Sie spazieren. Beruhigen Sie sich, denken Sie über alles nach, und geben Sie mir Bescheid, wie Sie beide sich entschieden haben.«

Nicolas nickte und erhob sich schwankend. Er öffnete die Tür und taumelte durch das Hotelzimmer, weder Mary-Jane noch den beiden anderen Mitarbeitern noch der Frau mit dem Pelzmantel oder ihrem Mann einen Blick widmend. Auch die empörten Stimmen der Wartenden im Flur nahm er nicht wahr. Als er wenig später auf der Straße stand und die im Sonnenlicht gleißenden Stufen zum Bahnhof Saint-Charles hinaufsah, konnte er sich nicht mehr daran erinnern, wie er dorthin gekommen war.

Den Rest des Tages verbrachte Nicolas damit, in seinem Atelier auf und ab zu gehen. Der Brechreiz hatte nicht nachgelassen, Davids Botschaft lag ihm wie ein Felsbrocken im Magen. Widersprüchliche Gedankenfetzen flatterten durch sein Gehirn wie ein Schwarm verirrter Fledermäuse: »Juline wird glücklich sein, wenn sie erfährt, dass David noch lebt. – Aber nein, sie liebt jetzt mich, und ich werde ihr besser nichts davon erzählen. Sie wird nie davon erfahren, und wir fangen in Amerika ganz neu an ... Aber was, wenn es ihr doch eines Tages zu Ohren kommt? Würde sie mich dann hassen? Und wie kann das Liebe sein, wenn sie auf einer Lüge, auf einem so grässlichen Geheimnis basiert? – Egal, wir lieben uns. In was für einen schrecklichen

Konflikt würde es sie stürzen, wenn sie die Wahrheit über David erführe? Diesen Zwiespalt der Gefühle sollte ich ihr besser ersparen … – Wenn sie ihn aber mehr liebt als mich, wenn ich ihren größten Traum erfüllen könnte mit der Nachricht, dass David noch lebt? Muss man nicht, gerade weil man einen Menschen liebt, auf ihn verzichten, wenn er dadurch glücklicher ist? – Ach nein, sie ist glücklich mit mir. Wir gehören zusammen. Wir können David seinem Schicksal überlassen und miteinander nach Amerika gehen. – Aber wie grausam wäre das. Würde ich mir dann nicht mein Leben lang wie ein Scheusal vorkommen? Könnte ich mir je wieder guten Gewissens in die Augen sehen?«

Die Gedanken drehten sich schneller und schneller in seinem Kopf wie ein außer Kontrolle geratenes Karussell. Zum ersten Mal seit einer ganzen Weile verspürte er den heftigen Wunsch zu rauchen, aber sosehr er auch alle Taschen durchwühlte und in Schubladen herumkramte, er hatte keine einzige Zigarette mehr, seit er seine letzte Schachtel für die Croissants hergegeben hatte.

Erst als er den blauen Stuhl vor Irènes Porträt schob, sich hinsetzte und lange zu ihrem Bild hinaufsah, wurde er ruhiger.

»Was soll ich tun, Irène? Sag es mir! Ich liebe diese Frau. Ich liebte sie vom ersten Augenblick an, als ich sah, wie sie mit David am Alten Hafen entlangschlenderte, als ich die erste kleine Skizze von ihr zeichnete. Nachdem ich dich verloren hatte, glaubte ich, nie wieder so lieben zu können. Aber ich kann es, Irène, ich bin wieder lebendig. Es ist, als wäre ich drei Jahre lang in einem Eisblock gefangen gewesen, und Juline hätte mich aufgetaut, ganz behutsam, Tag für Tag ein bisschen mehr. Sie zeigt mir in jedem Augenblick, dass ich lebe. Ich fühle wieder etwas. Ich spüre Wärme, Glück – und Schmerz. Was soll ich tun, Irène? Ich will sie nicht verlieren. Aber darf ich sie belügen, darf ich die Wahrheit für mich behalten, um mit ihr zusammen sein zu können?«

So intensiv hatte er Irènes Bild seit Langem nicht mehr angesehen. Er erinnerte sich an den ersten Strich Farbe, den er auf die Leinwand gesetzt hatte, und an den letzten. Ihre großen grünen Augen schienen tief in sein Innerstes zu blicken. Er erinnerte sich an ihre Stimme, an ihr Lachen, an ihren Sonntagsausflug, auf dem das Porträt entstanden war, und ihr unbeschwertes Leben damals in La Valière. Und dann jäh wieder an den Moment ihres Unfalls, den Augenblick, bevor sie die Treppe hinuntergestürzt war. Ihre zornigen, vorwurfsvollen Worte klangen ihm auf einmal wieder in den Ohren:

»Du bist ein Egoist, Nicolas. Du denkst immer nur an dich.«

Er sann darüber nach. Sein Herz pochte.

»Ach, Irène«, flüsterte er schließlich. »Vielleicht hast du recht. Es ist nicht meine Sache zu entscheiden, mit wem Juline den Rest ihres Lebens zusammen sein möchte. Sondern ihre. Gerade weil ich sie liebe, muss sie die Wahrheit erfahren.«

Er starrte noch lange auf das Porträt, auf Irènes Lächeln, das so viele Jahre seines Lebens begleitet hatte, den Wirbel ihrer dichten blonden Locken, durch die seine Hände so oft gefahren waren, und ihre gebräunten Arme, die ihn umschlungen hatten und ihm nun zuzuwinken schienen, als forderte sie ihn auf, sich zu ihm auf die mohnblütengesprenkelte Wiese zu legen und mit ihr in den von Wolken weiß gefleckten Sommerhimmel zu schauen.

Als Nicolas wusste, was er zu tun hatte, traten ihm Tränen in die Augen. Er richtete sich auf.

»Verzeih mir, meine Liebste. Aber es gibt keine andere Möglichkeit.«

Mit diesen Worten hob er das Bild von der Wand.

Kapitel 32

Es war September geworden. Seit dem Morgen blies der Mistral. Ein kalter Wind fegte von den Bergen her durch die Stadt und trieb alles, was leicht genug und nicht ausreichend befestigt worden war, durch die Straßen: die Pappschilder von den Tischen der Cafés am Hafen, auf denen das magere Angebot der Speisen zu lesen war. Die Kopftücher der Mädchen, wenn sie nicht stramm genug geknotet waren. Plakatfetzen und Papiertüten. Blumenblüten und Blätter. Alles wirbelte durch die Luft. Vor dem Hotel Beauvau am Kopfende des Hafenbeckens waren die beiden Palmbüsche umgestürzt, die dort in Holzkübeln neben dem Eingang gestanden hatten, und rollten über den Gehweg. Zwei Bedienstete stürzten heraus, um die Kübel festzuhalten, damit sie nicht auf die Straße polterten. Dabei wurde die blaue Kappe des einen von einer heftigen Bö erfasst, sie flog auf und trudelte Kapriolen schlagend hoch oben durch die Luft und über den Quai des Belges hinweg, wie eine übermütige Seeschwalbe, bis sie hinter einem ankernden Fischerboot ins Wasser fiel.

Weit hinten auf dem Meer türmte der Wind die

Wellen zu gewaltigen, weiß schäumenden Wogen, die draußen vor der Hafeneinfahrt krachend gegen die Felsmauern schlugen, und selbst die Boote, die im Hafenbecken festgemacht waren, schaukelten so heftig, dass es knarrte und knirschte. Keine Wolke war am Himmel zu sehen, in makellosem Azurblau, wie blank geputzt vom Wind, spannte er sich über die Stadt.

Sosehr Nicolas den Mistral im Winter hasste, wenn er wie ein wildes, bissiges Tier von den Bergen herunterfauchte, übers Wasser fegte und das Meer aufschäumte, sodass sich kaum ein Boot hinauswagte, während der Sturm mit eisiger Kälte durch die Straßen fuhr und ihn bis auf die Knochen frösteln ließ, so sehr mochte er den Wind im Spätsommer, wenn er nicht ganz so heftig war und nach langen Wochen drückender Hitze zumindest für ein paar Tage etwas Abkühlung brachte.

Das Paket mit Irènes Porträt mit beiden Armen eng an den Körper gedrückt, hastete er den Quai du Port entlang. Der Wind zerrte an dem Zeitungspapier, mit dem er es eingewickelt hatte. Die Menschen, die draußen an den Tischen der Cafés saßen, hielten ihre Tassen und Gläser fest, damit die Sturmböen sie nicht vom Tisch wehten. Trotz des ungemütlichen Wetters waren die Terrassen der Lokale so voll besetzt wie immer, seitdem die große Flucht aus dem Norden eingesetzt hatte. Im Vorbeigehen schnappte Nicolas ein paar Gesprächsfetzen auf, in denen es um das Übliche ging: um chinesische Visa, amtliche Passierscheine und die steigenden Lebensmittelpreise. Das meiste aber verstand er nicht, denn die Leute unterhielten sich in den unterschiedlichsten Sprachen, Deutsch, Polnisch, Tschechisch, als wäre Marseille ein neues Babylon geworden. Manche indes saßen stumm und mit verhärmtem Gesichtsausdruck vor ihren Getränken und schienen alle Hoffnung auf ein Fortkommen aus dieser Stadt aufgegeben zu haben.

Nicolas bog in die Rue de la Mairie ein, eilte ein paar Stufen hinauf und entdeckte Philippe Arnaud, der unter einem Baum auf einer Bank saß.

»Monsieur Guyot!«, rief der und erhob sich, um Nicolas zu begrüßen. *»Bonjour, mon ami.* Was für ein außergewöhnlicher Treffpunkt bei diesem Wetter! Ich war sehr erstaunt zu erfahren, dass Sie mich hier zu sehen wünschen. Es ist Ihnen gelungen, mich neugierig zu machen. Was gibt es so Geheimnisvolles, das Sie nicht in meinem Büro mit mir besprechen möchten?«

Sein Blick fiel auf das Paket in Nicolas' Händen, und er hob neugierig eine Augenbraue.

»Danke, dass Sie hergekommen sind, Monsieur.« Nicolas war etwas außer Atem, vielleicht, weil er so schnell gegen den Wind gelaufen, vielleicht, weil er nervös war. Er vermochte es selbst nicht zu sagen. »Ich habe Ihnen etwas mitgebracht.«

Er ließ sich neben Arnaud auf der Bank nieder und wickelte vorsichtig die obere Hälfte des Bildes aus dem Papier. Der Wind ließ das gelöste Zeitungspapier flattern. Ein begehrliches Lächeln glitt über Arnauds Gesicht, als das Porträt von Irène zum Vorschein kam.

»Ah, Guyot, es ist, was ich erhofft hatte. Sie haben es sich also anders überlegt. Sehr gut.« Er klopfte Nicolas jovial auf die Schulter. »Ich wusste, dass Sie ein vernünftiger Mann sind und mir diese hübsche Mademoiselle am Ende verkaufen würden.«

»Ja«, sagte Nicolas mit zusammengebissenen Zähnen, während seine Hände den Rahmen so fest umklammerten, dass seine Fingerknöchel weiß hervortraten. »Wir kommen ins Geschäft.«

»Bedauerlicherweise sind die Preise auf dem Kunstmarkt ein wenig in den Keller gerutscht in der letzten Zeit.« Arnaud lehnte sich zurück und verzog den Mund zu einem selbstgefälligen Grinsen. »Wer hat in diesen Zeiten noch Sinn und Verstand, sich für so etwas Herrliches wie Malerei zu interessieren, nicht wahr? Nun, ich bin und bleibe ein treuer Freund der schönen Künste. Aber ich kann Ihnen leider nicht mehr denselben Preis bieten wie vor ein paar Wochen, als ich Sie in Ihrem Atelier beehrte und mich dazu hinreißen ließ, eine wirklich schwindelerregende Summe für das Bild zu bezahlen, so gut es mir auch gefällt. Doch keine Sorge, mein lieber Freund. Sie werden dennoch ein hübsches Sümmchen einstreichen. Sagen wir …«

»Ich will kein Geld, Monsieur Arnaud«, unterbrach Nicolas den Redeschwall des anderen. »Ich schenke Ihnen das Bild.«

»Was?« Der Polizeichef fuhr herum. Das Erstaunen stand ihm ins Gesicht geschrieben. »Sie schenken es mir? Wieso das?«

»Nun, schenken ist vielleicht nicht der richtige Ausdruck. Ich erwarte selbstverständlich eine Gegenleistung für das Porträt.«

Arnauds Augen, die eben noch vor Verblüffung und Gier so groß wie Mokkatassen gewesen waren, verengten sich zu schmalen Schlitzen. Unruhig sah er von Nicolas' Gesicht zu dem Bild und wieder zurück.

»Wie meinen Sie das?«, fragte er.

»Es geht um einen speziellen Handel, eine wichtige Angelegenheit. *Une affaire très importante.* Deshalb habe ich Sie gebeten, mich hier zu treffen und nicht in Ihrem Büro darüber zu sprechen.«

»Was für ein Handel?« Arnauds Stimme klang misstrauisch.

Nicolas sah ihn nicht an, während er sprach. Sein Blick war auf das Bild gerichtet, als könnte er aus Irènes Lächeln Mut und Zuversicht schöpfen.

»Das Porträt meiner verstorbenen Frau gegen einen Mann in Ihrer Zelle.«

Arnaud stieß einen Pfiff aus.

»Sie sind wohl nicht ganz bei Trost, Guyot. Wo denken Sie hin!«

»Ich denke, dass Sie ein mächtiger Mann sind. Sie haben Einfluss in Marseille, wie Sie mir bei Ihrem Besuch in meinem Atelier versichert haben.«

»Und?«

»Die Sache ist ganz einfach. Sie möchten dieses Bild besitzen, und ich möchte, dass dieser Mann freikommt. *Voilà.* Das ist der Handel.«

»Ich bleibe dabei«, knurrte Arnaud. »Sie sind nicht ganz bei Trost. Denken Sie tatsächlich, ich könnte mir nichts, dir nichts sämtliche Gefängnistüren aufsperren, die Verbrecher herausspazieren lassen und mir dann fröhlich Ihr Bild an die Wand nageln? So gern ich Letzteres täte.«

»Sie sollen keineswegs sämtliche Gefängnistüren

aufsperren und nicht einen einzigen Verbrecher herausspazieren lassen. Es geht um einen Mann, der nichts getan hat, als ein paar Flugblätter in der Stadt zu verteilen, auf denen er seine persönliche Sicht der politischen Lage äußerte. Es gab Zeiten, in denen das in Frankreich noch nicht verboten war. Und ich kann darin auch jetzt noch kein Verbrechen erkennen.«

»Seien Sie vorsichtig mit dem, was Sie sagen«, murmelte Arnaud. »Sonst nehme ich Sie auch gleich mit – wegen der Beförderung unfranzösischer Umtriebe. Jedwede Unterstützung der Aufständischen ist verboten und wird bestraft. Das wissen Sie, oder?«

Trotz des heftigen Windes, der durch sein Hemd blies, begann Nicolas zu schwitzen. Das war eine unmissverständliche Warnung. Wie weit durfte er gehen? Was, wenn Arnaud auf seinen Vorschlag nicht einging und ihn stattdessen tatsächlich in den Knast brachte? Am Ende erreichte er nichts und machte die ganze Sache nur noch schlimmer. Für einen Augenblick war Nicolas zutiefst erschöpft. Vielleicht sollte er das Bild besser wieder einpacken und nach Hause gehen. Doch er wischte diesen Gedanken so schnell fort, wie er gekommen war. Er musste es riskieren. Staatsanwalt Fabron war nicht mehr greifbar, er hatte nur diesen einen Versuch.

»Hören Sie mich doch erst einmal an«, sagte er, und Arnaud nickte.

»*D'accord*. Erzählen Sie! Wie heißt der Mann?«

»Der Mann heißt …« Nicolas zögerte. Es war vermutlich besser, dass Davids wahre Identität Arnaud nicht zu Ohren kam, sonst war sein Versuch, ihn freizubekommen, wohl endgültig vergeblich. Deshalb fuhr er fort: »Er heißt Georg Hasler. Er ist ein Schweizer Schriftsteller.«

Arnaud lachte gallig.

»Dachte ich's mir doch. Dieser Verräter, dieser Nestbeschmutzer, dessen hübsche junge Frau auf unerklärliche Weise den Wärtern entwischt ist. War das nicht jene Dame, der ich bereits auf Ihrer Vernissage und in Ihrem Atelier begegnet bin? Wie kann eine so hübsche Frau so hässliche politische Ansichten äußern! Ach, mein lieber Guyot! Haben Sie etwa Kontakt zu ihr? Offenbar hat Madame Sie um den Finger gewickelt und bedrängt Sie nun, dafür zu sorgen, dass ihr Mann freikommt. Sie wäre nicht das erste schöne Weibsbild, das die Männer um den Verstand bringt und zu den verwerflichsten Taten anstiftet. Glauben Sie mir, das kann fatale Folgen haben. Falls dem so ist, und falls Sie wissen, wo sie sich versteckt hält, sollten Sie mir das sagen. Ist sie noch in Marseille? Sie haben gewiss die Fahndungsplakate gesehen. Es lohnt sich, mit uns zusammenzuarbeiten. Sie erhalten tausend Francs, wenn Sie uns helfen, die Frau zu fassen.« Wieder bleckte er die Zähne zu einem süffisanten Grinsen. »Da ich Sie als Künstler schätze und ein sehr nachsichtiger Mensch bin, sehe ich davon ab, Sie wegen Mitwisserschaft einer Straftat in Gewahrsam zu nehmen …«

Als Arnaud vertraulich die Hand auf seinen Unterarm legte, durchfuhr Nicolas eine eiskalte Woge von Abscheu.

»Nein«, sagte er. »Was Juline angeht, da kann ich

Ihnen leider nicht helfen. Ich habe meine eigenen Gründe, Sie um Haslers Haftentlassung zu bitten.«

»Unmöglich. Wo denken Sie hin, mein Lieber? Wir sind froh, dass wir wenigstens einen dieser Bande in Haft haben, nachdem sich alle anderen offenbar in Luft aufgelöst haben. Warum sollte der freikommen?«

»Weil ich es will. Weil er kein Verbrechen begangen hat. Und weil Sie dieses Bild besitzen wollen.«

Nicolas drehte das Porträt so zur Seite, dass Arnaud nun direkt Irènes Lachen sehen konnte. Erneut spürte er Übelkeit in sich aufsteigen. Ihm war, als böte er seine eigene Frau einem geilen Freier an. Doch es gelang ihm, mit fester Stimme weiterzusprechen.

»Also, Monsieur Arnaud. Das ist mein Angebot: Ich gebe Ihnen das kostbarste Gemälde, das ich besitze, sobald Sie Georg Hasler freigelassen haben.«

Arnaud ließ den Blick schweigend über das Bild wandern.

»Eine schöne Frau. Eine wunderschöne Frau. Aber Ihnen ist klar, dass das nicht in meiner Macht steht«, sagte er schließlich.

»Ihnen wird schon was einfallen«, entgegnete Nicolas trotzig, obwohl er sich da keineswegs sicher war. »Sie sagten neulich, dass Sie beste Kontakte ins Innenministerium haben …«

»Auch der Innenminister steht nicht über den Gesetzen, mein lieber Monsieur Guyot. Im Übrigen ist die Sache delikater, als Sie denken.«

»Inwiefern?«

Arnaud schnaubte verächtlich. Mit gesenkter Stimme sprach er weiter.

»Der Mann ist Jude, ein deutscher Journalist, der sich schon vor Jahren mit der Regierung in Berlin überworfen hat. Und sein wirklicher Name ist nicht Georg Hasler, sondern David Goldblum.«

Nicolas fühlte, wie ihm der Schweiß in Rinnsalen über den Nacken lief. Sein Mund war staubtrocken, während er stammelte: »Woher – woher wissen Sie das?«

»Nun.« Arnaud grinste jetzt wieder. »Unsere Leute sehen sich ihre Gefangenen schon etwas genauer an. Und dass dieser angebliche Schweizer Staatsbürger beschnitten ist, hat uns misstrauisch gemacht. Leider war der Mann nicht besonders kooperativ, aber zumindest diese Informationen haben wir aus ihm herausprügeln können. Es wäre besser für ihn gewesen, er hätte uns etwas über die anderen Widerständler erzählt, aber er lässt sich lieber grün und blau schlagen, als auch nur ein Sterbenswort darüber zu verraten. Damit hat er sein eigenes Urteil gesprochen.«

Nicolas war es, als erreichten Arnauds Worte ihn mit großer Verzögerung. Er nahm wahr, dass der andere etwas sagte, er sah, wie sich seine Lippen bewegten, aber die Bedeutung dessen schien erst Sekunden später in sein Bewusstsein zu dringen.

Es ist zu spät, dachte er. David wird nicht freikommen. Einen in Deutschland gesuchten Juden werden sie nicht laufen lassen. Ich habe alles versucht. Mehr kann ich nicht tun. Ich werde das Porträt behalten, ich werde Juline behalten. Alles wird bleiben, wie es ist.

Doch dieser Gedanke löste keine Glücksgefühle in ihm aus. Er sah Davids zerschundenes Gesicht vor sich, so wie er auf dem Foto in der Zeitung ausgesehen hatte, und er war sich sicher, dass ihm seitdem weit größeres Leid angetan worden war. Nicolas war unfähig zu antworten.

»Georg Hasler alias David Goldblum wird morgen ins Lager nach Gurs gebracht«, fuhr Arnaud fort. »Und von dort demnächst nach Deutschland deportiert.«

»Erst foltern Sie ihn, und dann bringen Sie ihn nach Deutschland?« Jetzt hatte Nicolas seine Stimme wiedergefunden. Er wusste, dass es keinen Sinn mehr hatte, den Ahnungslosen zu geben. Wenn er etwas erreichen wollte, musste er mit offenen Karten spielen. »David ist schon vor sieben Jahren von dort geflohen, weil er wusste, dass er in der Heimat seines Lebens nicht mehr sicher ist. Seitdem lebt er in Frankreich. Er ist hier …« Nicolas schluckte, als könnte er dadurch die Wahrheit fortspülen wie den bitteren Geschmack eines Apfelkerns von der Zunge. »Er hat hier geheiratet. Ich bin mir sicher, er fühlt sich schon wie ein französischer Staatsbürger.«

Arnaud zuckte kühl mit den Schultern.

»Mag sein. Aber es ist unerheblich, was er fühlt. Er ist Deutscher. Und so sind nun mal unsere Gesetze seit der Waffenstillstandsvereinbarung. Weshalb sehen Sie mich so entgeistert an? Ich tue nichts Verwerfliches. Ich halte mich lediglich an das französische Recht.«

»Das ist kein Recht. Das ist Unrecht. Und Sie machen sich mitschuldig, wenn Sie dieses Unrecht geschehen lassen.«

Die Worte waren Nicolas aus dem Mund geschlüpft, bevor er sich klargemacht hatte, welche Folgen diese

Aussage für ihn haben konnte. Es war ihm, als spräche Juline durch ihn. Zu seinem eigenen Erstaunen hatte er keine Angst. Er fühlte er sich plötzlich stolz und stark. Spürte die freudige Gewissheit, auf der richtigen Seite zu stehen. Er sah Arnaud an in der Erwartung, dass der andere eine harsche Antwort geben werde, doch der schwieg. Mit zusammengepressten Lippen starrte er auf das Bild in seinen Händen.

»Sie sind ein Narr, Nicolas«, sagte er plötzlich und stand auf. Sein Schnurrbart bebte vor Zorn, während er sprach. »Behalten Sie Ihr Bild! Was Sie von mir verlangen, ist mehr als wahnwitzig. Ich sollte Sie festnehmen lassen, Sie, mit Ihrem unsinnigen Gerede von Recht und Unrecht. Sie sind naiv und dumm! Sie haben ja gar keine Ahnung, was gerade in diesem Land vor sich geht. Aber ich will nachsichtig sein. Ich weiß nicht, warum, aber ich mag Sie. Vielleicht, weil Sie so schöne Bilder malen. Sie leben in einer Fantasiewelt. Sie sind ein Künstler. Und Kunst hat nichts mit dem wahren Leben zu tun. *Au revoir*, Nicolas.«

»Sie irren sich, Monsieur Arnaud!«, rief Nicolas. »Das ganze Leben ist eine Kunst. Man muss hart an sich arbeiten, einfallsreich sein, wieder und wieder die Farben neu mischen und von vorn anfangen, bis man die beste Version von sich gefunden hat. Was mich angeht, da spüre ich neuerdings, dass ich auf dem richtigen Weg bin. Aber bei Ihnen, Monsieur Arnaud, bei Ihnen weiß ich sehr genau, dass Sie noch lange nicht der beste Mensch sind, der Sie sein können.«

Arnaud machte eine abwehrende Handbewegung und ging davon.

Nicolas sah ihm nach, wie er mit rudernden Armen zügig die Rue de la Mairie hinunterschritt, ohne sich noch einmal umzudrehen.

Nicolas presste das Porträt von Irène an sich, als wäre es kein Bild in einem Holzrahmen, sondern eine reale Geliebte. Sein Herz war wie leergefegt, als wäre der Mistral hindurchgestürmt und hätte alle Gefühle, die Nicolas je empfunden hatte, mitgerissen.

Mit einer merkwürdigen, tiefen Erschöpfung beobachtete er die anderen Leute, die neben Arnaud die Straße Richtung Hafen hinunterhasteten, hinaufschlenderten zum Hospital Hôtel-Dieu oder gegenüber in einer der mächtigen Seitentüren des Rathauses verschwanden. Wie sie ihre Kopftücher und Hüte festhielten, damit der Wind sie nicht davonblies. Wie sie an einem Kiosk stehen blieben, um sich eine Zeitung oder ein Briefchen Zündhölzer zu kaufen. Eine Gruppe Soldaten tauchte auf, sechs Gebirgsjäger in olivgrünen Uniformen, Gamaschen über den groben Schuhen, die weiten schwarzen Baskenmützen schräg über den Kopf gezogen bis tief übers linke Ohr, Rucksäcke über den Schultern. Dann zwei junge Frauen, die – in ein lebhaftes Gespräch vertieft – in schnellen Schritten und wehenden hellen Röcken hinunter zum Hafen liefen. Das Stakkato ihrer Absätze hallte von den Häuserwänden wider, bis die beiden Richtung Quai du Belges abbogen und hinter dem Eckgebäude verschwanden. All diese Menschen, so schien es Nicolas, hatten ein Ziel vor Augen, einen Plan, wie sie diesen Tag verbringen würden oder wenigstens die nächsten fünf Minuten. Nur er saß allein auf der Bank, vom Wind umweht, und umklammerte das Bild in seinen Händen, ohne zu wissen, wie es weitergehen sollte.

Da entdeckte Nicolas, dass Monsieur Arnaud am unteren Ende der Straße stehen geblieben war. Wie ein Schattenriss hob sich seine massige dunkle Gestalt vor dem tiefblauen Rechteck des Hafenbeckens ab, wo die vertäuten Boote auf den Wellen wippten, während auf der anderen Seite des Bassins die gelben Wände der hohen Häuser in der Sonne strahlten. Einen Augenblick lang verharrte Arnaud mit Blick auf das Wasser, dann drehte er sich um und kehrte langsam zurück. Schnaufend setzte er sich wieder neben Nicolas auf die Bank.

»Sie halten mich für einen schlechten Menschen, nicht wahr?«

Nicolas zuckte mit den Schultern, aber er antwortete nicht.

»Weshalb haben Sie mich eigentlich nie gefragt, warum mir ausgerechnet an diesem einen Bild so viel liegt?«, fuhr Arnaud fort. »Auch viele Ihrer anderen Bilder zeigen schöne Motive und sind gewiss handwerklich gelungen. Aber ich interessiere mich einzig für das Porträt der blonden Frau. Warum nur, denken Sie, gefällt mir dieses Bild so gut?«

»Nun, ein Bild wird zu einem guten Bild durch das, was man fühlt, wenn man es betrachtet«, erklärte Nicolas. »Kunst muss eine Empfindung auslösen, einen Gedanken, eine Frage, eine Ahnung mindestens. Kunst zieht uns in ihren Bann, ganz ohne jede Erklärung. Und offenbar ist mir das mit diesem Porträt besonders gut gelungen. Es berührt einen empfänglichen Punkt in Ihnen.«

»Ja, das haben Sie schön gesagt, Nicolas.« Arnaud nickte. »So geht es mir, wenn ich dieses Gemälde ansehe. Es berührt etwas in mir. Ich verspüre eine große Sehnsucht, Kummer, Enttäuschung, aber auch eine große Zuneigung beim Anblick dieser Frau.«

Dann geht es ihm wie mir, dachte Nicolas, aber er sprach diese Worte nicht aus. Arnaud schien auch keine Antwort zu erwarten. Seine Stimme hatte sich verändert, als er weiterredete. Sie klang weicher jetzt.

»Ich hatte einmal eine Tochter, sie hieß Marguerite. Sie war so blond und fröhlich wie die Dame auf Ihrem Bild. Sie hatte ebenso grüne Augen, und auch sie liebte Mohnblumen über alles. Wenn ich dieses Bild ansehe, ist es mir, als säße meine Tochter vor mir.«

»Was ist passiert? Ist sie gestorben?«

»Nein, vielleicht geschah Schlimmeres als das. Marguerite ist fortgegangen. Sie war dreiundzwanzig, als sie mich und meine Frau verließ, weil ich ihr nicht erlaubte, den Mann zu heiraten, den sie liebte. Einen Trapezkünstler vom Zirkus, stellen Sie sich das vor, Nicolas. Die einzige Tochter des angehenden Polizeichefs von Marseille will einen dahergelaufenen Zirkusclown heiraten. Ich verbat ihr, den Mann zu treffen. Aber sie ließ sich nicht davon abhalten. Wir haben uns im Streit getrennt, sie lief fort mit ihm. Hinterließ nur einen Brief, in dem sie schrieb, dass sie mit ihm nach Amerika gehen werde. Ich weiß nicht näher, wohin. Zehn Jahre ist das her. Ich habe sie seitdem nicht mehr gesehen und nie mehr einen Brief erhalten.« Arnaud stieß einen Seufzer aus. »Und dann sehe ich Ihr Bild auf der Vernissage, Nicolas. Es traf mich wie ein Schlag. Mir war es, als lächelte Marguerite mich an. Als spräche sie zu mir – Papa, ich bin wieder da, ich verzeihe dir, es ist alles wieder gut … Begreifen Sie nun, weshalb mir so viel an diesem Porträt liegt?«

»Sie erhoffen sich die Absolution, die Ihre Tochter Ihnen nie gegeben hat. Weil Sie es bereuen, damals so hartherzig gewesen zu sein? Dass Sie Ihren Ruf und Ihre Karriere über die Gefühle Ihrer Tochter gestellt haben?«

Arnaud nickte.

»Ja, vielleicht ist es auch das. Vielleicht ist es der Wunsch, dass alles damals anders hätte laufen sollen. Dass Marguerite noch bei uns wäre, dass ich ihre Stimme hören könnte und ihr Lachen …«

Nicolas stieß geräuschvoll den Atem aus.

»Das kommt mir bekannt vor, Philippe. Aber wir können die Vergangenheit nicht mehr ändern. Wir können nur daraus lernen und es in der Gegenwart besser machen.«

Mit einer heftigen Bewegung richtete Arnaud sich auf.

»Wir können nicht aus unserer Haut«, sagte er unwirsch.

»Das vielleicht nicht«, entgegnete Nicolas. »Aber der Mensch kann sich ändern. Und wenn es nur ein Millimeter ist.«

»Wir haben alle unsere Verpflichtungen. Meine ist es, dafür zu sorgen, dass David morgen ins Lager nach Gurs gebracht wird. Mit ihm werden zwölf weitere

Gefangene deportiert. Der Wagen bricht um fünf Uhr dreißig am Hinterausgang von Les Baumettes auf.«

Nicolas runzelte die Stirn.

»Weshalb erzählen Sie mir das jetzt auf einmal?«

»Weil ich das Bild haben möchte. Bitte geben Sie mir das Bild. Ich möchte, dass Marguerite wieder bei uns ist. Ich bin kein schlechter Mensch. Sie können diesen Gefangenen haben.«

Nicolas fröstelte es plötzlich. Vorsichtig, damit der Wind nicht die gelockerte Zeitungsverpackung fortblies, reichte er dem anderen das Gemälde.

»Wie wird David freikommen?«

»Die Männer werden Fußschließen tragen. Ich persönlich werde sie überprüfen und dafür sorgen, dass Davids Fessel nicht abgeschlossen ist. Er kann sie mit einer Haarnadel öffnen, darf sich aber nichts anmerken lassen, solange er neben den anderen Gefangenen auf dem Wagen sitzt. In Aix-en-Provence wird der Tross eine kurze Pause machen, um dort weitere Häftlinge aufzuladen und den Gefangenen eine Möglichkeit zum Austreten zu geben. In den Waschräumen dort gibt es drei Toilettenkabinen, nur die mittlere hat ein unvergittertes Fenster nach außen. Die Befestigungen sind verrostet, und man hat bislang versäumt, ein neues Gitter anzubringen. David muss zusehen, dass er diese Kabine benutzen kann. Die Wachleute werden ihn bis vor die Tür begleiten, aber er wird alleine hineingehen. Dort bleiben ihm drei Minuten, um die Fußschellen zu öffnen und aus dem Fenster zu klettern. Rechter Hand steht ein Akazienbaum an der Mauer, über das Geäst kann er auf die Straße klettern.«

»Aber die Haarnadel, Philippe, wie kommt David an eine Haarnadel? Und wie soll er überhaupt erfahren, dass diese Fluchtmöglichkeit besteht?«

Philippe zuckte mit den Schultern.

»Das ist Ihre Aufgabe, Nicolas. Lassen Sie sich etwas einfallen. David sitzt in Zelle Nummer fünfzehn.«

»Danke, Philippe. Aber halt – wie geht es weiter, wenn es ihm gelingt, da rauszukommen? Werden die Wachleute nicht auf ihn schießen, wenn sie seine Flucht entdecken?«

»Vermutlich, ja, das werden sie. Er muss schnell sein. Und geräuschlos. Aber es gibt nur diese eine Möglichkeit.«

Arnaud wickelte das lose Zeitungspapier um das Porträt, so gut es ging, und knotete die Schnur wieder fest. Dann stand er auf.

»Mehr kann ich Ihnen nicht sagen, Nicolas. Im Übrigen hat diese Unterhaltung nie stattgefunden, hören Sie?«

Seine Stimme klang jetzt wieder so streng wie immer.

»Falls Sie mir Probleme machen, denken Sie daran: Ich sitze am längeren Hebel, ich habe Mittel und Möglichkeiten, Ihnen das Leben sehr unangenehm zu machen, falls Sie mich in Schwierigkeiten bringen sollten.«

»Weshalb sollte ich das tun, Philippe?«

»*Au revoir*, Nicolas.«

Erneut sah Nicolas ihm nach, wie er – jetzt mit dem verpackten Bild unter dem Arm – wieder die Rue de la Mairie hinunterstapfte, sich mühsam der heftigen

Windböen erwehrend. Eine merkwürdige Ödnis erfüllte ihn, als breitete sich eine glühende Wüste in seinem Herzen aus. Irènes Bild nicht mehr zu besitzen fühlte sich an, als hätte ihm jemand einen Arm oder ein Bein amputiert.

Kapitel 33

»Gib mir etwas zu trinken, Estelle.« Nicolas ließ sich auf einen Barhocker fallen. »Egal was. Wein, Schnaps, Pastis, Cognac. Hauptsache, es enthält genug Alkohol.«

Estelle sah ihn mit einer Mischung aus Erstaunen und Bedauern an.

»Heute ist Mittwoch, Nicolas. Du weißt doch: Heute gibt es keinen Alkohol.«

»Keinen Alkohol? Keinen Tropfen? Das ist nicht dein Ernst! Das hier ist eine Hafenkneipe. Du musst doch noch irgendein Getränk im Haus haben! Mir geht es schlecht. Ich fühle mich elend. Da will ich einmal nichts mehr, als mir eine Flasche Cognac an den Hals zu setzen und so lange zu trinken, bis ich ohnmächtig vom Stuhl kippe – und du sagst, du hast keinen Alkohol im Haus?«

»Tut mir leid, Nicolas. Es ist verboten, heute Alkohol auszuschenken.«

»Ach, komm, Estelle. Seit wann interessierst du dich für Verbote?«

»Solange die Gefahr besteht, dass die Behörden meinen Laden dichtmachen, wenn ich mich nicht daran halte. – Was ist eigentlich passiert?«

Nicolas senkte die Stimme.

»Gestern habe ich erfahren, dass David noch lebt, und heute habe ich Philippe Arnaud das Porträt von Irène geschenkt, damit er für Davids Freilassung sorgt.«

»Wie bitte? Was ist los? Erzähl mehr! Ich kann's nicht glauben.«

»Ich auch nicht, Estelle. Aber es ist geschehen. Arnaud war immer verrückt nach dem Bild. Ich hoffe, er hält sein Wort, und es war nicht vergebens.«

»Oh, *mon Dieu*, es zerreißt mir das Herz. Wie kann es sein, dass David lebt? Und wie konnte es sein, dass über seinen Tod berichtet wurde?«

Nicolas erzählte es ihr.

»Ach, ich könnte weinen vor Kummer – und vor Rührung, weil du so übermenschlich großherzig handelst. Wie glücklich du warst. Ich hatte mich so gefreut zu sehen, wie du wieder aufgeblüht bist mit Juline in deinem Herzen. Und nun ...«

»Ja, kannst du dir das vorstellen? Ich gebe mein kostbarstes Bild dafür hin, damit die Frau, die ich liebe, ihren Mann zurückbekommt. Ich muss irre sein, nicht wahr? Ich muss völlig verrückt sein. Verstehst du nun, weshalb ich mich betrinken möchte?«

Estelle nickte. Sie kam um den Tresen herum, nahm Nicolas in den Arm und drückte ihn an sich.

»Es tut mir so leid für dich. Es tut mir so unfassbar leid ...«

»Es war meine eigene Entscheidung, Estelle. Wie hätte ich glücklich werden sollen in der Gewissheit, dass David in der Zelle schmort, während ich mit seiner Frau auf dem Dampfer nach Amerika sitze?«

Estelle nickte. Sie sah sich kurz im Petit Poisson um, aber es schien niemand auf sie zu achten. Die beiden Männer, die neben Nicolas an der Bar hockten, hatten jeder eines der Mädchen im Arm und keinen Blick für sonst irgendetwas. In der Mitte des Raumes tanzte ein Mann mit einem weiteren Mädchen langsam und eng umschlungen unter dem ausgestopften Schwertfisch zu der melancholischen Melodie eines Saxofons, die knisternd und scheppernd aus dem Lautsprecher des Grammophons klang.

Estelle trat wieder hinter die Bar. Sie hob den Holzdeckel von der Kühlkiste und zog eine Flasche Champagner heraus, die zwischen den Eisstücken im Schmelzwasser schwamm. Der Korken gab beim Öffnen nur noch ein schwaches Ploppen von sich. Sie goss Champagner in ein Wasserglas, das nicht einmal bis zur Hälfte voll wurde, dann warf sie die leere Flasche in den Müllkübel.

»Hier!« Sie schob Nicolas das Glas zu, in dem die Flüssigkeit kaum noch perlte, und sagte leise: »Trink meinen letzten Schluck Champagner! Ich gratuliere dir.«

»Du gratulierst mir?« Nicolas leerte das Glas in einem Zug, ohne etwas auf der Zunge zu schmecken. »Was gibt es denn ausgerechnet heute zu feiern?«

Estelle sah ihn an und legte eine Hand auf seinen Arm.

»Dass du aus Liebe zu Juline der beste und liebenswürdigste Mensch geworden bist, der mir je in dieser verdammten Stadt begegnet ist.«

Nicolas antwortete nicht. Stumm und kopfschüttelnd starrte er auf das leere Glas. Wie durch Watte hörte er die Musik und das Gerede und Gelächter der anderen Kneipenbesucher. Von draußen drangen die vertrauten Geräusche herein, das Rattern der Trambahn vor dem Haus, das Tröten einer Schiffshupe im Hafen. Nicolas blickte auf und betrachtete nachdenklich Estelles Krähennestfrisur. Plötzlich glitt ein schwaches Lächeln über sein Gesicht.

»Du kannst mir helfen. Borgst du mir bitte eine Haarnadel?«

»Wozu? Was hast du vor?« Estelle zog sich eine Nadel heraus, worauf sich eine dunkle Locke aus der Frisur löste und ihr über die Schulter fiel.

»Danke. Sie wird dazu beitragen, einem Menschen das Leben zu retten.«

Nicolas schloss die Faust um das gebogene schwarze Stück Draht. »Ich muss zu Walter. Er hat Verbindungen zu einem von Davids Gefängniswärtern. Er muss diese Nadel in seine Zelle schmuggeln, damit sich David morgen damit von seinen Fußschellen befreien kann, wenn sie ihn ins Lager nach Gurs bringen.«

»Mein Gott, Nicolas! Was tust du da? Du willst helfen, einen Gefangenen zu befreien? Mit meiner Lockennadel? Das klingt wie ein Kriminalroman! So etwas ist gefährlich. *Mon Dieu*, bitte sei vorsichtig!«

»Keine Angst, mir wird nichts passieren. Aber jetzt muss ich zu Walter. Es eilt. Der Gefangenentransport geht gleich morgen in aller Herrgottsfrühe los. Ich habe keine Zeit zu verlieren. Drück mir die Daumen, dass alles gut geht.«

Er wollte aufstehen, doch dann drehte er sich wieder um.

»Noch etwas, Estelle. Hast du dich schon umgehört, was das Benzin angeht? Denkst du, es wäre möglich, mir einen Kanister voll zu besorgen? Ich muss mit dem Wagen nach Aix fahren, um David abzuholen. Es wäre zu gefährlich für ihn, wenn er mit dem öffentlichen Bus zurück nach Marseille fährt.«

Estelle seufzte.

»Hm. Ich befürchte, das wird schwierig, Nicolas. Sehr schwierig.«

»Nun, notfalls müssen wir tatsächlich mit dem Bus fahren. Oder wir gehen nachts zu Fuß. Hauptsache, David gelingt es, aus dem Gefangenentransport zu entkommen.«

»Brauchst du vielleicht auch noch einen Hut und einen falschen Bart für David?«

»Hast du so etwas auf Lager? Du bist ja ausgestattet wie ein Kostümverleih …«

Estelle zuckte mit den Schultern.

»Manchmal ist es in unserer Branche nötig, sich ein wenig zu maskieren, das weißt du doch. Ich werde versuchen, bis heute Abend alles beieinanderzuhaben.«

»Ja, das ist gut. Ich danke dir von Herzen. Du bist die Beste, Estelle!«

Nicolas stand auf, umarmte sie und drückte ihr einen Kuss auf die Wange.

Estelle berührte die Stelle, an der er sie geküsst hatte, mit der Rückseite ihrer Finger und betrachtete ihn nachdenklich.

»Ich erkenne dich kaum mehr wieder, Nicolas. Wo ist deine Lethargie geblieben? Seit Irènes Tod habe ich dich nie mehr so tapfer und zupackend erlebt. Juline hat dich verändert. Du übernimmst Verantwortung, weil du liebst. Wie auch immer diese Sache ausgehen mag, sie hat dir gutgetan.« Estelle seufzte, doch sie lächelte dabei. »Wie mächtig die Liebe ist, nicht wahr? Sie kann helfen und heilen, wenn nichts anderes das vermag. Und dich hat sie geheilt.«

Nicolas zuckte mit den Schultern.

»Mag sein, dass du recht hast, Estelle, aber es ist eine verdammt bittere Medizin.«

Noch einmal drückte er sie an sich, dann verließ er das Petit Poisson.

Als Nicolas den Flur im dritten Stock des Hotels Splendide erreichte, war er überrascht, ihn völlig leer vorzufinden. Keine Menschenschlange vor Tür Nummer 319, und es hing auch kein Zettel mehr daran. Für einen Augenblick dachte er, sich in der Etage geirrt zu haben. Doch die Zimmernummer war die richtige. Nicolas klopfte, erhielt aber keine Antwort. Schließlich drückte er die Klinke herunter. Die Tür ließ sich öffnen, und er spähte hinein. Der Raum war wie verwandelt: keine Spur von Walter und Mary-Jane, kein geschäftiges Treiben in einem provisorischen Büro, keine Schreibmaschine, keine Berge von Papieren und Aktenordnern, sondern ein ganz gewöhnliches Hotelzimmer. Der Spiegel war wieder auf die Frisierkommode geschraubt worden, das Bett frisch bezogen, Decken und Kissen lagen glatt und ordentlich darauf. Mitten im Raum stand ein schwarzer Koffer. Ein heller Mantel lag darüber. Als Nicolas das Geräusch einer Toilettenspülung aus dem Badezimmer vernahm, fuhr er zusammen und zog die Tür schnell wieder zu. Ratlos blieb er im Flur stehen. Vielleicht ist Walter in ein anderes Zimmer umgezogen, überlegte er, vielleicht hat ihm die Hotelleitung eine etwas geräumigere Suite angeboten. Nicolas klapperte sämtliche Etagen des Splendide ab, aber es war vergeblich. Vor keiner Zimmertür entdeckte er eine Traube von unruhig wartenden Menschen, nirgendwo gab ein Schild einen Hinweis auf Walters Flüchtlingsbüro. Zwar saßen hier und da Leute mit ihrem Gepäck im Gang. Aber wie Nicolas erfuhr, warteten sie lediglich darauf, dass in Kürze ein Hotelzimmer frei werden würde. Keiner von ihnen kannte Walter oder wusste etwas über den Amerikaner zu berichten. Es war, als hätte es Walter und Mary-Jane nie gegeben.

Gerade als Nicolas das Hotel verlassen wollte, hörte er das Rattern von kleinen Rädern hinter sich und blickte sich um. Ein Zimmermädchen kam den Gang entlang, das Wägelchen mit Stapeln von frischen Handtüchern und Bettwäsche vor sich herschiebend. Nicolas erinnerte sich, die Frau hier im Hotel schon einmal gesehen zu haben.

»Verzeihung, Mademoiselle, können Sie mir sagen, was mit dem amerikanischen Büro für Flüchtlingshilfe passiert ist? Gestern befand es sich noch in Zimmer Nummer 319.«

Die Frau nickte.

»Die Herrschaften sind verzogen. Dem Hotelmanagement ist der Trubel einfach zu viel geworden. Die haben sie rausgeworfen. Was keine Überraschung ist, nicht wahr? Den ganzen Tag lang wurde der Flur von fremden Leuten belagert. Da war ja gar kein Durchkommen mehr. Sogar die Polizei war schon hier, um zu sehen, was es mit diesem Hotelzimmer auf sich hatte.«

»Und jetzt? Wo arbeitet das Büro nun?«

»Monsieur Walter hat eine Villa am Stadtrand gemietet, soweit ich weiß. Die genaue Adresse erfahren Sie gewiss unten an der Rezeption.«

»Ich danke Ihnen, Mademoiselle. Sie haben mir sehr geholfen.«

Erleichtert eilte Nicolas die Treppe hinunter.

Kapitel 34

Bei der Villa, die Walter mit seiner Hilfsorganisation bezogen hatte, handelte es sich um ein etwas heruntergekommenes dreistöckiges Stadtschlösschen, an dessen Mauern der rötlich braune Putz hier und da abblätterte. Das Haus mit den hohen, symmetrisch angelegten Fenstern und dunkelgrünen Läden lag außerhalb der Stadt auf einer Anhöhe inmitten eines weitläufigen, parkartigen Gartens. Von der Straße führte ein schnurgerader, von Bäumen gesäumter Weg zu einem offen stehenden schmiedeeisernen Tor. Ein Schild, das am rechten Mauerpfosten angebracht war, ließ keinen Zweifel, dass es sich bei diesem Anwesen einmal um eine durchaus noble Adresse gehandelt hatte: *Villa Bel Air,* las Nicolas und trat ein. Im Schatten der Platanen stand ein dunkelroter Citroën Cabrio mit zurückgeklapptem schwarzem Verdeck. Dahinter baumelte an einem Ast eine Kinderschaukel im leichten Wind. Der Mistral hatte nachgelassen, er blies nur noch sanft durch die Bäume und ließ die Blätter rascheln. Mehrere Fahrräder lehnten an der Hauswand neben dem Eingang, und aus den geöffneten Fenstern waren Stimmen zu hören.

Nicolas fühlte sich wie in eine andere Welt versetzt. Staunend sah er sich um. Gleich gegenüber der Eingangstür war eine Art Balkon in die Gartenmauer eingelassen, auf beiden Seiten flankiert von hüfthohen Säulen mit einer steinernen Amphore darauf, wie in einer alten römischen Villa. Zwei geschwungene Treppen führten rechts und links in wenigen Stufen hinunter in ein französisches Ziergärtchen, wo zwischen akkurat angelegten Wegen hellblaue und rosa Hortensien, weiße Japanrosen und Dahlien in allen Farben blühten. Mittendrin spiegelte sich das Sonnenlicht in einem kleinen kleeblattförmigen Wasserbassin, an dessen Rand ein paar Seerosen schwammen. Von der Balustrade aus ließ Nicolas den Blick in die Ferne schweifen über das weite Tal mit seinen sommermüden Wiesen und Feldern bis hin zu den Hügeln von Saint-Cyr. Für einen Moment schloss er die Augen und atmete den Geruch der Landschaft ein, den der schwache Wind herübertrug, der Blütenduft aus dem Gärtchen vermischte sich mit dem würzigen Aroma der Kräuter und Gräser jenseits des Parks. Ein tiefer Friede erfasste ihn, als schöpfte er mit jedem Atemzug mehr Kraft und Zuversicht. Bel Air, dachte Nicolas, keinen besseren Namen könnte dieses Haus tragen.

Er schreckte auf, als er hörte, wie jemand seinen Namen rief.

»Monsieur Guyot! Sind Sie das? Hallo!«

Nicolas drehte sich um. Im ersten Stock der Villa lehnte Mary-Jane am weit geöffneten Fenster und winkte. Er hob die Hand und grüßte zurück, während er quer über die sandige Auffahrt auf die Haustür zueilte.

»Ja, ich bin's. Ich komme!«

Die alte Villa zu betreten erschien Nicolas wie eine Zeitreise. Mehr noch als draußen im Garten hatte er nun das Gefühl, als begäbe er sich mitten in ein längst vergangenes Jahrhundert. Die weitläufige Eingangshalle war mit edlem Parkett kunstvoll ausgelegt, große dunkle Landschaftsgemälde in vergoldeten Rahmen bedeckten die Wände, deren bräunlich verfärbte Tapeten Nicolas an genarbtes Leder erinnerten. Ein Kamin aus rötlichem Marmor befand sich auf der gegenüberliegenden Seite des Salons.

Wenngleich das Haus wie ein Museum wirkte, so war Nicolas verblüfft über den Betrieb, der hier herrschte. Rechts und links waren schwere, mit Schnitzereien verzierte Stühle an den Wänden aufgereiht, Leute saßen dort nebeneinander wie in einem Wartesaal. Doch es lag eine andere Stimmung in der Luft als im Hotel Splendide. Die Menschen unterhielten sich lebhaft, ein Murmeln und Schnattern ging durch den riesigen Raum. Die friedliche Umgebung und das großzügige Ambiente der Villa schienen sich auf die Gemütslage der Besucher positiv auszuwirken, wie Nicolas feststellte. An den Zimmertüren, die vom Salon abgingen, klebten in Augenhöhe Papierzettel. *Anmeldung* war auf dem einen zu lesen, *Ausreiseanträge* und *Visa* auf den anderen. Wenn sich eine der Türen öffnete und jemand hinein- oder heraustrat, schallte das Klappern von Schreibmaschinen aus dem Inneren des Zimmers. Ein Mann durchquerte die Halle mit raschem Schritt.

Nicolas erkannte ihn. Es war einer von Walters Helfern, der Mann, der im Zimmer des Hotels Splendide in der Badewanne gesessen und seinem Kollegen etwas diktiert hatte. Sie grüßten einander mit einem kurzen Kopfnicken, dann verschwand der andere hinter einer Tür.

An einer Seite des Raums führte eine Treppe nach oben. Am unteren Knauf des gedrechselten Handlaufs hing ein weiteres Schild. Darauf war ein Pfeil nach oben abgebildet und darunter das Wort *Spezielle Anfragen.* Mary-Jane kam die hellen Marmorstufen herunter, gerade als sich Nicolas der Treppe zuwandte.

»Monsieur Guyot, wie schön, dass Sie uns gefunden haben!«

Mary-Jane strahlte vergnügt. Sie trug ein geknöpftes rotes Kleid mit einem breiten weißen Kragen und hohe Schuhe. Um ihre blonden Locken hatte sie ein rot-weiß getupftes Haarband geschlungen, das auf dem Kopf mit einer großen Schleife zusammenschnürt war. »Kommen Sie herauf, Nicolas, Sie haben Glück. Walter hat gerade ein paar Minuten Zeit für Sie.«

»Hier geht es ja zu wie in einer richtigen Behörde. Kein Vergleich zu der Enge des Hotelzimmers. Ich nehme an, Sie sind froh, dass Sie nicht mehr zwischen Doppelbett und Frisierkommode arbeiten müssen.«

»Oh ja, es ist eine große Erleichterung. Erst war es ein Schreck, als der Hotelmanager uns mitteilte, dass es ab sofort verboten sei, weiterhin Flüchtlinge in unserem Zimmer zu betreuen. Wir waren ganz konfus. Wir konnten doch die armen Leute nicht unversorgt lassen. Aber dann stellte sich heraus, dass einer von Walters Mitarbeitern jemanden kennt, der wiederum den Besitzer dieser Villa kennt … Nun ja, ich will mich kurzfassen. Das Haus gehört einem alten Mann, der sich nicht mehr darum kümmern kann. Es war lange unbewohnt und ist ein wenig heruntergekommen. Aber es war bereits voll möbliert, wir konnten sofort einziehen. Zum Glück zeigt sich das amerikanische Außenministerium kooperativ und übernimmt die Miete für die Villa.« Mary-Jane lachte. »So engagiert Walter auch ist, dieses Haus hier könnte er nicht aus eigener Tasche bezahlen. Und auch nicht die vielen Mitarbeiter, die wir nun haben. Jetzt sind wir schon neun.«

Inzwischen waren sie oben angekommen und betraten Walters Büro, einen großen, hellen Raum mit drei hohen Fenstern, durch die man über die Auffahrt in die weitläufige Landschaft jenseits der Gartenmauer blickte. Es handelte sich offenbar um die ehemalige Bibliothek der Villa. Deckenhohe Regale säumten die Wände, doch statt dicker Folianten und erlesener Bücher standen lange Reihen von schwarzen Aktenordnern, Karteikästen und Stapel von Papieren darauf. In einer Ecke des Raumes tickte laut eine große altertümliche Messinguhr, und auf einem abgenutzten grünen Sofa im Empire-Stil standen ein paar Pappkartons. Walter saß mitten im Zimmer an einem wuchtigen Mahagonischreibtisch, dem man in Ermangelung eines vierten Beines einen Stapel Kanthölzer untergeschoben hatte. Er erhob sich mit einem Lächeln, als er bemerkte, dass Nicolas eintrat.

»Hello, how are you?« Walter begrüßte ihn mit einem kräftigen Handschlag. »Es tut mir leid, dass ich Sie nicht rechtzeitig über unseren Umzug informieren konnte. Es ging einfach zu schnell, und es war so entsetzlich viel zu tun. Ich bin froh, dass Sie da sind.«

»Keine Sorge, Walter. An der Hotelrezeption hat man mir gesagt, wo ich Sie finde.«

Walter hob die Kartons vom Sofa und bat Nicolas, Platz zu nehmen.

»Was die Möblierung der Villa angeht, mussten wir mit dem vorliebnehmen, was bereits vorhanden war. Manches ist ein wenig lädiert, aber es funktioniert alles. Ich habe sogar ein eigenes Telefon!«

Er wies auf den schwarzen Apparat, der neben einer Schreibmaschine, einer Schale mit Birnen und einer Kaffeekanne nebst ein paar gestapelten Tassen auf dem Schreibtisch stand.

»Ich denke, die Leute, die hierherkommen, haben keinen Blick für den Hausrat, solange sie die nötigen Papiere bekommen.«

»So sehe ich das auch. Kaffee?«

Nicolas nickte, und kurz darauf reichte ihm Mary-Jane eine Tasse des duftenden Getränks. Nicolas atmete tief ein und ließ das Aroma einen Moment lang auf sich wirken.

»Und?«, fragte Walter. »Wie haben Sie sich entschieden?«

Nicolas wartete mit der Antwort und nahm einen Schluck Kaffee, der zu seiner Überraschung wundervoll schmeckte.

»Ich bleibe hier«, sagte er schließlich. »Wenn alles so

klappt, wie ich es eingefädelt habe, kommt David frei. Sie müssten alle Papiere auf seinen Namen umschreiben lassen. Er und Juline werden die Überfahrt antreten. Sobald es möglich ist.«

Walter sah ihn lange an. Er nickte.

»Respekt! Ich weiß nicht, ob ich es übers Herz gebracht hätte, so zu handeln.«

»Sie hätten es. Wenn Sie diese Frau so lieben würden wie ich.«

»Eine große Tat, Nicolas. Aber was haben Sie angestellt, dass man David freilässt?«

Nicolas berichtete von dem Porträt und seiner Vereinbarung mit Arnaud.

Walter pfiff leise durch die Zähne. »Ein waghalsiges Unternehmen. Für alle Beteiligten.«

»Anders geht es nicht. Das größte Risiko trägt David selbst. Aber das Ganze klappt nur, wenn dieser Gefängniswärter mitmacht, der sich schon über die Ohrringe meiner Frau gefreut hat …« Nicolas zog ein Taschentuch aus der Hosentasche und wickelte Estelles Haarnadel aus.

»Der Aufseher muss dafür sorgen, dass David dieses kleine Teil bekommt. Damit kann er morgen seine Fußschellen öffnen. Außerdem muss der Wärter David in den Fluchtplan einweihen. Und zwar noch heute. Denken Sie, dass das möglich ist? Vielleicht, wenn wir ihm von meinem Schmuck noch einen goldenen Ring zukommen lassen?«

»Okay. Das ist sehr kurzfristig. Ich werde es versuchen. Hm. Aber zunächst muss ich klären, wann der Mann heute im Dienst ist.«

Walter ging zum Schreibtisch und nahm den Telefonhörer ab.

»*Bonjour*, Mademoiselle. Hier ist die Villa Bel Air in Marseille. Bitte verbinden Sie mich mit Les Baumettes Nummer 1923.«

Ungeduldig beobachtete Nicolas, wie Walter darauf wartete, dass die Verbindung hergestellt wurde.

»*Bonjour*, Monsieur«, sagte er freundlich, als es so weit war. »Könnten Sie mir bitte sagen, wann ich Ihren geschätzten Kollegen Bertrand erreichen kann? Ist er vielleicht gerade zu sprechen? Worum es geht? Nun ... Äh ... Es ist eine private Angelegenheit. Ich habe nur eine kurze Frage.«

Während Walter schwieg und der Antwort lauschte, die ihm der Mann am anderen Ende der Leitung gab, wich das verbindliche Lächeln aus seinem Gesicht.

»Oh«, sagte er schließlich. »Ich verstehe. Das ist aber ... Ja, Sie haben recht, dann muss ich wohl warten.«

Mit versteinerter Miene legte Walter den Hörer zurück auf die Gabel.

»Bernard ist verreist. Eine wichtige Familienangelegenheit. Er ist die ganze Woche nicht in Marseille.«

Nicolas ließ die Kaffeetasse sinken.

»Und jetzt?«

Einen Augenblick lang war es totenstill im Zimmer. Nur das Rattern einer Schreibmaschine aus dem Nebenraum war zu hören.

Mary-Jane sprang auf.

»Dann fahre ich hin.«

»Du?«, rief Walter ungläubig. »Wie soll das gehen?«

Und Nicolas fragte: »Woher wollen Sie wissen, dass die Aufseher Sie zu ihm lassen?«

Mary-Jane zuckte unbekümmert mit den Schultern. »Ich kann es wenigstens versuchen, nicht wahr?« Sie zog sich das getupfte Tuch vom Kopf und schüttelte die blonden Locken. Dann nahm sie ihre Handtasche, die an der Sofalehne hing, holte einen winzigen Klappspiegel und einen Lippenstift heraus und malte sich ein kräftiges Rot auf ihre vollen Lippen. »Immerhin bin ich Schauspielerin. Voriges Jahr habe ich noch sehr überzeugend als Lady Macbeth auf der Bühne gestanden. Ich kenne mich damit aus, Intrigen zu inszenieren.« Sie steckte Spiegel und Lippenstift zurück in die Tasche. »In welcher Zelle sitzt unser Mann?«

»Nummer fünfzehn«, antwortete Nicolas verblüfft und reichte Mary-Jane die Haarnadel. »Er soll beim Stopp in Aix zur Toilette gehen und die mittlere Kabine benutzen. Darin ist ein unvergittertes Fenster, durch das er hinausklettern kann, sobald er mithilfe der Haarnadel seine Fußschelle gelöst hat. Aber es muss schnell gehen. Er hat nur ein paar Minuten Zeit. Draußen muss er sich rechts halten. An der Mauer steht ein Akazienbaum, über den er hinüberklettern kann. Ich warte auf der anderen Seite der Mauer auf ihn.«

Mary-Jane wiederholte den Fluchtplan und grinste, als Nicolas nickte.

»Ich wollte immer schon einmal in einem Kriminalfilm mitspielen.«

Sie griff sich eine der Birnen aus der Schale auf dem Schreibtisch und steckte die Haarnadel tief hinein. »Es ist sicherlich nicht verboten, wenn eine alte Freundin den Gefangenen besucht und ihn mit einer schönen leckeren Birne zumindest für ein paar Minuten über seine kümmerliche Lage hinwegtröstet …«

»Aber er darf nicht hineinbeißen!«, rief Walter, während Mary-Jane schon zur Tür eilte. »Jedenfalls nicht auf der falschen Seite.«

»Nein! Halt!« Nicolas hielt sie zurück. »Da ist noch etwas. Man hat David offiziell für tot erklärt. Würde man sich in Les Baumettes nicht wundern, wenn plötzlich eine Freundin kommt, um ihn zu besuchen?«

»Er hat recht.« Walter erbleichte. »Es ist viel zu gefährlich, Mary-Jane. Du kannst nicht hinfahren. Am Ende werden sie misstrauisch und sperren dich auch noch ein.«

Mary-Jane runzelte nachdenklich die Stirn. Sie nickte.

»Verflucht, daran habe ich nicht gedacht. *Damn!* Aber es muss doch einen Weg geben!«

Verärgert ballte sie ihre linke Hand zur Faust und stieß sie gegen das Bücherregal neben der Tür. »Ich hasse es, wenn ich einen Plan nicht in die Tat umsetzen kann.«

Walter trommelte nachdenklich mit den Fingerspitzen auf die Holzplatte des Schreibtischs. »Ich habe da etwas im Kopf, es ist noch kein Plan, eher eine vage Idee. Aber vielleicht hilft uns das hier irgendwie weiter.« Er zog eine Schublade am Schreibtisch auf, nahm einen Briefbogen heraus und faltete ihn auseinander. »Wir haben doch heute früh diese Anordnung der Gesundheitsbehörde bekommen, Mary-Jane.« Walter überflog den Text, dann las er einen Absatz laut und langsam vor: »In der Stadt wurden zuletzt gehäuft Fälle von Tuberkulose registriert. Um eine weitere Ausbreitung der Krankheit zu verhindern, sind Sie nach Artikel elf Absatz drei der französischen Seuchenschutzverordnung verpflichtet, jeden Verdachtsfall unverzüglich zu melden, damit umgehend ärztliche Maßnahmen ergriffen werden können …«

Er ließ das Blatt sinken und sah Nicolas an.

»Haben Sie mir nicht kürzlich erzählt, Sie hätten Juline aus dem Gefängnis bekommen, indem Sie einen Tuberkulosefall simulierten?«

»Ja!« Nicolas nickte heftig und schob die leere Kaffeetasse mit Schwung auf den Schreibtisch. Eine plötzliche freudige Erregung erfasste ihn. »So war es. Vielleicht können wir uns das Tuberkuloseproblem tatsächlich noch einmal zunutze machen. Mit der Begründung, man müsse die Gefangenen ärztlich untersuchen, könnte man sich vielleicht Zutritt zu Davids Zelle verschaffen. Allerdings …«

Die Zuversicht, die Nicolas eben noch durchflutet hatte, ebbte jäh ab. »Allerdings haben wir weder ein entsprechendes Behördenschreiben noch einen Arzt an der Hand, der uns helfen könnte.«

Walter ließ den Blick erneut über den Brief wandern, den er noch immer in Händen hielt.

»So eine Anordnung ist schnell getippt«, murmelte er. »Und diese lächerliche kleine Schleife von Unterschrift hier …«

»Yes, that's it!« Mary-Jane schnippte mit den Fingern. »Das ist der Plan: Wir fingieren eine Anordnung

der Gesundheitsbehörde, dass sämtliche Gefangenen in Les Baumettes dringend noch heute auf Tuberkulose untersucht werden müssen. Bei mir im Haus wohnt eine Krankenschwester, die mir noch einen Gefallen schuldet. Sie leiht mir ganz sicher ihren weißen Kittel, ein Schwesternhäubchen und ein Stethoskop. Verlasst euch darauf, ich werde eine sehr glaubwürdige Krankenschwester sein …« In wenigen Schritten eilte sie zurück zum Schreibtisch, legte die Birne ab und zog sich einen Stuhl heran. »Schnell, Walter, her mit der Schreibmaschine! Wir haben keine Zeit zu verlieren.«

Walter begriff offenbar sofort, worauf sie hinauswollte. Er spannte ein weißes Blatt in die Maschine, schob diese Mary-Jane zu und diktierte ihr den Text des behördlichen Anschreibens. Einige Sätze änderte er ab, damit sie zu ihrem Plan passten. Mary-Janes Finger flogen über die Tasten.

Nicolas beobachtete die beiden sprachlos. Er kam sich vor wie in einer Kinovorstellung, in der der Film versehentlich zu schnell abgespielt wird. Während Mary-Jane den Brief zu Ende tippte, übte Walter auf einem leeren Blatt Papier die Unterschrift des Behördenleiters, so wie sie auf dem Originaldokument stand, immer und immer wieder, bis sein Tintenkringel kaum mehr von dem echten zu unterscheiden war. Mit einem Ratsch riss Mary-Jane den fertigen Brief aus der Schreibmaschine, und Walter setzte die gefälschte Signatur darunter.

»So«, sagte er. »Das wäre schon mal geschafft.«

»Aber was ist«, fragte Nicolas, dem das Ganze noch

immer nicht ganz geheuer war, »was ist, wenn man im Gefängnis misstrauisch wird und bei der Gesundheitsbehörde nachfragen möchte?«

»Dann sollen sie halt anrufen«, erklärte Mary-Jane ernst. »Ich habe Walters Telefonnummer im Briefkopf angegeben. Falls sich jemand erkundigen möchte, was es mit der medizinischen Untersuchung der Gefangenen auf sich hat, dann wird er in diesem Büro landen. Am besten gehen Sie in den nächsten Stunden ans Telefon, Nicolas.« Mit einem Seitenblick auf Walter fügte sie hinzu: »Ich kann mir nicht vorstellen, dass in der Marseiller Stadtverwaltung jemand arbeitet, der mit einem amerikanischen Akzent spricht ...«

Nicolas nickte, aber seine Kehle fühlte sich so trocken an, als hätte er seit Tagen keinen Schluck mehr getrunken.

»Ich wünsche Ihnen Glück, Mary-Jane«, brachte er heraus, während sie den Brief und die Birne mit der Haarnadel in ihre Handtasche steckte.

Walter drückte sie kurz an sich.

»Bitte sei vorsichtig«, flüsterte er. »Wir brauchen dich hier noch.«

Sie nickte.

»Ich gebe mein Bestes. Sobald ich spüre, dass es zu gefährlich wird, werde ich die Sache abbrechen. Und wenn es klappt, werde ich David alles erklären. Wartet hier auf mich. Spätestens heute Abend bin ich zurück.«

»Hoffentlich«, murmelte Nicolas, nachdem die Tür hinter ihr ins Schloss gefallen war. Schweigend lauschten Walter und er ihren Schritten, wie sie durch den Flur hallten. Wenig später knatterte draußen ein Automotor los.

»Was ist das?« Nicolas blickte aus dem Fenster. »Ist das etwa Mary-Jane, die mit Ihrem Wagen fährt?«

»Ja, aber das ist nicht mein Wagen«, erwiderte Walter. »Es ist ihrer. Sie ist nicht nur eine gute Schauspielerin, sondern auch eine begeisterte Autofahrerin. In England hat sie sogar schon mal ein Rennen gewonnen, und das, obwohl sie kurz zuvor einen schlimmen Unfall hatte.«

»Daher die Narbe im Gesicht?«

»Ja. Sie ist eine von den Frauen, die sich so schnell nicht entmutigen lassen. Wenn sie nicht so wäre, würde sie nicht für mich arbeiten.«

»Gut.« Nicolas nickte. »So eine Frau ist genau die Richtige für diesen Einsatz.«

Den Rest des Nachmittags verbrachte Nicolas damit, auf dem schäbigen grünen Empire-Sofa in Walters Büro zu sitzen und auf das schwarze Telefon zu starren. Stunde um Stunde verging, doch der Apparat blieb stumm.

»Ist das ein gutes oder ein schlechtes Zeichen?«, fragte er Walter.

Der zuckte mit den Schultern.

»Ich weiß es nicht. Es kann nur zwei Dinge bedeuten: Entweder es ist alles glatt gegangen und niemand hat Verdacht geschöpft. Oder …«

Er sprach nicht weiter, aber Nicolas wusste, was er meinte. Dass keiner anrief, konnte auch bedeuten, dass Mary-Jane sofort aufgeflogen war, ohne dass es jemand in Les Baumettes für nötig befunden hätte, bei der Gesundheitsbehörde nachzufragen. Nicolas spürte, wie seine Knie vor Anspannung zu zittern begannen. Wo war er hineingeraten? Was für eine Lawine hatte er ausgelöst?

Der Abend begann bereits zu dämmern, als vor dem Haus das Geräusch eines Automotors zu hören war, der rasch abgeschaltet wurde.

Nicolas sprang vom Sofa hoch, und Walter riss das Fenster auf.

»Mary-Jane. Sie ist zurück. Gott sei Dank!«

Kurz darauf stürzte sie ins Büro herein.

»Es hat geklappt. Mission erfüllt!« Sie strahlte erleichtert und ließ sich auf einer Kante des Schreibtischs nieder. Erst jetzt zog sie sich das weiße Schwesternhäubchen vom Kopf.

»Erzähl! Was ist passiert?«, fragten Nicolas und Walter wie aus einem Munde.

Mary-Jane grinste. Jede Anspannung war aus ihrem Gesicht gewichen.

»Ich konnte die Leute vom Gefängnis tatsächlich überzeugen, mich zu den Gefangenen zu lassen. Sie hatten nicht den geringsten Zweifel an der Echtheit unserer Anordnung. Hier!« Sie legte das Blatt, das inzwischen reichlich zerknickt war, auf den Schreibtisch. »Ich habe unseren gefälschten Brief wieder mitgebracht. Immerhin steht deine Telefonnummer darauf, Walter. Es ist wohl besser, dass die nicht in die falschen Hände gerät, falls im Nachhinein doch noch jemand Verdacht schöpft.«

Walter legte erschrocken eine Hand auf die Brust.

»Oh ja, Mary-Jane. Das hast du gut gemacht!«

»Und? Ist es dir gelungen, David die Haarnadel zu geben?«, erkundigte sich Nicolas ungeduldig.

»Ja. Allerdings war die ganze Zeit ein Aufseher dabei, während ich von Zelle zu Zelle ging. Es war kein Spaß, all die Gefangenen zu untersuchen, das versichere ich euch. Da gab es ein paar ziemlich finstere Gestalten, denen ich in den übel riechenden Mund geschaut und deren dreckige Hemden ich hochschieben musste, um mein Stethoskop aufzulegen ... Puh! Was ich mir von denen anhören musste! Manchmal war ich wirklich froh darüber, dass ich nicht allein mit den Gefangenen war.«

»Das tut mir leid«, murmelte Nicolas. »Wie hat David reagiert?«

»Er ist ein ruhiger, feiner Mann«, fuhr Mary-Jane fort. »Es war zwar kein Problem, ihm die Birne mit der Haarnadel zu geben, aber um ihm den Fluchtplan zu erklären, musste ich mich ganz nah zu ihm hinbeugen und flüstern, damit der Wärter nichts hörte. Das hat den Mann misstrauisch gemacht. Aber dann hat in der Nachbarzelle jemand randaliert, und der Aufseher war abgelenkt. So konnte ich mit David leise alles besprechen ... Ich habe ihm gesagt, dass Sie dahinterstecken, Nicolas, und er dankt Ihnen von Herzen.«

Nicolas nickte.

»Gott sei Dank, das hat schon mal geklappt! Jetzt hoffe ich nur, dass Arnaud daran denkt, Davids Fußschellen nicht abzuschließen.«

Walter wischte sich mit dem Handrücken über die Stirn. Auch er sah erleichtert aus.

»Das wird schon klappen. Du bist tatsächlich eine gute Schauspielerin, Mary-Jane.«

»Jeden Tag möchte ich diese Rolle aber wirklich nicht spielen. Auch wenn dieser David ein äußerst sympathischer Mann zu sein scheint. Er verdient es, dass wir ihn da rausholen.«

Kapitel 35

»Weshalb tun Sie das eigentlich?«

Mary-Jane stellte ihm diese Frage, während sie in ihrem Citroën Cabrio durch den frühen Morgen fuhren. Sie hatte Nicolas angeboten, ihn in ihrem Auto nach Aix zu chauffieren und ihn und David zurückzubringen, und er hatte gern zugesagt. Das war allemal sicherer, als mit David in einem öffentlichen Bus zu fahren. Estelle war es zwar nicht gelungen, Benzin für den Tank von Jean-Claudes Lieferwagen zu besorgen, aber immerhin hatte sie Nicolas für David einen falschen Bart, eine Jacke und einen großen Hut mitgegeben, dessen Krempe er nun nervös in den Händen knetete.

Es ging flott voran. Der kühle Fahrtwind zerzauste seine Haare. Mary-Jane trug einen steingrauen Overall wie ein Automechaniker und eine helle Kappe auf dem Kopf. »Sind Sie diesem Mann etwas schuldig?«, fügte sie hinzu.

Nicolas' Antwort kam schnell.

»Ich liebe seine Frau.«

»Wie bitte?« Mary-Jane warf ihm einen verblüfften Blick zu. »Das ist die merkwürdigste Begründung für irgendetwas, die ich je gehört habe. Weiß David davon?«

»Nein. Und das ist vermutlich auch besser so.«

Mary-Jane stieß einen erstaunten Pfiff aus, aber sie sagte nichts.

Nach einer Dreiviertelstunde parkten sie am vereinbarten Treffpunkt, nicht weit von der Mauer, die das Grundstück umgab, auf dem der Gefangenentransport eine Pause einlegen würde. Doch noch war von dem Wagen nichts zu sehen.

Nicolas drehte unruhig den Hut in seinen Händen.

Vielleicht klappt es ja nicht, dachte er. Vielleicht kommt der Transporter gar nicht hierher. Vielleicht wird David mit einem anderen Fahrzeug nach Gurs gebracht. Vielleicht ist er schon längst dorthin verfrachtet worden. Vielleicht geht alles schief. Vielleicht war alles vergeblich … Tausend Gedanken schossen ihm gleichzeitig durch den Kopf, denen er sich hilflos ausgeliefert fühlte, bis Mary-Jane plötzlich mit einem Ruck aufblickte.

»Achtung, ich glaube, da kommen sie.«

Im Rückspiegel sah Nicolas, wie sich auf der Straße hinter ihrem Wagen ein geschlossener dunkelblauer Transporter mit vergitterten Seitenfenstern näherte und von der Fahrbahn in den Hof abbog.

»*Bien*, jetzt gilt es.«

Sie warteten schweigend, aber nichts geschah.

»Müsste David nicht längst hier sein?«, murmelte Nicolas nach einer Weile. »Ich habe das Gefühl, wir sitzen hier schon seit zwei Stunden.«

»Zwanzig Minuten«, entgegnete Mary-Jane. »Noch

ist der Transporter nicht weggefahren, und solange er das nicht tut, besteht die Chance, dass David an der Mauer auftaucht. Wenn etwas schiefgegangen und sein Fluchtversuch entdeckt worden wäre, dann hätten wir längst den Alarm und den Radau gehört.«

»Pst!« Nicolas stockte der Atem. »Da ist etwas.«

In den Bäumen auf der anderen Seite der Mauer raschelte es. Äste bewegten sich, Zweige knackten, und plötzlich tauchte David auf und rutschte an der Mauer hinunter auf die Straße. An seinem rechten Fußgelenk baumelte noch klirrend die Metallschließe. Nicolas winkte ihm zu, und David huschte in gebeugter Haltung zum Wagen, wo Nicolas die hintere Tür öffnete, während Mary-Jane schon den Motor startete. David hatte sich kaum auf die Rückbank fallen lassen und die Tür zugezogen, als der Wagen losrollte.

Mit hämmerndem Herzen blickte Nicolas zurück. Er wartete darauf, Alarmsirenen, Schüsse und Geschrei zu hören, zu sehen, wie der Transporter aus der Hofausfahrt herausgeschossen kam, um sie zu verfolgen. Aber nichts geschah, während sie durch die frühmorgendlich stillen Straßen von Aix fuhren.

Nicolas' Blick fiel auf Davids bleiches Gesicht im Spiegel, seine eingefallenen Augen mit den tiefen lila Schatten darunter. Die dunklen Haare fielen ihm strähnig in die Stirn, Nicolas meinte hier und da einen grauen Schimmer darin zu erkennen, der ihm bei ihrer letzten Begegnung noch nicht aufgefallen war. David war sichtbar mitgenommen von seiner Haft und wirkte erschöpft. Auch Nicolas war unfähig, ein Wort zu sagen. Für einen winzigen Moment ertappte er sich bei dem Wunsch, hinter dem Citroën möge das blaue Flackern einer Polizeisirene auftauchen, uniformierte Männer ihren Wagen anhalten und David herauszerren. Doch er verdrängte diesen Gedanken sofort. Ich werde vermutlich mein Leben lang daran zweifeln, dachte er, ob ich richtig gehandelt habe.

Da nahm Mary-Jane eine Hand vom Steuerrad, hob sie grüßend und sagte mit einem Blick in den Rückspiegel: »Willkommen in der Freiheit, David!«

An ihrer bebenden Stimme erkannte Nicolas, dass sie keineswegs so ruhig und gefasst war, wie es nach außen den Anschein hatte. »Mein Gott, was für ein Glück!« Sie lächelte mühsam. »Es sieht so aus, als hätten wir es tatsächlich geschafft.«

»Ich danke euch.« Jetzt hatte auch David seine Stimme wiedergefunden. »Ich danke euch von Herzen. Ich kann es noch gar nicht richtig begreifen. Was ist hier eigentlich los? Wie habt ihr es organisiert, mich da rauszubekommen? Wer hat euch geholfen? Ach, ich bin völlig kaputt. Ich weiß gar nicht, wo ich anfangen soll zu fragen. Aber das Wichtigste ist: Wo ist Juline?«

»Sie ist in Sicherheit«, antwortete Nicolas knapp. »Und es geht ihr gut. Ich erkläre Ihnen alles später. Jetzt fahren wir erst mal zurück nach Marseille.«

Vorsichtig, damit im Fahrtwind nichts davonflog, reichte er David den Hut, den falschen Bart und die abgewetzte Staubjacke nach hinten.

»Nehmen Sie das hier, Sie müssen sich ein wenig maskieren, damit Sie nicht gleich erkannt werden, wenn Sie jemand sieht.«

»Mein Gott«, murmelte David und betrachtete das

buschige schwarze Klebebärtchen mit Widerwillen. »Mit diesem Teil werde ich aussehen wie Hitler!«

»Nun«, entgegnete Mary-Jane ernst, ohne den Blick von der Fahrbahn zu wenden. »Das ist für einen jüdischen Flüchtling vermutlich die denkbar beste Verkleidung.«

Eine Stunde später erreichten sie die Villa Bel Air, ohne in eine Polizeikontrolle gekommen oder sonst wie aufgehalten worden zu sein. Mary-Jane parkte den Wagen wieder unter der Platane gegenüber dem Treppenaufgang. Sie holte eine Zange aus dem Kofferraum des Wagens. Nicolas nahm sie ihr ab und befreite David endgültig von der Fußschelle. Erleichtert massierte er sich den Knöchel. Nachdem er ausgestiegen war, streckte sich David und ließ den Blick über die noble Fassade der Villa wandern.

»Ich danke Ihnen«, sagte er noch einmal. »Ich danke Ihnen so sehr. Sie glauben gar nicht, wie sehr ich mich darauf freue, meine Frau endlich wiederzusehen. Ist sie da drin?«

»Nein«, entgegnete Nicolas. »Sie müssen sich noch etwas gedulden.«

»Bitte, spannen Sie mich nicht auf die Folter, Nicolas. Wo ist sie?«

Er antwortete nicht.

»Was ist eigentlich passiert? Und woher kennen Sie meine wahre Identität? Wir sind uns nur zweimal begegnet. Wer sind Sie überhaupt? Niemand riskiert es einfach so, einen Gefangenen zu befreien, schon gar nicht einen politischen Gefangenen, einen Juden, der nach Deutschland abgeschoben werden soll.«

Die beiden waren draußen stehen geblieben, während Mary-Jane voraus ins Haus ging. Nicolas lehnte sich an die Brüstung oberhalb des Ziergärtchens und betrachtete nachdenklich eine Seerosenblüte, die sich unten im Teich geöffnet hatte.

»Ich habe es vor allem für Juline getan«, bekannte er.

»Für Juline? Weshalb das? Was … was haben Sie mit meiner Frau zu tun?«

»Ich kenne sie besser, als Sie es ahnen können. Sie hat mich gebeten, ein Porträt von ihr zu malen. Das war damals, an dem Tag, an dem wir einander im Hafen begegnet sind. Sie kehrte zurück und ließ sich von ihrem Vorhaben nicht abbringen, obwohl ich normalerweise keine Porträts male, eigentlich gar keine Auftragsarbeiten mehr annehme. Sie besuchte mich in meinem Atelier.«

Nicolas war es nicht entgangen, dass Davids bleiches Gesicht bei seinen Worten noch fahler geworden war.

»Sie hat sich Ihnen aufgedrängt?« Seine Stimme klang rau. »So wichtig war ihr das?«

»Sie wollte ein ganz besonderes Geschenk haben für Ihren Geburtstag. Tut mir leid. Jetzt habe ich ihr die Überraschung verdorben.«

»Das macht nichts. Erzählen Sie mehr!«

»Ich habe den Auftrag schließlich angenommen. Es war der Tag, an dem sie ihre Haare abschneiden ließ. Sie verkaufte ihren Zopf, damit sie Geld hatte, um meine Arbeit zu bezahlen.«

»Oh Gott. Mir hat sie gesagt, dass diese Kurzhaarfrisur jetzt große Mode in Amerika sei«, stieß David hervor.

»Sie saß mir Modell. Sie kam jeden Vormittag, während Sie in der Sodafabrik gearbeitet haben.«

David stöhnte leise. »Und ich habe nichts geahnt. Sie hat mir nie etwas davon erzählt.«

»Natürlich nicht. Es sollte ja eine Überraschung für Sie werden. Wir kamen ins Gespräch, während ich sie malte. Sie erzählte von sich und von Ihnen. Das bleibt nicht aus, wenn man so viele Stunden miteinander verbringt.«

»Und dann?«

»Dann kam sie eines Tages nicht mehr, und ich erfuhr von Ihrer beider Festnahme. Gleichzeitig verbreiteten die Zeitungen die Nachricht, dass Sie ums Leben gekommen seien, David.«

»Ich? Ums Leben gekommen? Wieso das? Was für eine infame Lüge.«

»Ja, man wollte die Widerstandsgruppe entmutigen. Ich ahnte damals nicht, dass es eine gezielt verbreitete Falschmeldung war.«

Wieder ließ David ein leises, erschöpftes Keuchen vernehmen. »Und dann? Erzählen Sie bitte weiter!«

»Ich konnte es nicht ertragen, dass man so eine wunderbare, lebensfrohe Frau einsperrte. Sie hatte kein Verbrechen begangen. Ich mochte Juline viel zu gern, als dass ich einfach zur Tagesordnung hätte übergehen können. Ich hatte Glück. Es gelang mir, den Staatsanwalt zu erpressen. Ich kannte sein tiefstes Geheimnis und drohte, es publik zu machen, sollte er nicht dafür sorgen, dass Juline freikäme. Er ging darauf ein und verhalf ihr zur Flucht. Schon vor ein paar Wochen.«

»So lange? Oh, Gott sei Dank, dass sie frei ist. Aber

wo ist sie? Ist sie etwa zurück nach Paris gefahren zu ihrer Familie?«

Nicolas schüttelte den Kopf.

»Nein. Sie lebt nicht weit von hier. Es wäre zu gefährlich für sie gewesen, in der Stadt zu bleiben. Ich besitze noch ein Haus auf dem Land, es stand einige Jahre leer. Wir sind dorthin gezogen und lebten unbehelligt, bis auch im Dorf Fahndungsplakate aufgehängt wurden.«

»Moment mal!« Davids Stimme wurde laut. »Sie sind zusammen mit meiner Frau in Ihr Haus auf dem Land gezogen? Warum sind Sie mitgegangen? Sie haben dort wochenlang miteinander gelebt? Sie und Juline? Sie haben miteinander – gelebt?«

Nicolas wich seinem Blick aus.

»Wir dachten, Sie seien tot, David. Juline war am Boden zerstört, als sie davon erfahren hat. Wir konnten ja nicht ahnen …«

David schien gar nicht auf seine Worte zu achten.

»Sagen Sie mir die Wahrheit, Nicolas: Haben Sie … Haben Sie mit meiner Frau geschlafen? Sagen Sie es mir! Ich muss das wissen.«

Nicolas antwortete nicht. Sein Schweigen schien David Antwort genug zu sein. Er begann vor der Brüstung auf und ab zu gehen.

»Ich kann es nicht fassen. Sie haben den Schmerz meiner Frau ausgenutzt, um sie zu verführen?« Zornig schlug er mit der Faust auf das Geländer. »Und Sie wagen es, mir das zu erzählen?«

»Nein, so war es nicht, David. Sie irren sich. Es war etwas anderes. Es verband uns dasselbe Schicksal.

Meine Frau ist vor drei Jahren verunglückt. Und auch Juline hatte, wie wir dachten, den wichtigsten Menschen in ihrem Leben verloren. Wir waren beide voller Schmerz und trösteten einander. Es war nichts Hässliches daran.«

»Nichts Hässliches? Oh, ich kann sehr viel Hässliches daran finden.« Davids Stimme zitterte vor Wut. »Während ich im Gefängnis saß, in einer widerlichen, finsteren, stinkenden Zelle, während ich geprügelt und gedemütigt wurde, haben Sie sich mit meiner Frau vergnügt. Dem Menschen, den ich am allermeisten liebe auf dieser Welt. Der Gedanke an Juline und die Hoffnung, sie trotz allem irgendwann einmal wieder in die Arme schließen zu können, waren das Einzige, das mich in den schlimmsten Stunden und in den größten Schmerzen am Leben gehalten hat. Und währenddessen haben Sie beide …? Ich könnte Sie umbringen, Nicolas.«

»Sie vergessen, dass ich Ihnen gerade das Leben gerettet habe, David.«

»Ich weiß. Ich hasse Sie trotzdem.« Er presste sich die Hände gegen die Ohren und schüttelte den Kopf. »Wie kann man gleichzeitig jemanden so sehr hassen und ihm doch auch so dankbar sein.«

»Sie wären jetzt auf dem Weg ins Lager von Gurs, und in ein paar Tagen würden Sie nach Deutschland deportiert werden, wenn ich mich nicht in Juline verliebt hätte. Ich habe Sie ihretwegen da rausgeholt. Ich habe es für Juline getan.«

»Es ist grausam, Ihnen dankbar sein zu müssen. Aber ich weiß nicht, ob ich Juline je wieder in die Augen sehen kann.«

»Juline hätte keinen Blick für mich gehabt, und alles wäre anders gekommen, wenn wir geahnt hätten, dass der Bericht über Ihren Tod eine Falschmeldung war.«

»Es ist gekommen, wie es gekommen ist. Wie konnten Sie mir das antun, Nicolas? Wie konnten Sie das alles geschehen lassen?«

»Es hatte nichts mit Ihnen zu tun. Es war etwas zwischen Juline und mir ... Damit hatten wir beide nicht gerechnet.«

David stieß ein kurzes verbittertes Lachen aus.

»Das zu wissen macht es nicht erträglicher für mich.«

»Haben Sie mir eigentlich zugehört? Was glauben Sie, David, weshalb ich dafür gesorgt habe, dass Sie freikommen, nachdem ich erfahren hatte, dass Sie am Leben sind? Weshalb habe ich das letzte Bild, das ich von meiner Frau gemalt habe, hergegeben, um einen Polizisten zu bestechen? Weshalb sind Sie in diesem Moment nicht mehr in Fesseln auf dem Weg ins Lager, sondern hier in Freiheit, während Walter da oben in seinem Büro gerade alle Hebel in Bewegung setzt, damit Sie und Juline falsche Papiere bekommen, eine Ausreiseerlaubnis, Transitvisa, eine Einreisegenehmigung für die USA und Billetts für die Überfahrt ... Warum, David, warum?!« Er schrie jetzt.

David starrte ihn ungläubig an. »Das alles geschieht gerade?«

»Ja, in ein paar Tagen sind Sie auf dem Meer, wenn alles gut geht.«

David schwieg lange.

»Es fällt mit trotzdem schwer, dem Liebhaber meiner Frau dankbar sein zu müssen.«

»Seien Sie nicht mir dankbar. Bedanken Sie sich bei Juline. Sie hat etwas mit mir gemacht, das ich mir selbst nicht erklären kann.«

»Und was haben Sie mit Juline gemacht?«, fragte David düster. »Wird sie überhaupt mit mir nach Amerika reisen wollen? Sie sind jünger als ich. Sie sind Franzose wie sie. Sie sind frei und unbelastet.«

»Es wird ihre Entscheidung sein. Juline weiß noch gar nicht, dass Sie am Leben sind. Ich habe sie in La Valière zurücklassen müssen und sie seit einigen Tagen nicht gesehen.«

Julines Gesicht tauchte vor seinem inneren Auge auf, dieser sorgenvolle Blick, mit dem sie ihn zum Abschied angesehen hatte. Was mag seitdem passiert sein in La Valière?, dachte Nicolas. Ging es Juline gut? Vermutlich hatte die Polizei längst neue Fahndungsplakate im Dorf aufgehängt. Was war, wenn sie es allein im Haus nicht mehr ausgehalten hatte? Wenn doch einer der Dorfbewohner Verdacht geschöpft hatte?

David schienen ähnliche Gedanken durch den Kopf zu gehen:

»Aber – ist Juline wirklich sicher dort, wo sie gerade ist? So wie ich diese Nazi-Knechte kennengelernt habe, lassen sie keinen Stein auf dem anderen, um sie zu finden. Ist jemand bei ihr, um sie zu beschützen? Ich habe nichts mehr von ihr gesehen und gehört, seit wir an jenem Sonntag am Strand abgeführt wurden. Sie können sich nicht vorstellen, welche Sorgen ich mir um sie gemacht habe, Nicolas. Ich habe jede Sekunde an sie gedacht, und ich werde keine Ruhe finden, solange ich sie nicht in die Arme schließen kann.«

»Es wird nicht mehr lange dauern. Ich werde nachher mit Mary-Jane hinfahren und Juline herholen. Walter wird Sie beide so lange hier in der Villa verstecken, bis alle Dokumente fertig sind. Wenn es so weit ist, haben Sie keine Zeit zu verlieren. Dann müssen Sie sofort aufbrechen.«

David nickte. Nicolas spürte, wie schwer ihm die Antwort fiel.

»Danke für alles, Nicolas. Ich liebe meine Frau. Aber was mache ich, wenn sie nicht mehr mit mir reisen möchte?«

»Jetzt kommen Sie«, rief Nicolas statt einer Antwort und eilte voraus zum Haus. »Walter wartet schon auf Sie.«

Als die beiden das Büro betraten, fanden sie den Amerikaner unruhig vor den Fenstern auf und ab gehend vor. Er hatte die Arme auf dem Rücken verschränkt und war so sehr in Gedanken vertieft, dass er die Eintretenden erst bemerkte, als Nicolas sich vernehmlich räusperte.

»Ah, Nicolas – und David! Da sind Sie ja schon. Wunderbar! Wie ich mich freue, Sie frei und bei guter Gesundheit zu sehen.«

»Danke, Walter. Wie ich hörte, sind Sie gerade dabei, sich um Julines und meine Ausreise in die USA zu kümmern. Ich danke Ihnen von Herzen. Sie ahnen nicht, wie sehr ich Ihnen danke.«

»Doch, David, doch …«

»Was ist los, Walter?«, erkundigte sich Nicolas. »Sie sehen so ernst aus. Stimmt etwas nicht?«

Walter fuhr sich mit einer nervösen Geste durch die Haare.

»Es gibt ein Problem, David. Das ungarische Konsulat stellt keine Pässe mehr aus.«

»Das ungarische Konsulat?«, wiederholte David verwundert. »Was interessiert mich das ungarische Konsulat. Wir wollen doch nicht nach Ungarn!«

»Natürlich nicht. Aber Sie brauchen falsche Pässe, und in dieser Sache habe ich bislang sehr gut mit dem ungarischen Konsul in Marseille zusammengearbeitet. Sehen Sie!«

Walter öffnete eine Schublade an seinem Schreibtisch und zog einen Stapel Reisepässe heraus. »Jede Menge Blanko-Ausweise, lauter Originale. Bis gestern noch war es kein Problem für meine Leute, zum Konsulat zu gehen, einen x-beliebigen Namen und ein Geburtsdatum zu nennen, ein Foto einzureichen, und der Pass wurde gestempelt. Ohne Nachfrage. Ohne Aufhebens. Aber heute früh erfuhr ich, dass das Außenministerium in Budapest irgendwie Wind von der Sache bekommen hat. Offenbar ist es denen dort nicht ganz geheuer, dass in Marseille neuerdings massenweise ungarische Reisepässe ausgestellt werden. Jedenfalls haben sie die Ausweisvergabe hier im Konsulat bis auf Weiteres gestoppt. Ohne Ausweise bekommen Sie aber kein Ausreisevisum, ohne Ausreisevisum bekommen Sie kein Transitvisum für Portugal, und ohne Transitvisum bekommen Sie keine Einreiseerlaubnis für die USA. So sieht es aus.«

»Und es gibt kein anderes Konsulat, wo man ein Auge zudrückt?«, fragte David. Er klang bitter enttäuscht und zutiefst erschöpft.

»Es tut mir leid. Im Moment kann ich nichts für Sie tun. Und dabei habe ich schon zwei Schiffspassagen nach Algier ergattern können.«

»Algier?«, erkundigte sich David müde.

»Ja, eine Schlafkoje auf der Bonneveine Anfang kommender Woche. Von dort über Casablanca und Lissabon nach Mexiko und dann weiter nach Los Angeles. Es ist die einzige Route, die im Moment halbwegs sicher ist. Dafür sind etliche Visa, Transitgenehmigungen und Billetts notwendig. Es ist eine elende Rennerei, alle Dokumente für Sie zusammenzubekommen, und zwar ohne dass die französischen Behörden davon erfahren. Offiziell sind wir schließlich ein Wohltätigkeitsverein, der sich nur um legale Ausreisen kümmert. Und die Zeit spielt gegen uns. Wenn wir Pech haben, läuft das erste Visum schon wieder ab, bevor Sie Ihre Reise angetreten haben. Aber ich komme nicht weiter, solange ich keine Pässe für Sie beide habe. Es ist zum Haareraufen.«

»Moment mal«, überlegte Nicolas laut. »Sie sagten, Sie haben die Blanko-Pässe und brauchen nur noch einen Stempel und eine Unterschrift?«

»Ja, und ein Passfoto von David und Juline. Wobei das kein großes Problem sein sollte. Ich habe einen Fotografen hier im Haus, der sich darum kümmert. Aber wie gesagt, das nützt uns alles nichts, wenn die Pässe nicht ordentlich gestempelt sind.«

»Hm. Haben Sie vielleicht einen Ausweis hier, der

schon auf jemanden ausgestellt ist? Ich möchte mir den Stempel gern mal ansehen.«

Walter ging die Pässe in seiner Hand durch. Er klappte sie nacheinander auf und reichte Nicolas schließlich einen.

»Hier. Das ist der letzte Ausweis, den ich gestern noch bekommen habe.«

Eine dickliche ältere Frau mit großer roter Nase und hochmütig verzogenen Lippen starrte Nicolas von dem Passfoto an. Er stutzte. Das Gesicht kam ihm bekannt vor. Und dann erinnerte er sich: Es war die Frau mit dem Pelzmantel, die bei seinem Besuch in Walters Hotelzimmer bei ihm gesessen hatte und auf eine Überfahrt in der ersten Klasse bestanden hatte.

Nicolas wandte den Blick von dem Gesicht ab und betrachtete den runden graublauen Stempel, der rechts unten eine Ecke des Fotos bedeckte, darin das ungarische Staatswappen mit dem Doppelkreuz und der Krone, umkränzt von Eichenlaub, winzig klein und am Rand etwas verwischt, aber gut zu erkennen.

»Ich könnte es versuchen«, sagte er. »Den Farbton bekomme ich auf jeden Fall hin, und wenn ich meinen feinsten Pinsel noch etwas spitzer zurechtschneide ...«

Er kam nicht dazu weiterzureden, denn David stürzte mit einem Satz auf ihn zu und packte ihn an den Schultern, sodass ihm der Ausweis aus der Hand fiel.

»Sie werden ihn malen, nicht wahr?«, keuchte er. »Sagen Sie, dass Sie ihn malen werden! Mein Gott, das ist die Lösung!«

»*Sorry.* Ich ... ich verstehe nicht ganz«, schaltete sich Walter ein.

»Es ist doch ganz einfach!« David fuhr herum. »Nicolas ist Künstler, ein geschickter Zeichner. Er wird den Stempel fälschen. Das meinen Sie doch, Nicolas, nicht wahr?«

Er nickte.

»Wie gesagt, ich könnte es versuchen. Die Buchstaben sind kein Problem, soweit ich das sehe. Ich bin geübt darin. Erst neulich habe ich die Preisliste für die Speisekarte eines Restaurants gezeichnet. Und das ungarische Wappen ... Nun, es wird ein wenig dauern, bis ich es detailgetreu kopiert habe, und vielleicht brauche ich ein paar Anläufe, aber einen Versuch wäre es wert.«

»Nicolas!« Walter klatschte in die Hände. »Das ist fantastisch. Sie schickt der Himmel! Oh, das ist genial. Aber es eilt. Es sind nur noch ein paar Tage bis zur Abfahrt des Schiffes, und es ist noch so viel zu erledigen vorher. Am besten machen Sie sich gleich an die Arbeit. – Hier!« Er hob den Ausweis vom Boden auf, riss die Seite mit dem Stempel heraus und reichte sie Nicolas. »Nehmen Sie sich das hier mit nach Hause als Vorlage für Ihre Kopien.«

»Aber, Walter, was tun Sie da? Wieso zerstören Sie diesen Ausweis? Wie viel Mühe hat es Sie gekostet, an dieses Papier zu kommen! Was wird die Frau dazu sagen?«

»Gar nichts, dieser Ausweis wird nicht mehr gebraucht«, erklärte Walter, und ein verärgerter Ausdruck huschte über sein Gesicht. »Die Herrschaften haben es vorgezogen, zurück nach Baden-Baden zu reisen. ›Lieber arrangieren wir uns mit den Nazis, als dass wir auf unserer Passage nach Amerika mit dem allgemeinen Schlafsaal vorliebnehmen müssen‹, das waren ihre letzten Worte, als die Frau mich heute früh anrief. Nun, es ist ihre Entscheidung. Sie braucht diesen Ausweis nicht mehr. Aber wenn sie uns auf diese Weise dabei helfen kann, falsche Papiere für Juline und David herzustellen, dann soll es mir recht sein. Dann war all meine Arbeit für sie zumindest nicht völlig vergeblich.«

Sie vereinbarten, dass Nicolas in seinem Atelier umgehend mit den Vorbereitungen beginnen und so bald wie möglich ein paar Probestempelbilder anfertigen sollte. Da Mary-Jane heute mit dringenden Botengängen beschäftigt war, würde sie morgen mit Nicolas nach La Valière fahren und Juline abholen. Sobald sie zurück war, würde Walters Mitarbeiter Passfotos von ihr und David machen, mit denen dann die falschen Ausweise hergestellt würden.

»Wir haben keine Zeit zu verlieren«, drängte Walter noch einmal. »Das Schiff wartet nicht auf uns.«

Nicolas fühlte sich wie überfahren von der plötzlichen Eile, die der Amerikaner an den Tag legte. Mit einem mulmigen Gefühl verließ er die Villa. Die Sache war ins Rollen gebracht worden und er selbst mittendrin in den illegalen Aktivitäten, die sich heimlich hinter den Mauern der Villa Bel Air abspielten.

Aber was war mit Juline? Dass sich seine Fahrt nach La Valière um einen weiteren Tag verzögerte, bereitete ihm ein flaues Gefühl im Magen.

Kapitel 36

Madame Bonnards Aprikosenpudel saßen auf dem Brokatkissen vor dem geöffneten Fenster und begrüßten Nicolas wie üblich mit kurzem schrillem Kläffen, als er die Haustür aufsperrte. Von der Hauswirtin selbst war nichts zu sehen. Seit er die ausstehende Miete mit seinen Einkünften aus der Vernissage bezahlt hatte, war ihr Bedürfnis nach ausgiebigen Plaudereien mit ihm merklich zurückgegangen, und Nicolas war es nur recht. Da auch er keine Lust auf ein Gespräch mit Madame Bonnard verspürte und unverzüglich mit den Vorbereitungen für die falschen Pässe beginnen wollte, schlich er an ihrer Wohnung vorbei und stieg die Stufen hinauf.

Kurz vor der Treppe zum obersten Stock blieb Nicolas stehen. Ein Geräusch ließ ihn zögern. Es kam von oben. Er sah hinauf und nahm einen Schatten vor seiner Wohnungstür wahr. Von dort, wo er stand, war niemand zu sehen, aber die Holzdielen des Fußbodens knarrten, als ginge dort oben im Hausflur jemand wartend auf und ab. Der Admiral konnte es nicht sein, er kannte die schlurfenden Schritte des alten Mannes. Diese hier klangen anders, schneller, energischer, ungeduldiger. Nicolas runzelte die Stirn. Wer wartete da auf ihn?

Er spürte, wie die Anspannung der vergangenen Tage zurückkehrte. Der mysteriöse Mann, der ihm an der Place des Moulins nachgegangen war, kam ihm in den Sinn. Damals hatte er noch gezweifelt, ob es der Fremde tatsächlich auf ihn abgesehen hatte. Aber dieses Mal war er sich ganz sicher: Vor seiner Wohnungstür stand jemand und erwartete ihn.

Philippe!, schoss es Nicolas durch den Kopf. Philippe Arnaud hat mich verraten. Wie naiv von mir zu glauben, dass sich der Polizeipräsident auf diesen Handel einlässt, ohne mir Schwierigkeiten zu machen.

Noch bevor sich Nicolas entschieden hatte, ob er weitergehen oder das Haus verlassen sollte, hörte er, wie jemand leise seinen Namen rief. Es war eine so vertraute Stimme, ein so vertrauter Anblick, und dann lag Juline in seinen Armen. Er musste sich mit einer Hand am Geländer festhalten, um nicht zu stürzen, so stürmisch war sie die Treppe heruntergerannt und ihm um den Hals gefallen.

»Nicolas, Nicolas, ich habe dich so vermisst!«, flüsterte sie und bedeckte sein Gesicht mit Küssen.

»Juline«, stammelte er und drückte sie an sich. »Liebste, allerliebste Juline. Was ist passiert? Warum bist du nicht in La Valière geblieben? Was tust du hier? Wie bist du nach Marseille gekommen?«

»Ach, Nicolas. Ich habe es nicht mehr ausgehalten, so ganz allein in deinem Haus in der Fremde.« Sie griff seine Hand, und sie gingen die Treppe hinauf. »Heute früh sah ich einen Bauern, der mit seinem

Eselskarren am Haus vorbeifuhr. Er hatte Obst geladen, und ich dachte, er ist gewiss auf dem Weg zum Markt in Marseille. Ich hatte recht. Ich habe ihn gefragt, ob er mich mitnehmen würde, und das hat er getan.«

»Mein Gott, Juline! Wie konntest du das tun? Das war unverantwortlich! Solch ein Leichtsinn! Was wäre passiert, wenn er dich von den Fahndungsplakaten erkannt und direkt zur Polizei gebracht hätte? Oder wenn ihr in eine Kontrolle geraten wärt?«

Sie zuckte lächelnd mit den Schultern.

»Es ist nicht geschehen. Ich hatte mir Fabrons Kopftuch tief ins Gesicht gezogen. Es ist alles gut gegangen. Das Glück ist mit den Mutigen, sagt man. Ich konnte einfach nicht länger allein bleiben, Nicolas. Ich musste dich sehen ...«

»Ach, Juline.«

Nicolas versuchte den Kloß in seinem Hals hinunterzuschlucken. »Ich muss mit dir reden ...« Er wagte es nicht, sie anzusehen bei diesen Worten, und kramte umständlich den Schlüssel aus seiner Hosentasche.

»Wieso, was ist los? Du siehst so bekümmert aus.«

Er kam nicht dazu zu antworten. Unten flog krachend die Haustür auf, und schwere Stiefel polterten die Treppe hinauf. Das wilde Kläffen der Hunde schallte durchs Treppenhaus und dann die empörte Stimme von Madame Bonnard:

»Aber meine Herren, was fällt Ihnen ein? Sie können doch nicht einfach so in mein Haus stürmen!«

»Oh doch, Madame«, entgegnete eine barsche Männerstimme. »Dies ist eine polizeilich angeordnete

Durchsuchung. Wir haben Hinweise, dass sich eine gesuchte kriminelle Person in diesem Haus befindet.«

»Aber das kann ja gar nicht sein. Ich kenne alle meine Mieter persönlich, und ich bescheinige sämtlichen Parteien einen einwandfreien Leumund. Die einzigen Juden sind schon fort.«

»Tut mir leid, Madame«, fuhr die Männerstimme fort, während das Geräusch der schweren Schritte weiter durch das Treppenhaus donnerte. »Davon möchten wir uns persönlich überzeugen. Im Übrigen soll es sich nicht um einen Ihrer Mieter handeln, sondern um einen Gast.«

Während des Wortwechsels waren Nicolas und Juline erschrocken vor seiner Wohnungstür stehen geblieben. Juline presste den Rücken gegen die Wand. Nicolas sah, dass sie kreidebleich geworden war. Vor Entsetzen unfähig, sich zu rühren, lauschten sie, wie die Männer Stufe für Stufe näher kamen.

»Meinst du, die suchen mich?«, wisperte Juline.

»Ich weiß es nicht. Woher sollten sie wissen, dass du hier bist? Hat dich jemand gesehen?«

Nicolas hörte, wie weiter unten im Flur eine Tür geöffnet wurde, und Madame Thauvin rief mit schneidender Stimme: »Gut, dass Sie endlich da sind, meine Herren. Es ist das Atelier im obersten Stockwerk. An der Treppe gleich rechts. Dieser Herr Künstler war mir ja immer schon suspekt. Und heute Vormittag habe ich gesehen, wie die Frau die Treppe hinaufgegangen ist. Ich habe diese Person sofort wiedererkannt. Sie war ein paar Tage nicht hier, aber vor einiger Zeit, da ist sie fast täglich bei ihm gewesen.

Ich habe alles beobachtet. Ich bin eine aufmerksame Nachbarin. Sogar übernachtet hat sie bei Monsieur Guyot, obwohl die beiden nun wirklich nicht miteinander verheiratet sind. Ein liederliches Pack ist das. Es wundert mich gar nicht, dass diese Frau eine Verbrecherin ist. Eine Vaterlandsverräterin auch noch. Man schämt sich, mit solchen Leuten unter einem Dach zu leben …«

»Danke, Madame«, unterbrach einer der Polizisten ihren eifrigen Redeschwall, »wir gehen der Sache nach.«

»Ja, und dann zahlen Sie mir bitte die tausend Francs aus, wie es auf den Plakaten zu lesen ist.«

Nicolas biss die Zähne zusammen. Madame Thauvin! Natürlich. Der neugierigen Nachbarin war auch diesmal nichts entgangen. Nachdem sie dafür gesorgt hatte, dass die Seligmans abgeholt wurden, hatte sie sich Juline vorgenommen. Er hasste die Frau aus tiefstem Herzen. Aber es half jetzt nichts, sie für ihre Boshaftigkeit zu verwünschen, denn die Schritte der Polizisten kamen unaufhaltsam näher.

Er sah Juline an, deren Augen weit aufgerissen waren vor Angst.

»Was sollen wir tun?«, sagte dieser Blick.

Nicolas' Gedanken überschlugen sich. Fieberhaft überlegte er, wo er Juline verstecken konnte, aber hier oben gab es keinen Ausweg. Sie saßen in der Falle. Sein Atelier würden die Gendarmen bis in den letzten Winkel untersuchen, da war er sich sicher. Das kleine Badezimmer im Flur hatte zwar ein winziges Fenster zum Dach hinaus, aber mit Juline da oben auf den Häusern herumzuklettern erschien ihm keine praktikable Alternative. Außerdem war das Fenster viel zu klein, um schnell hindurchschlüpfen zu können.

Er spürte, wie Juline sich panisch an ihn krallte, ihre Hände waren kalt und schweißnass.

Ein Wunder, dachte Nicolas, während er hörte, wie die Polizisten über den Treppenabsatz des dritten Stocks stiefelten. Jetzt hilft uns nur ein Wunder.

In diesem Moment öffnete sich auf der anderen Seite des Gangs die Wohnungstür. Das zerknitterte Gesicht des alten Admirals sah heraus. Er hob die knochigen Hände, legte einen Zeigefinger auf die Lippen, mit der anderen winkte er die beiden heran. Kommt, aber seid leise, hieß das. Nicolas wollte seinen Augen nicht trauen. Noch einmal winkte der alte Mann, dringlicher jetzt. Da war sich Nicolas sicher, keine Halluzinationen zu haben. Er fasste Juline am Arm, und sie huschten über den Flur. Kaum hatte der Admiral die Wohnungstür hinter ihnen geschlossen, vernahmen sie, wie die Polizisten das Stockwerk erreichten und sich vor Nicolas' Atelier aufbauten. »Sind Sie zu Hause, Monsieur Guyot? Hier ist die Polizei. Bitte machen Sie auf.«

Jemand hämmerte mit der Faust gegen seine Tür. Atemlos und mit klopfenden Herzen lauschten Nicolas und Juline im Halbdunkel der Admiralswohnung dem Radau im Flur.

»Bitte lassen Sie uns herein, oder wir müssen Gewalt anwenden!«, fuhr der Polizist fort. »Ich zähle bis drei …« Fünf Sekunden in Stille vergingen, dann hörten sie ein Krachen und Poltern und schließlich das Geräusch von splitterndem Holz.

Juline unterdrückte einen Schrei. Sie hielt sich die Hand vor den Mund.

»Kommen Sie, bitte kommen Sie!«, murmelte der alte Admiral. Er griff sich einen Gehstock, der an der Wand lehnte. Mit der freien Hand schob er Nicolas und Juline weiter in seine Wohnung und marschierte hinterher. »Nehmen Sie bitte im Salon Platz. Ich denke, Sie sollten lieber hier warten, bis diese unfreundlichen Besucher Ihr Atelier wieder verlassen haben …«

Wie in Trance taumelte Nicolas über den dicken weichen Teppich und ließ sich neben Juline auf einen der drei geflochtenen Korbstühle fallen, die im Wohnzimmer des alten Mannes standen. Nie zuvor war er hier gewesen, die Luft roch abgestanden und ein wenig nach Kampfer. Durch das staubige Fenster sah er ein paar Wolkenfetzen über den Himmel ziehen. Der Admiral zog leise die Zimmertür hinter den dreien zu.

Der Begriff »Salon« war maßlos übertrieben. Der kleine Raum mit den niedrigen schrägen Decken und der schweren Eichenkredenz an der Wand bot kaum genug Platz für drei Personen. Die ausgeblichenen Rosenblütentapeten waren über und über bedeckt mit gerahmten Fotografien, zumeist Abbildungen aus dem militärischen Leben des Admirals.

»Vielen Dank, Monsieur, dass Sie uns hereingelassen haben«, sagte Nicolas, als er endlich seine Stimme wiedergefunden hatte. »Sie haben uns vor einer Menge Schwierigkeiten bewahrt. Aber wie kann es sein, dass Sie unsere Notlage erkannt haben? Woher wussten Sie, was draußen im Treppenhaus vor sich ging? Man sagte mir, Sie seien erblindet und – mit Verlaub – ein wenig schwerhörig. Eine Verletzung aus dem vorigen Krieg, wie es heißt …«

Zu Nicolas' Überraschung glitt ein verschmitztes Lächeln über das runzlige Gesicht des Admirals. Er nickte bedächtig.

»Nun ja, manchmal ist es besser, blind und taub zu sein, vor allem in Zeiten wie diesen. Die Welt ist ein gefährlicher Ort geworden, und mit den meisten Leuten möchte ich nichts zu tun haben. Glauben Sie mir, man erspart sich eine Menge Ärger und wird hübsch in Ruhe gelassen, wenn man die Leute nur glauben lässt, man sei nicht mehr ganz richtig im Oberstübchen.«

Nicolas war perplex.

»Dann … dann sind Sie also gar nicht wirklich taub?«

»Nun, junger Mann«, der Alte schmunzelte. »Es mag sein, dass mein Gehör nicht mehr so einwandfrei funktioniert wie in meiner Jugend. Und auch meine Augen waren früher sicherlich einmal klarer. Oh ja, weiß Gott. Aber ich versichere Ihnen, ich bin noch genug bei Sinnen, um die Zeitungen zu lesen und mir ein Bild über die politische Lage zu bilden, in die wir geworfen wurden. Und um mitzubekommen, was in diesem Haus passiert und wer sich vor wem in Acht nehmen muss. Im Übrigen war der Lärm gerade im Treppenhaus nun wirklich nicht zu überhören.«

»Danke«, wiederholte Nicolas ungläubig. »Ich danke Ihnen. Sie sind ein großherziger Mensch. Sie ahnen gar nicht, wie sehr Sie Juline und mir gerade geholfen haben …«

»Oh doch«, widersprach der Admiral. Das Lächeln verschwand aus seinem Gesicht. »Das weiß ich sehr wohl, junger Mann, sonst hätte ich es nicht getan.«

Er sah Juline an. »Madame sieht ein wenig blass aus, wenn ich das bemerken darf. Soll ich Ihnen etwas zu trinken bringen? Einen Kaffee vielleicht oder ein Glas Wasser?«

»Oh, nein, danke, das ist reizend von Ihnen«, hauchte Juline. »Aber ich bin so durcheinander. Ich glaube, ich bringe gerade keinen Schluck herunter.«

Nicolas nahm ihre Hand und spürte, dass sie zitterte. Minutenlang saßen sie schweigend nebeneinander und lauschten angestrengt den Stimmen und Geräuschen, die gedämpft aus dem Treppenhaus zu ihnen hereindrangen. Nicolas hörte, wie die Scharniere der Badezimmertür im Flur quietschten. Offenbar suchten die Männer auch dort nach Juline, nachdem sie in seinem Atelier nicht fündig geworden waren. Plötzlich schlug von außen jemand mit der Faust gegen die Wohnungstür des Admirals. Juline zuckte zusammen, als hätte sie selbst einen Schlag erhalten.

»Hier ist die Polizei, bitte aufmachen!«, ertönte eine schroffe Stimme.

»Tun Sie das nicht!«, wisperte Juline.

Der alte Mann dachte einen Augenblick lang nach. Noch einmal polterte es gegen die Tür.

»Monsieur!« Die Stimme war lauter jetzt. »Bitte öffnen Sie.«

Nicolas spürte, dass Julines Hand die seine umklammerte wie ein Schraubstock.

»Vielleicht ist es besser, wenn ich mit ihnen rede«,

sagte der Admiral leise. »Das macht mich weniger verdächtig, oder? Und die Herren Gendarmen werden es nicht wagen, sich gewaltsam Zugang zur Wohnung eines unbescholtenen, redlichen Bürgers zu verschaffen.«

Mit diesen Worten schlurfte er zur Wohnungstür, öffnete sie aber nicht.

»Ja, hallo? Ist da draußen jemand?« Seine Stimme klang so alt und brüchig, wie Nicolas sie noch nie gehört hatte.

»Hier ist die Polizei. Wir haben ein paar Fragen an Sie.«

»Wer ist da? Ich kann Sie nicht verstehen. Sie müssen deutlicher sprechen. Ich bin etwas schwerhörig.«

Der Mann vor der Tür trug sein Anliegen nun lauter vor. Doch der Admiral wiederholte das Spiel:

»Wie bitte? Was wünschen Sie?«

Der Polizist vor der Tür brüllte jetzt.

»Haben Sie Ihren Nachbarn Monsieur Guyot heute schon gesehen? Und möglicherweise seine Besucherin? Eine junge Frau mit kurzen dunklen Haaren. Sie wird polizeilich gesucht.«

»Ich bin ein blinder alter Mann, ich weiß von nichts, ich habe nichts gesehen und nichts gehört«, entgegnete der Admiral stur.

Nicolas hörte, wie der Polizist draußen vor der Tür einen heftigen Fluch ausstieß. Einen Moment lang war ein unwilliges Gemurmel zu vernehmen, dann gingen die Männer die Treppe hinunter.

»Ouf!«, entfuhr es Nicolas.

»Sind sie tatsächlich fort?«, flüsterte Juline. Ihre

Hand war schweißnass vor Aufregung. Nicolas stand auf und presste sein Ohr an die Wohnungstür.

»Und?«, schallte Madame Thauvins gierige Stimme durch den Hausflur. »Bekomme ich jetzt meine tausend Francs?«

»Nein«, entgegnete einer der Polizisten grimmig. »Es war ein Fehlalarm. Da ist niemand in der Wohnung.«

»Das kann nicht sein«, keifte die Nachbarin. »Das ist unmöglich. Ich habe doch genau gesehen, wie das Weibsbild die Treppe hinaufgeschlichen ist. Und kurz darauf kam auch Monsieur Nicolas nach Hause.«

»Da haben Sie sich wohl geirrt, Madame. Wir haben alles genau überprüft, es ist niemand in der Wohnung und auch niemand im Badezimmer. Es kann auch niemand durch das Badezimmerfenster hinausgeschlüpft sein, denn das ist geschlossen. Vermutlich haben Sie die Leute mit jemand anders verwechselt.«

»Vielleicht brauchen Sie eine Brille«, fügte ein anderer Polizist freundlich hinzu. Er sagte noch etwas zu Madame Thauvin, aber das konnte Nicolas nicht mehr verstehen. Er hörte nur noch das Getrappel von Stiefeln auf der Holztreppe. Wenig später fiel die Haustür ins Schloss.

Nicolas war viel zu erleichtert, der Gefahr entronnen zu sein, als dass er sich darüber freuen konnte, dass Madame Thauvins Denunziation vergeblich gewesen war und sie ihre heiß ersehnten tausend Francs nicht bekommen würde. Gleichzeitig wusste er, dass er längst nicht alle Klippen umschifft hatte. Noch einmal würden sich weder Madame Thauvin noch die Polizei an der Nase herumführen lassen. Hier im Haus war

Juline in größter Gefahr. Und vielleicht stand ihm das Schwierigste sogar noch bevor: Er musste Juline berichten, dass sich alles verändert hatte in den vergangenen Tagen. Dass David lebte – und dass er frei war. Dass er gerade in Walters Villa saß und sehnsüchtig auf sie wartete ... Dieser Gedanke versetzte ihm einen schmerzhaften Druck in der Magengegend. Durch die Anspannung der letzten Minuten hatte er gar nicht mehr daran gedacht.

»Komm, Juline. Sie sind weg. Lass uns sehen, was für ein Durcheinander die Polizisten bei mir angerichtet haben.«

Nicolas öffnete die Tür einen kleinen Spaltbreit und spähte hinaus ins Treppenhaus, um sich zu vergewissern, dass tatsächlich niemand mehr da war. Mit herzlichem Dank verabschiedeten sich die beiden von dem alten Nachbarn und schlichen aus seiner Wohnung.

Bis auf die eingetretene Tür war Nicolas' Atelier in unversehrtem Zustand. Die Polizisten waren bei der Durchsuchung weniger rabiat vorgegangen als bei der Razzia in Julines und Davids Wohnung. Weder waren Schubladen aus der Kommode gerissen noch irgendwelche Gegenstände auf den Boden geworfen worden. Selbst der blaue Stuhl war unverrückt. Nicht einmal die Bilder schienen die Männer angerührt zu haben. Rahmen und Staffeleien befanden sich da, wo sie gestanden hatten, als Nicolas das Atelier verlassen hatte. Beruhigt stellte er fest, dass noch immer das Tuch über Julines Porträt hing. Es war der einzige Gegenstand, der sie hätte verraten können. Nur die Türen des großen Schrankes standen offen, vermutlich hatten die Polizisten nachgesehen, ob sich jemand darin versteckte.

»Gott sei Dank.« Juline lächelte. »Wir haben es geschafft davonzukommen.«

»Ja, aber wir müssen leise sein.« Nicolas schob die lädierte Wohnungstür zu. Ganz schließen ließ sie sich nicht mehr. »Es würde mich nicht wundern, wenn Madame Thauvin selbst noch einmal heraufkäme, um sich umzusehen. Und wegen des kaputten Schlosses könnte sie jederzeit hier eintreten. In meinem Atelier bist du auf Dauer nicht mehr sicher.«

»Und wenn schon!« Furcht und Beklommenheit waren aus Julines Blick gewichen. Sie ballte die Fäuste. Die Tatsache, dass sie den Polizisten entwischt war, hatte ihr Mut und Lebensfreude zurückgegeben.

»Das Gute wird triumphieren, Nicolas! Ist es nicht ein großes Glück, dass es Menschen wie deinen Nachbarn gibt? Jetzt bin ich mir sicher, dass wir auch alles andere schaffen werden. Wir werden nach Amerika gehen und dort in Frieden leben können. Aber hier in Frankreich wird der Widerstand weitergehen. Der alte Mann ist ja nicht der Einzige, der auf unserer Seite steht! Florence, Henri, Jean-Claude ... Frauen und Männer, die bereit sind, den Unterdrückten zu helfen, sich gegen die Nazis und unsere willfährige Regierung zu erheben. Und du und ich, wir werden alles unternehmen, um sie aus Amerika zu unterstützen. Ich werde Artikel in den dortigen Zeitungen schreiben. Wir werden laut sein, wir werden die ganze Welt aufrütteln, auf dass sich alle freien Länder gegen die Nazis verbünden. Das Gewaltregime wird zusammenbrechen, und dann kommen wir zurück und ... Oh, Nicolas, das Leben wird gut sein!«

Voller Euphorie breitete Juline die Arme aus. In ihren Augen spiegelten sich Leidenschaft und Zuversicht, diese überschwängliche Lust am Leben, in die sich Nicolas am ersten Tag ihrer Begegnung verliebt hatte.

»Das ist Davids Vermächtnis«, fuhr Juline fort. »Es wird weiterleben in mir. Für unsere Sache. Für das Gute.«

Als sie Davids Namen aussprach, spürte Nicolas die Schwere seines Herzens, als trüge er keinen lebendigen, warmen Muskel, sondern einen rostigen Eisenklumpen in der Brust.

»Du hast recht, Juline, aber ...«

»Es gibt kein Aber, Nicolas. Wenn wir etwas ändern möchten, dann müssen wir handeln. Es hilft nicht, die Gegenwart zu beklagen. Worte allein nützen nichts. Nur Taten überzeugen.« Sie begann energisch im Atelier auf und ab zu gehen. »Wir müssen dieses Land verlassen, weil man mich hier einsperren will. Aber ich lasse mich nicht einsperren und nicht mundtot machen. Wir zwei, du und ich, wir werden die Welt verändern ...«

»Juline«, sagte Nicolas noch einmal. Es klang fast flehend. »Bitte setz dich, ich muss dir etwas sagen.«

Sie blieb stehen und sah ihn mit großen Augen an.

»Was ist los? Nicolas, weshalb siehst du so traurig aus? Gibt es irgendwelche Schwierigkeiten mit unseren Papieren? Sag, du stehst doch zu deinem Wort, oder?« Mit zwei Schritten war sie bei ihm und fasste erschrocken seinen Arm. »Du bleibst bei mir, nicht wahr?«

Nicolas' Zunge war wie gelähmt. Mit Mühe brachte er die Worte heraus: »Ich liebe dich unendlich, Juline. Aber ich habe eine Nachricht für dich. Etwas hat sich verändert.«

»Verändert? Wie kann sich etwas verändert haben, wenn du mich liebst? Nicolas, sag schon!«

»Es geht nicht um mich. Es geht um David.«

»Was ist mit David?«

»Er ... Er lebt, Juline. Er ist frei. Er wartet auf dich.«

»David – lebt?«

Juline starrte Nicolas an, als hätte sie ein Gespenst erblickt. Ihre Augen begannen zu flackern. Nicolas las all die widersprüchlichen Gefühle darin, die Juline in diesem Moment gleichzeitig durchlebte: ungläubiges Staunen, Fassungslosigkeit, Verwirrung, übergroße Freude, Erleichterung und doch auch Verzweiflung, ein tiefer Seelenschmerz, der Tränen in ihren Augen aufsteigen ließ.

»Er lebt?«, flüsterte sie. »Das kann nicht sein. Das hier muss ein Traum sein ...«

»Nein. Es ist die Wahrheit. David lebt und ist frei.«

»Ich kann es nicht glauben. Woher weißt du das? Oh, mein Gott. Aber wie ist das möglich, Nicolas? Wo ist er?«

»Er versteckt sich in einer Villa am Stadtrand. Der Bericht über seinen Tod war eine Falschmeldung. Ich habe es von einem Amerikaner gehört, der nach Marseille gekommen ist, um verfolgten Flüchtlingen zu helfen. Damit sollte euer Widerstand demoralisiert werden. Hier, er hat einen Brief für dich aus Davids Zelle geschmuggelt.«

Nicolas nahm den kleinen Zettel aus der Brusttasche seines Hemdes und reichte ihn Juline. Sie rollte das dünne Papier mit bebenden Händen auseinander und las die wenigen Zeilen wieder und wieder, während ihr die Tränen über die Wangen rollten und vom Kinn auf ihr Kleid tropften.

Noch während sie weinte, begann sie zu lächeln und sah zu Nicolas auf.

»Aber ich begreife das nicht. Wieso haben sie ihn auf einmal freigelassen?«

»Sie haben ihn nicht freigelassen, Juline. Es ist komplizierter. Ich … Ich habe verhandelt. Es ist mir gelungen, David eine Fluchtmöglichkeit zu schaffen.«

»Du? Du hast dafür gesorgt, dass David aus dem Gefängnis kommt? Aber …«

Sie sprach die Frage nicht aus. Nicolas las das »Warum« in ihren Augen.

»Weil ich dich liebe, Juline. Und weil ich weiß, dass du ihn liebst.«

»Aber wie? Wie hast du das gemacht?«

Nicolas schluckte.

»Ich habe mich mit Philippe Arnaud getroffen. Du erinnerst dich an den Polizeichef, der mir unbedingt das Porträt von Irène abkaufen wollte?«

Juline nickte.

»Ja, natürlich. Dieser unsympathische Mensch, der partout nicht glauben wollte, dass du dieses Bild nie im Leben weggeben würdest. Was ist mit ihm?«

»Nun. Er hatte recht.«

»Aber ... wieso?«

Juline wandte den Kopf und blickte hinüber zur anderen Seite des Zimmers. Sie sah das weiße Viereck an der Wand und die dunklen Staubränder, die die Stelle zeigten, an der so viele Jahre lang Irènes Porträt gehangen hatte. Schlagartig wich alle Farbe aus ihrem Gesicht.

»Es ist weg. Wo ist das Bild? Hast du es ... Oh Gott, Nicolas, du hast Irènes Bild weggegeben? An Monsieur Arnaud, damit er David aus dem Gefängnis lässt? Jetzt begreife ich. Du hast das liebste und wertvollste Stück, das du besitzt, deine einzige Erinnerung an Irène hergegeben, um mir meinen Mann ...«

Sie sprach nicht weiter, als er nickte, sondern versenkte den Kopf in ihren Händen. Ihre Schultern zuckten, von Schluchzern geschüttelt. Er strich sanft über ihren Rücken. Nach einer Weile richtete sie sich auf.

»Ich glaube, nie hat ein Mann mehr aus Liebe zu einer Frau getan als du.«

»Vielleicht. Aber wie könnte ich leben mit dir in der Gewissheit, David zurückgelassen zu haben! Wie sollten wir beide je miteinander glücklich werden in dieser Gewissheit?«

»Du hast recht. Ich liebe dich, Nicolas.«

Sie schlang die Arme um seinen Hals und drückte sich an ihn. Er spürte das heftige Klopfen ihres Herzens an seiner Brust, als wäre es sein eigenes. Wir gehören zusammen, durchfuhr es Nicolas, während ihr »Ich liebe dich« noch durch seinen Kopf hallte. Juline empfindet genauso. Sie liebt mich. Alles wird gut. Sie wird David verlassen und sich für mich entscheiden.

Ihre Lippen suchten und fanden einander, und während sie sich küssten, schmeckte Nicolas das Salz ihrer Tränen.

Juline löste sich von ihm. Sie legte die Hände um seine Wangen und sah ihn an. Ihre Augen waren schwer von Traurigkeit. Noch bevor sie sprach, wusste er, was sie sagen würde.

»Kann ich ihn sehen? Kann ich zu ihm?«

Er nickte stumm. Der winzige Funke Hoffnung, der gerade noch in ihm geglüht hatte, war erloschen. Sie presste für einen Moment die Lippen aufeinander, bevor sie weiterredete.

»Ich danke dir, Nicolas. Von Herzen danke ich dir. Und doch … Ich bin so verwirrt. Was ist nur geschehen! Aber – oh mein Gott, du weißt, wie ich mich entscheiden muss, nicht wahr?«

Noch einmal nickte er. Es war ihm, als befände sich da, wo sein Herz gewöhnlich pochte, nicht mal mehr ein rostiger Eisenklumpen, sondern nur noch ein tiefer, zerklüfteter Krater.

»Er ist mein Mann«, flüsterte Juline. »Ich habe ihm geschworen, ihn zu lieben, solange wir leben. Ich kann ihn nicht verlassen, verstehst du? Wir haben so viel miteinander durchgemacht. Ich gehöre zu ihm.«

»Ja, das weiß ich, Juline.«

Noch einmal hielten sie sich umschlungen, wortlos, wie zwei Schiffbrüchige auf einem versinkenden Holzkahn.

»Ich werde dich nie vergessen, Nicolas. Nie in meinem Leben. Jeden Tag werde ich an dich denken, werde mir jede Minute, die wir miteinander verbracht haben, ins Gedächtnis rufen. Ich werde nicht aufhören, dich zu lieben. Wirst du mich vergessen?«

»Wie könnte ich, Juline. Wie könnte ich dich je vergessen …«

Die Stimme versagte ihm. »Ich wäre auch mit dir glücklich geworden, Nicolas. Ich war es. Da oben in La Valière. Aber da wusste ich nicht, dass er noch lebt. Nun ist alles anders. Es fühlt sich schrecklich an, dich zurücklassen zu müssen. Es … es bricht mir das Herz. Nein, mehr als das, es zersplittert, zerstäubt … Aber ich kann David nicht im Stich lassen. Man ist doch verantwortlich füreinander, wenn man verheiratet ist. Ich habe es ihm geschworen, meine Treue, in guten und in schlechten Zeiten.« Wieder schluchzte sie. »Er hat so viel für mich getan. Er hat mir immer zur Seite gestanden. Nun werde ich mit ihm nach Amerika gehen. So wie er es immer gehofft hatte. Es fällt mir schwer, dir zu danken, Nicolas, für alles, was du für uns getan hast. Weil ich weiß, wie weh ich dir damit tue.«

»Es war meine freie Entscheidung, Juline. Ich wusste, warum ich es tat und welche Konsequenzen es haben würde. Walter kümmert sich bereits darum, dass David die richtigen Papiere für die Überfahrt bekommt. Ich bringe dich jetzt zu ihm.«

Wie mechanisch ging Nicolas zur Kommode. Er zog eine Lade auf und holte die kupferrote Perücke, den schwarzen Sonnenhut und die Sonnenbrille heraus.

»Hier, das ist für dich. Meine Freundin Estelle hat mir die Sachen gegeben. Damit kannst du dich ein wenig verhüllen, so wirst du auf der Straße nicht gleich erkannt.«

»Ach, Nicolas ...«

Juline wischte sich die Tränen aus dem Gesicht. Sie drehte die Perücke in den Händen und betrachtete sie zögerlich. Prüfend strich sie hier und da ein wenig über die falschen Locken. Mit einem Seufzer zog sie sich schließlich die Perücke über und blickte zaghaft auf.

»Und?« Sie bemühte sich um ein tröstendes Lächeln. »Wie stehen mir die roten Locken?«

Nicolas zupfte die Perücke ein wenig zurecht, bis sie richtig saß, und schob eine dunkle Strähne, die an Julines Schläfe herausschaute, unter die falschen Haare.

»Jetzt ist es gut. Du siehst sehr ungewohnt aus. Niemand wird dich noch wiedererkennen.«

Das stimmte. Nachdem sie auch den Hut und die Sonnenbrille aufgesetzt hatte, war es Nicolas, als säße in diesem Augenblick nicht mehr Juline, sondern eine fremde Frau in seinem Zimmer.

»Jetzt komm«, sagte er. »Wir sollten gehen.«

Kapitel 37

Vom Meer aus, dachte Nicolas und ließ die Hand durchs Wasser gleiten, muss man sich dieser Stadt nähern. Dann erschließt sich einem die volle Größe und Schönheit von Marseille am eindrucksvollsten.

Es war früher Morgen, als das Boot anlegte. Am Alten Hafen herrschte bereits wieder das übliche geschäftige Treiben.

Nachdem Nicolas Juline in die Villa Bel Air gebracht hatte, war er die ganze Nacht durch die Stadt gelaufen, planlos, ziellos. Nur nicht zurückkommen in sein Atelier, wo ihn alles an Juline erinnern würde: Ihr Bild auf der Staffelei, der blaue Stuhl, das zerdrückte Kissen auf dem Sofa, ihre Kaffeetasse, die Lavendelseife. Und wohin sie nie mehr zurückkehren würde.

Niemand hatte sie erkannt, niemand war misstrauisch geworden, als Juline, verkleidet mit Sonnenbrille und Perücke, und er das Treppenhaus hinunterschlichen, im Schutz der hereinbrechenden Dunkelheit die Straßen entlangliefen, in die Trambahn Nummer 14 stiegen und stadtauswärts fuhren.

Jeder einzelne Moment hatte sich in sein Gedächtnis eingebrannt … Sie sprachen nicht viel, als sie ganz hinten auf der letzten Bank nebeneinandersaßen, und auch später nicht, als sie einander an der Hand hielten, während sie die baumbestandene Allee zur Villa Bel Air hinaufgingen, wo sie Mary-Jane trafen, die gegenüber der Eingangstür auf der Schaukel saß und gedankenverloren hin- und herpendelte.

»Du musst Juline sein!«, rief sie, als sie die beiden erkannte. »Was für eine hübsche Perücke! Dein Mann wartet schon auf dich, oben in Walters Büro.«

Noch immer schweigend, stiegen Nicolas und Juline die Treppe in den ersten Stock hinauf, und Nicolas klopfte an Walters Zimmertür, während Juline sich die Perücke vom Kopf zog. Als sein *»Yes, come in, please!«* erklang und Juline ihre Hand zur Türklinke ausstreckte, hielt Nicolas sie für einen Moment zurück und umarmte sie ein letztes Mal, flüchtig nur und beinahe ohne ihre Wange zu berühren. Er sah sie an, ihre Augen, die von einem so unvergleichlichen Blau waren, dass man nicht aufhören konnte hineinzublicken. Die schwarzen Haare mit den Sechserlocken an den Schläfen, die ein bisschen gewachsen waren, seit sie sie hatte abschneiden lassen. Die winzigen Sommersprossen auf ihrer Nase, die etwas dunkler geworden waren in den Tagen an der frischen Luft von La Valière.

Ein letztes »Ich liebe dich« lag Nicolas auf der Zunge, aber er schluckte es ungesagt hinunter. Dann drehte er sich mit einem heiseren »Lebwohl« von ihr ab und ging, die Schritte schwer, als trüge er Schuhe aus Blei.

»Nicolas! So warte doch!« Sie rief noch etwas, aber

er sah sich nicht mehr um. Er hörte, wie sie ihm ein paar Schritte nachlief und dann stehen blieb. Mechanisch wie ein Aufziehsoldat stieg er die Stufen hinunter.

Nur weg von hier, war sein einziger Gedanke. Nur ganz schnell weg und nie wiederkommen.

Es war ihm unmöglich zuzusehen, wie Juline die Tür öffnete und das Zimmer betrat, in dem David auf sie wartete. Er wollte nicht Zeuge ihres Wiedersehens werden. Miterleben, wie sie und David einander in die Arme fielen, wie sie sich – weinend vor Glück und Erleichterung – küssten, einander ihre Liebe versicherten, stammelnd in ungläubigem Staunen, dass David am Leben und frei war und dass sie sich wiederhatten.

Das waren die Bilder, die Nicolas durch den Kopf spukten wie Albträume, während er draußen an Mary-Jane vorbeilief, die noch immer auf der Schaukel saß und ihn erstaunt musterte. Während er mit der letzten Bahn zurück in die Stadt fuhr und dann wie betäubt durch die Straßen taumelte.

Nicht einmal Estelle vermochte er unter die Augen zu treten. Er wollte nicht, dass sie ihm Fragen stellte, auf die er keine Antworten hatte. Er suchte ein paar Kneipen auf, von denen er wusste, dass ihn dort niemand kannte und in ein Gespräch verwickeln würde. Er trank erst Wein, dann Cognac, aber er wurde nicht betrunken. Spürte nur, wie der Stachel in seinem Herzen mit jedem Glas, das er leerte, stärker schmerzte. Also trank er Wasser. Dann Kaffee. Aber der Schmerz blieb.

Als die Sperrstunde begann und zwei Polizisten ihn

und ein paar andere Säufer aus einer Kneipe warfen, natürlich nicht ohne ihre Papiere zu überprüfen, da fiel Nicolas ein, dass er versprochen hatte, die Stempel für die beiden Ausweise zu fälschen. Von dem Moment an, in dem Juline ihn vor seiner Wohnungstür überrascht hatte, hatte er nicht mehr daran gedacht. Die Verzweiflung darüber, sie tatsächlich zu verlieren, jetzt und für immer, hatte jeden anderen Gedanken überlagert. Unter einer Straßenlampe blieb er stehen. Er zog das Ausweisblatt mit dem ungarischen Stempel aus der Hosentasche und betrachtete das Foto der Pelzmantelfrau. Dann knüllte er es zusammen und warf es in einen Mülleimer, der danebenstand. Nein, er würde keine Stempel malen. Er war Künstler und kein Passfälscher. Er hatte genug getan für die beiden. Er hatte dafür gesorgt, dass Juline und David aus dem Gefängnis kamen und dass sie sich wiedergefunden hatten, das sollte reichen. Mochten andere dafür sorgen, dass sie mit den nötigen Papieren für ihre Fahrt nach Amerika ausgestattet würden. Walter würde schon etwas einfallen. Notfalls mussten sie ihre Abfahrt eben noch um eine Woche oder zwei verschieben. Nein, seine Sache war das nicht mehr. Er hatte mit allem abgeschlossen. Es war vorbei. *Fini.* Er wollte Juline nie wiedersehen. Und David noch weniger. Er hätte jedes Bild und jeden Gedanken an die vergangenen Wochen am liebsten aus seiner Erinnerung gelöscht. Nie wieder würde er einen Schritt in die Villa Bel Air setzen. Niemals wieder. *Never. Plus jamais.*

Irgendwann, der Morgen war noch nicht angebrochen, landete Nicolas am Alten Hafen, wo Yves, der Fischer, gerade dabei war, im trüben Schein einer Laterne sein Boot fertig zu machen, um aufs Meer hinauszufahren.

»Kann ich mit?«, fragte Nicolas. Yves sah auf und leuchtete ihm mit der Lampe ins Gesicht. Als er ihn erkannte, nickte er wortlos, eine Zigarette im Mundwinkel. Er hängte die Laterne zurück an ihren Haken und ließ den Motor an. Nicolas sprang an Bord und suchte sich einen Sitzplatz zwischen den leeren Körben, die für die Ausbeute der Netze bereitstanden. Er sah zu, wie Yves das Boot vorsichtig von der Anlegestelle wegmanövrierte. Es nahm Fahrt auf und tuckerte durch das Hafenbecken, unter der alten Schwebefähre durch und auf die Fahrrinne zwischen den beiden Festungen zu, die rechts und links über dem schmalen Eingang zum Hafen thronten. Die hohen Mauern schimmerten bleich im fahlen Licht der Straßenlaternen.

»Willst du den Sonnenaufgang malen da draußen?«, fragte Yves, ohne die Zigarette aus dem Mund zu nehmen.

Nicolas schüttelte den Kopf.

»Nein, nichts. Nur raus aufs Meer. Weg aus der Stadt. Sitzen und schauen und nichts denken.«

»Und nicht reden?«

»Nicht reden, ja.«

Yves nickte. Es schien ihm recht zu sein.

Sie kannten einander kaum, obwohl sich ihre Wege seit einigen Jahren immer mal wieder kreuzten. Gelegentlich wechselten sie ein paar Worte, wenn sie sich im Petit Poisson begegneten oder wenn Nicolas an

Yves' Stand am Fischmarkt vorbeikam. Über das Wetter, über den Fischfang, über das, was Nicolas gerade malte, nichts Bedeutsames. Und es war in Ordnung so.

Nicolas lehnte sich an den Bootsrand, spürte den kühlen Fahrtwind, der sein Hemd flattern ließ und seine Gedanken ein wenig zu beruhigen schien. Es tat ihm gut, die Stadt zu verlassen. Hinauszufahren und Abstand zu schaffen zwischen sich und Juline, die jetzt vermutlich in irgendeinem der vielen Zimmer in der Villa Bel Air eng an David geschmiegt in einem Bett lag und so friedlich schlief wie schon lange nicht mehr.

Nicht daran denken, befahl er sich. Nie wieder.

Aber wie sollte das gehen?

Das Boot glitt ruhig über das tintendunkle Wasser, auf dem sich die Lichter des Hafens als wabernde gelbe Leuchtstreifen spiegelten. Schweigend fuhren sie aufs Meer hinaus. Der Motor dröhnte durch die Nacht. Draußen vor der Bucht wogten die Wellen höher, und Nicolas hielt sich an der Reling fest. Yves steuerte auf die Frioul-Inseln zu. Die hohen Felsen ragten schwarz und steil in den auberginefarbenen Himmel, an dem die Sterne bereits verblassten. Das Boot tuckerte weiter, an den Inseln vorbei, bis sie in der Ferne den Leuchtturm von Planier blinken sahen.

Nicolas war lange nicht mehr hier draußen gewesen. Er dachte daran, wie sein Großvater mit ihm manchmal am Wochenende frühmorgens im Boot zum Angeln hinausgefahren war, damals, als er noch ein Kind gewesen war. Wie aufregend das gewesen war! Sie hatten Meeräschen und Brassen aus dem

Wasser geholt und einmal sogar einen Seeteufel. Nicolas erinnerte sich, wie erschrocken er damals gewesen war über den hässlichen braunen Fisch mit dem breiten, spitzzahnigen Maul, der an seinem Haken gehangen hatte. Entsetzt hatte er ihn wieder ins Meer geworfen, und der Großvater hatte geschimpft. Am Abend hatte die Großmutter die restlichen Fische in die Pfanne gelegt, zusammen mit Zwiebeln und Knoblauch, und es hatte himmlisch geschmeckt. Aber das war lange her. Irène hatte immer ein wenig Angst vor dem Wasser gehabt. Mit ihr war er nie mehr aufs Meer gefahren. Und danach hatte es sich auch nicht mehr ergeben. Ob Juline das Meer liebte oder hasste? Er wusste es nicht. Und jetzt spielte es auch keine Rolle mehr. Nicht daran denken, sagte er sich noch einmal. Nie wieder.

Während Nicolas das alles durch den Kopf ging, brach allmählich der Morgen an. Als Yves die Bojen seiner Netze erreichte, hatte die aufgehende Sonne den Himmel hinter den Hügeln von Marseille in ein zartrosa Licht getaucht und ließ das Meer hell schimmern, metallisch-blau, wie flüssiges Silber.

»Machst du mit?«, fragte Yves, nachdem sie die ganze Fahrt über geschwiegen hatten, und Nicolas nickte.

Yves zog ein Netz nach dem anderen hoch, und Nicolas half ihm, vorsichtig die Fische aus den Maschen zu lösen und in die Körbe zu werfen. Wieder war ein Seeteufel dabei, aber diesmal erschreckte sich Nicolas nicht. Die Arbeit war anstrengender, als er erwartet hatte, immer wieder rutschten ihm die glitschigen Tiere aus den Händen, aber er war froh darüber, etwas zu tun zu haben, das seine Konzentration erforderte und ihn davon abhielt, sich auszumalen, was Juline wohl gerade tun mochte. Dass sie jetzt vermutlich aufgewacht war. Dass sie David vielleicht gerade anlächelte, der neben ihr lag. Ihn küsste. Mit ihm schlief. Ihm sagte, wie sehr sie ihn vermisst habe und wie glücklich sie sei. Jetzt, in diesem Moment vielleicht, beugte sich David über sie, berührten seine Lippen ihre Haut ... Nicolas hasste diese Gedanken, aber er konnte sie nicht verhindern. Sie brauten sich in seinem Kopf zusammen, quollen auf aus dem Nichts wie eine Gewitterwolke am Himmel, sosehr er sich auch dagegen sträubte.

Mit zusammengebissenen Zähnen warf Nicolas Fisch um Fisch in den Korb. Wenn ein Behälter voll war, schob Yves ihn zur Seite und zog einen neuen heran. Die beiden arbeiteten schweigend, während ein Schwarm gieriger Möwen über dem Boot kreischte.

Als sie das letzte Netz geleert hatten, war es hell geworden. Auf den Wellen glitzerte das Licht des Morgens, brach sich schimmernd und flirrend, wie von Abertausend kleinen Spiegeln reflektiert.

Yves zog eine Thermoskanne hervor, goss lauwarmen Tee in eine Blechtasse und reichte sie Nicolas.

»Nimm«, sagte Yves. »Die Arbeit auf dem Salzwasser macht durstig.«

»Merci.«

Nicolas trank den Becher in wenigen Schlucken leer. Der Tee war stark und bitter, der Geschmack vermischte sich mit dem Fischgeruch seiner Hände. Aber er löschte das trockene Brennen in der Kehle.

»Danke für deine Hilfe.« Yves nahm ihm die Tasse ab und goss sich nun selbst Tee ein. »Wenn es mit dem Malen mal nicht mehr klappt«, sagte er zwischen zwei Schlucken und grinste, »dann kannst du bei mir anfangen.«

»Gut zu wissen, Yves.« Nicolas versuchte zu lächeln, was ihm misslang. »Ich werde es mir überlegen.«

»Ist ein gutes Leben hier draußen. Jedenfalls, wenn man die Natur liebt.«

Nicolas nickte. Er blickte über das Meer, auf das tiefe, beinahe samtene Blau in der Ferne, und schon wieder spürte er den Stachel in seinem Herzen.

Dorthin würde Juline fahren, irgendwann in den nächsten Tagen oder Wochen, wann immer ihre Papiere für die Ausreise fertig sein würden. Dorthin zum Horizont und noch weiter. Und nicht er, sondern David würde an ihrer Seite sein, und gemeinsam würden sie ihr neues Leben in Amerika beginnen. Ein Leben, von dem Nicolas noch vor wenigen Tagen gedacht hatte, dass es seines sein würde.

»Hast du schon mal überlegt, weiter hinauszufahren?«, fragte Nicolas. »Weiter als zu deinen Netzen?«

»Weiter hinaus?« Yves runzelte die Stirn. »Wieso sollte ich das tun? Wohin sollte ich fahren?«

»Ich weiß nicht. Was Neues ausprobieren. Einfach weg. Zum Horizont.«

Nicolas wies auf den dunkelblauen Streifen, der das Meer klar wie ein scharfer Schnitt von dem helleren Blau des Himmels trennte.

»Es gibt keinen Horizont, Nicolas. Jedenfalls ist das kein Ort, den man erreichen kann. Der Horizont ist immer da, wo du nicht bist. Es ist sinnlos, den Horizont erreichen zu wollen.«

Nicolas dachte über Yves' Worte nach. Sie erschienen ihm wie ein Sinnbild seiner Liebe zu Juline. Für einen Moment waren sie einander so nahe gewesen, vor Kurzem noch, in La Valière, hatten einander berührt, so wie das Meer den Himmel zu berühren schien – und es doch nicht tat. Juline und er, sie hatten nicht zusammenkommen können. Ihre Liebe war eine Illusion geblieben, so unerreichbar wie der Horizont. Denn da war etwas Größeres gewesen als das Verlangen, mit ihr zusammen zu sein. Es war der Wunsch, sie glücklich zu wissen. Auch wenn dieses Glück bedeutete, dass er auf sie verzichten musste.

»Vielleicht ist es woanders schöner«, nahm Nicolas den Faden wieder auf.

Yves zuckte mit den Schultern und zündete sich eine Zigarette an. Er bot Nicolas auch eine an, aber der schüttelte den Kopf.

»Mag sein, vielleicht ist es woanders schöner.« Yves legte den Kopf in den Nacken und stieß eine Wolke Rauch in die Luft, während er die Zigarettenpackung zurück in die Tasche seiner Joppe gleiten ließ. »Aber vielleicht auch nicht. Warum sollte ich mir darüber Gedanken machen? Ich lebe als Fischer in Marseille, so wie mein Vater und mein Großvater. Und so wie mein Bruder. Ich weiß, wo ich hingehöre.«

Er ließ den Motor an. »Die Welt braucht Menschen, die für andere die Fische fangen. Ich mache das gern, und ich bin gut darin. Warum sollte ich etwas anderes wollen?«

Das ist das wahre Glück, dachte Nicolas wehmütig. Die Sicherheit und die Gewissheit, hier und jetzt am richtigen Ort zu sein, das richtige Leben zu führen. Ohne Zweifel und ohne Bedauern. Wann, dachte er, habe ich aufgehört, so zu empfinden?

»Die Menschen, die in Marseille geboren sind, verlassen ihre Stadt nicht, Nicolas. Ist dir das schon mal aufgefallen? Sie fahren mit dem Boot hinaus, ja, oder sie besuchen Verwandte in der Gegend, in Nizza oder in Avignon. Vielleicht besitzen sie ein Häuschen auf dem Land. Aber sie gehen nicht wirklich weg. Mit ihrem Herzen bleiben sie immer in Marseille. Da, wo sie das Meer riechen können. Weil sie wissen, dass es keinen besseren Ort gibt. Jedenfalls keinen besseren Ort für jemanden, der in Marseille aufgewachsen ist.«

Yves brachte das Boot auf Kurs, und sie fuhren in einem Bogen zurück in Richtung Stadt. Nicolas wandte den Blick vom Horizont ab und betrachtete die weißen Häuser, die sich an die Hügel schmiegten, vom bleichen Licht der Morgensonne in ein rosa Licht getaucht. Als der Felsen näher kam, auf dem der Pharo-Palast den Zugang zum Hafen überragte, dachte er: So sind die Menschen seit Jahrtausenden auf die Bucht zugefahren. Vom Meer aus kamen sie alle: die ersten Griechen, die Phönizier, die vor mehr als zweieinhalbtausend Jahren dieses Stück Erde für sich entdeckten und einen Hafen anlegten, dann die Römer, die Spanier, die Araber. Diesen Blick hatten all die Glücksritter und Flüchtlinge, die hier an Land gingen, auf der Suche nach einem besseren Leben. An diesem Felsen fuhren sie vorbei, die Verzweifelten und die Hoffnungsvollen, die Schmuggler und die Eroberer, die Verlorenen und die Verirrten, alle kamen von hier und blieben. Sie alle machten Marseille zu der Stadt, die sie heute ist und die sie immer sein würde: lebendig, trotzig, mutig, stolz.

Eine tiefe Ruhe durchdrang Nicolas. Er empfand Liebe zu dieser Stadt und ihren Menschen. Die Befriedigung dazuzugehören, einer der ihren zu sein, so wie Yves und Estelle. Die Stadt und die Menschen, die in ihr lebten, würden sich nicht unterkriegen lassen. Auch in diesen finsteren Zeiten nicht.

Die neuen Flüchtlinge des Sommers 1940 kamen mit dem Zug nach Marseille oder zu Fuß. Auch sie setzten alle Hoffnungen in diese Stadt, wenngleich ihr Weg in die andere Richtung führte. Der Weg hinaus übers Meer war ihre Verheißung. Und es gab Menschen, denen es gegeben war, ihnen dabei zu helfen. Weil sie eines einte: der Glaube an das Gute. Der Glaube, dass das Gute stärker war als das Böse, so wie die Morgensonne immer stärker war als die Nacht.

Eine plötzliche Zuversicht packte Nicolas wie ein Windstoß, eine unerwartete, unerklärliche Lebensfreude.

Marseille hatte seit Jahrtausenden alle Herrschaften überlebt, und sie würde auch diese dunkle Zeit überstehen, die Zeit der Spitzel und des Verrats, die Zeit der Gestapoverhöre und der Deportationen, die Zeit von Angst, Not, Flucht und Vertreibung. Solange es in Marseille Menschen gab, die sich dem entgegenstellten. Menschen wie Walter und Mary-Jane, Florence, Frédéric, Henri, Jean-Claude. Und wie ihn selbst.

Er verstand jetzt, was Yves gemeint hatte. Vielleicht konnte man wirklich nicht weggehen, wenn man in Marseille geboren war. Jedenfalls nicht, solange man dort gebraucht wurde. Solange man seinen Teil dazu beitragen konnte, diese Stadt ein bisschen besser zu machen. Mitzuhelfen, die Welt ins Gleichgewicht zu bringen.

Kurz vor der Hafeneinfahrt drosselte Yves die Geschwindigkeit.

»Wenn du das nächste Mal mitkommst«, sagte er, »wenn es ein ruhiger Tag ist und kein Wellengang, dann nimmst du deine Zeichensachen mit. Vielleicht malst du ein paar Bilder da draußen, vom Chateau d'If zum Beispiel. Oder vom Leuchtturm. Ich habe keine Ahnung, ob man auf dem Wasser malen kann oder ob es dafür zu kippelig ist auf dem Boot. Ich mag es, dich zeichnen zu sehen. Das gehört irgendwie zu dir. Versteh mich nicht falsch, Nic, du hast mir sehr geholfen heute mit den Fischen, aber, weißt du, mir fehlt etwas, wenn ich dich sehe und du keinen Stift in der Hand hast.«

Er lachte jetzt, ein dunkles, kehliges Lachen. Nicolas spürte, dass es aus seinem Herzen kam.

»Ja, Yves«, sagte er. »Du hast recht. Das mache ich. Aber vorher habe ich noch etwas anderes zu erledigen.«

Yves wollte ihm ein paar Makrelen mitgeben, aber Nicolas lehnte ab. Er stieg aus dem Boot, und nachdem er sich daran gewöhnt hatte, wieder festen Boden unter den Füßen zu haben, hastete er zurück zu der Kneipe, aus der er vor ein paar Stunden hinausgeworfen worden war. Er fand die Straßenlaterne, unter der er heute Nacht gestanden hatte, und den Mülleimer. Er hatte Glück, die Straßenkehrer waren noch nicht da gewesen. Er fischte das Ausweisblatt zwischen dem Unrat heraus und strich es glatt. Das Papier war fleckig geworden, aber der Stempel mit dem Doppelkreuz und der Krone war noch gut zu erkennen.

Kapitel 38

Am Dienstag, den 24. September 1940 gingen Juline und David an Bord der Bonneveine, ein Passagierschiff, das sie von Marseille nach Algier bringen würde, von wo aus ihre Reise wie geplant über Casablanca, Madrid und Lissabon schließlich nach Los Angeles führen sollte. Sie hatten alle nötigen Dokumente bei sich, als sie den Überseehafen erreichten.

David trug den falschen Bart, Juline einen schwarzen Strohhut auf der rotblonden Perücke, mit der sie auch auf dem Passfoto abgebildet und mit der sie kaum wiederzuerkennen war. Trotzdem war sie aufgeregt. Immer wieder ließ sie den Blick schweifen, in der Befürchtung, von irgendwoher werde gleich eine Gruppe Polizisten auftauchen, gellende Pfiffe mit einer Trillerpfeife ausstoßend, um sie und David zu packen und abzuführen. Aber nichts dergleichen geschah.

Und dann war da noch dieses andere Gefühl. Dieser Schmerz des Abschieds. Des Abschieds von Frankreich, von allem, was ihr vertraut war. Und von Nicolas.

Vor der Gangway standen sie noch zusammen, sie, David, Walter und Nicolas. Sie wagte nicht, ihn anzusehen.

Nur wenige Meter trennten sie vom Bauch des riesigen Schiffes. Es war ein sonniger Nachmittag. Das Meer lag ruhig da. Unten an der Kaimauer gluckste schwarz und schmutzig das Wasser. Am Hafen herrschte das übliche Durcheinander, wie immer, wenn die Ausfahrt eines großen Schiffes bevorstand. Menschenmengen drängten sich am Kai, das Rattern der Gepäckwagen vermischte sich mit den Kommandos der Seeleute und den Abschiedsrufen der Bleibenden und der Reisenden. Und über all dem Trubel kreischten die Möwen.

Nicolas und Walter hatten die beiden zum Hafen gebracht.

»Habt eine gute Reise!«

Walter drückte den beiden die Hand. David legte eine Hand auf seine Schulter.

»Danke, Walter. Ihr alle habt uns so sehr geholfen. Wir stehen tief in eurer Schuld.«

Nicolas sagte nicht viel, als er Juline das flache, in Zeitungspapier gewickelte Paket in die Hand drückte, ihr Bild, das er für die Reise verpackt hatte.

»Es ist das schönste Bild, das ich je gemalt habe«, murmelte er. »Pass bitte gut darauf auf. Es war mir eine Freude und Ehre, dich malen zu dürfen.«

»Danke. Das verspreche ich dir. Ist es fertig geworden?«

»Ja. Ich habe auch die Signatur nicht vergessen. Und sogar gerahmt habe ich es.«

»Danke, Nicolas.«

Mehr brachte sie nicht heraus. Sie sah ihn nun doch an, dieses gute, vertraute Gesicht, und schluckte die Tränen hinunter.

Er versuchte zu lächeln. »Wie fremd du aussiehst mit diesen falschen Haaren.«

»Ach, Nicolas. Immerhin erkennt man mich damit nicht so leicht. Das wird das Erste sein, was ich tun werde, spätestens, wenn ich in Amerika an Land gehe: Ich werde mir diese schreckliche Perücke vom Kopf reißen. Aber jetzt muss sie sein.«

»Ja. Du hast recht. Dann behalte ich dich eben mit diesen roten Locken in Erinnerung.«

Nun weinte sie doch.

»Wir sollten an Bord gehen, es wird Zeit.« David reichte Nicolas die Hand.

»Ich danke dir für alles. Ich weiß, wie schwierig das ist, für dich und für mich. Und für Juline. Ich kann es dir nicht vergelten. Aber ehrlich gesagt bin ich froh, dass wir endlich aufbrechen können.«

Nicolas nickte nur. Mit einem Arm umklammerte Juline das Bild, den anderen Arm schlang sie um seinen Hals und drückte sich für einen Moment fest an ihn.

»Ich werde dich nie vergessen, Nicolas«, flüsterte sie in sein Ohr. »Nie, nie, nie im Leben. Das verspreche ich dir. Ich werde jeden Tag an dich denken. Immer, wenn ich das Bild ansehe. Und jede Nacht. Aber ich konnte mich nicht anders entscheiden. Bitte versteh mich.«

Noch einmal nickte Nicolas, und Juline löste sich von ihm.

»Gute Reise, Juline.« Seine Stimme klang kratzig. »Passt auf euch auf! Leb wohl!«

Es hielt sie niemand zurück, als Juline und David bei der Kontrolle an der Gangway ihre Papiere zeigten, die sie als Madame und Monsieur Szabó aus Budapest auswiesen. Niemand wurde misstrauisch, als sie an Bord gingen. Nicolas' Stempel waren perfekt geworden.

Sie trugen nur wenig Gepäck bei sich. Das meiste hatten sie in der Dachwohnung bei Hortense zurücklassen müssen. Sie hatten es nicht gewagt, noch einmal zurückzukehren, aus Angst, es könne jemand von der Gestapo das Haus beobachten. Walter hatte dafür gesorgt, dass David einen sauberen Anzug und ein paar frische Hemden erhielt, wenngleich die Ärmel des Sakkos und die Hosenbeine etwas zu kurz geraten waren für seine lange Gestalt.

»Wir wollen gleich unsere Kabine aufsuchen«, schlug David vor, kaum dass sie einen Fuß auf den dicken dunkelblauen Teppichläufer gesetzt hatten, der die Gänge im Inneren des Schiffes bedeckte. »Mir ist das alles noch nicht ganz geheuer. Ich kann nicht glauben, dass es gut gegangen ist. Ich werde mich erst sicher fühlen, wenn mindestens zwölf Seemeilen zwischen uns und dem Festland liegen. Und ich glaube, du brauchst auch ein wenig Ruhe. Nach allem.«

Aber Juline schüttelte den Kopf.

»Nein, bitte noch nicht. Lass uns erst an Deck gehen und Nicolas und Walter zum Abschied winken. Das sind wir ihnen schuldig.«

Sie durchquerten das Schiff, stiegen ein paar Treppen hinauf und fanden oben zwischen den vielen anderen Menschen einen Platz an der Reling, von wo sie auf den Kai hinunterblicken konnten. Es dauerte einen Augenblick, bis Juline in all dem Gewimmel Nicolas ausfindig machen konnte. Sie stellte ihr Gepäck ab und winkte ihm, doch er schien sie nicht zu erkennen. In diesem Moment wurde das Schiff von einem heftigen Zittern erfasst. Das Signalhorn ertönte, und die beiden Schlote stießen dunkle Qualmwolken in den Himmel.

»Es geht schon los!«, rief David. »Sie haben die Turbinen angeworfen.«

Unter lautem Scheppern wurden die Anker gelichtet, und unten am Kai lösten Hafenarbeiter die dicken Taue von den Pollern.

»Sie schieben die Gangway ein, jetzt holt uns hier keiner mehr runter. Juline, es ist geschafft. Wir sind auf dem Weg nach Amerika.«

David klang glücklich. Juline antwortete ihm nicht. Wie gebannt sah sie zu Nicolas hinunter, der sie jetzt doch entdeckt hatte und noch einmal die Hand zu einem Abschiedsgruß hob. Da riss sie sich Hut und Perücke vom Kopf, ließ sie zu Boden fallen und winkte mit beiden Armen zurück, doch seine Gestalt verschwamm vor ihren Augen.

Ich muss doch froh sein, dachte sie, während ihr die Tränen übers Gesicht liefen. Ich bin gerettet und fahre mit dem Mann, den ich liebe, in ein neues Leben, wo ich frei und sicher sein werde, wo es keinen Krieg und keine Verfolgung gibt. Wie kann es sein, dass ich trotzdem so traurig bin?

David legte den Arm um sie.

»Alles wird gut, meine Liebste.« Er küsste ihren Scheitel. »Alles wird gut.«

»Ich weiß, David, ich weiß es doch. Und trotzdem …«

Juline wischte sich die Tränen aus den Augen, aber es stiegen sofort neue auf.

»Du wirst sehen, Liebling, bald wirst du ihn vergessen haben.«

»Nein, niemals. Er ist ein guter Mensch.«

David seufzte.

»Ja, das ist er ganz sicher. Vielleicht wären wir Freunde geworden, Nicolas und ich, wenn … na ja, wenn sich die Dinge anders entwickelt hätten.«

Das Schiff hatte sich inzwischen in Bewegung gesetzt. Mit einer leichten Drehung nahm es Fahrt auf. Heftige Strudel wirbelten das Wasser auf und ließen weiße Schaumkronen auf den Wellen wippen. Meter für Meter entfernte sich die Bonneveine vom Pier. Juline krallte sich am Handlauf der Reling fest, als müsste sie sich mit aller Macht selbst davon abhalten, hinunterzuspringen und zurück an Land zu schwimmen.

Ich liebe dich, formten ihre Lippen lautlos, aber sie wusste, dass Nicolas das auf die Entfernung nicht sehen konnte.

»Ja, wen haben wir denn da? *Bonjour,* Madame! *Bonjour,* Monsieur!«

Die Stimme, die sie aus ihren Gedanken riss, kam Juline bekannt vor, aber sie wusste nicht gleich, woher. Sie wandte sich um und konnte kaum glauben, wer da neben ihr stand.

»Samuel!« Unter Tränen versuchte sie zu lächeln. »Was machen Sie denn hier?«

Der alte Mann schwang den Geigenkasten und lachte, mittlerweile fehlten ihm ein paar Zähne. Er schien noch dünner geworden zu sein seit ihrer letzten Begegnung im Foyer des Hotels Terminus, am Tag ihrer Ankunft in Marseille. Wie lange war das her! Mehr als eine Ewigkeit.

»Ich nehme an, das Gleiche wie Sie beide«, antwortete Samuel. »Ich reise nach Amerika. Und zwar nach Los Angeles, falls es Sie interessiert, wenngleich auf Umwegen. In Buenos Aires hat man kürzlich meinen Kontrakt gekündigt, weil sich meine Überfahrt bedauerlicherweise verzögert hat. Zuerst war ich zutiefst bestürzt. Aber dann, stellen Sie sich vor, habe ich tatsächlich eine Anstellung als Musiker in Hollywood bekommen. In Hollywood! In der Stadt, in der unsere Träume wahr werden, wie man sagt. Ist das nicht wunderbar? Oh ja. Ich bin ein gesegneter Mensch. Und Sie? Wie erfreulich, dass Sie auch einen Platz auf diesem schönen Schiff erhalten haben. Und die nötigen Papiere für unsere lange Reise. Habe ich es Ihnen nicht gleich gesagt? Irgendwann braucht sie jeder, der in diesen Zeiten nach Marseille kommt ...«

»Ja, Sie hatten recht.« Juline entwich ein tiefer Seufzer. »Nun sind also auch wir Flüchtlinge auf dem Weg in ein fernes Land.«

Sie spürte, wie David sie an sich drückte.

»Wir haben überlebt, Juline. Wir haben uns wiedergefunden, und wir sind frei. Ab jetzt kann das Leben nur besser werden.« Aber seine Geste und seine Worte konnten sie im Moment nicht über den tiefen Kummer in ihrem Herzen hinwegtrösten.

»Ja, das Leben geht seine eigenen unvorhersehbaren Wege, verehrte Madame.« Samuel legte seine faltige, fleckige Hand auf ihren Arm. Mit eindringlicher Stimme sprach er weiter, und Juline war es, als blickte er bei jedem Wort tief in ihre Seele. »Aber ein wenig haben wir es doch selbst in der Hand, nicht wahr? Wir bleiben Flüchtlinge, solange wir uns vom Vergangenen bestimmen lassen. Tote sind wir, wenn wir im Augenblick versteinern und alles so halten wollen, wie es war. Liebende aber werden wir, wenn wir uns von einer Verheißung locken lassen.«

Juline ließ diese Sätze in sich nachklingen. Welche dieser drei bin ich?, dachte sie. Ihre Blicke wanderten zurück zum Hafenkai, wo sich die meisten Leute inzwischen zerstreut hatten. Nicolas stand noch da, die Hände in den Hosentaschen vergraben, und sah dem hinausfahrenden Schiff nach, das sich weiter und weiter von der Anlegestelle entfernte.

»Komm«, sagte David zu Juline. »Lass uns auf die andere Seite gehen. Vom Bug aus können wir auf den Horizont blicken.«

Kapitel 39

»Jetzt können wir nichts mehr für sie tun.« Walter war zum Pier zurückgekehrt, zu Nicolas, der dort immer noch stand und aufs Meer blickte, wo die Bonneveine als ferner grauer Punkt kaum noch auf dem Wasser auszumachen war. Nur eine dunkle Qualmwolke am Horizont ließ die Position des Schiffes erahnen.

»Lass uns gehen.« Walter legte freundschaftlich den Arm um Nicolas' Schultern. »Die beiden haben es geschafft, dank deiner Hilfe. Gute Arbeit! Jetzt können wir nur noch hoffen, dass ihr Schiff auf keine Mine läuft und von keinem Torpedo getroffen wird. Möge die Odyssee der beiden ein glückliches Ende nehmen, auf dass sie gut in Amerika ankommen!«

Nicolas sah ihn an.

»Warum bist du nicht mitgefahren, Walter? Was hält dich noch hier? Du lebst gefährlich, und das ohne Not. Wenn deine geheimen Aktivitäten auffliegen, wenn die Behörden erfahren, was du da tatsächlich in der Villa Bel Air betreibst, wenn herauskommt, dass du gesuchte Flüchtlinge außer Landes schaffst ... dann möchte ich nicht in deiner Haut stecken. Warum riskierst du das? Warum fährst du nicht zurück nach Amerika und machst dir zu Hause ein bequemes Leben?«

»Wie könnte ich mir ein bequemes Leben machen, wenn ich weiß, dass es noch Tausende Menschen in dieser Stadt gibt, die in weit größerer Gefahr schweben? Irgendjemand muss den Leuten helfen. Wir können sie nicht im Stich lassen, wir haben eine Verantwortung gegenüber unseren Mitmenschen. Du selbst weißt das doch nur zu gut.«

»Ich habe es für Juline getan.«

»Es gibt noch viel mehr Leute, die darauf warten, gerettet zu werden. Für die wir die letzte Hoffnung sind.«

»Hast du nicht manchmal Angst, dass du auffliegst, dass sie dich aufgreifen und einsperren?«

»Ach, Nicolas, ich gehe ja auch nicht ständig über die Straße mit der Angst, dass mich ein Auto umfährt. Nichts im Leben ist befreiender und beglückender, als für etwas zu kämpfen, das größer ist als man selbst. Hast du das nicht gerade erst selbst erlebt?« Und als Nicolas schwieg, fügte er hinzu: »Sag, willst du uns nicht helfen? Wir brauchen dringend jemanden, der für uns Pässe und Visa fälscht. Du bist gut darin, das hast du bewiesen. Du könntest so viele Menschen damit retten. Bist du dabei?«

Nicolas dachte nach. Das Hinterzimmer in Jean-Claudes Buchladen tauchte vor seinem inneren Auge auf. Die gleiche Frage hatte ihm Juline gestellt, als er ihre Widerstandsgruppe entdeckt hatte, aber er war damals nicht dazu gekommen, etwas zu erwidern.

»Natürlich mache ich mit«, antwortete er jetzt. Es war, als nähme er ein Vermächtnis an. »Solange ich die passenden Farben habe, werde ich alle Stempel dieser Welt kopieren, die nötig sind, um Menschen, die verfolgt werden, zu helfen. Und vielleicht kann ich sogar noch mehr für euch tun, Walter.«

Er zog den Schlüssel von seinem Haus in La Valière aus der Hosentasche. »Falls ihr außerhalb der Stadt noch einen Platz braucht, an dem sich jemand für eine Weile verstecken kann … Es gibt keinen schöneren Ort in dieser Welt.«

»Danke, Nicolas, das ist großartig! Willkommen im Team. Ich habe gewusst, dass du ein Freund bist. Und nun lass uns gehen. Wir haben viel zu tun. Mary-Jane wartet schon auf uns.«

Nicolas drehte sich um. Am Ende des Piers stand der dunkelrote Citroën mit offenem Verdeck. Mary-Jane lehnte lächelnd an der geöffneten Fahrertür. Die Enden des rot-weiß getupften Tuches, mit dem sie ihre Haare zusammengebunden hatte, flatterten im Wind.

Südfrankreich, Juli 2007

»Monsieur Guyot!«

Agatas Stimme reißt mich aus meinen Träumen. Ich schrecke hoch. »Alles in Ordnung mit Ihnen? Sind Sie eingeschlafen, Monsieur?«

»Oh, nein, ich glaube nicht. Ich ... ich war nur ein wenig in Gedanken.«

Agata hebt den Brief auf, der mir aus den Händen gerutscht ist, und reicht ihn mir. Noch einmal wandert mein Blick über den Poststempel. Eine alte Gewohnheit, seit damals. Ein paar Ziffern, ein paar Buchstaben, kreisrund angeordnet. Los Angeles. California. Vermutlich wäre es heute nicht mehr so einfach wie früher, einen Stempel zu fälschen. Damals hatte ich es zu einer wahren Meisterschaft gebracht. Ich weiß nicht, wie vielen Menschen wir in dieser Zeit zu falschen Papieren verholfen haben, damit sie ausreisen konnten. Es müssen Tausende gewesen sein, die in Marseille auf der Flucht waren vor der Wehrmacht, der Gestapo und der französischen Polizei. Unter den Flüchtenden waren viele Juden, Politiker und sonstige Gegner der Nazis, denen Gefangenschaft und Tod drohten. Berühmte Leute waren dabei, die Schriftsteller Anna Seghers, Heinrich Mann und Lion Feuchtwanger, die Künstler Max Ernst und Marc Chagall, die Philosophin Hannah Arendt, aber auch Menschen, an deren Namen sich niemand mehr erinnert. Mehr als ein Jahr lang haben Walter, Mary-Jane, die anderen und ich in der Villa Bel Air zusammengearbeitet. Wir konnten uns auf ein wachsendes Untergrundnetz aus Unterstützern und Widerstandskämpfern verlassen, bis uns die Polizei dann doch irgendwann auf die Spur kam. Ich saß zehn Tage in Arrest, dann haben sie mich laufen lassen. Bis heute habe ich nicht begriffen, weshalb mir nicht der Prozess gemacht wurde. Mary-Jane hat mir in all den vielen Jahren unserer Ehe nie erzählt, wie sie es geschafft hat, uns da rauszuholen, und vielleicht ist es ja auch besser, wenn ich es nicht so genau weiß. Sie war eben eine großartige Schauspielerin. Auch Walter kam glimpflich davon, er wurde des Landes verwiesen und musste zurück nach New York. Was aus den anderen aus unserer Gruppe geworden ist, weiß ich nicht. Estelle hat bis zu ihrem letzten Atemzug im Petit Poisson gestanden. Aber längst ist aus ihrer verrauchten Kneipe ein feines Touristenlokal geworden. Ich war schon seit vielen Jahren nicht mehr da. Tatjana ist irgendwann zurück nach Russland gegangen. Bis zuletzt hat sie mir jedes Jahr eine Geburtstagskarte geschrieben.

Nur von Juline habe ich nie wieder etwas gehört. Nie habe ich erfahren, wie es ihr und David auf ihrer Überfahrt ergangen ist, ob sie je in Amerika angekommen und ob sie dort glücklich geworden sind.

Und nun dieser Brief.

Meine Hände zittern mehr als sonst, als ich – so vorsichtig, wie ich es nur kann – den kleinen Finger unter die Lasche schiebe und den Umschlag aufreiße. Ich ziehe einen zusammengefalteten Briefbogen heraus und schlage ihn auf. Mein Blick fällt auf die Zeilen, die kleine, energische Handschrift. Er ist in perfektem Französisch verfasst.

Lieber Nicolas, verehrter Monsieur Guyot,

ich weiß nicht genau, wie ich Sie ansprechen soll, da wir uns nie begegnet sind.

Sie haben meine Großmutter einmal gemalt, als sie jung war. Sie heißt Juline und hat einen Sommer lang in Marseille gelebt. Damals muss dieses wunderschöne Porträt entstanden sein, das in unserem Haus einen Ehrenplatz hat, seit ich denken kann. Ich glaube, dieses Gemälde ist das Schönste und Kostbarste, was unsere Familie besitzt. Und dennoch spüre ich, dass ein tiefes Geheimnis dieses Bild umgibt. Denn Grandma Juline hat immer gelächelt, wenn sie es angesehen hat, und sie hat es oft angesehen, vielleicht, weil es sie daran erinnert hat, was für eine wunderschöne Frau sie damals gewesen ist. Als Kind habe ich sie einmal gefragt, wer denn dieses schöne Bild von ihr gemalt habe. Da hat sie geseufzt und geantwortet, jemand, den sie einmal sehr geliebt habe. Ich wollte natürlich mehr wissen, aber sie schüttelte nur den Kopf und sagte: ›Ich habe deinem Grandpa vor vielen Jahren versprochen, nie mehr über diesen Mann zu reden.‹ Und dann fügte sie noch hinzu: ›Obwohl wir ihm so viel zu verdanken haben.‹ Oft habe ich sie gebeten, mir von damals zu berichten, von ihrer Zeit in Frankreich, aber sie wollte nichts erzählen und Grandpa David noch weniger. Seid froh, dass ihr so etwas nicht erleben müsst, sagte er immer. Vielleicht geht es den Rest der Familie auch gar nichts an, was in jenen schlimmen Kriegsjahren passiert ist. Grandma Juline ist längst Witwe. Vor ein paar Wochen ist sie in ein Altersheim gezogen. Sie hat sich dort ein schönes Zimmer ausgesucht, aus ihrem Fenster hat man einen hübschen Ausblick auf die hügelige Landschaft, und man kann in der Ferne sogar das Meer erkennen. Als wir ihre alte Wohnung ausgeräumt haben, habe ich noch ein anderes Bild gefunden, ganz hinten versteckt in ihrem Kleiderschrank, eine flüchtige Skizze nur, das Papier war schon ganz zerknickt. Darauf sind meine Großeltern zu sehen, als sie noch jung waren, ich nehme an, es ist in Frankreich gezeichnet worden, vermutlich von Ihnen, denn es ist Ihre Signatur darauf, lieber Monsieur Guyot, die ich von dem schönen Porträt her kenne. Ich habe im Internet geforscht und Ihre Adresse herausgefunden. Ich dachte mir, vielleicht möchten Sie das kleine Bild als Erinnerung an Grandma Juline zurückhaben. Vielleicht haben Sie sie ja auch geliebt. Deshalb schicke ich es Ihnen. Ich nehme an, Grandma hat nichts dagegen. Vermutlich hat sie die Skizze längst vergessen. Man kann sie nicht mehr danach fragen, sie ist ein wenig wunderlich geworden in jüngster Zeit. Aber ich glaube, trotz ihrer bald neunundachtzig Jahre geht es ihr im Grunde noch immer gut. Ich besuche sie jede

Woche, und immer, wenn ich komme, sitzt sie in ihrem Sessel, blickt aus dem Fenster aufs Meer hinaus und lächelt, als dächte sie an etwas Wunderschönes. Dann sehe ich ihr an, dass sie glücklich ist. Ich hoffe, Sie sind es auch, lieber Monsieur Guyot.

Herzliche Grüße aus Los Angeles,

Ihre Susan Bingham

Ich lege den Brief wieder zusammen und reiche ihn Agata. Meine Hände beben so sehr, als hätte ich einen schweren Schub von Parkinson.

»Ist alles in Ordnung, Monsieur Guyot?«, erkundigt sich Agata. Sie klingt besorgt. »Haben Sie Ihre Blutdruckmedikamente heute schon genommen?«

Ich mache eine abwehrende Handbewegung. Das ist mal wieder typisch Agata. Als könnten irgendwelche Tabletten gegen dieses Herzklopfen helfen! Ein paar Mal muss ich tief durchatmen, bevor ich das andere Papier aus dem Umschlag heraushole und vorsichtig auseinanderfalte. Es ist die Skizze vom Alten Hafen, die ich gezeichnet habe an jenem Tag, an dem wir uns zum ersten Mal begegnet sind. Ich sehe Juline, wie sie da am Kai steht, in ihrem fliederfarbenen Kleid, dessen Rockteil in der Brise weht, mit ihrem langen Zopf, die Handtasche am Arm und an den Füßen die zierlichen Schuhe mit den kleinen Absätzen. Ja, genau so hat sie dagestanden an jenem Vormittag, ich habe alles gut getroffen. Ich sehe ihr Lächeln, das ich so viele Jahre nicht mehr gesehen habe, aber es gilt dem Mann an ihrer Seite, den ich nur mit ein paar knappen Strichen skizziert habe. Und mit dem sie ihr Leben verbracht hat. Ich betrachte das Bild sehr lange. Als ich es wieder zusammenfalte, sehe ich, dass Juline etwas auf die Rückseite geschrieben hat. Ihre Schrift erkenne ich sofort wieder, obwohl es so viele Jahre her ist, dass ich sie zum letzten Mal gesehen habe.

Eine Erinnerung an den schrecklichsten Sommer meines Lebens, der auch irgendwie der schönste war. Ich liebe dich, Nicolas, aber leider werden wir uns nie wiedersehen. Los Angeles, 21. Oktober 1940

Ich lese ihre Sätze, noch einmal und noch einmal, Wort für Wort. Ein paar der Tintenbuchstaben sind verschmiert, als wären ihre Tränen daraufgetropft. Ach, Juline, denke ich, und plötzlich muss ich lächeln. Meine Hände zittern jetzt nicht mehr. Ich bin ganz ruhig.

Ich blicke auf, betrachte die Felder, Weingärten und Wiesen, die sich in der sanft abfallenden Landschaft vor mir ausbreiten, die hohen Zypressen, die die gewundene Straße säumen, die roten Ziegeldächer der Häuser, die hier und da durch das Grün der Bäume schimmern. Es ist Abend geworden, die rötliche Sonne hat alles in ein mildes Licht getaucht. Nur das Meer zwischen den waldigen Hügeln am Horizont glitzert in der Ferne noch hell.

Ich sehe Agata an, und sie sieht mich an.

»Sind es gute Nachrichten, Monsieur? Sie sagen ja gar nichts mehr.«

Ich nicke. Ihr freundliches rundes Gesicht ist erwartungsvoll auf mich gerichtet. Ich überlege einen Moment, dann stelle ich ihr die Frage, die mir durch den Kopf geht, seit sie mir den Brief gebracht hat:

»Was meinen Sie, Agata, wie lange dauert es wohl, von Marseille nach Los Angeles zu fliegen? Und würden Sie vielleicht so nett sein, einen alten Herrn auf seiner großen Reise zu begleiten?«

Nachwort

Die Idee zu diesem Roman kam mir an einem verregneten Herbsttag, während ich in einem Münchner Café saß und die Zeitung las. Mir schwebte schon länger eine Geschichte vor, die in Südfrankreich spielen sollte, wohin ich oft und gerne reise. Ein paar Eckpunkte hatte ich im Kopf: einen Maler, der eine schöne Frau porträtiert. Eine Liebe im Spannungsfeld von Bedrohung und Mut. Und natürlich die Bilder: der Hafen von Marseille, das Licht der Cote d'Azur, die Weingärten und Lavendelfelder der Provence … Noch aber fehlte mir der große Bogen, der das alles zusammenführen sollte. Und nun stieß ich auf einen Artikel über einen Mann, der in den frühen Vierzigerjahren Tausenden Menschen von Südfrankreich aus die Flucht vor den Nazis ermöglicht hatte. Seinen Namen, Varian Fry, hatte ich nie zuvor gehört. Ich wurde neugierig und begann zu recherchieren, und je mehr ich über ihn las, desto beeindruckter war ich von seinem Mut und desto klarer entwickelte sich die Geschichte, die ich schreiben wollte. Es wurde »Als wir den Himmel berührten« daraus.

Das ist der historische Hintergrund meines Romans:

Im August 1940 kam der dreiunddreißigjährige Journalist Varian Fry aus New York nach Marseille – in der Tasche ein Empfehlungsschreiben der US-Präsidentengattin Eleanor Roosevelt, 3000 Dollar in bar und eine Liste mit etwa zweihundert Namen prominenter Künstler, die von den Nationalsozialisten bedroht waren. Nachdem die Wehrmacht im Frühjahr den Norden Frankreichs besetzt hatte, waren sie mit etlichen anderen Menschen in die letzte freie Hafenstadt Europas geflohen. Fry war im Auftrag eines Hilfskomitees unterwegs, das deutsche Emigranten und amerikanische Helfer kurz zuvor in New York gegründet hatten. Das Ziel: die Menschen auf seiner Liste ausfindig zu machen und dafür zu sorgen, dass sie nach Amerika ausreisen konnten, bevor die französischen Behörden sie an Deutschland ausliefern würden. Drei Wochen sollte Fry in Frankreich bleiben. Doch bei den Flüchtlingen in Marseille und Umgebung verbreitete sich die Nachricht vom Engagement des Amerikaners wie ein Lauffeuer. Tausende Menschen, die dort vor den Nazis Zuflucht gesucht hatten, bestürmten Fry, auch ihnen zu helfen. Und er setzte alle Hebel in Bewegung. Zusammen mit einer wachsenden Zahl von Unterstützern baute er ein illegales Fluchthilfenetz auf, besorgte echte und falsche Pässe, Visa oder sonstige Dokumente und organisierte Schiffsreisen für die Emigranten, um sie außerhalb Europas in Sicherheit zu bringen. Zu seinen Helfern gehörten eine junge amerikanische Millionärin, eine französische Kunststudentin, eine Widerstandsaktivistin, ein Berliner Schriftsteller, ein amerikanischer Vize-Konsul, ein österreichischer

Pressezeichner, der sich um das Fälschen von Stempeln und Unterschriften kümmerte – und etliche mehr.

Unter den Emigranten nannte man Fry bald den »Engel von Marseille«. Aus den drei Wochen, die das Hilfskomitee für seinen Einsatz geplant hatte, wurde mehr als ein Jahr. Das Hotelzimmer, das er zunächst für seine Zwecke gebucht hatte, reichte bald nicht mehr aus, um dem Ansturm der vielen Menschen Herr zu werden. Er zog in die geräumige Villa Bel Air am Stadtrand von Marseille, die er über einen Kontaktmann mieten konnte. Längst handelte Fry auf eigene Faust. Unter dem Deckmantel eines Wohltätigkeitsvereins organisierte er Verstecke, Fluchtrouten und Bestechungsgelder, sein Einsatz wurde von Woche zu Woche riskanter. Nicht nur die französischen Behörden, die immer enger mit dem Nazi-Regime kollaborierten, sondern auch das amerikanische Außenministerium betrachtete seine Aktivitäten mit zunehmendem Misstrauen. Tatsächlich flog sein Tun im Herbst 1941 auf, und Fry wurde des Landes verwiesen.

Zuvor aber hatten Varian Fry und seine Leute mehrere Tausend verfolgte Menschen außer Landes gebracht und ihnen dadurch das Leben gerettet. Unter ihnen waren viele prominente Flüchtlinge, Schriftsteller, Wissenschaftler, Maler, Politiker. Trotzdem ist Fry zu Lebzeiten kein offizieller Dank zuteilgeworden. Er starb 1967 als einsamer Mann. Auch heute kennt kaum jemand den Menschen, der die Exil-Geschichte Europas so sehr geprägt hat. Inzwischen erinnert immerhin der Platz vor dem US-Konsulat in Marseille an ihn, und in Berlin ist eine kleine Straße in der Nähe des Potsdamer Platzes nach ihm benannt worden. 1995 war Fry der erste Amerikaner, der als »Gerechter der Völker« in Israels Holocaust-Mahnmal Yad Vashem aufgenommen wurde.

Auch wenn ich durch reale Personen und Begebenheiten, die sich im Sommer 1940 tatsächlich in Marseille ereignet haben, inspiriert wurde: Die eigentliche Handlung und die Figuren meines Romans sind frei erfunden – abgesehen von den großen politischen Protagonisten jener Zeit. Teilweise habe ich Originaldokumente zitiert, wie zum Beispiel den Bericht über de Gaulles Londoner Radioansprache vom 18. Juni 1940, so wie er am Tag danach in den französischen Zeitungen abgedruckt wurde. Hier und dort habe ich mir erlaubt, den historischen Fakten fiktive Geschehnisse hinzuzufügen. Die im Roman beschriebene Flugblattaktion in der Akademie hat es in Marseille nicht gegeben, wohl aber wenige Jahre später in München. Mit meiner Schilderung erinnere ich an die Weiße Rose, die auf ähnliche Weise zum Widerstand gegen die Hitler-Diktatur aufgerufen hat.

Mit dieser Geschichte möchte ich dazu beizutragen, an das Schicksal vieler Tausender Verfolgter und an eine Gruppe sehr mutiger und selbstloser Menschen zu erinnern, die sich in Gefahr gebracht haben, um andere zu retten.

München, im April 2019

Wo wilde Rosen ein altes Herrenhaus umranken, sucht eine Frau nach ihren Wurzeln ...

592 Seiten. ISBN 978-3-7341-0632-3

Frankreich 1958: Jeanne verzaubert in den Fünfzigerjahren ganz Paris mit ihren Chansons. Nun lebt sie mit ihrem Mann in einem Château im malerischen Loire-Tal und widmet sich leidenschaftlich ihrer großen Liebe, der Rosenzucht. Doch ein Schatten liegt über ihrem Glück, denn Jahre zuvor musste sie das, was sie am meisten liebte, zurücklassen, um zu überleben ...

Hamburg 2017: Die Journalistin Ella erbt ein verfallenes Anwesen in Frankreich. Sie ahnt nicht, dass das Vermächtnis ihr ganzes Leben auf den Kopf stellen wird. Und dass es ein Geheimnis birgt, das zu Ellas Wurzeln an der ostfriesischen Küste zurückreicht ...

Lesen Sie mehr unter: **www.blanvalet.de**